布衣天子

以翔实的史料，全面解读真实的刘邦

白手起家，从平民到皇帝

邹弘文◎编著

刘邦

线装书局

图书在版编目（CIP）数据

布衣天子——刘邦／邹弘文编著. — 北京：线装
书局，2013.12
ISBN 978-7-5120-1139-7

Ⅰ.①布… Ⅱ.①邹… Ⅲ.①长篇小说-中国-当代
Ⅳ.①I247.5

中国版本图书馆 CIP 数据核字（2013）第 284530 号

布衣天子——刘邦

编　　著：	邹弘文
责任编辑：	杜　语　孙嘉镇
排　　版：	腾飞文化
出版发行：	线装書局
地　址：	北京市西城区鼓楼西大街 41 号（100009）
电　话：	010-64045283　64041012
网　址：	www.xzhbc.com
经　　销：	新华书店
印　　刷：	北京龙跃印务有限公司
开　　本：	787mm×1092mm　1/10
印　　张：	48
字　　数：	600 千字
版　　次：	2014 年 1 月第 1 版　2014 年 1 月第 1 次印刷
印　　数：	10000
定　　价：	48.00 元

目录
Mu lu

布衣天子——刘邦

第一章

送龙种真龙天子出世

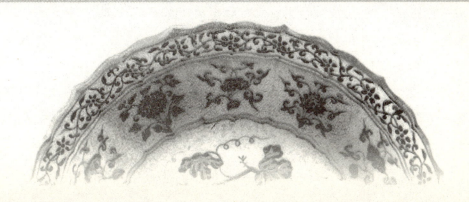

　　沛县中阳里农民刘执嘉娶同村女子王氏为妻，其后四年间，王氏接连生了两个儿子，刘执嘉读过一点书，可是种了几年地，全都忘记了。就按当地的习俗，给老大取名叫刘伯，老二叫刘仲。这年暮春的一天，王氏的娘家人捎信来，说她母亲生病了，叫女儿回去看看。第二天一早，王氏安顿好两个儿子，就回娘家了。这一去就待了好几天，回来那一天，天气更加暖和，人也容易困倦。走了七八里路，王氏感到十分劳累，脚像灌了铅一般沉重。

　　"得找个地方歇歇。"她一面想一面环顾四周。只见左边是一个大泽，泽边有一棵大柳树。树下干干净净，正是歇脚的好地方。王氏就坐了下来，不一会儿，迷迷糊糊打起盹来，恍惚见一道金色的亮光从空中落下，接着一个身披金色甲衣的神仙悄然向她走来，她有点害怕，却不知如何是好……

　　却说刘执嘉在家门口领着两个儿子玩耍，忽然看见天色变暗，不一会儿阴云密布，狂风大作，时而还有电闪雷鸣。他心中好生奇怪，不知三月天怎么会有这样情形。还没来得及多加考虑，就想起妻子正在回家途中，连忙把两个孩子叫进屋里，拿起雨伞就急匆匆去迎接妻子。

　　距离大泽有半里光景，他就看见一棵柳树下坐着一个穿蓝衣的女人，看身架像是妻子。接下去的情形却让他呆住了——一团巨大的雨雾罩在妻子上方，越来越浓，越来越暗。云雾中忽然出现一条赤色蛟龙。只见那蛟龙上下翻动，像是和另一条看不见的蛟龙纠缠在一起。过了一会儿，云收雨住，雾也渐渐散去，蛟龙不见了，太阳又放出暖洋洋的光芒。柳树下的妻子没有变化，仍然在酣睡。当满面惊恐的刘执嘉来到妻子面前时，妻子刚从梦中醒来。"你刚才怎么了？"刘执嘉急切地问。

　　"没怎么呀，我走路累了，就在这树下靠了一会儿，好像是睡着了。我梦见一个身着金甲的人来到了我跟前。咦，你怎么带伞来接我呢？"王氏站起身来，拍拍身上的土，笑着问道。

"这……没什么，咱赶快回家吧，两个孩子没人看哩！"刘执嘉正要解释，忽然像想起了什么似的岔开了话题。

从这以后，王氏又有了身孕。这是她的第三个孩子了。按理说，王氏也该习惯怀孕的感觉了，然而，细心的她总感觉这个孩子同前两个不一样。怀那两个时，头三个月难受得总是很厉害，常常呕吐，什么都不想吃，总是懒洋洋昏昏欲睡，没精打采的。这次不一样，从一开始她就食欲大增，见到饭菜就想吃，浑身都是劲儿。

从第三个月始，她的肚子就明显突出来了。到了第六个月，就像快临盆的妇人一样笨拙了。中阳里村的老妇人很多，而且都很长寿。看到她的样子，几乎所有的老太婆都说她怀的是双胞胎。

天越来越冷了，王氏穿上所有的御寒衣服，人显得更笨了。到了第九个月，她一点都走不动了，只得躺在床上捱日子。

"这个孽种，一定是个逆子！"刘执嘉看着妻子走不能走、坐不能坐，止不住骂起她肚里的孩子，"还没生下来就这样折腾人，还能是个好东西？"他放下手中搓着的绳子，拍拍衣襟上的灰，坐在了妻子的床沿上。

"人家都说是双胞儿，你觉得如何？"他又说。

"我一直在琢磨着哩！"她拉了拉盖在身上的被子说，"我觉得是一个。他动的时候是一个地方，不像是两个孩子。"

"我也想过了。咱们刘家人丁不是太旺，咱爹说咱家多少代都是单传，到了我这一辈底下有了两个儿子了，这是老天保佑哩！如今哪能一下得个双胞胎？"刘执嘉搔搔头，若有所思的样子。"可是，我弄不明白你这肚子怎么会这么大，一个孩子哪有这么笨的？肯定是个不肖子！"

"他爹呀，你可别这么说呀，哪有天生就是不肖子的？再说，不管孩子咋样，都是咱的亲骨肉，咱都得一个样儿疼，你别另眼看他哟！"王氏抚摸着高高隆起的肚子，说得慢声细语的。

"不知咋的，我就是不喜欢这个孩子。看把你折腾的！"刘执嘉叹了口气，又搓绳去了。

终于熬到了日子——这天是二月初八的早上，痛苦挣扎了几个时辰的王氏听到一阵婴儿响亮的哭声，一下子轻松下来，她长长舒了一口气。

第一章

送龙种真龙天子出世

"哟，瞧瞧，瞧瞧，是个小子，大黑个儿小子！"接生的李婆婆欢喜的喊声压倒了孩子的哭声。她一边说着，一边麻利地收拾脐带、打包儿。

"李婆婆，就一个小子吗？"坐在隔壁等候多时的刘执嘉忍不住问了一声。

"嗯，你媳妇肚子平了，看样子就这一个啦！瞧，这小子个子多大哟，一个顶俩，平日里我估计错了。"李婆婆此时已收拾完了，打开门，把婴儿递给刘执嘉。

红色的襁褓放在刘执嘉的手上，他双手平放着，仔细看这个孩子。只见他长长的个儿，黑里透红的脸儿，眉毛浓浓的，耳垂很厚，眼睛不大，却透着一种精明，刚出生的娃儿就左顾右看的。长方形的小脸上最引人注目的是那鼻子，又高又直。刘执嘉看着止不住皱起了眉头："这孩子跟他两个哥哥不一个样儿，人高马大的，没有老实相，不像一个听话的孩子。"

"哎呀！执嘉呀，五个指头还不一样儿齐呢，孩子哪能一个样儿？我看这小子是个武夫相。我老太婆接生一辈子，知道什么样的孩儿有什么样的出息。大凡老实孩子出息都不大。你看着吧，这小子长大比他两兄弟有出息。"李婆婆听了刘执嘉的话，唠唠叨叨地说着。

这边躺着的王氏一直没有言语，她太累了。况且刚才孩子出生时的一瞬间，她感到满屋里都是红光，心里感到奇怪，问李婆婆看到红光没有，只听李婆婆说没有看到什么光呀。她看了一会儿孩子，不知不觉睡着了。

这天傍晚，李婆婆来到刘家。"刘家的！刘家的！"她脚没进门，人在院里就叫开了，"刘家的，你说巧不巧？今儿村东卢家媳妇也生了个小子，我才从他们家来。那孩子也可人爱，名字都起好了，叫什么卢绾。卢老爹乐得都合不拢嘴儿了。"

王氏正坐在床上喂孩子，忙招呼李婆婆坐下，"这太好了，卢家老爹盼孙子盼了多少年了，这下了了心愿啦！"她笑眯眯地道，"说不定这俩孩子能成好伙伴呢！"

刘执嘉递给李婆婆两只红鸡蛋，"看来也该给这三小子起个名字了，"他一边看着妻子一边说，"我已经想过了，就叫季儿吧。"

"刘季？好！好！这名字好记，也好听！"李婆婆那没牙的嘴含着一口鸡蛋，连忙称是。

晚上，王氏正给孩子换尿布，她忽然叫了起来："他爹，他爹呀，你来看，这孩子腿上长了这么多小黑痣！"

刘执嘉正在哄两个大儿子睡觉，听了此言连忙奔了过来，果然是许多小黑痣，在孩子的左大腿上，狭长一溜儿排着。他靠近灯火仔细一数，竟有七十二颗。

"早上李婆婆咋没看见呢？"王氏疑惑地问丈夫。

"她老眼昏花的，咋能看得清？又怕孩子冻着，收拾得快。她也没在意。"

"是七十二个吗？我再数数！"她把灯儿靠近些，仔细又数一遍，还是七十二个，不多不少。"他爹，这不会有什么不好吧？"看着丈夫，她眼睛里流露了不安。

"嗨，不会！只要身体结实，痣算什么？谁身上没有痣？多少而已。不要紧！"刘执嘉说得很果断，他知道妻子是个多心人。

王氏听了，舒了口气，慢慢地把孩子又包起来了。

时光如流，岁月如梭，转眼间刘季长到六七岁了。他的下面又有了一个刚半岁的小弟弟，取名刘交。和兄弟们相比，刘季有许多令他父亲皱眉的地方。上面两个哥哥早已是父母的帮手了，放牛放羊、割草喂猪、拾柴禾捡豆子的，什么都能干，老实忠厚。尤其是老二，天生一副干农活的把式架子。大人干什么，他都用心看，用心学。他常问母亲说："娘，村里人都说爹是个能人儿，耕种、耘灌、收打、扬储、修犁修耙收拾木匠活，没有他不会干的。我长大了，要超过爹，我要比爹干得还好！"每当这个时候，刘执嘉就会哈哈大笑："好小子，有出息！将来准比爹过得富裕。"

和大哥二哥相比，刘季的个子高，长得结结实实。年龄比他的哥哥小好几岁，乍一看却和他们差不多高，身体也比他们壮实。可是，他就是不喜欢帮父母干活儿。七岁的孩子，村里闲玩的不多，可刘季一天到晚在外面疯玩，领着一帮比他小的娃仔跑得满天疯。分成两队打架玩、偷张家的桃子、摘黄家的李子、打王家的狗、撵李家的鹅，一天到晚闲不住。中阳里村提起刘季，没有不摇头叹气的。谁家的墙头突然出现个大洞，谁家的小猫掉了半截尾巴，谁家的烟囱堵住了，想到要找的第一个人就是刘家小三子。

隔三差五的，总有人来到刘执嘉院门口叫嚷："刘季！小刘季！我家的狗是不是你打的？""刘家小三子，我家小鸡雏儿少了两只，你拿了没有？""我家小顺的头是你打破的吗？刘季你出来！"……

刘执嘉和王氏为刘季不知对众乡亲陪了多少不是和笑脸。有许多次刘执嘉气不过要打他，还没拿家伙，他就早已飞出家门，跑得远远的了。"瞧你养的好儿子！净给我惹是生非，早晚非把我气死不可！"抓不住儿子，刘执嘉就会对妻子发火儿。

"你消消气儿，他爹。"这时候王氏总会递来一碗热水，笑眯眯地说，"一个孩子一个性儿。再说，人家都道是七岁八岁狗都嫌，长大了就好了！"

"长大了？谁知道他长大了能不能老实点？咱一家子都是老实人，怎么会出一个这样惹事的儿子！嗨……"刘执嘉蹲在那儿生闷气儿。

一晃又是六七年过去了，刘家的最小孩子——刘交七岁了。这孩子不知为什么，对读书识字感兴趣得很。邻家有一户人家家境好，请了私塾先生教儿子读书。

有一天刘交偶然经过人家门口，听到读书声竟走不动了。他倚在人家门口听着，一直到黄昏散学。回到家里，他竟然把下午听到的一段《尚书》完完全全背下来了，还能给爹娘讲明白每句话的意思。

"他爹，这小子看来是个读书的料子。"王氏把刘交搂进怀里，眼儿笑成了一条缝，"咱是不是也该让他念念书？"

"嘿嘿，这小子平时就文乎乎的，像个书生。说起来念书，咱家这几年也过得不错，地多了，粮多了，也有点钱。可是……"他看看妻子，有点犹豫，"专门请个先生可请不起，只能看看跟谁合请一个。一个先生花费可不小哩！吃、用、工钱。再说，他三个哥哥都没念书，不也挺好吗？庄稼人，能过好庄稼人的日子就行喽。"

"他爹，你别这么说。你还记得爹临死前的话吗？他老人家说就不相信咱祖祖辈辈就该是平民命。想过得红火些，不读书咋行哩？"

几天后的一个黄昏，住在村东头的卢公摇着一把扇子，晃晃悠悠地来到了刘家大门口。自从几年前两家同一天得了儿子，两家大人孩子关系就亲热了许多。有事没事儿，卢公就会来刘家院子拉呱儿，说说孩子，讲讲地里的收成，唠唠乡里乡亲的事情。卢家的女人也喜欢走来，坐在院子里的老槐树下，和王氏一起说笑，一起纳鞋底、缝衣服。刘执嘉两口子老实，不喜欢串门儿，可一见到卢家两口子就高兴。

"老刘在家吗？"刚进门卢公就大声嚷道，"听说你要请先生教儿子，有这事吗？"

刘执嘉正忙着修理家里的锄头什么的，一见卢公到来，马上放下活计迎上去，递给卢公一只小凳子。"是卢兄呀，有这事。你问这做什么？"

"你看，季儿和绾儿都不小了，十几岁的半大小子，成天不务正业，只是在外面晃荡。除了野跑胡闹，啥事儿都不干。我看咱不如让他们和你家四小子一同上学，先生两家合伙请，咋样？"

"什么，你说那俩小子？卢兄，你家绾儿还老实点，我家的季儿那样子，你看是念书的人吗？成天屁股底下像着了火一样，哪能坐得住？叫他念书，不是赶鸭子上架吗？"刘执嘉脸上全是苦笑。

"嗨，刘兄，我家绾儿就是你家三小子的影儿，有你家三小子的地方就不会少了我家绾儿。两个猴小子谁比谁好些儿？我是这样想的，娃儿大了虽然不好管，可也得想想法儿，不能由着他们去。请个厉害的先生管管他们，让他收收跑野了的心，按按他们的性子，兴许能上道儿。再者，念点书总比不识字强。这俩小子，咱还能指望他们读书换官儿做吗？能认点字就行了。"

"什么？叫我念书？我不干！"第二天早上，当王氏把读书的事儿告诉刘季时，刘季当下就一口回绝了。

坐在一旁的刘执嘉一听就火了，站起来吼道："这个不肖子，你是怎么说的？你再给老子说一遍！"

刘季看爹发了火，嘟着嘴不敢吭气了。王氏连忙站到爷儿俩中间，"季儿，你不念书，不识字，又不学农活，将来怎么过日子？"

"我……我将来去闯天下去，到外面混事儿，还能没饭吃吗？"一看娘挡住了爹，刘季有了胆子，低声咕噜道，"读书管什么用？村里几个私塾先生穷成那样儿，我还能像他们那样儿吗？我只听人说古代尧帝、舜帝厉害，掌管天下，没听人说他们读了多少书。"

"好哇！你听听，你听听！他还那么多理儿呢？这小子无法无天了，你养的好儿子！"刘执嘉指着刘季，脸都气白了。

"季儿，娘说不出什么深理儿，可是娘知道贵人都读过书，不读书只能种种地。你都十几的人了，该听话了。"王氏叹了口气，一脸的无奈。

"别跟他说那么多！哪能由着他来？告诉你，小子，明天开始，你和交儿、绾儿一起念书去。你敢再说个不字，老子打断你的腿！"说完，刘执嘉"啪"的一声把手里的木棒甩在墙角，把刘季吓了一跳。

一听说有卢绾一同念书，刘季心中不禁大喜过望，"管它呢，念书不念书再说吧，有卢绾就能一起玩儿喽。"想到这儿，他变了调儿，顺从地道："是，爹，我明天去。"

从此以后，刘季、卢绾、刘交三人开始了读书生活。教他们的是王老先生，一个十分严厉的老书生。刘交是读书的孩子，一天到晚苦读不倦，深得王先生的赏识，至于刘季和卢绾，用在学习上的时间只不过十分之三四。上课时三人面对着王先生，他们不敢乱动。王先生手里总是握着三尺长两寸宽的一根竹板条，三人犯了禁就得挨打。一板下去，就是一道红痕迹。刘季和卢绾挨打的次数不计其数。

有一次，两人课后贪玩，王先生要背的十首诗只背会一首，王先生发了大火。这次没打他们手，而是打了他们的屁股，每人二十下，打得二人泪水直流。捱到下课，王先生走了，刘交回家了。二人抹抹眼泪，相对无语。忽然，刘季说："小绾，你看看我的屁股打出血没有。"一边说，一边脱下了裤子。

卢绾看了一会儿，说："血倒没有，左边屁股上像打出了一个'王'字。三横条，一竖条正像一个'王'。"

"真的，有这么巧？我看看你的屁股。"刘季一边说一边拉开了卢绾的裤子，"哎呀，小绾。你右屁股上有一个长方形红块块，像一块地。"

"那又怎么样？还不是一样痛？"卢绾哭丧着脸道。

"这是一个征兆，我将来要做王，你要做侯有封地。"刘季一本正经地说。

刘季十八岁那年，王老先生病逝了。刘季和卢绾自由了，他们把书本典籍全都塞进了书箱，又开始了四处闲荡的生活。此时的刘季身高七尺八寸，相貌堂堂，方脸圆目，长脖颈高鼻梁，走起路来呼呼生风。卢绾身材颀长，清瘦硬朗，面貌白皙。二人形影不离，中阳里村的父老乡亲都说他们是异姓兄弟。两家老人虽然对这俩小子不满意，可是看到他们亲如手足，倒也欢喜。

此时，刘伯刘仲已成家立业，各自分开另过。老大和老二和他们分出去另过，责任全在刘季。他一个大小伙子成天肩不担担，手不提篮，家里家外啥事儿不管，作爹娘的看不惯，何况哥嫂呢？刘执嘉心里有数，知道日子久了会脸红，所以早早就让两个儿子分开过了。

刘季不知什么时候染上了喝酒的嗜好，带着卢绾在外面结交了许多酒肉朋友。他们都是两手空空、不务实事的游手好闲之徒。三五成群在村里游荡，今天在张家吃喝，明天在李家吃喝，后天又去了黄家。时间久了，谁家的父母都受不了。父亲刘执嘉一气之下追着他在村里打，但他一点也没有悔改的意思。刘执嘉干脆不再让刘季回家，他余怒未消，看了刘季就来火儿。

刘季不怕，他轮流在大哥、二哥家蹭饭儿。这一年，中阳里村的刘季已是二十七岁的人了。可他还是一如既往，游手好闲，不愿意以种地为生，靠父母养活。

父母越来越老了，父亲还是常常骂他："这个不肖子呀！以后该如何是好呢！"骂还骂，但火气小了。他知道他的三儿子就那样儿了，改不了了。现在他们老两口还能干得动地里活，还能勉强糊住嘴，可是儿子大了，他们总有老死的时候。到那时，这个三儿子怎么过日子呢！

这一年，天下一统，秦王成为天下皇帝的大事当然也传到了丰邑。刘季感到自己也该寻找出人头地的机会了，他找来了几个小兄弟，说出了自己的想法："如今这天下换了国君了，咱们的命运开始掌握在另一位龙子手里，我们哥儿几个也该找点事情干了。今天，兄弟叫你们几个来，是想叫你们自己各人为自己拿个主意，也替我想个办法。"

说到这儿，刘季声音放低了一些："你们也是知道的，我家老爷子天天不给我好脸儿，再这样下去，我没办法再面对他老人家了。"他看了看众人，一脸的无可奈何。

常在一起玩的弟兄们这个说你去贩丝，那个说你去给人家当保镖，最后一个叫茅鸿的说："自古以来，读书人费尽心思，寒窗苦读，到头来不就是想得个一官半职吗？做生意的人挣了钱以后，他们最想的就是能谋个一官半职，来抬高自己的身价。至于说种田的，做个小手艺的，最羡慕的还是当官的。数数能在历史上留名的有几个不是有官位的？这是为什么？因为只要有了官职就什么都有了。再说，当了官以后，人人都对你点头哈腰，你心里也舒服。这人活一世，图落个什么？不就是个称心快意吗？我琢磨许久了，季哥天生就是一个为吏的料子。他讲义气，脑子活，待人宽厚，和谁都能处得来。官府里就需要这样的人，上上下下都能活络相处。我敢说，他要去做吏，很快就能升上去。等他上去了，能不拉咱兄弟一把吗？"

"说的是！"众人纷纷赞同。

刘季早已是笑容满面了，他不时地点头。他站了起来："今天茅鸿的话算是说到我心里去了。说真的，我就老琢磨着有最适合我干的事儿，可老是没找对谱儿，今儿是受了点拨了。弟兄们，从明儿开始，我就去学习为吏之道。若是我以后发

9

达了，弟兄们是肯定忘不了！好啦，走吧，今儿我请客，上小酒店去！"

春去秋来，时光荏苒。不知不觉之中，又是三四年过去了。刘季一边学习为吏之道，一边常去县中走动，有意识地通过各种关系认识县衙中的人。他明白，像自己这样出身于布衣、没有读过多少书的人，没有人推荐是很难走入官场的。

渐渐地，他认识了几个县吏，萧何就是其中一个。这萧何是丰邑人，自幼饱读诗书。他出身于一个中等地主之家，对下层人的生活十分了解，为人处世精明而又公正。在沛县衙中，他做吏掾。一般做这个官职的人，大多奸诈狡猾，喜欢利用手中职权榨取百姓财钱。但是，萧何以他的公正赢得了沛县人的一致称赞。萧何不仅对法典书籍情有独钟，还酷爱历史，熟悉阴阳之学。

刘季认识他纯粹是一次巧合。有一天，天很热，他和县衙的几个小吏在黄昏时分来到了城外的一段偏僻护城河边。这里杂草丛生，少有人来，上有参天大树，下有清澈的河水，是夏天洗澡纳凉的好地方。虽是傍晚了，天还是燥热得叫人受不了。空中一丝风都没有，蝉儿在树上使劲嘶叫，叫人心里烦躁。萧何此时恨不能一下子跳进河中去，让河水洗去一肚子的烦闷。但是，等他们到的时候，发现河里已来三四个人了。

他和同来的人急急脱了衣服，约摸半个时辰后，萧何才同几个伴儿上到岸上。那几个人还没走，只穿着短裤在树下纳凉说话儿，歪歪斜斜躺在草地上，十分惬意的样子。他们几个似乎也受到了感染，也都只穿了短裤朝地上一躺。近旁是紧挨的几棵大树，树枝遮天蔽日。地上带着湿气，潮润润的，舒服极了。萧何长长舒了一口气。这几天正忙一件案子，他累坏了，能在这偏僻的地方躺下来，随心所欲地闲谈，把官场的一切礼仪扔到一边去，不能不说是一种享受。

旁边的几个人正闲扯得起劲，一个个眉飞色舞的，似乎说的是中阳里村一个酒馆里的趣事。恰在这时，夕阳的光芒正斜照在那几个躺着的人身上。当萧何转过头的一刹那，他最先看到的是一个人左腿上几排黑痣，他暗吃了一惊："此人腿上怎么会有这么多黑痣，而且呈一字排开状？"他忽然像想起了什么，又去看那人的腿，想看清那黑痣的排列形状，更想知道那黑痣的数目，因为他心中知道一个神奇古老的秘密传说。"我得想办法看清那痣！"他想。

过了一会儿，他站起身来，向那几个躺着说话的人走去。萧何定睛看那人，只见他方脸长颈，鼻正口丰，紫红色面容，留着一副潇洒的胡须，虽是乡间之人，却透着一股不凡之气。"好一副帝王之相！"萧何看罢，心中不由赞叹。他听人说过，当今皇帝秦始皇，乃是蜂鼻长目，咄咄逼人。面前之人，口丰鼻正，龟背长腿，身高八尺，更有一番帝王之相。

"在下是萧吏掾，萧何！请问老兄尊姓大名？"萧何先说话了。

"在下是刘季，中阳里村人氏，布衣小民一个！"刘季眉开眼笑，拱手相敬，非常恭顺。

两个人聊了一会儿，熟悉了，萧何说想细看他腿上的黑痣刘季就伸腿让萧何看。这一看非同小可，萧何心中又一大惊，原来，这刘季左大腿上的黑痣呈八行排列，每行不多不少，正好九个。

"难道这刘季乃是赤帝之后吗？"萧何心里反复嘀咕，惊异不已。原来，熟读百家之书的萧何知道这么一个古老而神秘的传说：在上古时期，五位主持天地事物的帝王中，赤帝的脸上就有七十二个黑痣。刘季的腿上也恰有黑痣，他是否是赤帝之后呢？如果是这样的话，将来推翻秦始皇的一定是他！

萧何神思飞到了体外，心思早已不在对话中，那边的刘季看他有一句没一句地搭话，不知何故。看看天色已晚，和几个小弟兄穿好衣服，准备离开了。临行前，两个人互相告别，从此就成了熟悉的朋友。

九个月后，当秋色刚刚染上大地的时候，一个机会到来了。秦始皇下令设立郡县制之后，县里设立了亭乡制。

所谓亭乡制，就是十里为一亭，十亭为一乡。每亭设亭长，每乡设里正。亭长的职责是掌管一亭的治安，管理来往旅客，处理民事纠纷。全县的亭中，还有一个泗水亭缺亭长。萧何一听到这个消息。马上奏请县令推了刘季。刘季得了个亭长之职，自然喜不胜喜。做了亭长和县里的官吏联络更多了。县里的人来到泗水亭，他总要想尽办法好菜好酒招待，一来二去，县里的一般官吏很快都和刘季熟了。他们都喜欢他，大方、热情、周到，讲义气、敢作敢为。除了萧何，刘季又交了两个知己朋友，一个是曹参，一个是夏侯婴。

由于刘季的精明能干，他渐渐在沛县有了点小名声。且不说派差、收税这些小事遇到了麻烦，找到刘季就能人到事成，就是县中往郡里送个文书等事，也常叫刘季去。他识眼色，又没有家小拖累，办起事情少牵挂又少麻烦，利利索索。

一天晚上萧何急匆匆找到刘季，让他到京城去走一趟。原来县衙里有人犯了法惊动了郡里不说，连京都都知道了。现在案子处理好了，郡里让把文书直接送到京城。县令大人考虑让狱吏们送不合适，这犯法的就是个狱卒头儿。萧何就向县令大人推荐了刘季。第二天刘季和萧何拱手而别，心中禁不住喜滋滋的。三十一年了，他一直生活在乡野之中，没到过京城，今日有此良机，怎么让他不欢喜？

日行夜宿，不知不觉之间刘季进入了咸阳城。他直奔交文书的衙门，办完差事才舒了一口气。慢慢地走在咸阳大街上，他仿佛进入了另一个世界。只见街道宽阔平展，到处铺着砖头石头，盖住飞扬的尘土。两边是高高低低的各种店面、房舍、官府。有的秀丽典雅，有的富丽堂皇，有的高大雄伟，有的气派恢弘。街市上珠玑摊儿一家挨一家，锦罗店儿也是一个连一个。

忽然，一队车马急速奔来，他们一边向前涌动，一边高叫："皇帝巡行都市了！皇帝巡行都市了！"两边行人被赶得连忙后退，收摊的收摊，躲避的躲避，人人满脸诚惶诚恐。一阵骚动之后。街道中心空出来了，所有的人都站在两边伸头凝望。

刘季个儿大，站在两个小伙子身后，随着人们的目光望去。渐渐地，车轮之声咕噜噜地近了。最前面是浩荡的旗队。只见一杆杆黑色的缎子大旗上绣着彩色辉煌的龙与凤，一阵春风吹来，旗帜一片响声。旗队之后，是几十名勇士组成的护卫队，他们个个英武无比，手中执着各种各样的武器，走起路来昂首挺胸，好不威风。皇帝的车辇豪华无比，五匹高头大白马缓缓向前走动，脖子上的铜铃悦耳动听。

"皇帝陛下！皇帝陛下！"人群一见皇帝的车辇，一下子全都跪了下去，叩头不止，山呼不断，没人敢抬头，只有黑压压一片后脑勺。

刘季也随人们跪下，但没有紧紧地把头贴在地上，而是微微抬头，从缝隙间看着皇帝的车队。金碧辉煌的车辇后面，紧跟着的是几十个穿红着绿的宫女。她们个个姿态优美，恭顺温柔，手里拿着各种物品，看来是准备随时随地侍候皇帝的。

人群中渐渐有了声音，赞叹声不绝于耳："这是皇帝，天下唯一的皇帝啊！"

"真是天子风姿！这气派，我老翁活了六十岁，还是头一回看见。"

"诸侯各国君主我见的多了，还从来没有见过这样威风凛凛的，真是自古以来的圣君呀！"

听着阵阵纷杂的赞叹，刘季忍不住也感叹了一声："大丈夫当如此也！"

众人都回头惊异地看着他，刘季却盯着始皇帝的车辇，目不转睛地看着，旁若无人一般。

回到村里以后，刘季常常想起京城所见的一切。虽然他还是一个小小的亭长，但是，他给自己的未来似乎找到了尚不清晰的目标。

就在刘季从咸阳回来的时候，沛县县令家来了一位贵客，此人姓吕，县令呼其为吕公。

从县令对吕公的恭顺态度来看，此人来历不凡，似和县令之间有着十分亲密的关系。原来，这吕公曾是县令的恩人，至此地是为躲避仇家的。

县令来了朋友，手下的人都想去庆贺一下，以示尊敬。萧何约刘季去吕公那里，可是刘季只随身带了一百多钱，这一百多钱哪能送得出手呢？他在这城中，除了县衙中的几个人，又没有认识的人，到哪里去借钱呢？无论如何，他是没法儿向萧何、夏侯婴他们开口的。他在大街上漫无边际地走着，忽然，他心生一念："我先让账房先生记上账，等明天再送来，私下同账房先生说，有何不可？"心下已定，他甩开大步向前走，打听吕公的住处。

在县城的一条较偏僻的街上，刘季终于寻到了吕公府院。门前已停满了车马，门上挂着彩灯。看来县里该来的人都来了。院子呈长方形，向里有三幢房子，房屋皆高大雄伟，装饰着飞檐和彩色的琉璃瓦。两边是厢房，各有八间之多。厢房前边，左边是抄手游廊，右边是一处假山。假山上有清水流下，水池中有各色水鸟，煞是好看。与假山对应，有一个八角形亭子，秀丽无比。

"这一定是哪个书香之家的房宅。"刘季思忖着向里走，找到账房先生，想给账房先生说一说。谁知这一凑近倒吓了他一跳，只见那贺礼单上皆是一千以上的重礼。有的是三千钱，有的是五千钱，有的是八千钱。除了钱之外，也有送银香炉一只的，也有送玉砚一方的，也有送宝马一匹的，如此不等。

"贺礼如此之重，这吕公看来对众人都有用处。如今的人精明得很，没有用的人谁肯来送礼？"这样想着，忽听那边有人高声宣布："各位贵客，凡贺礼不满一千者，请厅下坐！"

刘季觉得这声音很熟。他循声望去，原来是萧何！话音一落，只见一些人起身向厅下移去，看他们的装束，大概都是县中小吏一类的人。"我岂能与他们为伍？凡事得讲个气派，我不能在这个场合丢了面子！"他转过身抓起账房先生手边的笔，在贺单上写下一行字："贺礼万钱。刘季。"

账房先生立即对他瞪直了眼睛，随即喊到："此有刘季公贺礼万钱！"

刘季挺挺胸，大步向里走去。

且说吕公正在厅上接待贵宾忙个不已，忽听得账房先生的喊声，不知是何方贵客到来，忙出来相迎。"小人乃刘季也！"刘季声音洪亮地向里面走，恰好迎面碰上吕公，只见他年近五十，精神矍铄，面含微笑，有几分温厚也有几分儒雅，忙拱手行礼："恭贺吕公在沛县安家落户！"

吕公拱手还礼："多谢兄弟厚爱，请，里面请！"

送刘季入了座，吕公才看清这刘季的形容。只见这年轻人身高将近八尺，龟背斗胸，长颈龙颜，一派不同凡响之相，心中暗暗叹息。酒足饭饱之后，众人纷纷离去。刘季虽喝了不少酒，但还没有过量。他站起身后，向吕公走去："吕公，多谢厚待，晚生告辞了！"

"且慢，我有话要同你说。"吕公一面送客，一面示意他坐下稍等。客人全都走光了，吕公把刘季引到了偏房之中，说他自小学会看相之术，依老夫之见，你是贵人之相呀，将来的荣华无人可比。然后又问他成婚与否，刘季就说至今尚未成亲。

那吕公摸着胡子沉吟一会儿，说："如此正好，老夫家有一小女，正是待嫁之年，老夫愿将小女嫁与你为妻，不知你意下如何？"

刘季真不敢相信自己的耳朵，他立即倒下身去，行了大礼："多谢老先生看重，岳父大人在上，请受小婿一拜。"

吕公连连扶起他，笑吟吟地道："下个月二十八日是黄道吉日，就定下此日成亲。"

这刘季回到家中就把这件事同父母说了，一家人也是十分高兴，真是天上掉下来的馅饼。于是兄长邻居们就开始给他张罗着办喜事。这时候，吕公派人来送信儿，叫刘家不要太忙活，婚礼上的一切花销由他来出，到婚期的前几天，他派人送过来。

二十八日这天终于到了，刘季穿一身黑色织花的罗衫，满面笑容，愈发显得英武堂堂。萧何、夏侯婴等一般县吏也来了，那几个小兄弟更是忙前忙后，如鲤鱼穿游一般。刘家大院里里外外都是人，老老小小男男女女好不热闹。刘老太爷和刘老太太合不拢嘴，一个劲儿地向来客道谢。

快晌午时，一阵喇叭声响，送亲的队伍到了。前面是乐队，喇叭、唢呐、锣、鼓手们一个个喜气洋洋，全都穿上了一色的红衣衫。走在他们身后的是一顶八抬大轿，装饰得彩绣辉煌。大轿后面是一群送亲的人，是一个年长的女人带着几个姑娘。最后是彩礼队伍。一天的工夫好不容易过去了，终于听到了"送入洞房"的叫喊声，刘季进了屋，算喘出了一口气，揭开红盖头，刘季十分兴奋——新娘子虽然不像他想象的那么秀丽娇艳，但长方略圆形的脸，方方的额头，方而圆的下巴，配上高挺的鼻子，在胭脂的映衬和红色缎子绣花衣衫的映照之下，倒也显得妩媚动人。但是，她看他时的眼神令他有点胆怯——端庄而严肃。

他稍微迟疑了一下，附在娥姁耳边一阵低声软语。娥姁听他说了一会儿悄悄话，脸越来越红了，头低了下来。刘季因为忙于筹办婚事，也已多日没沾女人了，见到新人的样子知道时机已到，立即把新人拥入怀中……

当刘季沉沉入睡之后，娥姁却瞪着双眼看着周围的一切。一对大大的红烛依然亮着，映照着房中的一切，一切都带上了暗红色。她并不在乎房中的用具衣物等，这些东西算什么呢？她关注的是自己未来的命运。她相信爹娘给她选的这门亲事是最有前景的。但是，自她进门时起，她已从盖头底下看到了这个家的一部分摆设模样，知道这家比她娘家差多了。她还没见到公婆的面，但已经在拜公婆时听到了公婆的笑声，朴实、憨厚，纯粹的乡间人的笑。她有点犹豫，有点怀疑了——这样的人家能让她将来大富大贵吗？

她把目光投向了身边的男人。刚才，男人在她身上是很温存的，她没有看清他的相貌。她回忆着父亲说的那几句话，对照着"身高近八尺，龟背斗胸，长颈龙颜，不同凡响"观看，似乎有点像那个样子。就在这时，她隐隐约约看到男人头顶上方闪着一团金光，似有若无。她连忙坐起来，仔细观看。是的，真有一团金红色的光。她不由得心中一阵大喜，知道这就是王者之气。

父亲常给她讲看相、看气、观云气之类的话，过去她没看见过什么人有过。看来，爹的眼力是准的。这个人将来一定能给她带来大富大贵，让她出人头地。

很快，娥姁怀孕了。第二年初春，吕娥姁生下了一个女孩儿，刘季给她取了个好听而又有点雅味的名字——鲁元。转眼间又是两年过去了。吕娥姁又生了个儿子，取名刘盈。

初秋的日子里总有一段时间是连阴天。在泗水亭，刘季在阴雨天里没有什么事可做。他手下有了两个差役，平时帮他做杂事。现在，外面秋雨潇潇洒洒，三个人相对无言，实在无聊。两个役卒中的一个叫张宝的，每天就在那儿编一种帽子打发时光，帽子一个个编好了，张宝就把它分送给乡民。

刘季这一天看到他又在那儿编帽子，就问他："张宝，你为何总是编帽？嫌烦吗？"

张宝抬头看看他，笑了："大人，你有所不知，我这是在磨炼性情哩！从小儿我的脾气特别急躁，干什么事情都干不成。学学这儿，干干那个，总不能成事。就是在哪儿待一会儿都待不住。我爹就想主意，让我学编帽子。慢慢地，我的毛躁脾气还真改掉了。"

刘季忽然心生一念：我生性也是浮躁之人，如若将来要成大气候，必须能动能静，能坐得下来，沉得住气。像我这样一到阴雨天来临就犹如笼中困兽一般，是万万不行的。我何不也用编帽子来磨磨我的脾气呢？随即，他令张宝手把手教他编帽子。

经过一个秋季的练习，刘季学会编一种样子特殊的帽子了。这种用竹皮编的帽子，高七寸，广三寸，平整光滑如板，刘季自己非常满意，常在朋友面前称这是"刘氏冠"。

却说刘季在沛县亭长之位上，不知不觉迎来了他的第三十八个春秋。这年秋天，沛县县令交给刘季一个任务——令他押解六十多名壮役和三十多个囚犯前往骊山服役。这时，秦始皇已死，刚登基的离死还早的秦二世在全国范围内征集劳役去营造骊山皇陵，沛县也分到了百十个名额。县令东拼西凑，好不容易凑足了数目。左思右想，县令最终选定了泗水亭长刘季。

刘季自知是个苦差却也无可奈何。他辞别了父母和妻子儿女，就来到了县衙。见到那一群要押解的人，刘季心头一沉，只见那一个个汉子全被反绑着手，一个一个用绳子牵在一起，如同拴羊一般。看看他们的脸，全都阴沉着。他们周围，聚集着许多送行的家眷，哭声、叹气声、喊天声响成一片，真是一个凄惨的场面，令人心中发酸。他真后悔自己没有想办法推掉这份差使，现在怎么办也来不及了。硬着头皮，他押着众人上路了。

出了县城，迎面吹来的是凉凉的秋风。队伍中开始有人抱怨发牢骚了。有的怒气冲天骂县令，说他心狠手辣；有的诅咒差吏，说他们该断子断孙；有的人则唉声叹气，诉说家中有白发老母和弱妻幼子，他们走了，家里将无人支撑了；有的人则泪水涟涟，担心自己此去会不复返。刘季听着这些，心中不免也伤感起来："我虽为押解之人，但不过是个小小的亭长，如今和他们同向西行，和他们又有什么区别？此去骊山山高路远，谁知一路上会出什么事儿呢？家中父母年事已高，妻子儿女没人照料。想当初老丈人说我有贵人之相，如今我都三十八岁了，却也不知贵在何方，连妻子儿女都顾及不了，还有什么好前程呢？……"

刘季一路上这样想着心事，出了县城才三十里地，就发现少了几个人。原来，他们看刘季脸色阴沉，自顾着想心事，就悄悄溜了。刘季想着他们着实可怜，就把余下的绳子全部解开，劝他们好生赶路，行动自便，只要不跑就行了。看到刘季这样待他们，大多数人都感动了。

从来没有当官的对他们这么好过，有的人私下里道："听说过刘季为人仗义，却不曾亲自见过。今日他如此待我们，我们也不能以怨报恩，让他担当责任。反正在家乡也是活受罪，随他去吧。"当晚，大家停在一个驿站休息过夜。第二天一早，刘季忙着清点人数。这一点人数，他的心又凉了一截——人又少了几个。这时候，他才感到什么叫势力单薄，只他一个人，上哪去寻找这逃走的人？他勉强支撑着，带着众人继续西行。

几天之后，一行人进入了丰乡。这丰乡西边有一个大泽，向西的道路正从泽旁经过。刘季正盯着后面的队伍，忽然发现前面有几个人如受惊的兔子一般闪进了大泽里。他连忙赶到前面，哪里见到逃跑者的影子！气恼之间，又看到后面又是一阵骚乱。好不容易才捱过了大泽那段路，再清点一下人数，发现又少了八个人。他心中叫苦不迭，算起来，百十个人总共少了十几个了，这是万万交不掉差了。

苦恼之间，一个亭子出现在路边，一条酒旗飘飘扬扬在亭中摆动。众人也都齐声叫嚷走累了，要歇歇脚。刘季心头烦恼，听到众人叫嚷，就索性停了下来，令大家坐下休息，吃点带的干粮。他一个人走进亭中，买了些酒，让自己喝了个够。

太阳西斜了，刘季和众人仍未动身。逃亡多人，眼下已难以交差；道路漫长，一路多艰，不知会有多少阻碍！到了骊山，难免不遇上山塌石滚之灾；秦法严酷，自己是否能躲过治罪？逼急了这伙人，大家一起对付他怎么办？役徒各有家眷，他们贪恋故土也实在难免……

这时，一个念头闪现出来："如此这般，我还不如做好事做到底，把他们……"想到这里，他把众人全部叫醒，让大家围在一处，诚恳地说："各位父老兄弟，你们此去骊山，服的都是修陵苦役。身处异乡，水土不服，再加上繁重劳役，不知会有多少人能再回故里。古人云，叶落归根，魂绕故乡，你们却可能都是异乡鬼，我想好了。不如放你们逃走，给你们一条生路。"徒役们一下子全愣住了。过了一会儿，方知这不是梦，纷纷逃命去了。最后，刘季面前还站着十几个人。只见他们个个身强力壮、虎气生生，毫无逃走之势。他们说："刘公，我们几个商定好了，要跟着刘公。人生在世，讲的是一个义字。刘公如此大恩大德，我们逃走就是不义，我们心甘情愿跟随刘公，与刘公共赴前程，同生共死！"

刘季深深为之感动，他想了一下，向众人拱手道："既然如此，我们就一同向前吧。天地如此辽阔，相信会有我们的容身之地。"他看看天，环顾左右一下，对众人说："天快亮了，官人知道消息，必定会来追捕我们。抄小路走，先离开此处再说！"众人听这一声，呼啦啦簇拥着刘季沿着一条杂草丛生的小路向前走去。

脚下的小路只有一尺多宽，渐渐地，十几个拉开了距离。个子大行走快的把个子小行走慢的甩下了有里把路，刘季走在中间，和两个人同行。

"不好啦！不好啦！"忽然间，从前面跑回来一个人，他气喘吁吁地对刘季道："不好啦，刘公，前面有一条大蛇横在小路上，足有碗口粗，一两丈长。两边都是水洼地，没法儿过去了。""会有这样的事？"刘季抽出腰中利剑，"堂堂壮士一往无前，一条蛇有什么好怕的？"边说边向前奔去。走上前去，刘季果然看见一条大蛇横在小路正中，十分粗大。不知从哪儿来的勇气，刘季手起剑落，把大蛇斩为两截。又随手用剑把蛇挑开，带着众人向前走了。

快天亮时，刘季一行人由于走得太急，又累又乏。选了路边一块树林，大家坐下来歇息。一会儿，落在最后边的两个人也赶上来了。二人边抹头上的汗边道："怪事，怪事！距这几里远的地方，我俩猛然遇见一个老太婆坐在地上哭，不知为了何事，我俩就问她为什么半夜三更一个人在野地里哭。你们说怎么着，老太婆指着旁边的一条死蛇说，她儿子乃是白帝之子，今儿化蛇挡道，被赤帝之子杀死了。说罢，又呜呜地哭起来。我俩好生奇怪，就问她蛇怎会是她儿子，谁知一转眼她就不见了。"

"真有这等事？"众人一齐问。

"还能有假？我俩吓坏了，像飞似的追赶你们，只怕那是什么妖怪呢！"

"这一带水草多，也许是一个蛇精吧。"众人看他俩不像说着玩儿的，纷纷议论着。

刘季听了，心中暗喜，联想到以前的许多奇事，暗道：莫非我就是那赤帝之子？莫非我的机会到了？"弟兄们，走，抓紧时间赶路，离开这地方越远越好。"他浑身来了劲。带着众人又上路了。刚才，他已和众人议定，朝芒砀方向逃命。

芒砀一地因有芒山、砀山两座山而得名。两山相依相偎，中间夹着一块平地。这一带人烟稀少，荒草丛生，乱树遮天蔽日。其间的小路曲曲折折，长满了荆棘。山上的猛虎和野狼经常下山寻觅食物，令一般人望而生畏。但是山上又结满了各种野果子，生存着不少野兔、小鹿、黄鼠等小动物。对于逃难者来说，这一带是隐身的好地方。

在芒砀躲了二十来天后，突然有一天，刘季的夫人娥姁带着一双儿女找到了他们。刘季又惊又喜，他把儿女搂在怀中，感激地问妻子："你怎么找到这儿来的？"

当着众人的面，娥姁道："跟你一道出来的人有偷偷回村的。我从他们那儿知道了你们的解散地，沿着那条路找来的。"

"这一路上，你娘儿三个吃苦了吧？"刘季心中一阵激动，握着娥姁的手问。"路上倒没什么，两个孩子都走得动，吃的东西都有，只是在家里……"娥姁说到这儿，眼睛红了。原来，刘季押解一百来人上路之后，没几天就没了消息。县令想到刘季一个人带那么多人，有点不放心，就派两个县吏骑着快马沿着刘季要走的那条路一路追去，哪知前找后找也没见这一队人的踪影。县令急了，这不是要他掉脑袋的事吗？皇帝要的差役谁敢怠慢？经过多方打听，他才知道刘季把人都放走了，自己也跑得没个影儿了。

"跑了男人有女人，把刘季的家眷给我抓来！"县令大怒之下，把娥姁抓进去关了起来。

因为是夜里抓进去的，吕太公一点也不知晓。一个女人家，手里没什么钱，在狱里真是叫天天不应，叫地地不灵。每天饱一顿饥一顿的，娥姁哪里受过这种苦？只几天工夫，她整个人都憔悴了。有一天，她一个人坐在草堆上掉眼泪，看守恰巧是一个无赖式的狱卒。他见娥姁白白脸儿娇弱可怜的样子，心头升起了一种欲望。当下打开狱门就要调戏娥姁。娥姁一声声惊叫，惊动了不远处的另一位狱吏，他到跟前一看，认出女人乃是刘季之妻。当下冲进去，上去就是一顿拳脚，

19

把那个恶棍打翻在地。恶棍一看有人敢打他，放了娥姁和来者打斗起来。吵闹声惊动了其他的狱卒，众人一起上来才把二人拉开了。原来这个仗义的狱卒名叫任敖，和刘季处得不错，因而几次到刘季家喝过酒，所以认得娥姁。

闻知刘季夫人被抓了进来，他正想办法找门路，谁知竟出了这等事。凭他和刘季的关系，若不上前打抱不平，他觉得实在对不起刘季。然而，因为打架任敖和那个恶棍一道被带到了县廷。因萧何说情，这任敖才没受处罚。退堂之后，萧何悄悄派人给吕公送信儿去。吕公得知女儿在狱中，连忙打点了些钱物送到了县令府上。

县令见到了礼物，怎敢接受，这吕公乃是他的恩人。其实，抓吕雉进来，他也实是无奈，上面追究下来他也好有个交代。看到吕公这样对他，他心中甚是不安。平日里他就知道萧何和刘季关系不错，就找来萧何商量，问他怎么处置这件事。萧何说吕公是大人的恩人，这个忙大人一定得帮。上面如今尚未有什么动静，想来徒役逃走也是常有的事。大人可送些礼物给上面，说吕雉一个女人家，哪能管得了男人的事，把她抓来狱中，没有什么用处，不如把她放了了事。

县令听了，说这公事虽是正事，可也不能不讲个仁义。吕公对我有恩，不放吕雉，我这一生都不会心安。就照你说的办，以后的事我担着吧。吕雉受了许多惊吓，哪里还敢在家待下去。收拾收拾家，带了些盘缠，领着一双儿女找刘季来了。听了吕雉的叙说，刘季心头难受了一阵子。但是，要是今后总是带着这娘三个躲躲藏藏如何是好？他搔着头，不说话。吕雉看出了他的心思："夫君，你也别太忧虑了。我和孩子们跟着你不怕吃苦，你走我们走，你停我们停，保管不拖你后腿就是了。"刘季想了想，也没有别的什么办法，只好如此了。刘季与众人躲在山中，时而有在逃之人投奔过来，人数渐渐增多。

却说陈涉起义之后，已经在陈县称王，陈县距离沛县这么近，官吏们生怕他打将过来。一天，县吏们聚集到县衙堂上，惊慌地议论着。最后大家商定要组织力量，加强城防。县令一时没有了主意，他瞅瞅堂下，忽然看见了萧何。那萧何并没有显示出惊慌，一副从从容容的样子。于是他就向萧何问计。萧何上前一步，说："大人，沛县城池还算坚固，守兵单薄倒是可以解决。眼下四处都有逃亡的徒役和刑犯，他们都是些力大能战之人，如果招募一些来，城可守住。"

县令听了，微微点头："事到如今，只有如此了！"

这时狱吏曹参说："大人，沛县的逃亡之人中，首屈一指的乃是刘季。那人有勇有谋，富于豪气，很受沛县人称道。前不久他解散押送役徒，其中定有原因，大人不如把他召回来，让他带兵守城。从他的为人来讲一定会知恩图报，大人一旦得了他的帮助，定会渡过眼下难关。"曹参在下面，早已听出了萧何的用意，赶紧把萧何要说的话说了出来。

"既如此，可以把那刘季召回。"

于是县令又让刘季的连襟樊哙去山中找刘季，见了刘季，他呈上书信，对刘季说："姐夫，咱们躲在这儿快半年了，外面的情况多有不知。几个月前，有两个人带头造反。一个叫陈涉，乃是阳城人。一个叫吴广，阳夏人。他们攻了陈县，占了蕲县，还称了王。据说是攻无不胜，已有了好几万人马。如今外面早乱了，各县都有人造反，县令被杀了十好几个，领头响应的不计其数。县令看沛县有被陈涉攻占的危险，想让姐夫回去守城，以前的过错一笔勾销，这是召你的书信。"

刘季早已欢喜不已，接过书信浏览一遍，抬首对大家道："各位兄弟，县令送来了信，他要赦免我们的罪过，让我们回去帮他守城。好了，终于熬出来了，走！随我回去！"

围在周围的已有三四百人，听此一言，无不兴高采烈："好了，时候到了，刘公带我们打天下去！"众人簇拥着刘季，呼呼啦啦下了山，直奔沛县而去。

沛县县令打发樊哙上了路之后，心中总是平静不下来。樊哙那力大无比的形象在他眼前晃来晃去，总抹不去。"似这等人物如若拿不住他，恐怕反被他所害呀。再说那刘季也不是个凡角儿，他有那么高的威信，我这个县令往哪儿放？就算如今刘季能帮上我的忙，将来我拿他怎么办？……"

正在乱想之时，有一县吏来见。只见那人鬼鬼祟祟上前道："大人，有人从芒砀回来说，刘季那厮身边已有好几百人，皆是强壮敢死之士。如此众多人口回到沛县来，大人能拿得住他们吗？当下时局混乱，如若刘季一行人像别人一样发动起义怎么办？到那时，刘季不仅没帮大人的忙，恐还要为刘季所害。"县令一听，更加害怕，就向这个家伙问计，那人又说："依我看，先关紧城门捉住萧何、曹参二人再说。刘季现在还未到，只怕萧何、曹参二人送信儿出去，说大人改变主意了。"

县令点点头，狠狠地说："我得先动手，不能叫这群人给害了。索性杀了萧何、曹参，以免走漏了风声。"

第一章

送龙种真龙天子出世

县令立即召集狱卒，令他们火速去捉拿萧何、曹参。说来也巧，此时萧何正在曹参房中计议如何配合刘季守城之事，忽然听见有人打门，声音甚急，十分吃惊，不知出了什么急事。萧何先从门缝里向外窥探，只见来了十几个狱卒拿着家伙，立即意识到县令有变，拉了曹参就往后院跑，他们翻到院墙外，如兔子一般向芒砀方向逃去。刘季带着一行人几百个兴冲冲正赶着路，忽见前面跑来两个人，样子颇似萧何与曹参，心中起了疑心。他赶紧迎了上去，果然正是二人。一问才知道情况有变。

刘季稍稍想了一下，对二人道："想必是县令怕我在城中起事，这倒让他料着了。二位兄弟，你们对我向来不薄，如今二位的家眷都在城内，我不能不管。走，跟着回沛县，一定要救出他们！"

刘季带着几百人来到城下，见县令已经动员了不少百姓守城，便对萧何说："萧兄，你精于文章檄书，现为我修书一封，号令城中百姓在城中起事，杀了县令打开城门，我将率领他们共谋大业！"

萧何连忙起草，不一会儿，一封帛书系到了箭头上。刘季令人齐声大呼——"父老乡亲，看我帛书，不要替县令丢了身家性命！"城楼上人果然听到呼叫后全都引颈相望，借此之机，刘季拉开弓箭，只听"嗖"的一声，箭带帛书射到了城楼之上。却说城楼之上人见箭上带了封帛书，无不争相去看，只见上面写道："父老兄弟，秦王朝多年来鱼肉人民，压迫百姓，天下之人无不怨声载道、怨愤满腔。当今天下义军蜂拥而起，烽火遍地，已呈燎原之势。父老兄弟被强迫守城，实在是为县令一人卖命。不日之内各路英雄将屠沛城，大家不如杀了沛县县令，选择贤能之士而属之以呼应各路英雄。如此，将可安身保命，保城全家。否则，将身首异处，家破人亡！"

众人正看着，忽从人群中挤上来一个人，众人一看，原来是任敖。他拿起帛书对大家说："各位既然不知如何是好，不如先去找三老和城中义士商议。"众人在慌乱中，连声称好。任敖带着几人找到三老和几个常出头露面的人物。大家都说，沛县县令原本是上面派来的外乡人，为人迂腐而贪婪，早已令人深恶痛绝。不如杀了沛县县令，迎接刘季进城。

三老的主意已定，任敖立即带着一群沛人行动起来。他们冲进县衙杀了县令，砍倒几个恶棍式的吏卒，就再也没有人抵挡。只消一个多时辰，就打开了城门。刘季的人进城之后，除了帮助百姓收拾混乱的衙门、街道之外，没有任何扰民行为，跟以前县令手下吏卒的横行截然不同，城中百姓自然十分欢喜，对刘季又多了几分称赞。

待城中安定下来，三老和城中一些出头露面的人物，推选刘季为新的县令来主持以后之事。刘季心中欢喜，口上却说："刘季出身卑微，没有多少见识，如今天下大乱，领头者至关重要，刘季恐难胜任，还应择更为贤能者立之。"他看了看萧何、曹参，对众人道："萧公、曹狱卒一向在县中做事，知多见广，为人正直，足智多谋，胜刘季一筹。"

萧何、曹参一听，连忙相让："刘公，此言差矣！我二人虽在县中做事，但拿的是判狱之笔。如今统领众人于战火之中。我俩实是外行。驰骋疆场，斗智斗勇，谁也比不上刘公，这沛县之位，非刘公莫属！"

刘季听了，依然推辞不断。这时，一个老翁站了起来，只见他银发飘飘、精神抖擞、目光炯炯有神地朗声道："刘季，自古以来谋事在人，成事在天，凡成大事者必定有老天护佑才行。老叟久闻刘季颇有奇异之事，有大贵之相，只是未曾谋面。适才老叟为刘季看了相，以为确有天相，前途大吉大利。在此非常时期，群龙无首，你何必再要推辞？天将降大任于你，自然能成大事。"

众人听了，齐声称道。刘季无奈，只得点头应允。三天之后，正是一个黄道吉日，刘季就任沛县县令之职，众人称其为"沛公"。

这一天沛公一大早把各位文史武将召集到了一起。说："各位兄弟，如今天下已到处反秦，呈风起云涌之势。陈胜王已派四路兵马西击秦军，项梁、项羽在会稽起事，齐国人田儋自立为王，至于几千上万人为一路的军队更是数不胜数。秦王朝暴虐无道已久，天意要灭他们。古人云，识时务者为俊杰，当下正是我等崛起之时。人生在世，就要几番拼搏。就目前而言，我等还处于初发阶段，急需壮大势力。为此，我授命萧何为丞，曹参、周勃为中涓，周昌为舍人，夏侯婴为太仆，任敖、周苛、卢绾等以客跟从于我，诸位是否有异议？"

第一章

送龙种真龙天子出世

"没有，我等遵从沛公指挥！"众人齐声回答。

"那诸位马上行动起来！萧何、曹参负责张榜安民，征召沛人子弟入伍军中；樊哙、周勃、夏侯婴三人负责编排操练现有人马，为攻打胡陵、方与做准备。其他人员，各负其责，各尽其职。"当下，众人听命而去，一时间，热火朝天地干起来。

萧何、曹参原来熟悉文书告示，他们起草的告示言辞恳切，真挚动人，把全城百姓安抚得妥妥帖帖。平日里忙于县中大大小小案件，和城中人极为熟络，他们出面征召人马，自然最合适不过了。没几天工夫，就有好几千沛人子弟应征入军。樊哙、夏侯婴、周勃三人精于武功，都是深谙拳脚功夫、力大过人之辈，他们操练起军队来令人心服口服。不上十天功夫，军队已有了阵势。

光阴似箭，转眼已是十月天。十月初六这天，阳光明媚，晓风习习，沛公一声令下，樊哙、周勃、夏侯婴带领大军打向东面胡陵和方与。这一路人马早已憋足了劲，所以行动起来如秋风一般迅捷，只消五天功夫，已兵临城下。胡陵、方与二城县令，突见沛公大兵压境，十分惊慌。他们向城外望去，只见黑压压密匝匝的兵丁里三层外三层把个县城围了个密不透风。看来出城应战是必败无疑，他们就各自下令关紧城门死守。樊哙、周勃、夏侯婴早已料到了这一着，立即令人把携带的云梯架上，准备强行攻取。

正在这时，沛公派人传来命令："立即停止攻城，撤退回沛！"三人一时愣住了，不知出了什么大事。但军令如山，他们立即带兵返回。原来，沛公老母近日忽染风寒，高烧几天后又拉又吐，不治而逝。沛公非常伤心，深感自己这一生让老母操碎了心却从未尽过孝心。当下，他要下令樊哙、周勃、夏侯婴之人火速拿下二城以祭老母。萧何却马上进谏道："沛公，自古以来进兵都有讲究，其一是丧期不宜进兵。违天不祥，请将三人召回！"沛公深知萧何博学多识，当下派人去召来了樊哙等人。

一边办理母亲丧事，一边加强军队兵力。十几天后，丧事已毕，沛公再次召集众人商讨出兵之事。忽然，有探子来报："沛公，陈王进攻秦军大败，周文被困，吴广被杀，正有一支秦军向丰邑开来！"

沛公大吃一惊，但他立即镇定地下令："各位将领火速召集兵力，准备迎敌！"

第二章

反秦趁时借势入关

项梁，下相（今江苏宿迁县西）人，原楚名将项燕之子。燕被秦将王翦所围，兵败自杀，楚也随之而亡。因此，项梁对秦既有国恨，又有家仇，常思报复，然而苦无良机。有侄名籍，字羽，少时丧父，依梁为生，梁让羽读书，数年无获，又令其学剑，仍是无成。项梁非常愤怒，责骂项羽，羽说："学书只不过为了自写姓名，学剑也只能敌住一人，不值一学。要学，就学能敌住万人的本领。"项梁听后，怒气顿消，觉得此儿尚有鸿鹄大志，于是改教他兵法。项羽初学，颇为用心，然而时日一久，渐渐倦怠起来，所读兵书，只解大意，不肯深钻。项梁见此，知他生性粗莽，只好作罢。

项梁曾被仇家所害，被捕入狱，系于栎阳县中。他素与蕲县（今安徽宿县南）狱掾曹咎友好，作书请托，咎遂寄书与栎阳狱掾司马欣，项梁才减罪得以出狱。项氏本楚地大族，又是名将世家，项梁出狱后，怎忍得下受人诬陷，见机杀了仇人，因怕为吏所捕，携侄项羽逃往吴中（今江苏苏州市），隐姓埋名居住下来。项梁在吴地礼贤下士，乐于助人，在与豪门贵族交往中，深得他们的好感。每遇地方兴建工程及豪家丧事，常请项梁来主办。项梁调配众徒，指挥役夫，有条不紊，犹如行军打仗一般。吴人多佩服他的领导才能，有事都愿找他商量。

秦始皇末年，东巡郡县，过浙江（今钱塘江），游会稽。项梁叔侄随众人观銮驾。项羽看着被仪仗、卫队簇拥着的当朝天子说："始皇帝也不过如此，我完全能够代替他！"项梁闻言大惊，忙用手掩住项羽的口，拉他退出人群，责备说："不要乱讲话，被人知道，要株连三族。"然而，从此后，项梁更看重项羽了。

到二世元年（公元前209），项羽已二十四岁，长得身长八尺，身强体壮，才气过人。吴地少年，无一人能与项羽比勇，个个怕项羽。项梁见项羽如此，心中暗自欢喜，遂暗养死士，私造兵器，等待时机，以求一逞。

七月，陈涉起义，消息传到关中，宫廷一片混乱，项梁叔侄却喜在心中。九月，陈涉之将邓宗率兵南下，一路过关斩将，以至九江（治所在今安徽寿县），会稽郡守殷通，素与项梁友善，见天下已乱，忙召项梁相商。

刘邦于二世二年（公元前208）与张良相识后，就很赏识他的才华，想方设法想将张良揽于自己手下，直至汉二年（公元前205）张良归汉。自此，张良就在刘邦事业的整个进程中，起着极其重要的作用。他屡出奇谋，使刘邦脱离险境，克敌制胜：他以重金贿敌之策，智取峣关，刘邦才得以兵入咸阳，灭秦廷，降子婴；他巧用项伯，鸿门救驾，刘邦才脱险鸿门；他授计烧毁栈道，以惑敌耳目才使汉兵暂休汉中，待机东返；他以"明修栈道，暗度陈仓"之计，使刘邦兵出汉中，还定三秦；他阻立诸侯，使刘邦拒绝了郦生之谏，才避免了一场诸侯四起的混乱；他说服刘邦，使封三王，才败项羽于垓下，彻底取得了对楚作战的胜利，西汉政权建立后，他又授计吕后，令其往迎贤士"四皓"，以安太子。张良，的确是汉初的一位奇才。

始皇三十六年，即坑儒事件的第二年，齐地东部便传出天上掉下陨石，刻有"始皇死而天下分"之谶语。这可能是始皇的健康已严重恶化，被地方的反对派势力探知后，制造出来的谣言。同年秋天，在华山山麓附近的平舒大道上，也出现一块刻有"今年，祖龙将死"文字的玉璧。秦始皇的健康状况，已成了大家公开讨论的问题，全国各地反对力量的间谍，已将此作为制造不安谣言的题材了。

始皇三十七年，为平抚东方和东南方日益不稳的危机，并向全民显示皇上身体健康，秦始皇决定作即位来最长途的巡幸。其实始皇的健康已相当恶化，长年的辛劳和紧张，使他身心均面临崩溃，虽然重臣一再劝阻，始皇仍坚持启程，为帝国的安定作最后的努力。

这次巡幸主要在有效解决各地方问题，因此实际负责政务规划和推动的左丞相李斯也跟随出巡，由右丞相冯去疾留守咸阳，以维护帝国大本营的安全。此外，为解除旅途寂寥，幼子胡亥也跟随在侧。这次出巡带有大批官僚人员，加上医疗人员、侍从宦官、祭祀及观测天象的方士，护卫军团更不在少数，巡幸的阵容空前庞大。

队伍在寒冷的十一月动身，由咸阳直奔湖北云梦、安徽的海渚，到达江苏的丹阳（今南京市），并深入浙江的钱塘和会稽。阴湿、寒冷的气候加上水土不服，更加折损始皇的健康。但因为江东地区反对力量甚大，始皇不得不在这里多花点心血。但这份努力成效似乎不大，始皇去世第二年，楚人项梁、项羽立刻在此起兵叛乱，并因而带动了全国各地的起义行动。

巡幸的队伍由浙江再北上江苏，进入山东省的齐地时，已到了隔年春末夏初的季节。这时候秦始皇的身体已相当衰弱了。《史记》记载：

"始皇恶言死，群臣莫敢言死事。"

眼见始皇身体恢复已无希望，巡幸的队伍便准备尽速返回咸阳，然而却在这个时候，始皇病情急速恶化，在进入河北省沙丘地区时，便在相当紧急的情况下去世了。

据说始皇在觉悟自己将死时，曾留下遗言，下令被派往北方监军的扶苏，立刻将军务委托蒙恬，返回咸阳主持丧事。换言之，秦始皇已指令扶苏为继承人。

晚年的秦始皇对李斯等外籍政团已相当不信任，除了政策推动上的失败外，李斯过分排除异己，权力欲过重，和近两年发生的焚书、坑儒事件，都带给始皇身心极大压力。他似乎领悟到，只有长子扶苏继承大统，才可能矫正这些错误。

扶苏的个性颇像年轻时代的秦始皇，倔强、果敢、开朗又富宽容心，因此很得本土派军团领袖的支持。统一天下后的秦始皇重用外籍政团，逐渐疏远替他夺权的本土派领袖，加上统一政策推动上的重重困难，使得始皇父子间意见常有矛盾；尤其是为了焚书及坑儒事件，更形成两人更经常的争执。因此始皇一气之下，将扶苏派往北方边疆，便是对他"不听话"的一点惩罚。

但扶苏到底仍是最可靠的继位人选，即使在病情严重时，孤独的秦始皇，脑子中唯一信得过的仍是扶苏。由于扶苏是现行政策的主要反对者，因此始皇并未将这件事和李斯商量，临终前，只得将遗言书状、军队调动令及玉玺，交给随侍在侧的宦官赵高。指示扶苏直接回咸阳主持丧事，无疑是秦始皇也同意现行政策必须做重大改革。

赵高虽是宦官，但他的先祖属赵国王室之亲戚，因此和秦王室也有亲属关系。不过赵高家族一支早已衰颓，家中甚贫，因此其兄弟多人皆为宦官，身份不高。但赵高自幼企图心甚强，思考力敏捷，学问渊博又深通狱法，秦王政时代便以能力卓越而被破格提拔为中车府令，并出任始皇幼子胡亥之老师，教胡亥学习法令制度。

但不久赵高牵连到重大罪刑，由蒙恬之弟蒙毅负责审理，被判处死刑。幸始皇怜赵高忠诚，工作又认真，特下令赦免，并复其官职，但赵高和蒙氏兄弟因而结怨。

始皇晚年，接受卢生建议，刻意隐藏自己言行，因此赵高成了他和外界最重要的联系桥梁，甚至和李斯间的沟通，除非重大事情，都由赵高代劳，使得赵高权势暴涨，也逐渐培养了他的政治野心。

大权在握的始皇帝，似乎没有注意到赵高和蒙氏兄弟间的交恶，更不认为胡亥对扶苏有任何威胁，而将此重要事件循惯例交由赵高处理。

宦官地位卑下，因此对人事问题特别敏锐。赵高接到此一指令，衡量自己和扶苏、蒙恬的关系后大为不安，并且考虑自己的未来，自然非常不希望扶苏出头。

由于始皇死得仓促，除了少数亲信，不会有人知道其死讯，更不会有人知道有关扶苏的指令，因此他决心冒险趁机夺权，但至少仍必须获得胡亥和李斯的合作。

胡亥个性软弱、温和而无主见，虽然不忍心违抗父命，但在赵高软硬兼施的说服下，首先答应合作。

早年得始皇破格提升，成为一人之下万人之上的李斯，本身既以法家自持，自然不愿违反始皇遗命。但聪明的赵高以利害游说之，他指出，如果扶苏掌权，蒙恬和本土派领袖必受重用，他们都强烈反对李斯的中央集权政策，到时候，李斯不但权位尽失，可能连性命都难保。这一招正好击中李斯一向好疑又缺乏安全感的个性，只好在万般无奈之下，答应和赵高合作。

首先由李斯伪造始皇遗书，拥立少子胡亥登基，并暂时隐瞒始皇死讯，火速赶回咸阳。由于七月间天气日益炎热，尸体容易发臭，李斯乃下令车载一石鲍鱼，以混乱尸体的腐臭味外溢。等到巡幸队伍由新建驰道直入咸阳后，才发布丧事，并由胡亥袭位，承继大统，是为二世皇帝。九月葬始皇于骊山陵。

对李斯和赵高而言，最令他们担心的是驻守北方的扶苏和蒙恬的庞大北征军。如果依始皇遗命，让扶苏入咸阳为皇帝，以扶苏的刚勇和果敢，外籍政团力量必被彻底铲除。因此在沙丘密谋时，李斯便决定在公布始皇死讯前，先阴谋杀害扶苏及蒙恬。

但扶苏声望颇高，蒙恬又统有秦帝国最庞大的军团，要击败他们是非常困难和危险的。因此李斯决定利用赵高手中的玉玺和始皇随身佩剑。他首先选择最为可靠的禁卫军领袖为特使，并配属大量禁卫军团，带着伪造的始皇敕令，急速直扑北方军的大本营。

禁卫军团首先以突击方式，收缴了蒙恬的军权，又假传始皇命令，将北方军指挥权交付本土派军团领袖王离，再行逮捕蒙恬及扶苏，并出示伪造敕令及始皇佩剑，赐死扶苏和蒙恬。

始皇父子不和虽是公开的秘密，但刚愎暴躁的始皇从未有残害大臣的记录，更何况是自己的亲生子。始皇健康不佳，也早有传闻，然而在东巡途中，无任何事前迹象，便突然赐死长子和北征军统帅，岂不令人起疑？因此依常理判断，扶苏和蒙恬怎会只为一把佩剑及一张未经证实的君令便急于寻死？

策划此阴谋的李斯想必早顾及此，所以与其说是派使者去赐死扶苏，不如视为外籍政团派利用禁卫军，对北征军团作了一次策划周密的不流血突击战。北方军团虽号称三十万众，但他们必须防卫数千里之边疆，势必分守各地要塞，留守大本营的军力其实不多。李斯派遣的禁卫军团同属友军，事前也没有任何不利风声，蒙恬自然不会预作防备，因此禁卫军很快便控制住大本营的军队，蒙恬即使想作反抗，也无能为力了。

虽然蒙恬极力反对扶苏自杀，主张应要求晋见始皇，但扶苏认为大势已去，苟延生命反而自取其辱，何况有始皇佩剑为证，遂自杀。蒙恬仍坚持亲见始皇，使者唯恐逼得太急，造成北征军团不满而生变，只好将蒙恬暂时监禁于阳周的军事监狱中，并依皇令解除蒙氏一族的所有军权。蒙恬自然是永远也见不得始皇，日后即在胡亥令下，吞药自杀于狱中。

蒙恬的先祖是齐国人，祖父蒙骜在秦昭襄王时代，投奔秦国求发展，由于秦王室先祖亦起自齐地，因而对他特别有亲切感，加上蒙骜颇富军事才能，在征韩、伐赵、攻魏战争中居功甚高，曾官至上卿。蒙骜之子蒙武，曾参与王翦伐楚的征战，当时击杀楚军统帅项燕的便是蒙武的军队，使蒙氏在秦国军团中声望大幅提升，到蒙恬时已统领秦帝国最大的北征军团，并负责指挥修筑万里长城的工程。

蒙恬文武双全，曾著有狱典文学，因此深得始皇重用。但蒙恬虽统大军，却非本土派的军事领袖，李斯便是利用这种矛盾，首先将北征军指挥权交给真正本土派的王离，使本土派军事将领在沙丘事件中保持中立。至于扶苏自杀，自有始皇亲笔指令，也与他们无关。沙丘事件起始，李斯原处于非常不利的情况，但他充分利用掌权的方便，配合赵高及胡亥的合作，以迅雷不及掩耳的速度，击败强大的政敌扶苏和蒙恬。

胡亥即位为二世皇帝时，虽已二十一岁，但他到底是始皇幼子，虽有伪造之指令，也无法取得其他公子之心服口服。何况扶苏的死因可疑，而且本土派重臣根本不满李斯及赵高集团，使原本内忧外患、危机重重的秦帝国，因而更处于政争的高度紧张状态中。

胡亥原本无心政治，更没有当皇帝的心理准备，如果不是赵高半强迫的威胁利诱，他必也无心于夺权。因此即位后，他便派赵高为郎中令，把一切政事均委托给赵高，甚至连宰相李斯都很少接见。

赵高虽然聪明干练，但长期居于内宫为宦官，对外面的情势了解太少，对秦帝国的内忧外患，除了在处理始皇之公文时略有所知外，也很难真正掌握。因此他关心的不是解决国家的各种危机，而是如何与众公子和重臣们夺权，如何拥有像他最熟悉的秦始皇般的权势和威风。

因此，在二世皇帝即位的第二年，赵高便主张举办如始皇般的天下巡幸活动，规模几乎和始皇最后一次巡幸一样庞大，同时也举办各种刻石及歌功颂德的祭典。但由于胡亥即位不久，内部便因争权的暗流太多而呈现皇权不稳现象，也频频动用大军及国库费用在扩建宫殿和埋葬始皇的骊山陵工程上，所以人力和物力的耗费都很惊人。

宰相李斯大为担忧，乃联名右相冯去疾上书，劝导胡亥努力稳定内部，以集结国家力量。

但胡亥以为李斯故意批评他，便和赵高为谋道：

"大臣不服，官吏尚强，诸公子必与我争，为之奈何？"

31

赵高也深为大臣之不服而苦恼，因此建议胡亥以强硬态度对付不服的大臣，以建立皇帝威权。

"郡县守尉有罪者诛之，上以振威天下，下以除去上平生所不可者。"

赵高主张摒弃目前的当权阶层，大量起用新人，以巩固新的权力体系。

"贱者贵之，贫者富之，远者近之，则上下集而国安矣！"

统一政策的推行已经困难重重，赵高的夺权策略，又把始皇和李斯辛苦建立的官僚系统完全摧毁，政治上的混乱可想而知。他接着"乃行诛大臣及诸公子"，连近侍的小孩都不放过，六公子戮死于杜，并逼使公子让闾兄弟三人自杀；所有秦皇室宗族及本土派军团领袖大为恐慌，纷纷逃离咸阳。不少军团因而解散，相关部属士兵因领导者涉嫌叛乱，全部连坐为罪犯，并被派往骊山陵做苦工。商鞅变法以来努力建立的国有化武装部队，也在这次夺权行动中完全崩溃，据说被流放到骊山陵的便有七十余万人。

赵高认为夺权行动已成功，为节省经费，乃大幅度缩减秦始皇的禁卫军团，其主要工作只成了陪伴胡亥和赵高，令教射狗、马、禽之游戏而已，战斗意志和士气均大为消沉。其他的部队除防守各地方安全者外，全部调为监督全国各地驰道、宫殿工程，以及运送粮食的后勤部队。至此，维系摇摇欲坠秦帝国的最后栋梁——官僚体系和武装部队也完全解体。

二世皇帝元年七月，终于发生了渔阳县守备队长陈胜和吴广在楚地所发动的起义。

陈胜为颍川郡（今河南省）人，陈胜野心大，并颇富胆识及组织能力，只是身处乱世，家道贫穷，以致难以为生，年轻时一度还沦落到为他人雇作临时的耕种工人。

据说有一天，陈胜心血来潮，在田埂上发呆甚久，慨然对周围的雇工同伴表示："他日如果能得志，切勿相忘。"

旁边的雇工不禁取笑道：

"我们这种替人打工的，连吃饭都有问题，哪还敢奢想富贵呢？"

陈胜却摇头表示：

"哼！像燕雀这种小鸟，哪里能体会鸿鹄飞翔万里的雄心壮志呢？"

不久，陈胜找到了从军的机会，当时局势已不稳定，或许军中较有发展机会。可是秦二世执政以来，军队大多配属去作监督流放罪犯的工作，陈胜也被编入这样的戍卫小组。由于陈胜组织力强，工作分派敏捷有序，成效颇佳，很快被提拔为守备部队的小队长。

这段期间，他结识了一位非常重要的伙伴，即同为颍川郡人的吴广。吴广为人豪爽，善待部属，在部队中声望颇高，陈胜极欣赏吴广的个性，吴广也很钦佩陈胜的能力，两人于是结为莫逆之交。

这次他们同时奉命押解一群工役，将粮食送到安徽蕲县附近的工地。但当他们到达江苏大泽乡时，遇上了倾盆大雨，道路全为洪水淹没，车、人皆动弹不得，被困住了好几天。如果他们无法依限期到达目的地，依秦国刑法可能被判处死刑。

陈胜眼看已不可能如期赶到，便和吴广密谋商量：

"去也是死，逃亡也是死，与其等死，不如揭竿而起，干个痛快吧！"

两人虽决定就地起义，问题是该如何说服跟随着的这批兵士和罪犯呢？

陈胜向吴广表示：

"天下由于秦王朝的苛政已受了不少苦楚，我听说二世皇帝原为始皇幼子，根本不应当皇帝，应当继承的人是长公子扶苏。扶苏由于进谏，和始皇意见不合，被派到边疆为监军。据传扶苏本无罪，是二世为了夺权阴谋杀害他的，很多百姓都风闻扶苏贤明，希望由他继大统，但民间也有很多传说他并没有死，潜藏起来等待机会而已。另外，楚将项燕曾数败秦军，十分爱护部属，因此军团溃败后楚人都怜惜之，也有人认为他没有死，而且转入地下活动，随时准备抗秦。如果我们假借他们的名分起义，一定能够得到足够的支持。"

吴广同意陈胜的看法，但他们只是小队长，还有一个总领队的秦国官吏在，如果杀害他，由陈胜来领导，又如何让部属和流犯能相信他们呢？

吴广建议先在鱼腹中塞入用丹书帛写的"陈胜王"三个字，再教士卒们去买鱼烹食。果然在剥开鱼腹时发现此丹书帛，士卒们都以为是天意，私下传开，认为陈胜一定是不平凡的人物。

吴广又派人晚上跑到土地庙，藏在草丛中，看到有人来便假装狐狸的叫声，并喊道："大楚兴，陈胜王。"士卒皆感惊讶，对陈胜不得不另眼看待。

但这时候的陈胜反而假装一无所知，一副悠然自得的样子，让人更觉得有神秘感。

在台面上演出的大多是吴广，建立士卒对陈胜的信心后，接下来的工作便是除掉总领队的秦国将尉了。

吴广故意用酒灌醉将尉，并在他面前挑衅，表示将带部属逃亡，还故意口出恶言侮辱。将尉一气之下，在众人面前表示要鞭打吴广；吴广反夺其鞭，将尉拔剑而起，吴广夺其剑，并当场刺杀之。将尉的两位助手大惊，欲逮捕吴广，陈胜随即奋起，格杀了两位助手。

由于一切都在大庭广众前发生，看不出有何阴谋，加上吴广人缘好，大家都同情他，因此都以为这是将尉不对所造成的临时性悲剧。

大祸既已酿成，陈胜当众宣布：

"诸位，我们因为碰到大雨，已不能如期赶到工地，依秦法将被斩杀。即使不被斩杀，据说做苦工而死者，十有六七，如今又发生这件意外惨剧，看情形必连坐而非死不可。白白赔上一命，实在不值得，壮士不死则已，要死也要轰轰烈烈的，王侯将相本无种，大家跟着我起义举大事如何!?"

吴广早在部属中安排几位自己人，立刻大声附和，由于刚刚才发生命案，群众情绪激奋，也因而跟着起哄，集体叛变之协议很快便达成了。

这时，陈胜才提出他已苦思甚久的计划，假冒扶苏及项燕之名，向全国各地发出檄文，要求联合共同反抗秦政。不久，便有武臣自立为赵王、魏咎自立为魏王、田儋自立为齐王，俨然已恢复统一前的情势。其中影响日后局势最大的，是在沛县起义的刘邦集团，以及在会稽郡起义的楚国贵族后代——项梁和项羽集团。胡亥即位一年不到，叛军已遍布全国各地了。

这些叛乱中，声势最大的便是楚地。楚国原属分权国家，各地的武装力量相当独立，因此当年项燕的联合部队被王翦击溃时，靠近东方江南地区的楚国部落几乎仍完全保持着他们的兵力，只是那时候的秦军实在太强了，使楚国各部落不敢随便反抗。

自秦始皇统一天下以来，楚国东方一直便是最不稳定的地区，甚至在秦皇室最强大的时候，该地区的民间已流传着"楚虽三户，亡秦必楚"的谶言，表示即使剩下最后东方的三族部落，最后能够攻灭秦国的仍然是楚国。

陈胜便是利用这种气氛起义的，他自立为将军、吴广为都尉，首先攻占了大泽乡，再攻蕲县，继而北上攻略陈城。这时候已汇聚有兵车六百乘，千余骑兵及步卒数万人，声势浩大。陈城的父老向陈胜建议道：

"将军披坚执锐，伐无道、诛暴秦，最好是能有一个积极的政治目标。我们既在楚地起义，何不以恢复楚国社稷为号召，并自立为王。"

陈胜同意他们的看法，但以自己不是楚人，不宜直接称为楚王，乃号作张楚王，意即欲张大楚国也。

但陈胜集团和楚国关系不深，很难得到各地楚部落之支持。因此便将大军向北移动并进入齐地（今山东省），并杀害了不少地区郡丞，统合了齐地的各组叛军和粮草后，便打算西向攻击咸阳。

当陈胜将力量往北移动时，楚国有两股力量，在短期内便也颇具实力了。

响应陈胜、吴广起义的楚国部族中，最受瞩目，而且势力成长也是最快的，要属拥有会稽城的项梁和项羽叔侄。

会稽城便是现在的浙江省会稽市，春秋末年曾是越国的京城。越国在勾践王时代，击败了当代霸主吴王夫差，不但恢复了险被灭亡的国运，还进而挥军北上，成为春秋时代最后一任中原霸主。

但勾践并未在中原发展实力，他仍是很快回到会稽，并以此为中心发挥其霸主威信。也因为如此，会稽城很快便声名远播，成为了当时最繁华的城市之一，也成了中国东南方的军事重镇。

但越国在勾践死后，继承人便发生内讧，不久即为南方霸主楚国所灭，会稽城也成了楚国的一部分。

由于东方的吴、越等部族在传统上与楚国有宿怨，加上民风强悍，统治十分不易，楚王便特别将战斗力最强的主要部族贵族镇守在这些地方，其中最有名的便是"项氏"部族。

项是地名，原在今河南省项城。

项氏部族以擅长野战闻名，出现过不少有名的将领，在原本便勇于作战的楚国诸部族中，项氏的英勇更是出类拔萃的。自从奉命负责军事占领这块宿敌的土地后，他们更是软硬兼施、恩威并行，不但做到了有效管理，而且也颇赢得吴越地区长老们的敬重。

战国末年，项氏更出了一位盖世名将项燕。当时楚王室力量颓弱，正规的主力部队根本无法抵抗秦军的南侵。当楚国正面临生死存亡的危急关头时，项燕临危受命，指挥组织松散的楚国各地区部落的增援联合部队，居然大败秦国的南征军团，让当年的秦王政（秦始皇）都大为震惊。于是项燕立刻成为全体楚人心目中的首席英雄，并将重振楚国的希望全部寄托在他的身上。

为了面对这意外的挫折，秦王政不得不再次请出已退休的秦国名将王翦，倾尽秦国力量，率领六十万大军南下征讨楚国。由于楚国原本便是联盟组织，结构松散，向心力较弱。面对秦国的统战运用，有不少部族早已个别和秦国讲和，有些甚至暗中和王翦勾结，倒戈来对付项燕的联合军团。

王翦早看出楚军的弱点，因此他不和项燕正面作战，反而消极地采取坚壁清野的战术，以持久战来消耗项燕的实力。果然项燕军团粮食不继，各部族自行撤军，联合阵线也因此崩溃。项燕不得已，只好下令撤军，企图集中力量守住自己大本营的东半壁江山。不幸在撤军途中，遭到主和派出卖，王翦以疾如风的追击战术，准确捕捉住撤退中的项燕主力部队，使楚国最后的防卫力量也被击溃，项燕则在苦战中以身殉国。

项燕不但英勇善战，对待部属更是如同兄弟，因而在军中声望极高，很得楚人敬重。他死后，楚国民间几乎均不愿接受此噩耗，因此纷纷传言死去的项燕只是个替身，真正的项燕将军则仍藏于楚境的某一山区，等待机会随时准备再度领导楚人抗秦。

"楚虽三户，亡秦必楚"的谶言，便在这种执著的信念下广为流传。即使是在秦始皇统治的十年中，项燕的大名都不曾消失，反随着秦国统一政策失败和楚人憎恨秦政的情绪而愈滚愈大。

陈胜、吴广起义时，吴广的部队便一度托名是项燕的残余军团东山再起，将领导楚人以反抗秦军。

传说中，项梁便是项燕的嫡传幼子。

项燕战死时，嫡长子和几位较大的儿子，都随着殉国。留守在大本营的长老，便在秦军攻入其东方大本营前，护送其幼子逃避于山区中。

十余年后，终于在原先楚国大本营的会稽城附近，出现一对自称是项燕的儿子和嫡氏孙的浪人——项梁和项羽叔侄。

有关项梁的记载在史书上非常少，经过这么多年地变迁，他是否真正为项燕的后代其实已很难求证了。我们只知道他大约三十岁，中等身材，外貌和举止倒颇雍容典雅，的确有贵族气质。而且也精通兵法，富于谋略，领导魅力也不错。因此，当他自称为项燕幼子时，大多数楚人都毫不怀疑地接受了。

但更令人瞩目的却是他身旁的侄儿项羽。和一般楚人的中短身材不同，项羽的身形十分魁梧，史料记载他身高估计八尺余，大约为一百七十八公分到一百八十公分，对南方的楚人而言，算是个彪形大汉了。

据项梁的说法，项羽是项燕的嫡长孙，或许其母系方面有北方人的血统，因此身材较高大。项燕父子殉国时，项羽不到十岁，所以在重臣保护下，和小叔父项梁共同避开秦军追捕，逃亡到山区中，长大后则追随项梁浪迹天涯，寻找机会以领导楚人重建江山。

司马迁在《史记》中记载，项羽名籍，"羽"是他的字，这便显示他的确属于贵族，才能够有名又有字。他的出生地相传在今安徽省的下相地方，也是原本项燕部族的根据地。这些传闻，加上他独特的巨大身材，使得楚人完全相信他是名将项燕的嫡传后代。

天生武将条件，加上幼年困苦环境，使项羽颇具领袖气质，年纪轻轻便颇有大志和主见，独立性亦强，因而项梁也非常看重他，几乎倾尽全力想培养这位没有父母的孤儿早日出人头地。

他首先教项羽读书识字，但项羽却认为这太麻烦了，他实在没有耐心，因而一点也不用功。

稍大以后，项梁便教他基本的剑法，这方面项羽由于力大无穷，因而颇有天分，很难找到同等的练习对手，没多久他便又不感兴趣了。

文的、武的都不行，"爱侄心切"的项梁也不免要生气了。他担心项羽长大不成才，有愧家风，便恼怒地埋怨道：

"你这样没有耐心，将来到底想做什么呢？"

想不到项羽却理直气壮地表示：

"认字只不过能记诵一些姓名而已，剑术再好也只能击败一个对手，这又有什么好学的？我想学的是成为万人敌的大将！"

项梁甚奇之，乃教他学习兵法。项羽这方面倒是才气十足，稍加指点便能抓住重点，举一反三。只是他没什么耐心，不肯动脑筋深思，因此只能掌握几个大原则罢了。

项梁在逃亡途中，有次因为被背叛的族人出卖，在栎阳地区遭到逮捕。幸而蕲县的狱掾曹咎深知项梁之身世，乃暗中通知栎阳的狱掾司马欣，设法救出了项梁。项梁也因而与此二人结为深交，暗中常有来往。

不久，项梁杀死了出卖他的仇人而被追捕，风声颇紧，司马欣恐泄露项梁身世，乃协助他逃往吴中地区，接受这些地方楚国部族的保护。

吴中即现在的苏州一带，原为吴国的大本营，在秦王朝时代，配置于会稽郡的管辖下。

到了战国中期，吴中地区已成了楚国贵族项氏部族的势力范围，因此项梁叔侄的到来，便受到了英雄式地欢迎。加上项梁学问好，慷慨好施，立刻得到了地方长老的拥护，成为了非正式组织的领导人。

中国人自古最重视的是丧事和祭祖，通常都会请地方最有名望者来主其事，直到今天，治丧委员会的主委也必是德高望重者。古代的"治丧主委"，由于分派工作上的需要，更实际掌有地方上最多的人力资源，因此哪个人能办事，哪个人有哪些特长，身为主委者是再清楚不过了。《史记》中记载：

"项梁杀人，与籍避仇于吴中，吴中贤士大夫皆出项梁下，每吴中有大繇役及丧，项梁常为主办。"

因此项梁不但声名鹊起，对地方人才的掌握，也拥有绝对优势。

为了日后打算，项梁更趁机积极组织吴中的楚人豪族及其子弟，暗中授以兵法，并让大家深服其才能。没多久，便建立了相当雄厚的班底及人脉。

秦始皇巡幸会稽郡，在渡过钱塘江之际，曾在江口举办大型仪式，阵容非常雄伟，项梁也特别带着项羽前往查探。

想不到项羽看到秦始皇的非凡气派后，深为感慨，当场脱口而出：

"彼可取而代之。"

项梁听了大惊，立刻掩其口：

"不可乱讲，是会抄家灭族的。"

项羽却做做鬼脸，一副满不在乎的模样。

项梁以其豪气干云，也不禁受到感染，从此更认为项羽必是非凡之材。

据说项羽身材雄伟，力大无比，单手可以扛起鼎镬，因此吴中的年轻子弟，对他疯狂着迷般地崇拜。

由于项梁在吴中地区名气颇大，早年流浪各地，途中又见闻不少，因此对时局大势常有他独到的过人见地，连秦王朝派任在会稽的郡守殷通，都不得不对他另眼看待，引为贵宾。

秦皇朝的会稽郡，统有春秋时代的吴、越两国版图，居民大约一百余万人，辖区共有二十六个大小县城，几乎占据了中国的东南半壁江山。

因此殷通在表面上权势颇大，俨然是封建时代的一个君主。

不过，秦王朝是彻底的中央集权，郡守只是中央政府派在地方的代理人，负责替朝廷征收租税和劳役，权轻而责重，万一有所延误，只要中央一道谕旨，随时都可能丢官入狱。

古代的通讯不发达，一个地方首长想要完全掌握各乡镇县城之情报，其实是非常不容易的，因此必须借重地方有力之士来帮助他。也就是必须笼络地方"龙头"，才能有效推动政令，对朝廷有所交代。

项梁在殷通的眼中，正是吴中地区的"大龙头"，只要有项梁的支持，什么事都好办多了。

对于负责规划此中央集权郡县制度的李斯而言，会有这种民间非正式领袖的产生，实在是始料未及的制度缺陷。

"连郡守大人都对他礼让三分！"

殷通对项梁愈尊重，项梁在地方的声望立刻水涨船高，因而也愈有影响力，殷通便不得不更依赖他了。

不久，这位民间领袖便成为会稽郡的"地下郡守"，其实际的影响力更是大于正牌官派郡守的殷通。

面对这种情况，心里最不安的便是殷通。他可真是有苦说不出。对项梁势力的忧心与日增加，但对项梁的依赖性也一天比一天更大。

不久，便发生了不可避免的悲剧。

陈胜、吴广起义的风潮，由江北迅速向江南蔓延。

会稽郡也很快受其影响，一方面怕起义的叛军南下征粮，一方面也基于对秦王朝之怨恨，各县城长老纷纷集合，商组自卫部队，他们心中的理想领导人才便是项梁。

项梁自然也有这个意向，问题只在于时机到底对不对。深晓兵法加上谨慎作风，使他不轻易表露自己的野心，尽管地方长老一再暗示，项梁仍只作不知，以等待一个更好的机会。

给项梁起义机会的却是心中一直忐忑不安的会稽郡守殷通。

郡内情势急速恶化，让殷通胆战心惊。他深知只要有人响应叛变，第一个遭殃的便是自己，就算秦王朝中央能派来援军，恐怕也是远水救不了近火。

因此殷通决定先下手为强，不如自己主动响应叛军，或许反而会得到地方长老支持，割地自立，成为一个诸侯也说不定。

但自己是王朝派来的空降部队，缺乏地缘关系，因此必须抓住几个重要干部，只要得到他们的拥护，起义绝对不成问题。

眼前最好的人选，自然是项梁了。但项梁声望太高，一不小心，反而会被他取代，因此最好有另外一个可以牵制他的力量。

殷通想到了另一个楚部族地方领袖桓楚，桓楚勇猛而少心机，目前正好犯罪逃亡在外，如果由自己赦免他，桓楚一定会感激不尽，成为自己的忠诚干部。桓楚在楚部族中也拥有一定实力，正可用来制衡项梁。

但桓楚不知行踪，当今之计，应先找项梁来好好商量。

项梁表面上仍一副谦恭忠诚的模样，以免殷通对他有任何怀疑。

想不到心急如火的殷通，单刀直入便表明自己有意造反的心态：

大江以西全都造反了，这也是上天要灭秦朝的时候啊，我听说先动手的可以控制别人，后动手的就会被别人所控制。我打算起兵，让您和恒楚统率部队。

项梁大吃一惊，心想秦王朝如此严厉的法制，一旦碰到危机反而因缺乏弹性，更容易迅速崩溃。

看到身为最高地方首长的殷通，对朝廷的忠诚度竟如此脆弱，项梁感慨良深。于是他以怀疑的眼光逼视着殷通，表现出一副不了解其心态的样子。

看到项梁质疑的眼光，殷通更紧张了，他几乎口不择言地表示：

"再慢可能就来不及了，我们必须尽速募兵，以免被别人抢先……"

项梁觉得好笑，但另一个灵感立刻闪现在其脑中。他在心中暗忖道：

"要造反怎么可能支持你这个朝廷官吏呢？必须抢先机的应该是我呀！"但表面上，项梁仍不动声色，他客气地向殷通表示："桓楚目前逃亡在外，他的藏匿处只有我的侄儿项籍知道，我现在去把他找来，由您直接命令他去找桓楚吧！"殷通不疑有他，立刻答应。项梁很快跑到郡守府邸外面，找到正在门口等待的项羽，只见他低声和项羽交代几句话，两人便又很快进入府邸内。

项梁的神情和语气均显得有些激动，失去了往日的冷静，显示心中正酝酿着一件大事。反而是项羽面不改色，只不断微笑点头，便快步跟随在叔父后面，显现颇为恭谨的模样。

殷通见他们叔侄进来，也立刻起身笑脸相迎。

不料，项梁脸色一变，大声喝道："是时候了！"

殷通还来不及反应，项羽已火速冲到其跟前，拔剑一挥，殷通人头已随着一束血箭，飞向半空中。

由于这是秘密会谈，现场并无他人。

项梁这才恢复从容状，慢慢拾起殷通首级，拿下他身上的郡守印绶，和项羽走向门外，对郡府官员告知此一事变。

守卫队见状大惊，立刻呼喊"刺客"，郡守大门口陷入一片混乱。

项羽拔剑向前，立斩十余人，众皆惊伏。

项梁这才宣布在郡守办公室召集紧急会议，郡城重要官吏一律参加。

府内官吏大多是楚人，原本便和项梁交好，见其势也都顺水推舟，表示支持项氏叔侄，并主动安抚人心。

项梁也正式公布殷通之野心及罪行，并宣布即日起会稽郡恢复独立，由楚人自治，以响应陈胜等在江北地区的起义行动。

郡府官员立刻编集人马，由各县城募得人员八千余，并由吴中长老及子弟中选择较能干者，分别封为校尉、侯及司马等官吏，没多久，项梁便将会稽郡的军政体系完全纳入掌握中。

有位原属楚国贵族的地方领袖，在这次分派工作中未获得重用，非常不高兴地亲自向项梁抗议。项梁笑着表示：

"前些日子，我曾派你主办一件丧事，但你却显得无法胜任，我看你的领导才能有问题，所以这次不能再重用你了。"

这件事充分说明，项梁在平常已做了非常详细的"人才库"建立工作，对每个人的能力有完整评估，让吴中地区的地方领袖们不得不服气于他的领导。

第二章　反秦趁时借势入关

于是项梁自任为会稽郡守，并以项羽为裨将，积极结合郡辖内各县城的楚民力量。

这一年，项羽才二十四岁，但俨然已成为江南地区起义军的副领袖了。

陈胜在自立为张楚王后，便派出了不少军力，分别经营原先战国时期各诸侯国的地区。

为抢得长期粮秣根据地，"假王"吴广的主力军全力抢攻粮仓荥阳。但固守荥阳城的是秦王朝的宰相李斯之子李由，他原任三川郡（今洛阳）郡守，动乱再起时，李由便主动安抚境内百姓，并亲自率军守住荥阳。

以军事谋略而言，吴广并不如李由，因此虽然兵力占有绝对优势却无法攻占荥阳，只能在城外对峙，将荥阳城团团围住。

陈胜不得已，只得再派出自己的主力部队，由周文率领，直接由颍川攻打三川郡城，并企图直入函谷关，威胁咸阳城。

周文是陈胜手下的首席大将，负责全军统御任务，如同现在的参谋总长职衔。

但周文其实是个文人，作战的实际经验不多。他曾是楚国名相春申君的宾客，项燕举兵对抗秦国南征部队时，周文曾出任项燕参谋，因此对名将项燕的战术有相当程度地了解。加上他学问好、口才佳，组织力又强，谈起往事，头头是道，让人觉得项燕的战绩有一半应属于他的功劳。

由于陈胜军团中的将领，大多是民间流寇出身，实在没有能力指挥正规作战，因此陈胜只好全权委托给稍有军事知识的周文了。

周文这时已是六十余岁的老人，体力和反应大不如以前，但到底经验丰富。他不但迅速攻下颍川，更集结各地前来投奔的部队达数十万人，兵车也有数千乘，浩浩荡荡攻向函谷关。

在陈胜分派到各地的军团中，较为重要的尚有武臣、张耳、陈余经营赵地，汝阴人邓宗经营九江郡，韩广经营燕地，周市经营齐地，葛婴经营吴。

张耳为魏国大梁人，年轻时曾当过信陵君食客，后犯罪逃亡中，得到外黄县富翁之助，不但将女儿嫁给他，并且运用钱财帮助张耳重建声名，终能出任外黄县令，进入魏国的贵族阶级行列。

陈余也是大梁人，年轻时好儒术，曾长期游学于赵国。和张耳相同，他的岳父家也是千万巨富，因此两人不但有才名，而且有相当财力做后盾。

陈余比张耳年轻一个辈分，因此一直尊重张耳为父执辈，两人成为忘年之交。

张耳在早年曾认识刘邦，由于他个性慷慨好施，很得刘邦的敬重。

秦国击灭魏国后，张耳及陈余流亡在外，由于他们两人在魏国民间声望颇高，朝廷特别下令缉捕：

"凡缉获张耳者，赏千金，缉获陈余者，赏五百金。"

两人不得已化名逃亡，藏匿于陈城，为里监门（里中卫队）自求生活。

有次里吏责陈余办事不力，以鞭笞打之，陈余怒，欲起身反抗，张耳阻止之，并以身掩护，代陈余受笞。里吏怒消离去，张耳带陈余至外面桑树下，责备之：

"我一再教导你，难道你都忘了?！我们两人责任重大，怎可为一小吏之辱而寻死?"

陈余立刻答谢，两人并向天地共誓，结为刎颈之交。

陈胜占领陈城时，张耳偕陈余共见之，因两人素有贤名，陈胜非常高兴，聘之为参谋。

陈胜欲自立为王，张耳阻之，认为应先攻打秦廷，重建战国时代六国之后裔，并宣示以天下为公，据咸阳，诛暴秦，以成帝业，但未为陈胜接受。

陈余又劝陈胜，应派兵经营赵地，因为赵人一向强悍善战，若得赵军支持，就不用再担心秦国之武装部队了。

陈胜便以自己的亲信——陈县人武臣为将军，邵骚为护军，以张耳及陈余为左右校尉，率三千人北向侵略赵地。

武臣等由白马津渡过黄河北上，原赵国贵族后裔及地方长老纷纷响应，集结了数万兵马，号为武信君，并攻下赵地十余县城。

虽然关东一带叛军四起，但秦王朝的京城咸阳仍显得一片太平。即使由东方常有探马急报动乱讯息，但朝廷总以流寇处理之，未曾重视。

由于有函谷关为屏障，咸阳城所属的关中地区拥有极为优势之地利。这块土地原为周王朝立国的大本营，周平王东迁后，便将它赠送给秦国经营。

四百年来，关中不但富裕，而且防备完善，成为中国首屈一指的政治、军事及经济重镇。

除函谷关外，北有萧关要塞，西有散关，南有武关，地势险要。一夫当关，万夫莫开，不论中原有如何变局，关中都不易受到影响。

因此尽管各诸侯国后裔已快速自立，天下大势很快又回到了统一前的情势，但二世皇帝胡亥仍稳稳地安坐其位，似乎未受到影响。

由于身为幼子，从小便缺乏掌权的心理准备，如果不是赵高半强迫式的拥立，胡亥绝不会登上皇帝宝座。

虽然并非天生愚蠢，但胡亥对掌权及治国的确毫无概念，他当皇帝只是为了享受自己的生活而已，人民的需求、政治秩序的维持，跟他好像一点关系也没有。

秦始皇晚年，由于统一政策失败，各地已严重不稳，加上军役、劳役太多，人民流离失所，小集团盗贼四起，抓不胜抓。始皇去世后，执政的宰相李斯彻底检讨施政上的缺失，乃决定暂停大型军役、劳役；与民休养生息。

他和右丞相冯去疾、将军冯劫，共同进谏胡亥，为求长治久安之道，应降低王朝享受，减税薄赋，平息民怨，重揽人心。

但对胡亥而言，任何事都好商量，但要他减少开支，降低享受，绝对无法接受，否则当皇帝还有什么意义可言。他实在无法忍受这群倚老卖老的大臣不断地叨扰，因此有意无意间总尽量逃避他们，有什么事便找要他做皇帝的赵高去抵挡一番。

这下却正中赵高下怀。从小便为宦官，加上聪明又富才学，赵高对宫廷内的行政及皇权的运用了如指掌，因此深得胡亥信任。但在实际政治作业上，由于缺乏外界的资讯及经验，他远不如元老重臣的李斯，因而让赵高有着强烈的心理压力。

既然胡亥害怕处理政事，赵高便乘机兴风作浪地怂恿道：

"皇上本来便是尊贵无比，应当远离尘世俗人，不必处理繁杂琐事。"

这句话是胡亥最爱听的，既然有这样的"理论根据"，他更乐得不再上朝听事，成天流连在后宫，纵情享乐，一切政事委由赵高。

赵高成了"假皇帝"，他权力欲甚重，事无巨细，事事干涉。但对于平定流寇、重建天下秩序之事，他却一点也拿不出办法。为了不让自己的弱点暴露，他竟下令不可在朝廷上讨论流寇之事。

等到周文的大军进逼到函谷关口一个要塞时，赵高才大感惊慌。

他一面埋怨李斯等对政事处置上的失当，一方面也只得向胡亥报告，希望借用皇帝的威权来解决此一危机。

突然接到这个紧急军情，胡亥也吓了一大跳，如同醉梦中刚醒过来的人，他慌忙求救于满朝文武。

对关东流寇问题了解最多的，是主管渔政和税政的少府章邯。

战乱发生不久，影响最大的便是各地方的租税和渔税，因此章邯比任何人都了解问题的严重性。半年来，哪个地方已沦陷，哪个地方仍平静，他一清二楚。虽属文官，但他是传统的秦贵族后裔，有武学的基础素养，加上个性果断，度量宽宏，颇得人心，在文武官员中拥有不少朋友。平常交谈中，他们便常论及有什么方法可以应付当前的危机。因此对于这件工作，章邯的思虑最为完整而周密。

由于蒙恬事件及诸公子事件，使不少秦国原有的武装部队都被编入骊山陵的罪犯劳役中，其中更不乏作战力甚强的秦部落传统军团。为了对抗周文急奔而来的大军，唯有重编这股潜在的军事力量才足以胜任。

当天，章邯详细分析流寇态势，并向胡亥提出建议：

"盗贼大军已至，声势浩大，即使我们想召集附近的郡县守军来对抗，恐怕也远水救不了近火。在骊山陵劳役的罪犯中，不乏过去的军团，只要先赦免他们，重新编组，再加以短期集训，便足以对抗来犯的盗贼了。"

赵高虽对章邯抢尽风头的表现颇多不满，但以李斯为首的重臣强烈支持章邯，胡亥自己又无主见，赵高本身也不懂军事问题，只好顺水推舟地交给章邯去办了。

胡亥于是下令大赦天下，命令章邯赴骊山免除"骊山众"之"罪行"，重新编组军团，至于人员不足部分，则将奴隶阶级的后裔也收编为后勤部队，尽速开往战场。

章邯大开府库，将秦军传统的黑色战袍战盔全部发给骊山众，连旌旗也是黑色的，使重整后的大军更显出一股凄厉、宏伟的模样，满山遍野，乌黑一片，军容十分壮观。

反秦趁时借势入关

陈胜自蕲州起兵以后，传檄四方，东南各郡县，纷纷响应，戕杀守令，义旗高举。

沛县与蕲县距离很近，蕲县百姓杀官吏的事件很快传入沛县。沛县百姓称快，吓坏了沛县县令。

沛县县令寻求自保的办法，可思来想去，也没有良策。准备举城向陈胜投降，这样可保全性命。

萧何与曹参均感到这是一个剧变的乱世，乱世出英雄，他们准备以刘邦为首大干一番。

于是萧何与曹参向县令献计：

"君为秦朝官吏，怎么能向强盗投降呢？再者，即使县令投降陈胜也难以保住官位，因为人心难服，也许会有民变，大人的性命仍然难保。"一席话，说得县令哑口无言。"那就是说没有办法啦？"县令急得满头大汗。"办法是有，就看你采纳与否了。"萧何的口气很坚定。"快说，快快说。"县令心急如焚。萧何侃侃道来："可以召集逃亡在外的亡命之徒，人数有几百人就可以了，这样，既可压制百姓，不使有变，又可保证城池不丢。"

无计可施的县令只得听从萧何、曹参的建议。

于是县城的大街小巷与各主要集镇均贴上了县衙的告示，广招流民乡勇。

多事之秋，百姓以能过一个太平日子为目标，所以，前往官府报名的并无几人。

萧何觉得解救刘邦的机会来了，便找到县令，继续进言：

"现在告示已贴出，但响应无几，我们还需扩大招人范围。"

"全县不是都贴上了告示吗？范围还能扩大到哪里。"县令问道。

"扩大到不能贴到告示的地方，比如说，逃犯聚集的深山老林。刘邦现在躲避于芒砀山中，这人是个豪杰，手下也有百余人，若把刘邦赦罪召来，刘邦一定感恩图报，成为有用人才。"萧何一口气说出了自己的想法。

对此计，县令照样点头称是，遂遣樊哙前往芒砀山，召刘邦出山进城。

樊哙也是沛县人，家业有限，没有恒产。专靠杀狗为生。樊哙的妻子叫吕嬃，是吕雉的胞妹，吕公的小女。

县令觉得樊哙与刘邦有亲，派樊哙请刘邦，可增加信任度，能很快达到目的。

樊哙得令后，马不停蹄，不多时，便赶到了芒砀山刘邦的住处。

樊哙见到刘邦后，刘邦确实吃惊不小，待樊哙讲明来意后，才放下心来。

此时的刘邦已今非昔比，由于广纳壮士，百姓纷纷投奔，人数已达百人。

得知沛县县令相招，刘邦自然高兴。终于可以离开深山了，刘邦与众弟兄好好庆贺一番。

第二天，刘邦带领家属徒众，与樊哙一起下山向沛县走去。

一队人马，春风得意，浩浩荡荡开向县城。

行至中途，刘邦见老友萧何与曹参气喘吁吁地赶来。

刘邦见二人如此慌张，也顾不上谈及别后思念之苦，忙问：

"两位先生，如此紧张，是何原因？"

看来确是事态紧急，萧何与曹参也没有别后重逢的客套，萧何开门见山向刘邦通报了险情：

"我们两个原来请沛令召你进城，名义上是帮助官府，而实际上是要你到城中带兵起事，现在天下大乱是干一番事业的时候了。"

曹参喘了口气，接着萧何的话茬说：

"原来我们的设想挺好，哪知有了变化，县令变卦了，已怀疑我们另有图谋，恐对他不利，所以下令关闭城门，阻止你进城，并下令捕杀我们两人。好险啊！幸亏我们两个人提前得到消息，连夜逃出，才保住性命。"

萧何又说：

"现在当务之急，是如何保护城中家眷，免遭不测。"

听到这里，刘邦双手抱拳，对两位朋友说：

"两位放心，刘邦会全力相救。多年来，我以及我的家人多次受到二位的关照，在二位有难之际，我怎么会不思报答。"谈到这里，刘邦用手一指他的部属高声说：

"我现在已有部众百人，我们总会有办法的，这样吧，我们先到沛县城下，看看形势，再决定进城的办法，我们一定要冲进城去，杀掉狗官。"

于是，百余人的队伍又向沛县县城进发。

刘邦等人走到城下，见城墙高耸，城门紧闭，一时无法进城，即使强攻，百人的队伍亦恐难以奏效。

"开门！开门！"

"让老子进城去！"

刘邦的部属高声叫骂着，但城内没有任何反应，如何进城呢？众人都在思索着同一个问题。

"我倒有一个办法，"萧何开口了，"城中百姓，未必都服从县令，据我所知，早有壮士准备反秦，现在，我们可以先修书一封，叫百姓尽可杀死县令，我们再重重有赏。可是，"说到此萧何有点犯难，"可惜城门未开，无法投递书信，这如何是好？"

听到这里，刘邦哈哈大笑：

"这有何难，你这个办法很好，请君快写书信吧，别的你就别管了。我自有办法将信投入城中。"

萧何舞文弄墨绝对是一把好手，在沛县很有名气。不仅字好，文章也很漂亮。很快，萧何草就一书，递给刘邦，刘邦展帛细读，内容跃然帛上，上面写道：

天下苦秦久矣！今沛县父老，虽为沛令守城，然诸侯并起，且必屠沛。为诸父老计，不若共诛沛令，改择子弟可立者以应诸侯，则家室可完！不然，父子俱屠无益也。

此信恩威并重，利害分明，刘邦看后，脱口说出：

"写得太好了！"

说完，刘邦命人将信封好，自己带着弓箭，只身来到城下，找到一个地势较高的地方站住了，然后，高声向城内喊话：

"守城的官兵，你们听好了，我刘邦有话要告诉你们，你们现在为沛令守城是自讨苦吃，你们可以看看我的书信，若按上面写的那样做，可以保全你们及全城人的性命。"

说罢，把书函系在箭上，然后，拉弓射箭，"嗖"的一声，箭杆带着书函飞入城中。

守城兵卒见有书函随箭射到城墙上，纷纷过来观看，见所写话语句句有理，很合心意。

"反了吧，我们何必给秦朝卖命呢?"

"县令让咱们来送死，没门!"

兵卒们几乎都同意反戈一击，但是，毕竟还年轻，拿不定主意，深恐自己的举动有什么闪失，于是下城与诸父老商量。谁知，一拍即合，众父老乡亲也众口一词，全都赞成杀掉县令，打开城门。

"走哇! 找狗官算账去!"一位老者振臂一呼，众人呼啦啦随同前往。

守城兵卒拿着兵器，普通百姓则就地取材，有的随地拾起砖头瓦块，有的找一截木头拿在手中，有的抄起了生活家什，一群兵民相杂的队伍，一路呼叫着，气势汹涌地奔向县衙。

县令此时正躺在内室小憩。

几日来动荡不安的局势，使沛县县令惶惶不可终日，常常彻夜不眠。他十分清楚，不管有何变故，首先受到冲击的是他这个一县之主，秦朝的暴政太不得人心了，他作为秦朝的县令能有好下场吗? 疲惫不堪的县令刚刚休息不长时间，突然，一衙役闯入内室，结结巴巴地向县令报告:

"大人不好了，守城的官兵和城内百姓反了，他们正向县衙冲来。"

县令一挺身，马上坐起来，身体不由自主地颤抖起来。

大势不好，县令的第一个反应就是快逃。

然而，县令哪里知道，兵民早就将县衙围了个水泄不通。县令绝望了，真是上天无路，入地无门。县令只得打开县衙大门，迎接兵民，作一个好姿态，也许这样他还会有一丝生机。

县令命人打开大门。

门外愤怒的士兵和百姓站了黑压压一片，看到这种阵势，平日里威风凛凛的县令不寒而栗。

"各位父老，你们要反秦，本人早有此意，今日里你们来得正好，否则我还得请你们来，现在，我们共同商议一下反秦举兵的大事吧。"县令为了争取主动，首先开口。

"与你商量个屁。"

话音未落，一个黑大汉持刀走到县令面前，指着县令的鼻子痛骂道:

"狗官，别玩把戏了，你是什么东西我们都清楚，你不是还想作威作福吗?

老子现在就送你到阎王那里享清福！"说完，手起刀落，县令的人头随着喷溅的鲜血，滚落一旁。

众人一片欢呼。

"走，开城门迎接刘邦。"众人呼喊着向城门奔去。就这样，刘邦未用一兵一卒，就在百姓的欢呼声中喜气洋洋地进了县城。

沛县不可一日无主。刘邦进了县城后，就召集全城有头脸的人物商议县中大事。

县衙的大堂里坐满了本县体面人物。刘邦、萧何等坐于中央。刘邦首先说道：

"各位，沛县县令已死，从沛县百姓计，今后如何处置，请各位发表高见。"

一位年长的人站起来，面对众人开口说道：

"现在，天下诸侯纷纷起兵，秦朝恐难持久，我县苦秦久矣，借此良机，沛县应当背秦自立。我以为，当推刘公为沛令，主持全县，大家以为如何？"

众人点头称是。众望所归，皆愿推刘邦为沛令。

"背秦自立，就这样定了，只是沛令一事，请各位再斟酌一些。"刘邦对背秦自立一事没有异议，自进入芒砀山那一天起，他就没有准备再做秦朝的臣民，是秦朝暴政使他走投无路，藏匿深山的，今儿有机会背秦，他当然十分拥护。尽管刘邦每日每时都想改变处境，大富大贵，但这一刻来临得太突然了，以至于刘邦感到措手不及。心里无底。

主持一个县的军政大事，不是儿戏。

刘邦见众人仍坚持推他为沛令，便继续说道：

"天下方乱，群雄并起，我若为沛令，如有处置不善，会一败涂地，到时会追悔莫及，我不是小看自己，只是深恐自己德薄能低，有负众望，不能保全沛县父老子弟，请大家另择贤能，以图大业。"

众人见刘邦实在有意谦让，就有意举萧何或曹参为令。

萧何见此，连忙起身推辞：

"众人美意，我与曹参都领了，但不能担当一县之主。"

说到此，萧何看了看曹参，似在征求曹参的意见。一旁的曹参重重地点了一下头。萧何与曹参交往多年，彼此一个动作，一个眼神都能心领神会。萧何凭直觉知道自己完全可以代表曹参的意见，便继续说道：

"我与曹参均是文吏，不懂军事，在这多事之秋如何带领全县百姓保命守城呢？"

其实，萧何还有一种考虑，只是未说。他自知军事能力不济，一旦事败，必株连宗族，这是十分可怕的结局。

萧何相信刘邦完全有能力担当沛令，所以他再次举荐刘邦：

"目前只有一人可当大任，那就是刘邦，如刘邦为令，我与曹参甘心为辅，定会不遗余力。"话虽至此，刘邦仍然推辞。看此事久议不决，众乡绅异口同声再举刘邦："我等平生素闻刘季貌相奇异，必当大贵，且我等已问过卜筮，只有刘季为最吉，望刘季不要再坚辞，请沛公受我等一拜。"说完，众乡绅跪倒在庭堂里，请刘邦担当沛令。

事已至此，刘邦也不好再说什么，便毅然接受。当然，刘邦心里也明白，这既是大富大贵的契机，也包含着事败杀头毙命的危险。于是，刘邦被众人举为县令，尊称沛公。时年刘邦四十八。

有人为刘邦算了一卦，九月初一是黄道吉日。刘邦就任沛公一职的就职典礼就定在这一天。

九月初一这一天，秋高气爽，湛蓝的天空上一队"人"字形的大雁悠然南飞。与如此孤寂气氛形成鲜明对照的是沛县县城的刘邦就职起兵仪式。

刘邦举行就职典礼的场面十分隆重。北侧是一个大香案，香案上摆放着猪、羊祭品，几支粗大的祭香冒着袅袅青烟。两侧飘扬着数不尽的红色旗帜。将红色作为旗帜的颜色，是刘邦亲自定下的，来源于赤帝子刀斩白帝子的传说，刘邦希冀用赤旗使部属相信这个传说，进而增加他无形的神秘影响力。整个典礼场所人来人往，热闹非凡。

刘邦在众人的欢呼声中，身披红色斗篷，昂首阔步，威风凛凛地走到香案前。刘邦的就职典礼开始了。

刘邦先祭黄帝，后祭蚩尤，然后，在鼓瑟声中宣布就职沛公。

这是刘邦对秦王朝的宣战，也是刘邦登上皇位的关键一步，刘邦的命运从此开始了重大转折。

在刘邦的就职仪式完毕以后，开始分封官吏，当然受封之人都是刘邦的故

反秦趁时借势入关

友挚交。

刘邦授萧何为丞相,曹参为中涓,樊哙为舍人,夏侯婴为太仆,任敖为门客。

从此以后,刘邦又多了一个响当当的称谓:沛公。

沛公的目的绝非仅仅占据一个沛县,他要在混乱的局面中扩大生存空间。沛公召集部属谨慎商议,密谋出兵。

为此,刘邦令萧何、曹参广招沛中子弟,迅速招募到三千人。刘邦认为时机已到,命樊哙、夏侯婴统帅兵马,向胡陵县、方与县两县进发。

樊哙与夏侯婴是第一次带兵,虽然没有什么军事经验,但懂得一个浅显的道理:要想得到百姓的拥护,必须有严格的军纪。这是秦王朝的暴政给他们上的"常识课"。樊哙与夏侯婴带领兵马,一路无犯,抵近胡陵、方与城下。

胡陵、方与两城守令知道来者不善,不敢出兵迎战,只好紧闭城门,静待事情发展。至于等到什么时候,等待什么结局他们也不知道,他们知道的只是穷于应付的秦王朝是不会很快给他们派救兵的,听天由命吧。

城外的樊哙与夏侯婴气势正盛,第一次带兵不知深浅,只想杀进城去立头功。

正在樊哙与夏侯婴准备强行攻城之际,刘邦派人送来一封信,这封信改变了事态的发展。一心听天由命的两位县城守令因此保住了性命。这大概就是常讲的"命运"。

刘邦的母亲刘媪去世了,刘邦要办理丧事,故来信要樊哙与夏侯婴收兵回丰乡。樊、夏二人不好违命,吐出了到嘴的"肥肉",无功而返。

刘邦小试牛刀之举,就这样悄无声息地结束了。

为何在如此关键的时候,刘邦命令撤兵?刘邦并非完全出于孝心。刘邦要借母亲的丧葬来显示威风。刘邦没有忘记他的老丈人吕公到沛县时,沛县县令是如何铺张的,那是地位与权势的显示。同样,刘邦做了沛公,成为一县的最高长官,坐在了原沛县县令的位子上,他要向家乡父老显示自己的地位,为壮声威,他不惜调用正在攻城略地的兵马。

刘邦似乎忘记了四周是秦朝的地盘,一心一意办起了母亲的丧事。

此时,秦朝的兵马并没有因刘邦按兵不动而听之任之。

一支秦军自泗水杀向丰乡，好在秦军战斗力不强，被刘邦打败，刘邦虚惊一场。

"妈的，乘人之危在背后捅我一刀子，我先灭了你。"刘邦气极了，他命雍齿守卫丰乡，自己带兵攻打泗水。刘邦迅速杀进泗水城，杀了泗水守令，解了心头之恨。此时，刘邦的"后院"起火。

就在刘邦攻入泗水城内的时候，留守丰乡的雍齿投降了另一股反秦力量。

雍齿之举才是真正在刘邦的背后捅了一刀子，那是刘邦的家乡啊！

"雍齿，你这吃里爬外的家伙，太不仗义了。"刘邦瞪着圆眼大骂雍齿。

刘邦迅速返乡，攻打雍齿。雍齿不是傻子，他知刘邦必然返回，与刘邦的厮杀不可避免，他又知道自己的力量远不如刘邦，于是，筑垒固守。说来也怪，刘邦几次强攻均未奏效。一股无名火憋在刘邦心里。

一波未平，一波又起，雍齿的另一作法更加激怒了刘邦。

丰乡本为刘邦故里，均是刘邦的父老子弟，本来衷心拥护刘邦起兵抗秦，但是，受雍齿的胁迫，被迫反对沛公。让刘邦的乡亲反抗刘邦，让刘邦的乡亲与刘邦厮杀，这一招实属毒辣，刘邦如何不气愤。

但是，愤恨解决不了战斗，刘邦见久攻不下，便准备向外求救兵。于是，撤兵向北，乞求其他路援军。

哪知，刘邦此行因祸得福，行至下邳，得一奇才，这便是日后成为汉初三杰的张良。

刘邦遇张良，似乎就是天助刘邦。

张良，字子房，原是韩国人，祖上为韩国贵族。张良的祖父与父均为韩相，曾迭任过五代韩王之相。

秦灭韩时，张良年少，还没来得及当官，但此时，张家已有家丁三百人，家大势大。旧天堂的毁灭，使张良像通常的贵族遗少一样，胸中燃烧着复仇的烈火。

他试图暗杀秦始皇，来为韩国报仇。

秦始皇二十九年，张良的弟弟死了，张良听说秦始皇要出巡，没来得及安葬弟弟，便散尽家财，收买一个大力士做刺客，在阳武博浪沙（今河南原阳东南）狙击秦始皇。

反秦趁时借势入关

张良偷偷铸造了一个大铁锤，铁锤重达一百二十斤，交与大力士，埋伏在秦始皇必然经过的驰道旁。哪知，精心的准备都因最后的一击而失败。铁锤只击中了副车，没有伤到秦始皇的一根毫毛。

为此，秦始皇愤然"大索天下"。

张良因此更姓变名，流落到下邳。

为泄一己私愤而横冲直撞，只落得事败身危，却丝毫无改于天下大势。这是历史的必然。但是，无论天道、人事，必然中又伴随着许许多多的偶然。张良在穷途末路中，在下邳巧遇黄石公，便是一种"偶然"给他的命运带来转机，使之学业大进，为日后辅佐帝王获取了资本。

二世元年九月，项梁、项羽和刘邦起兵响应陈胜。张良乘机聚集青少年百余人，扯旗反秦。二世二年（前208年）正月，张良准备率众前往投靠在留县的楚王景驹。不料，途中与刘邦不期而遇，两人一见倾心。

张良多次与刘邦大讲《太公兵法》，深受刘邦赏识。沛公乃授张良为大将。

张良也十分佩服刘邦，因为张良的兵法，别人不晓，故也无他人赏识，唯有刘邦能心领神会，并能虚心采用其策。

张良不禁喟然兴叹：

"沛公似是天授英王，天成其聪颖！"

于是，张良决定追随刘邦，辅佐刘邦打天下。

这次不期而遇，对刘邦、对张良都是一种特殊的机遇！在中国古代，虽然有所谓"君择臣，臣亦择君"的名言，但是，由于人们活动范围的狭小和眼光的短浅，选择受到很大局限。

在相当程度上，一个人的成败要取决于机遇，或者说"命运"。正由于这种特殊的机遇，使张良有幸投靠杰出的政治家刘邦，而不是刚愎自用的项羽，或者是徒有虚名的其他人物。

从此君臣相得，如鱼得水。一个是豁达大度，从谏如流；另一个则是聪明天纵，屡献良谋。

刘邦与张良相遇后，兵合一处，刘邦感到若攻打丰乡的雍齿，兵力仍嫌不足，于是同到项梁大营，乞求援兵。

项梁深明大义，慨然帮助刘邦这一反秦义士，他知道一荣俱荣，一损俱损的道理，于是发兵相助。

刘邦得到项梁的帮助后，杀回丰乡。

盘踞丰乡的雍齿看到刘邦带回大队人马，着实吃了一惊，若与刘邦开战无异于以卵击石，自投罗网，便趁黑夜悄悄撤出丰乡，投奔魏国。

刘邦、张良与雍齿的第一次交锋到此结束。

这是刘邦、张良、雍齿三者之间错综的关系第一次绞合在一起。日后，在刘邦分封功臣时，三者的关系又有一次十分精妙地绞合，进而也为后人留下了一个脍炙人口的历史故事。

刘邦吓走了雍齿，重进丰乡。

章邯将骊山众组成了秦皇朝的最后一股防卫力量，总人数高达二十万人。

最先逼近函谷关的叛军，则是由周文指挥的陈胜主力部队，人数虽已难考证，但也有数十万之众。

两位阵前大将都缺乏实际指挥作战的经验。

章邯官拜少府，本是九卿中最低层次的财税官员。不过他属秦部落贵族，从小接受严格武学训练，加上心思周密，从编组骊山众的成效看来，章邯的确具有相当不错的指挥能力和领导魅力。

周文是项燕军中负责占卜和天象的参谋，虽没有实际的临场拼战实力，但编组和调动军队也算相当在行，加上长年军事历练累积出的智慧，使他自认是陈胜阵容中的首席大将。

骊山众虽是劳役罪犯，但至少有一半以上是身经百战的秦部落军团。加上章邯擅长包装造势，整齐划一的黑色戎装，全黑的旌旗，使他们呈现出钢铁般的坚强斗志。虽然他们是政争中的牺牲品，对王朝权贵难免心存怨恨，但他们为能保卫乡土而背水一战，故士气相当高昂。

反观周文军团大多是由投机的杂牌军组成，他们虽是为求生存而反叛，但早期的过分顺利，使他们多少陷于骄傲又缺乏信心的矛盾心态中。虽然周文利用谋略制造声势，使原本士气低落的守军节节败退。但接下来他们所面对的却是一股怨气冲天、正想找地方发泄的生力军。

双方一接触，胜负立分。

赢得太顺利，使周文失去了应有的警戒心。

攻入函谷关，即进入了平坦的关中盆地。由于周文率领的是来自各地的杂牌军团，指挥及调度困难；因此在进攻咸阳前，周文有意先行重新整编，并和陈胜的总指挥部取得联系，乃决定在关内附近驻营。由于人数庞大，以及补给粮食的方便，营区的部署极广。

财政官员出身的章邯，比一般将领更重视情报的搜集。当他得知周文军团进入函谷关后便分散驻营、暂时休息的消息，立刻判断周文军指挥困难，警戒必松弛。于是他下令组成精锐的突击军团，由自己率领，火速攻打周文的大本营。

宛如一片乌云凌空而降，章邯的黑旗加黑衫军团，制造了压倒性的视觉震撼效果。周文大本营军队无心作战，纷纷溃逃。周文无法应付此一状况，眼看大事不妙，他老人家自己先抛弃军队，落荒逃出关外，直奔曹阳，才勉强稳住阵脚。

章邯的军队虽较少，但他以集中的兵力击溃周文主力，其余的杂牌军见状，立刻一哄而散。陈胜的主力大军至此完全崩溃，这也是陈胜阵营中的第一场大败仗。

主力部队战败消息传来，起义军的阵营中立刻产生变化。而第一个不服陈胜领导的却是最受陈胜敬重、学问也最好的张耳及陈余。

他们两人联合说服武臣自立为赵王，并以陈余为大将军，张耳为左丞相，邵骚为右丞相，并派人向陈胜提出报告。

陈胜正为周文主力部队的溃散而心惊胆战，不知如何是好，却接到武臣自立为赵王的公文，不禁大怒，下令杀尽武臣家人，再发大军袭击新立的赵国。

柱国房君和武臣交好，便劝谏道：

"秦皇室未灭，却杀武臣等家人，不是又多了一个敌人吗？不如先派特使祝贺之，以安其心，让他们可保持在我们阵营内，并下令让他们发兵西向攻击咸阳，以补周文兵败后的空隙。"

陈胜觉得有道理，乃依照房君建议，软禁武臣等家人于宫中，并封张耳的儿子张敖为成都君，派遣使者北上恭贺武臣就任赵王位，并下令他们发兵击秦。

张耳、陈余向武臣表示：

"我们自立为赵王，并非陈王之意，今反派使者祝贺，并让我们发兵攻秦，若我们有幸击灭秦皇室，陈王便会派兵来对付我们的，所以不必听从其指挥和秦军对抗。不如北上攻打燕、代等国，南征河内，以扩大我们的地盘。如果赵国能南据大河，北有燕代，就算张楚王能击灭秦国，也没有力量直接攻击我们。如果秦国不灭，他们则更须依赖我们，赵国可乘秦、楚间的对抗之际，建立自己的根基并得志于天下。"

武臣认为有理，便假装答应使者，却一直拖延不肯出兵击秦，反而令韩广北上经略燕地、李良攻击常山（代地）、张黡经营上党，全力往南北两方向扩充赵国之地盘。

不久，狄城人田儋也在齐地自立为王。

田儋是原齐国王族，田氏在战国初期篡姜氏自立为齐王，族中优异人才甚多，尤其是田儋之堂弟田荣、田横，均为当代豪族。齐灭国后，田荣兄弟藏于民间，由于仁侠仗义之个性，很得宗族长老及子弟之拥护，声望更在田儋之上，但限于氏族伦理，兄弟二人仍表示支持田儋。

陈胜的部将周市经略魏地，曾北上至狄城，狄城守将坚壁清野，周市不能胜。

田儋乃伪装有奴隶犯罪应处斩刑，依法必须先向城将报备，乃偕同田氏青年子弟数人，身上藏短剑，缚其奴，要求晋见城将。城将不疑有他，接见之。田儋乘机带子弟击杀城将，并宣布：

"各地诸侯都已反秦自立，齐国是最古老的国家，更应尽速恢复，我田儋是田氏后裔，当继立为王。"

田儋自立为齐王，并出兵袭击周市，周市不能敌，退回魏地。田儋在兄弟田荣的帮助下，向东方经略，遂领有原齐国大部分地区。

武臣之部将韩广经略最北方的燕地，由于各地诸侯崛起，燕地的豪杰也欲立韩广为燕王。韩广婉拒道：

"我尚有母亲在赵国，不愿让赵王起疑心，不可自立。"

燕地豪杰表示：

"赵国西面受秦国威胁，南面有楚国虎视眈眈，其力量已无法对我们作任何干涉。并且以张楚王之强悍，尚不敢伤害赵王及将相们之家属，赵王怎会杀害将军的母亲呢？"

韩广也认为有道理，乃自立为燕王，不到几个月，赵王武臣便特意将韩广的母亲及家人送归燕地，以结好韩广。

但不久赵王和张耳、陈余等却暗中北上窥伺燕国，赵王自己率少数亲信由小路探寻，碰上了守卫的燕军，竟为其所俘。燕将乃向陈余及张耳威胁，要求割地换回赵王，否则杀之。

赵王身边的亲信暗中潜入燕国大本营，对守将说：

"您知道张耳和陈余最希望发生什么事吗？"

燕将表示："当然是急着换回赵王了！"

赵王亲信笑道："将军显然未能透视彼二人之野心。武臣、张耳、陈余原皆为张楚王部属，他们共同创建赵国，占有十数个城池，彼二人当然也想有机会南面而王，怎甘心臣服于武臣之下，一辈子当将相呢？

"赵国刚成立时，为稳定军心，安抚地方百姓，故依官职高低，彼二人先拥护武臣为赵王。如今赵国已大致稳定，张耳、陈余也早想分赵而自立为王呢！

"将军现在擒捕赵王，却向彼二人威胁，反而正中他们下怀。他们最希望的是将军把赵王杀掉，让他们两人分赵自立。

"只要有机会为王，依彼二人的才干，定能整合赵国力量，再以为前王复仇为名义，讨伐燕国。由于赵人有君王被杀之辱，必全力以赴，反将危及燕国的生存呢！"

燕将领会，立刻释放赵王武臣，并由亲信护送他回赵国。

周市由狄城退回魏地，欲立原魏国王室公子宁陵君魏咎为王。但魏咎犹在陈国，属张楚王陈胜势力范围，无法脱身返回魏地。魏国长老及豪族乃欲共同拥护周市为魏王。周市婉拒道：

"天下昏乱之际，最能看出忠臣之气节，今天下各地区皆以叛秦恢复自立，要立魏王更应以原魏王室后裔才有意义。"

魏地长老及各诸侯领袖都鼓励周市自立，但周市终能坚持己见，并主动向陈胜要求放回魏咎，经历连续五次陈请，陈胜感其义气，最后才答应送魏咎回魏地出任魏王，周市也出任新建立的魏国之宰相。

在各地诸侯纷纷恢复之际，章邯再度展开进击。

他的首要对象，仍设定在陈胜的军团。

由于初期过分顺利，陈胜的地盘和兵员扩增了不少，却也暴露了陈胜不善于指挥及领导的弊病。

他最为倚重的军事统帅周文虽能乘势攻入函谷关内，但一碰上章邯的骊山众军团便被击得溃败，充分显现这支非正规的杂牌军团作战力脆弱。

周文甚至根本无法节制败军，只好一口气逃到河南的曹阳，才勉强稳住阵脚。他重行配置防线，总算守住了两个多月，章邯虽也曾派出先锋部队前来干扰，但均为周文军挡住。

章邯不得已，亲率主力前往攻击，周文信心已失，料不能守，乃主动再撤向渑池。章邯见周文不战而逃，立刻率队急追十余日。撤退中的张楚军被章邯追击，立刻展开猛烈攻击，张楚军溃散，周文在绝望中自刎而死，残军全部投降。

陈胜的主力部队，意外遭到迅速的歼灭。

屋漏偏逢连夜雨，另一股主力也在内斗中实力大减。

和陈胜共同创业的吴广，在军队中声望一向比陈胜受人欢迎，虽然吴广表现得忠诚恭谨，但好猜疑的陈胜却愈加不安。

吴广奉命率主力部队攻击谷仓荥阳时，陈胜特别派亲信大将田臧暗中随军监视吴广。荥阳守将为秦王朝宰相李斯之子李由，颇富谋略及责任心，加上吴广缺乏指挥大军经验，虽兵力拥有绝对优势，但在李由坚守不战下仍束手无策。

等到张楚王主力部队周文军团溃散后，陈胜及张楚军嫡系将领人心惶惶。而吴广拥重兵又毫无绩效，万一章邯再率军袭击，恐怕吴广军团也非溃散不可。因此陈胜有意收回吴广兵权以自保。

其实，接到周文兵败消息时，吴广的将领们便也吓坏了。面对少数城兵，吴广都显得无能对付，万一章邯内外夹击，那非遭到毁灭不可。

田臧在陈胜的暗示下，乘机鼓动部将道：

"周文的主力部队已被攻溃，秦军早晚会到这里来。我们在此久围荥阳城不下，秦军攻到，内外夹击，我军必会大败。不如先保留少数兵力守荥阳，大军主动向秦军挑战，至少不会坐以待毙，并可获得攻击的先机。可惜假王（吴广）恃权而骄，又没有指挥作战能力，不足以和他计事，如果不杀了他，此事恐怕会失败。"

田臧乃假传陈胜军令，突击吴广大本营，诛杀了吴广，并将其首级派人献给陈胜。陈胜却也表示默许，并派使赐封田臧为楚令尹，以为上将，代替吴广领军，即日准备迎击章邯。

田臧派李归等留下来继续包围荥阳，自率大军北上，在西北方的敖仓和章邯也前来的援军进行野战。

章邯由情报中得知荥阳围军阵前易帅，立刻亲率先锋兵团疾驶南下，正逢田臧军进至敖仓，张楚军阵势尚未排好，章邯便发动猛攻。结果田臧措手不及，大本营遭到击溃，田臧本人被刺杀在营帐内，张楚军人数虽较多，但群龙无首，立刻四处溃散。

章邯一不做，二不休，领战胜之军团，毫不休息便直接向荥阳城外的少数包围军团展开攻击。李归等心慌意乱，仓皇应战，立刻遭到击溃，李归及部将全部殉职，荥阳围城也获得解围。

这时陈胜仍守在陈城不敢动，是进是退似乎已失去方寸。在陈城北方，尚有两股反秦的小势力，其一是阳城人邓说起兵于郯县，另一股为铚人伍逢居兵于许城。

章邯立刻派部将攻击邓说，自己率军攻打伍逢，两人料不能敌，乃主动率军退至陈城，归附陈胜。想不到力量已日趋衰颓的陈胜，竟贪图这两股小势力，便找借口擒杀邓说，伍逢害怕，立刻交出兵权，陈胜便进而合并了不少半独立的小军团。

其实，陈胜在攻占陈城、自封张楚王之时，由于势力膨胀迅速，早已显出他缺乏领袖能力的弱点。

归附的人愈多，便必须供应愈多人的生活必需品，并安排他们的工作。陈胜似乎缺乏这个气魄，他为愈来愈大的压力而焦躁不安。

尤其是对谷仓荥阳的攻击不利，使现有粮食出现不足危机。陈胜束手无策，开始出现不择手段的自保行为，个性变得暴躁、小气、缺乏远见，早失掉了当年首倡反秦的气魄。

加上生活水平改善太多，过于优裕的享受，腐蚀了创业的雄心，使他愈加无法忍受危险和苦痛。

陈胜自立为张楚王数个月后，有不少早年和他同为佃农的友人到陈城来，直接上宫殿表示要见陈胜。守门人严拒纳之，并将之逮捕，友人一再表示自己和陈胜的老友关系，虽被释放，但仍被赶了出来。

友人不甘心，乃在府邸外等待陈胜。数日后，陈胜外出巡视，友人立刻遮道呼之，直呼其名"陈涉"。陈胜惊视之，故人也，便召见之，并载之入宫殿中。

友人见王宫之华丽，不禁表示：

"陈涉呀，您今天称王，这地方太华丽了，真叫人羡慕呀！"

友人出入王宫次数多了，和官员混熟了，便不忌讳地谈起了陈胜年轻时最不愿为人所知的辛酸事。

左右亲信立刻向陈胜警告：

"您的友人愚钝无知，胡乱说话，为了吾王威严，饶他不得。"

盛怒下的陈胜，下令斩杀该友人。

陈胜的老友见之，皆寒心，纷纷暗中离去，使原来的主要班底，瞬间丧失过半。

从此以后，留在陈胜身旁的亲信，只剩下哪些严苛、虐待部属、喜欢察察为明的"拍马屁"大将。其中，朱房官居中正，胡武为司过，由中央主控驻在各地的部将，有不遵守王令者，立刻系而罪之。诸将于是逐渐离心，只有陈胜及少数亲信还自以为威信已立，犹扬扬得意着。

陈人秦嘉和符离人朱鸡石等起兵围攻东海郡守的郯城，也曾邀请陈胜出兵协助，陈胜便派遣武平君为将军，统辖管理郯城附近的义军。等到陈胜势衰，秦嘉等人不愿再受其节制，乃自立为大司马，并假借陈胜命令，突击杀害武平君，从此又成为独立的"实体"。

像这样的事件多起，陈胜原本松散的组织立刻呈崩溃之势，阵营中只剩下陈城附近的亲属部队，甚至有不少原属嫡系军团也都宣告独立。

另一方面，为强化章邯讨贼的"骊山众"军团，秦王朝中央政府乃加派长史司马欣和董翳率自属军团协助章邯，以加速讨贼之功。

秦二世二年九月，章邯发动总攻击，目标指向陈胜的大本营陈城。

陈胜发令要求各地军团紧急勤王，却毫无反应。惊慌之下，陈胜只好率领少数直属军团逃离陈城转往汝阴。

　　章邯乘势追击，再破柱国房君的军团，房君战死。陈城西面的防御将领张贺军团奋力阻挡秦军，双方进行小型会战，陈胜并前往亲自监军；不幸又遭击溃，张贺战死，陈胜落荒而逃。

　　汝阴守不住了，陈胜一口气逃到下城父（今安徽省）。

　　当时兵粮全无，将士全在挨饿中，不能提供饱腹的陈胜，已丧失了当领袖的资格。

　　大本营外围挤满了要求粮食的散兵游勇，甚至不少部将也领头抗命，陈胜躲在营帐中不敢出来，连护卫的贴身部队也呈现不稳现象。

　　"干脆杀掉陈胜，投降秦军吧！"

　　哗变气氛愈来愈浓，陈胜恐慌，急忙叫马车准备逃逸。想不到一向为陈胜驾马车的庄贾乘势冲入，拔出利刃直刺陈胜腹部，陈胜大声呼号。哗变将士一举冲入，庄贾斩下陈胜首级，率领少数人马，向秦军投降去了。

　　陈胜的残余部队也因而溃散。

　　张楚王国寿命仅仅六个多月。

　　不过陈胜的心腹大将吕臣，当时正镇守汝南地区，接到噩耗，乃在新阳城举事，全军戴青帽，号称"苍头军"，成员均为陈胜嫡系的楚国人，他们矢志接续陈胜遗志，并立刻攻击陈城。

　　章邯为了迅速平息各地叛军，乃下令庄贾的降军守陈城，自己则和司马欣、董翳继续分头向东南和东北进军。

　　不久吕臣的苍头军很快攻破陈城，斩杀庄贾，为陈胜复仇，并在陈城建立楚国。

　　陈胜被杀时，仍有不少部属以他为抗秦第一人，嘉其义勇，便将身躯葬于砀地。

　　抗秦武装必须联合起来才有出路。项梁审时度势，得出这一正确结论。

　　项梁便召集诸将，商量以后的战略，并传递公文，要各地诸将赶到薛地来帮助他。沛公刘邦、陈地吕臣、楚地宋义等，都陆续到来。

　　楚军渡过淮水后，当代两位被公认最知兵的将领——项梁和章邯，就要面对面较劲了。

　　实际上，这两个人都缺乏实际带兵作战的经验。

章邯原是财经幕僚官，虽然长于计划，兵学常识丰富，但在战场上拼死活却是外行。

幸好他带的"骊山众"大多属原秦国作战部队，经验丰富，独立作战能力强，加上章邯善于包装，以黑色战袍和黑色旗帜，将秦王朝的声望发挥到极限。

在此以前所面对的陈胜军团，训练全无，默契更差，即使像周文这种"大将"，也是光说不练，所以章邯的全胜纪录，多少也有"敌手不够强"的因素。

项梁长期流浪的经验，使他的组织能力获得了不少磨炼。

楚部落一向擅长独立作战，项梁只要布局得好，他们自会懂得如何击败敌人，倒不必项梁亲临前线指挥。

所以，严格来讲，项梁也称不上是一位"大将"之材。

但对项梁而言，较麻烦的来自于其心理上的弱点。

或许是幼子，项梁似乎未承袭到项氏的勇武本质。

和侄儿项羽高大英勇的天生武将外表正好相反，项梁中等身材而略显清瘦，是典型的文官形象。

站在粗暴好斗的楚军前，项梁常有相当大的心理压力，所以他不愿亲临战场，实际领军作战的常是其侄儿项羽。

自从凶猛的英布和潇洒的刘邦投入其麾下后，项梁就多了两个不坏的活棋可下，他更乐得躲在幕后指挥。

但也因为这样，他对前线的情报判断缺乏临场感，经常比较主观。

就在并吞秦嘉军后，项梁便将大本营由下邳城向西转移至胡陵，离章邯的先锋部队根据地"栗"已相当接近。

项梁派出别将朱鸡石、余樊君攻打章邯的先头部队，却反为秦军所败，余樊君战死，朱鸡石逃回胡陵。项梁以朱鸡石破坏士气，下令斩杀之。

刘邦得到项梁协助五千步卒及部将千余人，回头攻打被雍齿占领的丰邑。由于楚军势力大，雍齿不敢敌，逃奔魏国。

庐江郡的居鄛有位怪异的老头儿，人称范增，这时候已七十岁，以独具慧眼、博古通今著称于邻近地区。

年纪虽大，范增却相当硬朗，个性率直，行动积极，丝毫未见衰老迹象。

他经常戴着楚冠，自称楚国遗民，或许他曾在楚国担任过不小的官职，只是很少对人谈论自己的过去。

陈胜起义时，各地豪杰纷纷响应，只有范增对他一点也不热衷，反而冷嘲热讽，铁口直断陈胜成不了气候：

"像这种不了解政治的野人，是不可能成功的。"

陈胜称王时，范增更严厉抨击之，他公开对人表示，陈胜的日子不多了。

果然没有多久，陈胜便败亡了，居鄛人对范老夫子的先知不得不深感敬佩。

项梁到达胡陵时，范增便亲自前往拜见，他建议道：

"陈胜太自大，也太自私，所以会自取败亡。反抗朝廷最重要的是建立公信力。在被秦国灭亡的六国中，楚国是最为冤枉的，特别是楚怀王被骗软禁，客死异乡，楚人对他因怜惜而特别爱护，楚国和秦国也因而累积宿怨。所以楚国南方的长者们誓言：'就算楚国只剩下三个部族，日后亡灭秦国的仍将是楚国。'这充分显示楚人的不满和敌意。陈胜不懂体会这种情绪，起义后不立楚国政权，反而自己称王，因此得不到庞大楚民的支持，势力才不见增长。

"将军起兵江东，立刻获得楚国各部族拥护，最主要的因素便在于项氏世代均为楚国名将，所以如果将军能趁势拥立楚王后代，立刻会获得足够公信力的。"

项梁认为言之有理，乃重用范增，聘为客卿。他派人寻找楚王后代，终于找到楚怀王之孙名叫"心"的年轻牧羊人，于六月间拥立其为楚王，为争取民间支持，乃号称楚怀王。他还封陈婴为上柱国（宰相），建都于盱眙，自己则统领军团大权，号为武信君。

张良也向项梁建议：

"将军既然复兴楚国，何不同时恢复友好的诸侯，以强化己方声势？韩国的王室后代中以公子横阳君最贤能，又富于民望，可立为韩王。"

项梁也表示同意，并派张良回韩国寻得横阳君韩成，立之为韩王，并以张良为司徒，以重建韩国力量。

张良得到楚军支援，并募得数千兵力，乃向西攻略韩国领土，取得数城池，但立刻又为章邯的别支部队收复，无奈之下只得在颍川附近进行游击战。

这时候，章邯的大军已牢牢控制住中原地区。

章邯军队有三十余万，且陆续在合并降军，力量不断增加。相反项梁军却只有十万左右，因此如何尽快增加兵员以准备决战是最为重要的一件事。

但集结兵力，更需要粮食，楚军是远征部队，粮食供应本来就较困难，何况中原主要粮仓和粮道都已被章邯取得先机，评估实力后，项梁深知自己较为不利。

因此他必须慎思，如何来应付这局劣势。

一向对组织较有自信的项梁认为自己可以发动诸侯力量以分散章邯军队，并争取各国之粮秣援助。

果然章邯立刻感到来自四面八方的各国压力，但他立刻采取主动出击的策略。

首先他将魏王咎的主力部队，逼到齐魏交界间的军事要地临济，魏王则派周市主持防卫作战，并向楚、齐两国求援。项梁派长老项它督军前往援救，齐王田儋则以秦军已到困境，乃亲率大军前来。

章邯见楚齐军刚到临济，阵脚尚未稳定，当夜便主动袭击，竟然大破齐、楚联军于临济城下。结果齐王和周市当场殉职，魏王咎在和章邯签订投降和约后自焚而死，魏王弟魏豹和项它则在楚军拼死抵挡下，勉强逃出战场，回到楚境。

楚怀王支援魏豹数千兵力，令他回到魏地打游击，以牵制章邯军。

齐王田儋的弟弟田荣，收拾残军，退守东阿城，章邯亲自率军追围之。

原齐王健之弟田假，听说田儋已死，乃在齐国长老拥护下自立为齐王，并以田角为宰相、田间为大将，固守齐都临淄。

七月间，中原地区进入大雨季节，武信君项梁乘势率军攻击章邯在东阿外围之主力部队，章邯以粮秣供应困难，主动撤军，田荣乃得解围，便引军返回临淄。

项梁认为自己击败章邯，信心大增，便将军团大本营急速北移，进入中原地区。

为稳定粮秣，项梁决心攻打河南地区的主要粮仓——襄城。

他派遣侄儿项羽和别将刘邦攻打襄城，章邯虽也添补援军，但在楚军部队猛烈攻打下，中原的第二大谷仓——襄城也告陷落。

为避免耗费珍贵的粮食，项羽竟然不顾刘邦反对，坑杀秦国守军数千人。

乘胜追击下，项羽主动攻击驻守濮阳城东的章邯主力，章邯判断错误，竟被击败，只好往西再撤。项羽以己方兵力不足，不敢坚守，不久濮阳又为章邯率军夺回，并加深城沟强化防卫力量。项羽和刘邦也不敢硬攻，乃向北收复定陶城以为对峙。

濮阳之役后，项梁再也不畏惧章邯的黑衫军团了。

这时候，在东阿城解围的田荣，也率领自己军团包围齐国京城临淄。

由于田荣军以强悍著称，并颇得齐国大部分长老支持，齐王假不敢敌，乃逃奔楚国。田荣仍立田儋之子田市为齐王，自为宰相，并以弟弟田横为大将。

项梁欲结交田荣，并建议齐、赵、楚组成正式联盟。但田荣要求项梁杀害田假，赵国杀害投奔的齐将田间，均遭到拒绝，田荣也大怒，不肯参与联盟。

章邯乘三国联盟失败之罅隙，再度重振秦军威势，集结主力，准备和项梁作一决战。

任用章邯后的意外成功，使赵高又恢复了夺权的自信，他不但专恣朝政，并排除异己，以私怨诛杀不服从自己的大臣数名。

秦朝廷的大变局，对前线的士气自然多少会形成打击，特别是主将章邯对赵高一向便无信心。

因此，当项梁大军北上时，章邯有一阵子似乎无心抗敌，是以东河之战和定陶之役，秦军都以较多兵力而败于楚军之手。

章邯只得将军队撤退到雍丘以西，并急速向朝廷请求增援。

就在这时候，项梁派出项羽和刘邦的联军，在雍丘大破三川守军李由军队，李由当场殉职。

秦军的节节败退，更坚定了项梁对自己指挥能力的信心。

但楚军中却有一个人对这种情势独持不同看法，并且颇为担心，那便是随着楚怀王投入项梁阵营的原楚国长老宋义。

宋义出身楚国名门，家族中曾有不少成员出任过楚令尹。宋义本人的才气也不低，尤其是对楚国的军政组织极为了解，因此受聘为楚怀王的首席军师。

这时候，宋义年事已很大，满头白发更显得深富智慧。

项梁对宋义的身世和才能颇为嫉妒，如果不是因为宋义年事已高，项梁或许还要对他特别排斥。

因此两人表面和睦，其实一直便在明争暗斗着。

富于协调的范增，极力说服项梁让宋义出任位尊却无权的令尹，希望以宋义的声望拉住散布各地的楚国贵族的心。

宋义还算顾全大局，对项梁虽有不满，但仍全心全力扶持着重建的楚怀王政权。

楚军北渡淮河时，宋义也以怀王特使的身份，在军中负责协调刚新加入的各部落楚军。

由于行营经验丰富，宋义对章邯的战术深感兴趣，曾花不少时间观察研究。

当项梁将大本营迅速北移至定陶时，宋义大为紧张，他判断章邯善于集结兵力，可能会乘项梁大意中采用突击战术。况且楚军的主力部队过分深入，是非常危险的。

项梁对宋义一向存有戒心，自然难以接受其警告，不但未曾强加戒备，反而经常带领少数亲信微服上前线视察，显示其"无敌将军"的气势。

宋义看在眼里，更为担心，他曾找范增要求协助，但范增深切了解项梁的个性，何况宋义又是楚怀王的人，是他建议采用的，劝谏根本无效，因此也婉拒协调。

项梁对宋义的干扰，愈觉不耐，便派他出使齐国，联络田荣共同由东北方夹击章邯。

宋义行至半途中，正好遇上齐国的使者高陵君田显，他私下告诉田显：

"您是否要前往拜见武信君（项梁）？"

"是啊！"

"我看武信君近日来骄兵轻敌，迟早会为章邯所败。您最好慢慢前往，以免死于兵乱中，若火速前去，或许正好赶上兵败之灾祸啊！"

田显深知宋义之能，便听其言，驻营在半途中。

项梁在前线的举止，章邯自然充分地掌握，对楚军的勇猛善战，章邯有深入的体会，因此一直不敢对项梁的外围军营采取主动袭击。

他一方面向咸阳城要求更多的军援，一方面集结军力，准备突击项梁的大本营。他派遣探马详细记录项梁行动，也得知项梁经常微服巡视前线。

因而，他有意隐藏兵力，让项梁和其将领们更加大意，同时也暗中规划好兵力分配，由一组突击队从后方切断项梁微服出巡的归路，自己则率主力突击定陶的楚军大本营。

在一个夜黑风高的晚上，章邯下令发动奇袭。喜欢夜间巡视的项梁正在归途中，遭到秦军部队的突击，就在措手不及之下，项梁和其亲信全部阵亡。

章邯的主力部队，袭击群龙无首的楚军大本营，仓皇中，楚军溃散，数十万主力军一夜之间完全消失。

原属先锋部队的项羽和刘邦联军，正在攻打章邯主力左侧的外黄，由于连月大雨，军事行动不利，项羽乃将大军移往陈留，就在这个时候，接到了项梁主力被击溃、项梁本人阵亡的噩耗。

项羽原本不相信，但随后范增率领残余部队前来投奔，在悲愤中，项羽仍冷静地接受范增的建议，主动扛起善后的工作，编集溃散中的楚军部队。

项梁遽逝，楚军上下大为震动，项羽主动安抚，颇得军心。

为重新巩固楚军的防御阵线，项羽下令在西线的将军吕臣立刻引兵东回；为缩小战线，他又将楚怀王自盱眙引入彭城，并以彭城为京都。于是项羽将吕臣大军部署于彭城东，自己的主力部署于彭城西，准备迎击秦军的南下，刘邦则带领另外一支别动部队驻守于砀，互为犄角。

不久，宋义也自齐返回彭城，他暗中劝谏楚怀王趁势夺回军队的主导权，以架空"项家军"。

这时候，经由楚国大力军援的魏豹军团，乘章邯后防空虚，连下魏地二十余城，声势大振，楚怀王乃下令封魏豹为魏王，以干扰秦军后方。

闰九月，在宋义的规划下，楚怀王正式合并项羽和吕臣军团，自任大元帅。在范增的力劝下，项羽也以大局为重，隐忍脾气，交出军权。于是楚怀王封项羽为长安侯，号为鲁公，并以吕臣为司徒，其父吕青为令尹，由内部牵制项家军。他又将项家军的别动部队主将沛公刘邦独立出来，驻守砀阳郡，封为武安侯。

项梁死后不到一个月，楚军主力的项家军团，在宋义的规划下已缩小到三分之一不到。不过项羽在危机中的表现，却深得楚国部落领袖的赞赏，加上宋义刻意排斥，反使项羽在楚军中获得不少同情和支援，声望大增。宋义看在心里，暗中着急，不得已之下，乃加强扶植原属"项家军"庶系的刘邦军团，用以牵制项羽，使刘邦在楚军中的地位也因而急速蹿升。

定陶之役，章邯再度发挥威力，将义军主帅项梁军团彻底击溃；迫使项羽往东南撤至彭城，重行部署防线，越过淮河后楚军急速膨胀的士气，遭到了致命打击。

不过在这段期间，齐将田荣在东方的齐鲁故地势力已成，张耳及陈余拥立的赵王，声势也大幅提升。西方的魏豹已建立了稳固的游击基地，张良拥立的韩王也在韩地发展，颇有斩获。

因此驻营定陶的章邯军，由于和咸阳间战线拉得太长，几乎是孤立的，尤其是粮秣更是完全要靠前线自给自足。幸好荥阳郡的粮仓仍在秦军掌握中，短期内不至于匮乏。

但四面八方都是敌人，秦军的下一波攻势应以哪个方向为主呢？

项羽军一向勇猛，刘邦军也不好惹，退守彭城后，防线迅速巩固。依据情报分析，要彻底击败他们颇不容易。只是经过此大伤害，楚军应也无反击之力，何况内部仍有矛盾，短期内想要有所作为也不太可能。

齐地一向复杂，易守难攻，何况田荣颇富将才，想很快地收拾他并不容易。再者田荣似乎以固守齐地为满足，无意于中原争霸，自然也不必急着与他摊牌。

韩王一向弱小，不成气候，因此最让章邯感到不安的是北方的赵国。何况陈余，张耳拥有国际声望，一旦羽翼养成，就不容易对付了。

因此章邯立刻编集大军，渡过黄河，直接攻打北岸的赵军营地。

虽然在敌军四面环伺下，孤注一掷是相当冒险的行为，但章邯的判断完全正确，诸侯国几乎没有人出面援助。张耳和陈余虽擅长谋略，但在军事行动方面仍不够内行，赵军缺乏有力的指挥将才，以往的作战力无法发挥，不但前线节节败退，首都邯郸也很快便不保了。张耳护送赵王歇退入北方军事重镇巨鹿，以其城堡的防卫力较为坚固，而且粮仓存粮充足，可以长期固守。章邯则派出别将王离将城外团团围住，使巨鹿成了笼城，与外音讯断绝。

这时陈余在北方重新整编赵国残余军团，得数万人，驻守于巨鹿城北方常山一带，章邯则率领主力部队，驻营巨鹿南方的棘原，随时准备发动总攻击，一举击溃赵军。

赵王歇派出特使突围向陈余求援，陈余栗于秦军威势，不敢南下。特使于是便向楚国、齐国、魏国等寻求援助。

为显示承继项梁反抗军领袖地位，楚怀王有意派军前往救援，但到底以谁为大将，各军团将领意见纷纷。"项家军"自然希望由项羽出任，但怀王周围的新主流派则不愿项家军再坐大。

这时候齐国使节高陵君田显已在楚国，他对楚怀王表示：

"您眼前不正有位超级名将吗？宋义曾告诉我武信君必败，没几天，楚军果然溃败。军未战而先见其衰微，可谓知兵之将也。"

楚怀王乃乘势召集军团将领及部落长老会议，公开推举宋义，并由宋义亲自说明其军事计划。

由于宋义经验丰富，能说善道，远在项羽之上。何况项羽不过才二十四岁左右，要统合庞大复杂组织的楚军，的确经验及声望皆不足。范增也只得居中协调，让项家军团同意由宋义领军。

楚怀王乃封宋义为上将军，项羽为次将，范增为末将，率军北上援救赵国。

除了这支主力部队以外，楚国所有别动部队也都由宋义指挥，为显示宋义的官职高于项羽及刘邦等的"侯"爵号，又不超越项梁原有的"君"爵号，乃赐名号为"卿子冠军"。

为了鼓舞楚军在项梁失败后颓靡不安的士气，楚国诸长老主张有系统地向秦军展开反击，以夺回主动地位。因此打算把这次军事行动，不只限定在救援赵国而已，而是提升到能直接攻击秦王朝的大本营——关中地区。

楚怀王更意气风发地向诸将表示：

"我们就在这里相互约定，先入关中者为关中之王。"

关中是渭水、泾河、洛河等冲积而成的黄土盆地，生产力丰富。由于以农立国的周王室曾以此为根据地，因而水利建设完整，生产力庞大，秦王朝也在此建立他们征服全国、统一天下的大本营。

当前，关中是所有想逐鹿天下的野心家们，最心仪的"梦中情人"了。

不过这位"美女"可不容易占有，因为这个盆地四面八方均被险恶的崇山峻岭包围着，只有西方的函谷关、西南的武关及南方的散关可以进得来。

所谓的"关"，是指狭隘的山岭缺口，只要少数兵力防守，再多的大军都由于攻击面太小，根本发挥不了攻击力量。所谓"一夫当关，万夫莫开"，便是形容这种易守难攻的军事重镇。

如果以行军的速度而言，西面的函谷关外，地势平坦，较易掌握。只是函谷关外的洛阳盆地及荥阳等粮仓，一向是章邯军团的大本营，除非能击溃章邯军，否则想由此攻向函谷关比登天还难。

这时候，章邯的声望如日中天，就算宋义亲自出马也得小心谨慎，因此这条攻入关中的路线，并不被诸将所看好。

但项羽由于痛恨章邯杀害项梁，一直急着想报仇。他之所以听从范增建议，退居次将位置，便在于取得实际率军攻打章邯的机会，因此他独持异议地主动建议争取这条路线。

宋义既取得军权，心中对"项家军"也难免有所愧疚，所以也同意由项羽担任此主力出击的任务。

但这条战线，势必先和章邯军团对决，是用硬碰硬的策略，因而尚需派出一支别动部队，由武关威胁关中地区，分散秦军防卫，也可减轻和章邯决战时的压力。

宋义对章邯的战术有深入研究，对章邯擅长快速集结军力的本领颇为警惕，因此他认为西征军团的作战力，也必须有相当威胁作用，以加重章邯集结主力的困难，让预计攻打函谷关的主力部队压力较小。

楚国的长老们商议，楚国的主力大多属项梁统辖，包括英布和蒲将军的游击部队，都明显有亲"项家军"倾向。吕臣的军队必须戍卫中央，其余较具独立性的小军团又必须归宋义统领，因此真正能动用又具有独力作战能力的将领和军团并不多。

正在伤脑筋的时候，突然有人灵机一动提到了刘邦。

在楚怀王周围长老的心目中，刘邦属亲"项家军"派。他投奔项梁后，接受编组成副军，后因表现良好，常奉命随同项羽打先锋。但他到底不是"项家军"嫡系，而且个性温和，能够协调，本身立功又多，在楚军中声望还不错，因此拉拢他来对抗项羽，未尝不是好办法。

加上刘邦出身不高，就算"养"大了，对楚国贵族也不会有太大的威胁。

因此他们联名向楚怀王建议道：

"项羽为人僄悍，个性残忍，曾受命攻打襄城，破城之日活埋襄城投降秦军，无一幸免。以往他攻打的地区，也都残杀过重，因而在秦国军民心目中，是位凶残恶棍。况且西征所经途中，过去均是楚秦会战的重要战场，陈胜和项梁在这地方也遭严重反抗而失败，如再派项羽前往，势必会遭到更顽强的反抗，

71

造成不必要的伤亡。

"为今之计，不如派遣一位有长者风度的将领，以'义理'的形象主导这场战争，并以此向秦国父老兄弟宣示楚国治世的态度。秦国父兄长久以来，对他们君王过分严苛的执政方式，早已深受其苦，此时若是有位心怀仁义的长者前往，不以侵暴的行为对待他们，反而比较能松懈他们的反抗心，也比较容易攻下来。

"以这种标准，项羽绝不可派遣在这条西征战线上。纵观诸军团将领，只有刘邦一向宽大温和，正合乎此形象，宜任命他为西征军统领！"

楚怀王乃正式下令，项羽随同宋义北上去对抗章邯，解除巨鹿之围。刘邦则出任西征军主帅，向西收编陈胜和项梁失败后残留在各地的军团，并汇集力量，准备入侵关中。

这次人事安排，有些值得我们去关心的焦点。以现有资料来看，项羽对部属极重礼节，加上本身条件好，深得部属崇拜，唯一的弱点是年纪较轻，经验不足，但是有范增从旁协助，应不致有太大毛病。

对内部而言，项羽的领导魅力是绝对足够的，工作效率又高，这样的将领的确找不到什么缺点。

作战方面，项羽英勇无比，冲锋时经常身先士卒，因此由他领队，军队特别勇敢，士气高昂，战场上的效率几乎无人能比。

因此，他在打击敌人方面也特别有效率，经常毫无顾忌地残杀对方。他的震撼力虽强，但是在处理襄城治理降兵事件时却严重伤害楚军形象，反而坚定秦军抵抗之心，这便是楚国长老们所谓"僄悍滑贼，不可遣"的主要原因。

刘邦正好相反，出身农家，使他几乎无法操作"繁文缛节"，诚如王陵日后对刘邦的评语"陛下慢而侮人，项羽仁而爱人"。所以由"内部管理"上来讲，刘邦是不容易令人"服气"的领袖，除了少数深知其"个性"而喜欢他的人外，以"理性"来看刘邦的领导风范并不算特别突出。

不过看似"无效"的管理，却也使刘邦给人较少压力。夏侯婴便认为刘邦那种"无为"的领导方式，更让别人觉得他需要帮助，而产生一股让人喜欢接近的领导魅力。

对敌人而言，总觉得刘邦是个温和而较容易协调的对手，他没有强力的主见，总摆出一副"可以谈"的姿态，也颇合乎兵法上所言的"无智名，无勇功"，这便是楚国长老们口中的"独沛公素宽大长者，可遣"。

但刘邦也绝不像一般人所认为的软弱无力。他平常的表现颇大胆而无视困难，加入项梁阵营后的表现也都相当有"成绩"，所以才会被视为有"独立"作战力的将领。只是他的领导方式和项羽完全不同，却也因为这不同的形象，在别人心目中反而成了"旗鼓相当"的对手。

这一事件让刘邦异军突起，在楚军中和项羽拥有平起平坐的竞争地位。

刘邦的军队在砀集结，由于均属二军，因此组织小而杂，但刘邦仍大胆地挥军西向。当他率军直入颖川附近的杜里时，便碰到了秦国驻在魏地的守军，刘邦军发动猛攻，秦军因后方补给战线太长，退守至昌邑和高阳一带。

刘邦的西征军，一开始还算顺利。

楚军的真正主力，在宋义统领的北伐军团，其中主要成员仍是"项家军"。

编组前后，项羽心中充满了矛盾，他很想和章邯拼个死活，以报项梁之仇。但由于楚怀王命令宋义为上将军后，"领导权"不在自己，让项羽非常不服气，因此有段时间在情绪上项羽宁可争取西征军团的领导权，至少可以先攻入关中，也算为项梁的失败洗雪前耻，只是这个希望也落空了。

项羽暴怒下，甚至有意和楚怀王翻脸，幸范增力劝，又详细分析各种可能的利害关系，项羽才勉强同意率领自己的直属军团，和宋义一同出发。

尽管项梁军团溃散，但楚国到底幅员广大，很快又召集了足够的兵力。于是在"卿子冠军"的旗帜下，楚军由彭城北上，打算直接攻向巨鹿，以解救赵国之围。

宋义也是楚国名门贵族出身，深懂楚国传统礼节，为了壮大声势，他刻意修饰北征军团的阵容。项羽所率领的先锋部队以骑兵为主，在前面开路并搜集前线情报，宋义自己则坐在军车上，前后左右由执旗的骑兵护卫。主力的中军由庞大的骑兵团及步兵团间隔组成，缓缓前进，后军则由范增率领，负责后方粮食补给和粮道畅通之维护。

范增和项羽被分为前后，显然是宋义有心的安排，范增是项梁心腹，虽说拥立怀王有功，但到底和自己较不熟悉。在宋义的内心中，范增是"项家军"的军师，放他在项羽身旁对自己威胁颇大，所以刻意封范增为末将，负责粮秣监督任务。

宋义的大军向西北进行，到达安阳镇时，便突然下令全军驻营。

安阳距离项梁溃败的定陶，仅数公里之遥。章邯攻打项梁获胜后，便弃守定陶，全军渡河北上，攻打赵国，使定陶到安阳附近均属真空状态。因此，宋

第二章

反秦趁时借势入关

义在此驻军，连深通谋略的范增也弄不清楚是什么意思。

性急的项羽便派人频频追问：

"此处离巨鹿尚远，至少也应到黄河南岸再行驻营，这么远的距离，我们怎么对秦军作正确的观察？"

宋义只是一句"少安勿躁"，便未作更多的解释。

或许对章邯研究过分深入，宋义在内心中的确相当害怕章邯。在安阳停军，显然是为了给自己更多的心理准备。他几乎每天都在召集军团将领作精神训话，不断强调自己对楚国的热爱，不惜牺牲性命，去达成振楚灭秦的理想和热忱。他要求将领们要有觉悟，即使面对强大的章邯黑衫军，也要发挥楚军传统的强悍、勇猛本质。

宋义夸大其词的表演，对这些直朴勇敢的楚军团将领们其实没有太大的意义，项羽更是显出极端的不耐烦，观人较深入的范增，也很快抓到了宋义的弱点，便在一旁暗中冷笑着。

宋义的确不敢单独面对章邯，在出军前后，他便数度派使者说服齐国的田荣，要求他共同出兵援助赵国。

一向现实又不愿多事的齐国军事强人田荣不为所动，宋义便转而收买其他的齐国军团将领；也不知道宋义到底答应了什么条件，齐将田都竟违反田荣命令，在十月初率军前来助楚援赵。

宋义的外交手腕不弱，除了田都外，也有不少义军应其所请，派军前往巨鹿会合，共同抗秦。

即使如此，宋义仍在安阳停军观望，一停便是四十六天。

季节已到十一月中旬，华北开始进入寒冬，温度急降，楚军人员过分庞大，衣物及粮食的补给日益困难，加上安阳是个小地方，存粮不易，很快地，庞大的楚国北征军陷入粮秣不足的危机，士卒抱怨不已，连足智多谋的范增也束手无策。

但宋义除了不断召开例行军事会议作精神讲话外，仍看不出有什么变动的迹象。

项羽实在受不了，便当面抗议道：

"秦军包围巨鹿，赵国情势危急，为今之计，应该尽快引军渡河，由外围攻击秦军，并让赵军由内夹击之，必定可以大破章邯。"

宋义笑着表示：

"事情可不那么简单，你们都听过搏牛之虻吧！用手打牛背，固然可以杀死在上面的虻，但却伤不到真正吸牛之血的虮虱，这种事费力而无效。"

宋义博学多闻，又能言善辩，项羽和诸将领不知他举此例之真义，只好干瞪着眼，听他解释下去。

"换句话说，如今秦军攻打赵国，即使能够取胜，也必久战兵疲，我承其敝而攻之，便能轻易取胜。如果秦军反为赵国所败，我们到巨鹿也没有意义，不如在此转向西，攻打关中，则秦国必破矣！所以我看不如先让秦军和赵军去拼个你死我活吧！我们在此等待才是上策。

"老实讲，披坚执锐，在前线和敌人搏战，我宋义是不如你鲁公（指项羽），但若讲拟订谋略，决策判断，鲁公则不如我宋义了！"

项羽听得怒火冲天，但也提不出有力的辩驳。

宋义为了显示主将的权威，更当场下令：

"猛如虎，狠如羊，贪如狼，强不可使者，皆斩之。"

显然是针对项羽和他的"项家军"而来，这一连串事件已使楚军北征军团分裂成两派。

摒除项羽的挑战，并在军事会议中挫其锐气后，宋义更为志得意满，也更加坚信自己的谋略和外交天才。

为加强田都在齐国的分量，以打击田荣，他更以大量财援作诱饵，让其子宋襄出任齐国的宰相，并亲自送他到达齐国边境的无盐城。结果宋义和前来迎接的齐国田都派长老，在无盐举办庆祝宴会，通宵达旦。

探得这个情报的范增，立刻前往项羽营中，召集重要亲信将领共同研商。

这时候已进入十一月下旬，又逢连日大雨，楚国驻营安阳的士卒们，已陷入饥寒交迫的困境，听说宋义在无盐通宵饮宴，将领们无不咬牙切齿。项羽乘机煽动：

"我等本奉命努力攻击秦军，解除赵军围城之危，如今'卿子冠军'却久留此地不行。又逢今年歉收，地方没有存粮，士卒们饥寒交迫，每天只吃芋头度日，他却在外大宴宾客，不率军渡河，以获得赵国粮食补助，和赵军共攻秦军，反而只借口要等到秦军疲软，以投机的心理承其敝……"

项羽把心中累积多时的不满倾泻而出，滔滔不绝，听得范增和将领们频频点头。

"如今秦军正属巅峰状态，攻打刚刚成军的赵国，胜败如何可想而知。赵国被攻溃了，秦军势必更为强大，如何能承其敝呢？而且我军新近遭逢大败，王室早已坐不安席，因此吾王举全国军力，全数委托我们，国家安危在此一举。宋义不体恤士卒劳苦，只顾自己的私情与野心，绝非承担社稷重任的大臣之才。如果继续由他领军，一定会危及国家存亡。"

义正词严，加上范增在旁鼓动，楚军众军团将领也被激得热血沸腾，对宋义产生极大的反感。

但半夜才由无盐回来的宋义仍毫无所觉，怀抱着自己的野心及得意，很快地进入睡梦中。

项羽在确定宋义已回营区后，也立刻离开集会地，暗藏短刃，带领几位亲信，彻夜赶到城中，直赴宋义驻营的大宅。

卫兵虽出面阻挡，但项羽双手推开，并大声嚷道：

"我有要事，必须紧急面谒上将军！"

项羽状极凶猛，力大无比，卫兵无法阻挡，只好大声呼唤：

"上将军，鲁公求见。"

刚入好梦的宋义，惊醒过来，吃力地撑起肥胖身躯，满脸不高兴地问道：

"是鲁公？大清早有什么急事……"

"欺君罔上的奸贼，拿命来！"

一大跨步，项羽拔出短刃，直刺宋义咽喉，宋义来不及反应，便已魂断奈何天了。

大本营处在一阵混乱中，宋义营中诸将领也赶来支援，虽然众寡悬殊，项羽仍充满自信地割下了宋义的首级，大声向周围将领表示：

"宋义私通齐国，阴谋叛楚，楚王特以密敕令项籍诛杀之。"

诸将慑于项羽猛勇，不敢反驳，只好表示：

"当初创建楚国、拥立怀王的，便是将军的家族，将军自然也最有资格拨乱反正、诛杀叛党了。"

主将丧命，所有军团将领迅速集合，共商应变策略。会议中，大家共推项羽为假上将军，代替宋义统率北征军团。

早在项羽突击宋义之际，范增也派出特遣队，前往齐境追杀宋襄。宋襄由于前晚酒醉，尚未觉醒，便被刺杀在齐国边境上。

项羽又派别将桓楚，立刻返回彭城，向楚怀王报告事件始末。怀王在获知宋义被杀，"项家军"已夺得主导权，并由一向凶猛的项羽领军后，又惊又怕，只好主动下令，正式任命项羽为上将军，接替宋义的遗缺。

齐王田建之孙田安，一向崇拜项羽之武勇，听说项羽夺得军权，也由济北出军，跟随项羽前往救援赵国。

项羽也立刻下令大军向北移动，大本营设于项梁罹难的定陶，并派遣当阳君英布和蒲将军，率先锋部队两万余人先行渡河，探寻黄河北岸秦军的虚实。

范增也调任为项羽军师，在前线协助拟订作战策略。一场空前的大战，即将展开。

巨鹿城位于赵国京城邯郸的东北方向，正处于华北平原正中央，自古便是粮食的集散地。此城规模颇大，城墙防卫力强，周围尽是平原，是个良好的会战场所。

章邯攻打赵国时，张耳便迅速保护赵王歇离开邯郸并进入巨鹿，以准备长期抗战。

赵国可以说是张耳和陈余两人共同建立的。张、陈两人是魏国人，虽拥有国际声望，但由他们拥立的赵王室，却不容易得到赵人的向心力，张耳匆匆躲入巨鹿，也有其不得已的苦衷。

张耳年纪较大，陈余是他的子侄辈，但陈余非常仰慕张耳之风采，两人结为刎颈之交。秦灭六国后，曾重金通缉两人，他们虽不断化名逃亡，感情却更为坚定。

陈胜起义时，张、陈两人曾投奔为其部将，并与武臣共同受命经营赵地。由于陈胜的组织松懈，张耳认为机会来了，便拥立武臣为赵王，正式建立赵国。

但武臣的政权根本得不到赵国遗民的支持，张耳和陈余在经营上相当辛苦。不久，武臣遇害，张、陈两人立刻认真去找到一个名叫歇的原赵宗室遗族，并拥立他为新的赵王。

情势虽较转好，但曾为中原无敌军团的赵国部队，自然仍不服气魏国籍的统帅，因此张、陈两人所统领的赵军，力量一直都不大。

张耳等进入巨鹿后，章邯手下的首席智将王离，立刻率军重重包围，幸好城内粮食尚多，不至于很快陷落。

富于谋略的张耳，很快看出巨鹿是个相当不错的决战战场。以外交手腕煽动其他诸侯，一向是他的专长，因此虽是危机重重，张耳仍兴奋地想导演这场空前庞大的"抗秦大决战"。他对赵王说：

"只要各国的勇士群集在巨鹿平原上，就将和秦国进行最猛烈、最具有决定性的一战。"

张耳不断鼓励在巨鹿的赵军，让他们明白自己的重要性：

"我们应该以能够成为秦军溃灭之战的诱饵为荣啊！"

守住孤城，最重要的是等待外援。张耳发挥了他惊人的外交天才。

楚怀王派出北征军团，首先响应其号召。

齐国两大集团——田都、田建，都派出了部分武力前来援助。

北方的燕国和代国也来了数万军马。

连刚建国不久的魏国，也派出少数兵力前来凑热闹。

张耳也深知除了楚国外，其他诸侯的兵力，不过是"拉拉队"而已。因此当宋义在安阳连待四十六天时，张耳接到情报，真是气急败坏了。

援军若发挥不了力量，城内守军士气可能会崩溃，那么就前功尽弃了。

这时候，张耳尚余的一个希望是在北方驻扎的生死之交陈余的军团。

陈余在邯郸陷落前夕，正率着自己的军队，和刺杀武臣的李良军团作战。赵军作战力强，李良不敌溃走，陈余便将其军团部署在常山附近，号称河北军团。

张耳陪同赵王逃入巨鹿时，陈余也将军队带到巨鹿北面，互成犄角，以监视王离军的动向。

但陈余却以静制动，对巨鹿赵军的危机视若无睹。张耳数度派人催其出兵，陈余皆"敷衍两句"而已。连来到附近的诸侯部队，都看不过去。

"赵国有危机，身为大将的陈余却置之不理，却要我们外人去冒险，真是岂有此理！"

张耳不得已，便派自己宗族的大老张黡及陈余宗族的领袖陈泽冒险出城，来到陈余营中求援。

"右丞相（张耳）和将军乃刎颈之交，怎能背信忘义？巨鹿城危在旦夕，将军却坐视不救，恐为天下人耻笑。"

陈余却无动于衷地表示：

"在赵地附近的秦军多达三十余万，就只算王离围攻巨鹿的兵力也有十余万，我河北军团区区两万余，若莽撞行事，无异白白送死，不如保留实力，以待机会！"

两位特使极力哀求，陈余只好派出五千军队，由两特使率领偷偷入城。

但这个特遣部队的行动，早被王离发现，尚未近城便被击得溃败。

正当巨鹿的守军即将崩溃之际，却传来振奋人心的好消息：滞留安阳的楚国主力部队，在项羽率领下急速北上，先锋部队甚至已渡过黄河，即将接近巨鹿战场了。

在秦军主将章邯的心目中，巨鹿也是个大会战的主战场。

章邯虽然拥有三十万大军，其实也是相当麻烦的。所有的粮秣完全自理，关中不可能作任何补给，尤其进入十一月寒冬后，运输困难，因此章邯也认为唯有速战速决，才可解除秦军的危机。

"在巨鹿将一切问题都彻底解决吧！"

因此他也将兵力全部部署在这一带。

主力军由自己率领，坐镇巨鹿南方的棘原城，约有二十余万人马。

前锋部队由一向谨慎富谋略的王离率领，将巨鹿城团团围住。

由于补给困难，任何粮秣都不得失散，章邯于是在棘原到巨鹿间建立甬道，直接通往黄河附近。甬道是一种两边用土墙围住的通路，可避免有人来劫粮。

章邯派军团中最勇猛的大将苏角率军巡回保护甬道，由于苏角以残忍善战闻名，因此没有一个诸侯敢动劫粮的脑筋。

负责补给工作是经验丰富的老将涉闲，他坐镇在巨鹿城外大营中，指挥人员调派及后勤支援事宜。

严格来讲，秦军组织严密，是属"黄金"阵容，尤其主将章邯足智多谋，善于调派集结军力，更使秦军拥有压倒性的优势。

以人力部署来讲，在巨鹿平原驻扎的秦军，光王离和苏角的军队，便超过十余万人。

楚军显然居于劣势，各地来的援军不多，大多以五千到一万之数，巨鹿城内的赵军虽号称五六万，但大多是后勤人员，真正作战部队不到三万。尤其长期被围困下，士气低落，能否打场硬战，颇让人怀疑。

唯一能用的是项羽自己的主力部队，约有七万余，若发动内外夹击，兵力或许可勉强敌得过王离军团，但章邯驻守南部棘原尚有二十万秦军，随时可能

第二章 反秦趁时借势入关

79

支援。因此，项羽唯一的胜算是闪电突击王离及苏角军团，让章邯来不及支援，便能顺利解开巨鹿之围。若是一击不中，想要和章邯的黑衫军长期对阵，就算项羽再勇猛，也毫无胜算机会。

这一点，身为策划主导者的范增，心中非常清楚。

愈接近黄河，北岸秦军活动的情报愈多，范增便愈感心焦。

倒是项羽十分放得开，为顾及全军士气，他不让北征的楚军完全知道真实的情报，而且显得自信满满。他还将思考性工作完全交付给范增，自己则整天高高兴兴，尽情唱着行军歌鼓舞士气，浩浩荡荡地领军向北行进。

每到深夜，范增才到项羽营中共商大计。

"唯一的机会是突击！"

"那就这样干吧！"

项羽那股毫不在乎的语气，与其说是大军统帅，不如说更像一位想搞恶作剧的顽童。

范增心中不禁暗想："不知轻重的家伙！"但还是接着说道："章邯在巨鹿附近建立运粮甬道，效率很不错，只要前方不缺粮，我们便很难有突击的机会。王离军的部署，严密而体系分明，几乎没有可乘之机。"

"甬道这么重要，那么我们就攻打甬道吧！"

项羽很直觉地表示他的自信。

范增心中暗叫道："我为什么没有想到呢？"

对项羽直觉的作战天才，范增不得不刮目相看了。

"攻击甬道是个好方法，的确可以扰乱他们的军心！"

不过护卫甬道的是秦军首席猛将苏角，光听到这个名字，就没有多少军队敢接近甬道了。

为了试探秦军接受突击的反应，项羽派盗贼出身的当阳君英布和蒲将军先率两万先锋部队渡河，乘机攻击苏角部署黄河北岸的军队。

英布勇猛又富经验，他先派遣特使去通知巨鹿北方的陈余，要其同时挥军南下，吸引住王离军团的注意力。

陈余听说楚军北上，也不敢怠慢，立刻率全军南下，在巨鹿西侧和王离对阵。

英布趁势攻击黄河北岸甬道。

秦军的甬道大多可连接至驻军堡垒,但也有些甬道在较偏僻位置,英布专门选择这种甬道攻击。

由于兵力不足,英布并不想攻占甬道,他的攻击目标只在破坏。因此他将军队分成数十小组,分别选择攻击数处甬道,破坏后便用巨石和大树阻挡,绵亘十余公里,以切断秦军补给。

负责甬道的猛将苏角,知名度极高,因而难免有些轻敌。当他获得楚军渡河情报,知道人数不多,而且由原先盗贼出身的英布率领,一开始便一副很不在意的样子。

等到楚军分别攻击甬道,他更认为英布仍不脱离盗贼本色,只会偷鸡摸狗而已,因此只分别派出小部队,虚张声势地准备分头去剿灭破坏甬道的各组楚军。

苏角万万想不到,英布是有备而来的。他一听到秦军分别前来剿讨,立刻吹起集结信号,各小组楚军乃火速向英布所在的定点集合。

英布便立刻放下破坏工事行动,选择各组秦军中人数最多的一组为攻击对象,自己一马当先,冲向该队领军的秦军将领。

秦军分散而来,楚军却火速集中,人数最多的这组秦军,比起来仍成了少数。更糟糕的是这次特遣队的指挥官也在这儿,如果这支特遣队被歼灭,甬道的接触战秦军便算失败,对长期不知失败滋味的秦军,实在是一次重大打击。

因此英布发动空前猛烈攻势,这支特遣部队根本尚未搞清楚是怎么一回事,已被打得支离破碎,落荒而逃。

苏角接获消息大吃一惊,其尊严所受到的伤害比实际上的损兵折将更为严重。因此,他集结五万余兵力,打算一举击灭英布的先锋军团。

这时陈余的军队也和王离军团有了小接触,陈余被迫撤军十余里,并派人火速要求南岸的项羽主力军尽快北上支援。

接到英布获得小胜的情报,楚军欢声雷动,这是项梁被击溃后楚军的第一次重大胜利。

遣回陈余的特使后,项羽决定全军火速渡河。

这是个非胜即亡的战争,项羽心里非常清楚,因此他才表现得如此洒脱。

时候到了,他必须给全军一个必死的决心。

吃过晚饭后,项羽下令军队集合在河边。他自己站在河畔的小丘上,让所有军队都看得到他。

扯开洪亮的嗓子，项羽大声宣布：

"我们即将渡河，援赵灭秦，大家要有非胜必死的决心。渡河后，将所有船只全沉入河底，煮饭的釜甑一律铲破毁灭，不带在身边。每个人只带三天的干粮和饮水，三日内，我们将大败秦军，夺取他们的装备和粮食，并接受巨鹿城中赵王的丰盛招待，如何？战士们，把生命暂时交给我吧！"

项羽的声音，大家自然无法完全听到，但负责传令的将领们，不断向外复诵项羽的指令。

现场的气氛，激起楚军高昂地斗志，没有一人犹豫，立刻大声欢呼，并毁掉一切武器以外的大小辎重，最后连营房也烧毁了。

在项羽领导下，楚军彻夜紧急渡河。

北岸的英布和蒲将军沿着甬道建立临时桥头堡，准备迎接苏角的猛烈攻击，并等待项羽渡河后，由南方发动夹击。

破晓时刻，苏角亲临战场，勇猛的黑衫军立刻向英布的临时堡垒发动猛攻。

虽然有楚军渡河的情报，但苏角判断，楚军完全渡河至少要一整天，待击溃英布军后再反击，正好可以攻击半渡的楚军。因此他决定集中力量先打英布军。

为争取时间，英布下令全力奋战，等待项羽主力部队地到来。

激战到午前时刻，楚军仍无败象，苏角不禁有些烦躁，他仍担心着渡河的楚军，如果陷在此地太久，是非常不利的。特别是南方的哨兵已久无情报，楚军主力的现有动态已无法完全掌握。

这时候，突然传来南方雷鼓震天的声音。

苏角大惊，立刻派人探察，探马回报说：满山遍谷的楚军正越过河边丘陵，往战场快速推进中。

战场上的情势立刻成了五万对七万，秦军明显处于不利情势，加上项羽部队属生力军，秦军已力战半天，早呈疲惫。英布军于是乘机由堡垒杀出，秦军反被南北夹击。平坦的地势，无险可守，秦军士气立刻崩溃。

红色战袍和红色旌旗的楚军，以骑军作先锋，冲散部署在平野上的秦军。项羽由山丘上往下望，只见成带状的"红潮"将"黑云"分割成一块一块的。

一小团一小团的秦军在失去联络后，斗志全失，开始弃械投降。

苏角的指挥部也被困在其中，对于一个从未吃过败仗的将领来说，他完全傻掉了，甚至忘掉了在被歼灭前，应火速派特使通知友军。

五万大军很快只剩下苏角近卫部队的五千余人，眼见大势已去，苏角决定以身殉职。

他下令组成五百敢死队，亲自率领他们冲向山丘上的项羽大本营。

楚军由四面八方以箭雨攻击，不到一刻钟，一代猛将和他的敢死军团，全部死在箭丛。

秦军投降的部队，超过三万余人。

苏角将所有军团部署在平野上，是秦军最大的不幸。

从四面八方围攻，致使秦军无一漏网之鱼，却也是楚军令人难以置信的幸运。

这时，巨鹿平野上五万余的王离军团、两万多的涉闲后勤部队，以及部署在棘原的十余万章邯主力部队，完全不知道苏角军团已被离奇歼灭的真实情况。

范增判断这是天赐良机，如果能火速击溃王离军团而解开巨鹿之围，再会合赵军和来援的各诸侯军团，那儿章邯的主力部队再强，也无用武之地了。

项羽下令已奋战到疲惫的英布军团，看管投降的秦军，自己率领五万余主力部队，在抢夺秦军的粮秣、饱餐一顿后，也不休息，立刻火速北进。

王离的部署比苏角要严谨得多。

虽也是驻扎在平野上，城中又有赵国的五万余守军，王离却摆出了层层的方阵，后面的部队仍不断对外围保持完整的警戒状态。

只是巨鹿城的战线太长，各处又有诸侯援军，陈余的军队也已到达城西干扰，使王离部队的分布稍显广了一些，联络上有些不利。

更糟糕的是从两天前，后方便断粮了，负责补给的涉闲虽立刻派出特遣队紧急运粮，但甬道多处断绝，使补给工作陷入困境。

王离预感大事不妙。

他将围城工作交付亲近副将，自己则率领一支万余人的特遣部队，南下探察战况，并派出十数组探马，深入南方前线搜集情报。

探马很快报告了苏角军团的悲剧。

王离暗叫一声"完了"，凭自己的力量，根本挡不住项羽的主力军，何况四周又有诸侯的援军，加上赵国守军，秦军必陷入绝境。

他立刻派出急使去通知涉闲军团，并向棘原的章邯军团紧急求援。

任务分配刚完，前线紧急军报，项羽的先头骑兵部队已距离不到二十里。

王离下令特遣队组成方阵，全力抵挡楚军攻击，以争取时间。他自己则率领亲近侍队，火速返回围城军团的指挥总部，并传令各围城部队将领调整防线向外，以抵挡项羽之援军。

但他万万想不到项羽本人竟然也在先头的骑兵部队中。

主将一马当先，楚军士气如虹，王离安排的特遣部队根本不是他的对手，在一开始的接触战中便被击溃了。

项羽来不及整顿战场，头也不回，便率领骑兵队直攻王离的围城部队。

虽然接到指令，但围城部队的将领们还来不及调整阵容，项羽的军队就已经到来。在骑兵先锋队的后面，排山倒海的楚军接连而至。

最倒霉的是王离，他急着通知各单位应变，致使自己还来不及到达总指挥部，便被项羽追及，少数亲侍部队自然不是项羽的对手，王离只好弃械投降。

虽然失去主将，但王离的围城军团仍尽力奋战，他们组成了九层的方阵，试图抵挡楚军攻势。

项羽身先士卒，在前面冲刺，楚军先锋骑兵队护主心切，只好舍命相随。王离军不能挡，项羽瞬间连破九层方阵，抵达巨鹿城边。

城外守军和周围的诸侯援军全看呆了，还来不及反应，围城秦军已被楚军完全冲散。

项羽下令赵军开城接应，再率全军火速回击，以会合后面的楚军。

秦军碰到这种穷凶恶极的追打，士气全失，纷纷弃械投降，楚军犹如虎入羊群，个个以一当十。战场上血流成河，诸侯军全作壁上观，根本不知道如何加入战局。

楚军大获全胜，生擒秦军三万余人。

固守粮秣的涉闲，眼见大势已去，不忍辛苦运来的粮秣为敌军所得，乃下令焚烧粮秣，自己冲入火海中自焚而死。

无敌军团的十余万巨鹿围城黑衫军，一天不到便全部崩溃，不但诸侯全吓坏了，连策划这场战争的范增也看傻了，他不得不对项羽的军事天才重新估价。

巨鹿城解围，赵国军民欢声雷动，张耳和赵王歇亲自到城外慰劳楚军。

项羽在巨鹿城设置临时大本营，并约见各诸侯援军统帅。

各将领看到楚军的英勇和项羽的作战天才，无不心惊胆战，深为羞愧，进入辕门时皆跪行向前，不敢抬头。经由这次仪式，项羽已成为诸侯军的大统帅。

接下来的工作，是往西进军，攻取关中。

但项羽心目中最大的敌人，却是驻守在棘原的章邯主力部队。

巨鹿围城战之初，张耳本有意借机号召各诸侯的合纵力量，使赵国成为抗秦的主导者。

想不到秦军意外的强大，各诸侯援军动口不动手，使张耳几乎弄巧成拙。

最令张耳痛心的是曾有生死之交的陈余，在危急关头居然见死不救，更厚颜寡耻地公开表示是为了保存实力以为赵国报仇。

幸得项羽帮助，才能死里逃生，张耳对陈余恨入骨髓。尤其是陈泽和张黡出外求援失踪，张耳怀疑是为陈余所害，因此不断地找机会责问陈余，陈余实在受不了，很生气地回驳道：

"想不到君侯您如此怨恨我，那么叫我如何承担起这个大将的责任呢？"

于是解除自己的大将印绶，推给张耳，张耳见陈余这突发行为也愣住了，不敢马上接受。

两人僵在那儿，陈余也感到尴尬，乃借口上厕所，离开现场。

张耳的宾客立刻乘机进言道：

"臣听说天意要给的若没有接受，可能反而会受其害。现在陈将军交还将印，君侯不接受，在天意上反而不祥，不如乘机收其将印，夺其军权。"

张耳从之，便令部属把陈余的将印收了起来。陈余回来后，见张耳居然没有推辞，不禁大怒，便直接离开巨鹿城，和亲信数百人到河边狩猎，不再参与赵国的重建工作。到此陈余、张耳也正式决裂，甚至种下日后反目成仇的原因。

由于邯郸城已遭严重破坏，而且章邯仍驻扎于棘原，随时可能反攻，张耳乃陪同赵王歇暂返靠近东方的信都，以维持赵国政权的运作，把和章邯对抗的任务完全交给了楚军。

经过巨鹿血战的辉煌战果，项羽早已成为中原北方诸侯军的最高领袖了。

秦军在巨鹿大败的消息，很快传到咸阳。

暴怒的秦二世，即派遣使者严责章邯的失误，章邯也怕被处罪，立即派司马欣向二世请求将功赎罪的机会。

司马欣到了咸阳，投书想谒见秦二世，但是掌握实权的赵高，却因嫉妒章邯，而未安排章邯的使者谒见二世。因此司马欣就在宫殿外围的司马门空等了三天，仍未获准朝见皇上。机警的司马欣猜到自己会有危险，就急忙沿着原路

第一章

反秦趁时借势入关

返回军中。

果然不出所料，赵高不久即命令部下追捕司马欣。

司马欣脱离虎口回来，向章邯报告说：

"朝廷里，赵高掌握着政权，其他人毫无插手的余地。即使你现在打了胜仗，赵高也一定会嫉妒你的功绩；万一打了败仗，那更是必死无疑。将军，这一点请你仔细三思！"

这时陈余劝章邯投降的书信也送达了。内容是：

"白起、蒙恬都是秦的名将，功绩辉煌，但最后却都被奸臣所谋害。秦虽颇能起用干才，但等到他们功成名就时，就以某种不实的罪名将他们处死。将军现在的处境正是如此。将军率领大军离开都城已快三年了，这期间，损失的将士为数不少，而诸侯的举兵却有增无减。秦帝国的朝廷里，由赵高掌握着实际政权，面临国家存亡的大事时，他为了避免被二世诛杀，便会将罪过转嫁于将军。这样一来，将军无功会被杀，有功也难逃厄运。不管如何拼命为秦效力奋战，生命都无法长存，这点将军应该甚为明白。在内蒙上叛逆的污名，在外成了亡国的将领，陷入孤立无援的境地，与其如此，倒不如和关东诸侯联合攻秦，然后分地自立为王，这才是将军聪明的做法。"

看完这封信，章邯起先举棋不定，其后仔细思量自己的处境，终于决心投降项羽。

于是章邯派遣使者到项羽那里，传达秦军投降的旨意。

随后项羽询问诸将的意见说：

"我军粮食也已缺乏，这时我接受章邯的投降，各位应该没有什么异议吧？"

诸将均表赞成。

过去几次转战于关东各地的名将，陪同项羽和章邯，在殷墟（河南省安阳）见面，订立盟约。项羽为了安抚章邯，封他为雍王，使章邯不禁感激涕零。

这么一来，章邯所率领的秦朝远征军，全部隶属在项羽的帐下。

增添数十万兵力的项羽，意气更加昂扬，他大声地说：

"我要一举灭秦！"

于是项羽挥军西进，开始朝咸阳进击。

项羽进军到新安时，军中发生了一件大事。

楚和秦原是宿敌，楚人对秦的怨恨非比寻常。所以，章邯投降之后，要双方军队联合行动真是煞费周章，问题重重。楚、秦两军之间的协议，似乎只是项羽和章邯二人的事情，兵士之间仍然存在着很深的隔阂。

向西进军时，楚的诸侯和士兵们回想过去被迫参加劳役或兵役，饱受强秦的欺凌，不禁怨由心生，于是对秦兵采取报复的行为。秦兵极为不满，悄悄议论着：

"将军章邯诱骗我们投降项羽，将来进入函谷关后，能够灭秦最好，如果不能，项羽一定会将我们俘掳到楚地，并杀害我们的父母和妻儿。"

有一位将军听到了这番话，立即去密告项羽。

项羽对于士兵之间的问题，确实煞费苦心。当秦军投降时，项羽把章邯安排在楚军里，另派司马欣代为上将军，率领秦兵前进。其用意在直捣秦的根据地，并避免兵士之间的隔阂。

当他获悉秦兵有反叛的思绪时，他再也无法坐视不顾管。于是，项羽找来黥布和几位将军，共同商议道：

"秦兵似乎并未诚心归顺，我们都快到关中了，如果这时他们不听命令，那么后果实在不堪设想。我决定留下章邯、司马欣和董翳三人，至于兵卒，则通通除掉。黥布，此事就拜托你了！"

黥布应允后退下。

这天晚上，当秦兵正在熟睡之际，有一支武装部队悄悄地包围了秦兵的营帐。他们并未将四周完全包围，而故意留下一边的出口。

"杀！"

指挥者一声令下，划破了静寂的天空。

"冲呀！"

武装的士兵缩小包围的阵线，发出厮杀声。

秦兵因白天行军疲乏，正处于熟睡的状态，突然遭到袭击，都忘了抓武器，就狼狈地落荒而逃，他们冲向没有被围的唯一出口。

"哇！"

士兵们发出一阵阵惨叫声，迅即消失于黑暗中。

我国西北部黄土高原一带，土壤为黄褐色粉状的黄土。富含促进植物成长的矿物质，只要雨量充沛，农产品就可丰收。然而，黄土的抗水力很弱，黄土曾因为水的侵蚀作用，产生地缝，深坑遍布。这些坑洞有的广达十多公里，峻峭得像是用刀削成一般，深度有的达数十米。

这些秦兵就是掉落在这些深坑内惨死的。

只一夜之间，二十万具尸体堆积如山，情况之凄惨令人不忍目睹。项羽这种大屠杀比起始皇帝的坑儒，真是有过之而无不及。

项羽与章邯的决战，使项羽吸引了秦军主力。所以，当项羽与秦军奋力拼杀的时候，刘邦进军关中的战斗势如破竹，十分顺畅，几乎没有遇到强劲的抵气，直指秦关。刘邦捡了一个大便宜。

与此同时，刘邦不仅没有消耗力量，反而势力得到不断扩充：收编了大量的队伍，网罗了大批贤才。

刘邦按照怀王的命令，从彭城出发，西征关中。西征的第一仗是攻打昌邑（今山东境内）。

昌邑秦军守令自知战不过刘邦，便紧闭城门，据高墙固守。昌邑守令就用弓箭与石块来对付刘邦军队的刀与枪。

这一招还真灵，刘邦几次攻城，均被如雨的矢石挡回。

刘邦不仅没有攻进城池，反而伤了几百攻城兵卒。

正在刘邦一筹莫展之际，有人通报：

昌邑人彭越带领千余人前来帮助刘邦。

这彭越决非等闲之辈，在此，我们应有所交代。

彭越字仲，原在湖中以捕鱼为生。

早年，彭越力量过人，在青年人中有较强的影响力，捕鱼的青年便将彭越推为渔长，以便在彭越的协调下，众渔民互相有个照应。

待到陈胜、项梁相继起兵，海内鼎沸，各地纷纷叛秦，拥戴彭越为渔长的那部分青年坐不住了，也想乘乱世捞一把，都劝彭越据地自立，带领众人反秦。众青年十分乐意这样做，因为只要据地自立，就有可能不再干打鱼这份苦差事。就是打鱼，起码也可以不向官府交纳苛捐杂税。然而，彭越对此举十分慎重，说是两龙方斗，看看再说吧。

彭越要看看局势，如果秦朝在各地反抗下仍稳如泰山，他不会轻举妄动。

转眼到了二世二年，各地抗秦义举更盛，而秦朝力量日衰，捕鱼的百余名青年再也按捺不住，决心跟定彭越，推彭越为领头的人，定期举事。

彭越见局势如此，也下定决心，决计起事。于是，他与拥戴他的那帮青年们约定：第二天早晨举行起事大会。

彭越认为尽管这帮青年心气很高，但打起仗来肯定是乌合之众。要想使这支队伍成大业，必须树立自己的绝对权威，建立严明的军纪。

所以，彭越特别规定：明早举行起事会议时，延期到会的定斩不饶。彭越以此验证部属的状况，也借此大做文章，树立权威。

第二天，天还未亮，彭越就起床了，提前赶到集会场所。旭日东升，众青年陆续到来，十一群、三一伙，稀稀散散，许多人未按期到会，有的中午才到。

见到这种情况彭越一脸愤然之色，对众人说：

"我原来并不想当大家的领头人，是你们极力推举我为长，既然如此，你们就必须听我指挥。昨天，与各位有约，日出即是举行会议的时间，现在已到了中午，我数了一下，违约迟到的有十人，按昨天约定，本应一律处斩，但念人数太多，不可全杀，只有将最后一名迟到者斩首示众，以肃军纪。"说到这里，彭越看了看那位青年，说：

"军令如山，兄弟，对不起了。"

众青年并没有把彭越的话当回事，仍然说笑着，有的人还不以为然地对彭越说：

"干什么这么认真，晚到一会儿哪至于斩首呢，以后我们一定遵守你的命令就是了。"

彭越也不答话，命令心腹将最后一位到会者，推到外面，剁成两段。

诸青年顿时惊得目瞪口呆，连惊带怕，每个人的头上都冒出了冷汗。从此再也不敢怠慢彭越，再也不敢违令了。

彭越此举，将一帮乌合之众，在短时间内，建成准军事力量，尽管有些残酷，但确实证明彭越有胆有识。

彭越起事后，又招募各地散兵游勇，不久，就建立了一支千余人的队伍。

当听说刘邦来到昌邑，彭越遂前来助他。

刘邦与彭越合兵一处，再攻昌邑，仍然未果。

刘邦见昌邑久攻不下，意欲改道进兵，便与熟知本地情况的彭越相商。

彭越告诉刘邦：改从高阳，也无不可。

刘邦采纳了彭越的意见，便与彭越约定日后再会，自己带着人马直奔高阳。

高阳有一位老儒，贫寒落魄，无以为生，于是便充当里中监门吏，聊以糊口。此人姓郦名食其，是一位高士。此人善言，且足智多谋，但自视清高，很难看上别人，常有指摘别人的言辞。旁人并不知其才，笑他满口狂言，并称他为"狂生"。

郦食其有两大特长：善言、善谋。所以，在刘邦西征的过程中郦食其功不可没，许多城池由于郦食其的游说不战而降。

当然，善言而不多言才是最佳，多言，有时会带来麻烦。日后，郦食其就因多言而招杀身之祸。

刘邦到了高阳之后，自然成为高阳百姓议论的话题。

郦食其也与一位他熟悉的友人谈起了刘邦。

郦食其说：

"我听说沛公性情倨傲不肯礼待下人，是不是这样啊？"

友人说：

"这种传闻，也许有些原因，但据我所知，沛公喜求豪俊，每过一地，都要找当地贤人交谈请教，没有听说对哪位高人有些许轻视。"

郦食其若有所思地对友人说：

"照你说来，沛公确有大略，看来不同凡响，我愿与沛公一谈，你可否为我先通报沛公？你可对沛公这样说：里中有个郦生，年六十余，身长八尺，素好大言，里人都视为狂生，他却自谓非凡，读书多智，能助大业。"

友人摇头道：

"据说沛公不喜欢儒生，每遇前来求见的儒生，沛公就命他脱冠，作为溺器，就是平日谈话中也常说儒生迂腐，笑骂不休，你怎么以儒生名义与沛公晤谈呢？"

郦食其十分自信地说：

"你先为我通报一声吧，我料沛公不会拒绝；"

友人到刘邦的大营后，按照郦食其的吩咐通报了刘邦，刘邦二话没说，就同意与郦食其晤谈。

郦食其果然前往刘邦的营帐。

走进帐中，刘邦正坐在床上，床下有两名使女正为刘邦洗脚。郦食其大模大样地站在帐中，既不行礼，也不开口，一副高傲的神态。

刘邦见了，心里很不高兴，谁见了刘邦不是恭敬小心呢？一个人如果习惯了别人的尊敬，心里很是难容忍别人的傲慢的。所以刘邦对郦食其不理不睬，专心致志地看着使女洗脚，好像根本就没有看见闯入的老头子。

郦食其开口了：

"阁下带兵至此，是帮助秦国攻打诸侯呢？还是率领诸侯攻击秦国呢？"

刘邦见郦食其举止粗疏，语言唐突，已由不悦转为大怒，刘邦开口大骂：

"糟老头，不要胡说八道，你应该清楚，天下百姓已受够了秦朝的暴政，都起而抗秦，难道我会逆天道，帮助秦朝吗？你听着，我奉怀王之命，是进攻秦朝的正义之师！"

郦食其不紧不慢地说：

"阁下如果是伐秦的队伍，是正义之师，那么，你在会见年长的人时，竟然坐着，还让下女为你洗脚，这成什么样子。行军不可无谋，若傲慢地对待贤士，谁还来献计呢？"

刘邦一愣，人家说得有道理，看来是自己的不是。刘邦连忙起身，整理好衣服，请郦食其坐上位，虚心求教。

郦食其详细讲六国成败，谈古论今，口若悬河，滔滔不绝。

刘邦佩服得五体投地，便向郦食其讨教伐秦的计策，并吩咐手下端出酒菜款待郦食其。

郦食其说：

"不论是纠结乌合之众，或是集合散兵游勇，你的军队不过一万人，以如此薄弱的兵力去进攻强大的秦国，就好比羊入虎口。据本人所见，不如先攻占陈留。陈留系天下要塞，地处交通要道，进可战退可守，城内又贮存了大量的粮食，先攻下陈留，就可以有了进攻秦军的根据地。我和陈留县令是好友，已相交多年，我可以帮助阁下前去游说，倘若不成功，我也可以作为内应，帮你攻取陈留。"

刘邦听至此，已高兴得不知如何是好，连忙请郦食其先行，自己带着人马连夜赶奔陈留。

郦食其到了陈留，径直进见县令。

两人寒暄几句便转入正题，郦食其将陈留的守与弃的利害得失详说一遍，怎奈守令不为所动，一心跟定秦朝。

事已到此，郦食其便见风使舵，对守令的忠心夸奖一番：

"大丈夫不事二主，好！好！"

郦食其佯装关心陈留防务，与守令谈论如何守城。陈留守令十分高兴，设宴相待。郦食其本是酒徒，灌上几斤酒，就像喝水一样。

陈留守令不善饮酒，刚下几杯就脸红脖子粗。郦食其鼓动三寸不烂之舌，将守令灌得烂醉如泥，不省人事。

郦食其见火候已到，便趁黑夜悄悄混出县衙，打开城门，放刘邦的一支精干人马入城，并引兵到县衙。

县衙守军早就逃之夭夭。陈留守令尚醉卧未醒，被刘邦的兵卒乱刀砍死。

此时天已大亮，郦食其命人打开四门，迎入刘邦，并贴榜安民，秋毫无犯。

刘邦没有去县衙，直接去了粮仓。打开仓门一看，刘邦乐坏了：里面的贮粟太多了，足够吃一阵子。军中有粮，心中不慌，刘邦进军关中的信心更足了。

郦食其因攻占陈留有大功，被刘邦封为广野君。

刘邦带领军队占领陈留后，接着西行，准备攻打开封。

此时，郦食其将他的弟弟引荐给刘邦。此人智勇双全，不几日就招募四千人，刘邦封郦食其的弟弟为裨将，命他与自己一起合攻开封。

开封是一个大城，刘邦几次强攻均未奏效。

事不凑巧，此时，秦将杨熊带领秦兵前来解开封之围。

刘邦的军队面临被合围的危险。

刘邦在郦食其等人的帮助下，放弃开封，转而截击杨熊的军队。

杨熊猝不及防，被突然而至的刘邦军队杀得人仰马翻，只好急速退兵，退兵时，由于混乱，死伤无数。

杨熊退至一空旷地带，稳住人马，就地布阵，准备与刘邦决一死战。

刘邦带兵追击，杀入杨熊阵地。双方各不相让，势均力敌。正杀得难解难分，忽有一支大军及时赶来，向杨熊的阵地横扫过去。杨熊的军队马上被分成两截，首尾不能相顾。

战斗的优势马上转到刘邦手里。

刘邦乘势驱杀，杨熊眼看大势已去，急令退兵，带着残兵败将退入荥阳。

退入荥阳时，杨熊的兵将已所剩无几。

刘邦知道，他能有此大胜，皆因那一支突然夹攻杨熊的援军，否则，后果尚难意料。

刘邦正要前去道谢，那支军队的首领已经骑马跑到刘邦面前，低头便拜。

刘邦下马还礼，亲自扶起来将，仔细一看，一种意外的惊喜急速地冲击全身。

"啊！是张良。"

原来，项梁在薛地召集天下诸侯拥立怀王、复兴楚国的时候，张良没有忘记他的韩国梦。遂向项梁建议：秦所灭的六国除韩国外均已恢复，不如恢复韩国，可以号召更多百姓起兵抗秦，当然，韩国名为自立，实乃属于楚。

项梁接受了张良的建议，立韩王后代成为王，任命张良为韩司徒，派他们到韩地广招兵马，收复失地。

张良依依不舍作别项梁，与韩王成一起攻取原属韩地的城池。

因为张良的人马过少，只有千余人，虽然夺得几座城池，也时得时丢，没有固定的根据地，只得到处打游击，现在听说沛公到此，于是特来相助。

两人战场重逢，自然都十分高兴，当即择地安营，共叙衷肠。

刘邦决意帮助张良夺取原属韩地的颍川。

颍川守将是死命跟定秦朝的人，见刘邦来攻，便立于城头破口大骂。刘邦大怒，命士兵迅速攻城。

数日后，刘邦取得颍川。而后刘邦乘胜进攻荥阳，追击杨熊。杨熊是秦朝的一员得力战将，杨熊不除，刘邦心中不安。

正在此时，探马来报，由于杨熊战败，秦朝已派使者到荥阳，杀死了杨熊。

得到此信，刘邦乐了："杨熊已死，附近没有什么可担忧的了，尽可放心地进攻秦军。"

刘邦军队势如破竹，连下十余城，与张良一起，直逼南阳郡。

南阳太守多少懂点兵法。为了争取主动，免于围困，南阳太守便主动迎战刘邦。

哪知南阳太守根本不是刘邦的对手，被刘邦迎面一击，就败逃南阳郡的宛城。

刘邦追至宛城下，见宛城的城防确实高于他处。宛城城墙高大而厚重，城头上秦兵人头攒动。看来，城内秦兵早有防范。刘邦生怕久攻城池不下，形成削弱战，影响进军关中的速度。故而，刘邦命令士兵避开宛城，从城外绕道而过，向关中急进。

刘邦的军队浩浩荡荡，迤逦而去。

走过宛城十余里，张良骑马追上刘邦，力主刘邦先攻宛城。

熟读兵法的张良比刘邦要高明，他已看到轻易越过宛城后患无穷。

张良对刘邦说：

"沛公想急入关中无可指责，可我们要注意身后，防止秦军两面夹击。前面，秦军的防守肯定更坚，若不拿下宛城，肯定留下后患，秦兵在前面抗击我们，后面，宛城的守军再堵住我们的退路，我们难以进退，处境可就危险了，不如先攻宛城。乘宛城守军没有防备，突然而至，收服宛城，可解后顾之忧。"

一席话，刘邦恍然大悟。刘邦一拍脑袋：

"多亏有了子房，要不就坏大事了。"刘邦个性粗犷而缺少涵养，对于战事是外行，没有张良等人的帮助，他是无法夺取关中的。

刘邦马上掉头而回，给宛城一个回马枪。刘邦军队偃旗息鼓，悄然而行，神不知鬼不觉地来到宛城城下。待到天色微明时，已将宛城包围三圈。

南阳太守做梦也没有想到刘邦这么快就杀回来，原来，他见刘邦队伍绕开宛城而去，长长地松了一口气，便邀集部下，痛饮一场，而后，痛痛快快地睡了一夜觉，那觉睡得真叫高枕无忧。

早晨，他尚处在甜甜的梦乡，他的亲兵突然而至：刘邦又回来了。

南阳太守战战兢兢地穿上衣服，跑到城楼往外一看，魂飞天外，傻了。城外，刘邦的军队环集如蚁。南阳太守自感自己的末日到了，此次必死无疑。人失望到了极点，便只有一种办法来解脱——自杀。

南阳太守口中反复说着两个字：

"完了，完了……"

说着，便抽出佩剑，横在肩上，意欲自刎。

在千钧一发时刻，后面传来喊声：

"大可不必，离死还早着呢！"

南阳太守忙回头，见是舍人陈恢，便冷冷地又毫无希望地问：

"你不叫我死，你有什么办法解脱困境？"

"办法有的是，就看郡守办不办了。"

"那你说说看。"南阳太守似乎又看到了希望。

平时南阳太守与陈恢接触并不很多，并没有发现陈恢有多大本领，陈恢见了他也唯唯诺诺，此时此刻，他不得不看重陈恢，也许他能给他一条生路。

陈恢也神气起来，大胆进言：

"沛公宽厚待人，有客人之量，依我之见，太守不如投奔沛公，既可免死，也可保全禄位，何乐而不为？"

陈恢的"保全禄位"一词最具诱惑力。

"你说得有道理，你愿到沛公大营与沛公商议吗？"南阳太守一改往日骄横的神态，几乎用乞求的口吻对陈恢说。

"大人有难，小的怎敢不帮。"

当下，陈恢出城与刘邦相见。

陈恢见到刘邦开门见山：

"仆闻楚王有约，先入关中者为王，今沛公要取宛城，理所当然，然而宛城连着几十个县城，吏民甚众，自知投降必死，逼得他们不得不凭城固守，沛公虽有精兵猛将，未必能一口气都能攻下，且多伤士卒，若舍宛不攻，冒然西进，宛城必发兵追出，沛公前有秦兵，后有宛卒，腹背受敌，这样，胜负难卜，沛公如何进得了关中呢？依鄙人的看法，最好招降郡守，给他封爵，仍用他守宛城，沛公可带宛城士卒继续西进。郡守都降了，其他城池必效仿，沛公西行路上所遇各城，必然会开门迎接沛公，这样，沛公可长驱直入，毫无阻碍了。"

刘邦连连称好，对陈恢说：

"我从不拒绝受降，如果南阳郡守出降，我自然给他封爵，烦君向郡守通报一声。"

陈恢急速返城，通报郡守。

南阳郡守亲自打开城门，引导刘邦入城。

刘邦封南阳郡守为殷侯，陈恢为千户，命他们两人留守宛城。刘邦带着原有人马，再加上宛城兵卒向关中进发。

果然，沿途城邑，见刘邦军队到了，纷纷归降。

刘邦对降将一般按功封赏，让他们各得其所。

刘邦大大加快了进军速度，并且队伍像滚雪球一样迅速壮大起来。

刘邦经丹水，出胡阳，下析郦，直抵武关。

武关系秦朝重关，只因刘邦进兵太快，守将来不及征调兵力，只有老弱残兵数千人，守将如带兵迎敌，不值刘邦一扫。三十六计走为上，守将不顾兵卒，自己溜之大吉。这样，好端端的一座关城，白白送给了刘邦。

过了武关，就进一步临近咸阳。此时咸阳城里讹言四起，人心惶惶。

就在刘邦与项羽分兵攻打秦兵的时候，秦二世与赵高已把堂堂秦朝搞得七零八落，乌烟瘴气。秦朝垮台已成定局。秦朝垮台首先败在内部。当然，这也帮了刘邦等反秦力量的大忙。

秦二世胡亥是昏庸无道的天子，赵高是阴险残忍的奸臣，这种奇妙的组合，断送了秦朝的数百年基业。

昏君任用奸臣才更助昏庸，奸臣因为昏君才有存在的市场。

赵高由于二世的宠信，几乎控制了整个朝廷。

政局动荡，民间怨声载道，民变纷起。

赵高自知罪责难逃，他生怕别人利用二世皇帝除掉他。赵高滥杀无辜，树敌过多，想搞掉赵高的人确实不在少数，只是赵高地位太重，别人没有机会罢了。

奸诈的赵高决定先下手为强。

为了控制朝政，赵高先利用淫乐这一软刀子将二世皇帝封在深宫。

至于如何做到这一点，善玩权术的赵高并不发愁，赵高的腹中几乎都是歪招邪伎。

一天赵高走进皇宫，面见二世。

别人见二世是难上加难，赵高见二世就像父亲看儿子那样方便。

赵高对二世说：

"陛下贵为天子，皇帝可知天子称贵的原因吗？"

二世闻言，茫然不解，便转问赵高原因为何？

赵高侃侃而谈：

"天子所以称贵，无非是高拱九重，只可叫臣下闻听声音，不可让臣下见到面孔。"

"始皇帝天天与大臣见面，群臣不是十分敬畏吗？"二世越听越糊涂，便问赵高。

赵高应答道：

"从前先帝在位日久，臣下无不敬畏，所以，即使天天见到臣下，臣下也不敢胡作非为，不敢在皇帝面前胡乱说话。陛下就不同了，今陛下继位才两年，正值年少，怎能经常与群臣议事呢？倘若言语有误，处置失宜，就会使臣下轻看，这样，有损陛下的神圣与威严。"

"那该如何是好？"二世忙问。

赵高仍不慌不忙，丝丝入扣：

"臣认为天子称朕，朕字意义，解作朕兆，朕兆便是有声无形，使人可望而不可近，臣愿陛下从今日始，不必再出视朝，可以深居宫禁。有事，小臣报入，陛下从容裁决。大臣们见陛下处事有方，自不敢妄生议论，陛下才不愧圣主了。"

　　赵高的荒唐逻辑似哄小孩一般，但还是骗得了二世皇帝的认同。

　　二世听完赵高的话，十分高兴，他早就不想临朝处事了，还是在宫里过安逸生活好。二世皇帝早把天下大事抛在脑后。

　　从此，二世闭门不出，每日与宦官宫女寻欢作乐，所有的天下奏章均委托赵高处理。

　　秦朝天下几乎可以改为赵氏天下了，赵高完全控制了二世，把持了朝政。

　　赵高控制了二世以后，又把目标对准李斯，一心要把李斯置之死地。因为此时能与赵高抗衡的只是李斯，李斯是开国元勋，地位太高。

　　又一个阴谋在赵高的心中酝酿。

　　一天赵高带着奸笑走访李斯，拿出一副忧国忧民的神态对李斯说：

　　"关东群盗如毛，而主上沉于淫乐，征调役夫，大修阿房宫，并采办狗马等无用之物。"

　　赵高见李斯皱眉长叹，唏嘘不已。接着说：

　　"我只是一个劳于宫中的苦役，人微言轻，而您是丞相，你怎能坐视不言呢？难道您就容忍国家乱下去吗？"赵高说完，佯作焦急状。

　　李斯说：

　　"不是我不愿进谏，实因主上深居宫中，已多日不上朝，我无法面奏主上啊！"

　　赵高微微一笑，说：

　　"这不难办，待我探得主上何时有闲，即报给您，您到时尽可进谏了。"

　　李斯点头答应。

　　其实，李斯中计了。

　　过了两天，赵高果然派了一名宦官通知心急如焚的李斯进见二世。

　　李斯忙穿朝服，匆匆赶至宫门外，求见二世。

　　此时二世正在美女的陪伴下饮酒，正在兴头上，当然不肯见李斯，并心生不悦，有何要事，败我酒兴。二世不耐烦地说了句：

　　"快叫他回去，明天再说。"

李斯第二天依命前往，哪知二世早把前言抛于脑后。二世对侍从说：

"他昨天不是来了吗？今天怎么又来了，实不知趣，传旨让他回去。"

李斯两次碰壁以后，再也不敢面见二世了。

这时赵高又派人来打气，说是主上此刻无事，正好进谏，机会难得。

李斯又信以为真，再次求见二世。结果与前两次一样：吃了闭门羹。

李斯白跑了三次倒惹恼了二世皇帝。

赵高见时机成熟，乘机进谗言：

"皇帝诏书，李斯是参与者，李斯认为助二世有功，希望裂土封王，但久不得志，与带兵的长子李由准备谋反。现在李斯三番五次求见皇上，定有歹意，陛下不可不防。"

二世听后，认为毕竟是推测，难置可否。赵高继续添油加醋：

"楚盗陈胜等是阳城人，李丞相是上蔡人，阳城与上蔡是邻县，所以李由迟迟未出兵镇压陈胜，让陈胜横行三川。这可是真凭实据啊，请求陛下尽快定夺，拘捕李丞相，以绝后患。"

二世尽管深以为然，但毕竟案情重大，不好草率从事，便派人前往三川调查李由是否有反举。

二世不可能想到，在他定下由谁去调查李由的那天晚上，赵高就用重金收买了使臣，目的很明确：编造罪名，诬陷李斯父子。

时间一久，李斯已知中计，知道赵高有意加害于他，他也决定先下手，但他采用一个比赵高的计谋笨得多的办法：上书二世，弹劾赵高。

赵高是二世最信得过的宠臣，弹劾不可能起作用。也许李斯除此之外不可能有别的办法。

李斯知道仅靠他一人的弹劾，很难使二世相信，他又联合了右丞相冯去疾，将军冯劫联名上书。

二世见奏章上弹劾赵高，很不以为然，对左右说：

"对赵高我十分了解，此人清廉强干，上适朕意，下知人情，朕不任用赵高，那任用谁呢？这只不过是丞相心虚，想诬陷赵高罢了。"

内宫里服侍二世的人都是赵高的心腹，他们连声附和二世：

"那是，那是，李斯居心不良，陷害好人。"

当二世看到奏章里有要他停修阿房宫、减少四方徭役的内容时，勃然大怒：

"朕贵为天子，理应极尽享受。先皇大筑宫室，是为了尊体统，显示煌煌功业，畏服天下。今朕继位二年，丞相等不能尽诛群盗，反欲罢去先帝之举，这是一不能报先帝，二不能为朕尽忠，这样的大臣有何用？"

赵高在旁连忙凑趣：

"请陛下将李斯等三人罢去官职，下狱论罪。"

二世正在火头上。当即应允。

李斯、冯去疾、冯劫三人被逮下狱。不久冯去疾、冯劫不辱气节，自杀而死。唯李斯贪恋生命，对二世尚怀有一线希望，尽管受尽酷刑，仍硬撑着，希望有朝一日二世能回心转意，饶他一命。

李斯曾忍痛上书二世皇帝，自叙前功，乞二世念过去功劳从轻发落。李斯托狱吏转出。此事，赵高知道了，便传来狱吏，对狱吏说：

"囚犯怎能上书？莫非你受了李斯的贿赂？"

一句话说得狱吏魂飞魄散。自此，谁也不敢为李斯捎带书信了。

按秦律，重犯须有御史最后验证，方可最后定罪。赵高为了不让李斯在御史面前翻供，命人假扮御史等一行人提审李斯。

李斯见御史前来，知道这是最后机会。于是，乘机喊冤。哪知，李斯每翻一次供，假御史命人重打李斯一次，反复再三，李斯再也不敢翻供了。

待二世派真御史复审时，李斯已心灰意冷，抱着宁死不受活罪的念头，对赵高的诬陷之词一一供认，然后按指画押，供认不讳。

二世看了御史的复审章感叹不已：

"多亏了赵高，不然，非毁在李斯手中不可。"

此时，去三川调查李斯长子李由的使者已回咸阳。尽管李由已为秦朝战死疆场，但欲加之罪，何患无辞，拿了赵高钱财的使者，按赵高的旨意，以天衣无缝的所谓证据给李由捏造了谋反罪名。二世震怒，下了一道十分残酷的诏令：李斯处五刑，并诛杀三族。

行刑之日，李斯与李氏三族被押赴刑场，李斯看到次子，呜咽道：

"我还想与你一起，带着大黄狗到上蔡县城东门，去捕猎野兔，这种日子再也不会有了。"

说完大哭不已，其下属无一不哭。想当初，李斯二家，除长子李由为三川守令外，男子皆娶秦公主，女子皆嫁秦公子，显贵无比。福乃祸之所伏。行刑之时，李斯肯定会想起如何不保晚节，贪恋禄位，李赵合谋，篡改诏书，计杀扶苏，拥立胡亥的那一幕，恐怕会追悔莫及。

赵高杀了李斯，便取而代之，做了中丞相。

赵高除掉李斯后，下一个目标便对准了大将章邯，因为章邯具有调动一切兵马的军权。章邯战功显赫，兵权在握，显然，在一定程度上能与赵高抗衡。

本来章邯是力保秦朝的，保秦朝就等于保了赵高。赵高也深知这一点，但是赵高疑心太重，他为了解除潜在的危险，竟拿秦朝长久命运为儿戏，一心除章邯。

当时章邯有重任在身，正与项羽奋力拼杀，赵高无法迅速灭掉章邯，只能慢慢来。

章邯与项羽长期作战，人困马乏，粮草不济，经常向朝廷求援。

赵高接到如此急奏，从不上报二世，私自扣下，章邯日陷败境。

赵高寻机向二世进谗言，说关东抗秦力量多为乌合之众，极易荡平，可章邯拥兵自重，图谋不轨。

章邯战不过项羽，连吃败仗。此时，章邯隐约感到赵高绝不会饶过他，紧跟秦朝的结局是必死无疑。赵高的作法终于促成了章邯降楚之举。

赵高用自己的阴谋诡计为秦朝挖掘了一个坟墓，当然，他也会掉到自己挖的坟墓中，这只是时间问题。

在秦朝灭之以前，赵高为了延缓自己的死亡时间，便更加疯狂，使用更加阴险的招数来保护自己。

在刘邦攻破武关的时候，赵高的权势达到了顶峰，已经到了翻手为云，覆手为雨的地步。

人到了权势的顶峰，常常忘乎所以，赵高更是如此。

一个再次强化自己力量的阴谋又在赵高脑海中产生了。赵高深恐大臣反对他有二心，赵高要借机检测，威慑一下。于是，就有了"指鹿为马"的典故。

一天，赵高告诉二世，他有一匹马要献给二世。二世听后很高兴，对赵高说：

"丞相献马，定是好马，你将马牵来。"

赵高将一只鹿牵入宫中。

二世一看，乐了：

"丞相错了，你怎么将鹿误认为马呢?"

赵高十分肯定地说：

"这分明是马，不是鹿，"然后问众臣，"你们说是鹿是马？"

左右侍臣面面相觑，不知赵高葫芦里卖的什么药，谁也不敢表态。

"你们说是鹿是马？"二世又问众侍臣。

这时，几个傻乎乎的侍臣，壮着胆子说了真话：

"那确实是头鹿。"说完他们偷偷看着赵高的反应。

不料，赵高忿然作色，调头径去。

几天后，赵高把说鹿的几位不识时务的侍臣，诱出宫禁，随便给他们安上一个罪名，全部斩杀。

从此，宫内的近侍，宫外的大臣更加畏惧赵高，谁也不敢有违赵高，唯恐自丧性命。

赵高为了加强自己的权势，招数甚多，等到刘邦进了武关，秦朝危在旦夕，秦朝需要赵高出点真招的时候，赵高却没招了。

赵高此时只能耍无赖了，诈称有病，托故不上朝。

这下二世慌神了。平日里，二世只管淫乐，天下军国大事全是赵高一手决断，赵高多日不上朝，二世如失左右手，像热锅上的蚂蚁急得团团转。两人长期狼狈为奸，现在狈失去了狼的帮助，狈当然惊惶不安。

日间心乱，夜间当然多梦，朦胧中，二世见一只白虎，奔到驾前，吓得二世狂叫一声，顿时醒悟，才知是一个噩梦。

翌日起床后，二世越想越不对劲，便召太卜入宫占梦兆。

太卜胡言乱语道：泾水为祟，二世只有御驾泾水亲祭水神，方可消灾。

二世深信不疑，真到泾水岸旁的望寿宫，斋戒三天，然后亲祭。

此时，二世心里稍稍踏实一点。可这虚无缥缈的安慰无法解决现实的难题：刘邦带领的楚军已进武关。

二世马上派人找赵高，叫他从速调兵，堵住楚军。

赵高除了搞阴谋诡计时是高手外，论文论武他都不行。二世命他调兵平乱，他知道自己的那点能力，他不是干正事的料。况且大军逼近，大势已去，无论多大的智勇，也难支持。

没有真本事，就想歪点子。赵高打起新的鬼主意：为了保全自家，嫁祸二世，杀掉他，凭此，与楚军讲和，或许，还能保个一官半职。

赵高想出了一个狗卖主子的毒招。

当即，赵高找来了三弟赵成，女婿阎乐。赵成是郎中令，阎乐是咸阳令，尤其是阎乐掌握首都的军政大权，有除掉二世的实力。

赵高对赵成、阎乐耳语道：

"今时机紧迫，主上欲加罪我家，我们不能束手待毙，现在只能先下手，除掉二世，改立公子婴。子婴性情温和，百姓悦服，或许立公子婴，时局能有好转，至于最后的结果谁也说不清，我们也管不了那么多了。"

赵高下了最后的赌注，结局如何他都不管了。

赵成与阎乐也是奸人，听了赵高的话连连称是。

赵高就刺杀二世作了分工：

"赵成做内应，阎乐带兵外合，此事准成。"

轮到真刀真枪地玩命了，阎乐有些犹豫：

"宫中有独立的卫卒，我们怎么能进去呢？"

"废物！"赵高骂了一句，接着说：

"就说宫中有变，你是带兵平乱，这不就能闯进宫门了。"

赵成、阎乐依计准备。

赵高对自己的女婿并不放心，令家奴劫来阎乐母亲，囚在密室，作为人质。

阎乐秘密组织官兵千余人，直抵望夷宫。

阎乐带兵走到宫门下，里面的卫令仆射忙问何事。

阎乐先不答话，命左右先将卫令绑起来，然后才说：

"宫中有贼，你们难道不知吗？"

卫令不解，忙问：

"宫外有大量卫队，日夜巡逻，哪来的贼人，你们这是擅自入宫！"

"叫你强辩。"话音未落，阎乐顺手一刀，砍掉了卫令的脑袋，随后昂然走进皇宫。

宫内卫士稍稍抵抗一下，阎乐就命士兵射箭，且射且进。宫内卫士渐渐不支。宫中原有的待卫郎官，宦官仆役，四散而去。最后，只有几个胆力稍壮的卫士持刀抵抗，但寡不敌众，没有打几个回合，便被斩杀。

"二世在里面。"赵成从一房内走出，招呼阎乐道。

赵成引阎乐闯入内殿。

为示声威，阎乐命兵卒毫无目标地在殿内放箭。而后，阎乐走到二世的坐帐前。

二世早已被惊醒，急呼左右护驾，可左右只顾自己逃命，哪里还顾得上他呢，二世吓得跑入内室。内室空荡荡的，只有一名乘机捞财宝的太监。见此，二世顾不上摆威风了，忙问那个太监：

"你们为什么不早告诉我宫里宫外已到如此地步呢？现在该如何是好！"

太监神态冷淡但满含隐意地说：

"臣不敢说，正是不敢说方才偷生到今天，否则早就没命了。"

说到此，阎乐追入室内。

阎乐用严厉的口吻对二世说：

"你骄恣不道，滥杀无辜，天下叛你，我们替天行道。"看来，再糟糕的行动也可以找到漂亮的幌子。

二世知道大势已去，想死个明白：

"你是谁派来的？"

"丞相！"

二世一听是赵高派来的又恨又喜。恨的是赵高竟敢下如此黑手，喜的是凭他与赵高的关系，赵高总不至于杀他吧？

"我能见见丞相吗？"现在是皇帝求见臣下，这是多么绝妙的讽刺。

"不行！"阎乐很干脆。

"我想丞相的意思只是让我退位吧？"不等阎乐回话，二世接着请求，"我愿做一郡之王，不做皇帝了，可以吗？"

"不行。"

"既然不许我称王，我就做一个万户侯吧！"

"不行！"

"那我就与妻子做一个普通百姓，请丞相给条生路。"二世绝望地请求。

"你不要再说了，说了也没有用，今日你的死期到了！"阎乐说完举刀欲砍。

二世见无望生还，一闭眼，一咬牙，拔剑自刎。

二世在位二年，时年二十三岁。不管赵高的动机如何，二世是死有余辜。恶人总有恶报。

赵高听说阎乐政变已成功，二世已死，一颗悬着的心落下了。他立即进宫，抢得传国玉玺挂在腰间。

赵高本想自己坐上龙位，可是恐天下不服，于是暂推公子婴，主意已定，乃召集群臣及宗室公子当众晓示道：

"二世不肯从谏，恣行暴虐，天下离叛，人人怨愤，今日已自刎了。公子婴仁厚得众，应该承接王位。我秦原仅为一王国，自始皇帝统一天下后，才称皇帝，现在六国均已复起，海内分裂，秦地已比从前大为缩小，现在不应沿用帝号，仍按从前旧例称王吧。"

众人听后，尽管心中不满，但慑于赵高的淫威，只好勉强表示赞同，全听赵高一人裁夺。

于是，赵高令公子婴斋戒，并择日举行继位礼。

公子婴虽被推为秦王，但心里并不踏实：

"赵高敢杀二世，就敢杀我。"

公子婴思前想后，只有两个儿子可以信得过。毕竟是亲骨肉。

公子婴将两个儿子唤入内室，低声低语道：

"赵高推我为王，从他敢杀二世这一点来看，他并不是畏服我，不过是现在时机未到，暂借我做个傀儡，日后再图废王。我如不杀赵高，赵高必将杀我。"公子婴能有这番话，当比二世聪明。

两个儿子听了，不禁泪下。

正在公子婴与两个儿子密谈的时候，忽有一人急进通报：

"赵高太可恨了，他已派人到楚营求和，他将要大杀宗室，自称为王，要与楚军平分关中。"

来人是子婴的心腹太监韩谈。此人公子婴最信任。

"该动手了，否则就来不及了。"子婴自语道。

"就这么办，"子婴对他的两个儿子与韩谈说，"过几天就要举行继位仪式，要告庙祭祖，届时，我称病不去，赵高必然来这里探问，那时，你们三人一齐动手，杀了赵高，这样大患可除。你们好好准备，胜败在此一举，事关重大啊！"三人均表赞同。

与此同时，赵高确实派人到刘邦的大营，与刘邦谈判，要与刘邦平分关中，刘邦知道秦必亡无疑，到嘴的肥肉怎能与赵高分享，对赵高的条件坚决不允，并斥退了赵高派来的使者。

赵高见此计不成，又见人心不定，急欲子婴告庙继位，以定人心，赵高定了告庙的日子后，派人通告子婴，子婴一口应承下来。

到了告庙这一天，赵高早早地来到庙中，但子婴左等不来，右等不来，没有子婴怎么举行告庙仪式，赵高派人催问。

催问之人很快就回来了，回复赵高说：主上有病，不能亲临。

赵高一听就急了：

"这事太大了，不管子婴有什么病，也要前来告庙。"

说完，赵高亲自去子婴府上催促。

赵高匆匆驰赴公子婴住室，下马入门，看见子婴伏案睡觉，便蛮横地对公子婴说：

"公子今已为王，应该速入庙告祖，不管有什么事都得去！"这是赵高在人世上的最后一句话。

赵高说完，便去拉公子婴。

此刻，室内闪出三人，持刀走到赵高面前，高喊：

"弑君乱贼，还敢胡言。"

赵高还没有反应过来，韩谈已将赵高砍倒在地上。公子婴的两个儿子也举起了刀，对准倒在地下的赵高双刃齐下，赵高当场毙命。

赵高一生恶贯满盈，穷凶极恶，杀功臣，玩二世于股掌之中，至楚军入境，不惜卖二世以保身家性命，此为有史以来，宦官逞凶之首例。

赵高有如此下场，更是罪有应得。

公子婴见赵高已杀，急召群臣入宫。公子婴指着赵高的尸体，历数赵高的罪恶。

众臣见赵高一除，胆子马上就大了，纷纷争颂公子婴英明，说赵高死有余辜，还应诛杀赵高三族。

公子婴深以为然，命人抓捕赵高家人，将赵成、阎乐一并拿获，俱处死刑。

而后，公子婴入庙告祖，登上王位，并调兵遣将，力守最后一道关口——峣关。

刘邦越过武关，一路冲杀，直逼峣关。峣关是秦朝首都咸阳的最后一关口，越过峣关，秦军无险可守，刘邦可直抵咸阳。

对于咸阳城里发生的变故，刘邦已了如指掌。

第二章

反秦趁时借势入关

"秦朝的气数已尽。"任何一位有头脑的政治家都会得出这样的结论,刘邦也不例外。

刘邦进咸阳心切,要带兵强攻峣关。张良另有妙计,对刘邦说:

"守峣关的秦将,系一个屠夫的儿子,肯定贪利,沛公可派人带着金银珍宝,送与秦将,同时,我们在峣关外面的山上,多竖旗帜,多多益善,给秦将造成大兵压境之势,这样,秦将内贪重赂,外怕强兵,必不战而降。"

"不战而屈人之兵,是上策,子房的计谋太好了。"刘邦看到不费兵卒即可以巧占峣关自然高兴万分。当即派郦食其带着大量的金银珠宝只身进峣关,招降秦将,并拨兵数千,悄悄上山,遍列旗帜,一时,峣关外面的山上旗幡招展,似有无数兵马。

此时秦将正在休息。几天来,峣关危机四伏,刘邦随时都有可能进峣关,一场恶战已不可避免,秦兵秦将均无斗志,战战兢兢,如履薄冰,秦将寝食难安。这天早上,守关秦将,一夜未眠,他怕刘邦深夜偷袭。见一夜无事,困意袭来,秦将回室休息,刚入梦乡,突有兵卒来报:

"峣关外面,突然出现大量楚兵,多得不可胜数,简直人山人海。"

"少啰唆,带我去看一看。"秦将打断了士兵的报告,急急忙忙登上峣关门楼。极目东望,山上山下竖立无数的楚军旗帜,秦将心里顿时打起了鼓:'"这个仗没法打了,尽管峣关易守难攻,可刘邦的军队太多了,如此数量的军队能将我峣关踏平,这如何是好?"

正在秦将抓耳挠腮,束手无策之际,又有士兵来报:

"刘邦派来一位老头,要见守将。"

"有何来意?"秦将追问。

"老头说要见了守将再说。"士兵回答道。

秦将命人把刘邦的使者带入内室相见。

郦食其捧着一个大盒子来到了秦将住处。

秦将坐在椅子上,两边是十来位护卫亲兵。

郦食其是一位胆量极大的老者,见到秦将面无惧色。

秦将见来人凛然不语,只是看着两侧的亲兵,知道来人有密话要对他说,他见来人是位老者,一位体衰的老人不会对他构成威胁。于是,秦将挥手屏退护卫亲兵,室内只留他与刘邦的使者。

郦食其开口了：

"本人郦食其，是沛公的部下，今奉沛公之命，前来商议两军大事。"

说完，郦食其打开了盒子，请秦将过目。秦将哪见过这么多珍宝，一时心花怒放，见一样，爱一样，对每一件珍宝都爱不释手。

郦食其见火候已到，便坦言道：

"沛公素仰将军大名，所以特命我携物向将军致意。"说到此，郦食其话锋一转切入正题：

"不知将军对今日局势是如何看法，老朽认为，秦朝已维持不了多久，将军若一心为秦，孤守峣关，沛公带领的几十万兵马，肯定会与将军兵戎相见。可据老朽所知，将军明白事理、明察事机，也深知利害，所以，沛公先礼后兵，不过沛公再三明示老朽，沛公爱才，不愿与将军兵戎相见，请将军明断。"

秦将早已动心，没有等郦食其把话说完就一口应承：

"我愿与沛公合作，同攻咸阳。"

秦将没有用"投降沛公"一词，那意思好像要与刘邦平起平坐，身份对等。秦将碍于面子，只得如此说。

郦食其见大功告成，当即辞别，返回楚军大营。郦食其有个毛病，每有成功之处，便喜不自禁，言辞也大大咧咧。郦食其见到刘邦先哈哈大笑一通，然后自吹自擂一番：

"沛公办妥了，那小子经不住我一番鼓动，很快就有了反意，我这利嘴能将死人说活，能将活人说死，日后若有游说之事，就交给我去办，我一定能办成。"

刘邦听说峣关马上可得，心花怒放，对郦食其说：

"你又立了大功，如此取峣关，不仅可免伤兵卒，又可加快进攻咸阳的速度，甚好！甚好！当然，如有游说之事，非你莫属，你这套功夫，别人赶不上。"

刘邦本来很烦儒生，唯对郦食其尊敬喜爱。郦食其在刘邦进军关中的征途上也确实帮了大忙。

刘邦为郦食其准备了丰盛了午饭，见郦食其酒足饭饱，刘邦对郦食其说：

"你现在马上去见秦将，告诉他我同意合兵一处进攻咸阳。"

"沛公不可！不可啊！"张良出面阻止。

"嗯？"刘邦扭头看着张良，可心里却打着问号：前日你说不可强攻，你说得对，我依了你，今日要与守关秦将兵合一处，怎么你又有异论了？

第二章

反秦趁时借势入关

张良见刘邦有疑问便进一步说明理由：

"现在同意跟我们一起打咸阳的只有守关秦将一人，此人系贪利之人。贪利必轻诺言，谁知他什么时候反悔，再者，他的部下未必全听他一人的号令。我们若贸然与守关秦朝兵将联合，一同入关，很难意料会发生什么事，万一与我们同行的秦朝叛军途中有变，偷袭我军，我们就太危险了。依我之见，最好乘守关秦将不备，突然发动袭击，定获全胜。这样既可免忧，亦可收容秦兵编入我军，到时，再打咸阳也不迟。"

刘邦听后，恍然大悟，拍拍张良的肩膀，高兴地说：

"子房，有你的！有了子房，我可无忧矣！"

当即，刘邦点齐兵马，让周勃带领，走小路绕到峣关后面。

峣关之上，一片寂静，除了呜咽的秋风不闻人声。秦军确实放松了戒备。

秦将送走郦食其后，一边等郦食其的音信，一边看着满盒的珍宝算计着美妙前程：想我一屠夫的儿子能有今天实在不易，现在秦朝不行了，原有的富贵将要尽失，哪知天助我也，我可以跟定楚军，秦朝这棵大树便是倒了，我又得到了刘邦这棵大树，看来算命先生说得不错，我天生就是富贵命。

秦将越想越高兴，不知不觉哼起了关中小调……

正在此时，屋外号角连天，杀声动地。

一支强干的人马从秦军营后杀来，秦兵十分茫然：这是哪家的人马？楚军在东面啊，难道后面是自己的援军，以为峣关失守，前来堵击？

好呀，这可能是自己人打了自己人。秦兵在发出一连串的疑问后，作出了荒唐的判断。

从秦营杀过来的军队越战越勇，一路砍杀。秦兵也顾不上分清是哪路人马，四散而逃。

秦将也慌了，急步出门，跑到后营，想看个究竟。尚未分辨仔细，一大将持刀站在他面前，刀光一闪，秦将头颅被劈成两半，秦将至死也没有明白为谁所杀。

砍死秦将的大将正是刘邦的得力战将——周勃。

周勃也是沛县人，与刘邦同乡。

早年，他善吹箫吹得委婉动人，邻里有人办丧葬之事，常把周勃列为乐工。周勃长得五大三粗，是块使刀枪的好料，后来，便拜师学习弓马。

刘邦在沛县起兵时，周勃投到刘邦麾下，逐渐成为一名英勇善战的大将。

在刘邦西征的过程中，每战均为先锋，战功卓著，深受刘邦赏识。

周勃偷袭峣关成功后，刘邦带领兵马越过峣关，追杀秦兵。刘邦的军队连连大捷，士气正高，一阵痛击，秦军大败，逃回咸阳。

此后，刘邦军队竟没碰上秦军的一兵一卒，一路无阻，到达咸阳附近的灞上。

此时，正是末秋十月。

公子婴继位后，秦朝的地盘已变得十分狭小，于是改帝为王，重立新元，公子婴没脸面实现秦始皇既定的封号：一世、二世、三世，直至万世地叫下去。尽管秦朝失去了天下一统的威仪，但公子婴年轻气盛，还是准备大干一番，他并不幻想着秦朝的基业在他手里能够延续，哪怕这基业已小得可怜，当然，秦朝的王子王孙，文武老臣也希望公子婴能使秦朝起死回生，即使不能实现秦朝的昔日辉煌，若能维持一隅，也可苟且偷生，继续过着平安优裕的日子。

不久，前方大量逃回的兵卒与不断失利的战报使公子婴和他的臣民们清醒了许多。

热切的希望无论如何也代替不了活生生的现实。

当刘邦越过峣关，直逼咸阳时，公子婴知道自己退位的日子不会太远了。但公子婴不甘心，此时用"垂死挣扎"一词形容公子婴的心态再合适不过了。

公子婴下诏，命群臣进宫，何去何从，需要计议。

上朝的进见时间到了，公子婴来到大殿。哪知大殿空空荡荡，大臣们只来了三五人。公子婴一看，心凉了，凉得就像殿外秋末的冷风。

来参加议事的几个大臣虽然是忠心耿耿，可面对时局也没有良策，只是呆呆地站在那里，沉默不语。

公子婴静坐在龙椅上，大脑一片空白，目光注视着窗外随风飘零的枯叶。

"冬天就要到了。"空寂的大殿使子婴这句自言自语显得很清晰，殿内的人都听到了子婴这句感叹。

君主与大臣在悲凉的气氛中各自想着心事。

突然，一阵马蹄声由远而近，而后一兵卒呈上一封兵书。

公子婴似乎早有预感。十分镇静地接过兵书，慢慢地过目。看完后，公子婴缓缓抬头，平静地说：

"这是刘邦写来的招降书。"说毕，公子婴又陷入沉思。

战不能战，守不能守，别无选择，路只有一条：向刘邦投降。公子婴几乎没有思索，凭直觉就下了这样的结论。

"来人哪，告谕天下：秦国向楚军投降。原因不要多写，让百姓知道就行了。"公子婴没有与呆立的大臣商量就下了诏令。

其实和谁商量都没有用，危局过重，谁也不能力挽狂澜。子婴命人拆去御驾的华丽装饰，穿上一件白衣，然后乘上由白马拉着的素车，东出咸阳，迎接刘邦。

十月，秋风萧瑟，寒气袭人，街上行人稀少，只有少数人，三个一群，两个一伙，站在街旁小声议论着。

公子婴的车马缓慢行驶在咸阳宽阔的大街上。寂静无声的压抑气氛使车轮碾地的吱吱声格外刺耳。想当初，秦始皇巡行咸阳街道，车水马龙，人声鼎沸，御驾飞金流彩，百姓争相观瞧，是何等的威风。这一昔日辉煌与子婴出城形成了强烈反差。

"再现拜朝的威仪只能靠回忆了。"公子婴闭着眼睛自语道。

车马缓缓而行。公子婴沉浸在无尽的回忆之中。坐车一阵颠簸，公子婴睁开眼，不经意中目光碰到手中捧着的传国玉玺，不禁泪流满面。为了这个玉玺，多少人为此厮杀，为此丧命，为此耗尽毕生精力。手中哪是捧着玉玺，分明是捧着秦朝江山。想到今天就由他公子婴将此交给别人，公子婴心如刀绞。

走出咸阳东门，公子婴捧着玉玺站在路旁等候刘邦。

远处，战马嘶鸣，尘烟滚滚，刘邦军队过来了。只见刘邦刀映金辉，兵卒队整步齐，战马井然有序，整个队伍显得威严与豪气。

公子婴见刘邦走到近前，便屈双膝跪倒，将玉玺举过头，向刘邦献上玉玺，当然，公子婴同时献出了江山。

秦朝灭亡了。此时，公子婴继位刚刚四十六天。

第三章

舞剑鸿门　受封汉王

　　金秋十月，蓝天白云，阳光和煦。咸阳城头竖起的一面白底黑字"刘"字大旗随风飘动，而阳光已给这面大旗涂上了金黄的色彩，格外引人注目。

　　刘邦率领着一班文臣武将正骑马向城内进发。萧何、张良、樊哙、周勃……文者长袍高冠，武者盔甲罩身，征战的风尘疲倦掩饰不住人们内心的喜悦，人人精神饱满，胜利之情溢于言表。

　　临近城门，刘邦勒住马缰，他抬头望着高大雄伟的城门楼，目光马上便被那面大旗吸引，内心禁不住一阵强烈的震动。

　　他太激动了。

　　他似乎从未享受过这种刻骨铭心的感受，即使在家乡的洞房花烛夜内，颤抖着撩起吕氏的盖头，看到吕氏姣好绯红的面容，或者就在昨天手捧秦王公子婴奉上的玉玺和降书，当时的心情虽也非常激动，却远未达到此时此刻的程度。

　　这是一种极其强烈的精神体验，也许别人的一切文字或语言都难达到准确地表达，只有刘邦自己能感知它、体会它、享受它。

　　刘邦的心脏急速地跳动着，整个身体在微微颤抖着，眼里分明已充满了泪花。

　　胜利似乎来得太容易了。当项羽率领联军与秦将章邯激烈鏖战时，他却遵怀王之命直捣关中。

　　在他与项羽之间，怀王显然偏袒了他。当然这种偏袒主要还是怀王出于对自身命运的考虑。

　　项羽拥有的强大势力及其本身的桀骜不驯早使怀王感到了一种深深的威胁，相反情性宽厚、力量尚弱的刘邦倒使他感到一种可以信赖的安慰。因此刘邦便顺势成为各支义军中唯一灭秦的直接获利者。

　　阳光照射下的"刘"字大旗仍在风中呼啦啦地飘扬着。在刘邦眼里，金黄色彩的大旗仿佛已幻化成一条金色的巨龙在空中腾飞，"大丈夫当如此也"，几年前面对秦始皇威武雄壮的出游队列发出的感慨今天变成了现实，看来，人们常说自己有帝王之相也确非奉承的妄言……

刘邦已陷入遐思……

"关中王""关中王"，城墙上一阵热烈的欢呼声打破了刘邦的遐思，紧接着，锣鼓齐鸣，声乐奏起，欢呼声夹杂着器乐声，相唱相和，气氛非常热烈。原来是先入城的将士为刘邦举行的盛大的入城欢迎仪式。

"哈哈哈……"刘邦仰天朗声长笑。

这是只有胜利者才能发出的一种笑声。笑罢，刘邦左手提缰，右手挥动着向欢呼的将士们致意，一行人兴高采烈地进入咸阳城。

城内却出奇的平静。街上几乎看不到过往的行人，往昔熙熙攘攘的集市也变得冷冷清清。

各家都紧紧地关起了门户，一些胆大的一边偷偷地看着行进的义军队伍，一边悄声议论着。这些既享受了都市繁华又饱受秦朝高压统治的市民们，还不知道刘邦的到来将给他们带来什么？

"听说刘邦性情宽厚温和，仁义爱民，我们不会遭殃……"说话的是一位年长的儒生。

另一个人接话说："那毕竟是听说，你又未亲眼见过，造反者都是贪婪的暴徒，抢钱抢物抢女子，咸阳城恐怕要大难临头了。"说毕，唉声长叹，一副悲天悯人的神态。

"对，听说造反者中有个叫项羽的，杀人如麻，其残暴丝毫不逊于始皇、二世。你的担心不是没有道理。"又一个人插话。

疑云笼罩着咸阳城，笼罩着咸阳城的每一位居民。

……覆压三百余里。隔离天日。

骊山北构而西折，直走咸阳。

二川溶溶，流入宫墙。

五步一楼，十步一阁；

廊腰缦回，檐牙高啄；

各抱地势，钩心斗角。

盘盘焉，囷囷焉，蜂房水涡，矗不知其几千万落。

长桥卧波，未云何龙？

复道行空，不霁何虹？

高低冥迷，不知西东。

歌台暖响，春光融融；

舞殿冷袖，风雨凄凄。

一日之内，一宫之间，而气候不齐。

……

燕赵之收藏，韩魏之经营，

齐楚之精英，几世几年，

摽掠其人，倚叠如山。

……

这是唐朝著名诗人杜牧在《阿房宫赋》中对阿房宫的描写，其壮观、富丽、堂皇见于笔端。

刘邦绝没有读过《阿房宫赋》，更无缘徜徉漫步其间。对阿房宫的认识，恐怕仅限于第一次进咸阳时远远的外观眺望以及据此做出的对内部构建设施的种种想象猜测。但论出身，刘邦不是官宦子弟，论技巧，刘邦不是建筑学家，所以对阿房宫的认识想象至多不过是其本身所见所想的精美事物的叠加，而当他真的身临其境时，刘邦才真实感到自己所见所想的贫乏粗浅。

刘邦一行嘻嘻哈哈走进了前殿。这里是皇帝与大臣议事的地方。朝堂正中的高位上迎南摆放着一尊高位，那显然是秦帝的御座，刘邦先是前后左右转着圈仔细端详了一会儿，摸摸坐垫、靠背，然后一屁股坐了上去，既松软又结实，舒舒服服，稳稳当当。

再看手下，也都在好奇地摸这儿敲那儿，吵吵嚷嚷、打打闹闹。

秦始皇恐怕做梦也不会想到自己所营造的庄严肃穆的议事朝堂会成为造反者们嬉笑打闹的场所，也许这就是历史的无情。

刘邦在御座上休息了片刻，便有人建议应处死秦王公子婴，以绝后患。

刘邦喝令手下平静下来，研究这个问题。

樊哙首先发言："狗娘养的秦帝凶暴无道，残害百姓，不杀公子婴难解我心头之恨！"

旁边几位将领也随声附和，要公杀子婴，樊哙见有人赞同，便拔出腰刀，欲出门寻杀公子婴。

"且慢。"萧何见状，忙摆手制止，然后转身向刘邦抱拳作揖：

"公子婴不可杀。我军刚入关中，立足未稳，秦地之民本身心中惶然，不解我军意图，如若诛杀公子婴及其臣子，势必加重百姓疑虑，亦会给沛公加上不仁不义之恶名，杀公子婴恐于我不利。"

萧何的分析很有道理，文臣武将纷纷点头称是。刘邦环顾群臣，娓娓说道："先生所言至理，当初怀王派军西进，是因为我能宽容大度，无嗜杀之恶性，每至一地皆能安抚地方，吸引民心。况且公子婴已臣服投降，杀之不祥。"

樊哙自知一时莽勇，未经深谋，面有惭色，向刘邦深深施礼："沛公良断，樊某有勇无谋，差点儿坏了大事。"

一件政治大事就在这种民主和睦的气氛下讨论决断了。刘邦十分满意，带着微笑又说："阿房宫规模宏伟，穷极壮丽，天下难有其二，我等贫苦出身，出生入死，转战东西，今日进阿房宫，福祉不浅呢！何不就在此好好歇上一歇？"

张良闻言，心头一怔，正要上前陈述什么，刘邦却已离座，摆摆手说："大家归营吧！归营吧！"

众人早已按捺不住，纷纷走出殿门，到各处游玩去了。有几位将领甚至打开了府库，取走了大批财宝细软。

人与人之间的差别有时在一件小事上就能显示出来。就在其他人忙着游览敛财之时，萧何一人却径自前往丞相府、御史府将秦朝图籍一并收集。由此国内山川地貌、关隘要塞、户籍人口及秦朝各种律令条款等等情况萧何都一览无余，为汉朝建立后的理政治国做了很好的准备。

这时候刘邦正带着两名侍卫在宫内游玩，只见雕楼画栋，曲榭回廊，一步步的引人入胜、一层层的换样生新，进了内外便殿，更是规模宏丽，构筑精工，各种花花绿绿的帷帐，奇奇怪怪的珍玩，陈列四围，使人应接不暇。

最可爱的是一班后宫粉黛，娇怯怯地前来迎接侍奉，有的蛾眉半蹙，有的粉脸生红，有的云鬓叠翠，有的是带雨的海棠，盈盈欲泪，有的是迎风的杨柳，袅袅生姿。刘邦左顾右盼，禁不住心生荡漾，急忙传令免礼，步入厅中。

刘邦刚刚坐定，就有二位侍女及时献上了美酒佳肴，而后一左一右跪于刘邦身边，这个满满斟上一杯酒捧到了刘邦的嘴边，那个已夹起一筷菜肴递上，看着眼前娇滴滴的两个美人，刘邦迟疑片刻后，伸手接过酒杯，仰脖一饮而尽。

丝竹声响，八个宫女翩翩起舞，她们衣着薄如蝉翼，扭动的胴体若隐若现，轻流舞步上前来向刘邦做着媚态。跪坐在左右的两个宫女这时已依在了刘邦的身上。阵阵奇香直扑刘邦的面孔。

美酒倩女对多数男人都具有极强的感染力，何况刘邦本来就是个贪杯恋色的男人。酒力助兴，他把一个宫女紧紧地搂在怀中。此刻，他的思维浑然痴迷，脑海中什么军政大事、什么前途命运，一切的一切都荡然无存，他只想就在这温柔的丝竹声和奇香的脂粉气中永远陶醉下去，如果不是大庭广众，他还甚至会在那个宫女身上采取进一步的动作。

厅外一阵粗重急促的脚步声响起，"咚咚咚"，走进一位将军，横眉立目，面色酱红，神态甚是吓人。

"沛公，您是要打天下呢还是要做个大富翁呢？"

刘邦睁开痴迷的双眼，定睛一看，见来人是将军樊哙，他气呼呼地喘着粗气怒视着自己。樊哙是刘邦的同乡好友，对刘邦的脾性非常了解，他看到刘邦走进后宫，许久不见出来便明白刘邦正在干什么事情，便气冲冲地闯了进来。乐声停止，舞女们惊恐地僵立着，一时不知所措。其中一位反应较快地宫女扭捏着走到樊哙身前，颤巍巍地说道："将军辛苦了，何不坐下喝上几杯，好生歇歇呢？"

"滚开！"

樊哙双目一瞪，"妖女们还不快快退下，小心本将军的宝刀！"说完，腰刀已经横出。

宫女们见状，惊叫着纷纷外逃，那两个依在刘邦身上的宫女仓皇站起，情急之中撞翻了桌上的酒壶。

"啪"，刘邦一拍桌面，厉声斥道："大胆樊哙，又要在此撒野，还不退下。"

樊哙的到来彻底打碎了刘邦的温柔梦境。极少对部下动怒的刘邦今天显然是发怒了，尽管这位部下是忠心耿耿的同乡至交。

樊哙并不理会刘邦的怒气，仍然坦率陈言：

"沛公，秦朝是如何灭亡的？还不是因为这些奢侈淫逸的东西？您志在打天下，就不该留恋这些亡国的祸端，我们还是回军灞上吧！"

樊哙是屠夫出身，胸无一点文墨，勇多谋少应该是这位将军的恰当评论，但几年的军旅生涯中，耳濡目染，战友们的策谋对他或多或少产生了一些影响，所以有时也会提出一些正确的战略谋划。

但做事，尤其是做大事，时机是关键。时机的选择有时直接关系做事的成败。

樊哙毕竟是个性急的粗人，在刘邦兴头正旺时却扫其兴致，必然引起刘邦的愤怒。

"还军灞上，要去你尽管去，我要从此住在这里。"

刘邦的情绪中夹带着赌气的成分。

樊哙还想说些什么，刘邦已起身拂袖走进了内室。樊哙一跺脚，急急忙忙去找张良。

张良的心情跟樊哙一样焦急。张良深知，对于大多数人来说，度过安乐关甚至比度过生死关更难。"英雄难过美人关"，刘邦真的要在石榴裙下败北吗？

当张良拜见刘邦时，刘邦显然余怒未息。张良佯装不知，满脸赔笑，问道："沛公何以不快？"

刘邦闷声不答。

张良避实就虚，一边在屋内踱着方步，一边若无其事地轻轻地自言自语："这皇宫可真是个好地方啊！亭台楼阁、金银财宝、山珍海味、美酒佳人。唉！只可惜始皇、二世、子婴没福啊！"

"先生恐怕不单是来赞赏阿房宫的吧？"刘邦听出了张良的弦外之音。

"沛公您有福啊！"张良转过身来，但对刘邦的问话不做正面回答。

"先生有话明讲无妨。"刘邦有些沉不住气了，脸色也舒展了许多。

火候到了。

张良的表情严肃起来，但语气仍十分平和：

"先秦无道，我们才得以至此，沛公倘欲为天下除残去暴，就理应布衣素食。现今刚入秦地，就要坐享安乐，岂不是助纣为虐。"

讲到这里，张良故意停顿下来察看刘邦的反应。刘邦听得十分认真，没有一丝厌烦的神情。

"常言道：'忠言逆耳利于行，良药苦口利于病。'樊将军犯颜强谏，话虽刺耳，但忠心可鉴，实是为沛公您的前途大业着想啊！"

张良面似心平气和，但话中对古今成败兴衰的揭示，特别是'秦无道''助纣为虐'等近乎苛刻的字眼，深深刺疼了刘邦几乎沉醉的心。

第三章　舞剑鸿门　受封汉王

"忠言逆耳利于行，良药苦口利于病。"刘邦若有所思地喃喃自语着。

张良在一旁目不转睛地注视着刘邦。他知道，刘邦听从了他的劝谏，这一点可以从刘邦的表情上看出。

果然，刘邦在沉思少顷后，快步主动走上前来，紧紧地抓住了张良的双手，激动地说："先生一席话如醍醐灌顶，季一时昏聩，幸得先生指点，实在惭愧。"

"沛公，我向您请罪来了。"粗壮的声音刚落，樊哙已大步迈进室内。原来他一直在门外听着刘邦和张良的对话，刚才还焦急地扒着门缝偷看刘邦的反应。这会儿见刘邦已幡然醒悟，便急不可待闯了进来。

"将军何罪之有呢!"刘邦用调侃的语气说道，说完哈哈大笑。

张良与樊哙对视了一下，也哈哈大笑。

"传令封存府库、宫宝，还军灞上。"刘邦果断发布了命令。洪亮的声音在殿宇间回荡。

刘邦的军队撤出了咸阳，回到灞上驻扎下来，可萦绕在关中百姓心头的疑虑和恐惧仍然没有消失，市井间流传着各种各样的谣言，部分兵卒偶然的扰民事件便为谣言的流传提供了口实，人心浮动，惶惶不安，有人在做举家搬迁的准备，有人暗里招兵买马，要成立武装以求自保。

刘邦在关中人心目中仍然是个谜，只有通过刘邦的实际行动才能破解。

回军灞上以来，刘邦一直在思索破解之法。

一个秋高气爽的日子，刘邦向关中诸县的父老、豪杰和部分原秦朝的地方官发出了请帖，邀请他们到灞上军营中"议事"。

何为"议事"。按照这些父老豪杰和官员们的理解，"议事"就是征粮索财的代称。他们不知道刘邦的胃口有多大，一路上，每个人都战战兢兢，像是赴法场似的。

走进大营，远远地就望见有一排人在等候。

走到近前，他们仔细向对面观望：大约十几个人，有文有武，个个精神抖擞。中间一人，面色白里透红，浓眉大眼，密黑的胡须显然经过了精心的梳理，通顺干净，身着黄袍，腰系一条绿丝带，精干利落，身材虽不高，却显得威风凛凛。

就在这些父老、豪杰和官员们迟疑观望的时候，中间那个人却先说话了：

"各位父老、豪杰，一路辛苦，刘邦这厢有礼了。"说着抱拳拱手，深施了一礼。

这就是刘邦。这些人吃惊了。

他们根本不会想到刘邦会亲自出帐迎接他们，并且还表现得彬彬有礼。

"大王辛苦，大王辛苦。""大王"是对当时拥兵自成一体的人的最高称呼。父老、豪杰和官员们忙不迭地用"大王"称呼刘邦，还礼致谢，不知是受宠若惊，还是恐惧，他们的声音都有些颤抖。

对"大王"的称呼，刘邦听了当然十分愉悦。

"诸位请!"

刘邦身体一转，左手指路，很优雅地做了一个"请"的手势。

地方豪杰和官员们不敢先行，不约而同地都说："大王先请，大王先请。"

刘邦也不推辞，迈步先走，地方豪杰们紧紧相随，进入了中军大帐。

中军大帐的陈设既不简陋也不繁杂，但给人一种庄严肃穆的气势。这些人都是平生第一次涉足这类地方，既好奇又恐惧，想环视，不敢，低头垂目又不甘，眼神极不自然。

桌上备有酒菜，主人不动，这些人当然也不敢用。从刘邦表情看，他们似乎看不出什么凶兆，不过心中依然敲鼓，急急地等待看刘邦的下文。

"带上来。"

一声威严的断喝，着实让他们吓了一跳，主席位置上的刘邦正襟端坐，声色俱厉，和刚才的温良谦恭已判若两人。

事情来得太突然了，突然得使这些父老豪杰和官员们没有丝毫的思想准备。他们感觉到今天的生活像是在走钢丝，像是在攀峭壁，像是在履薄冰，步步提心吊胆，时时惊心动魄。刘邦要杀人，杀谁呢？雪亮锋利的刀刃会不会架在他们的脖子上？这些人冒出了冷汗。

营帐内一阵骚动打断了他们的胡思乱想。三个下级军官被五花大绑地押了上来。

走到帐中，三个军官"扑通"一声一起跪倒，脑袋深深地埋下，一声不响。

整个营帐内鸦雀无声，人们似乎连呼吸都屏住了。

空气凝固了，沉重得让人感到窒息。父老豪杰们直直地看着三个跪着的军官，他们不知道发生了什么事？当然也不知道刘邦把这三个人提上来和他们之间有什么联系？'

"啪！"有了声音。空气开始流动。

这是刘邦拍桌的响声。

刘邦眉头微蹙，面沉似水，威严的声音在大帐内回荡：

"本王起兵的本意就是除却暴秦，使天下百姓能够安居乐业。所以自起兵之日起，便时时恪守这一原则，不敢有丝毫遗忘。我军所过：秋毫无犯，百姓莫不夹道欢迎。"

说到这里，刘邦稍微停顿了一下，嗓音又突然提高了几度，用手一指三个军官：

"你们三个狂徒，胆大妄为，竟不顾本军原则，在光天化日下哄抢百姓财物，追逐调戏良家妇女，既祸害了百姓，又玷污了本军的声名，实在罪无可赦。来呀，拉下去，斩！"

刘邦上述一番话既是对三个犯罪的军官讲，又是在对父老、豪杰和军官们讲，他们中间有政治头脑的人已经明白了刘邦此举的意图。

刘邦指出的三个军官的罪行确是事实。

那是三天前的事，这三个军官喝多了酒，就在集市上撒野。因为是集市，人们一聚一散，消息很快大面积地传播，闹得沸沸扬扬。

刘邦当场斩杀了三个军官，一来以正军威，二来挽回已经造成的消极影响，重塑了爱民的美好形象。

三个军官在被拖下去的时候，高喊"饶命"，刘邦不予理睬，文臣武将也没有一个上前来求情，他们都知道这件事的分量，其中的重大政治意义不是这三个人的身家性命能够比拟的。

三个军官在求饶声中送了命。营帐内又归于平静。

还是刘邦先打破了沉静。他又向坐在下边的父老、豪杰和官员们左右一抱拳，开口说道：

"诸公受惊了。邦自入关以来，军政事宜繁忙，对部下的约束稍有放松。对部下有祸害百姓之事，邦今日当面致歉。"

刘邦说完，站起身来，又向父老、豪杰和官员们深施一礼。

父老、豪杰和地方官们也都赶忙站起，向刘邦还礼。其中一个地方官恭敬地说道：

"大王入关，实在是关中人民的福分，大王爱民如子，士卒有不法行为，也是极偶然的个别现象，这是十分正常的，大王也不必愧疚。"

"十分正常，十分正常。"其他人也都随声附和。

"诸位请坐。"刘邦一抬手，示意众人就座，同时他也缓缓坐下，又接着说道：

"刚才诸位所言差矣。邦生于民，长于民，理当为民谋福，此乃邦一生志愿。兵不法，将之过，部卒祸乱百姓，邦实难辞其咎。"

说到这里，刘邦把头转向他的文臣武将。

"传我的命令，晓谕全军将士，今后若再有骚扰祸乱百姓者，格杀勿论。"

"是。"众人齐声应道。

"萧何，对遭士卒祸害的百姓人家，你要详尽调查，妥当善后，不仅要当面道歉，还要赔偿钱物，此事从速办理。"

"是。"萧何应声作答。

"大王英明。"父老、豪杰中不知是谁带头喊起颂词。

"大王英明！"

"大王英明！"

帐内齐声高呼，气氛顿时热烈起来。

这是起事以来刘邦得到的最高级别的欢呼。刘邦听了心甜如蜜。

怀王与诸将约定，先入关中者为王。进入关中后，刘邦确实也感觉到自己是个"王"了。虽然他也有不少担心，如秦民是否臣服，特别是关外势力强大的项羽及其他诸侯是否承认，这都是问题。不过刘邦还是一直有意地为自己树立"王"的形象，一言一行都在强化自己"王"的感觉。当然他的部下出于谨慎或者是习惯，依然还称他为"沛公"。

欢呼声落，刘邦向下环视一周，见众人都在专注地看着自己，完全一副毕恭毕敬的神态，刘邦非常满意，"王"的感觉又得到了体现，略一沉吟，又朗声说道：

"暴秦无道，大兴土木，滥用民力，苛捐杂税，猛过于虎。尤其严刑峻法，迄今未有，百姓深受其苦。现本王已经过关，就要彻底废除这些严酷的法律。"

若讲秦朝刑律，确实严格残酷，长期以来这些刑律就像套在脖子上的枷锁，紧紧束缚着广大人民。使得人民只能在有限的空间内苟延残喘。

刘邦的话就等于砸碎了这个枷锁，所以当父老、豪杰们听到刘邦的宣布后，他们的心情简直可以用欣喜若狂来形容。

于是，"大王英明"的欢呼声伴随着热烈的掌声又一次在营帐内响起。

声音稍平，刘邦接着又讲：

"不过。常言道：'国有国法，家有家规'，本王进入关中，称'关中王'，就要从善治理关中。为了维护百姓的正常生活秩序，我今天要与大家约法三章。"

刘邦又故意停下，扫视了一下全场。

人人都在聚精会神地聆听着。

"杀人偿命，借债还钱，这是我们古训。所以，本王今天与大家明确的第一条就是'杀人者斩'。"

刘邦又停了下来。众人悄悄议论着，交换意见，都点头称许。

"第二条，"

刘邦话一出口，议论声便停息。

"第二条是伤人者治罪。"

又是赞许声。

"第三条：盗窃者治罪。"

帐内又是一片掌声。

刘邦的话还没结束：

"暴秦无道，是说秦帝无道，各级地方官吏也身不由己，所以对原秦朝官吏本王既往不咎。但要求你们按照以上三条秉公办事，维护地方治安和百姓生产生活秩序。今日回去，你们首先要与各位父老、豪杰一起，走街转巷，把本王的法令通知给全体关中百姓。"

"遵命。"这些官吏齐刷刷地站起，习惯地拿出了往日听差的姿势。

一切宣布完毕。刘邦命令摆酒加菜，款待来客，营帐内一时推杯换盏，觥筹交错，人们轮番向刘邦敬酒，歌功颂德，刘邦满心欢快，喜不自胜，他似乎更找到了"王"的感觉，直喝得昏昏然，飘飘然，欲醉欲仙。

酒席散的时候，太阳已经偏斜。

父老豪杰和官员们兴高采烈地离开了刘邦设在灞上的营帐，返回各乡。

工作积极性和工作效率往往成正比。刘邦"摒弃秦律""约法三章"的法令以最快的速度得到了传播。疑团和恐惧消失了，人们奔走相告，无不拍手称快。

慰问和感谢蜂拥而至。各条通往灞上的大道小路上，前往拜谢刘邦的百姓络绎不绝。

他们带给刘邦满心感激之言的同时，还带来了大量的慰问品。推车的，赶车的，提篮挎包的，装满了粮草酒肉。有的甚至赶来了成群的牛羊猪鸡……

刘邦亲自接见了一批又一批的来访者，不厌其烦地听着大同小异的赞美感谢之词，同时又进一步为自己做着"本军是仁义之师，本王爱民如子"的宣传。

但对百姓送来的慰问品，刘邦都一一婉言拒收。这一举动，使百姓对刘邦除了感激之外，又多了一层佩服的情愫。此时，刘邦在百姓的心目中，是一位救世主，是一位宽厚仁慈的圣人。当然，这也正是刘邦所期盼的情景。

对某一事物强烈的反叛就是对这一事物反面的渴求。秦律严苛，秦帝暴戾，百姓深受其苦，也深表痛恨。秦朝灭亡，百姓正呼唤一位宽厚仁爱的人来执掌天下。

刘邦，反秦朝而行之，收揽了民心，取得了百姓的拥戴和支持。

应该说刘邦是一位识时务的政治家。

暮秋的夜，清冷凄凉。夜风卷着枯草败叶，横冲直撞，发出呜呜的骇人响声。

刘邦在帐内踱着步，地板上投下了长长的孤单的身影。

白天，他风光体面地接待着一批批来访者，神气十足，到晚上，则完全是另一番光景。

派出的探马给他带来了他不愿听到的消息，项羽已经收服秦朝大将章邯，进军路线已经西移，行动神速，目标就是关中。

刘邦非常了解项羽的个性和政治思想。项羽给刘邦的只有恐惧和不安。项羽的骄横跋扈让他害怕，项羽志在天下的野心让他害怕，这样一个统帅着一支多达四十万兵马的将领更让他害怕。

刘邦慢慢地踱着，脑海里又翻腾起那个一直缠绕他的问题。

自己先入咸阳，是秦朝灭亡的直接促成者，功不可没。况且共主怀王事先也曾与诸将约定，"先入咸阳者为王"，自己做"关中王"，于情于理都非常合适。

但是，怀王名为共主，在项羽的眼里不过是个可资利用的政治摆设。

有用即立，无用即弃，项羽眼中只有他本人，根本没有怀王的位置。怀王不在他眼里，自然怀王与诸将的约定项羽也会置之不理，那么自己头上的王冠也就会被项羽掷于地下，踩得粉碎。

想到这里，刘邦不由得打了个冷战，心头泛起阵阵凉意。

刘邦的感觉"王"的表面蒙上一层厚厚的冰霜。

他在经受着精神上的煎熬。

白天，夜间，一个人在快乐的高潮和悲凉的低潮这样两个情绪的极端变换着角色，这是一种莫大的痛苦。

刘邦害怕黑夜的到来，但黑夜总是要降临的。就像项羽一定会率军进关中，入咸阳一样，势不可免。

黑夜的降临不可抗拒，但项羽入关能否抗拒呢？

刘邦不知道，或者说是没有把握。

他有些累，便缓缓地坐下。

夜风刮得更大了，营帐被吹打得哗哗作响。猛然，一股强风吹开帐门，吹灭了油灯，帐内顿时漆黑一片。

侍从赶快重新燃亮了灯捻。刘邦烦躁地站起，骂起了侍从：

"不中用的东西，为什么不把门关严实。"刘邦平时对待下属、侍从都很和善，今夜实在是因为心境不佳，才出骂言。

侍从十分理解主人的心情。门其实关得很严实，只是因为风太猛了。侍从未分辩任何一句，默默地给油灯加了些油，又把门闩插紧，乖巧地退了下去。

刘邦有些后悔，这个侍从已经跟随他多年，平日做事周到细致，很合刘邦心意。他正要叫住侍从，见侍从已经退下，便只好作罢。

有了这么个小插曲，刘邦稍微稳定冷静了一些。他知道，烦躁于事无补，关键得想出解决问题的办法。刘邦重新陷入深深的思考之中。

"主公，有人求见。"

"嗯！"刘邦一愣神，抬起头，见是侍从。

"什么人？"虽是简短的问话，但刘邦的语气十分和缓，对刚才的出言不逊还有歉意。

"回主公的话，是一位儒生，叫郦生。"

"儒生？郦生？"刘邦好像根本不认识此人，满脸的疑惑。

"深更半夜的，叫他明日再来。"

刘邦要回绝。

"主公，郦生说有要事面陈，一定要见主公。"

"要事面陈？"刘邦的话中又是一个问号。什么要事？是不是与我的心事有关？也未必，这几天拜见他的人太多太滥，许多都是名为要事，实际大都是来闲谈，或者是来投效，以求谋个一官半职。

刘邦不想见，但转念一想，此人深夜造访，不见一面有损他的形象。再者，此时正心烦意乱，有个人聊聊也是一种解脱之法。

"请！"

侍从听到刘邦肯定的话后，便出去把一个人带了进来。

此人中等身材，一副儒士打扮。身穿一件藏青色长袍，腰系丝带，头发梳理得整齐光洁，扎着一块干净的蓝色儒生巾。浓眉大眼，鼻直口方，皮肤白洁，胡须通顺，整个人看上去显得风骨俊秀，儒雅倜傥。

刘邦从一个市井俗人变成今天号令一方的军事统帅，随着身份的变化，地位的升迁，他逐渐认识到了儒生的重要性，对儒生丰富渊博的知识，口若悬河的口才，以及那种清洁高雅的生活方式也逐渐认同羡慕起来，从感情上对儒生也抱有极大的好感，这是一个人从俗文化走向雅文化的一个必然的思想感情趋势。

正因为如此，儒生郦生的身份及其雅致的外表风度一下子博得了刘邦的欢心，双方虽然是初次见面，但在刘邦看来，他们的距离已经很近。

郦生出身儒学世家，祖父、父亲都是关中地方上有名的大儒，才德俱佳，可惜都在秦始皇那场"焚书坑儒"的浩劫中丧生。

长辈去世的时候，郦生还在母腹中昏睡。他虽然未亲眼目睹到那场惨剧，但出生以来，母亲的含辛茹苦和忧郁含泪的眼神已使他过早地明白了人世间的许多事理，特别是明白了秦始皇"焚书坑儒"给他的家庭所带来的巨大的不幸。秦始皇焚书，大多焚的是国家藏书，许多儒家典籍还流传散藏于民间。

及至年长，坚强不屈的母亲毅然让他的儿子继承了先辈的衣钵，悉心指导儿子攻读儒家书籍。

郦生不负母亲苦心，在秦朝的高压恐怖政策下艰难地刻苦攻读，他很少出门参加社会活动，整天埋头于书中，广读博学，反复咀嚼，对儒家学说由晦涩难懂到粗通，又由粗通到深明其义，郦生成年时已成为一个地地道道但默默无闻的儒生。

但郦生并不是一介单纯的学士。儒家思想从某种意义上讲也是一种政治思想，毫无疑问接受了儒家思想的郦生在政治上也有抱负。

当然这种政治抱负带有很大的复仇色彩。但在大秦王朝，他没有任何机会可以施展政治抱负。他在等待时机，而且他坚信时机一定会到来。

时机终于在期盼中到来了。

好大喜功的秦始皇在其威武的出行途中命归西天，他的小儿子、荒淫残暴的二世胡亥也在继位不久死于他最信赖器重的权臣赵高手里，公子婴的王位还未坐稳，刘邦已经率领义军杀进了关中，秦王朝土崩瓦解。

听到这个消息，郦生欣喜若狂，积淀在心头的家仇终于报了。虽然报仇之人不是他自己，他多少有些遗憾。但毕竟仇报了，心情自然是愉快的。

更让他感到愉快的是他又听到了入主关中的刘邦是个宽厚仁义的人物，"仁"是儒家思想的核心，已经接受并推崇儒家思想的郦生，对"仁"有着更深刻的理解，"仁"成为他衡量评价人的尺度，成为他选择主人的标准。

刘邦进入关中的表现正是他理想中所期盼的人物的表现。他清楚地意识到自己从政的契机到来了，儒家思想中的功名欲望在他的身体内急速地膨胀起来，他仿佛看到了自己锦绣的远大政治前程，看到了儒家思想在他的实际行动下变成了美好的现实。

但郦生还是清醒的，他知道初次去拜见一位陌生的大人物，如果没有什么实际的让这位大人物感兴趣的事物，而仅仅高谈阔论儒家学说，恐怕不会引起他的关注，那么拜见难免归于失败。

秦朝灭亡，郦生也从狭窄艰难的生活空间中走了出来，他开始关心时事，注意从各种途径了解天下局势。除了听到刘邦，他还听到了项羽、英布、怀王等人物的一些情况。通过对这些情况的分析综合，他从中清楚地看到了一个问题，他猜测，这也正是他求见追随的那个大人物刘邦挂怀的问题。

精明的儒生见白天求见刘邦的人太多，担心他的求见也像这些人一样流于客套的形式，便有意选择在夜深人静时前来拜访。

刘邦首先向郦生示坐，接着又命侍从上茶，显出了他比较高规格的礼遇。

"先生深夜造访，不知有何见教？"刘邦坦率真诚地问道。

郦生不敢贸然提出他自认为会触动刘邦心思的问题，先是自我介绍了一番，从家世到为学，从思想到做人，口齿清楚，不卑不亢，落落大方。

对郦生的回答，刘邦十分满意。刘邦内心里已经喜欢上了这位才学兼备，举止得体的儒生，不住地颔首称许，有时还要加上几句嘉勉之词。

儒生也深切地领会到了刘邦对他抱有极大的好感，从刘邦的言谈表情上看，刘邦的接见是十分真挚的，没有丝毫的客套之意。

但对那个问题，他不敢直接讲出，于是绕着弯子说道：

"暴秦二世而亡，罪有应得。大王入主关中，行宽厚之举，发仁义之法，实在是关中百姓的福分。目前百姓莫不拥戴大王，并衷心期待大王能够长驻关中，这是全体关中百姓的心声。"

刘邦在认真地听着，还是刚才那种真挚坦率的表情，郦生见此，话锋一转：

"不过，有人传言，说项羽率军即将入关，百姓非常关注这件事情。小人今天斗胆代表关中百姓了解一下大王的去留之意。"

郦生的话虽然含蓄，但刘邦已听出了其中的内涵。这正触动了刘邦的内心，又勾起了他的愁思，不过，对于坐在眼前的这个读书人，好感之外，又加了敬佩。一个潜心攻书的文人，能够专门在深夜造访，想到了这样让他牵肠挂肚的问题，可见此人决非一般舞文弄墨之人。

"先生所谈，也正是邦苦心思虑的大事。关中之地殷实富足，关中百姓淳朴憨直，又多像你这样的豪杰俊士，关中可谓人杰地灵。留在关中，与民同乐，当然是邦平生所愿，可是另一路强大的义军如果入关，恐怕这种想法也就仅仅是想法了。"

说到这里，刘邦无可奈何地深深叹息了一声。对郦生的好感、敬佩，加上急于求计的心理，刘邦今晚确是非常的真挚和坦白。

郦生的脸上显出了一丝不易察觉的笑意。

他的推测得到了证实。内心中不禁有些自鸣得意。

"大王不必忧虑。"郦生以信心十足的口吻劝说刘邦。

听到这种不容置疑的话语，刘邦黯淡的眼神放出了希望的光芒，他急切地求教说：

"请先生指点迷津。"

郦生把早已准备好的方案讲了出来：

"据闻项羽嗜杀成瘾，毫无人性，如同虎狼，关中百姓谈之莫不色变。相反，大王心亲民众，德高望重，深得民心，项羽现在强大，是其优势，但其不得民心，更是其最大的劣势。自古得民心者得天下，大王应该深知其理吧！"

刘邦不住点头称是，郦生更增加了谈话的信心，有些激动地站了起来，声音也提高了许多，并带着手势，颇有纵论天下的姿态：

"关中物产丰饶，蓄积厚实，又加人口稠密，可谓兵多粮足，正可弥补大王兵员不足的弊处。大王深得民心，口令即出，从者定会如云而集。关中人口必经之地函谷关，地势险要，大王派精兵良将驻防，先期阻挡项羽入关，待兵卒征发训练之后，大王就可选择一有利时机，与项羽决一雌雄，而且我相信，最后的胜利一定属于大王。"

郦生口若悬河，侃侃而谈，刘邦听了心花怒放，连加称许：

"先生分析精辟入里，利弊得失，确有高论，邦佩服之至。"

刘邦当时就派了一员大将率领一队人马深夜驰往函谷关驻扎了下来。

刘邦和郦生都很兴奋。刘邦庆幸解决了一大难题，同时又得到了一位智谋才士。郦生庆幸遇到了明主，自己有了施展才能，实现政治抱负的舞台。二人都自认为找到了知音，便摆上酒菜，对酌起来，借着酒兴，郦生又发表了不少高论，从招兵买马到备战训练，甚至谈到了用儒家学说治理天下。殊不知，刘邦和郦生引以为自豪的这一高招妙计竟将把刘邦推到了死亡的边缘。

鸿门，在秦王朝京城咸阳的西北方，是个小型的台地，和东南的霸上遥遥相对。

项羽进驻新丰后，便在这里设立大本营。而刘邦听从张良劝告，亲自到此来拜会项羽，发生了有名的鸿门宴。

司马迁的《史记》在这一段有相当特殊的描写，文情并茂，几乎比一般的小说还精彩；他的文学底子也在此表露无遗。

其实这段记载的文学性重于史料价值，它将项羽、刘邦、范增、张良、樊哙等人的个性举止，巨细无遗地描写得淋漓尽致，如同司马迁本人在现场观看一般。

由此可看出这件事在当时必定轰动一时，非常具有戏剧冲击力，也必定有相当多的传奇故事。日后考古学家在前汉古墓的后厅砖壁中，便发现有"鸿门之宴"的壁画，也显示了这件事的重要性。

鸿门之宴的导引者是项燕的庶子，也就是项羽叔父辈的项伯。

依《史记索隐》记载，项伯名缠字伯，然而他以"伯"为字的可能性似乎不大。因为古代中国人的儿子，一般都以伯、仲、叔、季相称，譬如刘邦便被称为刘季。项伯既然是项羽季父（小叔父），称为伯实不恰当。

或许是辈分的关系吧！因为项梁这一辈能留下来的似乎不多，所以项伯便因辈分高而被称为"伯"。

项燕死后，项伯也和项梁一样，在长老们的护卫下躲避秦军，流浪各地。由于他是庶子，地位不高，生活上或许比项梁更凄惨些也说不定。

史料中记载，项伯年轻时曾杀人，后来逃亡到下邳。由于盘缠用尽，又不敢暴露身份，加上官府追捕甚急，项伯几乎已走投无路。

在博浪沙刺杀秦始皇失败的张良，此时正好也逃避到下邳城来。由于张良预先有逃亡准备，所以经济情况较佳，加上长于交际，"地下"阶层的流浪汉朋友颇多。

张良胆子大，时常在下邳街头散步，一方面可打听消息，另一方面则寻找抗秦志士。

不久，两人在偶然的机会下认识了，由于张良特有的亲和力，项伯便向张良寻求救助。

基于同是抗秦义士，张良站在侠义的立场给予项伯相当多的救济，并提供隐匿的安全场所，直到风声松弛为止。

项伯后来追随项梁，项梁死后，则待在项羽身旁，在项家军团中拥有相当地位。

项伯也非常重情义，他知道张良目前在刘邦营中当客座军师，很想去见见他，只是战乱不停，一直没有机会。

当他听说项羽军团明天一大早便打算袭击霸上刘邦军时，吓了一跳。他担心的倒不是刘邦的生死，而是恩人张良恐有玉石俱焚的危难。

"是该报恩的时候了！"

他私自乔装，并准备好快马，趁夜色掩护到达张良的营帐前，并请哨兵通知："故人项伯急事来访！"

张良一直为项羽驻营新丰一事相当头痛。是战是和，刘邦似乎并无定夺，接下来该怎么办呢？

听说项伯来访，张良直觉有重要事情将发生，急忙出来迎接。

"赶快跟我走吧！再晚就来不及了。"

项伯一见面便催着张良快跟着他逃走。

张良一向胆大，根本未把生死放在心上，他立刻询问项伯情况有多严重。

"什么，明天就要发动攻击了?!"

张良对项羽的果断也颇为震惊，沉思了半刻，便向项伯表示：

"事情还不致太严重，应该还来得及吧！我是以韩王特使身份来帮助沛公的，如今沛公有急难，我若私自逃亡是大不义，这种事不可不告诉沛公。"

项伯一向尊敬张良的侠义及智慧，所以倒没有太大的意见。

张良带着项伯火速晋见刘邦。

在营帐外，张良要项伯稍稍等待，自己则先入内向刘邦报告这紧急事件。

刘邦听完也吓了一跳，但他还算冷静，只问张良：

"那现在我们要怎么办呢?"

张良："如果我们勉强一战的话，沛公的人马能够挡得住项羽军的攻击吗?"

刘邦："不可能，绝对会被击溃！还有什么好方法呢?"

张良："那么只有和谈了。现在有一个机会，项伯正在此处，请诚恳地告诉他，说您不敢和项羽对抗，并恳求他去说情。"

刘邦："你是怎么认识项伯的？他可靠吗?"

张良："秦皇朝期间项伯曾杀人，我庇护过他，因而有很深的交情。如今他冒生命危险而来，表示这人重义气，绝对可靠！"

刘邦："你们两个人年纪谁比较大?"

张良："项伯比我年长！"

刘邦："既然是你的兄长，我也就以兄长称呼他了。请他进来说话吧！"

张良出来请项伯，两人共同入内。

这一瞬间，刘邦已准备酒菜，摆出接待义兄的场面。也不等项伯同意，他便作出拜见兄长的礼节，并举酒祝贺，一副很诚意相交、一见如故的姿态。

项伯虽有点反应不过来，不过他也为刘邦的热诚所感动，不得不跟着把这场戏演下去。

在这种时刻，刘邦仍泰然自若地喝酒，表现得十分亲热，这份胆量和应变能力也颇让项伯敬佩不已。

酒过数巡后，刘邦开始向项伯诉苦。

"项将军的误解太大了，我们过去的交情不错，一向是他为主、我为副，这种义理我怎么会违背呢?

"入关以来，我什么东西也不敢占为己有，所有资料全部封存好，就是为了等待项羽将军来接收啊!

"我所以会派军防守函谷关，是怕有其他军队入侵，使我无法向项将军交代。我这样日日夜夜准备，等待将军到来，怎么可能会反叛呢?

"麻烦项兄看在我们兄弟情分上，替我向项将军说情，况我从未忘却过去的恩德!"

项伯虽不见得相信刘邦所言，但有恩人张良保证，又见刘邦如此诚恳，心想救人总是好事，便当场承诺替刘邦向项羽说情。他对刘邦表示:

"我先回去和项将军说此事，明日一早您一定要自己亲自前来告诉他，这样才能免去这场战争。"

"好的，我一定去!"

刘邦也一口答应。

项伯便又火速返回新丰，到项羽营帐把这件事详细地向项羽报告。

其实，项羽只是为刘邦对他不够尊重而生气，他一点也感觉不出刘邦有什么"危险性"。听了项伯的说法，他反而觉得刘邦挺可怜的，便不很坚持明天的袭击战了。

项伯又说:"如果不是沛公先破关中，我们入关哪能这样轻松?! 如今人家有了大功劳，我们却袭击他，不正表示我们嫉功吗? 不如好好地对待他，反而更能收揽天下英雄之心。"

项羽也当场答应让刘邦自己来辩解，并准备酒宴来款待他。

民国初年。中国有位奇怪的作家写了一本奇怪的书，道尽了中外古今天下豪杰的真面目。

那便是李宗吾先生的《厚黑学》。

这本书一出版，便被自认是儒家继承人的学者大加挞伐。可惜宗吾先生能写却不能做，这部带有浓厚道家老子哲学的书又再度被独尊儒术的风潮所淹没殆尽，宗吾先生本应受到的尊崇逐渐消失于虚伪的洪流中。

在《厚黑学》中李宗吾最推崇两个人，一个是管仲，另一个就是刘邦。

他们都是厚黑的最高境界，厚而无形，黑而无色。

只有这种人才是真正的斗士。

老子所谓的"胜人者力大，自胜者强"，几乎淋漓尽致地表现在他们的行为中。

再一次从成功的喜悦中，陷入灭绝的边缘。刘邦把自己的命运完全豁了出去，赌一下自己一向不错的鸿运，宁可牺牲自己，而不为自己的军团带来毁灭的灾难。

这时候，表现得愈柔弱就愈有活下去的可能，刘邦深深体会到了《道德经》的这层道理。

因此，一大早他只带了少数随从便去面见项羽了，因为人再多也没有用。少数人可以表现自己的孱弱，争取更多的同情，而且必要时，逃走也比较不起眼。

有两位超级勇士跟随着他。

张良，这位敢谋刺秦始皇的伟大谋略家一向胆大心细，再一次他将自己投入"魔窟"。

另外是力大无比、忠诚无二的刘邦最重要班底——樊哙，这位没什么头脑、却颇有眼光和勇气的伙伴，展开了他个人在历史上最著名的奋斗事迹。

在新丰鸿门的大本营里，一向以智慧自诩的范增却陷入了苦战。

他一再向项羽表示刘邦的"危险性"，非今天除掉不可，即使是发动战争，让楚军（刘邦军团也是楚军阵营）自相残杀也在所不惜。因为唯有让刘邦从这个世界上消失，才能确保项羽的安全。

项羽实在看不出自己会有什么危险，因此只好带着一副不解的眼神，很无奈又有点不耐其烦地听着范增的滔滔雄辩。

"好吧！亚父既然这么坚持，我们看着办吧！反正刘季自己来送死，我们随时要杀他都没有问题，见机行事吧！但不要让别人认为我们不能容人，这样会失掉天下英雄之心的。"

最后他们决定，在宴会中项羽如要杀刘邦，他会作出手势来，到时候事先埋伏的刺客便可在范增指示下任取刘邦的性命。

其实，这时候的项羽一点也没有要杀害刘邦的意愿，他不过想借此来结束和范增的这场争论罢了。

果然在天刚亮不久，便看到刘邦带着约一百名不到的骑兵来到鸿门。

已经豁出去的刘邦显得颇为冷静，仍一副轻松不很在意的模样。

智囊张良则面带微笑，彬彬有礼，有如参加一场正式的宴会。

倒是樊哙态度严肃，略带紧张，的确有决心牺牲的神色。

项羽倒也如同事先和项伯约定的一样，亲自率队迎接，双方在表面上看不出有什么特别紧张的态度。

气消了以后的项羽立刻恢复大将之风，仍旧显出身为主人的待客之道，见面后并没有主动提出这次冲突的质问。

反而是刘邦有些不好意思，只好立刻切入主题：

"臣和将军奉命攻打秦国，将军在河北奋战，臣则战于河南。其实，我并未刻意想和将军争功，只是意想不到竟能轻易地先行破关入秦都咸阳，所以能够在这个地方和将军相会。这本是一件很值得高兴的事，不幸有小人在中间搬弄是非，让将军与臣有所误会，真令人遗憾。"

项羽仍然是一副不在乎的样子。他半安慰地表示：

"其实，这一切也都是沛公的左司马曹无伤的密报啊！否则我项籍也不会急着跑到这里来。"

事情稍加解释后，项羽便邀请刘邦参加酒宴。项羽和项伯以主人身份在向东的座位，刘邦则以主客身份在向北的座位，范增则坐在刘邦的对面；张良由于本身也是贵族，特别被安排在项羽对面为陪客。

酒宴开始不久，范增便一再向项羽暗示，准备刺杀刘邦。只见项羽谈笑自若，装作根本没看到的样子。

范增特别将自己身上的玉玦举高，希望项羽能作出暗号，让埋伏的刺客可立即行动。

但见项羽仍是默然不应，只不断向刘邦劝酒，并说些在河北奋战的经过；刘邦则频频对项羽军团的英勇表示赞赏。

范增愈想愈气，实在坐不住了，于是借故走出营帐外，向预伏的刺客领队——也就是项羽的堂弟——项庄表示：

"君王为人就是心太软了，预先安排的刺客我想是用不上了。但沛公非杀不可！所以你现在马上以祝贺为借口，要求在宴中舞剑作为祝礼，并找机会接近沛公杀害他，才能彻底结束我们的危机。"

第三章　舞剑鸿门　受封汉王

项庄即刻进入宴会场，向项羽和刘邦表示两人误会冰释且顺利击灭秦国的祝贺。

祝贺完毕，项庄便对项羽表示：

"君王和沛公宴饮，军中没有什么可以娱乐的，请让我以舞剑来为大家表演一番吧！"

项羽心中虽有疑虑，但也想不出阻止的借口，只好表示："好吧！"

项庄拔剑起舞，并有意无意地接近刘邦；刘邦虽有所觉，但饮宴现场也发作不得，只好暗自警惕，表面上仍故作无事状。

张良于是向项伯使眼色，项伯立刻会意，也起身表示：

"一个人舞剑没意思，我也来陪一段吧！"

他随即拔剑配合项庄的舞剑表演，却故意用身子挡在刘邦前面，让项庄根本没有机会接近刘邦。

项羽看在眼里，心中着实有气，但限于宴会礼节又不便发作，只好无奈地目睹这场闹剧。

项伯年纪较大，身手不如项庄，又要刻意维护刘邦，不久便显得有点吃力了。

张良也立刻借故外出，在军门找到了等候的樊哙。樊哙看到张良单身出来，知道有变数，便急着问道：

"现在里面的情况怎么样了？"

张良小声地说：

"项庄正在舞剑，看来有意袭击沛公！"

樊哙立刻接口：

"这已经是相当紧急了，臣现在立刻进去和沛公一起共患难。"

樊哙于是带剑拥盾，直冲军门。

守卫的士兵见状立刻一拥而上，将樊哙团团围住，而力大无比的樊哙也以盾牌向四方冲撞，害得士兵们纷纷不支倒地。

樊哙乃乘机迅速冲入饮宴的营帐中。

由于事出意外，大家都吓了一跳，连项庄、项伯也停止了舞剑，凝神注视着如高山般站在那儿的樊哙。

樊哙怒目注视着项羽，一副凶狠的模样。

眼见一个怒发冲冠的巨汉闯了进来，项羽也警觉地改坐姿为跪姿，手按长剑而沉声问道：

"这位客人是什么身份？"

在后面追赶过来的张良立刻补充道：

"他是沛公的参乘官樊哙。"

项羽心里有数，一想也可以趁此结束这场闹剧，便大方地吩咐左右侍从人员：

"真是壮士，赐他一斗卮酒。"

左右给樊哙一斗卮酒，樊哙长跪拜谢，便再站起来一口喝尽。

项羽大声表示：

"赐给彘肩（猪前脚）！"

左右拿给樊哙一块生的彘肩。

樊哙将盾放在地上，再将彘肩放在盾上以剑切之，然后将肉一块一块放在口中，所有动作都是那么自然稳重，全无慌乱状。

项羽笑着表示：

"壮士还能喝酒吗？"

樊哙见项羽态度友善，便收回长剑，大声表示：

"臣死且不避，怎么会推辞喝酒呢？秦国暴虐无道，杀人不能胜举，刑罚严苛无比，是以天下皆叛之。

"怀王当时和诸将有约：'先入关中的人功劳最大，封为关中王。'

"如今沛公先破秦入关中，但他却毫毛不敢自取，还军霸上以待将军到来。对于劳苦功高之士不但不加以封赏，还听信小人谗言而想诛杀他们，这不是亡秦的一贯作风吗？臣心中暗想这一定不是大王的主意吧！"

项羽并不作解释，只对左右侍从表示：

"赐客人座位！"

樊哙也不再追究，只大大方方地坐了下来。

紧张情势过去了，双方又开始敬酒寒暄。

没过多久，刘邦便借口上厕所，离座而出。

张良和樊哙也立刻跟随着离开席宴。

项羽心中有数，故不表示意见。

倒是范增心里很不是味道,怒视着这些客人无礼地全部离席。

刘邦一到了外面,张良便催促他赶快逃走。

刘邦表示:

"未和项将军相辞便离去,是非常不礼貌的!"

樊哙不以为然道:

"如今人为刀俎,我为鱼肉,难道还要留在这里任宰任割吗?"

张良认为项羽并无意杀害刘邦,因此一定会谅解刘邦的不辞而别。

但为了对项羽有所交代,张良便问刘邦是否带来任何礼物。

刘邦表示:

"我带来了一对白璧,是要献给项王的,还有一对玉斗要给亚父(指范增)。因为亚父一直表现得很不友善,使我没有机会拿出来,就请先生为我呈献吧!"

张良慨然应允。

由于鸿门离霸上有四十里路,又是不太公然地私自离去,刘邦乃将马车和护卫百人全留了下来。他只骑一匹马,由樊哙、夏侯婴、靳强、纪信等人拥盾持剑护卫着从骊山走下来,先进入芷阳道,再由小路转往霸上。

张良一直跟随到芷阳,刘邦才向他表示:

"从这里到我们营帐约二十里,先生可以估算我们到达的时间,再进去向项王辞行。"

古时的二十里约为现在的六公里,若以快步行进,来回也得两个多小时。

项羽在宴会中空等了两小时,实在很难想象。

《史记》这段记载似乎颇有问题。

总之刘邦是私下逃走了,但项羽似乎没有生气,可见项羽虽残忍,对同辈的"友人"倒算满宽容的。

张良将刘邦的礼物呈献给项羽和范增时,项羽虽有点生闷气,倒也还算接受了。范增则非常愤怒地以剑击破玉斗,并喃喃自语地感叹道:

"哎,这个年轻人真是糊涂啊!日后夺取项王天下的,一定是沛公了!今日不除刘季,我们称霸的日子也不会太长了!"

刘邦回到霸上,立刻斩杀曹无伤。

鸿门之宴后几天,项羽便引军进入咸阳;刘邦自然不敢阻挡,仍留驻于霸上,持观望态度。

对敌人一向残酷的项羽立刻下令大肆抢夺。

降王子婴首先遇害。

所有皇宫、贵族的官邸和富商的巨宅全都被洗劫一空，人民的生命财产也得不到应有的保障。由于刘邦曾下令约法三章而禁止抢劫，是以秦国官民在毫无心理准备的情形下受到严重的伤害。

项羽更一不做，二不休地下令火烧咸阳城。

这简直是空前的愚行，但项羽似乎得意忘形了，他根本无暇考虑战争以后的复员和善后工作。

范增似乎也没有劝阻过项羽，或许是因为鸿门宴的怨气未消吧！既然在坑杀了数十万秦兵后，秦民已对项羽毫无好感，那么不如凶悍地给予强大的伤害，让他们恐惧得完全失去报复的能力。

但以日后刘邦再出关中的情势来看，秦民不但迅速反过来支援刘邦，并且在楚汉相争期间义无反顾地支持汉军，项羽和范增的恐怖政策似乎产生了反效果。

而且最糟糕的是，范增似乎只是一位军事参谋，而不是经营上的幕僚长，所以他根本不关心秦皇室的图书、资料和文件，才会允许项羽火烧皇宫及咸阳城。

项羽的这把火，使秦皇室统一天下后辛苦建立的所有档案全毁于一旦，如果不是萧何事先搬走了不少，汉王朝成立以后可能要花费更多的时间，才能把这些经营天下必备的资料重新恢复。

从这里来看，项羽集团似乎没有统一中国，或用一种新的制度来规划天下的野心。项羽和范增仍将自己的思路局限于楚国式的联盟国家体制。

火烧咸阳最糟糕的影响，是对中国文化的严重破坏。秦始皇焚书只将民间的文物毁于一炬，除了少数隐藏起来的以外，几乎所有的书籍都保存在咸阳城的府库中。如今这些典籍又被项羽粗野地一把火给烧光了，于是秦以前华夏文明数千年的记录几乎全完了。

从文化史的立场来看，秦始皇、李斯、项羽、范增真是世纪的大罪人。

这一场火据传连续烧了三个月。

稍有头脑和主见的项家军部属因为这场火而对项羽彻底失望，他们纷纷转到比较失势的刘邦阵营。

第三章　舞剑鸿门　受封汉王

日后对刘邦争霸贡献非常大的韩信和陈平，都在这时候动摇了他们对项羽集团的信心。

项羽的大本营仍在鸿门。

这只是客属之地，项羽无心成为秦皇室的继承人。他似乎并不想统一天下，只想重建楚国，再以楚国作为天下诸侯的霸王。可见项羽的思考形态仍旧属于春秋战国式的。

所以关中对他来讲只是敌人的大本营，并不值得珍惜。

部属中有位姓韩的儒生在对中原形势比较了解后，便对项羽提出了建议：

"关中地势险要，有高山大河作为阻碍，可说是易守难攻的四塞之地，是建立大本营最好的地方。尤其这里土地肥沃、生产力丰富，可以让我们拥有争霸天下的足够资源。"

这种意见其实是相当务实的，对项羽集团未来的发展颇有帮助。

但经过大破坏后，项羽怎会有心思留在这里？！

项羽自起义以来，随着叔父项梁转战各地，几乎是马不停蹄地奔波。尤其北征以来，历经千辛万苦才打了这场大胜仗，终于灭亡了宿敌秦国。现在他最想做的是赶快回去向江东父老报喜，让自己的努力成果得到大家的肯定。

"要在这块陌生的敌国境内安定下来！"

这种想法对项羽而言是相当不切实际的，所以他很直截了当地回答：

"富贵了却不回故乡，就好像穿着锦绣华美的衣服却在夜间走路，有谁看得到呢？"

从这句话可以看出项羽真是太年轻了，历练毕竟不够。他的思路似乎仍是业务经理型的，只想赶快去展现自己的成果，而没有经营者以"大局为重"的长期经营想法。

这位韩姓儒生似乎属中原人氏，听到项羽这样的回答有点啼笑皆非，不禁兴起中原人氏一向视楚人为南方蛮族的心态。

所以出了营帐以后，他碰到熟人便摇头表示：

"人家说楚国人是穿着人类衣冠的猕猴，果然真的是如此啊！"

这种涉及族群感情和尊严的批评，楚人听到自然受不了，传言很快回报到项羽耳中。

项羽自然大发脾气，命人准备大锅放在广场中，将韩生丢入锅里烹煮，作为杀一儆百的警告。

当然，从此再也没有人敢对项羽提出建议了。

对项羽而言，楚怀王和刘邦是他最头痛的两位人物。

刘邦势力急速膨胀，虽未与项羽有明显对抗，但他高居不下的声望——特别是在关中地区的形象，的确让项羽心里不太好受。

楚怀王在名义上是项羽的顶头上司，而且对项家军素无好感，宋义被杀事件更引发了楚怀王和项羽间的表面冲突。

火烧咸阳后，项羽便依常理，派人向楚怀王请示如何处理关中地区的善后工作。

楚怀王只回了两个字——"如约"，也就是依照事前约定，由先入关中的刘邦出任关中王。

这件事自然让项羽更是暴跳如雷了。

他甚至向支持楚怀王的范增埋怨道：

"他真的是楚皇室的后代吗？"

范增却冷静地表示：

"当年为了和秦王朝对抗，楚怀王对我们是非常有利的啊！"

换句话说，楚怀王只是"利用的道具"而已，如今情势转变，楚怀王已经不那么重要了。不过，他认为不妨将楚怀王提升为有名无实的"王中之王"——天子，而由项羽出任真正有实权的群王领袖——霸主。

由此可见范增在统治思想上似乎倾向"保守派"，仍属春秋战国形态，缺乏时代的突破性。

所以项羽主动召开诸侯会议表示：

"怀王乃是由我项家军团所拥立的，其实他并没有什么真正功劳，所以没有资格再向天下发号施令了。

"天下起来抗秦暴政时，为集结大家力量，所以假立诸侯以为号召。但真正'披坚执锐'在前领导抗暴军，且冒险从事野战三年，得以灭秦皇室而定天下者，都是将相诸君和项籍我的功劳，绝非怀王的功劳！

"不过，怀王虽无功劳，但他也代表了他的阶段性角色，此后不应再拥有实权，只需分给他某些土地继续为楚王便可以了。"

正月间，项羽首先尊奉怀王为义帝，并公开表示：

"古之为帝者必拥有千里的疆土，并且位居于上游地区。"

乃将义帝迁居于长江上游，建都于目前长沙一带的郴县，让他远离中原的政权所在地。

另一个令他头痛的人物是刘邦。

如果依原先约定而立刘邦为关中王，以刘邦的形象和能力，无疑是养虎为患。但如果没有给刘邦较大的封国，又显示项羽有意特别打压刘邦，对新任的全国诸王领袖——项羽来说，则未免表现得太小心眼了些。

对刘邦心存芥蒂的范增更不想让刘邦太好过，因此他挖空心思地在想一条让刘邦哭笑不得的阴谋。

最后他向项羽表示，应该封刘邦于汉中。

"汉中？这是什么地方啊?!"

生活在江东的项羽，对汉中似乎没什么印象。

"我想只要听到汉中，刘季的兵马就会自动解散掉一半以上！"

范增露出恶意的微笑。

"这又是为什么呢？"

率直的项羽实在搞不懂范增葫芦里面卖的什么药。

"巴蜀也属于关中统辖，所以表面上我们没有违背约定。只是巴蜀到关中的道路走起来非常艰险，完全要靠人工的栈道才能接通，因此一向只有关中地区的犯人才会被派到那种地方去。"

项羽对刘邦本来便没有什么好感，只是基于面子问题，不想给刘邦太多的伤害而已。

既然巴蜀、汉中也属关中领域，那么对天下人也算有了交代，至于刘邦未来的存活，项羽倒不是特别关心。

"只要讲得过去，就把巴蜀汉中整个地区都给他算了！"

项羽也不想进一步知道巴蜀汉中对刘邦的利弊到底如何，他一向便是大而化之的人。

范增则恶意地想让刘邦永远没有翻身之日，以报鸿门时未能杀他的遗憾。

巴指的是目前四川省的重庆一带，自古以来即由山地民族的巴人所统辖。由于山区交通非常不便，巴人一直拥有非常高的自主独立性，任何政治力量都很难介入。

蜀在现代的成都附近，由于秦惠王时张仪、司马错等人的开拓，倒拥有相当不错的文明。尤其秦王朝时李冰父子在水利方面的建设——都江堰，更使蜀中生产力倍增，成为秦国重要的精华区。

不过由蜀中要进入关中，一定得经过汉中。汉中是块盆地，和关中之间有山势险要、交通困难的秦岭阻隔，因此任何人只要一到这里，想再进入中原则比登天还难。

对范增而言，巴蜀汉中是个囚禁刘邦的天然监狱。

"只要陷入这种地方，看你还能有什么作为?!"

范增心里不断暗笑着。

经过一个多月的规划、协商，一直到二月间，项羽才决定天下势力重新划分的蓝图。

项羽自己不想代替秦皇成为皇帝，他将楚怀王封为义帝，主要是因为他对"皇帝"这个称呼不感兴趣。

他最想做的仍是当上楚王，然后回到故乡让父老及子弟们看到他的光荣，也为他感到骄傲。

因此他自立为西楚霸王，统有过去梁国（魏国）及楚国最精华的九个郡，建都于彭城。

彭城是现在的徐州市。

以交通而言，彭城是南北往来的重镇，因此以和平时期的经营管理来看，彭城倒是个不错的地方。但由于它地处平原，四边无防守的要塞，项羽在大局未稳定前便建都于此，实在不能算是很好的选择。

何况项羽的规划仍属战国时代的格局。

由此也可见范增在经营上不够内行。

接下来便是将西入咸阳时功劳最大的刘邦封为汉王，统辖巴、蜀、汉中，建都于南郑。

但由谁来统治关中的问题却仍没有解决。

由于坑杀降兵事件和火烧咸阳时降将章邯等均无尽力阻挡或事后加以补救，秦国父老恨透了章邯等三个人。因此统辖关中一事最好由这三人负责，他们为了自保，一定会实施彻底的强硬作风，以严格的军事统治来维持治安。于是项羽决定由他们三个人来分治关中。

章邯封为雍王，统辖咸阳以西的关中，建都于废丘。

司马欣封为塞王，统辖咸阳以东到黄河的地方，建都于栎阳。

董翳封为翟王，统辖上郡地区，建都于高奴。

由于项羽本人统有以前梁国大部分精华地区，乃将魏王魏豹改封为西魏王，建都于平阳。

瑕丘人申阳，为张耳的心腹大将，曾奉命到河南郡协助楚军北上，功劳不小，被封为河南王，建都洛阳。

韩王成仍为韩王，建都阳翟。

赵将司马卬，平定河内，建立不少功劳，故封为殷王，统辖河内地区，建都朝歌。

将原来的赵王赵歇迁徙于代地，仍号为赵王。

赵国宰相张耳，声望高且富于智谋，又跟随项羽入关，提供不少意见，故封为常山王，统辖赵国原有国境，建都襄国。

当阳君英布，常为先锋军统帅，功劳颇大，封为九江王，建都于六城。

鄱阳地区的少数民族领袖吴芮，率领百越各部落参与联军入关中，故封为衡山王，建都邾。

义帝的柱国（宰相）共敖，率军击南郡有功，封为临江王，建都江陵。

迁徙燕王韩广为辽东王，建都无终。

燕将臧荼，随从楚军解除巨鹿之围，功劳颇大，封为燕王，建都于蓟。

迁徙齐王田市为胶东王，建都即墨。

当年主动叛齐、协助项梁的齐将田都，随同联军入关，功劳颇大，封为齐王，建都临淄。

项羽渡河救赵时，齐国贵族田安攻击济北数城，并引军投降项羽，故封为济北王，建都博阳。

齐地首席军事强人田荣，数次和项羽冲突，又不肯和楚军联盟，故不封。

成安君陈余，虽劝导章邯投降有功，但曾弃将印离去，也未曾从联军入关，故不封。

但不少人为陈余打抱不平，因而游说项羽道：

"张耳、陈余同时有功于赵，今张耳封为王，陈余不可不封，否则人心不服，赵地将乱。"

项羽不得已，乃将陈余所在地南皮附近的三个县划分给他去统辖。

另外，少数民族领袖梅鋗，也曾建立军功，封为十万户侯。

当然这些只是重要的封侯，其余的更依功劳大小给予适当的分配。

项羽俨然成了八百年前的周公旦，但周公旦在分封诸侯时有宗法和封建制度（承认旧有势力）为客观依据，项羽则完全凭自己的喜好来处理这个敏感又复杂的问题。这次分配能否成功、能够维持多久，从这点便可见其分晓了。

刘邦虽然意外地获得了汉中之地，被封汉王，但心中依然愤愤难平，毕竟，汉王与关中王相比相差甚远。巴、蜀、汉中地势险要，进难，出亦难，此去何时才能再定三秦呢？刘邦心中一片空白。

带着愤懑、迷茫的情绪，刘邦踏上了通向南郑的崎岖山路。

关中百姓听说刘邦要离开远去，成群结队地前来送行，不少其他部队的将士也仰慕刘邦的仁厚为人，纷纷前来投效，愿意跟随刘邦西去，前后差不多有数万人马。这多少给了刘邦一些安慰，心境也渐渐开朗了一些。

行至褒谷，一件更令刘邦伤心的事发生了，智勇双全、忠心耿耿的张良要离他而去，前往阳翟投奔韩王成。

张良不想离开刘邦，他被迫无奈。

鸿门宴上，项羽看张良才学过人，大智大勇，是当世少有的高级谋士。对张良的敬佩马上转变成为对刘邦的嫉妒，从那一天起他便暗下决心要设法让张良离开刘邦，砍掉刘邦的一只臂膀。

对项羽来说，做成这件事实属不难，机会太多了，俯拾即是。

项羽进关途中，韩王成没有跟随。项羽分封诸王前夕，韩王成才赶来拜见，这使项羽非常不满，所以在酝酿分封其间，项羽起先并不准备让韩王成仍居原任原地。但又虑及韩王成也无其他罪过，便不得不许复旧封，但韩王成必须答应项羽一个条件，那就是召回张良。

显然，在刘邦与项羽的斗争中，张良成了一个重要的筹码。张良的去向归离势必会成为重新爆发战争的因素，这是涉及刘邦生死存亡的又一关键。

因此，张良不得不离开刘邦。

在刘邦政治生命跌入低谷，情绪异常低迷之时，既是良师又是益友的张良要离他而去，刘邦的心灵又经受了一次沉重的打击。

但张良是必须要离开的，张良无法改变，刘邦也无法改变。

离别是痛苦的，特别是在这种艰难时期。刘邦、张良的眼眶早已盈满了泪水，二人默默地对视着，似有万语千言要诉说，可是一句话也说不出来。

在场的人也都流出眼泪，不仅仅是因为气氛的感染。张良为人热情正直，人缘很好，此刻，他要离去，怎不令人留恋，令人伤心！张良强忍悲痛，哽咽着说："诸公此去，地势偏远，气候不适，一定要保重身体，你等精心辅佐汉王治理汉中，一有时机便要东进关中，然后问鼎中原。如有良机，良也要重归汉营，与诸公共成大业。"

在场的人纷纷表示，希望张良珍重，早早归来。张良又一一与众人送别。特别是对萧何、樊哙、周勃、灌婴等重臣更多加慰勉和嘱咐。最后他转向刘邦："大王请摒去左右，良有一事相告。"

众人不解，但料到张良必有要事，未等刘邦说话，便都主动回避。

不长时间，刘邦与张良携手走出。众人围上前来，张良拱拳：

"张良要走了，诸公珍重。"说完，翻身上马，走出几步，又回马拱拳，连道珍重。

刘邦的泪水挂满了两腮，直到张良的人影消失了许久，才缓缓转过身来命令军队继续西进，声音已苍老了许多。

褒谷这个地方，是关内关外的分界。此处被崇山峻岭环抱，沿途皆是悬崖峭壁，无路可通，只有栈道凌空高架，供人路行，自古以来，这里就是由陕入川的南北通道，因此也成为兵家必争之途。

队队汉军小心翼翼地沿着栈道缓缓开行。这是一次极其艰难的行军。汉军多为江南、中原人士，从未走过如此艰难的道路。栈道皆为木制，非常狭窄，人走在上面吱吱嘎嘎作响，向下一望，山谷深不可测，令人头晕目眩。

寒风呼啸，天色阴沉，汉军都在默默地行路，士气十分低沉。

后队人马突然惊呼喧嚷起来。有军吏飞速报告刘邦说，后面起火，烈焰冲天，栈道都被烧断了。

将士们听说栈道被烧毁都十分惊慌。这可是他们的退路啊！有的人叫骂起来，有的人呜呜地哭出了声。

刘邦并不理会，催促部队快行，一切到了南郑再做计议。将士们不敢违抗，只好前行，只是骂声哭声依然不断。

哭骂的对象渐渐地集中到了张良的头上。因为将士们听说栈道是张良所烧，都骂张良心狠手辣，断绝了后路，永远不能回到故乡，永远不能见到父母妻子。

栈道确实是张良烧毁的。

一个时辰前，张良密告刘邦的就是这件事。普通将士当然不能理解张良的用意。烧毁栈道此招十分高妙，第一可防止敌兵沿栈道进击刘邦，第二则示意诸侯，刘邦再无东归之心，用以麻痹项羽。

刘邦对于烧毁栈道当然十分坦然，只是督促加快行军速度，一心一意地驰往南郑。

春天来临了。

暖暖的风，青青的草，潺潺的溪水，欢快的小鸟。绝好的天气，绝好的春光。

人的情绪应该和环境相协调，但刘邦的情绪无论如何也好不起来。

刘邦进入南郑已经两个多月。初入南郑，百事待举，两个多月来，军政事务特别繁忙，案头每天都堆满了各种文书奏章，幸赖丞相萧何既有为政经验，也有为政能力，多方协助，才不至于把刘邦压垮。

人说繁忙可以使烦恼遗忘，但刘邦再忙也忘不了烦恼。确实，川、蜀之地民风淳厚，物产丰足。但刘邦更向往山外的世界，向往那广阔的平原，向往那奔腾的江河，向往驾驭这些土地上的一切。

他的将士同样如此，不过他们没有这么远大的志向。他们仅仅是想走出这崇山峻岭之中，回到阔别已久的故乡，见到自己父母兄妹，自己的妻子儿女。

一股思乡的情绪在部队中间涌动。许多将士竟找到刘邦哭闹，要求打出山外，打回家乡，刘邦打发了一批又一批，本来烦躁的心情更加烦躁。

"请萧丞相前来议事。"

张良离开后，军中可以研究大事的只有萧何一人了。对这位既是同乡又是朋友的智谋之士，刘邦一直十分依重。赶到南郑后即委任他为丞相，辅佐自己处理大事。传令官很快赶回，报称丞相萧何今日一早便出走，不知去向。

刘邦大惊道："我正要与他商议要事，他为何出走，莫非他也要离我而去吗？"说着，即派人四处追寻萧何。

两天过去了，派出寻找的人都失望地回来了，萧何仍不见踪影。

刘邦坐立不安，张良与萧何既是他理事的左右帮手，又是他情感寄托的对象，已经失去一手，另一手也要失去吗？

"多派兵卒，由将官带领，多方追寻，一定要把丞相找回。"刘邦着急得都带出了哭腔。

人们正欲行动，忽然一人踉踉跄跄跑进王宫内，向刘邦行礼。刘邦定睛细瞧，来人正是两日不见的萧何。

萧何满脸淌汗，浑身沾满泥土，头发紊乱，样子十分狼狈。

刘邦又喜又怒，佯装斥道："你要叛逃我吗？"

"臣不敢叛乱，而是去追叛逃之人。"

"所追之人是谁？"

"臣去追治粟都尉韩信。"

"治粟都尉韩信？"刘邦又追问一句。

"对，是治粟都尉韩信。"

韩信是何许人？韩信，淮阴人氏，幼年丧父。家贫失业，不农不商，他曾想做地方小吏因无人举荐，只好罢休。以后便开始整天游来荡去，寄食他人。家中虽有年迈老母，可韩信不思赡养，致使老母愁病缠身，不久逝去。

南昌亭长与韩信有所往来，韩信便常去亭长家吃饭喝酒。一个无职无业、无钱无势的男人常来蹭饭，当然引起亭长妻子的厌恶，一日三餐，或早或晚，都尽量避开韩信。韩信知道已讨人嫌，便从此立志不去。

韩信穷困潦倒，缺衣少食便每日独自到淮阴城外的护城河边钓鱼。有时钓上几尾，便拿到集市换钱过活，有时鱼不上钩，身无一文，就只好空着肚子挨饿。

几个老妇也经常到护城河边漂洗衣物，知他穷困落魄，但时常见面，也都不闻不问。唯独其中的一个老妇对他另眼相看，一日家人送来午饭，便分给韩信同食。韩信饥不择食，端过便吃，哪知这位老妇十分慷慨，今天施舍韩信，明天又施舍，这样一连过了数十天。

韩信对老妇非常感激，对老妇称谢说："承老婆婆这样厚待，日后倘若韩信得志，一定报答您的大恩大德。"

老妇听了韩信的话，脸上的温良一扫而光，瞪眼怒斥道："我看你是七尺须眉，好像一个王孙公子，不忍心让你挨饿，给你饭食，哪指望你报答呢。男子汉大丈夫不努力谋生，却坐受困难，真是没有出息！"老妇说完，拿起衣物头也不回地走了。

韩信听了老妇的话，呆呆地站着不动。也许老妇的话已深深地刺伤了他的心，从此护城河边再没见到他的身影，但他并不记恨老妇，心中倒一直惦念着要在发迹之后报恩感谢。

韩信又重上街头，苟且度日。他家一贫如洗，只有一把宝剑还算值钱，韩信就整日挎着它在街上来回游荡。一日，他遇到一个屠夫的儿子，这人长得五大三粗，整日带着一帮狐朋狗友横行一方。他看到韩信面黄肌瘦，衣衫褴褛，腰间却斜挎着一柄宝剑，便起了欺辱之意："小子，你敢用宝剑刺我吗？"

韩信默然不答，面无表情。

"小子，你若不敢刺我，就从我的胯下爬过。"屠夫儿子说完，撑开了两腿。

韩信揣摸了一会儿，竟趴下身体，真的从屠夫儿子的胯下匍匐爬过，脸色不红不白，起身走了，身后传来那帮狐朋狗友的哄笑和围观市民的议论。

项梁率军路过淮阴时，百无聊赖的韩信仗剑投入项梁麾下。项梁对他未加太多注意，韩信只被编入行伍，成为一名普通兵士，项梁死后，韩信又属项羽，项羽任他为郎中。为了获取重视，韩信曾屡次向项羽献计，项羽总不采纳。于是韩信又弃楚归汉，跟随汉军到了南郑。对于韩信从军前的经历和遭遇，刘邦不得而知。韩信曾在项梁、项羽手下当兵做官，刘邦倒略知一二。而对于韩信在他手下的言行作为，刘邦当然了解一些。

韩信投效刘邦后，刘邦也并未重用他，只给了他一个十分平常的官职，叫做连敖，连敖是楚国的官名，大约与军中的司马相当。

韩信不受重用，未免满腹牢骚，一次他与十三个同僚喝酒畅谈，酒精刺激，他竟出狂言说要独立自尊。恰好这些话被别人听到报告了刘邦。刘邦怀疑他们要造反谋变，当即命令逮捕了韩信及一同喝酒的十三个同僚，委派夏侯婴监斩。

夏侯婴把这十三个人押到法场，陆续斩杀，片刻之间，已有十三颗人头落地。当刽子手举起血淋淋的大刀要砍向最后一个人时，韩信突然高声呼喊起来："汉王不是要得天下吗？为什么要杀死能人。"

监斩官夏侯婴不禁一愣，命令停斩，并把此人带到眼前，见此人身材魁梧，相貌堂堂，一验斩条，知道他叫韩信，便问道：

"韩信，你说自己是能人，有什么经略可以讲出来让本官听听。"

韩信求生心切，把腹中才智计谋和盘讲出，夏侯婴大为惊叹，不由赞赏道：

"你确实很有才学。十三个人皆被处死，唯独你存活下来，看来你可能成为辅佐汉王成事的人物。"

夏侯婴说话的同时，亲自为韩信松开了绑绳。然后就奔向王府向刘邦汇报，称韩信才学过人，不仅不应处死，还应升官晋爵。

第二章 舞剑鸿门 受封汉王

刘邦此时也正网罗人才，听夏侯婴一讲便立刻恩准，提升韩信为治粟都尉。

韩信后来也曾单独拜见刘邦准备坦露才学，献出良计，当时因为刘邦正忙于阅读一份重要奏章，韩信讲得粗略，刘邦听得也粗心。所以刘邦此时对韩信的了解仍然并不深刻，认为他是个一般人物。今天，当刘邦听到萧何去追出逃的韩信，假怒转为真怒：

"我自关中出发来到这里，沿途逃亡了许多人，萧丞相你却并不追赶，为什么单独去追一个韩信。"

萧何正色道：

"以前逃亡的人都是平庸鼠辈，去留无关紧要，不如听其自便。唯独韩信，他是当今的俊杰，国家的栋梁，恐怕世上很难找出第二个人来。"

萧何讲的是心里话。萧何自来到南郑以来，时时注意发现招揽人才。他听说夏侯婴器重韩信，于是把韩信召到相府谈问考察，若干次后，果然发现韩信满腹韬略，应对自如，是当世少有的帅才，便当面许诺，答应要向刘邦保举韩信为大将。

韩信欢喜异常，久受冷遇，屈居人下的生活就要结束了，整日坐在屋里憧憬着拜受大将的荣耀和指挥千军万马的权威，同时也在整理着已经思考了若干遍的用兵的战略战术。

半个多月过去了，韩信竟未得到有关他拜将受封的消息，联想到上次拜见刘邦时，刘邦心不在焉的神态，韩信那颗沸腾的心又渐渐凉了下来，一种不得志和受戏弄的感觉涌上心头，另觅他处的想法再度萌生，他当即收拾行装，也不向萧何通报一声，便孤身出走了。

萧何闻信，如失至宝，他当即选了一匹快马，纵身跃上，加鞭疾驰，大约跑了一百余里，才把韩信追上。

韩信起先不愿回来，但萧何言词恳切，决意挽留，韩信终被说动。被萧何追回的韩信果真有那么高的才学谋略吗？刘邦深感疑惑。

"韩信确是旷世奇才，大王如果长久居汉中，韩信无用，大王如要再入关，就应该急用韩信，否则韩信贸然离开，不肯久留了。"萧何还是如此肯定地回答。

刘邦虽然现在仍怀疑韩信的才能，但他向来器重依赖萧何，对萧何做事用人深信不疑。

"丞相说韩信可用，我就封他为将，试试优劣。"

"大王仅仅封韩信普通将领恐怕仍不会留住韩信。"萧何还不满足。

"那么我就封他为大将。"

萧何连声称好。

"那么现在我就召见韩信，封他为大将军。"

"不可不可！"萧何摆手否定，"大王以前对韩信简慢少礼，今要封他为大将军，岂能像召唤士卒那样轻率？"

"拜大将应该用什么礼仪？"刘邦征询萧何的意见。

"须先选定黄道吉日，日子确定以后，要预先斋戒，并在校军场修筑坛位，集合全体将士，依礼仪谨慎行事，才是拜将的礼节。"

刘邦笑着说道："拜大将还要这么隆重的礼节吗？好！我就按照丞相的意见办理。"

南郑，校军场上彩旗飘扬，汉军全体将士整队排立，庄严肃穆，寂静无声。

今天是刘邦拜将的吉日。此前，刘邦已斋戒三日，今晨，他早早起床，仔细梳洗，整肃衣冠。然后出宫上车，在萧何等文武百官的拥护下来到校军场，缓步登上高坛。

天公作美。春光明媚，艳阳斜照，整个校军场更显得旌旄变色，甲杖生威。刘邦目视全场，心中顿感欣慰。

丞相萧何也跟着走上坛来，他手捧符印斧钺，走到刘邦面前，躬身把这些象征着权力的器物交给刘邦。

台下顶盔戴甲的将官，翘首注望这四件器物，他们还不知道这四件器物将会属于他们中间的哪一个人。尤其是樊哙、周勃、灌婴等几位高级将领，他们都曾经百战，屡立战功，更是眼巴巴地瞧着，期盼着幸运之神降临到自己身上。

丞相萧何代王宣命，声震全场。

"请大将登坛行礼。"

一员将官应声而出，健步走上大坛，步履从容沉着。此人身材魁梧，相貌英俊。装束极为庄严，头顶金盔，身披金甲，外罩素袍，腰间斜挎一把长剑，浑身上下散发着一种威严。

坛下的将士已经认出，他是治粟都尉韩信。

韩信向北刚刚立定，便有乐工奏起军乐，鸣铙击鼓，响彻云霄，既而吹奏弦管，旋律优美，曲声悠扬，十分悦耳。

赞礼官朗声宣道：

"请大将军韩信受礼。"

韩信趋步上前，刘邦将四件器物依次授予韩信，第一次授印，第二次授符，第三次授斧钺，韩信一一恭敬拜受。

授礼完毕，刘邦高声说道：

"以后军事均由将军节制，望将军能够善体我意，与士卒同甘共苦；不乱杀，不施虐，除暴安良，匡扶王业。如有蔑视将军权威，违令不从者，尽可军法从事，先斩后奏。"

这后几句话，刘邦的声音又提高了几度，显然是针对坛下的将士所讲。

韩信心潮澎湃，长久以来经受的冷遇和屈辱一下子被冲刷得干干净净。

"臣一定竭尽心力，与众将官精诚合作，匡扶王业，以报大王知遇隆恩。"韩信跪拜地上，向刘邦行礼。

刘邦将韩信扶起，让他坐在自己身旁，开口问道：

"丞相多次讲明将军有大才，不知将军究竟有何良策?"刘邦要当众考察韩信。

韩信反问："大王是要向东进击，与项羽为敌吗?"

"是。"刘邦仅干脆地讲了一个字。

"若讲勇猛刚强，大王能与项羽相比吗?"

"寡人恐不如项羽。"

"臣也知道大王不如项羽，但项羽更有不如大王之处。臣曾在项羽手下听差，十分了解项羽为人。项羽叱咤疆场，人人皆惊，但项羽却不能任用良将，此乃所谓匹夫之勇，不足与语大谋。项羽有时也十分仁厚，言语温和，待人热情，遇人有疾病，往往涕泣可怜，与人分食。可是如若他人有功，应该加封，他却十分吝啬，此乃所谓妇人之仁，不足与成大事。"

韩信一针见血，点出了项羽最本质的缺陷和因这种缺陷将必然导致的结果。

坛上坛下一片肃然。

韩信继续侃侃而谈：

"项羽虽然现在称霸天下，役使诸侯，这只是其表面的繁荣。关中之地，蓄积丰实，易守难攻，但他却不踞关中而返回彭城，第一点，他已失去地利。项羽违背义帝先约，恣意妄行，驱逐义帝，分封诸王，私心太重，私人爱将，皆封好地，外人疏将，悉封僻地；项羽起兵以来，残暴嗜杀，过往之地，无不残灭，所以第二点，他已失去人和。天时、地利、人和，是成事三大要素，项羽已失去其中最重要的两条。"

韩信停顿下来，环视了一下全场，见全场将士包括刘邦、萧何在内都在洗耳恭听，更受到了鼓舞，清了清嗓音，又接着分析：

"项羽眼下最为强大，这是事实，所以诸侯、百姓都不敢反叛，但是将来各国势力会逐渐强大，谁还会再对他俯首帖耳？现在大王如能够反其道而行之，专任天下谋臣勇将，何敌不摧？所得天下城邑，悉封功臣，何人不服？率东归将士仗义东征，何地不克？关中三王，虽然挡我要塞，堵我出路，但他们都是秦朝旧将，带领秦兵数年，部下征战死亡不可胜计，山穷水尽之时又挟众投降项羽，降卒却又被项羽屠灭。关中秦人对他们三人恨之入骨，项羽却偏又封他们在秦地为王，秦民当然不服。唯有大王入关之后秋毫无犯，除秦苛法，约法三章，秦民无不欢迎拥戴，大王若东入三秦，传檄约定，三秦既下，便可图天下了。"

韩信一番分析从宏观到微观，从敌方到我方，说得头头是道，振振有词，汉军上下，莫不对他肃然起敬。'

刘邦大喜："寡人悔不早用将军。今日承蒙将军开导，如饮醍醐，以后全军全仗将军调度，明日就出发东征。"刘邦又有些飘飘然了。

韩信回答：

"将非练不勇，兵非练不精。项羽虽然露出败相，毕竟楚兵数经百战，不可轻视。现我军仍需多方操练，估计半月后方可出兵。"

第二天，韩信便击鼓升帐，首先定出数条纪律，晓谕全军。然后亲自上台，开始练兵。他口讲指画，如何排列阵势，如何整齐步伐，如何立正相坐，如何首尾呼应，如何可方可全，如何可变可常，凡此种种，樊哙、周勃、灌婴等人都不曾知晓。刘邦册封韩信为大将时，他们三人内心都感不服，自从听了韩信的滔滔宏论，今日又领略了韩信带兵布阵的实际能力，不服的情绪烟消云散。

经过数日的督导操练，汉军军容焕然一新，士气高昂。丞相萧何也备足了大量粮草，出师东征的内部条件已经俱备。

韩信多日来一直不曾与刘邦会面。刘邦心里十分焦急，一心想发兵，想问韩信练兵的情况。刘邦到处寻找韩信，却怎么也找不到。

韩信到哪里去了？

此时韩信正和几个猎户坐在山间的一条小路上，兴致勃勃地谈天。

一位四十多岁的猎户道：

"我们在这山里，一年四季打猎，从没走过那栈道。那栈道都是为官家、商人而用的。一般猎户是不走的。走那里也打不到猎物。"

韩信好奇地问：

"那你们走哪里？"

"走山中的小路。"

韩信来了兴致：

"山中的小路能通到关中吗？"

猎户从未见过一个如此打扮的人向自己打听这个问题，便耐心地说：

"关中嘛，当然可以通，只是太远了，而且路十分难走，一般没有人去。"

"那有人能认得去关中的路吗？"韩信问。

"我曾去过两次。"四十多岁猎户回答。

韩信高兴地说：

"能去就好，能去就好！"

韩信兴致冲冲地去拜见刘邦。

"大王，我军马上可以出兵了。"

刘邦刚一听，不知所以然。

"马上出兵？那栈道还没有修好，我们怎么出兵？"

这是刘邦多日来费尽心机考虑的一个最主要的问题。听此话，心中暗喜。

"大王，我请来一个人，大王定要见一见。"

韩信从帐外领进一人，正是那猎户。

"大王，小人知道从蜀中到关中的山路。"

猎户禀报后，站在一旁观察刘邦的眼色。

其实，这猎户还不知道自己见的是一个什么样的人，他只是遵照韩信的嘱咐叫"大王"。

"蜀中到关中的山路？你果真知道！"刘邦重复了一遍。

他有点不相信自己的耳朵。

猎户也重复一遍：

"小人曾两次走过蜀中到关中的山路。"

猎户显然意识到这个很重要的人物对自己的消息十分重视。

刘邦听后大喜过望。

"我们有办法了。"刘邦一掌击在案上，再也掩饰不住自己的兴奋。

次日，韩信到校军场上点兵。

多日来的练兵，果然出了不少成绩。汉军整齐地排列在校军场上，盔明甲亮。

韩信首先命令一部老弱士兵去修栈道，修得越慢越好。

许多将领不明白这其中之意，你望我，我望你。

"既然要修栈道，出蜀中，就要修得快一些，一定要派去强干的士兵才能最快修好，为什么却派老弱士兵，而且越慢越好？"

又命令其余精英部队跟随猎户，踏上了通往关中的山路。

四川山高林密。许多地方根本就没有路。猎户带领着一队士兵在前面，用锋利的砍刀将树枝砍开，开出一条道来，才能行军。尽管如此，大队人马的前进还是非常困难。

一进入山中，汉军就吃了苦头。三月的天气，四川的所有森林，已密密地长满了叶子。

进入林中，抬头望不见天。多日的行军，根本就见不到阳光。

山路狭窄、崎岖，旁边就是深不见底的悬崖。一不小心就会跌下悬崖，粉身碎骨。

汉王刘邦的军队踏上了一条几乎无人走过的山路。汉军叫苦不迭。

韩信的计划十分精密，叫一部分老弱兵修栈道，无非是掩人耳目，转移项羽的注意力，而大部分军队就可以不在项羽的监视之内，安全进入关中。

韩信没有算错。

虽然汉中士兵在深山老林中有迷路的，有跌下悬崖的，但可以说基本上无什么损伤汉军就走出了蜀中，到达关中平原。

关中平原的黄色土地一望无际。站在这样辽阔的平原上，刘邦不禁发出了赞叹。再见久违的平原，刘邦的心情十分激动，但又充满对前途未卜的深虑。多月来，梦驰神往的关中平原就在面前。

"关中本应就属于我的。"刘邦这样想。

汉军神不知、鬼不觉已经到达了关中平原。三秦之地就在面前。它似乎正在向刘邦招手，等待刘邦来获得他久已盼望的这片土地。

三秦的防卫几乎等于没有。

人们都沉浸在和平中。一片稳定的景象。汉中的章邯做梦也没有想到汉军已站在了自己面前。

153

他只是知道遥远的刘邦还在艰苦地修着栈道，等到那几个老弱士兵将栈道修好，刘邦恐怕也老死了。

在没有防备的三秦之地，刘邦打了有生以来最痛快的一仗。

还没有搞清楚是怎么回事，汉军已冲到城中，章邯刚刚从梦中醒来，还没来得及将梦中的事想一遍，就被汉军五花大绑地抓住了。

章邯被绑着推到刘邦面前时，方才明白为谁所俘。章邯破口大骂刘邦。

刘邦早已下定了决心，要将这支残余秦军全部剿灭。

刘邦淡然一笑，并不与章邯计较。只一个手势，手下部将便明白了。

更明白一点，刘邦不需要这种两次投降的武将。

刘邦并不需要留下章邯，因此章邯只有一死。

旋即，一颗血淋淋的人头就呈现在了刘邦面前。

章邯，这个秦始皇最得力的武将，曾为剿灭陈胜、吴广起义立下头功，又为项羽击败秦军立下汗马功劳的降将，就这样死去了。

刘邦望着身首两处的章邯，只是觉得心中极不舒服。章邯也曾为秦出力卖命。赫赫的战功，曾让始皇如此信赖于他。他也曾不满胡亥暴政，倒戈回击秦二世，项羽没有他的战绩，并不会那么快就入关中，把咸阳从刘邦手中生生地夺走。他也曾封地封侯，威震四海。此时，只随着那一腔热血，全部流淌于虚无的寰宇。多少名将就像这样，一朝轻易被杀，成为战争的灰烬。

刘邦不费吹灰之力重新得了咸阳。

此次入咸阳，又与上次更有不同。一种东山再起的豪情顿时升腾而起。咸阳已非昔日咸阳，阿房宫再也不能复立在郦山上了。

还是咸阳，却换了景致、换了境况、换了时间。

四城的百姓，见战事又来，早已关闭门户不敢出来。街上人影全无。多年的争战，已使人民对战事厌倦了。以至刘邦的到来，全城除了败兵之外，竟见不到一个百姓。

刘邦下令军队，不得骚扰百姓。又召集了乡里有威望的人，宣布自己的安民政策。

召集来的人，还是几个月前的那些人。这些人显然都还记得刘邦的面孔，这张面孔使他们又记起了几个月前的安民政策。

刘邦的再次出现，无疑是最好的宣传。这些人已经知道了他此行的目的。

经过这一宣传，百姓听说是刘邦的军队，便不再畏惧，咸阳城重新繁华起来。

刘邦早晨升帐。

命令王陵带领一支军队前往沛县去接自己的家眷。

对娇妻吕雉和两个孩子的想念，使得刘邦起了接家眷之念。并不仅仅为了这些，更主要的是因为妻儿都在项羽的管辖区域内，刘邦出兵，项羽定要在刘邦的家眷身上采取报复，为了防止霸王项羽掠去妻儿充当人质来要挟自己。

果真不出刘邦的预料。

项羽听说刘邦已出了蜀中，便勃然大怒。命人前往沛县捉拿刘邦的家眷。

此时，太公、吕雉和两个孩子真正成为了这场战争的筹码。

王陵接到命令后，带领部队马不停蹄赶往沛县。

吕雉、太公并不知道自己所处的危险，当他们看到满身灰尘的王陵站在门前时满以为从此便不再受惊吓了。有这样一支军队的保护，他们的心中充满了安全感。

但事实并不像他们所预料的那样美好。

王陵的军队接到吕雉、太公，在返回途中，与项羽派出的军队相遇。项羽的军队正截住王陵的去路。

吕雉、太公、两个孩子眼巴巴地看着两军为了自己交战起来。

两军混战在一起。王陵凭着人多，终于将刘邦的家眷掩护到安全的地方。

此时王陵只有一个办法，分兵两路，一路保护家眷向关中撤离，另一路则堵住楚军，不让他们追赶。这个计策果然生效了。

刘邦的家眷终于到了咸阳。

吕雉一见到刘邦，泪水刷刷地落下来，竟说不出话来。两个孩子围着刘邦直喊：

"爹爹、爹爹……"

刘邦见到了许久不见的吕氏，许多话就在嘴边，却不知从何说起。一贯以能言善辩而著称的刘邦第一次空了场。

半年来自己在汉中为妻儿的担心，到此时才放下。那种苦心是怎么也无法用语言来表达的。

刘邦抱了这个孩子，又抱那个孩子，亲也亲不够。

一家人既在一起了，就不必再担许多心了。

午后的太阳暖暖地照着，这是许多阴天之后第一天见到太阳。春光好像一

第三章

舞剑鸿门 受封汉王

下子挤出来，争奇斗艳。此时，楚军寨中，项羽正呼呼地睡午觉。忽然一个探马来报：

"大王，大事不好了，大事不好了！"

项羽惊得骨碌一下爬起：

"何事，如此惊慌！"

"报告大王，大事不好，刘邦已攻破三秦，进入咸阳了。"

项羽大吃一惊。

在他的印象中，刘邦永远都出不来了。栈道被烧，还未修好，刘邦派的那几个老弱士兵要用几十年才能把它修复。更何况蜀道又难于上青天，他们永远都不会从栈道上走出蜀中。难道是汉军插上翅膀，飞出了蜀中不成。不可能啊！

项羽心中还在纳闷，忙叫人去请范增。

范增来到项羽的帐中，听项羽说清之后，便说：

"我素闻，蜀道虽难，但有山路可通。那刘邦定是从那山路进入关中的。这是明修栈道，暗度陈仓。"

项羽又说："唯今之计，我只有前去攻打刘邦。"

范增连忙止住："不可，不可。想那刘邦远在关中。而你我此时，又不得脱身，齐国叛乱尚未平定。如果你我远路去打刘邦，必让齐国得了空去，前来断了我们后路，使我们腹背受敌，必会导致大错，万万不可！"

项羽急了："难道就这样看着刘邦白白夺走了三秦？"

范增道：

"现在我们先平定齐国之乱。这样就无后患，到那时再打刘邦也不迟。"

项羽心里焦急，也没有办法，只有听从范增的意见。

范增内心的焦急比项羽更甚。自从鸿门宴上项羽放走了刘邦，范增内心就一直放心不下。项羽的优柔寡断与刘邦的果断坚决比较起来，项羽显然早已铸下了大错。

然而范增对项羽的劝告却往往不被项羽采用，直到今日项羽面临着巨大的危机，却不能够前去解救。

"将来终有一日霸王要死于刘邦手中。"范增暗想。

刘邦破三秦之后，慢慢扩张自己的势力。

先是一点点攻占山西。

不久，攻占河北。

又慢慢扩张到了河南。

刘邦的势力范围扩大的同时，自己的实力也得到了巨大的补充。粮草充足了，士兵增多了，刘邦在百姓心中的地位也得到更深的巩固。

尽管项羽也派人阻止刘邦东进，但仍不能减慢刘邦势力范围扩大的速度。

又是一个阳春三月，正值黄河流域春暖花开之季。

刘邦又在孕育另一个计划。黄河此时水流加急，春水猛涨。比平时加宽了许多。要渡黄河就又增加了许多难度。

刘邦将韩信招来商议计谋。

"我军要渡黄河，你看如何行事？"

"此事并不难，我们找大渡船过河即可。"

"那魏王军队不会阻挡吗？"刘邦有些疑虑。

"魏王豹本身就不服霸王，只是慑于霸王的威力，才不敢说什么。如今我们过河，他定会顺水推舟的。"韩信自信地说。

"果真如你所讲，我们就去找渡船过江。"刘邦也有了几分信心。

三日之内刘邦聚集了大小渡船三百余只。开始大举渡过黄河。

韩信的分析一点不差。汉军渡河过程中未受任何阻挡，十分顺利。

魏王豹的军队远远看着汉军渡河，并不干涉。

刘邦马上写一封书信劝降魏王豹。魏王豹开始推辞了，不久便半推半就投降了刘邦。魏王不战而降了。

在韩国的张良确认项羽已全力部署北征计划后，便暗中由韩国进入关中，重行投奔刘邦，刘邦也封张良为成信侯。由于张良的身体状况一直不佳，刘邦便不为他编组独立军团，而任命他为自己的参谋大臣，直接随从在刘邦身边。

于是在张良策划下，刘邦率军出函谷关，镇抚关外的秦部落长老，争取他们的支持。

这期间，天下大势已有很大的变化。东方的田荣势力席卷原齐、赵、梁地；刘邦拥有原秦国势力范围，韩地也在其掌握之中；项羽则重行整合楚国版图，并拥有原梁国的精华区。

三大阵营，形成三足鼎立之势。

河南王申阳原为张耳部属，在张耳号召下也投奔刘邦，成为汉国的河南郡。

张良又说服刘邦以韩襄王之孙、名字也叫韩信的为韩国太尉，并支援军队让他去经略原来的韩国。而项羽分封的韩王郑昌，由于无法得到韩国旧势力支援，抵挡不住韩信攻击，只好投降。

十一月，为尊重张良复韩之夙愿，刘邦支持韩信为韩王，统领韩国旧部，仍属于刘邦的汉军阵营。

刘邦乃回到关中，建立新京城于栎阳。

周勃、樊哙、灌婴军团则部署于陇西地带，以防止中原发生大变局。

正月，项羽果然亲自率军北上，准备和宿敌田荣决一死战。

田荣也集结大军在城阳，预备硬碰硬地与项羽进行会战。

果然，项羽再度发挥巨鹿战役的指挥天才，一天之内便将田荣大军击溃。

田荣兵败，退守平原郡，却为乱民所杀。

项羽再立田假为齐王，并率军北征到北海。

为了报复自项梁时代以来齐人不肯积极协助楚国的旧账，项羽军队于是焚烧城郭、屋室。坑杀田荣阵营降卒，虏虐老弱、妇女，使军队所到之处无不残破。此外，项羽更准备以恐怖政策彻底压服齐国的反抗。

但这次项羽又估算错误，齐国各部落及城市的反抗韧性极强——这可能与齐、燕长期作战对抗有关，各地区的齐国人民相聚组成游击队以袭击楚军，反而使项羽的楚国主力部队陷于齐地的僵局中。

这种情况下最高兴的自然是刘邦了。

他决定趁此机会袭击项羽的大本营彭城，或许可一举击破楚军，赢得天下的掌控权。

当然攘外必先安内。

雍王章邯败亡后，其弟章平仍率领残部据守北地。

刘邦乃派遣偏将全力攻打北地，结果章平自乱阵脚，兵败被掳，刘邦也取得了关中的绝对控制权。

三月间，刘邦亲率大军由临晋渡过黄河，进入中原地带。

除了陈余支持的赵国，因位居北方而还未直接承受楚、汉的压力外，中原地区的诸侯就只剩下殷王司马卬了。

司马卬原为赵国将领。巨鹿战役后，司马卬集结部分赵军在黄河流域打游击，给秦军很大的压力，对项羽日后扫荡函谷关以东的秦国守备部队帮助很大，因此受封为殷王。

司马卬在刘邦西征时，曾和他有过短期合作，所以两人多少还算有点交情。

夹在楚、汉势力间，司马卬实在不知该怎么办才好。如果他背叛项羽，可能会遭严厉报复，但和刘邦对抗，又是非输不可。

无奈的司马卬只好虚晃一招，表面上和刘邦硬拼，其实刚一接触便主动认输投降，这样总算给项羽一个交代，对刘邦也不至于太失礼。

乱世中的小人物，夹缝中争生存，司马卬的无奈可以说是最明显的案例。

但对刘邦来讲，最高兴的倒不是这些诸侯王的纷纷投靠，而是他又得到一个得力助手——擅长智谋的陈平。

陈平确实是刘邦最好的私人智囊，头脑敏锐、清楚，常有别人意想不到的创意。出身平民的陈平，思考上和贵族后裔的张良常有不同，正好可以弥补张良善于阳谋却不善于阴谋的缺点。

刘邦一向喜欢恶作剧，对陈平的鬼点子颇为欣赏，因此他认为陈平的确是他个人最佳的智囊。

陈平是阳武地方人士，家里贫穷，只有三十亩左右农田，兄弟两人相依为命。陈平的哥哥，《史记》记载为陈伯，显然只是称呼并非名字。因此陈平和刘邦一样原本没有名字，其名字是他们自己努力争来的。

和刘邦一样，陈平也长得高大英俊，相当体面，十足的一位美男子。

不过在保守的农村社会，只靠外表便想出人头地并不那么容易。但陈平却不自暴自弃，他非常努力读书，年轻时便立志以"知识"争取出人头地。

哥哥希望弟弟如愿，自然没有什么怨言，所有农田方面的工作由他承担全部责任；但嫂嫂可不这样想，长得高大雄伟的小叔却只会读书吃闲饭，自然经常忍不住要埋怨一番了。

有一次，邻人开玩笑地表示：

"你家小叔生活贫困，却仍然吃得如此肥壮，真是奇事。"

想不到这句无心的话却引来嫂子满肚牢骚：

"他是硬吃闲饭长大的啊！有这种小叔，不如没有的好。"

陈平倒没有生气，反而是陈伯暴跳如雷，并当场休掉妻子，把她赶回娘家。

陈平到了适婚年纪时，富人家以其贫穷，不肯将女儿嫁给他，贫穷人家的女儿，陈平也不想娶；所以过了结婚年龄，仍是单身汉一个。

同乡富人张负有位孙女曾经嫁过五次，娶她的人却都突然死了，因此有克夫传闻，没有人想娶她。只有陈平表示了娶她的意愿，张负甚奇之，很想进一步了解这位年轻人。

有一次乡邑中有人出丧，陈平知礼，家里又贫穷，便被选为侍丧者。他在葬礼中表现得体，张负看在眼里，深奇之。

陈平离去后，张负尾随其后，一直跟踪到他所住的地方。只见陈平住于陋巷中，连门都没有，只以布席遮之，但门外却有长者的车迹，代表有不少人到此来请教陈平。

张负回家后，对其子张仲表示：

"我想将孙女嫁给陈家小叔。"

张仲很好奇地表示：

"陈家贫穷，小叔又不事生产，全县人都在讥笑他，为什么反要把我的女儿嫁给他呢？"

张负表示：　"像陈家小叔这种外表好又有内涵的人，怎么可能长期贫穷呢？！"

陈平娶得张负孙女后，利用她娘家的关系，得了不少经济上的协助，也扩展了其交友圈。

里中有庆典时，分割祭肉的工作一向由陈平负责，而陈平在分配时非常公平，让所有人都心服口服。于是连里中父老都称赞道：

"善哉，陈孺子（小叔）之为宰。"

陈平也自信地表示：

"如果让我有机会为天下宰，也一定会分配得公公平平的。"

或许就是因为这件事，陈平才会将自己的名字取一个"平"字，以作为自己特别的形象。

陈胜、吴广起义不久，立魏王咎，陈平以擅长礼节，受任为魏王咎的太仆。他曾以谋略游说魏王咎，却不被接受，反因好表现而受到谗言攻击，只好逃亡离去。

这次出仕经验让陈平了解到找明主的重要性，因此他也不再急于想当官了，宁可在故乡赋闲一阵子再说。

巨鹿战役后，项羽势力迅速膨胀，陈平便前往投效；项羽以陈平深得礼仪，封为爵卿。

但陈平仍希望争取参与军事策划之机会，不断地向项羽提出建议，倒颇得项羽欣赏。因此当刘邦平定关中、殷王司马卬呈现极端不稳时，项羽乃封陈平为武信君，率领在楚阵营中的魏王咎之宾客，前去威胁殷王。结果，他很快便击降了司马卬而班师回营。

项羽便令项悍拜陈平为都尉，赐金二十镒，俨然已成为独立军团的将领。

但不久刘邦再度逼迫司马卬投降，这一次连魏国的长老们也纷纷向刘邦靠拢。

项羽的主力部队正陷于齐地泥淖中，因此他对殷国的变局非常生气，下令严厉惩罚失职人员。

陈平首当其冲，为了保命只好封其金和印，派使者归还项羽，弃职逃亡。

由此可见，陈平仍是位不贪心又重名节的人。

陈平只身逃亡，并打算渡过黄河，脱离楚国控制区。不料渡船夫见陈平一表人才，又独身一人在外，料想其身边必怀有金玉宝器，眼中遂露出凶光，准备杀害陈平。

陈平由船夫行动中看出自身危机，立刻将衣服脱光并走到船头，表示想帮忙划船，借此让船夫了解他空无一物，果然很惊险地逃过了危难。

渡河后，陈平立刻投奔修武的汉军阵营，并经由魏无知的推介而进见刘邦。

于是中涓万石君安排陈平与其他七个人同时入内进见，赐食后，刘邦便表示：

"请先回预备好的宿舍吧！"

陈平立刻大声表示：

"臣有事进见汉王，所言之事不可以迟过今天。"

刘邦很惊异地注视陈平，直觉上认为这可能是位相当不错的人才，乃下令特别约见陈平，与之深谈。他发现陈平的智略及见识有不少和自己很接近，只是陈平却能解释得很清楚，不禁心中感到非常高兴。

刘邦问陈平道：

"你在楚国担任什么官职？"

"臣曾担任都尉。"

当天刘邦也立刻拜陈平为都尉，并令之为参乘，待在自己的身旁，出任典护军的官职。

诸将闻之大惊，不少人向刘邦抗议：

"大王对今天才投奔我们的楚国逃亡之人，还未知其能力及忠诚度，便将之放在身边，又让他们来监护我们，这不太过分了吗？"

刘邦笑而不答，反而更加表示对陈平的信赖。

陈平为此感激不已，恨不得马上为刘邦效死。

其实，刘邦早看出陈平这种人自视虽高，但内心却极端不安，如不特加恩宠是无法收其心的，因此才安排了这段特别的"信任秀"。

可见在用人方面，刘邦的确有大智若愚的才气。

刘邦的军队出关中以来，除了陈余的赵国残部外，中原各诸侯纷纷归顺，俨然统有三分之一的天下。

东方的齐国已成无政府状态，项羽的主力楚军则陷于齐地的游击战中，虽以项羽的善战勇猛，仍无法在短期内恢复这个地方的秩序。

黄河以南的楚国势力，表面上仍在项羽的管辖下，但就如早年的楚国联盟体系一样，楚地各诸侯对项羽的忠诚度并不特别高，特别是原本支持义帝的楚国西半部部落长老更显现不安的情势。

张良建议刘邦应迅速统合这股反项羽的势力。

因此，刘邦下令进入中原和楚国交界的政治中心洛阳，准备向楚地进行政治喊话。

为维持进入关中时的形象，刘邦下令军队所到之处不可扰民，遵守严格的军纪。这和春秋战国以来"因粮于敌"的作风完全不同，因此地方长老对刘邦颇为感激和支持。

张良也顺势安排了一场强化形象的"政治秀"。

他让洛阳新城区的三老董公遮挡在刘邦行进车队前，进言道：

"顺道德者昌，逆道德者亡，而且师出无名，是很难成功的，所以一定要指出敌人的祸害，才能有力地征服敌人。如今项羽无道，杀其主义帝，此天下人之大贼也，应公开指责其罪行。所谓仁者不靠勇力，义者不必暴力，大王应该立刻率领三军之众为义帝挂孝，并向诸侯宣告讨伐项羽。如此，四海之内无不仰慕大王之德行，这便是商汤、周文、武王的义举啊！"

刘邦知道义帝一向支持他，因此对义帝也有些感情存在。但当年自己地位不高，和义帝间交往不深，义帝被杀害的震撼性对他来讲，其实并不算太强烈。只是这是事先安排好的"政治秀"，他自然要好好表现一番了。

因此，刘邦立刻宣布为义帝发丧。他脱掉官服，露出白色内衣表示哀悼，并且举行祭典，号啕大哭了三日，果然激起楚地各部族不少同仇敌忾之心，也使他们对项羽的排斥心更强了。

刘邦更向全国各地发出檄文表示：

当年各诸侯共立义帝，北向而臣服之，如今项羽在江南杀害义帝，真是大逆不道。于是寡人发动关中军民，更得到河南、河内、河东诸侯支持，将渡过长江、汉水，南下征伐项羽。希望各诸侯能共同出兵，讨灭这个残杀义帝的不义贼人。

这篇檄文并无冗长的理论和高调，十分简明有力；文中，刘邦将自己设定为陪伴大家共同征伐的角色而非领导者，这样反而容易得到大家的支持。因为只要响应热烈，刘邦自然就成为领导者了。

以为义帝复仇作主题，也充分显示自己不是楚国的敌人，反而是认同楚国的一分子。因此天下的敌人不是楚国，而是残杀义帝的楚国叛贼项羽，刘邦这个定位的确够高明。

从今以后，将是忠于义帝的楚国庶系之刘邦，联合天下诸侯共同对抗残杀义帝的楚国嫡系之项羽的局面了。

除了项羽本部，和协助项羽杀害义帝的九江王英布、衡山王吴芮和临江王共敖外，楚国的部落都有可能响应刘邦号召而共同对抗项羽。

甚至连这三个项羽死党也都因为怕犯众怒，而不敢再过分表现维护项羽。

日后进攻彭城的时候，刘邦军队几乎如入无人之境，此一策略的成功应是最主要的因素。

为了和项羽展开决战，刘邦必须更努力地整合北方的势力。

于是他派遣使者去和赵国的强人陈余谈判。陈余在田荣战死后本已心慌意乱，又见到张耳投奔刘邦后颇受礼遇，心中更为不安。他之所以不肯归附汉军，主因便在于此。

既然刘邦主动邀请他，陈余便顺势提出要求：

"请汉王杀害张耳以表示诚意，我立刻就归附。"

刘邦自然不会杀害张耳，但为了尽速拉拢陈余，他竟然找到一个长相类似张耳的死囚，斩其头送给陈余。陈余也不疑有他，便派兵加入刘邦的南征军团。

然而，从刘邦拉拢陈余的事件中也显出由于急着整合，刘邦阵营的集结意识显得粗糙而薄弱，因此人数虽在快速膨胀中，内部的整合却一天比一天困难。

进入汉中时，若加上项羽派给的楚军，刘邦的军团人数是三万人左右，沿途流亡及逃回中原的大约有三分之一，也就是说最后的核心部队只有两万上下。

在南郑时征募的军队，于韩信的编组下又恢复到三万左右，除了留守一部分兵力外，其余几乎都已倾巢而出，进攻关中了。

在关中补足的军力，以秦人为主。秦国在皇室政权崩溃前夕损失惨重，所

舞剑鸿门　受封汉王

以兵力非常有限，估算能够集结的武力仍不到三万，若加上原有部队人数，只有六万不到。

然而项羽光是征齐的主力部队便有十万之众，留在楚地的守备人马则应有两倍以上。以刘邦的关中军去和项羽争天下，无疑是鸡蛋碰石头了。

因此刘邦大量集结诸侯的兵力，根据史料记载，进入洛阳时的刘邦阵营兵力已高达五十六万之多。

直属部队不到十分之一，联盟军却有十倍之众，最辛苦的应算是总指挥韩信了。

刘邦忙着应付来归附的诸侯、角头，光是开会及饮宴便足以让刘邦忙得团团转。

张良和陈平则忙着沟通及协调这些军团领导间的意见，让他们勉强维持表面的团结。

补给上由镇守关中的萧何负责，由于他手上有全国各地粮仓的资料，所以在粮食的分配及提供上还不算太困难。

韩信最不好受了，自己本身便是空降部队，要想完全指挥得动樊哙、灌婴和周勃等主力部队军团已不太容易，又得面对这数十万临时整编的"外籍军团"，光是军纪的维持就够伤脑筋了。

"必须有个共同目标，否则军心一定会涣散的！"

韩信不断和张良等人商量，并共同向刘邦提出建议。

刘邦面对这个庞大的杂牌军，的确也有点束手无策，只能坦白表示：

"你们认为如何才能集合众志呢？"

韩信断然表示：

"火速进攻项羽的大本营——彭城。"

进攻彭城，等于和项羽势力面对面决战。

刘邦实在没有自信，心理的准备也尚未完成。

但韩信认为只有一个艰苦的目标才能提高大家的共识，建立危机意识。

张良和陈平也赞成韩信的看法。

项羽和其主力部队仍停留在混乱的齐地，彭城的守备力量势必深受影响。

田荣战死后，其弟田横收拾残军数万人，坚守在东南淮州的城阳，并拥立田荣之子田广为齐主，指挥各地的游击队和楚国周旋到底。

齐地是兵法家的发源地，因此齐人作战一向斗智不斗力，勇猛的程度虽较差，但打游击则是第一流的。项羽虽亲率主力前来征伐，并也很快击溃田荣的主力军，田荣甚至不久便为乱民所杀。但接下来的战役，就如同拳头击入棉花团中，一点力量也使不出来，使勇猛的楚军主力犹如掉在泥潭中，尝尽寸步难行的痛苦。

当刘邦主力进入外黄时，盗贼出身的魏地大角头彭越也率领属下三万多人前来投奔。

由于彭越已占领魏城数十个，刘邦便以魏王魏豹重新复国，并以彭越为魏相国，全力收编项羽在梁地的部分势力。

彭城便是现在的徐州。

地处平原正中央，是南北交通枢纽，货物集散，商旅云集，是个非常富裕的城市。

掌握彭城便可掌有大江南北的财富，故而彭城自古以来便是兵家必争之地。

大规模的会战，在此发生过无数次，也经常成为双方力量消长的关键。

彭城四面八方都是平原，除了硬碰硬摆出决战阵势外，防守上一向是非常困难。

但项羽从没有想过他有需要防守的一天。

攻击性甚强的项羽认为只要他不攻击人家，已经对别人够好了，他似乎还没有被攻击的经验。

当他率领主力军攻打田荣时，彭城附近的防守力量非常薄弱，他不相信有人敢攻击他的基地。

因此，当韩信率领五十万大军火速攻向彭城时，留在彭城的守军似乎一点反击的力量也没有。

鉴于刘邦的声势浩大，楚地附近的长老几乎完全袖手旁观，亲项羽的九江王英布等人也不愿卷入这场为义帝复仇的攻防战，项羽阵营的内聚力的确可怜得很。

攻陷彭城，使刘邦阵营声势达到最高点。

但总指挥的韩信发现自己犯了严重错误，很可能会带来空前的危机。

攻进彭城的汉营杂牌部队根本失去了军纪，奸淫掠杀，无所不用其极，各军团间甚至为了抢女人和财物而兵戎相见。

韩信虽竭尽心力地劝导各军团将领维持军纪，但这群乌合之众根本不把这位名义主帅的军令放在心上。

第三章　舞剑鸿门　受封汉王

虽然项羽仍远在齐地，但如果楚国主力部队急速回师，加上亲楚阵营的团结，这群乌合之众根本不可能是其对手。

掠劫彭城使刘邦的"义名"遭到严重损害，虽说这是敌人的巢穴，到底仍是楚国的总部。楚国军民的悲惨遭遇已使原先支持刘邦的楚国长老，对汉军完全采取警惕的立场了。

更让韩信担心的是刘邦的态度，他似乎被这次的大胜利冲昏了头。刘邦这次的态度完全不同于进入关中时，或许是因为鸿门剑宴时的压抑在此刻完全爆发了。他下令没收项羽私有的珍宝、财富、美女，并且每天在项羽的宫殿里开庆祝酒宴。

樊哙、夏侯婴等老伙伴虽一再苦劝，但刘邦仍我行我素。

连张良都感到束手无策，只是直觉地预感到似乎有一个大灾难即将来临。

韩信虽富于智谋，长于规划，但到底领军经验不足。为了军纪荡然，他自己的心情坏透了，整天忙着协调各军团间的纠纷，甚至忘掉了身在敌境时最重要的布防工作。

汉军的悲剧在于他们以为自己已获得大胜，忘掉了项羽在齐地仍率领着完整的主力部队。

对项羽而言，他之所以忘了彭城的防务，是因为他从未想过有人会攻击他的基地。他自认天下无敌，更无法了解刘邦为何能集结五十六万兵马。

想起自己在鸿门时未听范增建言而放过刘邦一马，项羽心中便无限悔恨，他感到自己疏忽的责任太大，更因为受到欺骗而暴跳如雷。

由于田横采用游击战术，项羽的十数万大军于是分散在各地围堵，要集结并不容易。况且项羽也没有那份耐心，他立刻将指挥工作交给大将龙且，自己则率领三万余主力部队急速返回彭城。

彭城失陷时范增料不能守，及时撤出守备部队以保存实力，并驻营在彭城东北方一个名叫萧的小镇；一方面派急使向项羽求援，一方面严密监视汉军的行动。

胜利的汉军陷入混乱的消息，范增想必早已通知项羽，而项羽敢以三万随从紧急回防，主要原因也在于他判断刘邦大军已无作战实力。

人数少，行动迅速，项羽更因恨不得生剥刘邦而归心似箭，日夜赶路下，很快便到达萧镇和范增会合。

汉军的庆功宴还没有开完，对项羽的回防毫无所觉。

破晓时刻，项羽亲率大军攻入部署于彭城西北方的汉军。当时汉军大部分犹在睡梦中，根本毫无准备，因此溃不成军，大多火速退向彭城。

在彭城的刘邦听到楚军反攻，也立刻集结人马准备抗拒。

但军纪混乱的汉阵营杂牌军根本操作不良，只有由韩信直接统率的少数部队勉强集中，在彭城西方原野全力迎击楚军攻势。

城中和城外的汉军乱成一团，严重打击了准备硬战的汉军士气，而韩信第一次指挥决战也有点紧张。

项羽的部队火速攻到，其冲击力甚强，防守的汉军不能抵挡。韩信为保存实力，乃下令掩护刘邦撤离彭城。

想不到军令刚下，军队立刻溃散，韩信只得派人通知刘邦，自己则率领残部迅速撤退。

彭城汉军大乱，自相践踏。

刘邦指挥直属部队撤向南部山区，但在灵璧东边的睢水附近被项羽军追击，大军于是溃散；张良和陈平等幕僚人员各自逃命，夏侯婴则率领侍卫军勉强保护刘邦逃入山中。

这段期间，汉阵营兵马被挤杀在睢水中者高达十数万人，睢水为之不流。

刘邦的侍卫军也被楚军团团围住，正苦无脱困之计。幸天色已暗，山区和平原间常起狂风，楚军摸不出方向而无法展开搜索，夏侯婴乃率领十数骑人马，利用夜色掩护刘邦脱离战场。

刘邦攻打彭城时，又将家属带回沛县，由同乡人审食其负责照顾。审食其和周勃一样，是个负责办理丧事的乐师，因此人脉关系不错。周勃后来追随刘邦起义，而审食其仍在家乡从事他的老行业。直到王陵决定介入拯救家属一事时，以审食其做事细心、考虑周到，遂令之为内应，成功地救出刘公及吕氏等人，此后刘邦便把照顾家人的责任也交给审食其。

彭城大败来得突然，审食其判断项羽的楚军必来沛县擒抓刘邦家属，但由于准备不及，只得紧急移送刘公、吕氏至山区避难。此时刘邦的两个孩子均不在身边，审食其只得交代亲戚照顾他们，自己则带着刘公、吕氏先行撤离。

刘邦脱离战场后，也和夏侯婴火速返回沛县，但审食其等已撤离，此时又正好碰到刘邦的两个孩子，乃载与车上共同逃亡。

楚军派来搜寻刘邦家属的骑兵队也在这时候进入沛县，夏侯婴于是亲自操控马车，由数十骑护送刘邦向北逃亡。

第二章 舞剑鸿门 受封汉王

楚军在后面穷追不舍，刘邦心急。下令舍弃两位稚子以减轻车子重量，并可借此扰乱楚军紧追的意志。但没有一个部属敢执行此命令，刘邦只好亲手推下两位稚子，以求全军安全脱离。

想不到夏侯婴却立刻停车让两位孩子回到车上，即使刘邦大声怒斥，夏侯婴也不为所动。刘邦连续三次推下孩子，夏侯婴也不顾危险地三次停车救回孩子，并大声向刘邦宣称：

"今日情况虽紧急，但也不能慌乱地盲目奔逃，何况要丢弃无辜的孩子呢!?"

夏侯婴更故意放慢马车速度，并要护卫的骑兵跟随着慢慢前进。刘邦大怒，十数次故意举剑威胁夏侯婴，但夏侯婴仍坚持原则，周围的侍卫也表示宁愿死战也要保护稚子，绝不后悔。

刘邦见大家意志坚定，也放手不管，自己蹲在马车上闭目养神。

由于众心一致，终于发挥创造力，巧妙地在山区中甩开了楚军的追击，安全逃离沛县。

接着还有件麻烦事，那便是要逃到哪里去呢？仓皇中携带的粮食不多，而且连日奔波，大家也需要休息，如何找个安全的补给地方呢？

睡一觉起来，精神好多了，当夏侯婴提出这个问题时，刘邦思考了半刻后回答：

"我们到下邑去吧!"

下邑在江苏砀山东北，属魏国管辖，目前是由吕氏的哥哥周吕侯吕泽镇守。由于下邑是以前吕公的大本营，人脉关系良好，吕泽在这次大败后或许还能掌握情况。

如果项羽知道刘邦在下邑，下邑大概不用几天必被攻破，所以这个行动要非常地秘密。

吕泽只有一千多名士兵，也就是小得不起眼，或许项羽反而不会去注意这块地方。

夏侯婴颇了解刘邦的想法，所以便想方设法由小道进入下邑。

这段期间，原投入汉阵营的诸侯纷纷反叛，魏、赵等均投降楚军，连关中的塞王司马欣和翟王董翳也逃亡加入楚军行列。

当然，这段期间项羽的注意力也无法完全放在刘邦身上。因为齐国的楚军显然敌不过田横的游击战，项羽南回后，田横又收复了三齐，所以项羽必须重新整编楚军阵营以面对新的局势，搜捕刘邦的动作也迟缓了下来。

刘邦也因而可以稍喘一口气，静下来规划重新出发的策略了。

最不幸的是审食其带着吕氏、刘公寻求跟刘邦会合时，却在途中为楚军所擒，项羽于是下令将他们监禁在军营中以为人质。

项羽迁怒刘邦的不肯投降，曾下最后通牒：

"如不降，烹汝父！"

刘邦复信项羽，竟说希望得到一杯羹汤。

骨肉、血脉之情，在刘邦看来，时常是可以割舍的。哪怕一时割舍，将来为之报仇雪恨呢？

与刘邦父、妻被掳的同时，王陵的母亲也被项羽抓获。

孝、义，被世人奉为必备之德性。项羽正是抓住这一点，欲胁迫王陵投降。

王陵的母亲，堪称一位女中豪杰。她不欲儿子背负叛汉不义的罪名，不肯作书劝降，也不欲陷其子于不孝之地，毅然决然以死断掉王陵的动摇之心。

王母志节高尚，而且已经看到，宽厚爱民的汉王将来必定主宰天下。

王母的死，尤其是死后鼎烹的遭遇，加剧了王陵与项羽之间的仇恨。

同样的际遇，使刘邦多了一位死心塌地的追随者。

失利过后，刘邦势力恢复需要一个过程。他所能给王陵的，只是安慰，节哀顺变嘛。刘邦的老父、娇妻不一样在敌营吗？退却是为了下一次更猛烈的进攻。

基于以退为进的考虑，刘邦退出了梁地。

从大赢到大输，刘邦对自己和项羽对抗的能力有了更清晰的认识。

"硬碰硬的战争，我绝对不是他的对手。"

但刘邦倒不认为自己是命定中的输家，他一向对自己的异相深为自信。不论有多困难，鸿运自然出现，这个信念使刘邦成为一个无可救药的乐观者。

他关心的是怎么样才能转败为胜。

韩信在睢水南岸的临时阵营已相当稳定，不少流散的军团也纷纷向韩信报到。使彭城之战的损伤影响减到最少。

虽然诸侯尽叛，但直属军和关中军的主力仍算完整，刘邦相信这便是自己特别的幸运。

他遂在下邑苦思突破现况的方法。

有天，他秘密召见大臣和军团将领表示：

"我愿意放弃函谷关以东的统治权，让给肯和我合作共同来对抗项羽的人，你们认为有谁可以成为我们的重要伙伴呢?"

这便是楚汉相争中，刘邦阵营以联盟方式与人共分天下的基本策略。

由于项羽一向对有功者忌之，不愿给予奖赏，刘邦这个分享天下的气度和政策，正是和项羽斗争最有利的武器。

智囊张良提议三个重要人物。

"可以有效地协助我们对抗项羽的有三个人。第一位是九江王英布，乃项羽以外楚国首席猛将，在灭秦战役中曾多次出任先锋大将，出生入死，功劳卓越。所以他对只得到九江王之位，心里非常不满，和项羽间已经是貌合神离了。

"第二位是游击王彭越，他的出身低，是以和项羽一向格格不入。分封时他和田荣一样遭到刻意贬低，所以不久便加入齐国反叛阵营，目前已掌有大部分梁地。

"大王可速派急使和这两人结盟，便足以让项羽伤脑筋了。至于大王阵营中只有韩信可以独当一面，宜让他独立掌握一个军团，以和汉军互为犄角。

"若大王想和他人分享天下，可联合这三个人，便足以击破项羽了。"

由张良的口气中，韩信必定未参加这次会议，或许他正在睢水南岸独挡楚军的压力，好让项羽疏忽了东北方向的下邑。

韩信怎么安排与授权，总算是内部事，较容易解决。

与彭越交情虽不深，但和刘邦倒颇意气相投，只要条件付得高，也还不太困难。

英布虽和项羽有不愉快，但到底仍是楚营首席大将，要游说他可能得有很大的胆量和技巧。

但张良的分析却也有他的道理。

当项羽要出兵攻打齐国田荣时，曾向英布征兵，也希望英布本人参加。但英布称病不往，只派个偏将领数千人随行。

在项羽的立场上，盗贼出身的英布能受封为九江王，已是天大的恩赐，竟然还有不满，真是不知好歹。

对英布而言，每次作战时自己都几乎是项羽的首席副手，却只获得群王之一，而且是地不大、位不高的九江王。

不出兵也就罢了，或许项羽认为英布是真的病了。

但刘邦攻入彭城时，英布却袖手旁观，这就让项羽心中很不是滋味。他曾数度派遣使者去了解英布为何一直未出兵援助，但英布仍一再以病中为托词。

项羽回彭城后，也曾召英布前往会面，英布又托病不往。项羽回南方后，齐国再度落入田横手中，陈余掌握的赵国虽背叛刘邦，但仍和田横联手，关中附近又已属刘邦统辖。此时项羽发现真正属于自己阵营的，就只有九江王英布而已，加上英布勇猛善战，对项羽帮助颇大，所以他对英布也给以较严厉的指责。

政策虽定，但执行仍需要人才和时间。尤其是拉拢英布的工作颇为困难，需要有位胆大心细、能言善辩之士，而郦食其常过分夸张，对直朴而个性强悍的英布颇不合适。

其他又没有适当的游说人才，刘邦为此相当头痛。

倘若刘邦一行人在下邑待太久，势必会暴露形迹，是非常危险的。因此既然大部分人马已会合，刘邦便将主力军由下邑向西转到砀地，集结分散各地的军队，并在虞地暂时驻营。

依张良规划，刘邦应固守米仓荥阳。

彭城败讯传出时，镇守关中的萧何便将关中守军分出一个军团去进占米仓荥阳，以断绝楚军和其他诸侯军对中原粮食的控制。

接着他更急速编组未满二十岁的青年军和年纪较大的老弱军，由其负责关中地区的守备，以及关中和荥阳间的联系和补给。

由于荥阳防卫阵容已够坚固，刘邦便下令移往荥阳。

"只要萧何还在，我就有拼战下去的本钱！"

稍微安心后，如何拉拢英布成了他近期须全力以赴的主要工作目标。

英布是项羽的人，而且脾气暴躁，稍搞不好便可能会有生命危险，因此没有人愿意冒这个风险。

刘邦因找不到适当人选而感到焦躁不安，心想或许可以运用激将法来看是否有勇于建功的奇才。因此他故意由左右侍卫放出风声：

"真是一群庸才，没有一个足以共同来策划天下事的。"

果然有位叫做随何的参谋官有了反应。

随何的官位是谒者，属于庆典或国际会议时的礼仪官，这种官职一般都由儒生来担任。

刘邦本人不喜欢儒生，因为实在受不了他们的繁文缛节，什么事都假假的。

但儒生有不少地方很有用。譬如在举办仪式和国际交往方面，他们很懂得要怎么准备，绝不会失礼或没面子，是颇让人放得下心的一群好幕僚。

只是这些儒生一碰到办理大事就不行了，不但瞻前顾后、没有效率，并且缺乏弹性。所以刘邦在重要的工作上很少用到他们。

随何主动觐见刘邦表示：

"陛下认为没有人才，是什么意思呢？"

刘邦说："如果有谁能为我说服九江王，让他出兵背叛楚国，牵制项羽使之不敢离开彭城，那么只要再给我几个月的时间，我便能以全胜的方式取得天下了。"

随何大胆地表示：

"我愿出使九江，做大王的使者。"

眼前实在没有人肯干这件事，既然随何肯冒险出使，刘邦自然非常高兴，于是派遣二十人特使团前往九江去游说英布。

其实刘邦对随何并没有足够的信心，但掌握英布既然是不得不定的策略，就想着让随何去试试也好。

派出随何一行人以后，刘邦的大军也火速进入荥阳。包括韩信在内的汉阵营大将也纷纷率领军队向荥阳报到，关中的萧何更补充了不少生力军到这里，使汉军的声势再度大振。

彭城大战时汉军虽被击溃，但刘邦逃入荥阳后军队又迅速集结，加上关中的紧急援助，防御日益坚固，项羽想要打垮他已没有那么容易了。

项羽虽常由彭城派军前来骚扰，汉军也不甘示弱地在荥阳以南的京、索间叫阵，双方互有胜负，一直呈胶着状态。此时，项羽已从绝对优势至被刘邦扯成平手了，楚、汉对抗的态势也逐渐形成。

项羽经常派机动性较高的骑兵部队攻打汉营守军，为了有效应付，刘邦也紧急筹组骑兵部队。大家于是公推秦国关中骑兵名将重泉人李必和骆甲为司令，但两人却对刘邦表示：

"臣等是秦国故吏，恐军中将领无法完全信任我们，反而会影响骑兵团的作战能力。还是由汉军大将中善骑者为司令，我俩负责实际的训练和领军即可。"

于是拜灌婴为中大夫令，领骑兵军团司令，李必、骆甲为左右校尉，并率领骑兵军团与楚骑军大战于荥阳东方的平野上。

到底是南船北马，北方人较擅长骑射，因而楚军虽骁勇，仍被击得大败。从此，楚军便很难侵入荥阳以西。

于是汉军在荥阳建立坚固基地，又筑甬道将敖仓和荥阳连接，派军坚守，并利用黄河运输而完全掌有敖仓一带的粮食，准备和楚军作长期抗战。

陈平虽得到刘邦的信任，但到底加入集团不久，不易有重大的表现。

身为刘邦的秘书，陈平却动起脑筋，开始接受诸军团将领馈赠，作为协助和刘邦沟通的代价。

忠诚质朴的周勃、灌婴听到将领间的传言后，大为不满，他俩共同对刘邦建言道：

"陈平的外表虽美如冠玉，但我们看他的内在似乎有问题。相传他在家时曾与嫂子私通，第一次出仕魏国时的所作所为也为人所不容，逃亡投奔楚国也仍然不胜任，最后不得不投靠到我们汉营来。

"想不到大王相当重用他，授以护军的重任。但陈平却不懂报恩，反而依势收受诸将的金钱，钱送得多的便给以好处，钱送得少的便故意刁难。像陈平这种人，只是反复不定、破坏团结的乱臣，愿大王明察。"

刘邦听了自然很不是滋味，立刻召见陈平的介绍人魏无知，埋怨他不该推荐陈平这种人。

魏无知辩称道：

"微臣推荐陈平是因为他有特殊才能，而不是他的品德。以目前的乱世，就算有尾生（即微生高）和孝己（殷商高宗之子）的信义和孝行，对我们与项王间的战争却提不出什么有效的帮助，陛下恐怕也没有机会用上他们。此时楚汉间正在硬碰硬对抗中，微臣因此特别推介奇谋之士给陛下，希望他们所提出的谋略对我们的争战有很大的帮助。至于陈平盗嫂、受金这种小节，我的确并不清楚。"

刘邦听了也觉得有道理，便找来陈平，直接责备他：

"先生在魏国不如意，到楚国也不胜任，现在到我这里来又做出让人多心怀疑的行为，这样是否适当呢？"

想不到陈平听到这些无能和贪污的指控，却一点也不惊慌，他相当冷静地表示：

"我侍奉魏王时本也想尽心尽力，无奈魏王不懂得谋略，是以不得不投奔项王。其后我虽也曾建立功劳，项王却不能信任有功的人，反而让我险些遇害。项羽周围的亲信大臣，不是项氏长老便是他们自己的亲信兄弟，即使有奇谋智士，也很难获得重用。

舞剑鸿门　受封汉王

"听说汉王善于用人才，所以冒险投奔大王，臣几乎是两手空空、裸身而来。我因为没有钱财，连生活都有问题，所以才接受诸将的献金。

"微臣的确带有争霸天下的规划，希望对大王有所帮助。如果这些计划都不能用，诸将的献金在这里，请封查并输入官库，微臣也请即刻辞职离开，绝无怨言。"

刘邦审视了陈平的计划，觉得颇有道理，便厚赐陈平，将他升为护军中尉，以监督所有的军团将领。

大家了解了陈平的才能和刘邦的决心，便也不再表示什么意见了。

六月，刘邦将荥阳阵地交给韩信，返回关中的临时政府所在地栎阳，以便和萧何讨论长期抗争事宜。

同时立长子刘盈为太子，主守关中以稳定汉军阵营，并下令大赦。

平复章邯的雍国后，设置了中地、北地、陇西三个郡。

当年关中发生大饥荒，一斛米值万银钱，饥饿的难民甚至争食死体。刘邦和萧何乃相议，移关中居民到汉中垦殖，这样就解决不少粮食问题。

而且从此以后由于汉中和关中间来往频繁，对汉中的开发也有很大帮助。

八月，刘邦返回前线荥阳。

临走前，刘邦命萧何协助太子守关中，并着手建立法令制度、立宗庙、社稷、宫室、县邑；遇有紧急的事情可不用禀告前线的刘邦而径行实施，只要事后报备即可。

萧何于是依照早年在秦宫取得的资料来整顿关中户口，设立转漕及调兵、给粮的管道及联络站，并调集关中士卒补充汉军之缺额。

荥阳和关中间的补给通路至此已完全稳固。

在和项羽全面展开对抗以前，刘邦还必须先解决中原的魏国和赵国。

彭城大战后，魏王豹在仓皇中逃入韩信在睢水之南的阵地，于是跟随韩信到荥阳报到。不久，魏豹即向刘邦表示想返回魏地探视亲友，刘邦只得答应。

但魏豹回到河东后，却派兵部署在黄河渡口，断绝和汉军之往来，并公开向项羽投诚。

刘邦乃决心向魏豹下手。

但他仍先礼后兵，令老说客郦食其前往游说魏豹。

魏豹却坚决表示：

"汉王粗野傲慢，不懂国际礼节，常无故对诸侯怒骂，对待群臣如同奴才，我不想再看到他了。"

出身低贱的刘邦一向言行粗野,像魏豹这种过气诸侯的确会感觉受不了。

于是刘邦以韩信为左丞相,率领灌婴和曹参的军团前去攻击魏国。

其实魏国的长老并不支持魏豹,他们认为刘邦比项羽懂得政治,十分适合出任诸侯"共王"。

特别是大将周叔公然表示反对项羽,因此被夺取所有军权,由少壮派将领柏直出任军团总指挥。

郦食其虽未完成任务,但仍以他特别的敏捷思考,将魏军中的老少之争摸得一清二楚。

刘邦在被告知柏直出任魏大将时,不禁笑道:

"乳臭小子,绝非韩信对手!"

魏军骑兵指挥官是秦将冯无挥之子冯敬。

和灌婴骑兵队中的左右校尉李必、骆甲相比,冯敬的能力和经验显然不足。

魏军的总指挥为楚将项它。

刘邦认为项它不是曹参的对手,所以汉军拥有绝对优势。

韩信也特别邀请郦食其饮宴以了解敌情。

"周叔真的被剥夺军权了吗?"

"是的,魏大将已改由柏直出任!"

"小伙子,不足虑也。"

韩信胸有成竹地下令向魏地进军。

魏豹本人御驾亲征,率主力军部署于蒲坂,柏直更在临晋津的对岸摆出大批人马来阻止韩信渡河。

韩信在到达临晋津后,亲至前线观察。

一方面他下令在临晋津摆下七艘军船,一副要硬碰硬的态势,一方面他则下令曹参大量收购木罂瓴。

韩信亲自坐镇临晋津,指挥船舰以为疑兵。

灌婴和曹参则全力将木罂瓴绑成木栿,并在上面铺上木板。当部队利用夜间行军到达夏阳后,便以这种木罂瓴浮板暗中渡河,直接攻打魏国首都安邑。

由于主力军团全在蒲坂,后方空虚,安邑很快便陷落了。

魏豹闻讯大惊,急速返回首都救援。

韩信大军也乘机全部渡过临晋津。

灌婴、曹参由东北向西南，韩信由西南方夹击，魏军立刻崩溃，魏王豹终为韩信所捕获。

九月，韩信押解魏豹回荥阳，在长老派的支持下，魏地向汉军投降，改置河东、上党、太原三郡。

而彭城大败后，赵国强人陈余因获知张耳未死，气愤刘邦欺骗他，也宣布脱离汉军联合阵营。

不过陈余和项羽有隙，所以也未加入楚阵营，反而结合东方的齐国强人田横，组成了第三方势力。

韩信在平定魏地后，雄心大发，他向刘邦提出全盘规划。

他认为只要刘邦再增拨三万兵力，便能够将中原重新纳入掌控中。他计划以魏国首都安邑作为攻击发起点，再向北攻略赵国和燕国，并东击齐国，向南切断楚军攻打荥阳时的粮食补给，以彻底奠定楚汉南北对抗的局势。

刘邦自然很嘉许韩信的雄心壮志，但另一方面也对韩信的野心感到不安，于是特别派出在中原颇具影响力的张耳率军前往支援。

张耳是魏国人，曾任赵国首席军事强人，在中原地带的人脉广而深，不但有助汉军气势，对韩信也有牵制作用。

代是由赵分出的北方小国，赵王歇当年曾被项羽移居于此。陈余夺得赵国大权后，赵王歇以代国封赏陈余，陈余便派偏将夏说以相国之职守卫代国。

九月下旬，韩信和张耳联军大破夏说军于阏与，夏说兵败投降。

从暗度陈仓、平定关中后，韩信就已证明自己的确有指挥作战的特殊才华。

彭城大败时，众诸侯军中只有韩信能在睢水之南布营，抵挡住项羽的攻势。

儒生韩信此时已成为全国知名的智将。

平魏之役，更证明了韩信的智谋，可以用极少代价击败实力强大的敌军。

他不但长于作战技巧，而且又能够经略战区，是刘邦阵营中可以独当一面的统帅。

萧何的眼光和张良的判断完全正确，韩信是刘邦夺天下最有力的助手。

布衣天子
———
刘邦

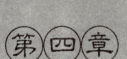

第四章

楚汉相争　决战垓下

魏国和代国被韩信征服，几乎是楚汉相争逆转的最主要关键。

项羽虽拥有楚梁精华区，实际上梁国大部地区是在彭越的控制下，楚国也有不少地区是由友军九江王英布、衡山王吴芮、临江王共敖统辖。这几个人在英布的领导下，对项羽已迭有怨言，忠诚度和向心力大减。

所以项羽真正掌握的区域仅彭城和江东地区而已，和刘邦掌握的荥阳、关中、汉中相比，项羽并未占到任何便宜。

如果中原魏、代、燕、赵再倒向刘邦，则双方实力消长立见。虽然项羽曾努力想掌握齐国，但他返回彭城后，留在齐地的数十万大军仍为田横所败而退回楚境。

项羽和刘邦相同，缺乏独当一面的大将，所以只得全力以赴地对付荥阳的刘邦主力了。

因此，真正的关键便在于刘邦阵营还有位富于独立作战能力的韩信。

当年萧何拼命去追回韩信，的确有他的眼光。

中原地区原为三晋领地，项羽分封时，魏分为梁、魏，赵分为赵、代，韩国则由项羽统辖，韩王成了傀儡。

项羽虽统有梁、楚之精华区，但在彭越的游击战下，他对梁国的北半部早失去了控制力。

刘邦阵营据守荥阳，实际上已统有韩国的绝大部分领地。如今韩信又征服了魏和代，中原地区便只剩下赵国了。

韩信在中原地区的经略愈成功，楚汉对抗中的刘邦便愈拥有优势。

因此最重要的关键在赵国，如果韩信再取得赵国，项羽便愈来愈危险了。

刘邦在楚国强大的压力下，仍支援韩信三万兵力，主要原因便在于此。

但韩信并非刘邦嫡系军团，所以很难被完全信任。特别是他平定魏地后，羽翼渐成，因此刘邦特别派赵国客居长老张耳前来协助他，也多少能发挥监督作用。

除此之外，刘邦也常调回在韩信阵营的汉军，如此一方面可以对抗日益增加的楚军压力，一方面更可以稍稍压制韩信势力的过分增大，以免影响刘邦阵营各集团力量的均衡运作。

赵国原是中原的军事强国，在统一战争中遭受的打击也最大。因此在后来的起义战争中，赵国一直未有突出的表现。

不过决定秦国败亡的关键战争，仍发生在赵国的巨鹿，虽然这场战争的抗秦主角是项羽的楚军，但赵国仍是瞩目的焦点。

领导赵国参与巨鹿大战的，是来自魏国的客居长老张耳与陈余；但也在这场争战中，张耳与陈余闹翻了。张耳日后虽被项羽分封为赵王，但赵国的疆域因被分为赵及代而力量分散，所以当陈余联合代国的原赵王赵歇和齐国强人田荣的军力时，张耳根本无力抵挡。他怨恨项羽未给他足够的支持，因而投奔已据有关中的刘邦。

取得优势的陈余，乃迎接赵歇回赵，自己则出任赵国宰相而实际掌握统治权。

陈余和项羽素有怨隙，自然也不愿依靠楚军，于是他和齐国田荣组成第三势力，企图和项羽、刘邦均分天下。

田荣被项羽击败后，刘邦曾想拉拢陈余，但陈余提议先杀张耳再谈。

由于南征在即，刘邦只好以面容类似张耳的死囚顶替，以取得陈余的加盟，解除征楚战争中的后顾之忧。彭城大战后，刘邦退守荥阳，陈余也发现张耳未死，便又背叛刘邦而和齐国的田横组成连线。

韩信在攻灭魏国和代国后，接下来的目标便是赵国了。特别是张耳，更积极地想要和陈余一决雌雄。

这时候，楚汉相争已进入第三个年头。

冬十月，韩信和张耳率领两万余兵力进攻赵国。

陈余和赵歇的京城在襄国，属今河北省西北，约位于石家庄附近。

韩信军队要由魏国的平阳北上到代国的阏与，在进入河北平原前，得先经过太行山脉。军队要越过山脉是非常不容易的，因此必须选择穿越山脉的横向河谷，但这些河谷一般非常狭小，所以称之为"陉"。行军上虽较容易，但这种陉的地形，大多是易守难攻的。

太行山脉北方最有名的称为井陉，由于四方高、中央低，所以称为"井"。

韩信和张耳的大军便选择由井陉穿越太行山脉，进入襄国的北方。

由井陉进入平原前，有个叫做土门关的古关口，通称为井陉口，自古以来便是兵家必争之地。因此任何人只要守住井陉口，便有一夫当关，万夫莫开之势。

陈余的大军号称二十万，集结在井陉口附近，准备抵挡韩信的北征军团。

原本镇守在这里的是赵国长老派军团将领、有广武君之称的李左车。

赵国北方有很多异族，因此据守在这里的军团作战经验丰富，也培养出不少著名将领，当年的李牧便也出现在这个镇北的防线上。

依探马搜集的情报显示，由于荥阳情势紧张，大量的汉军被迫部署在荥阳前线，以对抗日益庞大的楚军压力。加上必须留守新统治的魏地和代地，韩信能够带到井陉口的军力非常有限。

赵国则集结了军力二十万，除镇守各地的兵力外，到达井陉口的赵军判断在十万以上，大约是韩信汉军的五倍。

因此，陈余认为自己百分之百必胜，他自信满满地想打一场漂亮的胜仗。

陈余虽是文人出身，但善于操作合纵连横，因而国际声望颇高，成为赵国的新强人。

但在实务作战上，陈余显然经验不足。因此在巨鹿大战时，他根本不敢投入，甚至闹了国际笑话，对自己形象打击甚大，也因而与张耳由刎颈之交变成势不两立的宿敌。

广武君李左车则不那么乐观。

在魏地攻防战中的杰出表现，证明了韩信善于军事谋略，是一流的战术家。

因此，他向陈余建议道：

"韩信和张耳乘在魏、代的胜利声势向我们发动远征，士气颇高，不可轻视之。

"但臣闻'千里馈粮，士有饥色；樵苏后爨，师不宿饱'，换句话说他们最头痛的是粮食问题。

"井陉口的地形对我们非常有利，那里的道路狭小，运粮车无法并行，骑兵也不能成列，因此行军时必须排成长长的队伍，先锋和补给队相差数百里。

"请允许我带三万奇兵，从小路袭击他们的粮秣补给队，足下则深沟高垒坚守防线，不与其作战。如此一来，韩信和张耳大军前不得战、退不得还，又没有可以劫夺粮食的地方，不到十天，这两位敌将的头颅一定可以呈献在将军麾下。否则我们若过于轻敌，反将为他们所败。"

陈余正想彻底打场胜仗，将韩信和张耳好好教训一顿，自然不会接纳李左车的建议。

于是他向李左车表示，赵国是堂堂的王者之师、天下义军，绝不用阴谋诡计。陈余更轻松地表示：

"韩信不但兵力少，而且远师必定疲惫，如果依据将军的建议避而不击，岂不为诸侯耻笑我们胆小怯战，日后更成了他们欺负我们的借口。"

面对庞大的赵国和井陉口的险势，韩信是非常小心的，特别是对李左车丰富的作战经验，绝对大意不得。

他派出大量的情报人员搜集井陉口赵军活动的情报。

当他得知陈余拒绝李左车的战术后大为高兴，下令急速向井陉口进军。

在离井陉口三十里的地方，韩信下令停军驻营，以准备明日的战斗。

既然陈余急于表现，韩信决定依其意愿来策划战术。

当夜，他下令组成二千轻骑兵的突击小组，每人手上拿着一支汉军的赤红色旗帜。此外，韩信嘱咐这支轻骑兵由小路攀爬到山顶，埋伏在可以看到赵国军队的高地上。

他指示突击队的指挥官道：

"明日大战时，我军由于势弱，接触战不久便会撤退向绵蔓水。赵国大军一看到我军撤退，必会全军尽出追赶，因此关口的守军不多。那时你立刻率突击队攻打关口，进关后尽快拔下赵军旗帜，全部以赤红色的汉军旗帜代替之。只要做到这一点，我们便胜券在握了。"

凌晨时刻，韩信下令只发给汉军点心，并大胆传令表示：

"今天破晓以后，我们先大破赵军，再来好好地吃一顿早餐罢！"

各军团将领根本不知道韩信哪来这么高的自信心，但由于出汉中以来他在战术上常有突出表现，深得将领们的信任，因此大家只好勉强答应。

韩信表示将硬碰硬地和赵军决一死战。

将领们实在难以了解，面对数倍兵力的敌军，韩信为何采取硬战。

"赵军坚守在井陉口的壁垒上，如果看不到我军大张旗鼓，将不会轻易出关作战，更害怕我们利用地形险阻坚守，使他们无法击溃我们。所以我想在绵蔓水前部署兵力，形成背水阵，以吸引赵军出战。"

将领们更是搞不清楚韩信葫芦里卖的是什么药。

于是韩信亲率万人兵马先行在河边布阵。

守军立刻向陈余报告，陈余也火速赶往关口，并从关上远眺汉军在河边的阵式。

陈余不禁哈哈大笑，嘲弄韩信根本不懂兵法，并夸口天明时一定可将他们痛加修理一番。

赵军将领们也都乐得想赶快展开战斗。

只有李左车一人陷入了沉思，他不了解韩信为何大胆摆出这种诱敌阵式，只感到背部有股恐惧的凉意直往上蹿。

"连我都看不出他的计谋，韩信的确可怕！"

在河边布阵，地广且宽，所以汉军秩序井然。

韩信和张耳以统帅之身，亲自率领先锋军团。破晓时刻，韩信升起元帅旗，然后大声擂鼓，以方阵向关口进攻。

陈余下令开关迎击。

韩信、张耳在前冲杀，汉军士气高昂，赵军不能胜。

关上的陈余见状立刻亲率大军，倾巢而出。

然而敌众我寡，韩信虽力战不懈，仍无法抵挡赵军威势，因此逐渐后退。

于是韩信下令尽弃鼓旗，火速退回在河边的主力军阵营。

赵军随后追赶，并直接攻击水边的汉军阵营。

韩信和张耳退入阵营中，指挥将士反击，战况激烈。

双方死伤惨重，赵军无法有效突破汉军阵式。

陈余乃下令关上守军全部出动，加入战局。

汉军已无退路，全力死战。

这时候，埋伏在山上的汉军突击部队已乘机攻入空虚的赵军关口，拔除所有赵旗，换上两千支赤红色的汉军旗帜。

激战数小时，赵军一直未能有效突破韩信的背水阵，将领们在力战疲惫下，准备退回堡垒内。

此时后军部队发现关口堡垒已为汉军所占，堡垒上尽是赤色旗帜，不禁大惊失色。

由于不知堡垒中汉军的数目，有人甚至认为汉军已侵入赵境，前线赵军归国不得。

混乱中更有传言说赵王歇已向汉军投降，赵军士气因而崩溃，纷纷逃散；陈余虽下令追斩逃兵，但仍无法遏阻这种军纪大乱的情形。

接获攻入堡垒的捷报后，汉军士气大振，不禁齐声欢呼，个个如同猛虎出笼，奋力杀敌。

赵军人数虽多，但溃散时却任谁也无法控制。结果陈余在逃到绵蔓江支流弧水上游时被汉军追及，死于乱军之中。

赵王歇被擒，赵国残军全部投降。

李左车变装隐名，藏身于山中。

汉军获得全胜，俘虏了不少赵国重要将领，全军狂欢庆功。

诸将领贺祝完毕后，有人问韩信：

"兵法上的原则是'布阵宜背山或以山为右侧屏障，依水时则以水为前面或左边屏障'。今将军反而命令我们背水布阵，以致全无退路，还预言击败赵军后再吃早餐。我等原本心中颇不服气，但最后我们仍获得大胜，这到底是什么战术呢？"

韩信也立刻召开战役检讨会议，并解释道：

"其实我用的背水阵，也是《孙子兵法》中有明白记载的，只是将军等未能察觉罢了！兵法上不就说'投之亡地而后存，陷之死地然后生'吗？

"我韩信进入汉阵营，并非循序而进，属'空降部队'；这就如同所谓的'带领着不熟悉的市廛人去作战'一般，只有置之死地的气势，才能令每一个人自愿作战。如果置之于生地上，一看到比我军多数倍的敌军攻来，人早就逃光了，还肯替我打这一战吗？"

众将领总算见识到韩信过人的智谋，不由得叹道：

"真是臣所不及啊！"

韩信自小熟读兵书，他心思细腻，颇富思考能力，因此能以议论折服夏侯婴和萧何。

带兵以来，由于刘邦的充分授权，让韩信一直颇能有所发挥。尤其彭城大战时严重溃败的经验，更帮助韩信有了突破性的成长，他在战术运用上的思考，也比过去更细腻、更有创意。

从实战经验的磨炼中，韩倍已成为一个超级优异的战术家了。

韩信下令悬赏千金追缉李左车。

第四章

楚汉相争 决战垓下

很快便有了结果，山中居民系绑着李左车求见。

韩信亲自走下统帅位子，解开李左车的束缚，并请他坐于东向位置而以师礼侍奉之。

李左车和身旁的张耳、汉营将领吓了一大跳，搞不清楚韩信又有什么名堂。

一位常胜将军，干吗去侍奉一位败军之将？

韩信则若无其事地向李左车表示其仰慕和尊敬之情。

"我很想北攻燕国、东伐齐国，真不知如何才能顺利完成这件重要任务。"

李左车谦辞表示：

"臣乃败军之俘虏，哪里有资格来策划如此重要的任务。"

韩信笑着表示：

"我听说百里奚为虞国大臣，虞国却灭亡了；在秦国为辅佐，秦穆公却因而称霸。并不是百里奚在虞国时很愚笨，在秦国时变得很有智慧，主要在于其策略能不能被采用，谏言能不能被接受。

"如果在井陉口时陈余采用了将军的策略，我韩信也有可能成为俘虏的。

就因为将军的谏言不被采纳，韩信才有机会得以侍奉将军您的。

"现在我真的好想向您请教军事大计，希望将军不要再推辞了。"

李左车长年镇守赵国北地，对燕国的情势自然比韩信清楚多了，加上赵国和齐国是联盟关系，资讯当然也完整得多。因此，韩信的说法是有其真实性的。

张耳和汉营将领们也终于明白了韩信为何如此重视李左车。

李左车自然也感受到了韩信的真诚，便建议道：

"将军经略西河地方，俘虏魏王豹和代国宰相夏说，如今不到一个早上的时间又在井陉口大破赵军二十万，诛杀赵国强人陈余，威震天下，名闻海内，多少军民都心甘情愿为将军效劳啊！这是将军目前的优势。不过，长期远征使士卒劳累、将领疲惫，想再用他们争战，是愈来愈困难了！"

韩信和张耳都听得连连点头。

李左车继续解释道：

"如今将军若想以此疲倦之师，攻打燕国坚固的城池，万一不顺利的话，将会欲战不得、攻之不拔，使自己陷入险境。而且战事若旷日持久，粮食必陷入严重匮乏，这就会惹来大麻烦。燕国若攻打不下，齐国便会加强防备，拒绝投降，这样一来，燕、齐和将军间便会相持不下，就如同刘邦和项羽陷于荥阳的僵局一般，这是将军最不利的地方。

"善用兵者，应避免不利，善用优势才对啊！"

韩信问道：

"那接下来我该怎么办呢？"

李左车建议道：

"如今若为将军作策划，莫如暂时按兵不动，以安抚方式来处理败亡的赵国军民。赵国人民必能感于将军恩情，百里之内犒飨军士的牛酒一天内必会送到，以慰劳汉军将士。

"接着将军可以将箭头指向燕国，装出一副即将出兵的样子，然后派遣能言善辩之士奉将军亲笔书信，表示对燕国和谈之意。将军所显现的优势，燕国必也不敢不服从将军。

"挟着制服燕国的优势，将军再向东兵临齐境，此时就算智谋再高的谋略家，也不知如何对齐国进行规划了。

"如此，便可以拥有图天下的实力了。兵势应先制造声势，并以此获取实利，正是此策划的主要精神。"

韩信非常高兴地接受了李左车的建议，立刻摆出北上姿态，并派使者到燕国。燕国果然立刻接受和谈，成为汉军盟友。

为安抚赵军军民，韩信派使者向刘邦建议，命张耳为赵王以重建赵国政治秩序。

刘邦在衡量利害和实际需要后，批准了这个请求。

中原大势因此底定，项羽大为紧张，虽曾数度派军突袭赵境，却很快为韩信和张耳击退。

韩信也重新在赵国南方建立堡垒，巩固对楚军的防务。

不久局势便稳定下来，楚军既无力涉足中原，韩信因而能经常派兵前往荥阳，协助楚汉间的争战。

韩信于井陉口大获全胜之时，刘邦在荥阳正面临楚军愈来愈强的压力。

攻击赵国南方失败后，项羽也察觉到自己落入劣势中，因此他决心讨灭据守荥阳的刘邦，以彻底解决问题。

十一月间，项羽已亲临前线，准备对荥阳发动总攻击。

刘邦虽不断要求韩信支援兵力，但汉军的作战技巧和威猛远不如楚军，长

第四章

楚汉相争 决战垓下

期打下来，荥阳迟早要被攻破。因此刘邦唯一寄望的就是前往九江的随何能顺利说服英布，使其从后方牵制项羽，以减轻荥阳的压力。

随何虽然远离荥阳战场，但他的生命却比前线的将领更加危险，因为他的游说对象是项羽阵营中最凶暴不讲理的九江王英布。

出身于罪犯和盗贼的英布之所以能够脱颖而出，便在于他的毒狠无情，因此得到了"黥布"（面上有罪犯记号）的诨名。

英布脾气暴躁，喜怒无常，杀人不眨眼，所以常出任需要大量残杀的前锋任务；此外，坑埋二十万秦兵和击杀义帝等行动也都是由英布负责执行的。

唯一对随何有利的是他和英布都来自六地，对下阶层出身的英布而言，乡里间的感情是相当重要的。

当然，更重要的是英布和项羽间明显的裂痕和猜忌。

英布的勇猛和企图心深得项羽重视，但出身楚国大贵族的项羽在潜意识里却相当看不起英布，因此英布无法拥有和他功劳相等的礼遇。

对项羽而言，英布是个相当有用的"工具"，而不是"伙伴"。这样的态度使英布的内心严重受伤，长期累积的怨恨使英布对项羽和他的贵族伙伴们相当不满。

拒绝出兵征齐和彭城大战时的袖手旁观，便是英布对项羽的赌气和报复。

项羽倒不愿和英布闹翻，特别是在有刘邦这位大敌当前之时，因而虽曾派遣使者给予警告和责备，但并未严厉追究其责任。

不过，英布的心情却更为低落，而且危机意识愈来愈浓厚。

十一月中旬，随何到达六地，这里是英布的故乡，也是九江国的京城。

但英布并未接见随何，只派太宰来招待他。

显然英布的心中此时正充满矛盾，因为如果他忠于楚国，理应立刻将随何杀害或驱逐出境。但英布不但未表现恶意，反而派负责礼节的太宰去和随何见面，这表示一切还可以谈。

虽说回到故乡，但因有重大任务在身，随何并不敢大意，他和二十名汉营使节在行馆中等了三日。英布仍不见动静。随何只好向太宰游说道：

"大王不肯接见随何，想必认为楚强汉弱，背叛楚国而结交汉王可能会对九江不利。其实这一切正好相反，随何冒死前来，正是要向大王提供正确情报的。"

"如果随何拜见大王时说得有道理，这不正是大王最乐意的吗？如果我说的没道理，大王可立刻将随何和二十名使者处斩于九江国，以向楚王表示其弃绝汉王，效忠楚国的决心。"

太宰也以此向英布报告。

其实英布也很想听听随何的说法。

由于和项羽间迟早要闹翻，英布对这些楚国贵族已有强烈非我族群的感觉，他猜想出身不高的刘邦或许对自己较有利也说不定。

英布记得自己投奔项梁时，和刘邦曾是同事，刘邦大而化之的作风实在让人看不出他有什么出息。反而项梁叔侄当时威风八面，的确是大军团的领导风范，也是英布认为值得追随的主子。

虽然凶猛无情，但英布倒没有争夺天下的野心，他很清楚自己充其量不过是据地为王的料。

但谁也没有料到刘邦会先入关中，并成为拥有国际威望的领袖。

彭城攻防战时英布之所以没有出手援助楚军，多少在于他对刘邦已有点"心仪"。

因此他决定接见随何。

英布沉默地坐在王位上，直盯着站在下方的使者随何。由于是同乡，又是颇有声望的儒生，英布在直觉上不想给随何太多压力和难堪。

随何随即大胆地主动询问英布：

"汉王的使者随何，谨奉汉王馈赠大王的礼品前来觐见大王。汉王私下不了解大王为何如此忠心于楚王？"

"寡人是楚王底下的臣属王国啊！"

"大王和项王在名义上同为诸侯国，之所以自甘为臣属国，在于大王以为楚国强势，可以依赖之。但项王北伐齐国时，亲冒矢石之险而挂帅远征，大王本应率九江国所有兵力为楚王打前锋，这才是臣属之道呀！但大王却只派出了四千人马协助，一个臣属之国怎能如此轻忽呢？"

英布仍冷静地盯着随何。

"……"

随何见英布有接纳之意，更大胆表示：

"当汉王攻入彭城之时，项王仍在齐境，大王理应立刻率九江国之军团火速渡过淮水，和汉军决战，以解彭城之围。但大王手下一万多亲卫军团却按兵不动，垂拱无为地作壁上观，这难道也是臣属之国应有行为吗？"

随何单刀直入地批评，英布却似乎仍无怒意，让随何更有说服他的把握了。

"大王以虚有的臣属地位而欲托国于项王，臣颇为大王担心啊！"

英布道："依你们的立场而言，对我可有什么帮助吗？"

随何道："大王之所以不肯背叛楚国的主要原因，在于您认为楚国是强国，势弱的汉王恐无力和楚王对抗吧！

"其实，大王您错了。楚军作战力虽强，但却有着不义的罪名。因为项王背叛了当时的盟约，又杀害了天下共主的义帝，他是无法让天下诸侯心悦诚服的。

"汉王虽败于彭城，但仍整编了诸侯归附的军队，坚守住了成皋和荥阳两大军事要塞，既有蜀汉源源不断的粮食补给，又有深沟高垒的防御工事，各军团已各就其岗位不让敌人轻越雷池一步。

"反观楚国深入敌境八九百里，其间彭越老将军时常袭击其补给，是以粮食供应困难重重，全靠老弱残兵来掌控运输，充分显示出项王在人力上已有不及之势。

"如果汉军坚守不动，则楚军进则不得攻，退则不能解，其力量是不会维持太久的。

"况且，万一楚国拥有太大优势，诸侯必然深感不安，将会不约而同地救援汉军。所以楚国愈表现得强盛，愈会让天下诸侯发兵抗拒他。

"因此长期而言，楚国必不如汉，也必会为汉军所败，这种趋势是相当明显可见的啊！

"如今大王不与万全的汉国打交道，却托付己身于日愈危急的楚国，这是臣最无法了解的地方！

"当然臣并不是认为九江国可以灭亡楚国，但是大王若发兵攻楚，项羽必立刻返回彭城自守，这样一来只要有数个月的时间，汉王就可以完全取得天下。

"如果大王能够提剑举兵协助汉王，汉王也必会封爵裂土予大王，何况九江之地本来便是大王所有的啊！"

直性子的英布对随何的直言非常感动，当场表示：

"寡人愿依照先生的建议。"

然而，随何深知英布心虽动而意未定，因此决定采取更激烈手段以达成目的。

这时候项羽又派使者到九江来催逼英布共同出兵荥阳，以配合全力攻击刘邦的军事行动。

英布不得已，只好和使者召开会议，讨论出兵事宜。

随何探听到此消息，立刻率领二十人使节团赶往开会地点。

楚使者正在传布项羽指令，责备英布为何迟迟未能发军配合。

随何直入会场，坐在楚使者之上位，大声表示：

"九江王已加入汉军阵营，当然不可能再发兵协助楚军了！"

英布当场愕然，不知如何应变。

项羽使节团大怒，立刻起身离开会场。

随何随即向英布表示：

"事情已决定了，请立刻杀掉楚军使者，莫让他们回去泄露军机，并且请求汉王助您对抗楚军。"

事情已无法延迟和挽回，即使杀了随何也很难解开项羽的怀疑，因此英布只好决心依计划而行。

于是他下令杀害楚国使节团，正式起兵加入汉军阵营，准备和楚军作战。

随何在达成任务后，也立刻启程返回荥阳述职。

项羽在获知九江王英布造反后，非常愤怒，但由于自己即将攻打荥阳，无法分身，乃派出楚军团长老项声联同楚军嫡系军团中首席猛将龙且，率军攻打九江。

龙且的勇猛不亚于英布，而且统率大军的经验丰富，一向是项羽最倚重的将领，也是楚军团中少数能够独当一面的大将。

龙且的特遣部队有五万，比起六地的一万多英布部队，在人数上有压倒性优势。

英布也迅速向各地集结兵力，但九江一直是楚国统辖地区，各地长老和将领对英布叛楚深不以为然，所以大多未能立即响应，有些甚至公开倒向龙且的军团。

由于手中只有一万多直属部队，英布知道自己无法坚守六地，所以立刻派遣使者到荥阳，准备率军投奔刘邦。

刘邦在随何的建议下，立即派遣军队去迎接英布到荥阳来。

英布虽亲自率军迎战龙且，但敌众我寡，数个月后，楚军已兵临六地城下。英布只好率直属部队突围而出，直奔荥阳，其妻子及家人在仓皇中均未能及时撤出。

随何也遵守约定，亲自冒险来援救英布，在楚军的搜捕和追赶下，他们由小路退回汉军阵营。

1十二月中，英布到达汉营，刘邦此时正在洗脚，一听说英布到，不假思索便立刻召见他，这也是刘邦一向大而化之、不讲繁文缛节的作风。

但出身低微的英布，成名以后对于别人尊重自己与否最为敏感，他无法想象刘邦会在这种不正式的场合接见像他这么重要的诸侯，而且还在洗着那双"臭脚"。

"士可杀不可辱"，英布对刘邦轻率的亲和作风极为不满，又想到自己已山穷水尽、虎落平阳，不禁掉下了"英雄泪"。于是他决心自杀，以明"不受欺侮"之志气。

随何素来深知刘邦的作风，对此倒是一点也不惊慌。

于是他带着英布告别了刘邦，住进为英布特别准备的行馆。

到达行馆一看，又让英布大为吃惊，因为所有的御帐、饮食、仆人，完全都和刘邦自己享有的一模一样。显然刘邦对待自己完全平等，并不以臣属礼节相待，刚才轻率地接见，正表示刘邦视自己如同亲兄弟一般，所以彻底免除了俗世之礼。

英布思及此处，又再度感动得"英雄泪"直淌而下。

随何知道英布已然心服，乃说动他派使者进入九江，招募反项羽人马以共襄大事。

这时，项羽已派个性温和的项伯代替龙且处理九江国安抚事宜。

项伯尽量缩小打击范围，除将英布妻子家人全部斩杀外，其余人等尽皆赦免，九江国因此很快又安定了下来。

但英布使者到达后，仍集结了与之关系较密切的友人、幸臣数千人，刘邦更拨出数万兵力，由英布率领而驻守于成皋。

英布亲人全部被杀，和英布有姻亲关系的衡山王吴芮也大为不安，九江国虽暂时恢复平静，但江南地区和项羽政权间的关系却出现了明显的裂痕。

英布归顺，使刘邦正式成了众诸侯的名义领袖。

但楚军兵力上仍有明显优势。

刘邦联盟的管辖地区较大，兵力分散，让亲自在前线领导抗争的刘邦十分头痛。

楚军在准备总攻击之前，打算先行扰乱汉军补给体系，如同巨鹿之战前的策略。

所以项羽不断派遣游击队攻打汉军运输的甬道，造成驻守各地的汉军常有断粮的恐惧。

刘邦正为力量无法有效集结而深感烦恼。

此时，郦食其建议刘邦恢复封建体制，将刘邦和诸侯间的关系正式化。

郦食其表示：

"昔日商汤讨伐夏桀，封夏桀之后代于杞；周武王伐殷纣王，封其后代于宋。但秦国却不懂得这一道理，失德弃义，侵伐诸侯，灭其社稷，使诸侯的后代臣民均无立锥之地。

"陛下若能再立六国之后，其君臣、百姓必皆感激陛下之德行，绝对会自愿归属于陛下。一旦德义已行，陛下便能南向称霸成为诸侯共王，哪怕楚国不臣服呢？"

刘邦听了也觉得很有道理，便下令郦食其带着汉王印绶行使六国，集结诸侯旧势力以共同对抗楚国的压力。

郦食其前去准备的时候，正好张良外游归来。

有烦恼的时候若听到张良回来，是刘邦最为高兴的事了，因此即使是正在吃饭的时刻，刘邦仍迫不及待地立刻召见张良。

"子房啊，刚刚有客卿提了一个对抗楚国力量的策略，你来替我评估一下它的可行性吧！"

接着便将郦食其的建议，详细告诉张良。

没想到张良却笑着表示：

"是谁为陛下出此主意的呢？按照这个计划去进行，陛下之大势去矣！"

刘邦傻眼了，问道：

"为什么呢？"

张良说："请借用桌前的筷子，我来为大王作个说明。昔日商汤、周武分封桀、纣后代，是因为他们评估自己有足够的力量控制这些后代的命运生死。如今大王自己估量能够在这方面和项羽竞争吗？此不可一也。

"周武王入殷京时，曾为商容洗雪冤屈，释放在监牢中的箕子，祭祀为国忠诚、进谏纣王被杀的比干，这些有力的政治号召，陛下目前有没有呢？此不可二也。

"武王进入殷京后，立刻散发巨桥谷仓的存粮，并以鹿台的金钱财宝赈济穷人。由于殷纣王的暴政，使周武王可以大量施恩于百姓，如今陛下可有这种机会？此不可三也。

"讨伐殷纣王后，周武王之所以分封诸侯，是因为天下业已太平，所以能收回干戈以示天下不再用兵，这点陛下能做到吗？此其不可四也。

"周武王分封诸侯时，在华山之东设有马场，表示天下无事，从此无为而治，陛下也能够做到吗？此其不可五也。

"周武王并且放牛于桃村之西，以表示从此不用再运输粮食，不用再征民于劳役，这点陛下能做到吗？此其不可六也。

"如今天下游士离其亲人，抛弃祖产，解放族人，跟随陛下一起争逐天下，无非想建立功劳，以获得咫尺之封地啊！倘若陛下复立六国诸侯之后，天下游亡必各归其主、回到故里，陛下的人才将因而流散，还有谁愿意和陛下共争天下呢？此其不可七也。

"再者，楚国在军事上仍为当前强国，谁能保证新立的六国之后不会反过来唯其马首是瞻，那时候陛下能得到谁的臣服？此其不可八也。

"有此八不利，陛下若用客卿之建议，臣料想陛下之大势去也。"

这下把刘邦说得目瞪口呆，饭也吃不下了，赌气般地表示：

"又是这个竖儒，专出馊主意，几乎败我大事也！"

立刻下令取消郦食其的任务。

但楚军迫境的压力仍愈来愈强，张良也提不出什么有力的解决办法。

面对刘邦的烦恼，张良经常只平静地表示：

"再忍耐一会儿吧！"

"会发生的就是会发生，不会发生的便不会发生，撑下去，看着办吧！"

但对荥阳的态势，刘邦是愈来愈担心，他想着：

"总得做点事吧！"

郦食其、张良都提不出积极建议，刘邦只好找陈平商议。

刘邦问陈平：

"天下纷纷，到底什么时候才安定得下来呢？"

陈平自然了解刘邦的意思是在问如何才能赢得对项羽的抗争。

由于在项羽阵营里曾待过一段时间，陈平对项羽阵营的情形倒有相当深的了解。

陈平于是透露他日思夜想的计策：

"项王真正可以倚为班底的骨鲠大臣不多，不过是亚父（范增）、钟离昧、龙且、周殷等数人耳。

"大王如果能捐出数万金，以反间计离间他们君臣之关系，增加他们之间的猜忌，便可彻底摧毁项王的力量。

"项王之为人一向耳根软，心意不坚，容易听信谗言，如此一来其内部将自相残杀，我们可乘乱而举兵攻之，楚国必破矣！"

刘邦颇认同陈平的策略，当场便赠送四万金给陈平，任由他自己使用规划，不必向刘邦作报告。

像陈平这种外表够帅、心思够密、计策够毒的人，的确才是最优异的情报组织头子。

间谍行事，必须完全秘密，因此也只有像刘邦这样相信陈平的作法，才能让情报组织完全发挥其功能。

楚汉相争情势逆转的关键，便在这个策略上。

虽然中原变局和江南动荡的情势使项羽陷入不利，但荥阳战场上的优势却让项羽有个盲点，认为只要攻破荥阳，刘邦的势力便会被彻底摧毁。

项羽在四月中旬便亲临荥阳战场，准备全力猛攻。

"攻下荥阳，我们便可获得全面胜利！"

刘邦也几乎尽其所能地防守荥阳，他将大多数兵力部署在荥阳及前哨站的成皋间，以此掎角阵式来阻挡楚军的猛烈进攻。

但经验老到的范增很快就发现汉营防守阵线上的弱点。

在荥阳东北方的黄河边，有个名叫敖仓的城市。

自古以来，这里便是关中各地运送粮食的库存站，因为当地有个非常大的谷仓，所以城市便被命名为敖仓。

萧何从关中转运来的汉军粮食都囤积在此处。

但这里只是个黄土高原上的小土丘，四方虽有足够的防御工事，但它在荥阳、成皋间却是个台地，没有可以驻军防守的屏障。

为了粮运的安全，刘邦仍采用一般的甬道设施，用土墙来做保护，以防范敌人的突击抢粮食。

但对于强势的敌军而言，这种甬道的作用十分有限，反而很容易被切断，所以必须在外围部署机动性较大的骑兵部队，以护卫甬道本身的安全。

巨鹿大战时，秦军的失败便在于苏角保护甬道的策略错误，以致被英布和项羽南北夹击攻破。

因此甬道的优点也经常成为致命的缺点。

就在范增的策划下，项羽故技重施，猛烈地攻击汉军在敖仓和荥阳间的甬道。

负责保护甬道的是汉军阵营中机动力最强的灌婴骑兵部队。

灌婴个性强悍又负责，他亲自指挥骑兵队作二十四小时的快速巡逻，并且全员整天待命，一有情况便火速驰援。

情况虽危急，但陈平的反间计却及时发挥了一点效果。楚军中传出不少谣言，说楚将钟离昧虽然立功甚多，但项羽始终未让他袭地封王，以致他已为刘邦收买而随时可能叛楚降汉。

项羽大为紧张，设法紧缩钟离昧的兵权，使楚军的攻击动力减弱不少。

陈平认为项羽已有内部困扰，便建议刘邦主动向项羽要求和谈。

虽然范增极力反对，但项羽一方面心虚，另一方面也想暂时休息以重新整顿，便答应刘邦的休兵之议。

双方于是约定以荥阳为界，以西归刘邦，以东归项羽，并择日洽商撤军事宜。

灌婴也乘机修补甬道，做好运粮之准备。

范增接获情报后大怒，坚决主张急速进攻荥阳，但项羽以内部整顿尚不稳定为由而拒绝之，双方在意见上起了严重冲突。

其实，和谈也是陈平的另外一条毒计。

他这一次的目标是项羽的左右手亚父范增。

陈平教刘邦派出使者去向范增要求洽商和谈及撤军细节，范增自然无法接受，但他带着使者去找项羽，并且表示自己不接受私下交往。

使者依照陈平交代，要求项羽派使者到汉营，以强烈表达自己在和谈上的优势立场。

项羽和范增不疑有他，便正式派使者到汉营进行强硬交涉。

负责接待楚国使者的便是陈平。

陈平故意放出风声说汉营派使者到范增处，而楚国的使者也是范增派来的，他并要求接待人员以最亲切和隆重的礼节接待范增的人员。

接待人员于是摆出招待最显要贵宾时的太牢具，气派非凡。

陈平穿着礼服接见楚国使者，并不断亲切又郑重地向范增请安，言谈中不断透露自己确认对方是范增使者，还有意无意地轻忽项羽。

楚使者立刻表明他们是项王的正式代表。

想不到陈平故意惊讶地表示：

"哦，你们不是亚父的使者，而是项王的使者吗？"

陈平立刻火速离开现场，令接待人员撤下太牢具，然后派出自己的副官去接待使者，并进之以最简单的菜肴。

使者深感受辱，自然暗中详细地向项羽回报这件事情。

项羽自然非常不高兴，但他又不好意思直接向范增求证，只好自己在心中生闷气，在行动上自然也显现出对范增的疏远。

范增见使者的和谈似乎没有进展，于是要求项羽对刘邦采取行动。

但项羽心中有鬼，对范增的积极态度乃抱不置可否的冷淡态度。

敏感的范增很快就察觉项羽态度有异，不过他无法想象项羽会对自己产生怀疑。

前些日子的钟离眛事件，已使范增对项羽的猜忌心感到非常愤怒和不满。

当他知道项羽也对自己产生怀疑时，更是火冒三丈、怒不可遏。

老人家气得全身发抖，心想自己这么大年纪，竭尽心力，拼死拼活，为的到底是什么？不过是对楚国的一点使命感而已。然而从项梁到项羽，从巨鹿大战到荥阳攻防，他的辛苦又得到了什么报酬？

项羽到底太年轻了。惊人的作战天才和领导魅力，使他二十八岁即成为全国性的军政领袖，但是自负和任性，也使项羽无法感受人性间的黑暗面。由此看来，他和范增间的代沟实在太大了。

基于相同的贵族背景，项羽仍视范增为前辈而给予应有的尊重，甚至尊其为亚父。而范增表面上似乎位高权重，其实项羽一点也无法和他沟通，也无法了解老人家的心意和想法。

伤心之余，范增决定辞职。他对项羽表示：

"天下事大致已定，君王自己一定能成功的，我的年纪太大了，请准许我退休回乡吧！"

项羽其实也不想范增离开，但他不知道怎样来留住范增，何况项羽也认为范增倚老卖老，太不尊重他了。

因此，项羽并没有挽留范增；他批准了范增的辞职。这时，项羽的心中感到非常悲愤，他认为大家都不了解他，大家都在背叛他。

范增并不想离开，但现在又不得不离开。

他只带一个仆役，准备先到彭城将自己的东西整理一番，再返回故乡筑屋隐居。

但心中的怨恨、痛苦和不满，使他心火上升，宿疾背疽（痈疮）恶化，尚未到达彭城便死了。

史料上并没有记载，项羽对范增的噩耗反应如何。

项羽这个人个性强悍，自我意识浓厚，但其贵族出身却使他对人彬彬有礼且重视士兵的感觉，反而不喜欢虚伪好斗的将领和臣属。因此他宁可将自己的感情投诸士兵，也不愿和臣属们有任何情谊。

项羽虽颇富领导魅力，但其实他是非常孤单的。

范增去世后，项羽将一肚子闷气出在刘邦身上；不但拒绝进一步和谈，还每天自率前锋部队突击敖仓到荥阳的甬道。灌婴虽全力反扑，但损伤十分惨重，运粮的工作于是逐渐陷入瘫痪状态。

荥阳守军众多，若缺乏粮食，士卒们立刻会溃不成军。

张良主张放弃荥阳，退入关中后再谋重举大业之事。

但如此众多军团一起撤退，是件非常危险的事情，若项羽乘机追击，汉军可能会重演彭城大战时的溃散情形。

于是陈平建议刘邦先撤退，并且让项羽知道此事，如此便可减轻荥阳的压力，亦能借此机会重新部署大军，以改变兵力过分集中荥阳所造成的粮食严重匮乏的现状。

但如何让项羽知道刘邦已经撤军，又不致有被追击的危险？

在刘邦的将领中，有一个长得很像刘邦——高大雄伟，一副美髯须——他的名字叫做纪信。

刘邦没有权力叫纪信作替死鬼。

张良的道学修养使他不想随便牺牲任何人。

陈平则没有这个包袱，于是他直接找纪信商量，要求纪信牺牲自己，以拯救刘邦及荥阳守军。

纪信很慷慨地答应作刘邦的"影武者"。

他亲自来到刘邦帐营，对刘邦说：

"事急矣！请让我假扮您欺诳楚军吧！大王可伺机逃离这里！"

当夜陈平故意组成二千名妇孺队，企图从东门逃出。项羽判断刘邦会藏于其中，立刻下令由四面八方包围攻击之。项羽部下果然见到刘邦坐在汉王的座车上迎面而出，并且大声表示：

"荥阳粮食已尽，汉王向楚军投降。"

楚军大呼万岁，全集结到东门外，争相观赏刘邦的投降。由于纪信的长相极像刘邦，加上他又穿着汉王的装扮，因此楚国将领不疑有他，便进行搜身和软禁，等待项羽前来接受投降。这样耽搁了很长一段时间，使汉军有足够的空当由西门火速撤走。

为安全计，首先由真正的刘邦领数十骑火速撤向成皋，准备进入关中休养生息。

接着大部分荥阳守军分批向成皋撤退，并准备和英布的守军会合。

荥阳城中仅留下韩王信、魏前王豹、刘邦同乡的大将周苛和枞公等人，率领部分军团准备坚守。

项羽闻报也火速赶往前线，并在荥阳城外的临时阵地准备接待刘邦。

看到纪信着汉王服饰出现在眼前时，项羽知道受骗了。他厉声问道：

"汉王在什么地方？"

纪信冷静笑道：

"已安全逃出去了！"

项羽不禁大怒，下令在荥阳城外火烧纪信。

由于不知刘邦行踪，楚军仍以包围态度紧紧盯住荥阳。

在城墙上的周苛判断楚军不会放弃荥阳，他担心楚军攻击时荥阳内部若有人反叛，将造成重大祸害，因此和枞公商议：

"我等奉命守城，不论胜败如何都应尽全力而为之，但魏豹却让我感到非常不安。他一向倾心项王，如今因战败不得不向我军投降，现在楚军紧紧将我们围住，万一他利用这种情势煽动城内叛变，将会酿成大祸。"

枞公也觉得有道理，便立刻和韩王信商量，派人暗中杀害了魏豹。

在成皋略作休息，并重新整编荥阳撤出的部队后，刘邦便和张良、陈平等重要幕僚人员先行返回关中。

连续两次被迫弃守，刘邦不禁对自己的作战能力有点气馁，但镇守和经营关中地区的萧何却毫无怨言。他只是将编组好的生力军和粮秣全交给刘邦，让刘邦自己去决定是否要卷土重来，出关和项羽再度一决生死。

刘邦心中无限感激，他决心让自己表现得更好。

他和张良等商议，希望更有计划地来进行争夺天下的楚汉大对抗，因此他将张良等人留在关中进行思考、规划，自己则率领汉军重新出关。

参谋辕生向刘邦建议：

"汉军长年和楚军在荥阳相对抗，汉军由于补给困难，常陷入断粮之窘境。因此陛下不宜再往荥阳去冒险，希望这次我们可以出武关、入宛城，项王见此也势必引军南下，这样荥阳和成皋间的守军便得以休息。陛下再令韩信安抚河北赵地并联合燕、齐军队，由北方威胁牵制楚军，陛下便可再入荥阳和楚军正面对抗了。

"楚军由于所需防备的战线增多，力量分散，经由长期休养的汉军力量必大增，如此击败楚军便不会那么困难了。"

刘邦觉得有道理，便依照辕生之建议由武关出军，并部署于宛城和叶城之间，和成皋的英布大军遥相呼应。

项羽听到刘邦在宛城驻守，立刻率主力军南下，企图击溃刘邦。但刘邦坚壁清野，不与之接触，项羽也无可奈何。

依张良规划，刘邦在出关后应立刻和在梁地打游击的"大盗军团"彭越相联系。

彭城溃败后，张良便建议刘邦结交英布和彭越，以牵制项羽势力的扩张。

英布原为项羽阵营，经随何说服反叛楚军后，和汉军联手部署于成皋间，成为刘邦重要的盟友。

彭越在彭城大战前便曾和刘邦联盟，但他却未参加彭城大战，因此所率领的军团未曾受到伤害。

刘邦撤至荥阳时，彭越也放弃他在梁地占领的城池，引军北上到黄河北岸打游击。

楚汉在荥阳对抗时，彭越常带兵南下突击楚军粮道，让项羽非常头痛。

盗贼出身的彭越最讨厌项羽这种讲气派的贵族，因此无形中就对刘邦的"江湖大哥大"作风较为倾心。

于是项羽特派大将薛公到梁地北部剿讨彭越，彭越也乘刘邦出兵宛城、项羽主力军南下之机会，主动攻击在下邳城的薛公和项声军团。

薛公自然不肯示弱，出城迎战。

但彭越经验老到，制造多处疑军，让薛公不得不分队防备之。彭越随即再准确抓到薛公的主力军所在，集结数倍军力一举而击破之，结果薛公战死，项声则侥幸逃出以奔告项羽。

在项羽强大的压力下，英布放弃了成皋而和刘邦会军于宛城。

接获下邳紧急军情后，项羽令终公守成皋，自己立刻率军东向攻击彭越，以免危及大本营彭城。

刘邦立刻北上猛攻成皋，终公罢兵弃城而出，刘邦大军遂入成皋，再度和周苛的荥阳守军互为犄角。

六月，项羽大军回防下邳城。彭越听到楚军主力东返，立刻下令向北撤退，项羽又扑了一次空。

荥阳前线回报刘邦已返回成皋，项羽担心再度陷入拉锯战，乃火速引军攻击荥阳。

周苛等虽全力防守，但楚军人数众多，荥阳不久便被攻陷了，枞公战死，周苛及韩王信被捕。

项羽亲自对周苛表示：

"若成为我方将领，我会以你为上将军，封三万户。"

周苛却大声骂道：

"楚军不会是汉军之敌手的！项王，难道您还看不出自己的力量已日渐薄弱了吗？总有一天楚军会向汉军投降的。"

项羽大怒，当场烹杀了周苛。

韩王信身为诸侯，项羽不敢轻易杀害之，便下令暂为拘禁。

攻破荥阳后，项羽的主力部队火速向成皋的刘邦守军施加压力。

刘邦于是要求赵地的韩信增援兵力，韩信虽答应，却迟迟未派出援军。

项羽大军已到达成皋附近，刘邦判断无力防守，唯恐重蹈荥阳大败之覆辙，乃嘱咐英布情况危急时可以放弃成皋，率军退回宛城。

他自己则和夏侯婴率少数侍卫军出成皋、玉门而北渡黄河，亲自去向韩信调军。

由于英布率汉军主力仍驻守成皋，项羽并未发现刘邦已渡河进入赵地，因此也未派兵追击。

第四章

楚汉相争 决战垓下

刘邦当夜宿于修武传舍，有意不惊动韩信。

隔日凌晨天未亮时，刘邦便和夏侯婴快马驶近韩信驻营，自称为汉王使者，急驰进入韩信大本营。

韩信和赵王张耳均犹在睡梦中。

刘邦向值夜将官显露身份后，就到韩信卧房内夺其将印，并当场召令军团各将领开会。

张耳和韩信惊醒过来，听说刘邦已到大本营，大惊，也立刻整装前来觐见。

刘邦顺利地夺得韩信统领下的赵地汉军指挥权。

韩信和张耳实在搞不清楚刘邦为何亲自到这个地方来，只好乖乖地听他指挥。

难道是由于来不及派出援军，刘邦对他俩不再信任，所以亲自前来罢夺自己的军权吗？

但刘邦仍命张耳驻守赵地，又拜韩信为赵国相国并统领部分兵力，指示他即刻准备东征齐地。因为只要齐地纳入汉军阵营，刘邦便可由东、北、西三方面夹击楚军，让项羽陷入困境。

这段时期，英布也成功地让驻守成皋的汉军逐步安全撤出，项羽再度夺得成皋。

刘邦也立刻派军南下驻守于巩县，再与英布等人会合，重新部署防线以阻止项羽继续向西扩张势力。

七月，临江王共敖去世，项羽在江南的最后一个忠实盟友也丧失了。

汉王三年七月，刘邦坐守修武，招兵聚将准备反攻。原成皋将兵也纷纷赶到，汉军势力大增，军威重振，于是再次拟定攻打楚军的良策。

一日，探马来报，项王正从成皋起兵，西进修武。刘邦听后，觉得这项羽来者不善，决不能掉以轻心。

为防不测，刘邦先派得力将士，前往巩县，堵住楚兵西进道路。

而后，命兵士击鼓聚将，商议对策。

须臾，众将官便来到大帐中，刘邦环顾一下大帐，问道：

"众将官，项羽大军即日就到，你们看，我们应采取怎样的御敌良策？"

话音未落，一位将官上前拱手说道：

"汉王，现今项羽西进逼我，无非是想趁机夺取我关中之地。关中位置险要，物产丰富，是我军的根本重地，万万不可丢失，在下想，当今之计，不如我们将成皋东境一带一律放弃，干脆回兵驻守巩洛之地，在那里组织强兵抵御楚军，以免关中有失，不知汉王和其他将官意下如何？”

坐在旁边的郦食其一听，急忙上前答道：

“不妥，我看此计不妥！我曾听说一国之君应以赢得民心为根本，而民以食为天，敖仓之地储备各物甚是丰盈，素称足食之地。现今楚兵即已攻克荥阳，却不懂得趁胜占据敖仓，这倒是天意助我汉军。不让楚军断我军民的粮食来源。”

郦食其停了一下，咽了一口唾液，又滔滔不绝地说开来：

“我认为大王当今之计，应是速派兵夺回荥阳，占据敖仓，掌握那里的粮食。在成皋的险恶之处派兵驻守，控制住太行山的出路。坚守蜚狐口、白马津，就着这些险要地势，阻击敌人的前进。这样敌军会担心后路被咱们切断，必定不敢再轻易向关中进兵，以此使关中要地平安无险，不是很好吗？又何必去驻守巩洛呢？”

汉王听罢，点头称是。

又问群臣众将：

“各位，你们看郦先生的意见如何呀？”

“甚好，甚好。”众将一致表示赞同。

于是，汉王刘邦下令出兵敖仓。

路经小修武，在那里部队暂作休息，准备誓师后，再向敖仓开拔。

这时，郎中郑忠，又献上一条断绝楚军粮运的计策，他对汉王说：

“若先断了楚军粮运之路，使他军中供粮紧张，自然会不打自乱。到那时，我们再大举进击也不迟呀！”

汉王于是就派部将卢绾、刘贾，率二万步兵，百余名骑兵，迅速渡过白马津，悄悄潜入楚境。会同那里的彭越，商议截击楚军粮草。

彭越已了解到楚粮草及军用辎重，都囤积在燕西一带。于是和卢、刘二将定计，夜袭燕西，掠走物资。

楚军在燕西一带确有许多粮草物资，但守备不严。

这天夜里，阴云密布，到处是漆黑一片。彭越等带兵偷偷来到这里，放起一把大火。顷刻间，火光冲天映红了半边天地。

楚兵慌忙从四下奔来，可还没等弄清出了什么事，早已被汉兵砍杀无数。

燕西顿成战场。

火光中夹杂着物资被烧的哔剥声、士兵们的喊杀声。

此时，楚兵已大乱，四处奔命，无心恋战。这里所有辎重粮草除烧掉的之外尽归汉军所获。

彭越趁势一鼓作气又夺回了梁地的樵阳、外黄等十几座城池。

此刻项王正在成皋，等待楚军西进攻取修武追杀汉王的捷报。但迟迟不见有音信，心中正烦乱不安。忽然见探马来报，说燕西粮饷已全被彭越洗劫一空，梁地十余座城池也被汉兵夺回去了。

真是怒火中烧，项王立即决定亲自回去讨伐这个几次洗劫楚军粮饷的彭越。

但考虑到成皋一地须坚守防范，便召来大司马曹咎嘱咐道："彭越又劫走我的军粮，这回我非亲自去杀了他，以平心头之恨，况且又听说他再次率兵夺走梁地十余城，真是太猖狂了，看来除非我亲自讨伐他，才能平定这个贼人！现在最让我放心不下的就是成皋。我想命你驻守城池，千万不要出城迎战。等我回来再定计破汉军，你只要能守住这座城，阻止住汉军前进的道路。使他再不能向东进兵就行了，也算你的功劳一件了。我想这次前去攻打彭越，多则十五日就能回来，请将军千万铭记我的嘱咐，一定不要擅自违抗命令，以免酿成不堪设想的后果。"

曹咎听罢，连连称是。

但项王仍是放心不下，于是又留下司马欣帮助曹咎驻守城内，这才引兵攻打彭越。

再说那彭越早已得到消息，知道这次最让他害怕的项王亲自带兵攻打他。彭越一想，自己势单力弱，终不是项王的对手，何必等着拿鸡蛋硬碰石头呢，干脆跑吧！

于是赶紧召兵集将，准备先守几日再说，不行就撤。而这外黄就在梁地偏西一处。

只见这一日项王率众兵一路飞奔来到外黄城外，怒气冲冲的项王一看城门紧闭，城上守兵严阵以待，更是觉得忍无可忍。立即排兵布阵，搭梯攻城，连攻了几天，仍未攻下。

可城内已出现紧急状态，彭越军中供给紧张，百姓叫苦连天。这时彭越自知不等多日，终会被项王攻破城池。于是连忙打开北城门，率兵冲出重围，杀一条血路自去逃命。

楚兵一看追是追不上了，干脆放他一条生路，先攻进城内再说，这城内所剩残兵，无心守城，开门投降了。

第二天，项王大军浩浩荡荡开进城内。项王先到县衙中，派人清查户口，安顿百姓。

可这时城内已是谣言纷纷，人心惶惶了，三三两两的百姓都聚在街头传说霸王因憎恨彭越已久，又没能活抓他，就决定要把城内十五岁以上的壮丁全部活埋。还有人真的信了此话，哭天嚎地地喊叫起来。

这时项羽已听到哭喊声不断传来，正在纳闷。忽见卫兵来报，说有一髫龄童子非要进见大王不可。项王便传命小孩进见。

只见这小孩身着布衣，面目清秀，不过十三四岁的样子，长得让人爱怜。

项王看罢便问道："你这小小顽童，有何要事求见我呀！"

只说那小孩人小气志高昂，不卑不亢，先行拜礼。然后说：

"大王，我是本县百姓，我父亲曾是县令舍人。今年我已十三岁。得知大王进驻本城，很是高兴。这些日子，外黄百姓久遭彭越的欺压盘剥，怨声载道，但又不敢直言。人们都传说大王您贤能，能使百姓安居乐业，所以全城人天天盼着您快进兵城内。可没想到您刚一进城，就有谣言说您要把全城十五岁以上的壮丁全部活埋，来发泄您对彭越的愤恨。这是怎么回事呀？"

项王一听，笑着说："哦，你是来替百姓们求情的，你刚才说彭越挟制百姓，也还有道理。只不过到我发兵来此时，城内却还有人抗拒我进城，这又是为什么呢？所以要是我坑杀百姓也是情有所出。再说我杀死这些百姓，即使对我没什么好处，倒也没什么害处吧。你今天斗胆来劝我，难道就不怕我连你也一起杀掉吗？"

小孩听罢仍不慌不忙地答道："彭越占据城内时，他的兵将很多。听说大王你亲自来攻打，就害怕百姓做内应。便将四门紧闭，并各派兵把守。您想城内百姓手无寸铁，如何能斩杀守将，开城与您响应呢？只是在这时大家心中不满却没法违抗彭越的命令，不配合他作战。彭越也看到城内百姓心向项王，于是连夜逃走。您想，若不是这样，全城百姓都帮助彭越守城硬战，就只能等到把全城人都拼杀光了，您才能引兵入城。从这点上看，怎么能说城内百姓是心向彭越，助越击楚呢？如果大王您认识不到百姓的心思，硬要下令坑杀百姓。城内百姓只能俯首待毙。而城东十八城内的百姓听到大王这种暴行，定会认为降也是死，战也是死，必会以死与您相拼。到那时彭越也已从汉军中得到援兵，再来与您对战。这会使您腹背受敌。即使能取胜，也必是损兵折将，得不偿失呀。这样做岂不是有百害而无一益的愚蠢之举吗？望大王三思。"

项王一听，这小孩说得真是头头是道，句句属实呀。况且再想临发兵前已和曹咎定好半月即回，今天已过数日，若再攻下其他几座城，势必延长战期。成皋之势唯恐有变。倒不如就此收买人心，使其他城内百姓尽早开城归顺，有益省力，何乐而不为呢？

想到这儿，项王便笑着说道：

"没想到你如此小小年纪，不仅有胆有识且颇有心计，实在难得。好！我就听你一言，宽容百姓罢！"

小孩一听，赶紧磕头谢恩。

项王虽是一代叱咤风云的人物，有时，竟也会思想简单。小孩一席话，竟使他信以为真，你说可笑不可笑。

项王这边信了小孩，便叫人拿来数两白银和几件值钱的东西赏给他。

小孩领赏，再一次拜谢后，欢天喜地地离开项羽大帐，来到街上，把这一好消息立即通告全城百姓。

城内百姓正在痛哭流涕，生离死别之际，忽闻项王确实不再想坑杀众人，无不欢欣雀跃。

特别是听说这性命是小孩给争来的，便纷纷围住小孩问长问短。许多人都竖起大拇指，夸赞小孩有胆有识，智谋双全，将来必成大气候。

称赞小孩的当儿，人们也十分感谢项王，表示将永世不忘项王的大恩大德。

外地人听到这一消息，等项王兴兵东进时，那里的人们便纷纷打开城门，夹道欢迎项羽的部队。

见到这阵势，彭越只得率军向谷城奔逃。

这样一来，先前攻占的梁地等十余城也尽归项王。

只用半月时间，项王得来这么多失地，心中十分得意，简直就像喝了蜜汤一样，嘴总也合不上。

等部队到了睢阳，也差不多该回师成皋了。但此时，已快到冬天了，田野空旷，万木萧条，依秦旧制就要过年了。

此时，项王察觉人马疲劳，很需要在睢阳一带休整兵力，养精蓄锐，等年一过，再起兵西进。

这一日，应是汉王四年的新年，项羽便在行辕中，摆下酒宴，召集众将，庆贺新年。将官等纷纷鱼贯入帐，行过礼后，即由项王赐宴。

酒进三巡，菜过五味，正饮到兴头上，忽见探马急急入帐内禀报：

"项王，不好了，成皋已失，守将大司马曹咎不幸阵亡。"

这突如其来的事，使众将官都愣住了。帐内立刻弥漫起恐慌的气氛，原来欢快的气氛荡然无存。

项羽听到成皋失守的急报，如五雷轰顶，大为震惊。

心想：必是守将曹咎没听我的吩咐，擅自出战，才有此后果。

其实，项羽估计得不错，实际情况也确实如此。

楚将曹咎和司马欣都是项王的好朋友，多年追随项王东打西杀，对项王忠心不二，立下过汗马功劳。

然而二将有勇无谋，才铸成今日悲剧。

原来事情是这样的。

那一日，汉兵兵临城下，向城内挑战，曹咎因有项王临行前的嘱托，于是高悬免战牌，任你叫喝，也没有出兵迎战。

一连几日都是如此。

这样一来，本来心高气盛的汉兵觉得很是扫兴，就派人将这里的情况通告了汉王。

张良和陈平同汉王认为，曹咎有勇无谋，可以智取。于是决定采取激将法，将曹咎引出一举歼灭。

主意一定，这边派兵埋伏在城外汜水左右，曹咎一旦出城渡水便将其拿下。那边又立即派兵到城下挑战。

汉兵们在城下骂阵，污语浊音，耳不忍闻。城内的曹咎闻知后，不禁勃然大怒。

这个本来生性暴躁的人，哪能容忍此番污辱。于是，他要下令开城出击汉兵。

"将军，先请息怒，小不忍则乱大谋。"

这时司马欣走上前来劝谏道：

"您别忘了，项王临行前曾千叮咛万嘱咐，不让我们轻举妄动，开城迎战汉兵，只要守住城池便是大功告成了。现在汉兵如此挑战，明明是请我出战之计，请您千万压住怒火，千万别上他们的当啊！等项王回来，再与他们交战，不怕那时再不取胜。"

曹咎听后，长长叹了一口气。觉得司马欣说得有理，只得勉强答应。

于是，命令守城兵静守勿动，无论汉军如何叫喊，也不要开城迎敌。

这时，天色已晚，汉兵在城下骂了一天，也不见城中有动静，又觉得口干舌燥，于是退回营内，休息去了。

第二天，天刚蒙蒙亮，汉兵便又在城下叫骂，而且人数越来越多，叫骂声越来越高。声随风下，骂声、喊声传得很远很远。

这次汉兵骂出了经验。眼看已是中午时分，他们骂累了，便席地而坐，解开衣服，一面吃干粮、喝水，一边嬉笑。待恢复了精神，又开始叫骂。

一直到天完全黑了下来，外面变得冷风四起，才鸣金收兵，回营休息。

到了第三四天，汉兵更使出新的招数。他们每人举出一条白条幡，上面赫然写着曹咎的名字，下面画着猪狗之类的畜生丑态。

汉兵仍一边指着画上的畜生，一面讽刺、挖苦，叫骂曹咎。反正是曹咎忌讳什么，他们就叫喊什么。

这时，曹咎耐不住性子，再一次登城观望。一见此状，不由怒气满胸，特别是看到汉兵在城外或坐或立，有歌有舞，手拿兵器向石头土堆上乱打乱扎，齐声喧呼：

"打死你，曹咎，把你的肉剐下来，喂狗吃，谁叫你生下来就是胆小鬼呢？"

曹咎气得脸色发青，哇哇暴叫。

说来也是，一位驰骋沙场的战将，宁愿在阵前拼杀而死，也不愿遭这般罪。

曹咎喘着粗气，霍地抽出战刀，大叫一声："开城，击败汉军。"

话音未落，便带领兵将飞奔出城。

此时，司马欣再想拦他，已是心有余而力不足了。

他暗想："完了，这下我等都死无葬身之地了。"

眼巴巴看着曹咎的背影，而束手无策。此刻，城外汉兵没有了先前的勇气，丢盔舍甲，落荒而逃。

曹咎一马当先、紧紧追赶，心想：原来就这般能耐，今天我非杀得你一个不剩，才解我心头之恨。

心里这么一想，追杀的劲头便更足了，一会儿工夫，便追到了河边。

只见汉兵纷纷下水，游水而去，曹咎气愤地叫道："我军也能凫水作战，难道还怕你汉兵不成？"

于是下令催促人马过水作战。将士你拥我推，纷纷下水，河里人喊马嘶。

正当将士们下水行至河中时，忽听两岸汉兵喊杀震天，不知从什么时候，也不知从什么地方，冒出许多汉兵汉将。

只见旌旗招展，万马奔腾，左岸统将樊哙，右岸统将靳歙，各持长枪、大戟，杀了过来。

楚兵见状，一阵大乱，哪里还有心抵抗，只顾四散逃命，只恨爹娘少给他们生了两条腿，没命地逃窜。

曹咎此时正在水中，司马欣还在岸上，两人相互无法照顾，只得慌忙撤退。

司马欣心中埋怨曹咎不听规劝，上了汉军的当。可事到如今，埋怨又有什么办法呢？

于是，他便想收拾岸上的人马，聚集力量，杀出一条血路，返回成皋，以求东山再起。然而这时的楚军，早没了士气，比兔子跑得还快，任你再三叫喊，也无济于事。

正在左右为难之际，一队汉兵冲杀过来，眼前楚军又倒下一片。司马欣见状，只得迎战。此时曹咎处于水中，进退两难，还想冒死渡到对岸，与汉兵决一死战，却只见汉王一行人马已到，曹咎一想还是往回逃到城内再说吧。就在这时，两岸一阵鼓声响起，汉兵开弓放箭。箭似飞蝗般向河中的楚兵射来，顿时水中一片惨叫，死伤无数。

曹咎自己身中数箭，想勉强登岸，又怕被汉兵活捉，只得抽出佩刀，在水中自刎而亡。

再说那司马欣左右冲杀，无奈汉兵层层围上，实无法脱身，连身边的随从将士也惨死多半，只剩数十骑兵紧随其后。

司马欣一想，大势已去，死到临头了，与其等着汉兵最后活捉，倒不如自杀了事，于是抽枪自刺，断喉而死。

此时，楚军多已无力抵抗，汉军大胜在望，汉王于是下令停止射箭，渡河。会合各路人马，齐入成皋。

这时成皋已无守将，百姓纷纷开城迎接汉王。

汉王随即安抚百姓，使其安居复业，百姓都很高兴地向汉王谢恩。

之后，汉王又将项王遗下的金银财宝，取出一些分给将士。将士们也是喜出望外，乐不胜说。

这样在成皋休整三日后，汉王命令将士从敖仓搬运粮食，来接济军粮。时光如梭，光阴荏苒。一晃刘邦已在成皋驻守了三月有余。这一天，在通往城内大路上，人喊马嘶，尘土飞扬。一队车马由远而近，直向城内开来。刘邦登城观望，原来是押送粮草的车队赶到了。

刘邦捻着胡须自信地下令道：

"粮草已到，我军万事俱备，军队火速进兵广武。"

刘邦骑在马上，暗自思忖：先前，你项羽把我臭骂一顿，今日，我将全力以赴，与你决一雌雄。

军队到达广武后，便在广武外围各要塞安置重兵把守，并修筑防御堡垒，只等韩信收取齐地，同他兵合一处，共击项王的军队。

然而，好事多磨，等了许多日子，也没见韩信的人影，连只字片语也未等到。

汉王实在不耐烦了，便派出探马探听消息。

这边，他自己心里嘀咕：这韩信自己总是傲气十足，自以为是，对我也不很顺从。他会不会自恃战功卓著，拿下齐地后，自立为王呢？到那时和我作对可怎么办呢？

他一面想着，一边在屋里来回踱步，走到窗前，看到无垠的旷野，宽广美丽，远山近树，婀娜多姿。

看罢，心胸又宽广了许多。

心想：韩信手下兵马不多，还不足以和我抗衡，或许他不能迅速拿下齐地，定有别的难处吧？

正在胡思乱想之时，派出的探马走进屋里：

"报汉王，韩将军在赵地招兵买马，筹集粮草，耽误了许多时间。同时，各地还有许多将领和武士来投奔他，所以一时离不开赵地。现在韩将军已做好一切准备，正率领大军东进齐地呢。不过，要赶到那里，估计还需要一段时间，望汉王莫急。"

"说得好。你先下去吧。"汉王嘟囔了一句，就把探马打发走了。

可是他心中放不下这事，细细盘算着韩信拿下齐地的日子。

正低头沉思，有一位谋士进帐拜见汉王道："我有一个绝好的主意，可叫那齐王降顺又不用费一兵一卒。"

汉王抬头一看，原来是郦食其。这人很善言谈，也颇有心计。

汉王连忙让座："先生，不知你有何妙计呀，请快快讲来。"

郦食其凑前说道："大王，我和齐王的交往一直都不错，现在让我去到齐地做说客，凭我的这三寸不烂之舌，保管那齐王会很快来降服的。"

郦食其呷了一口水酒，接着说：

"这件事办成了，就免得我们出师兴众，大动干戈了。"

汉王凑前一步，又问道：

"那你有无把握呀？"

"没问题，我早已成竹在胸，请大王放心就是了。"

郦食其起身欲走，汉王忙说：

"多多保重，我在此静候你的佳音了。"

郦食其亲自到齐地做说客，劝降齐王。

那么当时齐王是谁呢？不是别人，正是田横之侄，田荣之子田广。田荣死后，田广继父位。田横在齐相辅佐主政。

前文曾提到齐兵经过咸阳一战，便拒不出兵与楚对阵，只是严守齐地，养精蓄锐。这时项王为了彭城的失守，正忙着进兵汉军。此后就日日忙于同汉兵交战，哪里还有工夫顾及齐地。所以一直没派兵去攻打齐。就连当时留下来攻打咸阳的楚兵，一见城阳守备严密，军力很强，久攻不取，便于不久就撤兵了。

这样有很多年，齐地成了独立王国，既不属汉，也不归楚，百姓就免遭刀兵之苦了。

这一日，忽有探马来报，说汉将韩信已率大兵攻打齐地。

一时间齐都城内人心惶惶，那时齐都便是今日的山东省淄海城。齐王田广听到消息后，立即召来田横等族人，共商对策，决定先派田解和部将华无伤进兵历下，截击韩信。

这时有卫兵来报："郦食其来见。"

齐王一听便立即召令进见，只见郦食其风尘仆仆地走到齐王面前。两个相见免不了寒暄几句。

然后郦食其说："当今天下楚汉交兵，已有多年难分胜负。依齐王你的看法结果会怎样呢？最后取胜的可能是汉还是楚呢？"

齐王道："战事谁能预料准呢？"

郦生趁机说道："依我看，这楚汉相争，最后胜利的必是汉王。"

齐王一听便问："你怎么敢这么断言呢？你是从哪些方面看出来汉王必胜的？"

郦生便答道："当初汉楚两王，同时受命于义帝，率兵攻秦。可汉王仍能亲率大军，首先夺取秦都咸阳，这明明是天在助汉，天意归汉呀！而那项王背弃天意，毁坏盟约。只想凭一时的强暴横行天下，他入关中后便强令汉王退出关中，避入汉中偏远的地方。同时又将义帝赶出都城，然后派人追杀于郴地。这种作法，使海内人心无不背楚向汉，痛恨项王的不仁不义之举。等到汉王回兵中原，起兵攻楚时。出师顺利，一举夺取三秦重地。然后在那里为义帝穿孝服，按帝王的礼仪发丧吊唁。并广布檄文告示天下百姓。汉王要兴兵项王问罪。这次楚汉之争其实汉王才是名正言顺，也才是人心所向，百姓归服的。所以汉王所过城邑，只要顺降的，全部按以前的规定行事，不加变动。并规定汉兵不许劫掠百姓，所获财物，均与众兵将平分。使大家觉得汉王确实是位大仁大义的豪杰英主。这样就都愿意归服汉王，与他同生死共患难。而项王不仅背约不守，杀君不忠，而且所获财物，尽归己有。对有功劳的将士，只是口头给予封地，而实际上没有丝毫财产分给他们。同时把自家亲戚都封以要职。这样一搞，人心离散，贤能的人们也都纷纷抱怨，心怀不满。这样的军队又怎能取胜，这样做王的人又怎能立于不败之地呢？照这样，天下必归汉王。这是毫无疑问的。况且自从汉王兵出蜀地，逐鹿中原，定秦、渡西河、破北魏、出井陉、诛成安君，其势如破竹。这不是仅靠自己的军事力量，这是天意助汉兵如此顺利呀！现在汉军又占据了敖仓，阻塞住成皋，驻守着白马津，封锁了太行山，并拥有了蜚狐口，真是地利人和，无往不胜。我想楚兵不会坚持太久，必大败无疑。当今明事理的人，有远见的各路诸侯王，都已纷纷归服汉王。齐王您若能此时降于汉王，向汉军输送物资，支持汉王的军队作战，齐国还可能保全。否则韩信大兵压境，一举攻来，我看您的危亡之日也就在眼前了。您想想是这个道理吗？"

齐王田广边听边连连点头称是，并对郦生说："寡人我就听从你的规劝，归顺汉王，可这样韩信的兵马还会来攻打我们吗？"

郦生连忙说："这您不必担心，我并不是私自跑来劝你的，这是汉王顾念齐地人民的利益，不忍使他们又遭刀兵之苦、涂炭之实，所以特派我来作说客，看齐王您是什么意思。如果您真心降汉，这样双方就不必大动干戈。双方百姓都会很高兴。汉王得知后也必会下令不许韩信攻打你们，请您放心是了。"

这时一直立在旁边沉思的齐相田横，在此插言道："我看为了保险起见，就必须先由先生您修书一封，与韩信把这件事讲清，以免出差错。这样我们也就能安心了。"

郦生一想，写就写。正好也能借此消除齐王的疑虑。于是拿来笔墨，将齐王同意顺降，韩信不必进兵的详情写下来。并差人送到韩信营中。

再说那韩信，招兵集将，正欲东进齐国。

忽见有人送来郦生的书信，展开一看，原来齐已表示降服了，不必再去攻打。

于是对来送信的人说："郦大夫既然已说降齐王，也就没什么可再用兵之处了，我马上回师南下就是了。"

随即写了回信，交给使者，送到齐国。

郦生接信一看，立即告诉齐王和齐相。并让他们也看了韩信的回信。这次确信汉兵不会再来进攻了。

于是齐王立即传令三军，不必严阵以待了，可以放松防备，休养兵力了。并设宴款待郦生，连着几天齐王及大臣们陪郦生饮酒联欢，不再去打听外边的消息了。

那郦生又本是个好酒之徒，一见杯中物，连腿都抬不动了。于是一再推迟回汉营的日子。

就这样，日子一天天过去了，郦生也自以为大功告成，就不着急回去向汉王复命。

哪料到事情又发生了新的变化。

大将韩信自打发了使者回复齐王和郦生，便准备兴兵南下，和汉王一道合兵攻楚了。忽然有谋士蒯彻急来求见道："将军万不可收兵南下呀！"

韩信一听很是奇怪地问："齐王已降顺了，我还留在这儿做什么呀！有什么道理不赶紧回师南下呢？"

蒯彻道："将军请想，您奉汉王之命兴师攻齐，为了能打胜这仗，又是招兵买马，又是费心设计，这才率众东进。现在汉王只派了一个小小郦生前去说降齐王。虽说齐王已表示归附，但这能是有把握的事吗？我看很难说。况且汉王没有亲自传令您收兵南下，您怎么能单看郦生的一封书信就仓促回师呢？再者，郦生不过是一介儒生，单凭三寸不烂之舌，就能很快使齐地十余座城池归于汉王。而将军您金戈铁马，数万将士，驰疆多年，才得到赵国五十余座城邑。请您想想，身为名将多年，反要在今日成了不如一介儒生的弱将，岂不让天下人耻笑？自己心中能不感到惭愧吗？在下我现已为将军多方考虑过了，你不如立即出兵齐地，趁他们防备放松的时候，打他个措手不及。然后长驱直入，扫平齐地，这样也就算是你建有功业了。以免收服齐地的功劳归了郦生这个儒生。"

韩信听了这话，心里也觉得有道理。可又一想这样做不就逼郦生于死地了吗？

于是，对蒯彻说："你说得倒也在理，只不过从当下的形势看，郦生还在齐国未归。我若乘虚而入，直取齐地，齐王必会杀死郦生。这不就成了我害了郦生一命吗？这种事恐怕不应该做吧！"

蒯彻一听，笑道："大将军你倒真是慈悲为怀呀！你想即使你今日不负郦生，他也早就有负于你了。如果不是郦生求功心切，去汉王面前请令说齐，汉王怎会先派你率众攻齐，又派他做说客去劝降齐人呢？"

这话一出口，韩信大怒，立即下令点齐人马，过平原攻打历下。

果不出蒯彻所料，那齐人早已无防备之心。齐将田解和华无伤一见韩信凶猛的阵势，吓得不知所措，更是莫名其妙。哪还有心对战。

一时间齐兵乱作一团，丢盔解甲，四处溃逃。可韩信仍紧追不放，斩了田解，活捉了华无伤。一鼓作气打到了齐都临淄城下。

其实就连齐王一听韩信攻齐的战报，也是大惊失色。

慌忙找来郦生责问道："我误以为你们言必有信，就下令撤除了防备。总认为韩信不会再兴兵东来。谁知你竟心怀鬼胎，骗我中计。暗中叫韩信挥师攻齐，乘我不备，攻取我城池。这种毒辣的计谋你竟然也想得出。我看你今天还有什么话讲！"

郦生心中更是纳闷。

一听韩信进兵，确实不知为何，于是便急忙对齐王说："韩信不守约，背弃道义竟来攻打齐地。这不仅是出卖朋友的不义之举，也是违抗王命的欺君行为。希望大王马上派一名使者和我手下的人一起去汉营，责问韩信。他一定无话可说。这样就只得引兵退走了。"

话刚说完,在一旁有人冷笑道:"我看先生还是不必再玩弄手腕来使我们上当了吧!"

郦生急忙道:"我实在冤枉,既然你们已信不过我,那我只有死在此地以表我的清白了。但我请求齐王先派人去责问韩信。我马上修书一封,问他韩信有何话讲?看他如何答复,到那时你们若还不能摆脱险境,我自愿一死也不迟呀!"

田广与田横一同说道:"那好吧,如果依了你的话,韩信果真退了兵,就什么也不必说了。否则我们就拿你是问,将你投入锅中烹死。到那时你可别怪我们君臣无情无义呀!"

郦生连连答应,随即修书一封,使人出城交给韩信。

这时韩信杀得正在气盛之势,准备一鼓作气拿下齐都。

忽接到郦生来信,忙展开一看。信上虽笔墨不多,但凄惨之情跃然纸上。韩信看罢不免颇受感动,半晌说不出话来。这时偏偏蒯彻又来进言道:"将军屡败大敌,从未动过声色,今天怎么为一个小小郦生,反倒动起儿女之情、恻隐之心了呢?郦生的性命,管他干什么。要想建功立业,就得有狠心,当断则断。千万不可半路更变迟疑不决呀,请将军速速下令攻打齐都吧!"

韩信说:"其实如果只是逼死个郦生倒也不算什么大事。就怕这样一来就违抗了汉王的命令,这不就酿成大罪了吗?"

蒯彻忙说:"将军是奉命东进,讨伐齐地的。这样做正是为汉王尽力了,只能说是有功,哪里有罪呢?倘若你今日退兵,日后郦生将此事呈报汉王,并从中向汉王进谗言,来挑拨你与汉王的关系。到那时恐怕才真是酿成大罪,后悔都来不及呀!"

韩信本来就贪功好胜,又恐怕汉王怪罪。于是一不做,二不休,干脆听从蒯彻的话,拒不收兵。

韩信遣回来使,同时告诉说:"我是奉王命来攻齐的,汉王还没下命令让我收兵。即使齐国群臣果真心已愿降,可又怎么能知道这不是一条缓兵之计呢?今日齐王降了汉王,谁能保证他日后不会反悔呢?我既然已兴兵伐齐,志在一劳永逸。烦你回去转告郦生就算他今日一死,也是为国尽忠了,不必再顾虑太多了。"

来使听罢自知韩信攻齐已成定局。只得回去如实向齐王呈报。

第四章

楚汉相争 决战垓下

齐王听罢，立即命人拿来一鼎大油锅，要活烹郦生。

这时的郦生自知今日死到临头，便说："我被韩信这个小人出卖了，现今自愿被烹。但齐王和你的国家，眼看势必被韩信攻取和消灭。等韩信攻来，我看他一定会杀齐王的，果真如此的话，只恨我这一死不能看到那时的情景了。"

说罢便用长袖蒙面，自己投入锅中，须臾就毙命了，可惜一位有谋之士竟死得如此悲惨。

杀了郦生，齐王君臣便亲自登上城防，督战坚守。

但齐王毕竟不是韩信的对手。没过几天，韩信就攻破齐都。齐王一看，大势已去，只得命人打开东门，抢先逃命。

留下田横断后，田横带兵与韩军交战，几个回合后，齐兵败逃无数。田横也无心再战，只得逃命荒野，直奔博阳方向。

而田广却向高密方向奔逃，君臣从此离散。

这时韩信也率人马进入齐都，先是贴出安民告示，然后拟定追杀齐王的计划。

齐王从高密败走以后，心情不快，为图谋再起，便急书派人去找项王求救。

项王从梁地收兵后，没有丝毫松懈。为尽快消灭刘邦，他派钟离昧为先锋官，率部分人马，回师荥阳，与汉王再战。

这时，汉王已得到楚兵要攻打荥阳的消息，心想：这项羽与我作对到底了，我们两个不分出个胜负，战争是不会结束的。也好，我将计就计，定与你拼出个高低胜负。

"来呀，给我击鼓聚将，集合人马。"

很快，人马集合完毕。刘邦检阅了一下队伍，觉得还很满意，便发号施令，分派诸将率兵前去营救。

为确保胜利，刘邦这次满腔热情派了几万人的军队。大军轻装前进，浩浩荡荡，没多久，便来到荥阳城东。

正在前进，忽听一声号响，一队人马冲杀过来。原来是和楚先锋钟离昧的先锋部队相遇了。这突如其来的遭遇，使得双方将士顾不上答话，便抄枪拿戟混战在一起。

霎时，喊杀震天，锣号齐鸣。只杀得尘土飞扬，昏天黑地。

钟离昧本为先锋，只带来少数人马，这次可是吃亏不少。汉兵仍个个奋勇当先，似猛虎下山，没多久便将钟离昧围困起来。

楚兵本来人少，一看这阵势，便忙乱起来，一个个东跑西窜，完全失去了战斗力。钟离将军正在左右为难，不知如何是好之际，忽听身后一阵锣鼓，原来项王率大队人马赶到了。

项王看到自己的部队乱了分寸，便大喊一声，一马当先冲入重围。

楚军正在夺路逃跑，一见援军赶到了，特别是看到项王左杀右拼的凶猛劲，一时也来了斗志，调转头来冲向汉军。

此时，汉军实力远不如楚军，也慌了手脚。马怕惊，人怕慌。这一慌，便摸不着东南西北，乱作一团。

在败退过程中，被楚兵杀伤，打死数百人，战场上一片狼藉。

经过短兵相接，一阵混战，项王终于救出钟离昧，把他从死神手里硬拉了回来。两兵合于一处，向广武进逼。

将近晌午的时候，部队来到广武一处村镇。这时，前面出现了一条大沟涧，挡住了去路。

项羽看到士兵们经过一番战斗，又步行几十里路，都已劳累困乏了，便命令队伍暂时安营扎寨，在村边进行休整。

其实广武本是一座山。东连荥泽，西接汜水，形势险阻，确实是兵家必争之地。依山中间有一条沟涧，将此山划成两峰相隔之势。

汉兵驻军西边，严阵以待，楚军则在东边修筑防御工事，伺机攻汉。当然，在都没有充分取胜的把握以前，双方军队都不敢轻易出战。这样只要守备其营地，防止对方偷袭就行了。

于是楚汉夹涧形成对峙局面。

这样的对峙形势，对汉军当然是有利的。

前面，我们已经交代过，汉兵占据了粮草丰富的敖仓。此时，便派兵源源不断地把粮草从敖仓转运过来，有吃的喝的，汉兵还怕什么呢？守在这里十年八年，都不会成问题的。

然而楚兵就不同了。他们远离大本营，没有足够的粮草供给，军中原备的粮草也在日渐减少。照此下去，楚军不攻自灭，终不能持久驻守的。

项王深知此情，依照常理，兵马未行，粮草先行。可是……

项羽心中烦躁，焦虑不安，茶不思，饭不想，每天只是在帐中踱步叹气。

这事还在犹豫之中，可巧齐王派来求救的使者这时也赶到了楚营，乞求项王发兵救援。两事凑在一起，项王更是不知如何是好。

左思右想之后，最后下定决心还是先派部分人马救齐王之险为好。这样既可暂解粮草的供给问题，又可制住韩信的人马，使他不能与汉王合兵一处，增强战斗力。

主意一定，于是便派了大将军龙且，副将周兰，统兵二十万整理行装，东进救齐。

打发走了龙且的军队，这边项羽又觉得应尽快结束与刘邦的对峙局面，于是命令军队主动向汉营挑战。

可是汉王刘邦自有主意，任凭项王怎样在对面叫阵，他稳坐钓鱼台。就是按兵不动，这可急坏了项王。

项王正在着急，忽见有人上前献计道：

"大王不必焦虑，我看倒不如把刘邦父亲押到阵前，恐吓刘邦。倘若再不出来交战，就杀死他的亲生父亲，这样他就不会稳如泰山，只有投降才是出路了。"

项王一听，这确是好主意。

于是命手下人将刘太公押上阵前，又叫人找来一块大木板和一鼎大锅，将刘太公放在板子上，自己在后面，用剑逼住太公的脖子，大声喊道："对面刘邦小儿听着！你来看看我刀下这人是谁，告诉你，如若不快快出来投降，我就将你的老爹投入锅中烹食了。给你留下不孝的恶名，看你有没有这般狠心，置老爹的性命于不顾！"

这话像炸雷，在山谷回响。

汉营将兵没有听不到的，又气又恨，好多人都掉了眼泪。有人把这一消息传给了帐内的汉王刘邦。

汉王听后，大惊失色：父亲从小把我拉扯大，吃尽了苦头，若真的有个好歹，我愧对父母的养育之恩。项羽呀，项羽！你小子可真是够毒的。

张良站在一旁，看出了刘邦的心思，在一旁说道："大王，您先别着急！这是项羽引我们上钩之计，我们不能上当，我看你该表现出不在乎的样子。一口回绝他的话，看他还有啥办法，这样也免遭他的阴谋诡计呀！"

汉王仍是很惊恐地说："项羽这人心狠手辣，若是他一时怒起，将我父果真烹食了，可叫我有何脸面做人，有何孝心为子呀！"

张良答道："大王请放宽心，你想现在楚营中除项羽外就算项伯最有权力了，项伯与汉王你已结了姻亲，他在这时定会出面阻挡项羽做杀害刘太公的事，不会使刘太公有危险的。"

汉王一听，也只好依着张良的话去做了。

于是派人出去向项羽道："我汉王和你项王同是义帝的臣子，这就如同兄弟般的关系，我的父亲自然也就像你的父亲一样，如果你今天一定要杀死他，烹食其肉，那就请将肉羹也分给我一勺吧！"

项王一听这话，真是气急败坏，愤怒之极，便命左右将刘太公投入大锅中，看他刘邦再敢猖狂。

就在这千钧一发之际，忽从旁边走出一人阻挡道："且慢！大王请先息怒，你想当今天下大乱，我们要做的事还很多，也不能预料将来这天下归谁所有。如今你杀死刘太公，有什么好处呢？何况诸侯争战，往往要诛杀族人，我们现在多杀一人，就等于以后多了一个仇人，这恐怕会后患无穷吧！"

项王只好叫人把刘太公暂时押回营中，监禁起来。

要问这救刘太公危难之中的人是谁？不是别人，正是张良所料到的项伯。

项王一看用杀刘太公逼刘邦出战的计谋也没奏效，便又派使臣前往汉营，去和汉王商议休兵之事。

使者来见汉王便说："如今天下大乱，刀兵四起，多年来一直没有停止过。但总的看来，最大的战争莫过于我与汉王的争战。始终相持不下，难分胜负。现在我们又对峙于广武，我想亲自同汉王交战，一决雌雄。如果我不能取胜，自会收兵退走，何苦像现在这样相持这么长时间，劳师疲民呢！"

汉王听罢，笑着对来使说："我愿与项王斗智，不愿和他斗力。"

使者只得回报项王，项王一听，真是怒气冲天，立即跨上乌骓马，带数十名壮丁骑士，一起到阵前挑战，叫骂不休。

汉王一看，便派营中一善射能手楼烦，骑马出阵，在阵前开弓放箭。那箭似流星，嗖嗖而过，射倒好几名楚骑兵。就在这时忽然从涧东冲出一匹乌骓马，上坐一位大王，披盔带甲，手持利戟。再看那面部，眼似铜铃，身躯如一座铁塔，一副凶悍之态，让人望而生畏。只听那大王大喊一声，震动山谷，好不让人恐惧。随着这一声似晴天霹雳般的呐喊，那楼烦早已吓得目瞪口呆，双手发颤，哪能再射，连腿也觉没了根基，"噔噔噔"倒退数步，索性跑回营中，气喘吁吁地来到汉王面前。心中仍像怀了小兔般乱跳不停，竟话也说不清了。

汉王见状，忙派人到阵前观看，原来那马上大王不是别人，正是项羽，一边驰马在阵前呐喊，一边叫汉兵喊汉王出来答话。

汉王闻报后，自是惊慌失措，但又一想若不出去与项羽对阵，岂不是让他人耻笑。认为我软弱不敢见项羽。

于是命人整队出阵，倒要看那项王有何话讲。

项王一看刘邦果真出阵了，便又吼道："刘邦小儿，你敢过来和我打上几个回合吗？"

汉王不慌不忙地说："项羽你别逞强了，你现已身负大罪十条。怎么还敢这般猖狂呢？请你听着，让我先把你的十条罪状一一道来。你背信弃义，不守义帝之约，将我从关中驱逐到蜀汉，这是大罪之一；擅自杀死卿子将军，不忠不义，目中无主，这是大罪之二；奉命去救赵，不听到回报，就强迫诸侯入关，这是大罪之三；火烧秦宫室，挖掘始皇坟墓，窃取秦墓中的无数财宝，这是大罪之四；秦王子婴本已表示投降，可你还是将他处死，不仁之举，这是大罪之五；欺骗秦兵投降后，将降兵二十万坑杀于新安，这是大罪之六；自己为了笼络将才，分封土地给部下，却硬将原来的国君赶走或迁居，这是大罪之七；赶走义帝后，自己建都彭城，又把梁地、韩地多半据为己有，这是大罪之八；义帝本是你的君主，你却派人将他刺死在郴地，这是大罪之九；你作为大王，可在统治上采取不公平待人的态度，和别人立了盟约也不遵守，人们都不再信任你了，就连在天之神也会对你这种不仁不义的作法表示愤慨。你真可谓使天地难容，罪重难逃了。这是你的第十条大罪。今日我替天行道，起义诛暴秦，联合各路诸侯，一路奋勇杀贼，替民行道。而对于你这种小人，应该叫那些有罪受刑的人来和你交战。你有何德行敢说要与我堂堂汉王对阵呢？难道我会和你这种小人之辈交锋吗？你也太不自量了吧！"

项王一听这话，肺都差点气炸，也不答话，只是用戟向身后一挥，便有楚兵乱箭齐发。

汉王慌忙掉转马头，急往营中奔逃，可就在这时一支箭恰好射中汉王的胸部。汉王一震，差点掉下马来。一阵刺骨的疼痛袭来。幸好这时左右护卫忙上前扶住他，并把马牵回营中，紧闭营门，严阵防守，再不出战。

再说那汉王疼痛难忍，屈身于马鞍之上，连连暗中叫苦。这时他想到如果自己中箭之事传了出去，汉军心必动摇。所以不敢声张。

当将士们纷纷来探问时，也只是佯装无事，用手抓住脚趾说："贼……贼箭射中我脚趾了！"左右急忙扶汉王下马，送到卧床上，并找来军医，取出箭头，上好了创药，幸好箭头扎得并不太深，否则说不准就会丧命的。

这时项王一看汉王中箭逃回去了，心中转怒为喜，只是那涧沟难以穿越。倘若主动进兵，又恐不能取胜，只得暂且收兵。

项羽本是一位勇敢善战的英雄，但是与刘邦多年交战，也深知刘邦的厉害，因而放弃了乘胜前进、扩大战果的机会。项羽的优柔寡断无疑给了刘邦喘息的机会，为以后的失败埋下了种子。

再说项羽回到营中，心总不能放回肚中。为获悉刘邦及汉营的情况，便派密探前去打听消息，只待听到汉王确实中箭身亡，便立即乘势攻取汉营。

此时，汉营也不平静，特别是神机妙算的张良，早已料到项王此刻的心态，便怀着惴惴不安的心情前去探望汉王。

一掀门帘，只见汉王平躺在床上，脸色发白，双眼微闭，很痛苦的样子。汉王听到动静，睁开眼睛，见是张良，勉强支起身子，似要起身。

张良忙走上前去，扶住汉王，让他重新躺好，汉王示意张良坐下，张良便坐在汉王的床边，小声说："汉王，您的箭伤如何呀？"

汉王道："不碍事，休息一下就好了。"

张良点点头："汉王，既然这样，我看汉王您应立即起床，到军中巡视一番。"

张良解释道："汉王，到军中巡视，一则能安定军心，增强士兵的斗志；二来可打消项羽的侥幸心理，使他放弃乘虚而入的打算。"

汉王听后，似有所悟，只得挣扎着坐起身来，裹起胸前的箭伤，强打精神，由左右士兵扶到车上到各军营中巡视。

此时，将士们正在议论汉王的伤势，忽见汉王稳稳坐在车中，神气十足地来到营中，看到汉王与先前没有什么两样，一颗颗悬着的心都放进了肚里。

汉王向将士们训话，激励将士好好休息，以图精力充沛，勇猛杀敌。汉王说了一番话，便催促兵丁，驾车赶紧离开。

原来，汉王中箭后，身体本来很差，刚才又十分激动地讲了一番话，伤口阵阵疼痛，实在是坚持不了了。

"调转马头，直驰成皋，不要回原营帐了。"刘邦吩咐手下道。

马车急速行驰，载着汉王养伤去了。

项王正在营中踌躇满志，与大臣下棋消遣。突然探马来报："项王，刚才我们从汉营中见到刘邦，他不但安然无恙，而且精神很好，正在营中巡视驻防情况，并鼓励将士勇猛杀敌。"

项羽一听，把棋盘往旁边一推，叹道：

"刘邦真是命大，又一次从我的手中溜掉了，莫非是天意？"说到这，项羽脸上立即浮上一层阴影。

他边想边皱着眉头在营中来回踱步，思忖着：

"现在进兵只怕在跨越沟涧时就会被汉兵消灭，若不进兵，速速取胜，粮草万一供应不上，可就麻烦了，况且，现在兵将们也都十分疲倦了，再拿不出好的主意，可就……"

正在左思右想之时，忽然听到有人来报，前往救齐的大将龙且战败身亡了。

这无疑是雪上加霜，项羽一时愣在了帐中。

有兵士提醒，项羽这才定了定神，说道：

"韩信果真厉害，他杀死了我的爱将龙且，我定要让他偿还血债的。"

他环视了一下帐中诸将，若有所思地说：

"韩信取胜后，不久快要赶到这里，等他与刘邦合兵一处，那时，我们的麻烦可就大了。"

说罢，他立即派出探马再探虚实。又紧锣密鼓，命诸将严阵以待，随时做好战斗准备。

原来龙且被楚王派往齐地救援，当然不敢怠慢，他急忙点齐兵马，日夜兼程，快马加鞭，向齐地进发。

一路急行军赶到齐地，齐王接到通报，十分高兴，他急忙命那些残兵败将收拾行装，整队前往楚营。

齐军出高密城不远，便与龙且的援军合兵一处，两军将士见面后，互相拥抱，甚是喜悦。

龙且、田广两人寒暄一番后，双双走上山冈，指指点点，分析了目前的形势，然后命令将士安营扎寨，就地休息。

这时韩信正要率军向高密进发，忽听说楚援兵已到，并且知道这前来救援的楚将正是龙且，自知龙且也是一员强将，便先派人回报汉王，请求再调曹参、灌婴两支军队一齐作战。

不几日，曹、灌率兵已到。这样两下合兵出发，来到潍水西岸，与楚齐对峙。

只见那楚齐军营在东岸密密麻麻地排列着，旌旗招展，士气正盛。

于是韩信召来曹、灌二将一起商议道："龙且这人，很是勇猛，是有名的悍将，对他我们只能智取，不能硬拼。我现有一计可将他擒来，不知二位意下如何？"接着便将计谋说与二将，曹、灌二人连连称是。

韩信便命军队后退三里，找一险要之处安营扎寨，然后按兵不动。

这时楚将一看韩信还没开战就先退后几里，自认为一定是怯战不敢迎战了，于是就想率众兵过河追杀汉兵。

这时龙且身旁一属吏上前献计道："韩信率兵从远道而来，一定会与我们交战，一决胜负，如果一下子打起来，恐怕我们抵不过他，因为现在齐王手下的兵将已被打败，一定很难与韩信的军队硬打。况且他们都是本土上的人，顾念家眷，双方交战后，定会有不少人四下逃散。我军虽不同于齐兵，但若一看齐兵先逃，必会受到影响。军心难稳，时间一长恐怕也要支持不住了。我建议咱们最好的办法是坚守阵营，不与韩信直接交锋。同时让齐王派部下去招集齐都及其他城池战败的将士。各城守军和将士，一听说齐王安然无恙，同时楚兵也派来了大批援救的人马，一定会纷纷来投齐王，不肯归服汉王。而那汉军远离本土两千里，恪守他乡，既没有城池可做依靠，又没有粮草供给，怎么能长久地坚持下去呢，过不了这个月，自会不攻而破。"

龙且摇头道："韩信那小儿，有什么能耐，敢与我相比。我听人说他少年时很是贫贱，吃穿都难保，甚至在漂母那里寄食，还曾受他人胯下之辱。这等无用小人，怕他何来！何况我奉项王之命，前来救齐。如果不与他交战，只等他粮尽乞降，那我还有什么功劳可言呢？现在如果我真的战胜了韩信，必威震齐国。齐王也就只得将齐地分给我一半，这样我不就名利双收了吗？"

副将周兰也恐怕龙且一时鲁莽中了韩信的圈套，导致失败，于是上前劝谏道："将军千万不可轻看韩信，他曾助汉王定三秦，灭赵降燕，现在又攻下齐地。我素来听人说他智勇双全，机智莫测，还望将军三思而行才是。"

龙且冷笑道:"韩信能取胜是因为他所遇到的全是无用的庸将,所以才有侥幸的成功,现在若要他与我较量,管保叫他人头落地,魂归西天。"

说罢马上差一士兵,渡过潍水,向韩信下战书约定来日决战,但等决战开始。

楚使者一走,韩信忙命军兵赶制出万余个布袋,准备夜里使用。

于是将士们将随营盛干粮的布袋全都拿来备用,这样很快万余布袋已备齐待用。等到黄昏时分,由韩信召进部将傅宽,悄悄将计谋告诉他说:"你可率一部分人,带上这些布袋,偷偷游到潍水上游,就在水边取些泥水,将布袋装满。找一处河面浅狭的地方,把布袋沉下去,阻住流水。这样等到明日交战时,楚军渡河,我军传发号炮,竖起红旗为号,让兵士迅速将布袋捞起,使截留很久的河水,一拥而下。这是至关重要的事情,你千万要办好呀!"

傅宽领命后立即率兵去行动。

接着韩信又召集众将官,说道:"你们等明日交战时,一定要看红旗,这是信号,只要红旗一举就要赶紧合力向敌人冲杀,擒斩龙且、周兰,就在此一举。现在你们可先回去静静地休息一宿,明日可就是大家立战功的时机了。"

众将一听这话,知道韩信早已布好战局,便都各自回帐休息。只等明日出战。那韩信也忙派出士兵巡夜,自己就睡下了。

第二天一早,便命大家饱餐一顿,然后整队出阵。韩信一马当先走在前面,数名副将紧跟其后,径直渡过潍水,向楚兵挑战。而所有曹参、灌婴军率领的军队,驻守在河西岩的两侧,按兵不动。

这条潍河,水本来很深,水面也宽,不能趟过去。可这时因为傅宽在上游用布袋截住水流,水势已很浅了,只要卷起衣裤就可顺利过河了。

韩信就这样很快率兵渡到河的东岸,摆开阵势。这时龙且也率领部下冲了过来。韩信一看,便上阵大喊一声:"龙且小儿还不快来受死!"

龙且一听,催马便来到阵前,大声叱道:"韩信,你原是楚臣,为何叛楚归汉呢?今天神兵天降于此,还不快快下马就擒,更待何时。"

韩信笑道:"项羽背约弑主,大逆不道,你还甘心跟他,真是自取灭亡,今天你来得正好,这便是你的死期来临了。"

龙且大怒,举刀直取韩信,韩信忙退入阵中,自有许多部将出阵与龙且对阵,只见那龙且抖擞精神,与众汉将厮杀在一处,越战越勇,一二十个回合难分胜负。

副将周兰一看，也立即催马上前助战，汉将渐渐只有抵挡之力而无攻取之劲了，只得慢慢向后边打边退。

韩信一看这情景，立刻催马先往回逃奔，直冲潍河岸边而来，汉众将一看韩信已先拨马回奔，也都纷纷紧随其后，向自己的营中奔。

龙且一见这情景，哈哈大笑道："我原说韩信就只是个无能之辈，单凭侥幸取胜，不堪一击吧。果真如此，真是天助我也！"说罢，催马便追。

周兰及随从将兵紧跟其后，直奔潍河岸边。而那汉兵早已渡水西去了。龙且立即下令过河追杀，好一鼓作气消灭韩信。于是领先一步，一马当先率兵将下河。

只是这龙且杀兴正浓，哪里看清水势如何，而在他后面紧跟的周兰却仔细看了一下河水的流速，发现这水好像已被阻塞住了，立即起了疑心。

可再看龙且也已跃马渡河，赶紧想上前劝阻，也只好紧追龙且，随他之后跃马入河，往西奔去。其他将兵纷纷紧随其后，不敢怠慢。

只说那龙且人急马快，转眼已到彼岸，周兰和二三千骑士也已赶到岸边。可剩下的人马还在水中，有的还没来得及下水，只在岸上。只听"轰"的一声巨响，震天动地。随后水势突然急涨，高过先前数尺。而且这时流水也不再平静，一时波浪翻卷而来，澎湃汹涌，好似江中大潮一般。

这突如其来的骤变一下子使水中楚兵站不住脚跟，大多数人被波涛席卷着远去了。只是那还未下河的岸上官兵，一看水中有变，也就不敢再下水了。连同已上岸的龙且、周兰等三千左右的骑士算是拣了条命。

而汉营中已有红旗高高举起，曹参、灌婴率兵从两侧杀将过来，韩信也领着后退的那些官兵杀了回来。一时三路人马合众一处夹击龙且、周兰。任凭龙且如何骁悍勇猛，周兰如何精打细算，始终未能逃出韩信所设的圈套中。且这时再想冲出重围已是太晚了，况且楚兵已被分割成三块，各路人马势单力孤、寡不敌众。就说龙且、周兰西岸的二三千骑士哪能敌过三路汉兵？

结果龙且被斩，周兰被活捉，二三千骑兵被打得四散而去。

再说那东岸的楚兵，一看龙且都已被杀，大势已去，还是赶紧自顾逃命吧！这样全都散去。

而那齐王一见此情也如惊弓之鸟、漏网之鱼，哪里还敢再战，立即弃营奔逃。

等来到高密，正想喘口气，却只见后面尘土飞扬，人喊马嘶，齐王一想定是汉兵已追杀上来了。再一看自己身边左右，只几个人了。自知这高密也难保住，还不如赶紧向城阳逃命呢！于是骑马直奔城阳而下，可还没等赶到城阳就被汉追兵赶上。一拥而上，七手八脚将齐王拿下马来，五花大绑，送到韩信面前。

韩信一看齐王已被抓到，便厉声吼道："你这齐王，真是心狠手辣。竟将郦生烹煮，如此残忍，和那秦暴君没什么两样，左右还不快快将他推出去斩首。"

这也总算齐王为郦生抵命了。

接着韩信又派灌婴前去攻打博阳，曹参去占据胶东一带。

那驻守博阳的不是别人，正是齐相田横。他当时听说齐王已被杀死，干脆自立为王，出兵驻扎营下，来截击灌婴的汉兵。

这一日灌婴率兵一路杀来，刚经过胜利的汉兵势气正盛，勇猛猖狂，那齐兵怎能抵挡，只是被杀得一路败逃，连那田横也已势尽力竭无力再战，只好率十多名骑兵，仓皇逃往梁地，去投靠彭越了。

田横的族人田吸，和田横没在一处，直奔千乘而去。不幸被灌婴一马追上砍下头来，只等回去领赏。

再说那曹参也是胜利而归，手提首级，向韩信报功。

原来，胶东守将田既，也是曹参所杀。曹参一马平川，汉兵荡平胶东，回师交令领赏。

此时两位将军同时进入大营内，向韩信说明战况。韩信听后，自是高兴，忙命人拿来功劳簿，给两位记上大功一件，并赐给他们一些从齐地缴获来的财物珠宝，命他们休整待命。

韩信一鼓作气收服齐地后，大摆酒宴，庆贺胜利。

宴席中，韩信兴致很浓，按功论赏，将士们得到奖赏，自然高兴，你敬我，我让你，一直喝到大天亮，醉成烂泥为止。

随着酒精的升发，韩信慢慢把纷乱的思绪拉回到现实中来，他轻轻活动一下筋骨，手托下巴又陷入了沉思。

"我跟随汉王征战多年，攻下了无数座城池，立下了不少功劳。现在又占领了幅员辽阔的齐地，汉王应该对我有所表示吧。"

想到这儿，他再也坐不住了，穿鞋来到桌台边，提笔向汉王修书，通告了齐地大捷之事。末了，要求汉王封他为齐王，颁布封印。

他堂而皇之地说，这样赏罚严明可以激励士气，扩大战果。

写罢，他细细看了一遍，觉得比较满意，于是，派人骑马速速送与汉王。

人在没成就事业之前，特别是在贫困之中，常常自我勉励，自我警觉。但是，一旦取得成绩，建功立业，便自觉不自觉地居功自傲。韩信就是这样的人。当然，这时他是毫无察觉的，他一步一步地要挟汉王，也使他一点一点走向坟墓。

自从汉王中箭以后，他一直在成皋安心养伤，经过医生的精心治疗，伤势已基本痊愈。

汉王是一个闲不住的人，伤势一好，他便又骑马到栎阳汉营中察看城防。与将士们交流感情，同吃同住，进行慰问工作，一晃就是四天。

这一天，汉王一行刚刚到军营中，韩信派来送信的特使就来到了。

汉王洗了一把脸，接过信，拆开看了一遍，立时大怒。

他把信往地上一扔，拍桌大叫道："韩信也太猖狂了，简直不知自己姓什么了，打了几个胜仗，便居功自傲。我现今被困在广武，日夜盼望他速速救援，他不但不快些回师助我，还做起封王的美梦来了，真是气死我了！"

张良、陈平看到汉王脸上布满阴云，慌忙走上前来，小声对汉王说："信使在此，况且还有其他将士，汉王就不要多说了。"

刘邦一听，心领神会，自知刚才失态，便不再叫骂，拉过一把凳子坐下，不再说话。

张良、陈平接过信，看了一下，大意是：

齐人虽已被我征服，但他们多虚伪狡诈，反复无常。

韩信反复强调，齐南境与楚临近，难免有一天要反汉投楚。到那时，又会出现紧张气氛，当今之计想请汉王暂时委命我为齐王，也好在此镇守些日子。字里行间浸透了做齐王的心愿。

看完信，张良、陈平相视一笑，又凑到汉王跟前悄声说：

"汉军在齐地确实有许多不利因素，就不要说气话禁止韩将军做齐王了。当下之计，倒不如封他为齐王，为我们守住齐地，也可在日后做我们的声援之势。假如大王拒绝了他的要求，恐怕会惹出更多的麻烦来，大王，您说，是不是这个道理？"

汉王抬起头，看了看张良、陈平，又扫了一眼信使，佯装无事道："韩信也是，大丈夫东打西杀，驰骋疆场为我立下过汗马功劳，没有韩信，我哪有今天哪，好了，就让韩将军做个堂堂齐王吧。"

第四章　楚汉相争　决战垓下

说罢，奋笔疾书，写了一封回信，立即遣回来使。

不久，张良亲自带着齐王印飞马赶到齐地，封韩信为齐王，举行了一个不大不小的仪式。

韩信被封为齐王，自然高兴得合不上嘴。

他设宴款待张良，酒席间，张良讲明了汉王现今的处境，建议韩信赶快发兵攻楚。韩信当然满口答应。于是宴罢，张良回去交差了。

韩信做了齐王后，骑上战马，兴致勃勃地来到帐外，到军营中检阅自己的部队，并激励将士做好准备，攻取楚营。

忽然，有守卫来报，说楚使者武涉前来求见。

韩信一听暗想："我与楚王素有恩怨，楚王恨我如仇敌，现为何又派使者呢？想来必定是来做说客，劝我投楚吧！可我心中已自有打算，不妨见一下来人，看他有何话讲。"

于是令左右引武涉前来相见。

这武涉本是盱眙人，很有口才，一直在项王幕下听命。这次项王得知龙且、周兰被杀，齐地已归韩信的消息后，确实知道自己已无力救齐了，很是感到不安。所以便想派武涉为说客，去劝说韩信不要以楚为敌，也以此离间汉王与韩信的关系。

且说武涉一见韩信，便下拜行礼，口中连连说庆贺之词。

韩信也从座上站起身回礼，并微笑着对他说："你来此向我贺喜是什么意思呀！大概不过是为那项王来做说客吧！那你就尽管讲来，我倒看看你能怎样劝我反汉投楚？"

武涉连忙申辩道：

"将军此言差矣。天下已受暴秦的统治很久了，因此楚汉兴兵同伐无道。现在秦已被推翻，汉楚本应分别占领一些城邑，各自称王，休兵罢战，使百姓安居乐业。可那汉王野心勃勃，不满足自己所得的封地，便又兴师动众，东进中原，攻城略地，抢劫财产。并以淫威震慑百姓，与楚王争夺土地，展开多年战争。由此可见这汉王真是贪得无厌，志在吞并所有诸王土地，像秦始皇一般称帝才算罢休。将军大人明智过人，智勇双全，这种汉王野心您一定早该看得出吧！再说前几年汉王已兵败楚军，被项王所掌握，项王要杀他，易如反掌。但项王大义大仁，不忍将他置于死地，便封他为蜀汉之王，派他率军到那里去驻守。这样做也算仁至义尽了吧。可那汉王仍不思悔过，不念旧情，没多久又起兵反楚。这种反复无常，诡计多端的人，难道我们能相信他吗？可现今将军你却自认为已得到汉王的信赖和重用，便替他卖力。我只是担心有朝一日，等汉王拥有天下之时，必不再重用你，反而会置你于死地的。你目前的这种处境，正是决定走哪条路的时候。向左投奔汉王，汉王必胜楚而得天下；向右投靠楚王，楚王则必胜汉而平天下。但是汉王若胜而得天下，那你就有危难临头了。楚要是胜了那你可不至于走到危险地步。而那项王和将军你本是旧交，时常挂念你，自然不会做对不住你的事。如果你还信不过我的话，最好是先和楚兵联合攻汉。然后就有三分天下，鼎足称王之势形成。使楚汉两国都不敢和你对阵，这便是个万全之策呀！"

韩信听罢笑笑说道：

"我以前本来在楚王帐前听命，但那时楚王给我的官职不过郎中，责任不过是执戟听命。我向楚王进言献计，从未被楚王听信和采纳过。因此我感到在楚营中不能很好地施展自己的才能，于是便弃楚投汉。到了汉王那里，他对我十分器重，授我以上将军印，使我统领上万的兵士，并替我安顿好食宿衣行。真是对我关心备至、体贴入微了。所以从那时起我便下定决心誓死为汉王效力尽忠！绝不会辜负了汉王的一片厚爱之心。因此请先生不必再说什么了，只是赶紧回去替我谢过项王盛情便是！"

武涉一看，韩信如此坚决，只好告辞回楚复命了。

韩信送武涉走后，便折回帐中。可巧这时有一个人随之入内，韩信回身一看，不是别人正是上次设计攻齐害郦生的蒯彻。

于是便邀他入帐坐下，还没等韩信开口问有何事，只见蒯彻先凑前说道：

"我近日已经学习了一些关于相术的学问，懂了一些相面算卦的方法。我曾暗中仔细给将军相过面了。若只从你的前部面相举止来看，你的最后结局也不过是做个诸侯，可若从你后面的情形来看，真是贵不可言之相呀！"韩信一听这话很是吃惊，料想此言必有所指，便又带他进到自己的密室之内，屏退了守卫的侍从，仔细问道："不知先生刚才所言是何用意？"

蒯彻又说道："从暴秦被推翻后，楚汉激战已有多年。他们不顾百姓利益，将士劳顿，只管争土掠地，你杀我打。那项王自彭城起兵，转战南北，驰骋疆场，直取荥阳，威名远震天下。可现今仍被汉兵围困，一直过了多年也未能再度取胜。而汉王率兵数十万已占据洛阳，凭借着山峻水险，虽一日进攻多次，仍有多少时日得不到寸土之地，反是常常大败而逃。这不是因为不能很好地施展智勇双才。我看当今之势，非得等到有贤明圣主出世，才能使双方偃旗息鼓，停战收兵。将军此时率兵崛起，正好处于汉楚之间。你要为汉出力，汉必胜；你若为楚尽心，楚必赢。不夸大地讲，就连楚汉两王的身命也在你手中掌握着。如果今天你能真心地听我的一计之谋，倒是不如两者你谁也别帮，自立为王，与他们三分天下而有其一。使鼎足之势形成后，再静坐观阵，待机而动。其实像将军这样智勇双全的干才，现已占据强大的齐地，吞并了燕赵的领土，等有机会再向西进兵，为百姓出兵平天下乱世，谁敢不顺从你呢？哪个诸侯小国敢不速速来投奔你呢？将来分割天下，封侯拜将，其他诸侯都会因震慑于你的威力而不得不纷纷来齐地朝拜大王你呀。到那时你的霸业岂不是就有了盛世空前的气势了吗？我听说如果天若帮你取胜，你却不能顺天行事，时机已到而不能立即采取行动，将来必要有大祸临身。那时就后悔莫及了。万望足下深思熟虑，千万别忽略我的一席肺腑之言呀！"

韩信道："汉王待我很是器重，我怎能在他取胜的关键时刻背信弃义，望利而思迁呢？"

蒯彻接着说："从前常山王张耳和成安君陈余关系很是亲密，曾盟约为刎颈之交。后来因为张耳、陈泽的嫌疑，两人竟成了仇敌，在济水大战一场，陈余便被斩首。足下仔细想想，你和汉王的交情，能比得上陈张的刎颈之交吗？你在汉王心目中所留下的嫌疑之事，难道不比陈泽这一件事大吗？可如今你却仍在想着做忠臣贤将，讨好汉王，这样下去必会误了大事。后果更是不堪设想了！再说那越大夫文种，足智多谋，忠心耿耿，帮助越王勾践从危难之中摆脱出来，并使他后来能称霸一方、战功赫赫，名震四方，但结果不也是难免一死吗？这就好像猎人狩猎一样，猎到野兽后，曾跟随帮助狩猎的狗便没有用场，自然要被烹食，这既已是规律性的事情。而今你的忠心和威望，想来也不过和当年的越大夫文种一般罢了。况且我又常听人说如果臣子的智谋名震四海，远高于他的主子，那往往是将自己置于危险境地了。即使功过天下，名盖四方，却常常得不到应有的赏识。现在将军已经误入此道，为汉而战，汉必惧怕你，以后不会有什么好结局；归楚吧，楚王又不会再信任你了，这样一来，你还能有什么可以走的路呢？"

韩信听罢这番话，不免为之一震，心中也开始疑惑不解了。

于是又对蒯彻说："先生请先暂且回去休息，待我细细想来，再作决断。"

蒯彻一听只好先回去。

等到过了些日子，仍不见韩信来找他，就又亲自到营中找到韩信，请他赶紧果断行事，千万不要贻误战机。

但那韩信最终难下叛汉自立的决心，同时自己又总觉得已在汉营立下汗马之功。汉王一直都很厚爱他，不会日后变卦的。于是便谢绝了蒯彻的一番好意。

可那蒯彻一看，韩信未能听自己的规劝。只怕将来会因此而惹下大祸，便从此装疯卖傻，整日乱说一通，最后竟独自跑到外边做了个巫师。不再回来了。

韩信知道此事后，心里自然清楚蒯彻的心情，也就不去追究，随他去吧！

只是从此之后想着蒯彻那番话，惶惶不安，不知到底如何做才好。于是便暂且休兵养战，驻守齐地，单等汉王有了消息再说。

这时的汉王已在广武驻守多日，光阴似箭，眼看已过了半个多月，日盼夜盼也不见韩信派兵前来助战。心中很是不悦，便先派英布为淮南王，率兵再到九江，截断楚兵的退路。一面又修书给彭越，命他再次侵入梁地，阻住楚粮草运送的道路。这一切布置好了之后，汉王仍是放心不下。

他在想，如果项王一看粮草接济不上就可能收兵回去，同时会将太公押出来做人质来威胁我，或乘着一时怒气再杀了太公，那可如何是好？

一想这些，就又感到还是应再想个万全之策才好。

于是立即召来张良、陈平商议对策。三个都以为当今之计应首先救出太公才是。

同时张良又说："项王粮草一缺，一定会收兵后撤的。这时我们正好乘机和他讲和，假装愿意息兵停战。让他先放出太公和吕后，这不是很好的办法吗？"

汉王又说："只怕那项王性情暴躁乖戾，若有一句不合他心思，便要怒气冲天，不管不顾其他了。要想派人去议和也行，只是要先挑选出一个合适的人选才行，否则倒会酿成大祸。"

这时话音还未落地，忽见一人闪身入帐中，应声答道："臣愿往。"

汉王一瞧，说话的不是别人，正是洛阳人侯公。这人年方三十多岁，很有才气。从军多年，很擅长辞令答对。于是汉王便答应了他的请求，准许他前去和项王议和。但仍不放心，便千叮咛万嘱咐，恐怕有什么差错。

这样侯公才领命出发，骑马出营直奔楚帐，求见项王。

项王自从听了武涉回来说了游说不成之事，心中更是焦虑不安，一筹莫展。同时还听有人报告说军粮和马料也快用完了，简直都快愁死了，正在营帐中苦思冥想，忽见有人禀报说汉营已派出使者，来求见楚王。

项王一听，便手握剑柄高高坐在帅位上，传命汉使来见。只见那侯公不慌不忙，稳稳当当地步入帐中，见了项王面无惧色，从容上前行礼。

项王一看，怒目圆睁吼道："你家主子既不敢出来与我战上几个回合，又不赶快收兵退走，到底想干什么呢？现在又派你来见我，要讲什么话就快说吧！"

侯公镇定自若地应道：

"项王之意到底是愿意打呢还是愿意退呢？"

项王说："当然愿意打呀！"

侯公道："要打肯定有危机，开战后对谁来说都是胜负难定，不可预料。况且双方已在此对峙多日，想来早已是军困兵乏，没多少锐气可谈。我现在来此就是为了使双方停战息兵，因此才敢冒死来见大王。"

项王一听这话不觉脱口便问："依此而言，莫非你是来此和我议和吧？"

侯公道："汉王本不想和大王争雄论战，大王您如果能从百姓安乐，国家太平的大局着想，就应该立即停战议和。那样一来我们自是不敢违背您的意愿了。"

项王听到此话，原有的怒气早已减了大半，心里也稍稍平静了许多，便把手从剑柄上移开，问起议和条件来。

侯公便乘机说："我奉汉王之命，来此谈议和的条件。主要有两条要说清：一是汉楚两国，划定边界，彼此相安而处，不再互相侵犯，刀兵相见。二是请大王你放了汉王的父亲刘太公和妻子吕氏，使他们一家骨肉能团聚一处，这样他们会永远感念您的圣德的。"

项王一听这话，手捻长须狞笑道：

"哼，看来你们汉王并非真心议和，只是又在设计欺骗我上当吧！他想保全亲属骨肉，才派你来花言巧语地劝我议和。"

侯公忙说：

"您这话是没有道理的。您知道这次汉王东进的意思吗？常言道，人情无不顾念父母，惦记妻儿的。当初汉王被封于蜀汉之地，西蜀偏僻，远离故土家乡，免不了要动思念乡土之心。上一次偷偷进到彭城，无非是想搬走家眷，一同到西蜀团圆。可后来听说家眷已被大王捉去拘押，急不择路，才只得同大王决一死战。这样楚汉之间战火连年。现今大王如果根本没有议和意思，就不必再说别的。既然您商议和谈，为什么还不将汉王妻室父亲放回去呢？这样放回两人后，不但会使汉王感恩不尽，自会发誓不再向东进兵。而且天下的诸侯，也会因此而仰慕您的大仁大义，没有不称颂您的。试想，大王您虽早就抓住汉王的家眷，可没有杀死他的父亲，这是明孝之德；没有玷污他的妻子，这就是明义之德；现在你又把捉来很久的亲眷放回去，这就是明仁之德；三德你已都具备了，名声自会远扬天下。如果您还是担心汉王会负约，那也没关系。汉王负约，他是理屈的一方，而你是理直的，古人常说：'师直为壮，曲为老。'大王您如今直道而行，天下人谁敢与你为敌呢？何必怕他一个小小的汉王呢！"

项王平时最喜欢听奉承之词，听了侯公这一番言语，更是惬意无比，心中美不胜言。

于是马上又叫来项伯，和侯公商议划定边界的事项，这项伯本来就心已向汉，袒护刘邦。一听说要与汉王议和，真是高兴得很。也想借此机会向汉王卖个人情，便与项王商议决定，就依着荥阳东南二十里外的鸿沟为界，鸿沟以东属于楚所有，鸿沟以西属于汉所有。

边界定好后，侯公便请求项王派一使臣，一同回报汉王议和详情，订好盟约的章程。双方既已都无其他意见，就从此休兵息战。

并且汉王又派侯公前去迎回太公和吕后，以免项王夜长梦多不守约。于是侯公又不辞辛苦，率众差同楚使一起去见项王。

项王订约以后，心中很是高兴。于是当侯公率众差来迎接太公、吕后，便一口答应，毫不犹豫地将吕后、太公及随同人员一并送交侯公带回汉营中。

刘邦看太公和吕后回来了，赶紧走上前去，与亲眷相见。太公、吕后痛哭流涕，悲喜交加之情真是感人之至呀！在旁跟随的将士们也都一齐行礼庆贺，一时间汉营中欢声不断。

汉王更是高兴，当下封侯公为平国君，以嘉奖其功。

这是汉四年九月的事了。

汉楚议和之后，没过几天，项王便先起营拔寨，挥师东回了。

而此时汉王一听项王已有动作，便也决定起兵西返，立即传令将士整顿衣

楚汉相争 决战垓下

第四章

装，准备明日就动身回师了。

刘邦自然也决定暂时退入关中。

僵持年余的广武战场即将成为"台风眼"。

但就在刘邦下令撤军的同时，首席谋士张良和陈平联袂秘密觐见刘邦。

"两位先生同时到来，想必有所指教！"

"以君王看来，我们目前是强势还是弱势？"

张良首先提出问题。

刘邦怔了一下，略为思考后表示：

"如果僵持下去，对我们有利，但如果进行会战，我没有把握能击败项王！"

陈平接着表示：

"的确如此。我们是很难真正击败项羽，只有现在是唯一的机会！"

刘邦道："怎么讲呢？"

陈平道："目前我们已拥有天下的大部分，诸侯也都站到我们这一边来，楚军久战而兵疲粮尽，这正是天亡他们的时候。我们应乘此机会攻击他们，否则便成了俗语所谓的'养虎而自遗患'了！"

"但我们已达成约定了！"

"创大事业者不拘小节，只要击败项王，我们便再也不需要谈判和约定了！"

张良也表示支持。

刘邦有所醒悟，乃下令大军越过鸿沟，准备袭击项羽撤退中的主力部队。

由于粮食严重缺乏，和谈成立后项羽立刻下令大军火速退回彭城，以补充粮秣。

"急行军到彭城，便可吃一顿饱餐！"

项羽对饥饿的楚军宣布撤军的消息，并希望大家提高效率以脱离困境。

不过从荥阳到彭城，其间必须经过彭越游击队出没最多的地方。

以昌邑为根据地的彭越虽经项羽亲自追剿过，但他那敌出我入、敌入我出的策略却使其实力丝毫不损，并且已有效截断项羽西征军的补给体系。

如果硬是闯过彭越出没的梁地，虽然距离彭城较近，但势必会遭到不少麻烦。

这对饥饿的楚军可能会造成心理的惊慌，楚军的参谋人员因而不断向项羽表示他们的顾虑。

因此项羽决定先往南退入陈国，再行绕回彭城，虽然这段路稍远，但却安全得多。

由此显示项羽已丧失往日的霸气，饥饿已成了楚军最大的敌人。

当楚军到达陈城西北的固陵时，接获了刘邦指挥大军越过鸿沟、背约前来追击的情报。

项羽大怒，下令全军在固陵部署。

在后面追击的刘邦听说楚军停了下来，也不敢冒进，便在固陵北方的阳夏城南方下营。

由于这些地方全属无险可守的平原，双方可能会在此发生会战。

早在下令挥军追击楚军的同时，刘邦便派特使分驰韩信及彭越处，要求两人出兵共击项羽。

然而当他到达固陵战场时，却见不到韩信和彭越的军队。

"看来我必须要单独面对项羽了！"

刘邦担忧地和张良商量着。

"我们必须尽全力一战！"

事到如此，张良认为刘邦绝不能逃避，况且这一战不论输赢都可以消耗楚军的战力，对汉军来说未尝不是一件好事。

由彭城送来的少量援粮正好让饥饿的楚军可以先饱餐一顿，以便和汉军一战。

能和敌军会战，一直是项羽梦寐以求的愿望。

愤怒加上兴奋，楚军展现了惊人的冲击力。

项羽身先士卒地在前面冲锋。

汉军前锋很快就崩溃了，幸周勃的军团全力阻挡，刘邦的中军主力才得以安全退入阳夏城内。

刘邦下令守城，并深筑防御工事而闭门不出。

项羽虽率军猛攻，但一时也奈何不了刘邦，眼见彭城运来的粮食又要消耗殆尽了。

如果项羽能够在这时候下令紧急退回彭城，不要管刘邦的态度，或许还有让楚军东山再起的机会。

但项羽恨透了刘邦，发誓非斩下刘邦的头颅不可，因此不顾士兵的饥饿，下令猛攻阳夏。

楚军攻势虽然猛烈，但周勃军团沉稳应战，阳夏防线短期内尚不致有危险。

刘邦和张良商议道：

"我已通知了韩信和彭越，但他们显然不打算来帮助我，怎么办呢？"

张良答道：

"此时楚军已到了强弩之末，但君王从未表示如何和他们俩平分疆土，他们才会不愿前来。君王若能表明将和他们共分天下，相信他们很快便会率军来援的。

"韩信被封为齐王是他自己勉强要求的，并非君王之本意，所以连韩信自己都不认为其齐王的位置已很稳定，想必心里尚有很大的不安。

"彭越目前几乎控制了梁地，但早年君王以魏豹为梁王，以彭越为相国；如今魏豹已死，彭越希望成为梁王，但君王却一直未正式任命他，所以他心里也是非常不平的。

"如今，宜将睢阳以北至谷城等梁国疆土全部封赐给彭越，将从陈以东到海之地及韩国原有疆土封给韩信。而且韩信是楚人，他也很想衣锦还乡，君王若能和他们均分天下，并要求他们率自己的军团去攻击项王，则楚军很快便会被击溃的。"

刘邦立刻批准张良的提议，派遣特使带着封疆的地图，火速请韩信及彭越出兵助阵。

果然韩信立刻亲率大军由临淄南下。

彭越的军团也分批由昌邑出发，意图截断项羽返回彭城的后路。

另外，刘邦也派遣刘贾的特遣部队渡过淮水攻击寿春，并派入引诱楚国大司马周殷以舒城的兵众叛楚，重新拥立英布。英布于是以刘邦盟友的淮南王身份重新统辖九江地区，并和刘贾军共同北上至城父，准备由南方夹击截断项羽退路。

项羽接获各地不利的情报后，心中大为恐慌，乃火速向东撤军，于十二月左右进入垓下。

由于彭城的后退之路已为彭越截断，楚军能退到垓下，而不在中途受到袭击已属不幸中之大幸。

垓下在今日的安徽省淮水北岸之地，有不少河流流经该地，形成了不少河沟及岩壁，十分有利于建构防御工事。

项羽这时不得不靠地利来防守了。

一向擅长会战的项羽，这次竟然主动放弃此一机会，看来项羽的确到达穷途末路了。

垓下虽有少许粮食，但根本用不到数月，与彭城间的交通又完全断绝，因此项羽的主力部队已成了被重重围困、完全没有外援的孤军。

由于粮食的确不足，外围的楚军逐渐溃败，有的甚至难忍饥饿而向汉军投降。

十二月中，汉军主力和各诸侯部队全部到达垓下。

韩信亲率齐军三十万为先头部队，蓼侯孔熙在左，费侯陈贺在右，刘邦也率主力部队紧随其后，周勃和柴将军则追随在刘邦之后。

一行浩浩荡荡地直奔垓下。

项羽亲率主力部队十万兵马，出城准备给汉军迎头痛击。

这场会战，汉军阵营由韩信亲任总指挥。

这也是两位当代军事奇才，首度也是最后一次面对面决战。

项羽仍展现他野兽般的勇猛，亲率骑兵队在前面冲刺。

韩信则仍以智略见称，他的战场都是经过精密设计的。

刚接触不久，韩信便下令撤退，他不愿军士在楚军的死战下损伤太多。

项羽仍采取猛烈攻势，以打击汉军士气。

但孔熙和陈贺军队却由两侧断绝楚军退路，让楚军陷入前后夹击中。

项羽方反身迎战左右两军，韩信主力却又回头再击楚军，项羽只得在腹背受敌的情况下疲于奔命。双方混战了半日，楚军因饥饿而不耐久战，加上敌众我寡、死伤惨重，项羽只得再度退入垓下而闭城坚守。

刘邦率诸侯军队将垓下团团围住。

经过一天苦战，项羽身心俱疲，不及解下盔甲便倒在营帐中小憩，虞美人则在身旁照顾。

第四章　楚汉相争　决战垓下

一觉醒来，已是深夜，万籁俱寂。

远处却传来楚人的歌声，渐渐地四方都响应了起来。

垓下城中的楚军都跑到外面来听这熟悉的歌声。

这不正是楚地的歌谣吗？楚军纷纷兴起了怀乡情结，想到自己或许即将孤独地客死他乡，更念及家中的父母妻儿，不禁悲从中来地掩面痛哭。

惊醒后的项羽睡意全消，立刻起身喃喃自语道：

"难道汉军已经完全占领楚国了吗？为何汉营中会有这么多楚人呢？"

叹息中，项羽坚强的意志慢慢地消失了。

这便是历史上所谓的"四面楚歌"！

的确有不少楚军已被汉军捕获或主动投降了，但人数还不致太多。

这显然是张良和陈平有意的设计，让营中楚军教汉营军队和诸侯部队练唱楚歌，利用大合唱的声势，加上由远处传来的几可乱真的效果，彻底打击垓下守军的士气。

这一招果然非常成功，连项羽都深受感染而沮丧不已。

最后时刻已到，项羽决定死得像个英雄。

他起身穿上全副武装。下令在营帐内设酒宴，并由虞美人作陪。

马夫也将骏马名骓牵到帐营前。

由军中精选出的八百敢死骑兵队，准备冒死突围。

这是最后的酒宴。

项羽嘱咐部属，他突围而出后将展开壮烈的生死决战，其后垓下的楚军便可向汉军投降，以免不必要的死伤。

他要求虞美人和所有重要将领不可轻言赴死，必须在楚国灭亡后尽力保护自己的族人。

他相信刘邦和韩信都是楚人，应不致给楚人太大的难堪。

说罢，项羽起身，慷慨悲歌：

力拔山兮气盖世

时不利兮骓不逝

骓不逝兮可奈何

虞兮虞兮奈若何

这阕歌曲便是项羽的最后遗言了。

我的力量可以撼动山河，我的气势更是举世无匹！

但是时局却对我大不利，使得我的勇力无法发挥！

勇力无法发挥，名骓失去雄姿，真是令人遗憾啊！

虞姬啊虞姬，我们这下分离，是无可奈何的千古遗恨啊！

项羽高歌时，虞美人也起身和歌。

《楚汉春秋》记载，虞美人之对歌如下：

汉兵已略地

四方楚歌声

大王意气尽

贱妾何聊生

《史记》和《资治通鉴》虽未明载虞美人下落，但依此歌词之意来看，虞姬其实已清楚表示自己将要殉身以明志。《项羽本纪》中记载：

"歌数阕，美人和之，项王泣数行下，左右皆泣，莫能仰视。"

于是这一场最后的酒宴，就在悲歌与泪水中落幕了。

项羽即刻上马，率领着骑兵敢死队八百人，在夜色掩护下由小路突围而出，然后如烈火般突袭汉营守卫，全队向南奔驰而去。

项羽并不打算逃走，只是由于军队太少，他必须选择一个较有利的战场来和汉军决战，以突显其最后的武勇。

天将明时，巡回队发现项羽已突围，立刻向刘邦报告。

刘邦命骑兵团司令灌婴亲率五千骑由后面追击。

由于夜里视线不良，不少敢死队员在途中走失或跌落深谷，到天亮时能跟得上的只剩百余骑而已。

项羽乃下令余骑在阴陵作一次集结。由于这个地方已属沼泽地带，若对道路不熟将很容易陷入绝境。

在前引导的斥候于是向农夫问路，却反而被骗，使得全军陷入沼泽中。

随后汉军的前锋部队追及，楚军死战以保护项羽，项羽乃得突围到达东城。

这个地方属平原区，是决战的好场所，不过楚军只剩下二十八骑。

后面即将追到的灌婴骑兵部队却至少有千余骑。

第四章

楚汉相争 决战垓下

众寡悬殊，但项羽仍决定在此作最后奋战。

他对最后的二十八骑表示：

"我跟随叔父起兵抗秦以来也已经有八年了，亲身参与及指挥的战事多达七十余次，几乎每战必赢，没有不被我击溃的敌人，因而能够称霸于天下。"

"然而今天却逢此困境，这是上天有意灭亡我，而不是我的作战能力有何过错啊！现在我准备展开最后奋战，为你们杀开一条血路。我设定三个目标：溃围、斩将、刈旗，让诸君来为我评估，到底是我的天运不足，还是我的能力不够！"

随即他将剩余的楚军二十八骑分置在四个方向，汉军也由四面将项羽和楚军重重包围着。

项羽遥指一汉军将领表示：

"我将亲自斩杀那位将领，各位可以看看我是否做得到！"

他下令楚军由四面冲刺，并到前面再作集结。

于是项羽大声呵斥，领先冲向该名汉将。

挡在中间的汉军在项羽冲杀下，皆披靡四散，项羽便火速骑到该名汉将前面，举刀将之砍杀于马下。

这时候汉军的前军指挥为郎中骑杨喜，他亲自向前拟向项羽挑战，项羽怒目大声呵斥，杨喜因坐骑遭到惊吓而无法坐稳，只好倒退数里之远。

项羽和余骑分成三处会合，汉军无法判断项羽在哪个地方，只好分兵三处包围。

项羽见汉军分散，便返身再度冲杀，当场又斩杀一位汉军都尉，汉军士卒也死伤数百人。项羽集合剩余楚军，发现只折损两人而已，乃对剩余的楚骑表示：

"你们评估一下我们这次的战果如何呢？"

剩下的楚军全部感动地表示：

"真是如同大王先前所说的啊！"

项羽率剩余楚军再往南撤退到乌江，如能顺利过河，便可回到他的故乡会稽。

乌江北岸的乌江浦设有楚国之亭长，这位亭长一向钦佩项羽的武勇，因此已备好渡河船只欲送项羽返回江东，亭上人员也将死战以确保项羽安全。

"大王请快上船吧！这是此地仅有的船只，追兵想要渡河必须要花费一番工夫和时间，大王的安全将没有问题！"

项羽眼见又要有人为他牺牲，心中萌生不忍，因此低首摇头。

亭长见项王迟疑不定，更积极地表示：

"江东（指会稽郡）虽小，地方尚有千里，从众也有十数万，仍可拥地为一方之诸侯王，何况我们也还有东山再起的机会啊！"

项羽想到自己率子弟兵征战数载，最后却落得如此下场，如今他即使渡江也难以逃过汉军的追缉，反而只会把战火延伸到故乡，徒增些屈辱和悲剧而已。

感叹之下，项羽对乌江亭长表示：

"我的天运已尽，即使暂时渡河逃难也没有什么用的。况且当年我项籍率领八千江东子弟渡过乌江，西向争霸天下，如今竟无一人生还。纵使江东父老怜惜我，再度拥我为诸侯王，我又有什么颜面接受他们的爱戴呢？就算他们都不出言批评，我项籍难道就能不感到惭愧吗？"

亭长闻之也悲从中来，不由得放声大哭。

楚军无不感叹而泣。

看开了以后，项羽倒相当冷静，他嘱咐亭长道：

"我深知您的确是位可敬的长者。这匹马我已骑了五年，曾经日行千里、所向无敌，是匹少见的名驹，我不忍杀之，现在就赠送给您，希望您好好地对待它。"

说完，项羽下令剩余楚骑全部下马，徒步继续和汉军对抗，他自己更独自奋勇砍杀汉军数百人。此时跟随之楚国敢死队已伤亡殆尽，项羽也身受数处创伤，筋疲力尽之下已无法再战。

他回头看到汉军的骑司马吕马童也在包围他的行列中，乃大声喊道：

"我们应该见过面，你也认识我吧！"

吕马童于是向旁边的汉将王翳表示：

"这个人便是项王啊！"

项羽微笑表示：

"我听说汉王悬赏千金，指名要我的首级，这件功劳就记在你的头上吧！"

由于无人敢再接近项羽，项羽大声朗笑后，便举剑自刎而死。

王翳领先冲近，割下项羽首级。

围在旁边的汉营将领也争先恐后地前来争夺项羽尸体，因而发生严重冲突，甚至举刀相向，互砍而死者达数十人。

最后由郎中骑杨喜、骑司马吕马童、郎中吕胜、杨武各得身体的一部分，加上王翳所割下的首级，的确是项羽本人的尸首。所以事后，刘邦封吕马童为中水侯，封王翳为杜衍侯，封杨喜为赤泉侯，封杨武为吴防侯，封吕胜为涅阳侯。

一代霸王的尸身惨遭五分，也结束了长达四年的楚汉相争。

时为公元前202年，项羽死时仅三十一岁。

中国历史上杰出的战争奇才，就此饮恨以殁。

这时派往各地征战的将士大都已回来复命，都取得了胜利。只有那鲁城就是不肯投降，且攻打了很久也没得胜利，汉王一听到这消息，便决定亲自率兵攻打鲁城，看它还能坚守多久。

汉兵浩浩荡荡赶到鲁城城下，汉王正想下令架梯攻城，忽而听到从城内飘来阵阵弦诵之声，悠扬婉转，很是入耳。心中暗想道：这鲁城本是有名的礼义之城，以前曹怀王曾封项羽为鲁公，占据这里，现今定是城内众人为主守节，不愿做背礼弃主之人，才誓死不降。我若硬攻打，免不了两败俱伤。即使得了鲁城，恐怕城内的百姓也不愿顺我。倒不如以招抚的办法先试试怎样。

想到这，便命手下去将项羽的首级提来，挑到长竿上，高高举起，让城头上的守兵看清楚，这项王已死无疑。

并派人在下面向城上鲁兵喊话说：现今项王已被杀死，你等必不能再抵抗多久，若能快快投降，我们汉王必不追究。免全城百姓受刀兵之苦。望你们从大局考虑，赶快投降才是。

这话喊了几遍后，只见城门被打开，鲁城百姓列在城门两侧，欢迎汉兵进城。这样所有的原楚王所占土地和城邑，全都归于汉王。

汉王率人马开进鲁城后，想到鲁地甚重礼义。便命人将项羽的尸体收好，按鲁公应有的礼仪将项羽安葬在谷城西隅。并命人修成一座很宏大的坟墓。

汉王还在安葬项王的那天，亲自主持发丧仪式，并命文吏写成一篇祭文。

这祭文大意是说：汉王与项王原本同是义帝的臣子，亲如兄弟，彼此没有什么私怨可言。何况那项羽拘押刘太公多日却不肯杀他；捉住吕氏关押三年也不曾冒犯她，这就足以见那项王也不是什么罪大恶极的暴徒，等等。

汉王和他的部将边听祭文，边掉泪，也使在场的众士卒为之感动，心中自然觉得汉王确是有情有义之人。

这一切都做完之后，汉王便升坐大帐。传令道：凡项氏的宗亲，一律免罪。

这时有人来报说："项羽的季父项伯早就投到张良帐中，躲避多日了。"

汉王立即命人将项伯引来相见，不一会儿，张良陪着项伯来到汉王帐中。只见那项伯头低着，急走两步，跪在汉王面前说道："大王，我本楚王亲族，但请您念我平时对汉有功，饶我一死。"

汉王忙扶他起来，笑着说："项伯，你虽楚将项族，但对我汉营帮助很多，也救过我和父王的性命。今日项羽虽兵败被杀，可我怎会也将你置罪。若这样做我还算什么有情有义之人呢！"

说罢，便转到帅桌前，说道："项伯听封！今封你为射阴侯，并赐你姓刘。"项伯赶忙拜谢王恩。接着汉王又传命封项襄、项庄等均为侯位，赐姓刘，和项伯一样。这样项族所被册封的将官，均不再有恐惑之心，都很服从汉王的统领。

这时，各路诸侯，也都纷纷投奔到汉王帐前，奉书称贺，无不顺从。

汉王很是得意，但等清点各路诸侯来此的人数，却发现只有临江王共敖之子共尉，还没来降。汉王一想，定是共尉顾念项羽往日对他的恩泽，不肯顺从归汉。

于是传命刘贾等人，率兵前去讨伐。

没过多久，刘贾便凯旋回师，并活擒共尉，到此天下才算基本上全归汉王所有了。

这一日，汉王率众回到定陶，传谕张良、陈平来见。一会儿两人便来到汉王帐中。

汉王便屏去旁人，对张良、陈平说："今虽天下粗定，但势力最盛的是韩信，我想应该先将他安顿好了，才能放心。"

张良也说："汉王所言极是，以前征讨楚地和各地诸侯，很是重用韩信。他这个人也趁机向汉王要过许多条件，现在虽说都已归服了，但将符还在他手中，恐怕韩信还会趁机逼您封他重要职位。应立即先收回将符，以防不测。即使不再要求，而今他据有齐地，这齐地物产甚丰，如归他独据，恐日后对我不利呀！倒不如先遣他回归楚地故乡，也算是念他能在故里显扬殊荣吧！"

陈平和汉王都点头称是。

于是，汉王便率侍从亲自来到韩信帐中。韩信一见大王亲自来到，便急忙从帅位上起身相迎。口中连道：

"不知何事，有劳大王亲自来此，您快上座。"

汉王坐定后，说："韩将军，你智勇双全，屡建功业。多次征伐强大的敌人，都能取胜，不愧为将才。现今我能粗定天下，使诸侯顺服，这都是多亏了有你这员大将助我一臂之力。这些我自然不会忘记。如今战事已去，该是与民休息、安居乐业的时候了，不必再劳烦将军披甲上阵冲杀疆场了，将军你可以缴还军符，率军回齐地镇守去吧。"

这话说得有理有据，韩信无言拒绝。虽然心中不甚高兴，但也只好赶紧捧出将符交给了汉王。汉王接过将符，便起身回去了。

韩信送走汉王后，回到帐中，很是踌躇。

心里暗想，这汉王定是惧我才能，怕兵权握在我手中，会对他产生威胁吧。

刚想到这儿，忽见有人来报，说汉王又派来传令官。韩信忙出帐迎接，入帐后，只听传令官说："今汉王谕令，楚地已定，而先王义帝无后嗣可立为楚地之王。齐王本生长于楚中之地，对楚地风土人情甚是了解，改封你为楚王，镇守淮北，定都下邳。魏相国越，据魏已久，勒抚百姓，屡破楚军，今将魏地加封给彭越，号称梁王，定都定陶。"

韩信听罢，知道汉王是因前日逼封齐王一事，不愿他再作齐王，改为楚王，心中不免有些惆怅。一想如今汉王刚拥有了天下，就开始图报前嫌，不再对我像以前那样了。恐怕这以后的日子也不会好过了。但转念又一想，唉，回楚地为王也行，总算是衣锦还乡，光宗耀祖了。既然汉王已下了谕令，若不依从了，也不好，只得从命吧。

于是便随同传令官，一起去见汉王。

这时汉王正升坐大帐中，与群臣商议封赏诸侯之事，刚被封为梁王的彭越正在帐中谢恩领功，准备回师梁地上伍。

韩信手拿齐王印，来到汉王面前，拜谢说：

"大王圣明，今交回齐王印，请授予楚王印，我便即日起兵赶到楚地就任了。"

汉王一见韩信也来谢恩，心中很是高兴，一想这回韩信也无话可说了。便说：

"韩将军请起，望今日回楚地，与民乐业安抚兵将，同建楚地才是。"

接着托印交给韩信，韩信再拜，便回营起兵赶往下邳。

一路浩浩荡荡，尘土飞扬，没多久便到了下邳，安顿好军队后，便升坐大堂上。心中不免油然而生一阵阵酸楚之情。想自己年少时在这里衣食难保，不得已寄于漂母，让人鄙视，还曾受他人胯下之辱。但都忍了过来，这样才有今日荣归故里，显名光宗之时。

于是立即传命侍卫，去找到曾收养他的漂母，和当年曾使他受胯下之辱的恶少年。

这韩信衣锦还乡的消息早已传遍了下邳，下邳的百姓又看到韩信的大队兵马，更是既倾慕又畏惧。

这去找漂母的人很快就把漂母带到韩信帐中。韩信忙走下座位，迎她入帐，并拜谢道：

"多年不见，不知您一向可好！今日战事已平，我也才得以衣锦还乡，并被汉王封为楚王。想当年我衣食难保时，您将我收留，此恩必报。"

说罢便叫人取来千两黄金，赐予她。这漂母心中高兴得说不出话，赶紧拜谢。韩信忙命人扶她下去暂且休息。

正当这时那奉命去找恶少年的侍卫，也已将恶少年推入帐中。只见那人早已面无人色，抖成一团了，跪在地上不敢起来。

韩信说："你还不抬头看看我是谁？"

那人哪敢抬头，只是跪在那里，连声说道："大人饶命！小人有眼无珠，往日曾使大人受辱，罪该万死，请大人念及小人上有父母，下有妻小，饶我一命吧！"

韩信一听，哈哈大笑道："你这家伙，前日那威风哪儿去了？我岂是那种睚眦必报，斤斤计较的小人之辈吗？你也不必如此惊恐，我叫人找你来，并不想治你个什么罪，我只是念你我有过恶缘，今我为楚王，就封你为中尉官吧！"那恶少年一听这话，简直不敢相信自己的耳朵，呆呆地跪在那里，不知说什么才好。

还是有位侍卫喊道："你还不赶快谢恩呀！"

那人这才慌忙叩首道："小人乃愚蠢之极，曾冒犯大人的尊严，现在蒙您不诛杀我。这已是我的福气，真是大恩大德呀。我怎么还敢受赏呢？"

韩信一听又说："我既已说了要授你为中尉官，就别再推辞了！"

那人于是再叩首如捣蒜，受宠若惊地退出帐中。这时左右有人问道："将军大人，您为什么不但不杀他反而要赏他官职呢？"

韩信笑道："你们有所不知，这少年也是个壮士。他当年羞辱我时，难道我就不能也与他拼个死活吗？但那样争斗起来，若真是死了，毫无价值可言，根本不值得去那样做。所以我当时就强忍一口气，这才会有今日，你们看这事对他来说可能是图一时威风，而对我而言则鼓我士气，催我上进，才能到今天这地步。我不仅不说杀他来报小怨，还该赏他。你们说不是吗？"

左右一听这番话，无不交口称赞，齐声道："将军大度，我等甚是佩服。"

刘邦最后成为楚汉战争的胜利者，享受了秦末农民战争的胜利果实，这一结果似乎出乎人们的意料之外，但却在情理之中。

刘邦领导的汉军由楚汉战争开始时的三万之众，经过四年的艰苦鏖战，终于由小变大，由弱变强，从汉中一隅巧取关中，继而冲出函谷关，与不可一世的项羽逐鹿中原，终于摘取了统一的果实，成为当时中国的主宰。刘邦之所以能取得如此伟大的胜利，除了项羽的一连串失误给他造成了不少有利条件和可乘之机外，更主要的是由于他采取了一系列顺应历史潮流，广泛赢得民心的政治经济政策，并在军事上制定了一套正确的战略战术。而上述政策与战略战术之所以能够制定出来并得以顺利贯彻执行，是因为刘邦麾下有一个文武搭配得当、足智多谋、团结一致而又配合默契的领导集团。

应该承认，刘邦和项羽同属于地主阶级的代表人物。过去流行一时的那种认为项羽代表奴隶主阶级复辟势力的说法，其根据显然是不充分的。不过，项羽和刘邦所代表的却不是地主阶级的同一个集团。从项羽的整个政治倾向和政策看，他代表的是封建贵族割据势力。而刘邦所代表的则是在战争中发展起来的新兴地主集团。这个集团的许多重要人物出身于社会下层，与广大农民有着千丝万缕的联系。刘邦本人及其功臣宿将，除个别人之外，都没有显赫的家世。刘邦出身于比较富裕的农民，本人不过是秦皇朝的一介亭长。陈平之家有田仅三十亩，兄嫂都是老实的农民，他年过三十尚娶不到媳妇。韩信更是"常从人寄食"的城乡赤贫的流浪汉。其他人，如樊哙"以屠狗为事"，灌婴"贩缯"，娄敬"挽车"，周勃"织薄曲，吹箫给丧事"。这些人由于长期处于社会下层，对劳动人民的疾苦有所了解，对秦皇朝的弊政认识较深。正如毛泽东所说："刘邦能够打败项羽，是因为刘邦和贵族出身的项羽不同，比较熟悉社会生活，了解人民心理。"因而他们能够在一定程度上反映劳动人民的愿望和要求，能够采取一些符合历史发展潮流的政治经济政策。所以，刘邦与项羽之间的战争，既是不同地主集团之间为争夺农民胜利果实而进行的斗争，又是一场封建统一的战争。由于刘邦集团能够反映劳动人民的愿望，顺应历史走向统一的潮流，他们的胜利正是时代的要求。

刘邦从领导丰沛起义那天起，就注意用严格的军事纪律来约束自己的部下，他的军队也就成为当时起义军中纪律最为严明的一支部队。所以，在秦皇朝灭亡之前刘邦还不是特别出众的义军领袖的时候，就给人留下了"宽大长者"的印象。进入关中之后，他不杀子婴，封闭府库，还军霸上，"约法三章"，百姓自动送上门来的牛、酒也婉言谢绝。这一切，与项羽军"所过无不残破"的烧杀抢掠形成了鲜明的对比。更重要的是，即使在军书旁午、战斗紧张的日子里，刘邦也没有忘记随时制定和颁布一些顺应民心的政治经济政策。子婴投降不久，他宣布废除秦的苛法，以"杀人者死，伤人及盗抵罪"的三章之法表示"与民更始"。他充分利用所获秦皇朝的战利品以解决自己的粮食、军资和各种需要，不向百姓收取赋税。这样一下子就把关中的民心吸引过来，"唯恐沛公不为秦王"。由此也就为日后驱逐章邯等三秦王，夺取关中地区奠定了可靠的基础。公元前206年（汉元年）八月，汉军夺得关中以后，刘邦在第二年即下令"诸故秦苑囿园池，皆令人得田之"，初步满足了关中部分无地和少地农民的土地要求。同一年，关中发生饥荒，他又"令民就食蜀汉"，使百姓不至于因自然灾害而大量死亡。与和平时期相比，战争年代是最易给百姓造成苦难的岁月。交战双方都肆意向百姓索取，很少顾忌百姓的死活。刘邦能在力所能及的范围内解决战争年代百姓的疾苦，是十分可贵的。他的措施起到了争取民心的作用。与项羽推行的那些屠民政策相比，简直是天壤之别。百姓从双方政策的映照对比中，就不难决定自己的立场了。明太祖朱元璋在分析刘胜项败的原因时，也着重从双方政策的不同加以论列。他说："周室陵夷，天下分裂，秦能一之，弗能守之。陈涉作难，豪杰蜂起，项羽狡诈，南面称孤，仁义不施，而自矜功伐。高祖知其强忍而承以柔逊，知其暴虐而济以宽仁，卒以胜之，及项羽死东城，天下传檄而定，故不劳而成帝业，譬如群犬逐兔，高祖则张置而坐获之者。"这个分析是颇有见地的。

从军事上看，刘邦本人不如项羽之勇冠三军，在战役的指挥艺术上也不如项羽高明。因而在战场上屡有失误，数度困厄。但是，刘邦及其谋臣将帅在战略思想上却比项羽高明得多，项羽分封之后，刘邦及其谋臣权衡形势，明白自己无力立即与项羽在关中开战。于是以屈求伸，顺从地退至汉中，同时烧掉栈道，以麻痹项羽和秦地三王。之后，积蓄力量，精心谋划，利用关中民心对他有利的条件，以奇袭的手段，迅猛的攻势，很快占领了关中。使关中、汉中和巴蜀连成一片，建立起巩固的后方根据地。他又选定萧何为丞相，坐镇关中，全力经营后方。使汉军在长达四年的战争中，有着源源不断的兵员、粮秣和军资的供应。这就使刘邦背靠关中，面向中原，进可攻，退可守，立于不败之地。同时，刘邦及其谋臣还根据楚军一帅（项羽）强而众将弱的特点，避其所长，击其所短，在战争开始后不久就设计了三个战场，使楚军陷入腹背受敌、顾此失彼、疲于奔命的困境。刘邦本人始终在十分困难的条件下坚持了最艰苦的正面战场上的指挥。虽然几次遇险，数度危殆，刘邦却仍然以极其顽强的毅力熬过了荥阳前线的日日夜夜，毫不动摇地坚持三个拳头同时打击敌人。尽管在一个时期内刘邦指挥的正面战场承受着巨大的军事压力，但他还是让韩信率一部分精锐的汉军去开辟黄河以北的战场，去夺取赵、燕、齐等地区广大的土地。同时，又令刘贾、卢绾率兵两万深入楚军后方，协助彭越对楚军进行骚扰。这种部署正是致项羽于死命的英明战略决策。而当荥阳前线十分吃紧时，刘邦又挥军南出武关，在宛、叶之间开辟了第二个正面战场，使正面楚军在南北近千里的战线上来往奔波，相对减轻了荥阳一线的压力。虽然项羽英勇无比，又有娴熟的指挥技术，他走到哪里都能使那里的汉军遭受失败和挫折，然而，由于项羽没有分身法，其将领中的绝大部分又都平庸无能，所以一旦项羽离开那里，那里的汉军便能很快转败为胜。经过几个回合的斗争以后，楚军的力量逐步被削弱，而汉军的力量却一天天强大起来。到公元前202年（汉五年）中，楚军对汉军的局部优势也基本丧失殆尽了，项羽亲自指挥的楚军也无法在正面战场上发动攻势。汉军最后围歼楚军的形势也就形成了。

刘邦的战略眼光还表现在他对敖仓的争夺与据守。开始，他也并非一下子就认识到了敖仓的重要战略地位，尤其是它拥有的粮食对汉军生死攸关的意义。后经郦食其提醒，刘邦明白了敖仓的得失意味着什么。他在成皋之战中击杀楚大司马曹咎以后，立即夺回敖仓并牢固据守，从而以这里丰富的藏粮保证了前线的供应，这也成为了汉军在荥阳一线长期坚持和最后战胜项羽的重要原因。

公元前202年（汉五年）初，疲惫不堪的项羽主动求和，刘邦为了迎回太公和吕后也接受议和。双方签订以鸿沟为界，中分天下的和平协定之后，刘邦看着如约东撤的楚军，也打算罢兵西归，回关中休整人马。这时，张良等人劝他撕毁和约，利用楚军放松戒备之时，不失时机地对楚军发动最后的攻击。刘邦恍然大悟，立即部署了三面围歼楚军的计划。刘邦的举措完全出乎项羽的意料之外。等到他意识到受骗上当的时候，为时已晚。一方是毫无戒备、士气低落、思乡厌战、急欲东归的楚军；一方是预作准备、士气高昂、求战心切、志在必胜的汉军，不待两军的最后决战，胜负的形势已经决定了。尽管固陵一战，由于韩信、彭越之军未能及时赶来配合，楚军鼓其余勇仍然给予汉军一次重创，但不久之后的垓下、东城之战，楚军就在四面楚歌声中土崩瓦解、彻底覆灭了。正是由于刘邦及其谋臣发挥了"宜将剩勇追穷寇，不可沽名学霸王"的彻底斗争精神，不给楚军以休养生息的喘息机会，抓住战机，穷追猛打，才得以在垓下、东城高奏起凯歌。

虽然韩信认为刘邦在战争指挥艺术方面缺乏才干，至多能够指挥十万之众；项羽也一直看不起他，至死也未在刘邦面前认输，但是，刘邦在战争指挥艺术上也决非低能之辈。应该承认，刘邦在楚汉战争中表现出来的胆略和智谋的确大多出自谋臣的建议；不过，不少时候刘邦的独立判断和战场指挥也显示了很高的水平。例如，刘邦几乎一直在荥阳一线独立指挥对楚军的正面作战，他能够在敌我力量对比相当悬殊的情况下始终坚守着这一战线，使楚军无法越雷池一步，就是一件很不简单的事情。再如刘邦令韩信、曹参、灌婴等率军攻取魏国时，就对战争的胜负做了十分准确的判断，说明他知己知彼，善于预断。这应该是一个战略家最重要的品质。

刘邦在整个战争过程中，还制定了正确的争取同盟者和瓦解敌军的策略。在汉军袭占关中，东出函谷关初期，由于自己的力量还比较弱小，因而对项羽所封诸侯王尽量采取招降留用的方针。司马欣、董翳、魏王豹、韩王信、赵王歇、陈馀、张耳等人，都曾经由不同途径隶于刘邦麾下。尽管这些人中的大多数并不是坚定的同盟者，他们以个人利益为依归，随风转舵，左右依违，朝秦暮楚，其中一些人后来都离叛而去，投到了项羽的怀抱。刘邦对他们是了解的。但是，为了对项羽斗争的需要，刘邦还是尽一切努力使他们哪怕暂时留在自己的营垒之内，以达到孤立项羽的目的。公元前205年，在刘邦彭城受挫后，魏王豹错误估计形势，背汉向楚，在河东与刘邦对抗。不久，韩信率军渡河攻魏，轻而易举地取胜，魏王豹第二次做了汉军的俘虏。这时，刘邦仍以宽大为怀，不仅没有将他处死，而且再次予以留用，并让他与周苛、枞公等一起坚守荥阳。后被周、枞二人处死。彭越原是最早起义反秦的著名将领，在反秦战争中立下很大功劳。后来在项羽分封时受到不公正待遇。刘邦借机将他拉到自己的阵营，让他在楚军后方进行游击战争，成为汉军对楚军斗争的重要战场，在战胜项羽的战争中起了重要作用。九江王英布也是最早起义反秦的将领之一，后隶项羽麾下，冲锋陷阵，屡建奇功。分封时得到王位，是项羽的重要同盟者之一。他据地六（今安徽六安），与彭城互为犄角，地位相当重要。刘邦在彭城受挫，退兵虞（今河南虞城北）时，就意识到争取英布的重要性。认为只要将他拉过来，使之拖住楚军数月，汉军就可以从失败的危机中解脱出来。经过刘邦谋士随何的游说，英布背楚归汉，使楚军的西南翼失去了一个有力的屏障。随着楚汉战争的胜利进展，韩信、彭越等人一方面建立了丰功伟绩，另一方面也壮大了自己统帅的军事力量。此后，他们野心滋长，头脑膨胀，权力欲越来越大。因此，如何稳住他们，使之在消灭楚军以前不反叛自己，为取得楚汉战争的最后胜利尽力，是一个十分重要的问题，公元前203年（汉四年），当韩信平定齐地，派使者向刘邦要求"假齐王"的封号时，刘邦十分生气。但一经张良提醒，他立即意识到此时稳住韩信的重要性，并派遣张良为特使，郑重其事地携印前往齐地，封韩信为真齐王，从而使韩信拒绝了武涉和蒯通诱使他背汉向楚或背汉自立的游说，率兵南下，从北面威胁楚军的后方。公元前202年（汉五年）十月，当刘邦统帅的汉军在固陵前线受挫，韩信和彭越借机要挟，要求得到更多土地和封爵时，刘邦再一次满足了他们的要求，从而使二人在最后的关键时刻参加了围歼楚军的战斗。在大力瓦解项羽同盟者的同时，刘邦又把眼睛盯住了项羽集团的内部。他任用陈平，不惜重金，以纵横捭阖、挑拨离间的种种手段，制造和加剧项羽及其文臣武将之间的矛盾。结果是，项羽手下的著名将军钟离昧无端受到怀疑，有力无处使。头号军师，足智多谋的范增被迫告老还乡，并于路上忧愤而死。项羽手下的能臣猛将本来就寥寥无几，经此离间之后，他就变成了真正的孤家寡人，其灭亡的命运则是不可挽回了。

与项羽显著不同，刘邦在用人方面始终坚持任人唯贤的路线。在其麾下，真正是猛将如云、谋臣如雨。刘邦不仅任人唯贤，而且善于用贤。刘邦自己对此也是相当自负的，请看《史记·高祖本纪》的一段描述：

高祖置酒洛阳南宫。高祖曰："列侯诸将无敢隐朕，皆言其情。吾所以有天下者何？项氏之所以失天下者何？"高起、王陵对曰："陛下慢而侮人，项羽仁而爱人。然陛下使人攻城略地，所降下者因以予之，与天下同利也。项羽妒贤嫉能，有功者害之，贤者疑之，战胜而不予人功，得地而不予人利，此所以失天下也。"高祖曰："公知其一，未知其二。夫运筹策帷帐之中，决胜于千里之外，吾不如子房。镇国家，抚百姓，给馈饷，不绝粮道，吾不如萧何。连百万之军，战必胜，攻必取，吾不如韩信。此三者，皆人杰也，吾能用之，此吾所以取天下也。项羽有一范增而不能用，此其所以为我擒也。"

刘邦主要从用人方面寻找战胜项羽的原因，虽然不太全面，但却是符合事实的卓见。正因为坚持了任人唯贤的基本路线，刘邦在用人上一般不搞小圈子。萧何、曹参、卢绾、樊哙、灌婴等人，固然是以丰沛起义的故旧元勋得到他的信任，但主要还是因为他们的忠诚和才干。其他人，如张良出身韩国贵族，半路投奔刘邦。但因忠心与出众的谋略，一直在刘邦身边参赞政治与军事，同生死共患难，所以刘邦对他的信任几乎达到了言听计从的地步。韩信出身卑微，貌不惊人，又是从项羽那边归附过来的人，开始不被重视，后来经萧何推荐，刘邦发现他是个帅才，就毅然排除阻力，不次擢升，一下子将他提拔为汉军的统帅，从而使韩信的军事才干得到充分发挥，在战胜项羽的战争中起了别人无可替代的作用。再如陈平，也是从项羽那里半路投到刘邦门下的。他的私生活有点小毛病，在汉军中也曾收取贿赂，他被重用自然引起了一些将领的怀疑与嫉妒，甚至连周勃、灌婴等也向刘邦进言。刘邦在疑惑之余同陈平进行了一次十分坦率的谈话，刘邦被他的坦诚所折服，彻底打消了对他的疑心，任命他做了监督诸将的护军中尉。后来，在设计使刘邦成皋脱险和离间项羽君臣的活动中起了很大的作用。刘邦不仅能做到任人唯贤，而且能做到任人以专。他对于自己手下的文武臣僚都能充分信任，放手使用，使他们的聪明才智都能在复杂的政治、军事和外交实践中得到锻炼，迅速成长为独当一面的优秀政治家、智勇双全的将帅，与项羽手下将领们的低能、平庸、缺乏独立处事和指挥作战的能力相反，刘邦手下的文臣武将几乎都有独立处理各种复杂问题和指挥作战的能力。萧何、张良、陈平、曹参、王陵等是政治家的典型。在楚汉战争中，萧何坐镇后方，治国治民，保证前方的兵员军需供应，各种军国大事，诸凡民政、财政、税收、徭役、治安等，都处理得井井有条。后来他做了汉王朝的第一任丞相，也是完全称职的。萧何之后，曹参、陈平、王陵等人相继担任相职，从而保持了汉王朝休养生息政策的连续性。其他武将如韩信、彭越、英布、卢绾、刘贾、周勃、樊哙、灌婴等，都具有独立指挥作战并取得胜利的能力，在楚汉战争中，各自都做出了独特的贡献。另外，郦食其、随何、陆贾等人都有纵横家的特色，擅长四处游说，刘邦充分发挥他们的才能，让他们不时衔命出使。以刘邦的军事力量为后盾，这些人的三寸不烂之舌有时可以克城破军降将，显示出很大的威力。正是靠着这样一个文武搭配齐全、各有特点而又能密切配合的领导集团，刘邦才赢得了楚汉战争的最后胜利。

刘邦在洛阳南宫的宴会上承认他在许多方面的本事不如萧何、张良、韩信等人，并非自谦之词。这从他那些被臣下纠正了的错误决策中就可以看出来。惊人的坦率是刘邦性格的重要特点之一。但是，刘邦的善于用人，从谏如流，知错必改，知错立改的优点，又超过了他部下中的任何一个人，显示了他雄才大略、容纳百川的帝王气度。也正因为如此，他能够不拘一格地选用人才，能够博采众长，广泛汲取来自各方面的正确建议。从而保证了他能够制定出适合实际情况的政治经济政策，找出战胜项羽的正确的战略和策略。刘邦取得楚汉战争的最后胜利，靠的正是他们整个领导集团的集体智慧。一场复杂而长期的战争，是政治、经济、军力和谋略的比赛。战争的最高统帅绝不可能是什么都懂的全才，他只有充分调动手下各类人才的优势，将单个优势组合成集团优势，才能发挥出最大的效能，产生出无坚不摧的力量。刘邦正是这样一位高明的统帅。想想看吧：不战而下陈留，回马计降南阳，巧计袭取武关，是郦食其、张良等人的建议和计谋。鸿门宴脱险，靠的是张良的谋略和樊哙的勇敢。项羽分封之后，刘邦一时冲动，曾想孤注一掷与项羽在关中开战，是萧何、张良等人的规劝使他头脑清醒，从而及时避免了一次军事冒险所带来的损失。此后，由汉中突袭关中，是听从了韩信的谋划。公元前204年（汉三年）三月为义帝发丧，是接受三老董公的建议；离间项羽君臣之间的关系，是陈平给他出的主意；自武关开辟另一个对付项羽的正面战场，是一个名叫袁生的儒生提出的意见。此类例子，不胜枚举。显然，不管意见来自何方，出自何人，只要刘邦认为合理可行，他都乐于接受。而提出建议的人也因此获得不次升迁，有些甚至还得到了封侯的奖赏。

由于种种原因，刘邦有时自己也不可避免地会做出错误的决定。但是，一经别人指明，他立即就加以改正，从不固执己见，坚持错误。例如，郦食其投奔刘邦以后，虽曾向他提出过不少好的建议，但也出过"傻"主意。公元前204年（汉三年）十二月，刘邦一度被楚军包围在荥阳，形势十分危急，就与郦食其谋划削弱楚军的方略。郦食其当即提出裂地封王原六国国君后裔的办法，刘邦未加深思，马上命人刻制六国王印，准备遣人四出分封。正在此时，张良从外地归来，刘邦向他提到此事。这个出身于韩国贵族公子的谋臣立即向刘邦指出分封六国国君后裔有"八不可"。刘邦听后恍然大悟，赶忙"辍食吐哺"，"令趣销印"，从而在关键时刻避免了一次大的失误。此类例子还有一些。总之，刘邦并不是一个不犯错误的神人，而是一个虽犯错误但却能及时改正错误的聪明练达的创业之主。正因为如此，刘邦才能不断地改变自己的某些错误决策，将各项政治经济政策调整得更加符合时代要求，将军事的战略和策略调整到通向胜利的轨道。

秦皇朝灭亡以后，中国社会走向统一的历史必然性给项羽、刘邦以及其他拥有军事实力的豪杰之士提供了均等的争取胜利的机会。问题在于谁的活动，

楚汉相争　决战垓下

主要是其各项政治经济政策和军事谋略，能将这种历史必然性变成现实。恰恰是初看起来自身条件并不怎么优越的刘邦成为历史必然性的体现者，最后摘取了胜利的果实。而看起来条件相当优越的项羽反倒成了一个悲壮失败的英雄。这一段波澜起伏、异彩纷呈的史实说明，历史总是给每一个英雄人物提供一个广阔的发挥主观能动性的舞台，凭借这个舞台，可以演出一幕幕威武雄壮的活剧。而历史人物在舞台上的令人眼花缭乱的活动，那些由无数偶然事件构成的历史场景，正体现着历史必然性在其实现过程中的千姿百态的风貌。然而，只要仔细研究，人们就会发现，在大多数看起来是偶然性的历史事件背后，历史必然性却以其不可抗拒的力量发挥着作用。刘邦所领导的军事集团之所以在楚汉战争中取得了对项羽的胜利，归根结底是因为他的活动体现了历史必然性的要求。这一历史必然性可以归结为：国家要统一，社会要安定，百姓要和平与安宁的生活。

布衣天子——刘邦

第五章

定基业土台称帝

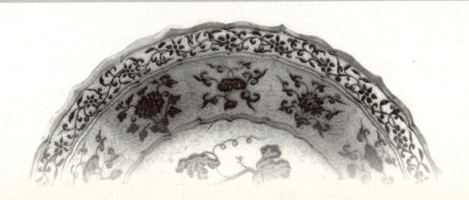

经过四年之久的浴血奋战，刘邦终于获得了楚汉之争的胜利果实。此时，他已经是个五十五岁的老翁了。十二月底，刘邦率领他的谋臣战将向北进发。大路旁，田野中，到处是楚军丢弃的辎重、粮草、兵器，还有那横七竖八的楚汉两军战死的士卒的尸体。

刘邦明白，战争使全国百姓付出了惨重的代价。尽管这时已届隆冬，朔风怒号，雪花飘拂，但驱车行进在淮北战场上的刘邦却热血澎湃，因为他清清楚楚地知道，他已经是经过七年血战洗礼的中国大地的主人了。刘邦这时很可能忆起十多年前在咸阳街头纵观秦始皇出游的情景，那时自己不过是一个名不见经传的小小亭长，在冠盖云集的咸阳，有谁会注意一个满身土气的乡巴佬。然而，物换星移，时过境迁，历史在十年间发生了多么巨大的变化，不可一世的嬴姓政权已经成为历史陈迹，驰骋黄河南北的西楚霸王演出已经结束。今后，万众聚观欢呼的已经不是秦始皇及其子孙，而是他这个从乡村田野里走出来的普通农民的儿子了。

既然刘邦已成为华夏大地的最高主宰，项羽所封的汉王头衔就已经不足以显示其权力、富贵与尊严了。当年统一六国的秦王嬴政曾直截了当地要求群臣议定他的新名号，今天，刘邦的心思也自然为其朝夕相处的臣僚所窥知，他们自发组织起来，推戴刘邦为皇帝。此事究竟是谁最早提出来的，这并不重要。采取的形式是诸侯王的联名上书，他们恭请刘邦蹑足九五，速正大位，名正言顺地做皇帝：

楚王韩信、韩王信、淮南王英布、梁王彭越、故衡山王吴芮、赵王张敖、燕王臧荼昧死再拜言：大王陛下，先时秦为亡道，天下诛之。大王先得秦王，定关中，于天下功最多。存亡定危，救败继绝，以安万民，功盛德厚。又加厚诸侯王有功者，使得立社稷。地分已定，而位号比公偾，亡上下之分，大王功德之著，于后世不宣。昧死再拜上皇帝尊号。

刘邦故意做戏，谦让了三次，才冠冕堂皇地说："诸侯王幸以为便于天下之民，则可矣。"这里，刘邦将自己做皇帝与"便民"联系在一起，足以证明他是何等的聪明！于是，在诸侯王和群臣的欢呼声中，刘邦于汉五年（公元前202）二月甲午日在汜水之阳（今山东定陶县境）的一个土台上举行了登基大典。

垓下之役，刘邦阵营的主战军团，是韩信的三十万齐国部队。

项羽灭亡后，最让刘邦担心的便是这股力量。

幸好韩信军团中的两大团队——骑兵团司令灌婴、步兵团司令曹参，都是刘邦的嫡系班底。

特别是灌婴的骑兵团，在垓下之役功劳最大。

获得项羽尸首的五大将领，均属灌婴集团。

战事结束后，刘邦下令各诸侯先返回自己封地，等候进一步评定功劳和分封事宜，因此大家都在极愉快的气氛下，班师胜利回到封国。

张良、陈平建议刘邦以禁卫队伺机夺取韩信三十万部队的兵权，以免日后产生祸患。反正在灌婴、曹参的协助下，只要刘邦亲临军团中，要制住韩信并不困难。

刘邦在得知韩信总部返回齐地前，准备先到齐国西南巡视，并暂驻营于定陶城中。

于是刘邦率禁卫军直奔定陶，假借劳军而直入韩信大本营，夺其三十万大军令旗。

由于灌婴、曹参均支持刘邦，韩信也不敢抗议，只保留直属兵团指挥权，其余全部很坦然地交付刘邦。

由于刘邦宣称，这次行动旨在确立刘邦在联盟阵营中的领导地位，并不伤害韩信权益，反而给韩信幅员更大的楚地，所以并未引起诸侯们的恐慌。他们大多认为刘邦的夺权行为是善意的，而且也的确有其必要。

临江王共敖死后，由其子共尉继任。共尉不向刘邦投降，刘邦乃派卢绾和刘贾率军攻击之，共尉兵败被俘。

项羽当年所分封的诸侯，除燕王臧荼一向保持中立外，其余的不是灭亡，便是向刘邦投诚了。

春正月，刘邦正式晋封韩信为楚王，统辖淮北地区，建都于下邳城。

定基业土台称帝

封原魏国相国、出身大盗的彭越为梁王，统辖魏国故地，都定陶。并下令大赦天下。

这时刘邦其实已正式成为全中国的军政领袖。但除了韩信、彭越、张耳、英布等大军团领袖外，刘邦并未立即做分封天下的工作，以免落入当年项羽"为天下宰，不平"的祸端。

这一下，各诸侯和功臣由于名分未定，更紧张了。刘邦却认为天下局势未稳，一切从长计议。

为了让政权赶快稳定下来，诸侯及各军团将相联名共请刘邦晋位为皇帝。

刘邦却表示：

"我听说皇帝之位应由天下最贤能之人拥有，否则只是空言虚语，得不到大家的诚心支持，根本无法建立稳定的政权，反而有害天下和平，所以我实在不敢负担这个责任。"

群臣则称颂道：

"大王出身于民间，起义抗暴秦，平定四海，还有谁能比您更贤能？而且天下有功的人都蒙您裂地封王，不正表示您是王中之王吗？如果大王不尊帝号，如何让天下百姓有安稳的信心？为了天下和平，我们愿意誓死追随您、支持您。"

刘邦乃依古礼，客气地表示谦让，众大臣则执意支持。当然这只是刘邦表示德行的样板戏而已，他心中巴不得赶快登上皇帝位。

戏演完了，刘邦便向众臣表示：

"诸君若认为一定要如此，为天下百姓的利益，我也只好勉为其难了。"

二月，刘邦在曹州济阴县的汜水北岸设坛，正式登位为皇帝。

王后吕氏改称皇后，太子改称皇太子，并追尊已去世的母亲为昭灵夫人。

除楚王韩信、梁王彭越、淮南王英布、赵王张耳外，正式晋封韩王信为韩王，都阳翟，衡山王吴芮迁徙为长沙王，都临湘，并正式承认中立的燕王臧荼的诸侯地位，越王无诸也改称闽越王，统辖闽中地。

刘邦正式迁都雒阳（洛阳故城），并斩杀被掳的临江王共尉。

五月夏，皇帝下令各诸侯及军团进行裁军复员工作，以恢复民生及生产作业的正常化。

兴汉三杰固然重要，诚如王陵所言，刘邦经常以"与人共分天下"的策略来争取支持，的确是楚汉相争刘邦胜利最关键的因素。

彭城战役失败后，刘邦起死回生的关键，便在争取彭越和英布偏向汉营，这虽是张良出的点子，但实际的棋子仍是彭越和英布这两位大盗诸侯的起义来归。

既是盗贼出身，自然也比较不在乎人情、道义，最关键的是利害，而刘邦当时承诺他俩的便是"共分天下"的概念。

以策略的杀伤力而言，陈平的计谋更甚于张良。张良倒真的多少为理念而卖命，陈平的野心则倾向自我的实际利害。因此刘邦的分享概念，也为他得到不少能够发挥力量的干才。

王陵是讲中了要点，但刘邦却硬不承认，最主要是时局变了，天下太平了，皇权也统一了，这个时候自然不能再来谈与人共有天下、分享政权了。

就算过去不得已答应的，也要想办法收回，因此必须抬出一个光明正大的理由来。张良、萧何、韩信三人固然杰出，但世上就只有这三个人，这种因素是无可替代的，刘邦运气好，天命所归，所以这三个人会来协助他，这是别人想模仿也没有用的。

刘邦一向长于演出，掩饰自己的弱点，创造让人相信的局势。所以我们看《史记》上的记载，从他一登场，没有一句话不是在唬人的。这段他对自己成功原因的说辞，表面上虽颇有道理，其实间接表明"共有天下"的概念已过时了，希望别人不要再有任何想拥有天下的妄念。

不过刘邦这段狡辩，也的确诳过了后代人将近两千年之久。

但对于齐国的流亡领袖田横，则有点进退两难了。

彭越接受刘邦晋封为梁王时，投奔彭越的田横怕遭到杀戮，乃和部属五百余人避居岛中。

刘邦知道田横在齐国声望颇高，加上其兄田荣人脉关系广，不少齐国知名长老对田横都颇为敬重。若任由他在外岛活动，恐造成东方国境日后的祸患，刘邦乃派特使赦免田横，并召之入雒阳。

田横却辞谢表示：

"臣曾烹杀陛下之特使郦生，如今郦生的弟弟郦商在朝中为大将，臣若上京城，恐将遭到报复，因此不敢奉诏。请将臣等废为庶人，守于海岛中。"

特使回报刘邦。刘邦立刻召见郦商，诏令：

"齐王田横将入京向朝廷表示恭顺，他和你虽有宿怨，但为国家大事，你的人马或郦氏从属有敢乘机报复者，将判以灭族之罪。"

刘邦再命特使持此诏令出示田横，以表召见之诚意，并传口头诏令表示：

"田横上京表现顺服，大者为王，小者封侯，若不来，将令大军前往征剿。"

田横担心岛中因他的缘故而遭逢战乱，乃和两位宾客乘坐传旨驿车，前往雒阳拜见刘邦。

在到达雒阳城三十公里前，在尸乡驿站暂作休息。田横对刘邦的使者说：

"人臣见天子，应先洗沐，以表尊重。"

便准备在这里待上几天。

田横对跟随的两位宾客表示：

"田横原本和汉王同为诸侯领袖，平起平坐。如今汉王贵为皇帝，田横却为亡国之虏，必须北面臣事之，这种耻辱实在相当难堪。而且我烹杀郦商之兄，却与郦将军成为同事，并肩站在朝廷上，纵使有皇帝诏令，他们不会对我怎么样，但我天天在朝中面对郦将军，心里难道不感到惭愧吗？

"况且陛下召见我，不过想看到我的面貌罢了，现在请斩下我的首级，由此急驰入京只三十里，相信形貌尚不致有太大的改变，还可辨识得很清楚！"

田横这番话的意思是，刘邦想控制的只是他本人而已，只要证明自己死了，就不必向岛中的军民施加武力了。

说完，田横便自杀而死。宾客立刻取下田横首级，用木匣妥为放置，再通报使者，使者大惊，也火速陪宾客奉首级急驰雒阳，向刘邦禀报。

刘邦感田横之贤名，也感伤地表示：

"田氏兄弟三人（指田横、田荣、田儋）皆起自民间，而先后称王，颇得齐民拥护，实在称得上贤能的人啊！"

并拜田横的两位宾客为都尉，组成两千人仪仗队，以王者的礼仪为田横出丧。

葬礼完成后，两位宾客并跪在田横墓旁，也自刎而死，表示地下追随之。

刘邦闻报，更为惊讶，认为田横的宾客果皆是贤者，乃令人持节前往岛上报噩耗，并召见其余五百人。

想不到，五百宾客闻田横为保护他们而死，均大恸，并集体自杀，以表节气。

战乱中讲利害，和平下谈礼节。

统一中国的刘邦，必须重建社会及政治伦理。

对田横的特殊礼遇，显示一向不修边幅的刘邦，已开始关心社会伦理风气的重要。这或许并非刘邦的本性，但显然在高人的指导下，刘邦已开始认真学习当皇帝了。

不久，又发生两件让刘邦更可以表现的事件。

楚人季布本为项羽的军团将领，曾数次逼得刘邦颠沛流离，但季布毫不放松，紧追不舍，恨得刘邦牙痒痒的。

项羽死后，刘邦对季布怨气难消，乃悬赏千金追缉之，并表示有敢藏匿季布者，罪诛三族。

季布乃剪掉头发，成为奴仆，自卖于鲁国之朱家府上。

朱家是鲁国的角头老大，素讲义气，为邻闾所尊重，而且胆识大，常解人危难，有侠名。

朱家很快认出季布，但仍不动声色，将他分派到田野工作，以避人耳目。

听说刘邦近臣中，以夏侯婴最讲义气，朱家乃只身到雒阳，拜见当时已封为滕公的夏侯婴。

朱家对夏侯婴请求道：

"季布到底是犯了什么罪呢？当时他是项王的将领，职责上本应尽力而为啊！

陛下统有天下，更不可以杀尽项氏的大臣，这些人原本都是人才啊！且皇上以天下之尊，却求私怨于一人，那就显得太没有度量了。"

"季布是难得的贤才啊！如果缉捕他太急了，他可能会向北投诚于胡人，或向南避难于百越，这不是将壮士赶去资助敌人的愚蠢行为吗？当年伍子胥所以鞭尸楚平王之墓，不也是如此这般产生的祸端吗？公既为陛下亲信大臣，何不将这件事向陛下进谏，以免引起重大的错误！"

夏侯婴认为朱家讲得有理，便爽快地答应了下来。

由于夏侯婴和刘邦交情特殊，故常有单独陪侍刘邦的机会，他坦然地将朱家所讲的话向刘邦报告，并表示朱家已自首藏匿季布之事。

刘邦对朱家的义气颇为感动，当场下令赦免季布，并拜之为郎中官职。

当刘邦想召见朱家时，朱家已弃家避走，从此不再见其踪迹。

定基业土台称帝

季布母亲的弟弟丁公，也为项羽将。彭城之战时，丁公在彭城西边包围刘邦，双方短兵相接，刘邦情况危急，想派人向丁公和解。

丁公以刘邦乃旧日同事，而且又有厚礼，乃故意放其一马。项羽灭亡后，丁公以有恩于刘邦，乃主动向刘邦投降，但却遭到逮捕。

刘邦将丁公交由军事审判，并表示：

"丁公为项羽臣属时，办事不忠，致使主人丧失天下，应处斩刑！"

当下，处斩了丁公。

"我这样做，是使以后为人臣者，切勿仿效丁公啊！"

有仇者赦免，有恩反而斩之。

但司马光在《资治通鉴》中，针对这件事，对刘邦却颇为嘉许：

"汉高祖自从在丰、沛起义以来，网罗各地豪杰，招纳亡命徒众，其中背德弃法者不知有多少。在即帝位后，却只有丁公为不忠之罪，遭受诛杀，这到底是什么道理呢？

"因为进取天下和保持太平，其间有很大的差异。当群雄角逐天下之际，每个人都没有固定主人，只要来投奔的便接纳之，有容乃大，自己的努力才能扩充。

"但如今贵为天子，四海之内，没有不是他的臣民，如果不要求臣民遵守礼义，则人人心存二心，投机侥幸，国家便很难保持永久的和平了。

"是以，必断然以大义示之，使天下臣民皆知道做臣属的道理，不忠于职责的天地不容，怀私结恩的，即使对自己有利，仍是违反公义。

"杀一人而千万人为之悚惧，这样的决策必经过审慎思虑，眼光何其远大，子孙能享有四百多年的天禄，也是有其道理的。"

娄敬是齐国人，后来因功被刘邦赐以刘姓，故又称为刘敬。

刘邦即帝位时，娄敬在陇西一带驻守，负责和异族之贸易工作，因此对边疆防务及外交事宜颇有心得。

他特别由边疆到达洛阳（这时雒阳已正式改称洛阳），经由齐国人虞将军的引荐而拜见刘邦。

娄敬穿着简单的塞外羊皮衣，虞将军要求他换件华美的朝服入宫。

娄敬却表示：

"臣衣帛，便以衣帛晋见，衣褐，便以衣褐晋见，保持我本来面貌，不愿欺瞒天子！"

虞将军只好将此言转告刘邦。刘邦一向也不喜欢虚伪的人，因此觉得娄敬有意思，便召见之。

娄敬请问刘邦：

"听说陛下有意以洛阳为京城，想必是要追随周王朝的兴隆情势吧！"

刘邦也坦白表示：

"的确我有这个想法。"

"陛下这种想法，其实有相当的危险性。"

"哦！这又怎么讲？"

"陛下取得天下和周王朝在基本上有很大的不同。周王朝在建立以前，其领袖后稷受封于邰，积累恩德及力量，长达十余世，至太王、王季、文王、武王时。力量已非常雄厚，所以才能乘殷商混乱时，攻灭殷纣王而成为天子，但他们的京城仍设于关中的镐京。

"一直到成王即位，周公为宰相，才有经营洛阳之议，以洛阳位于天下之中，诸侯由四面八方纳贡或入京述职，距离相当，交通方便之故也。

"但经营洛阳最危险的是，得到支持很容易成为王，不受支持时则很容易遭到亡国。以周王朝强盛时，天下和洽，诸侯、四夷莫不宾服，贡礼及述职都做得非常努力。等到周王朝衰颓后，天下诸侯不再朝贡，周王朝也无法要求他们，这并非周天子德行不厚，而是形势力量太弱了。

"今陛下起义丰、沛，以蜀汉为基地，平定三秦，和项羽大战于荥阳、成皋间，大战七十、小战四十，使天下之民肝脑涂地，父子暴尸骨于原野中者不可胜数，哭泣之声不绝，人民的伤害似未疗愈，却要模仿周王朝的成康盛世而定都洛阳，臣窃以为不可也。

"而且秦国的关中地带，有峻山险河为屏障，四方关塞稳若磐石，有急难时，关中的户口也可很快集结百万雄兵。秦国当年便因其独有的地利和丰富的生产力，而达到空前的强盛境界，因此有"天府之国"美誉。

"陛下若入关中以为京都，即使山东（指函谷关之东）地区混乱，关中仍可保持安泰的。

"夫与人相斗，最有利的是扼其喉咙、压住其背部，对方便无法抵抗了。

"如今陛下如能掌握关中，无疑是得到扼天下之喉、压服天下之背的优势。"

刘邦虽颇认为有理，但以牵涉范围太广，无法决定，乃下议群臣。

刘邦阵营的大臣及将领，大多属函谷关以东人士，因而不愿定都关中。

"周王朝有数百年之福祚，秦二世便亡国了，关中的地利并不能真正守住政权，而且洛阳东有成皋之险，西有殽山、渑池之峻岭，北有黄河，东向伊水及洛水，地利上也算足够了。"

刘邦迟疑不定，乃私下请教张良。

张良却笑着表示：

"洛阳虽也有地利，但其中心腹之地不过百里，而且生产力薄弱，四面平原，容易受到包围，的确不是用武之国也。

"关中左边有殽谷及函谷关，右边有陇中、蜀中，沃野千里，南有生产丰富的巴中、蜀中，北有可以畜牧作贸易之胡人国境，三面均有阻挡，易守难攻，向东一面又可居高临下，东制诸侯。

"诸侯安定时，可以利用黄河及渭水运输便利，将天下财货、贡品供给京师。诸侯有变，顺河而下，又可方便供应讨逆军粮秣（萧何便在这种条件下，让刘邦有足以对抗项羽的资源），此所谓金城千里，天府之国也。娄敬之看法是非常有道理的。"

在策略上，刘邦一向非常信任张良，便下令"多数服从少数"，即日驾车西入关中，并决定以长安为京都，开始作有计划的建设。

娄敬看法正确，拜为郎中，号奉春君，赐姓刘氏，从此改称为刘敬（《史记》中有《刘敬列传》）。

张良的健康情形一向不好，加上多年劳累，病情加重，药石效果不佳。但他曾接受黄石公赠书指点，颇通道家修身养性之术。

西入关中途中，宿疾发作，张良乃进行绝食治疗，以静心行气调适身体，并向刘邦请长假，不出门户。

很多朋友劝他，连刘邦都承认张良的功劳，应趁此机会取得富贵。

但张良却坦然表示：

"我世家为韩国宰相，韩国灭亡时，我不惜万金之资，只努力想为韩国报仇，更不怕艰难地企图暗杀秦始皇，使天下为之震动。

"如今我只凭三寸舌而成为皇帝的老师，封万户侯，对我这个没有国家的普通百姓，已是最高的身份和地位了，我张良也相当满足，所以不想再于俗世争名夺权，但愿能跟随赤松子去做神仙游啊！"

这份声明无疑表示张良虽受刘邦重用，却全无野心，因此从头到尾，张良都是刘邦最能放心的一名重要助手。

重要的大军团领袖必须安抚，他们也是最早的一批诸侯王。

但这些人对新政权威胁最大，分封他们，多少是在心不甘情不愿之下不得不做的决定。

韩信的三十万大军，虽已划归朝廷主力，但韩信拥有楚地，仍是刘邦之外的首席军事强人。

特别可怕的是韩信的军事天才，刘邦自认望尘莫及。

为求王朝安稳，韩信是非设法处理不可的重大威胁。

但处理韩信是万万急不得的事，万一狗急跳墙，韩信的可怕丝毫不亚于项羽。

刘邦心里明白，一定非得小心审慎地应付不可。

不过第一批诸侯王中，第一个"中标"的，是始终保持中立状态的燕王臧荼。

臧荼的燕王是项羽封的，刘邦不过是承认既有的事实而已。所以自刘邦建立汉王朝以来，臧荼只是消极地不抵抗，并未积极表示支持新政权。

刘邦迁都关中后，臧荼更有"天高皇帝远"的感觉，他有意趁机独立，脱离中央的管辖。

由于齐地自从韩信迁调为楚王后，一直未有新王，更让臧荼有机不可失之感。

七月，臧荼便宣布不再侍奉大汉王朝。

为了表示统一决心，不惜任何困难，刘邦决定御驾亲征。

隔月，赵王张耳和长沙王吴芮均已年老病故，其子继承其王位，但忠诚度也出现了危机。

臧荼原先判断刘邦不可能派部队前来，他可以强度关山，再让刘邦不得不承认事实。但没想到刘邦却克服万难，亲率大军征讨，他的心里难免大起恐慌。

燕军兵力不多，没多久便被汉军包围，臧荼只好投降被俘。

刘邦于是以太尉长安侯卢绾为燕王。

卢绾是刘邦青梅竹马的友伴，两人同乡又同年同月同日生，从小卢绾便在刘邦身旁摇旗呐喊，两人感情犹如兄弟。

不过卢绾没有什么能力，在建国期间功劳不多，因此成为第一个不靠自己力量受封的诸侯王。

由此已显示刘邦有足够军力，不必再承认既有力量，可凭自己的喜好和关系来晋封诸侯王了。

项羽部将利几本以陈地司令向刘邦投降，但刘邦却一直未重新晋封，只要求其部队在颍川等待。

刘邦由燕地返回时，至洛阳驻营，便召见利几。利几先前曾和臧荼有过联系，害怕被刘邦知道，而且这个时候召见，具有相当敏感性，恐入洛阳后遭害，乃宣布独立，刘邦亲率部队击之，利几兵败被杀。

刘邦返回关中，进行新京城长安的规划，并着手兴建长乐宫。

在刘邦着手确立新政权权威之际，首先蒙受打击的便是军事强人楚王韩信。

韩信三十万大军被收编，齐地也被收回，虽仍保有天下第一大藩的楚国，但到底和固陵之约——共分天下——有很大差异。韩信心中，自然相当不平。

到楚国后，韩信先巡抚诸县邑，并统合管辖楚境之军权，出入皆有部队相随，以防刘邦再度突击夺取军队指挥权。

韩信的举动自然很快传入刘邦耳内，这无疑是对新政权的公然对抗，刘邦内心自然大不痛快。

这时候，却又发生了一件让刘邦更无法接受的大事。

项羽左右大将之一的龙且，死于潍水之战，但另一位大将钟离眜在垓下之围后便失去行踪。

钟离眜曾数败刘邦军队，刘邦对他痛恨不已。

钟离眜和韩信却英雄惺惺相惜，尤其韩信对钟离眜的智谋和勇略颇为欣赏，因此在刘邦的追赶下，钟离眜暗中依附韩信。没多久，刘邦知道这个消息，他下令逮捕钟离眜，解送至京城审判，但韩信置之不从。

十月，负责追缉钟离眜的官员正式向朝廷提出，韩信庇护朝廷重犯。有造反的意图。

刘邦召开阵前会议，询问军团将领们的意见。

将领们均主张采取强硬态度，以大军压境，擒捕韩信和钟离眜。

刘邦却低头不语。

陈平在旁边表示：

"对韩信的控诉，韩信是否知道？"

刘邦道："还不知道！"

陈平道："陛下的军队，在作战力方面和韩信的军队相比如何？"

刘邦道："不如也！"

陈平道："在座诸将领在指挥作战的才气上，和韩信比较，如何呢？"

刘邦道："不如韩信。"

陈平道："陛下的军队作战力不如韩信，陛下的将军指挥能力更不及韩信，在这种条件下却出兵打仗，我很替陛下担心啊！"

刘邦道："那么该怎么办呢？"

陈平道："自古以来天子常有巡狩、会诸侯的礼仪，以显示关心地方民情。如今陛下可假装将赴云梦地区巡狩，并会诸侯于陈、楚之西界。

"韩信接到天子巡狩、会诸侯的消息，会依礼仪以非武装的姿态前来会盟，只要韩信没有决战的准备，陛下便可轻易擒捕之，这只要一个力士便可以做到了。"

刘邦倒很赞同陈平的策略，乃下令通知附近诸侯，将到云梦地区巡狩，并会诸侯于陈地。

接着刘邦便率禁卫军团出发。

随行的将领也都率其军团跟随出巡。

韩信闻讯，半惊半疑，调查钟离昧事尚未有结果，刘邦却率诸侯巡狩，并要自己会盟于陈地，到底其中有何阴谋？

如果在这时举兵反叛，势必遭到围剿，虽然胜败尚未可知，但这一直不是韩信的本意，因而感到迟疑不定。

有宾客向韩信建议：

"只要杀死钟离昧以向皇上表示忠顺，皇上心喜便不会有祸患了。"

韩信觉得有道理，只得和钟离昧商量。

钟离昧虽不认为如此便能解决韩信的危难，但也不忍心自己牵连韩信及楚国军民，只得自杀身死。

十二月，刘邦会诸侯于陈地，韩信持钟离昧首级前往谒见。

但刘邦仍下令武士逮捕韩信。

韩信自认无罪，向刘邦抗议。

刘邦将调查官员的控诉书，宣示给韩信和众诸侯。

韩信不禁当场叹息道：

"果然如同别人一再向我警告的：'狡兔死，走狗烹，高鸟尽，良弓藏，敌国破，谋臣亡。'天下已完全底定，我这个替皇上打天下的功臣必将遭烹杀啊！"

刘邦乃下令以械系住韩信，载于军队后，返回洛阳。

不过这个公然逮捕韩信的措施，虽然解除了暂时的危机，但也引发不少诸侯的疑虑，造成日后纷纷叛变的后果。

回长安后，刘邦下令大赦天下。

主管诸侯和朝廷关系事务的官员田肯向刘邦建言道：

"陛下制服了最具威胁的楚王韩信，如今又在关中建立京城稳定汉王朝的威权。

"关中一向有形胜之国的美誉，险河峻山，易守难攻，居高临下，掌握东边的中原地区各诸侯，对政权的稳固非常有帮助。

"但在东方靠海地方的齐地，自从韩信调离后，一直未有完善的安排。夫齐地东有琅琊和即墨等富饶的地方，南有泰山为屏障，西有黄河孟津的险要，北则有渤海的水产和贸易之利；地方有二千里之广，能集结的兵力高达百万以上，和关中遥遥相对，以前便有东、西帝之称。

"像这样的地方，晋封给任何一位诸侯，都会对皇权形成重大威胁，因此臣建议除非亲子弟，切莫晋封为齐王，以稳定大汉王权的发展。"

刘邦深表同意，特赐金五百斤，作为田肯为国事提出有创见议论的奖赏。

由于长安的宫殿均在建设中，重要的朝议仍在洛阳举行。

械系韩信后，刘邦非常注意楚地韩信军团的态度，将韩信留于身旁多少便有人质的作用。

刘邦堂兄刘贾这几年在楚地驻营上颇有功绩，地方人脉也算相当不错。刘邦便派刘贾暂驻楚地，代理韩信，韩信本人则必须先到朝廷接受调查。

到达洛阳后，刘邦立刻赦免韩信罪名，但也正式削除他楚王之位，改封淮阴侯。

这显示刘邦也不相信韩信有造反之虞，为着只是削除韩信兵权，以化解他对朝廷的长期威胁而已。

韩信深感刘邦对自己能力的忧惧，也称病不上朝，心里却愤恨不平，更公开表示不愿与周勃、灌婴等将领同列。将领中有人同情韩信，有人则公然排斥之，韩信消极抵抗的态度，也使大汉王朝军中高级将领中，呈现一股紧张对峙的形态。

和刘邦有生死之交的猛将樊哙，便非常同情韩信，樊哙出身虽低，但娶吕后之妹为妻，和刘邦关系密切。

樊哙个性开朗，一向勇悍又重义气，他对韩信的军事才华一向推崇，对刘邦左右亲近大臣排挤韩信愤恨不平，因此在这段期间，常刻意表明对韩信的亲近和友谊。

有次韩信到樊哙府上拜访，樊哙亲自跪拜送迎，完全依诸侯王礼节相对待，并以臣自称，韩信深为感动，对外公开表示：

"我这一辈子愿与樊哙等人为同志，也不愿争名夺权于高级将领间。"

刘邦也深知韩信心中的不平，但为国家百年安稳，牺牲韩信也是万不得已之事。因此他常在别宫召见韩信，想以私下交谊来平抚韩信内心的不满。

有天，刘邦很轻松地招待韩信，并和他讨论各将领的能力。

韩信并非刘邦嫡系，和诸将本不算很熟悉，但到洛阳之后，和诸将领利害关系加深，以韩信的细心，很快对各将领的能力有相当深入的评估。

刘邦谈得兴起，便询问韩信道：

"那么你认为我有能力指挥多少军队呢？"

"陛下统领军队，最好不要超过十万。"

"那么你能指挥多少军队呢？"

"臣指挥军队没有限制，可谓多多益善耳。"

刘邦听得哈哈大笑表示：

"你既然多多益善，能力远高于我，为何反而被我擒捕呢？"

韩信也坦然表示：

"陛下虽不善于指挥军队，却善于指挥大将，这便是我为何为陛下所擒捕的原因啊！陛下这种指挥将领的能力，是天生的非人力所及的啊！"

韩信这种说法，除了有其真实面，更重要的是他以刘邦的作为有天运协助，自己自然无法抵挡，来帮助自己消除心里诸多的不平。

经过审慎评估和内部详细的分封作业，期待已久的功臣分封终于揭晓。

功臣的第一名，竟然是从不带兵作战，负责关中、汉中内部经营的萧何。

萧何以相国之尊，封酂侯，食邑八千户，比樊哙、郦商、周勃、灌婴等军团将领都高。

不久，以曹参曾助韩信讨平齐地和赵地，而且刘邦能有效收缴韩信三十万大军指挥权，曹参的功劳最大，因此封为平阳侯，食邑万户，恩赏在萧何之上。

张良原本为韩之贵族，运筹帷幄，以客卿身份成为刘邦的谋臣兼老师，位尊功大。于是刘邦很客气地请张良自己从齐地中选择三万户为封邑。

但张良却谦让地表示：

"刚开始的时候，臣在下邳城起义，因而在留郡与陛下认识而有今天，这也是上天有意指示微臣跟从陛下的啊！

"陛下肯听从我的谋策，而有今天的成就，此乃天运也，非臣之功劳。臣只愿晋封为留侯，便心满意足了，不敢接受三万户的封赏！"

刘邦便晋封张良为留侯，食邑万户。

另一位谋臣陈平，也以功劳被封为户牖侯。

陈平也辞谢表示：

"这不只是微臣的功劳而已啊！"

刘邦问道："我用先生之谋策，战胜克敌，不只是先生的功劳，这又怎么讲呢？"

陈平："如果不是魏无知，臣哪有机会服侍陛下呢？"

刘邦："说得也是啊！这也显示先生的确是个不忘本的有道之士。"

于是再度重赏魏无知。

谋臣的表现，到底和武将的争权表功完全不同，这的确也是刘邦对张良、陈平两人特别放心的原因。

第一批的分封规划宣布后，刘邦便急着想分封自己的子弟，以恢复周王朝的封建制度。

秦国采中央集权的郡县体制，因此嬴氏一族均无实力，天下一乱，便没有可以勤王的力量。

刘邦对秦皇室的短命及周王朝的长久政权间，利害得失的比较一直耿耿于怀，很想以封建制度来确立刘氏皇权的根基。

当年赏赐田肯，为着便是明示此政策的重要性。

此时最需要急速处理的是南方的楚国和东方的齐国。

这两国的前任诸侯王，都是让刘邦最为头痛的军事强人韩信。

自从韩信被废为淮阴侯后，也一直找不到继任人选。

特别是楚国幅员广大，军力强盛，为彻底防止其他军事强人出现的后遗症，刘邦将楚国一分为二。

刘邦堂兄代理楚王的刘贾，封为荆王，拥有淮河以东五十三县地区。

楚国原精华的彭城、薛郡、东海等三十六县则封堂弟刘交为楚王。

赵国北区原代国的云中、雁门、代郡等五十三县，晋封其兄刘善为代王。

以胶东、胶西、临淄、济北、博阳、城阳等七十三县的齐地，分封其长子刘肥为齐王。

刘肥是刘邦娶吕氏为妻前，在外面与他人的私生子，日后认养为庶长子。由吕氏所生的长子刘盈拥有法定继承权，刘肥虽属长男，却必须臣属于刘盈，为补偿之，特封给他最广大也最富庶的齐国。

另一位让刘邦颇为头疼的诸侯王，名字也叫做韩信。他是韩国贵族后裔，曾在韩地起兵反抗项羽所设傀儡政权，日后更获得刘邦支援，并正式受命为韩王的韩王信。

韩王信一向也以勇猛善战出名。加以韩国的领域颇大，北起巩水及洛水，南至宛城和叶城，东有淮阳，均为天下兵家必争的要冲地，对洛阳和关中的威胁颇大。

刘邦在重划诸侯封地时，特别将韩国原本的精华区全划归朝廷直辖，另以赵国西北区的太原郡三十六县划为韩国，将韩王信改派到这个地方，以防御塞外胡人入侵。

韩王信乃以军事重镇晋阳城为首邑。

不久，韩王信又上书表示：

"韩国属边疆要塞，匈奴经常入寇，晋阳离国境较远，请建筑马邑要塞，以为防守基地。"

刘邦批准之，韩王信便在边塞区建筑了不少城镇，既可作为军事防御，平时又可兼作边界贸易的管理重心。

分封功臣到底是件庞大又复杂的工作，地位及封赏必须和功劳相配，但每个人都认为自己的功劳较大而争执不下，使分封的工作迟缓而无效率。

第五章

定基业土台称帝

"像张良和陈平这种富于智慧又不贪心的人，真是太少了！"

有时连刘邦都会感到非常不耐烦。

除了较为明显有具体大功劳的二十余人外，其余的日夜争功不决，未得行封。

刘邦这阵子也急着处理刘姓诸侯的分封事宜，对这些扰攘不停的功臣，有点懒得去管了。

有天，刘邦和张良在洛阳南宫散步闲谈，从复道上（内宫和宫殿间的高层走道）望见有不少将领坐在沙地上比手画脚，不知在讨论些什么。

刘邦好奇地问张良：

"你猜猜他们在讨论些什么？"

张良也半开玩笑表示：

"陛下真的不知道吗？他们在讨论如何谋反的事啊！"

刘邦也笑道：

"天下才刚安定，他们干吗又要谋反？"

张良解释道：

"陛下出身布衣，就是靠着这些部属才夺得天下的啊！如今陛下贵为天子，而到目前为止，所有得到封赏的都是亲密部属和陛下所喜爱的人，平生有仇怨的也都遭到诛杀。

"若真的依照这几年军史上的计功簿，天下的土地和财物是无法平分封赏给有功部属的，这些将领一方面害怕陛下无法全部给予封赏，更担心平日的过失可能成为被诛杀的借口，因而相聚讨论如何谋反啊！"

刘邦听了觉得的确有道理，张良虽是开玩笑，但封赏之事若不早点解决，的确是会出事的。

刘邦便请教张良：

"那现在怎么办才好呢？"

张良："陛下平生最讨厌的，而且大家也都知道的，是哪一位呢？"

刘邦："就是那个管财政、钱粮的雍齿。这家伙早年曾背叛我，又经常故意侮辱我，惹我生气。好几次，我都想杀他，但因为他的能力强，也建立了不少功劳，所以才一再原谅，不忍心处罚他。"

张良："那现在赶快先封赏雍齿吧！这些部属便能够放心了！"

于是，刘邦立刻举办酒宴，晋封雍齿为什方侯，并当场嘱咐宰相、御史等，尽快评审每个人的功劳，以为晋封的依据。

酒宴结束后，群臣皆高兴地表示：

"连雍齿都封为侯了，我等还会有什么问题呢？"

张良自然不认为封赏速度太慢真会惹出叛乱来，否则不待刘邦问起，他也早会提出警告的。

只是刘邦急着晋封自己人和刘氏子弟，的确会造成未分封部属的不安，影响工作效率，所以他趁着这一机会给刘邦提醒和建议。

当然，晋封雍齿对安定人心的确是一帖很有用的妙方。

在彻夜加班赶工下，分封作业总算顺利完成，刘邦终于松了一口气。

接下来的工作是评定"元功"，也就是评定功劳的排行榜。当时分封是以爵位及食邑为主，和职务及官禄有关，而"元功"主要在荣誉方面，此外自然也附带奖赏，如同现代的记功、嘉奖和奖金。

被提上竞争排行榜的共有十八人，包括萧何、曹参、张敖（张耳之子，继承其父之功劳）、周勃、樊哙、郦商、奚涓、夏侯婴、灌婴、傅宽、靳歙、王陵、陈武、王吸、薛欧、周昌、丁复、虫达。

大部分将领认为晋封时曹参食邑最多，理应获得排行第一，因而均表示：

"平阳侯曹参，身受七十余伤，攻城略地，计功簿上功劳最多，理应排行第一。"

刘邦笑而不表示意见。

关内侯鄂千秋独排众议，主张萧何排行第一。

刘邦问其故。

鄂千秋答道：

"曹参虽有野战攻城略地的功劳，但这一切只能算一时的功劳。萧何的功劳，却是长期的，影响上自然更大于曹参。"

"想想看，陛下和楚军相峙五年之久，损伤无数军队，有几次甚至被逼得不得不撤退逃逸，萧何却仍不断由关中为陛下补充军力，常达数万之众，让我们能重振军威，屡败屡战。

"有好几次陛下粮食断绝，全军处饥饿状态，有崩溃的危险，都是萧何立刻由关中转运粮食，永不休止地提供，保持我们的战斗力。

"陛下数次败亡于山东（指中原）地区，萧何却以全关中为陛下作后盾，此乃万世之功也。

"今日，即使没有曹参数百次的功劳，汉军仍然可以击败楚军，但没有萧何，情况可能完全不一样了，怎么可以拿曹参的一时之功，和萧何的万世之功相比呢？

"依照臣下的意见，萧何第一，曹参次之。"

刘邦非常称许鄂千秋的看法。于是以萧何之元功排行榜第一，特赐以可带剑上殿、入朝不必跪拜的特殊尊崇。

刘邦更公开表示：

"我听说'推荐贤臣的人更值得受上赏'，萧何虽有大功，但如果没有鄂君的推荐，功劳也无法如此彰明了。"

于是再追加鄂千秋的食邑，并封为安平侯。

为确定表示萧何的功劳第一，刘邦在当天下令加封萧何父子兄弟十余人，皆有食邑，并追加萧何食邑二千户，和曹参、张良并列为万户侯。

由于萧何一直未参与前线战事，他对战局的影响力是透过刘邦发挥出来的，参与作战的官兵很难感觉他的重要性，他的功劳的确只有刘邦和幕僚后勤人员最清楚不过。因此，刘邦如果过分强调萧何的功劳，必遭到这些前线将领们强烈反弹。

刘邦到底是个聪明人，身旁更有张良、陈平这两大超级天才为之谋策，所以他采用了这种逐步让人接受的方法，以凸显并确认萧何的重要性。

先是功人和功狗的辩论，设定萧何在功劳评鉴上的位置，再拿他和武将中的魁首曹参相比，并透过鄂千秋的说明，由刘邦肯定战场上的功劳只是一时，经营后方稳固国力才是万世之功。

马上得天下，却不能马上治天下。战时武将的表现固然重要，但天下太平以后，文官的经营功能更值得重视，也只有文官功能被肯定，制度也才能发挥其效率。

刘邦用心良苦地确立萧何的重要性，主要目的便在于此。

布衣天子——刘邦

第六章

证匈奴休养生息

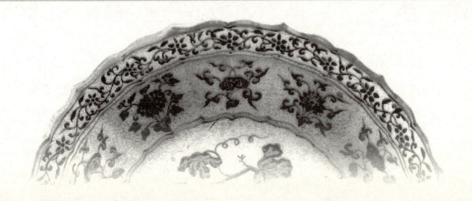

汉高帝六年正月丙午（公元前 201 年 3 月 6 日），也就是萧何、张良等十三人受封侯爵的同一天，刘邦的弟弟刘交和从兄刘贾，分别受封楚王和荆王：其地盘是把拔去韩信后的楚国一分为二，以淮东会稽、泗水等三郡五十三县为荆国；以淮西薛郡、东海、彭城等三郡三十六县为楚国。六天以后，即正月壬子（3 月 12 日），他的哥哥刘仲和他的儿子刘肥分别受封代王和齐王：代国的地盘包括云中、雁门、代郡等共五十三县；齐国的地盘有胶东、胶西、临淄、济北、博阳、城阳共七郡七十三县。

四王封立制书的写法，与卢绾被封燕王时的表述一样，也是出于诸侯功臣共同推戴，推戴理由也是追叙反秦灭楚的功绩。刘交随兄起义，一直参与机密；刘贾从汉王还定三秦时起，就是挥戈阵上的战将，自然都有功可表。刘肥在刘邦诸子中年纪最长，归汉后跟着父亲出过几回兵，硬要叙功，也不是子虚乌有。最妙的是那位只会种田做生意的刘老二，从未披过甲胄，居然亦有"兵初起，侍太公，守丰"的功劳可叙。但不管怎样，所有这些，全能用凭功绩封王的原则罩住，从理论上讲，正可同卢绾受封的程序相衔接。但再不聪明的人，也能从彻侯与亲王同日受封的事实中明白，像卢绾这种异姓功臣裂土封王的好事，再也不会有了。

在这个由封立异姓到广封同姓的嬗变中，还有一个细节：封给代王和齐王的国土，是从刘汉中央直辖郡县中拿出来的。这种性质的资源本来就不多，一下子划出十郡一百二十三十个县，张良所谓天下的土地不够论功行赏．就是基于这个事实来讲的。

从张良说出这番话的语气，看来他没有参与分封宗亲的策划。不过今非昔比，毋需良、平，抢着出谋划策并以此讨好的大有人在。当刘邦借巡游名义捉取韩信以后，马上就有一个叫田肯的人向皇帝进言，首先祝贺皇上扳倒了最具威胁性的韩信，然后便指出，齐国东有出产富饶的琅琊、即墨，南有可作天然屏障的泰山，西有黄河、孟津之险，北有勃海鱼盐之利，幅员二千余里，集结兵力可达百万以上，这可是一片足与同关中相颉颃的地区啊。所以，他向皇帝建议："若非亲生儿子，切不可以使之就封齐王。"当时朝议中并无分封皇族的议程，因此田肯的这个建言，等于是要求皇上分封宗亲的提案。刘邦说："好!"当即赏赐他五百斤黄金，表示自己接受了这个建议。

从形式上看，封建宗亲的政策，就是如此这般确定下来的。但史实的真相，还是刘邦自己总结历史经验后得出的认识，以为秦始皇完全采用中央集权的郡县制度，使得皇族全无实力，这才导致天下一乱便迅速灭亡，所以有必要广封同姓，与位居中央的皇帝形成屏藩之势，共同镇抚天下。从情理上推测，一向参与机密的刘交，很可能也是这项决策的制定人之一。不过前已有述，即位之初的刘邦，皇权有限，所以即便方针既定，但由臣属率先提出而由自己接受，毕竟比自己主动提出，更显得走程序化。五百斤黄金，便是田肯善于揣摩皇上心理应得的回报。

同姓诸侯与异姓诸侯的权属，完全一样，在行政、财税、军事、司法等方面，都具有独立或半独立的地位，其职官制度也大体仿照中央。凡王国丞相、内史、御史大夫、卫尉、中尉等主要的军政职官，多由刘邦指派。如刚刚受封平阳侯的曹参，马上便奉旨出任最大的一个王国——齐国的相国。从这个任命来看，实际上他仍是刘邦最信任的高级官员之一。

刘邦在铲除异姓诸侯的同时又广封同姓，甚至拿出了原属"汉王国"所有的资源。为此，不少史学家都批评他是开历史倒车，却没看出他只能在既定的政体结构中玩弄偷天换日的伎俩。此外，这也是时势——在对外要防范异姓诸侯、对内要驾驭众多功臣的形势下所采取的迫不得已的策略。

既然如此，新一轮的利益冲突也就势不可免，首当其冲者是韩王信。

追溯历史，韩王信能有裂土称王的福分，可以说完全是刘邦一手扶植的结果——主要是当初尽力扩大反楚联盟以壮声威的需要，此外也不乏笼络张良死心塌地为其效劳的考虑。尽管韩王信并非由张良推荐，但张良再三表白因为要替韩报仇，才先后与嬴秦、项楚作对，则是一贯的。

然而，所谓彼一时也，此一时也。当刘邦完成灭楚大业，意在通过广封同姓分占荆楚、三齐等天下势要时，韩王信所处位置与这一政策的矛盾，便显得

第六章 征匈奴休养生息

275

格外突出了。依原先剖符封王时画定的地图，韩国的疆域大体与秦朝时颍川郡复合，相当于今河南登封、宝丰以东，尉氏、鄢城以西，密县以南，叶县、舞阳以北，但在它的东界，又把原先属于楚国的淮阳地区也划了进去——这又是出于借重韩王信来削弱牵制楚王韩信的考虑。时过境迁，当初针对韩信的划界，现在反成了对刘交的威胁，而且其北界毗邻巩、洛，南界逼近宛、叶，都是在中原用兵的战略要地。为确保刘汉对这一带的绝对控制，实在不放心让这样一个兼备才略武勇的异姓诸侯酣睡于卧榻之侧。

于是刘邦再次祭起当初对付吴芮的法宝，下诏将原为太原郡和定襄郡的三十一县圈为新的韩国，将韩王信徙封到此，并指定以晋阳（今山西太原）为王都。从中原迁徙华北，韩王信内心的不满可以想见，但是在异姓诸侯中，他不比彭越、英布，绝无讨价还价的本钱，所以奉诏以后，只好马上搬家。俟料理停当，他又给皇帝打了一个报告说："韩国地处边境，匈奴经常入寇，晋阳距边界上可以据险固守的地方太远，请允许臣把王都迁到马邑（今山西朔县）。"刘邦道是此言有理，即予批准。

往后，刘邦如果有回思前事的检讨，或许会意识到批准这个迁都的请求并不明智。

匈奴是生活在中国北部蒙古高原上的一个游牧民族。当秦始皇建成大秦帝国时，该民族的各个部落，已在其首任单于头曼的统驭下，完成了统一，并不断往南扩张。秦始皇命大将蒙恬率兵斥逐匈奴，将现在的河套地区（在今内蒙古自治区和宁夏回族自治区境内）全部收复，并沿黄河构筑县城四十余座，不断移民备边，同时"因地形，用制险塞，起临洮至辽东，延袤万余里"，筑成举世闻名的万里长城，用以抵御匈奴等北方游牧民族对农耕经济区的侵扰。扎稳基础后，蒙恬再带领部队渡过黄河正流（今乌加河），据有阳山（即今内蒙古狼山最西的一段），"逶迤而北，暴师于外十余年，威震匈奴"，成为确保大秦帝国不再遭受匈奴侵掠的坚固的北疆军团。

边防巩固了，内地也不能忽略。所以秦始皇又命蒙恬主持北起九原（今内蒙古包头市西北）南至云阳（今陕西淳化）的建路工程，这就是迄今在鄂尔多斯草原地区及陕甘子午岭上犹有遗迹可寻的大秦"直道"。史书记载，直道"堑山堙谷，千八百里"，一旦内地有警，这支驻守边陲的国防军不消三天，便可利用这条道路从河套自抵关中，足见秦皇虑事周密；也因为这支三十万人的军团对于帝国安危的极端重要性，秦始皇又特派长子扶苏担任该军团的监军。

然而，再先进完善的战备工程，也将依赖活人利用。秦始皇一死，赵高、李斯和胡亥便沆瀣一气，伪造秦皇诏书，逼迫扶苏自杀，又将蒙恬、蒙毅等骗到关中杀害。对这支军团，他们起初伪造秦皇命令，委托蒙恬的裨将王离统带；其实对王离也不放心，不久又加派李斯的舍人去当护军。护军的职权，就是代表中央节制诸将，性质同扶苏这个监军也差不多了，舍人之名，不过是王公高官左右亲随的通称。李斯用一个史传上没有姓名的舍人，来行使皇长子扶苏的职权，使之监护三十万国防大军，其人之利令智昏，可想而知。随后，胡亥正式即位，又将王离等人调回内地，另委他职，于是该军团的上层班子乃成残缺不全；时日稍久，将士离心、军纪涣散，也就可以想见。

再往后，陈胜吴广起义，天下大乱中咸阳又闹内讧，李斯下狱而死。面对义军遍起的形势。独擅朝政的赵高宁可与义军媾和，也不敢把这支只须三天便可到达的军队调回关中——唯恐他们打起为扶苏、蒙恬报仇的旗号，先把胡亥和他给宰了。秦朝的军纪相当严格，没有调兵的兵符，该军团即使得知内地局势已经糜烂，也只能就地不动。刘邦顺利攻入咸阳时，为什么强大的秦军没有到位的问题，这就是答案之一。

接着，赵高弑二世，子婴杀赵高，刘邦俘子婴，项羽又将刘邦贬封蜀汉，再一把大火烧毁咸阳，随后便是刘邦还定三秦，楚汉大战，这支镇抚北方的国防大军，终于失掉了同中央的联系。像这种中央政权已被消灭而边防大军依然存在的现象，在后世的朝代更易中，常有出现，明末崇祯皇帝吊死煤山，吴三桂犹在山海关大兵在握，就是人们所熟悉的例子。通常，新上台的政权照例会以安抚的办法，收编这些军队继续为新政权看守边陲，但项羽、刘邦等人，或者是无暇顾及，或者是根本不知道还有这么一支军队存在，而应该对此有所了解的章邯，却马上便陷入了刘汉的围困，鞭长莫及。正是在这种诸侯急于内战、无暇外防的局势下，秦朝的北疆军团逐渐解体了。

于是，匈奴趁机南下，连同蒙恬军团在河套新筑的四十四个县邑一并归其所有，游牧各族与农耕民族的分界线，又回复到秦始皇统一中原以前的状况，即燕、代一带，包括此时刘邦为徙封韩王信而新设置的"赵国"地区，逐渐处在匈奴的直接威胁下。

解体后的秦朝北疆军团，并未接踵于道，悉数络绎返归关中和中原，其中不少人就滞留在河套垦区就食，或散落在代、燕、赵、中山等地区。在丧失生计的情况下，他们或相聚为从事汉、匈边界贸易的走私团伙，或与当地的豪桀、少年合流，嬗变为任侠游士一流，从而成为威胁汉朝在北方地区统治的另一种势力。史传上，在刘邦夫妇父子相继当国的数十年间，凡与匈奴相呼应或者有联系的北地叛乱活动，一般都以这些势力为依托，这就是并未突然消失的秦朝北疆军团留给刘邦重续秦皇统一大业的隐患。

当然，眼下的边地局势之恶化，还不止是秦军残部啸聚各地，随时伺机给汉朝捣乱，更因数十万国防军自行解体，极大地改善了匈奴对外扩张的环境。迄大汉帝国创立时，匈奴已在第二代单于冒顿（靠弑父头曼上台）的统驭下，先后兼并了东边的东胡、西边的月氏和南边的楼烦等其他游牧民族政权，更加强大，兼有秦军残部等反汉力量的配合，势力直达辽东、上谷、上郡以西，及云中等地，远非秦时的局面可比。到韩王信徙封未久，适逢匈奴正在这一带发起新的攻势，因为他把王都设置在距汉匈分界线太近的马邑，结果立时使自己陷入了被困王都的险境。

韩王信大恐，赶紧向长安呼救，据其解释，因为又担忧远水难救近火。所以同时连连遣使向冒顿求和。刘邦对此人本来就不放心，及获知他与匈奴通使来往的情报，不免猜疑其要求迁都马邑是否别有用心，遂派使者前往责问。韩王信对于刘邦将其徙封北地，本来就十分不满，现在听使者口气，大有追究叛逆的意思，联想起燕王臧荼、楚王韩信相继倒台的下场，百感交集，索性公然投降匈奴，献出马邑，相约联合反汉。其部属中，不少人都是从过去赵、代降卒中收编而来，与刘汉渊源不深，对徙封更为抱怨，是以叛帜一举，大多响应，很快便反戈攻打到晋阳城下。

刘邦闻报大惊，边令赵王张敖、代王刘喜就近发兵增援晋阳，边自率大军北征，以樊哙为主将。铜鞮（今山西沁县）一战，汉军大胜，阵斩韩军主将王喜，韩王信仓皇亡走匈奴。其部将曼丘臣、王黄等搜集余众，拥立故赵王歇的同宗赵利为赵王，反过来再以这个山头的名义，同匈奴单于及韩王信订立三家联合反汉的盟约。

就这样，以封建宗亲、迁徙韩国引发的利益冲突为导火索，大汉帝国又陷入了内忧外患的局面之中。

伪赵、韩王、匈奴三家结盟以后，冒顿单于马上派左、右贤王率万余骑士与伪赵部队会合，屯兵广武（今山西代县西南）以南，威慑刘邦驻跸的晋阳部队。刘邦命樊哙主动出击，匈奴稍战即败走，然后又扎营，樊哙率军追击，又破营。樊哙再追，适值隆冬，一场特大寒流袭来，雨雪纷飞，多为南方出生的汉军十有二三被冻掉了手指，连兵器都握不住，只得收兵。

眼看汉军出师以来，接连战胜，刘邦乃生一举歼灭匈奴的雄心——倘能彻底解决这个秦始皇都为之头疼的祸患，确实是不世之功。当时他已获知冒顿单于自率主力，屯兵代谷（今山西代县），遂有轻骑奔袭而先擒贼王的打算。为求稳妥起见，先后派出十多个探子，潜往代谷以探虚实。殊不知冒顿正有诱使汉军来袭的计划，故意把精壮的人马都藏匿起来，只留一些老兵瘦马供人观瞻，结果刘邦前后所得的情报相同：代谷匈奴不堪一击。郎中刘敬——就是那位献策迁都的娄敬，认为这些情报不可靠，刘邦很不高兴，说：那劳驾你去走一趟。

此时刘邦决心已下，没等刘敬回报，便令三十二万汉军悉数开拔北进，兵过句注山（在今山西代县北），刘敬跑回来了，他老老实实地告诉皇上，自己所见，的确和其他人一样，但又提出怀疑：两军对垒，照例都是夸大自己的力量以沮对方士气，但匈奴的作法恰恰相反，不合情理，恐怕设下了埋伏，所以不应贸然出击。

刘邦发火了，骑在马上臭骂："你这个齐国乡巴佬，靠能说会道才做了官，现在竟敢胡说八道乱我军心！"当即下令，先把这小子押到广武关起来。

急于建功的刘邦唯恐冒顿闻讯溜走，又嫌大军行动迟缓，先自领前锋部队，径扑平城（今山西大同），驻跸距平城东南十余里的白登山上。冒顿旋即调集四十万精兵，将汉军团团围住，欲待王黄、赵利带兵前来，一起攻山。六七天后，汉军断食，形势万分危急，司马迁在《史记》中写道：皇帝用陈平奇计，派人找冒顿单于的阏氏（相当于汉人的皇后），才得以解围。因为这条计策太诡秘了，所以世人不知其详。元代史学家为《资治通鉴》作注释时，征引汉代应劭的说法：陈平请人画了一幅美女图像，送给冒顿阏氏，诡称汉家有此美女，现在汉皇被困，打算将她献给单于。阏氏怕汉家美女夺去她的宠爱才劝丈夫解围，放走了刘邦。由于此计有失国家体面，所以秘而不传。

阏氏劝丈夫解围以及刘邦脱险经过，史传上倒是有翔实记载。阏氏说："两主不相困。现在即使得到汉家疆土，终非单于久居之地。何况我听说汉帝有神灵，请单于谨慎一些。"冒顿单于惯听夫人教唆，又因王黄、赵利的军队迟迟不来，怀疑他们与汉军有勾结，便下令解开围困的一角，绝处逢生的刘邦乃由夏侯婴亲自驾车保护，在漫天迷雾的掩护中下山出围。车抵平城，由樊哙率领的大军也已来到。冒顿目睹汉军人众，无意再战，悉数北撤。刘邦就势取消韩王信的封国，将其地盘的一部分划给由他二哥刘仲做王的代国。情知这位二哥没啥本事，又令樊哙暂时留守代地，以防反复，自己则带领大军取道河北班师。

下一站仍是暂驻广武。回想起差点儿性命难保的危险，刘邦把罪错全部推到那十多个探子身上，下令通通斩首。接着又把刘敬从牢里放出来，说："我没听你的劝告，所以才有平城之困。"马上给他晋爵建信侯，食邑二千户。复往南行，途经曲逆（今河北完县东南）。曲逆在秦时有三万余户，是一个繁荣的城市，迄汉初，虽经多年战乱，但仍称大县。刘邦说："壮哉！吾行天下，独见洛阳与之相似。"遂改封陈平为曲逆侯，食邑五千户，以此酬谢他的"美人计"。

未出刘邦所料，汉朝大军从平城撤走后不久，匈奴又与韩王信合伙，卷土重来。幸亏樊哙驻军在代，与周勃分头迎战，始将敌军逐北。但只懂种田的代王刘仲吓坏了，乍听匈奴大举侵扰，便弃国南逃，传为笑话。依法处置，这是斩首之罪，但刘邦仅将他降为合阳侯。

刘邦当汉王后，陆续物色了不少美人做姬妾，其中最得宠的是得自定陶的戚姬。戚姬生了个儿子，取名如意，很讨刘邦喜欢，刘仲的王位被取消后，刘邦便封如意为代王，顶伯父的缺。但此时如意还是个小儿，戚姬舍不得让他就藩，刘邦只好命阳夏侯陈豨以相国的名义出镇北方，节制赵、代两国的边防部队，同时把樊哙调回关中——内重外轻则无从保证对边陲的镇抚，内轻外重则缺乏中央对诸侯的威慑，用陈豨替换樊哙的人事变动，反映出皇帝在分封体制下无法自安的两难心理。

匈奴的步步南侵，及北方各种反汉势力的叛乱，终究是威胁刘汉统治的祸患。刘邦把刘敬召来，问他有什么弭患之策？

刘敬说："天下初定，士卒疲劳，不宜再动用武力使之臣服……"

刘邦笑了："不用兵动武，难道用你们儒生所谓的仁义去说服？"

"那也不行。"刘敬说，"这个冒顿，是杀了他父亲头曼单于自立为王的，还霸占了父亲的姬妾。像这种弑父燕母的人，哪能指望说以仁义？"

刘邦说："动武不宜，仁义又行不通，难道就没办法了？"

刘敬说："臣有个长治久安的办法，就怕陛下不采纳。"

刘邦要他讲出来听听。

刘敬说："陛下如果肯把嫡长公主嫁给冒顿为妻，再贴上一笔丰厚的嫁妆，冒顿一定高兴，肯定以长公主为阏氏，生下儿子后又必定立为太子。这样一来，冒顿就是陛下的女婿；等他死后，继任的单于又是陛下的外孙。岂有女婿、外孙敢同丈人、外公作对的？这样，匈奴便逐渐变成了大汉的臣属……"

刘邦说："你这个办法倒是不错，但我的长公主已嫁与赵王为妻。要不，从宗室或后宫里选个美女，诈称是长公主……"

刘敬忙说："这可不行！单于很快会知道真相。不是正宗的长公主，便不会立为阏氏，要想以外孙继任单于的指望，岂不全部落空？"

刘邦觉得此言有理，便说："好！"随即便打算让鲁元公主再出嫁一回。吕雉得知，痛骂刘敬腐儒，居然想出这种馊点子！缠着刘邦又哭又闹："我只有一个太子，一个女儿，怎么舍得让她被弃之匈奴！"对这个性格刚毅，也有点见识和手段的老婆，刘邦一向有些敬畏，何况在抗击匈奴再犯代地的战争中，其长兄吕泽亲冒矢石，冲锋陷阵，身负重伤，眼看性命难保，倘若妻兄死于匈奴，再让女儿嫁与仇人，不仅老婆受不了，就是自己也难以面对如此不堪。踌躇再三，转念一想，平生欺天瞒地、李代桃僵的事情做得够多了，骗骗匈奴又能怎样？于是便选了一个宗室生的女儿，封为长公主，由刘敬护送，前往匈奴结亲。果然，吕泽终因伤重不治而死，刘邦为安抚妻子，晋封其长子吕台为郦侯，次子吕产为交侯。按常例，父亲死了，长子袭爵，但吕泽家由一侯变为二侯，是为特例。

再说冒顿单于见汉皇主动送来貌美如花的"长公主"，还有丰厚的陪嫁，眉开眼笑，一口答应立她为阏氏。但是让他尊奉刘邦为丈人，他不干。刘敬与之讨价还价，最终约定汉皇与单于结为兄弟，以后汉朝每年都送上一定数目的絮、缯、酒、米及其他食物给匈奴，匈奴则承诺不再侵扰汉地。

带着这样的"和亲"结果回长安复命，刘敬的心里自然忐忑不安，结果在他嘴里，送嫁之行又提升为边疆民族地区的考察，收获也比"和亲"丰富得多。他告诉刘邦，冒顿单于已经凭借强大的武力，在汉朝北边建立起一个广阔的统治区，不仅代、赵边地在他们威胁之下，连号称险固的关中也不得幸免，如臣服单于的河南白羊、楼烦王等匈奴部属，距长安仅七百里之遥，轻骑奔袭，一日一夜便可抵达。

随后，刘敬又主动献策说：关中历经战乱，人口稀疏，但肥沃的土地足以养民。过去陈胜、吴广举义反秦，率先起来同秦朝捣乱的，尽是齐国的田氏，楚国的昭氏、屈氏、景氏这些豪强大族。如今陛下虽然以关中为都，但人口稀少，而关东却有随时可能捣乱的六国豪强大族存在。一旦有变，陛下能高枕无忧吗？臣建议陛下把六国贵族的后裔，以及豪桀、大族等，都迁徙到关中，既可防范匈奴侵袭，一旦诸侯叛乱，也可征调他们去讨伐，这是强本弱末之术。

刘邦听刘敬把匈奴讲得那么厉害，当然再无理由追究他降格求亲的罪错，再听他主动献上既可防御外侵、又能平抑内患的"强本弱末"之计，更加觉得这位先生不虚此行，思虑周全。于是连连称"好"，居然忘了正是此人当初献策迁都长安，又是被山带河，关塞坚固，又是扼人咽喉，不怕山东叛乱，全是好处。转眼之间，还是同一个长安，居然远忧外患，近忧内乱，竟然不得高枕无忧了——看来刘邦曾骂其人靠能说会道做官，倒是准确的评语。

根据刘敬献策，刘邦下诏，将齐、楚两国的昭氏、屈氏、景氏、怀氏、田氏五大姓族及其他豪强共十多万人口，强制移民到关中，由政府供给耕田和住宅。据史传记载，整个移民过程，不过三个月时间，被迁徙者之损失惨重，以及对社会生产和人心稳定的影响之大，可想而知。但是汉承秦制，法律上尤其苛严，人们敢怒而不敢言，唯有自认晦气。整个迁徙工程，刘邦都交给刘敬负责。

其实，稍知秦汉历史的人都知道，迁徙六国贵族豪富到关中定居，并非刘敬首创，秦始皇统一全国后，就曾强徙十二万户六国豪富到咸阳安家。但他的目的，是把这些人看做是可能搞复辟活动的势力，强迁咸阳则是方便他就近管制。十二万户迁走，又经过多年战争，余下的族人中，还能从政治上与先秦六国王亲贵胄发生联系的，势必不多，故刘敬竭尽搜罗，也不过十余万人。而依旧把他们看成是伺机捣乱的势力，迁徙的目的又包含着依靠他们来抵御外患、平息内乱，无论从情理或逻辑上讲，殊觉不通。

清初政论家、史学家王夫之还从发展社会经济的角度剖析过刘敬所献迁徙政策的荒谬。照他看来，富豪大族之所以强盛，全赖根据当地的环境和条件，发展经济而成。齐国的诸田如果不靠开发渤海地区的鱼、盐、贸易，不会富强；楚国的屈、昭、景氏如果不靠开发云梦地区的丰饶物产，不会富强。与此同时，这种规模巨大的经济作业，又非得依赖"姻娅之盛、朋友之合、小民之相比而相属"，即广泛的社会联系，才能开展。现在硬要抽去他们的资本，剥离他们的生产生活环境和社会联系，强迫他们到关中从事所不熟悉的作业方式，不用十年，生气和事业皆告凋敝，结果是一大批失业寄食而又满腹怨气的客民，全聚集在皇帝的周围，与当初的愿望正好相违。反之，齐、楚等国的传统经济事业，因为这个迁徙政策而蒙受的重大损失，也是不难想象的。

对于刘敬所献并亲自操作的另一项外交决策——和亲，包括王夫之在内，后人亦多持批评。如司马光说，刘敬既然知道冒顿凶残，连父亲也当禽兽一样猎杀，还要与之联姻，指望他尊奉丈人，岂不自相矛盾？何况鲁元已为赵后，硬劝刘邦夺妻另嫁，又岂不荒谬？再如贾谊指出，刘敬的"和亲"实践，实际上等于公开承认匈奴强大，汉朝弱小，每年向匈奴送上金絮彩缯米酒，更是将汉皇定格在定期向单于贡纳的臣属位次上。结果则是匈奴既娶了汉女，收了贡纳，但并不因此停止对汉的侵扰，直到汉武帝领导的反击匈奴战争取得决定性胜利之前，匈奴始终是笼罩在西汉头上的最大祸害。还有人分析，匈奴之所以接受刘邦开创的和亲政策，实际上利用它来造成对其统治下的异族民众，特别是西域诸国的威慑作用，看，连强大的汉国都向我岁贡财物！也因为这个缘故，后来汉武帝派人通使西域时，惊奇地发现，他们对匈奴单于的一封信都奉如神明，对持节出行的汉使则毫无畏惧。说白一些，当时的和亲实践，不只是自欺，而且便宜反倒全让匈奴占去了。

王夫之将刘敬的两大建策，概括为"徙民之不仁，和亲之无耻"，痛骂"刘敬之小智足以动人主，而其祸天下也烈矣！"但是还不解气，又进而分析道："中国"的夷狄之祸，自冒顿入侵开始。冒顿能越过句注，侵扰太原，自韩王信叛降开始。韩王信何以会萌发叛降之心，是因为刘邦夺去他的故封，徙之太原。他请都马邑的用心，就是想接近匈奴便于勾结，假手冒顿以图不逞。可以说，早在其公开降匈之前，叛汉之志已经确立了。

一句话，一切后果的起因，就是刘邦激反了韩王信。西汉初年，全国范围内出现了一个反思秦朝二世而亡的社会思潮。无数政治家、思想家都在认真思考这一问题并力求得出满意的答案。刘邦及其文臣武将还在反秦战争和楚汉战争中就以秦朝二世而亡的教训作为君臣们议论的重要话题，并且千方百计地希图为新生的汉王朝找到一套可以长治久安的思想和制度，刘邦作为秦末农民起义军的著名领袖，他曾亲身感受秦朝暴政的痛苦，并把"伐无道、诛暴秦"作

征匈奴休养生息

为自己和部下行动的口号。因而他一进入关中地区，便立即宣布"约法三章"表示"与民更始"。汉朝建立以后又在制度和政策上采取了一系列有别于秦皇朝的措施，力图在实践中与秦皇朝划清界限。但是，如何从思想理论上总结秦朝灭亡的教训，同时给汉初的政治经济政策一个理论上的说明与阐发，却是刘邦及其布衣将相的群体难以做到的。恰在此时，有一个名叫陆贾的谋士站出来，以自己精心创作的《新语》一书，在汉初的反思潮流中承担了这一任务。

陆贾（？～公元前170年），楚国人。他以客卿的身份随刘邦参加了反秦战争和楚汉战争。由于他能言善辩，学富五车，满腹经纶，因而常常作为刘邦的使者完成各种复杂而艰巨的任务。如在进军关中的道路上，他奉刘邦之命收买守卫峣关的秦将，使之丧失警惕，为起义军突袭峣关的成功创造了有利的条件。在楚汉战争中，又是他作为汉军的使者前往楚军军营，说服项羽释放了被掠为人质的刘邦父亲和妻子。西汉王朝建立以后，他又两次出使南越，劝说南越王赵佗归附汉朝，对于缓和汉越关系和汉朝南方边境的安定，起了很好的作用。

陆贾读过许多先秦典籍，对儒家的《诗》《书》等文献也很有研究，在与刘邦交谈时经常加以引用和宣扬。有一次，陆贾在刘邦面前津津乐道地称引《诗》《书》，刘邦听了，很不耐烦地说："乃公居马上而得之，安事《诗》《书》？"陆贾身上，还没有后世专制帝王淫威下臣子的奴颜和媚骨，他毫不示弱，针锋相对地回敬刘邦说：

居马上得之，宁可以马上治之乎？且汤武逆取而以顺守之，文武并用，长久之术也。昔者吴王夫差、智伯极武而亡；秦任刑法不变，卒灭赵氏。向使秦已并天下，行仁义，法先圣，陛下安得而有之？

这一段尖锐而中肯的话显然深深地打动了刘邦，一扫其居高临下的傲然之气，"高帝不怿而有惭色"。的确，战争结束以后，如何逆取顺守，文武并用，即如何实现从战争政策到和平政策的转变，以达到长治久安的目的，正是作为开国皇帝的刘邦日夜思考的问题。于是，刘邦诚恳地对陆贾说："试为我著秦所以失天下，吾所以得之者何，及古成败之国。"即要求陆贾为他总结历史与现实斗争的成功经验与失败教训，以便作为自己与臣僚们治国安邦的参考。正是在这一背景下，产生了陆贾精心创作的《新语》一书。该书共十二篇，史载陆贾每写好一篇，即呈送刘邦。刘邦即让他在群臣面前宣读。每一篇不仅得到了刘邦的高度赞扬，而且群臣听了也都情不自禁地高呼万岁。刘邦亲自给这部书起了一个名字，号曰《新语》。顾名思义，就是它说出了从未听说过的新鲜话语。显然，《新语》一书解决了汉初统治集团上上下下都普遍关心的问题，成为刘邦君臣们的政治教科书。

大概刘邦读过《新语》之后还未来得及消化就逝世了。惠帝登基后，吕后当国，诸吕逐渐窃居要津。这时，吕后明目张胆地违背刘邦的"白马之盟"，坚持封王诸吕的形势日益明朗，但朝野上下却无人能够阻止。陆贾明白，这一场统治集团的内部斗争肯定会酿成血肉横飞的惨剧。知识分子明哲保身的人生哲学使陆贾以生病为名辞去了太中大夫的官职，举家迁往好畤（今陕西乾县）居住。他将自己出使南越时所得赏赐的一部分卖掉，获值千金，平分给五个儿子，让他们各自独立，自谋生计。陆贾自己则"安车驷马"，佩带价值百金的宝剑，携带歌伎和侍者十余人，四处游历，结交宾客，颐养天年。他对五个儿子说："与汝约：过汝，汝给吾人马酒食。极欲，十日而更。所死家，得宝剑车骑侍从者。一岁中往来过他客，率不过再三过。数见不鲜，无久恩公为也。"根据陆贾的年龄和当时的形势判断，看来陆贾是打算息影林泉，以这种方式悠闲自在地度过自己的下半生了。陆贾如此安排自己的生活，所奉行的正是"达则兼济天下，穷则独善其身"的儒家人生哲学，是一种不得已而求其次的选择。其实，赋闲中的陆贾并不是远离人间烟火，他仍然时刻关心着汉朝的政局，并随时准备为之尽自己的一份力量，贡献自己的聪明才智。

公元前 188 年（惠帝七年），惠帝刘盈死去，吕后立刘盈后宫子为皇帝，进一步控制朝政，诸吕专权的局面最终形成，刘氏政权危如累卵。这时候，右丞相陈平忧心如焚，他知道自己无力与吕后正面抗争，又不甘心刘氏皇统的断绝，更怕祸及自身，平时只得深居简出，装着一副与世无争的样子，使吕氏疏于防范。其实，他是苦苦思索一条既能避祸、又能维护刘氏皇统的出路。有一次，陆贾特意到陈平府上造访，不待门人传达，径直入座。正在闭目苦思的陈平竟没有发觉陆贾的到来。陆贾故意探问陈平："何念之深也?"陈平是个城府很深的人，不作正面回答，故意反问："生揣我何念?"陆贾于是单刀直入，一下揭开谜底："足下位为上相，食三万户侯，可谓极富贵无欲矣。然有忧念，不过患诸吕、少主耳。"至此，两心相印。陈平立即向他求教万全之计，陆贾于是便将自己经过多日深思熟虑的计策向陈平和盘托出。他说：

"天下安，注意相；天下危，注意将。将相和调，则士务附；士务附，天下

第六章 征匈奴休养生息

虽有变，即权不分。为社稷计，在两君掌握耳。臣常欲谓太尉绛侯，绛侯与我戏，易吾言。君何不交欢太尉，深相结?"

这是一个以协和的将相为领导，以刘邦创业时期的元勋重臣为核心，团结其他文武臣僚，相机挫败吕氏篡权阴谋的计划。以屡出奇计著称的陈平苦思冥想也没有设计出来的万全之策，竟从陆贾的口中说了出来。陈平喜出望外，立即主动与太尉周勃深相结纳，互相达成默契。与此同时，陈平又以奴婢百人，车马五十乘，钱五百万交给陆贾做游资，让他广泛地在汉朝公卿大臣中间进行活动，以便沟通信息，联络感情，进行诛除诸吕的密谋活动。由于陆贾当时已不是朝中的显官，而仅仅是一个退职的闲员，他的活动不为诸吕注意。他就充分利用这一条件，充当陈平、周勃等人的幕后军师和联络人员，起了别人无法替代的作用。公元前180年（吕后八年）吕后一死，诸吕即迅速被周勃、陈平等人诛灭，其中的一个重要因素应归之于陆贾的运筹帷幄之功。

陆贾一介书生，生当战乱年代，无斩将立旗之功，对功名利禄并不十分看重。他官秩不过千石，且为官时间不长，一生的绝大部分时间是做客卿或赋闲家居。最后得以寿终，是一个乐天知命的人物。在西汉初年的政治舞台上，陆贾的声势并不显赫，但是，他却是西汉王朝统治理论的创建者之一，是当时地主阶级中对历史和现实了解得最清楚、眼光最远大而锐敏的人物之一。一部《新语》奠定了他在汉代思想史上承上启下的地位。

陆贾《新语》一书，是西汉王朝地主阶级的理论家总结秦亡的教训和刘邦获取天下的成功经验，第一次把儒、法、道糅合在一起而提出来的较完备的理论。它以"无为"为最高政治理想，以仁义、礼法、任贤为基本内容，为西汉王朝的长治久安创建了思想理论基础。《汉书·艺文志》把《新语》列为儒家，其实，陆贾的思想与孔子、孟子、荀子等为代表的原始儒学已有相当的距离，除了儒家的基本思想外，还包含有黄老和法家思想的许多内容。在《新语》中，陆贾首先为西汉统治者描绘出一幅"无为"社会的理想蓝图:

君子之为治也，块然若无事，寂然若无声，官府若无吏，亭落若无民，闾里不讼于巷，老幼不愁于庭，近者无所议，远者无所听，邮无夜行之吏，乡无夜名之征，犬不夜吠，鸟不夜鸣，丁男耕耘于野，在朝者忠于君，在朝者忠于君，在家者孝于亲;于是赏善罚恶而润色之，兴辟雍庠序而教诲之;然后贤愚异义，廉鄙异科，长幼异节，上下有差，强弱相扶，小大相怀，尊卑相承，雁行相随，不言而信，不怒而威，岂恃坚甲利兵，深牢刻令，朝夕切切而后行哉？

这套充满浪漫色彩的政治理想，其实质就是要求统治者对刚刚从秦末农民战争和楚汉战争的长期战乱中解脱出来的劳动人民，采取一种较少干扰，任其自然的统治方略，实行轻徭、薄赋、节俭、省刑为主要内容的缓和矛盾的政策，给他们一个恢复发展生产的良好环境，使之尽快出现经济繁荣，社会安定，百姓安居乐业的局面。在此前提下，封建国家再以赏罚劝惩之，以仁义教训之，使之弃恶向善，促进整个社会风气的好转，从而出现上下和睦、尊卑有序，君上无为而百姓和乐的景象。十分明显，在这幅理想的蓝图中，道家的"无为而治"，儒家的"仁义礼乐"，法家的"赏善罚恶"等基本信条，都融会贯通到一起了。

秦朝"以法为教""以吏为师"，穷兵黩武，严刑峻法，导致二世而亡的悲剧，使汉初的思想家们把眼光投向了儒家的仁义礼乐。陆贾作为秦末农民战争的参加者之一，亲眼看到不可一世的秦皇朝在起义军的战马嘶鸣中迅速土崩瓦解，这使他清醒地认识到民心不可侮，民意不可违，民力不可轻，是否得到百姓拥护是一个皇朝兴亡成败的关键："夫欲建国、强威、辟地、服远者，必得之于民。"而要想得到百姓的拥护，就必须把自己的统治建筑在最稳固的基石之上。这就要求统治者做到"握道而治，据德而行，席仁而坐，仗义而强，虚无寂寞，通动无量"。具体办法也就是要以仁义取代"极武"，以道德取代利欲，以贤能取代奸佞，以"无为而治"取代好大喜功。陆贾以秦朝二世而亡的史实为根据，说明一味的高压、残酷的刑罚、过量的盘剥，即法家的那一套统治方略，不仅不是巩固统治的法宝，而且恰恰是导致暴乱的根源。他说：

秦始皇设刑罚，为车裂之诛，以敛奸邪，筑长城于戎境，以备胡、越，征大吞小，威震天下，将帅横行，以服外国，蒙恬讨乱于外，李斯治法于内，事逾烦天下逾乱，法逾滋而天下逾炽，兵马益设而敌人愈多。秦非不欲治也，然失之者，乃举措太众、刑罚太极故也。

陆贾指出，秦始皇与秦二世父子都笃信法家学说，认为严刑峻法，兵马斧钺是万能的，结果仅十五年二世而亡，武力、刑罚之不足恃由此可得到充分证明。刑、武之所以不足恃，原因就在于它只能失民心而不能得民心。只有用仁政德治代替极武和虐刑，才能树立起真正的政治威信，使"民畏其威而从其化，怀其德而归其境，美其治而不敢违其政"。陆贾相信，在强大的仁义道德力量地感召下，一定会出现"百姓以德附，骨肉以仁亲，夫妇以义合，朋友以义信，君臣以义序，百官以义承……守国者以仁坚固，佐君者以义不倾"的美好治世局面。他认为，尧舜和周公当政的时代之所以成为历史上有名的治世，也就是因为那是"以仁义为巢"的时代：

昔舜治天也，弹五弦之琴，歌南风之诗，寂若无治国之意，漠若无忧天下之心，然而天下大治。周公制礼作乐，郊天地，望山川，师旅不设，刑格法悬，而四海之内，奉供来臻，越裳之君，重译来朝。

为了强调仁义的作用，陆贾在这里对传说中的尧舜和虽有记载但被美化了的周公都做了过分美化的描述。显然，在当时的历史条件下，特别强调一下仁义的作用，对于曾经参加过反对秦皇朝暴政的西汉统治者来说，更具有现实意义。不过，如果因此而认为陆贾就是纯而又纯的儒家学者那就错了。事实上，陆贾虽然十分强调仁义的作用，但并不否认刑罚的重要性，而是认为二者各有各的用处，它们相辅相成，紧密配合，"文武并用"，才是治国抚民的比较完善的方法。

陆贾要求统治者必须对自己的贪欲加以节制。他对统治阶级无限的贪财纵欲和不加节制的奢侈享乐深恶痛绝。他认为，封建帝王"奢侈纵恣"，势必加重对劳动人民的剥削，激化统治者与被统治者之间的矛盾，也是造成亡国灭宗的重要原因。他以鲁庄公为例，说明追求奢侈享乐的结果是"财尽于骄淫，力疲于不急，上困于用，下饥于食"，形成了严重的社会危机。秦始皇、秦二世的"骄奢靡丽"更是登峰造极，无以复加。这些封建帝王的奢侈享乐败坏了社会风气，使天下富人群起效尤，百姓自然痛苦不堪，秦朝的灭亡也就不可避免了。陆贾通过历史教训，痛切地认识到，要想治理好国家，必须对君主、臣僚乃至整个统治阶级的享受加以限制，提倡以道德仁义代替利欲。

在汉初社会经济凋敝，国与民俱困，劳动人民尤其贫困的条件下，要求统治者带头限制自己的贪欲和享乐欲，制造节俭、质朴的社会风气，以减轻对广大劳动人民的剥削，显然是有进步意义的。

陆贾还大力提倡任人唯贤的用人路线。他认为，任贤还是用佞同样也是一个国家兴盛或衰败的重要原因："杖圣者帝，杖贤者王，杖仁者霸，杖义者强，杖谗者灭，杖贼者亡。"历史上的圣帝贤王总是"居高处上，则以仁义为巢，乘危履倾，则以贤圣为杖，故高而不坠，危而不仆""功垂于无穷，名传于不朽"。

相反，秦皇朝却是以赵高之流的奸佞之辈为杖，所以最后难逃"倾仆跌伤之祸"。陆贾进而指出，从理论上讲，几乎任何君王都知道贤逾于佞，可是在现实生活中却往往相反，总是"佞臣在位"，而贤才得不到重用的时候居多。原因就在于君王不善于识别贤佞和选择人才。更为可贵的是，陆贾已经认识到，君王要想选拔真正的贤俊之才，必须跳出贵族公卿的圈子，把视野放到社会的最底层，发掘那里潜藏的具有"不羁之才"和"万世之术"的贤能之士。这并不是说陆贾已经要求统治者从劳动人民中选拔官吏，但是，他要求放宽视野，在更大的范围内选拔经国治世的优秀人才，以扩大地主阶级统治基础的思想无疑是有进步意义的。另外，陆贾在关于君王如何识别臣下的忠与奸、正与邪、贤与佞的问题上，也有不少独到的见解。他认为，贤明之人对于君王是诤臣，"夫君子直道而行，知必屈辱而不避也，故行不敢苟合，言不为苟容"好进逆耳之言，使人听起来很不愉快；而佞臣则恰恰相反，"好为诈伪，自媚饰非而不能为公""阿上之意，从上之旨""无忤逆之言，无不合之义"，好说顺耳之言，使人听起来舒舒服服。因此，决不能以是否讨好君王作为贤与佞的标准。同时，陆贾又指出，贤能之人往往遭到奸佞之辈的嫉妒、诽谤与诬陷，它来势凶猛，势如狂涛，以致"众口之毁誉，浮石沉木。群邪相抑，以直为曲。视之不察，以白为黑"。作为人君稍有不慎，就有可能出现"指鹿为马"之奸，就有可能为谗言所惑，受骗上当。有鉴于此，所以人君必须特别注意明察，分辨是非，识别忠奸，既要能准确地简拔贤良，又要能及时地严惩奸佞。"诛锄奸臣贼子之党，解释凝滞纰缪之结，然后忠良方直之人，则得容于世而施于政"。只有如此，贤人俊才才能得到重用，国家的各项事业才能兴旺发达。在先秦时期的各派思想家中，儒与墨、儒与法的观点几乎在各个领域中都尖锐对立，唯独在用人问题上几乎一致地得出了"任人唯贤"的结论。这说明此一问题已成为全社会关注的时代思潮。陆贾这里阐述的思想显然是从儒、墨、法等学派那里继承来的，但却比以往所有思想家对这个问题的论述更加全面和深刻。这是因为陆贾较之他的前辈有更多的历史经验和教训可以总结。

　　陆贾《新语》一书所展示的哲学思想，尤其是其中的自然无为的天道观和今胜于古的历史进化论，构成了中国哲学发展史上一个承上启下的环节。对后来唯物论思想的发展起了重要的启迪作用。不过，《新语》这部书对汉初社会的影响主要还在政治方面。在一定意义上说，它成了以刘邦为首的汉初布衣皇帝

征匈奴休养生息

和布衣将相的政治教科书，为他们制定政策提供了理论基础。后世人们从汉初的轻徭、薄赋、节俭、省刑的一系列促进社会稳定、生产发展和经济繁荣的政策中，不难看出《新语》思想的影响。陆贾作为一个杰出的政治家和思想家，虽然官位不高，权力有限，基本上处于一种客卿的地位，一生连个侯爵也没有得到，但是，在汉初的政治和思想领域中却作出了别人不可替代的巨大贡献。然而，两者相较，他在思想上的贡献更大一些。的确，汉初的政治舞台上没有陆贾，其面貌不会有明显的变化。可是，汉初思想界如果少了陆贾及其《新语》，那就犹如奥林匹斯山少了宙斯一样失掉了灵魂。

西汉初年的中央与地方行政体制，大体上都是沿袭秦制或稍加变通。这套专制主义中央集权制度的建立和完善，对于巩固和加强汉王朝的统治与稳定，维护和平与安宁的社会秩序，以及恢复发展生产，繁荣经济都具有明显的积极意义。但是，汉初的地方行政体制与秦皇朝也有较大的不同之处，这就是汉初在实行郡县制度的同时，还实行了诸侯王国和侯国两级分封制度。如上所述，还在楚汉战争时，刘邦为了分化瓦解项羽集团，调动各地实力派共同对项羽作战，在当时特定的恢复秦以前诸侯国的氛围中，他陆续分封了八个异姓诸侯王。然而，西汉刚刚建立，刘邦就发现这种分封造成了地方诸侯王对中央权力的分割和威胁。由于所封者皆为异姓，与刘邦缺乏血缘和感情的联系，再加上对某些人的分封也是出于权宜之计，所以在西汉建国以后的六七年中，刘邦就通过包括武力在内的各种手段，陆续扫除了除长沙王吴芮之外的其他异姓诸侯王。这对维护统一、加强中央集权是完全必要的。但是，刘邦在消灭异姓诸侯王的过程中，却又陆续分封了九个同姓诸侯王。刘邦这样做，除了时代条件之外，也是主观上接受秦亡教训的结果。刘邦及其臣子，几乎一致认为秦朝所以二世而亡，原因主要是"荡灭古法"，其中当然也包括了废除西周的分封制：

秦据势胜之地，骋狙诈之兵，蚕食山东，一切取胜，因矜其所习，自任私知，姗笑三代，荡灭古法，窃自号为皇帝，而子弟为匹夫，内亡骨肉本根之辅，外亡尺土藩翼之卫。陈、吴奋其白挺，刘、项随而毙之。故曰，周过其历，秦不及期，国势然也。

有鉴于此，刘邦于是决定分封自己的兄弟子侄为诸侯王，使之广泛地分布于关东地区，据土抚民，以作为汉中央的屏障，巩固刘氏皇朝的统治。正如

《汉书·诸侯王表》所说："汉兴之初，海内新定，同姓寡少，惩戒亡秦孤立之败，于是剖裂疆土，立二等之爵。功臣侯者百有余邑，尊王子弟，大启九国。"刘邦分封同姓诸侯王是从公元前200年（汉七年）开始的，起因是前一年的田肯建议。公元前201年十二月，刘邦以"伪游云梦"之计擒韩信，开始了剪灭异姓诸侯王的行动。这时，刘邦帐下一个名叫田肯的谋臣一面向刘邦恭贺诱擒韩信的胜利，一面建议封王子弟到齐国，以便在大汉王朝的东翼建立起与汉中央遥相呼应的封国，以巩固汉王朝的统治：

"陛下得韩信，又治秦中。秦，形胜之国，带河山之险，悬隔千里，持戟百万，秦得百二焉。地势便利，其以下兵于诸侯，譬犹居高屋之上建瓴水也。夫齐，东有琅邪、即墨之饶，南有泰山之固，西有浊河之限，北有渤海之利。地方二千里，持戟百万，悬隔千里之外，齐得十二焉。故此东西秦也。非亲子弟，莫可使王齐矣。"

大概这位在《史记·汉书》中仅露过一次面的田肯所提建议与刘邦所想深相契合，他立即便得到刘邦五百斤黄金的重赏。虽然田肯在这里所建议的只是王齐的人选，但却开启了刘邦大封同姓诸侯王的先河。自此以后，刘邦在消灭异姓诸侯王的同时，陆续分封了九个同姓诸侯王国和一百多个功臣和王子侯国。这九个诸侯王国都分布于关东地区，据《汉书·诸侯王表》记载：

自雁门、太原以东尽辽阳，为燕、代国。常山以南，太行左转，度河、济、阿、甄以东薄海。为齐、赵国。自陈以西，南至九疑，东带江、淮、谷、泗，薄会稽，为梁、楚、淮南、长沙国；皆外接于胡、越。而内地北距山以东尽诸侯地，大者或五六郡，连城数十，置百官宫观，僭于天子。汉独有三河、东郡、颍川、南阳，自江陵以西至蜀，北自云中至陇西，与内史凡十五郡，而公主列侯颇食邑其中。

然而，历史的发展，总是"事与愿违"，本来，刘邦分封同姓诸侯王是为了作为汉朝中央的辅弼，但后来却几乎都走到了反面，诸侯王一个个落得个身死国除的下场。

荆王刘贾，是刘邦叔父的儿子。既是同宗兄弟，又是少年朋友。大概在刘邦举行丰沛起义之时，他就成为一名坚定的追随者。公元前206年（汉元年），在他随刘邦还定三秦的时候，被任命为将军。他率兵平定塞王司马欣封地以后，

征匈奴休养生息

又随刘邦东出函谷关，参加对项羽的作战。公元前204年（汉三年），他奉刘邦之命，率步兵三万，骑数百，自白马津（今河南滑县境）南渡黄河，迅速深入楚军后方，往来游击，"烧其积聚，以破其业，无以给项王军食"。待楚军主力前来围剿，"贾辄避不肯与战，而与彭越相保"。这种避实击虚、机动灵活的游击战术，大大牵制了楚军西进的力量，为改变楚汉战争前期楚强汉弱的形势做出了较大的贡献。公元前202年（汉五年），刘邦率汉军主力追击楚军至固陵（今河南太康南），刘贾奉命率军渡过淮河，围寿春（今安徽寿县），使人招降楚大司马周殷，然后与英布一起率九江兵北上，参加了最后围歼楚军的垓下之战。项羽灭亡以后，刘贾又奉命与太尉卢绾一起南击拒不投降的临江王共尉（共敖之子），平定该地，设立南郡（今湖北江陵）。刘贾因战功卓著，又与刘邦同宗，因而在公元前201年（汉六年）一月被立为荆王，以故东阳郡、鄣郡、吴郡五十三县为封地。六年之后，公元前196年（汉十一年），淮南王英布反叛，首先东向进攻刘贾的荆国。刘贾率军抵抗，不能取胜，败退至富陵（今江苏洪泽境），为英布兵所杀，从此国除。刘贾作为刘邦与异姓诸侯王斗争的牺牲品，实际上在对异姓诸侯王的斗争中尽了自己的一份力量。因为当时汉中央与异姓诸侯王的矛盾占据主导地位，刘贾与汉中央的矛盾还没有显现他就死了。应该说，在刘氏宗室中，刘贾并非等闲之辈。在楚汉战争中他曾统帅一支军马单独作战，取得不少胜利，表现了不凡的军事才干。然而，在英布的攻势面前，他似乎丧失了昔日的战斗能力。一败之后就再也没有恢复过来，很快身死国灭；究其原因，一是英布的军事谋略显然比他高明，又采取了突然袭击的战法，使刘贾仓促应战，来不及充分准备。二是刘贾做了诸侯王后，大概一直耽于享乐之中，对同异姓诸侯王的斗争缺乏清醒的认识，思想上军事上完全放松了戒备，因而难以逃脱失败的命运。

代王刘仲名喜，是刘邦的二兄。《史记》《汉书》找不到多少关于他的事迹的记载。此人既无政治才干，又乏军事谋略，只是凭借与刘邦的血缘关系，于公元前201年（汉六年）一月被立为代王，封地为北部边陲的云中、雁门、代郡五十三县。事实证明刘邦对刘仲的封赏是个错误。当时，汉王朝刚刚建立，乘秦汉之际的混乱而势力膨胀的匈奴正对北部长城一线虎视眈眈。封为代王的人选应该在资历、声望和才能方面都是出类拔萃之辈，才能应付当时当地的复杂局面。刘仲既非合适的人选，刘邦又未能配备一个如曹参之类的智能之士做他的辅佐，这就注定了他失败的命运。同年，匈奴进攻代国，刘仲一战即溃，弃国间道逃回洛阳。刘邦念兄弟之情，没有杀他，只是削去王位，另封为郃阳侯，在平静的生活中于惠帝二年（公元前 193 年）死去。

公元前 196 年（汉十一年）春，刘邦攻破反叛的陈豨军，平定代地，封子刘恒为代王。刘恒为薄姬所生。他在代王的位子上度过十七年的岁月，在吕后当国时期保住了自己的爵位和生命。公元前 180 年（吕后八年），吕后病死，周勃、陈平等共定谋，诛杀诸吕，迎代王刘恒继皇位，是为汉文帝。

楚王刘交是刘邦的同父异母弟，是刘邦兄弟四人中年龄最小的一个。也许是由于父母特别疼爱，也许是由于当时家庭经济条件比较优裕，刘交在他们兄弟四人中受到了当时最好的教育。史书记载他年少时好读书，"多材艺"，曾与鲁国儒生穆生、白生、申公等同受《诗》于浮丘伯，因而有着较高的文化修养。丰沛起义以后，刘交一直跟随刘邦南征北战，立下显著功劳。灭秦以后，被刘邦封为文信君，又随刘邦入汉中，参加了平抚巴蜀的军事行动。接着，又随韩信等还定三秦，参加了楚汉战争的全过程。刘邦做皇帝后，他与卢绾一同担任刘邦的侍卫之臣，"出入卧内，传言语诸内事隐谋"。汉六年（公元前 201 年），楚王韩信被废黜之后，刘交与刘贾分别被立为楚王和荆王。他的封国据有砀郡、薛郡、郯郡三十六县之地，大体相当于今之苏、鲁、皖交界处。刘交就国后，以自己昔日的同窗好友穆生、白生、申公为中大夫。说明这位诸侯王十分重视儒学。吕后当政时，他的老师浮丘伯在长安，他于是又遣自己的儿子刘郢客与申公同去长安浮丘伯门下学习。后来，申公成为经学大师，文帝时为博士。他为《诗》作传，是《鲁诗》的创始人。刘交自幼好《诗》，在其影响下，他的几个儿子也都用功读《诗》。他也曾为《诗》作传，号曰《元王诗》。刘交为王二十三年死去，其子郢客袭位，四年后亦死去。他的儿子刘戊袭位。景帝时，刘戊参与刘濞发动的七国叛乱，兵败自杀。宣帝时，袭王位的刘延寿因谋反被废黜，国除。

齐王刘肥是刘邦最年长的儿子，其母是刘邦做亭长时的"外妇"曹氏。公元前 201 年（汉六年）立为齐王，"食七十城，诸民能齐言者皆予齐王。"由于齐国占地广阔，土地肥饶，又兼鱼盐工商之利，刘邦对其治理特别重视，特派

征匈奴休养生息

曹参为相国,全面负责齐国的军国大计。曹参在齐国,最早推行"黄老之治",使其政治、经济都走上稳定发展的轨道。在平定异姓诸侯王和反击匈奴的斗争中,齐国之军成为汉中央重要的辅助力量。在刘邦、吕后当国的二十多年中,齐国一直是汉王朝在东方的重要屏障。公元前193年(惠帝二年),刘肥入朝,"帝与齐王燕饮太后前,置齐王上坐,如家人礼。太后怒,乃令人酌两卮鸩酒置前,令齐王为寿。齐王起,帝亦起,欲俱为寿。太后恐,自起反卮。齐王怪之,因不敢饮,佯醉去。问知其鸩,乃忧,自以为不得脱长安。"因一件生活礼仪上的小事,几乎送掉性命,刘肥算是明白了自己的处境。这时,他的内史勋(《汉书》作士)献计说:"太后独有帝与鲁元公主,今王有七十余城,而公主乃食数城。今王诚以一郡上太后为公主汤沐邑,太后必喜,王无患矣。"齐王依计而行,不仅献出了城阳郡(今山东济宁、菏泽一带)作为鲁元公主的汤沐邑,而且尊这位年龄小于自己的妹妹为王国的太后。这一着果然讨得了吕后的欢心,刘肥得以安然脱身返国。刘肥于公元前189年(汉惠帝六年)死去。其子孙世袭齐国。后齐国的封域逐渐被分割出许多诸侯国,刘肥的儿子中共有九人为王。其次子刘章在吕后时被封为城阳王,他孔武有力,后来在诛杀诸吕的事件中起了重要作用。直至公元前166年(汉文帝十四年),齐文王死,因无子而国除。

赵王刘如意,是刘邦最宠爱的戚姬所生的儿子。公元前198年(汉九年)赵王张敖被废黜以后,封为赵王。刘邦晚年,明白戚姬与吕后不睦,虑及自己百年之后吕后不放过赵王,特任命耿介敢言的周昌为王国相,加意辅佐保护。公元前195年(汉十二年),刘邦死去,吕后即将赵王征召至长安,残酷地加以鸩杀。

淮阳王刘友,为刘邦姬妾所生子。公元前196年(汉十一年)立为淮阳王。第二年赵王刘如意被杀以后,他被吕后徙封为赵王。吕后为了控制他,"以诸吕女为后"。但刘友不爱吕后强行为他安排的王后而爱其他姬妾,致使他与吕氏王后的矛盾越来越尖锐。立王十四年后,吕氏王后怒而赴长安向吕太后进谗言说:"王曰:'吕氏安得王!太后百岁后,吾必击之。'"吕后一怒之下,将刘友召至京师,"置邸不见,令卫围守之,不得食。其群臣或窃馈之,辄捕论之"。刘友饥饿难忍,就用自己编的一首歌抒发胸中的愤懑:

诸吕用事兮,刘氏微;迫胁王侯兮,强授我妃。我妃既妒兮诬我以恶;谗女乱国兮上曾不寝。我无忠臣兮故弃国！自快中野兮苍天与追！呼嗟不可悔兮宁早自贼！为王饿死兮谁者怜之？吕氏无理兮天将报仇！

几天之后，这位敢于违抗吕后意旨的刘姓王就饿死在守卫森严的王邸。诸吕覆灭之后，文帝珍惜手足之情，立刘友之子刘遂为赵王。景帝当国时，刘遂因参与吴王刘濞为首的叛乱，身死国除。

梁王刘恢，也是刘邦姬妾所生的儿子。公元前196年（汉十一年），梁王彭越被诛杀以后，刘邦立刘恢为梁王。赵王刘友幽死之后，吕后又徙刘恢为赵王。吕后为控制刘恢，以吕产之女为其王后。这位王后携一批从官，把持后宫，干预王国之政，限制国王的行动。刘恢有一爱姬也被王后鸩杀。刘恢与刘友一样，只能以诗歌排遣自己的苦闷。不久，就自杀了。吕后认为刘恢以妇人之事而死，太没出息，决定不立继嗣，由是国除。

燕王刘建，也是刘邦姬妾所生子。公元前196年（汉十一年），燕王卢绾叛逃匈奴。第二年，刘建被立为燕王。公元前181年（吕后七年）死去。他只有一个美人生下的儿子，被吕后杀死，绝嗣国除。

淮南王刘长，是刘邦与赵王张敖的美人所生的儿子。汉八年（公元前199年），刘邦经赵国北上伐匈奴，赵王张敖将自己的美人献给刘邦。有身孕后，正碰上赵国贯高等谋反事发，美人与赵王等一起被系囚长安。美人曾通过吕后，希望将自己即将为刘邦产子一事告诉刘邦，妒意大发的吕后自然加以拒绝。不久，美人产下儿子，因得不到刘邦的礼遇愤而自杀。狱吏将婴儿抱给刘邦，刘邦追悔莫及，令吕后抚育之，并厚葬其母。公元前196年（汉十一年），刘邦在击灭淮南王英布以后，立刘长为淮南王，以九江、庐江、衡山、豫章四郡为封地。刘长因早年失母，为吕后养大，与她关系亲近，因而在吕后当国时得以保全。刘长稍长，"有材力，力能扛鼎"。知其母曾求辟阳侯审食其沟通与吕后和刘邦的联系，但审食其未在吕后面前力争，致使其母惨死。他怨恨审食其，常寻机报复。吕后在世时，未敢发。"及孝文初即位，自以为最亲，骄蹇，数不奉法。上宽赦之。"文帝三年（公元前177年），刘长入朝，径直往见审食其，以袖中所藏金锥猛刺，同时命随从一齐动手，将其杀死。之后立即"肉袒"至文帝前谢罪说：

臣母不当坐赵时事，辟阳侯力能得之吕后，不争，罪一也。赵王如意子母无罪，吕后杀之，辟阳侯不争，罪二也。吕后王诸吕，欲以危刘氏，辟阳侯不争，罪三也。臣谨为天下诛贼，报母之仇，伏阙下请罪。

这种为报私仇而无视国家法律的行为理应治罪。但是，此时的审食其已失去吕后这样的靠山，汉文帝对他又没有什么好感，刘长的罪过自然得到赦免。然而，刘长并不知收敛自己的行为，他"归国益恣，不用汉法，出入警跸，称制，自作法令，数上书不逊顺。"作为兄长，文帝不好对刘长过于责备，就让做将军的舅舅薄昭作书劝谏。书中，薄昭历数文帝对刘长的厚德，同时严肃指出他的横行不法，正使自己处于"八危"之境：

夫大王以千里为宅居，以万民为臣妾，此高皇帝之厚德也。……大王不思先帝之艰苦，日夜怵惕，修身正行，养牺牲，丰洁粢盛，奉祭祀，以无忘先帝之功德，而欲属国为布衣，甚过。且夫贪让国土之名，轻废先帝之业，不可以言孝。父为之基，而不能守，不贤。不求守长陵，而求之真定，先母后父，不谊。数逆天子之令，不顺。言节行以高兄，无礼。幸臣有罪，大者立断，小者肉刑，不仁。贵布衣一剑之任，贱王侯之位。不知。不好学问大道，触情忘行，不祥。此八者，危亡之路也，而大王行之，弃南面之位，奋诸、贲之勇，常出入危亡之路，臣之所见，高皇帝之神必不庙食于大王之手，明白。

书中最后要求刘长上书文帝"谢罪"，以求皇帝宽宥。然而，刘长得书不仅毫无悔过之意，反而加快了谋反的策划。公元前174年（文帝六年），刘长指使部下，勾结闽越、匈奴，欲发动反叛朝廷的军事行动，事未发而败露，文帝遣使将刘长召至长安。丞相张苍、典客冯敬等五府联合对刘长一案进行审判，认为他"废先帝法，不听天子诏，居处无度，为黄屋盖拟天子，擅为法令，不用汉法"，而且谋反有据，并抗拒朝廷的查讯，"长当弃市，臣请论如法"。文帝碍于兄弟情分，决定免其一死，废除其王位，放逐蜀地严道邛邮（今四川荥经西南）。刘长在放逐途中，于雍县（今陕西凤翔）绝食而死。后来，文帝又立刘长的三个儿子为诸侯王，分王淮南故地。景帝时，因谋叛逆，身死国除。

吴王刘濞，是刘邦兄刘仲之子。公元前196年（汉十一年）秋，刘邦亲征淮南王英布时，二十岁的沛侯刘濞以骑将随军出征。他英勇善战，击破英布军于蕲西。其时荆王刘贾已为英布军杀死，无子嗣爵。刘邦认为吴、会稽等东南诸郡民风轻悍，不立一个壮年王子于此地不易镇抚。因为自己的儿子此时大都年少，就决定封刘濞为吴王，王三郡五十三城。刘濞受印后，刘邦召见他，发现他有"反相"，就抚摸着他的背告诫说："汉后五十年东南有乱者，岂若邪？然天下同姓为一家也，慎无反！"刘濞叩头于地说："不敢。"孝惠高后时，国内安定，吴国招致天下亡命之徒，开发豫章铜矿，铸造钱币，又煮海水为盐，"以故无赋，国用富饶"。文帝时，吴王太子刘贤来京城，在与皇太子饮酒赌博时发生冲突，被皇太子杀死。从此，吴王对朝廷心存不满，称病不朝。后来，由于文帝对他一直采取优容政策，双方矛盾没有激化。景帝即位后，御史大夫晁错坚决主张削弱诸侯王的权力。他上书景帝说：

"昔高帝初定天下，昆弟少，诸子弱，大封同姓，故王孽子悼惠王王齐七十余城，庶弟元王王楚四十余城，兄子濞王吴五十余城：封三庶孽，分天下半。今吴王前有太子之郄，诈称病不朝，于古法当诛，文帝弗忍，因赐几杖。德至厚，当改过自新。乃益骄溢，即山铸钱，煮海水为盐，诱天下亡人，谋作乱。今削之亦反。不削之亦反。削之，其反亟，祸小；不削，反迟，祸大。"

晁错的削藩建议使吴王等找到了反叛的借口。公元前154年（景帝三年）正月，吴王纠合楚、胶西、胶东、淄川、济南、赵等封国，发动了大规模的武装叛乱。此时的刘濞已决定孤注一掷，他下令国中说："寡人年六十二，身自将。少子年十四，亦为士卒先。诸年上与寡人比，下与少子等者，皆发。"起兵二十万，并诱使东越与之共同行动。一时声势浩大，给汉中央造成很大威胁。但是，由于这七国的叛乱违背历史潮流，不得民心，仅三个月即被汉中央讨平，刘濞也落了个身死国除的可悲结局。

上面所记述的刘邦分封的这些同姓诸侯王国，大体上囊括了今日中国的辽宁、河北、山西北部，山东、江苏、安徽、河南东部，浙江、江西、湖南、湖北东部，遍布长江、黄河中下游的大部分地区。其时，汉中央直接控制的地区只有关中、巴蜀以及今之河南、湖北、山西的一部分。如果说，刘邦剿灭异姓诸侯王显示了唯我独尊的皇权对异姓的天然排斥，那么，与诛灭异姓诸侯王几乎同时进行的对同姓诸侯王的分封则是基于对同一血统的无限信任，同时，更是刘邦"惩戒亡秦孤立之败"教训的结果。刘邦认为，由于秦始皇没有实行分封兄弟子侄为诸侯王的措施，就使皇权处于孤立无援的境地，一旦四面八方都起来造反，皇朝就必然分崩离析。刘邦分封自己的兄弟子侄为诸侯王，一面使他们继承相应的财产权利，各有归宿，以维系刘氏宗室贵族内部的协和与团结；另一方面又可使诸侯王国与郡县交叉分布，构成汉中央的有力藩屏。中央地方互为犄角，内外配合，就可以及时扑灭反叛，维护汉王朝的长治久安。应该承认，西汉初年，这些诸侯王国的确起到了拱卫汉朝中央的作用。正如班固所指出的："高祖创业，日不暇给，孝惠享国又浅，高后女主摄位，而海内晏如，亡狂狡之忧，卒折诸吕之难，成太宗之业者，亦赖之于诸侯也。"这是因为，王国初封之时，大部分诸侯王年龄尚小，权柄基本操在刘邦派出的担任傅相的元勋大臣手里，所以他们与汉朝中央的矛盾尚不十分尖锐，在一些基本问题上尚能保持一致。在平定异姓诸侯王、诛除诸吕和反击匈奴的斗争中，各诸侯国都听从号令，遣将派兵，协助中央作战，起了一定的作用。但是，刘邦认为秦皇朝灭亡的原因之一是没有分封子弟为王的观点并不完全正确。因为这些诸侯王占地太广，权柄太重。他们"大者或五六郡，连城数十，置百官宫观，僭于天子"，本身就是分裂割据的因素。后来，随着诸侯王国经济、军事实力的发展，年龄逐渐增大的诸侯王们野心也急剧膨胀。因而他们的存在也就越来越构成对西汉中央集权的严重威胁。"然诸侯原本以大，末流滥以致谥，小者淫荒越法，大者睽孤横逆、以身丧国"。因此，后来就酿成吴楚七国之乱和汉景帝的平叛战争以及汉武帝时期一系列限制、打击诸侯王的法律和政策的出台。武帝以后，诸侯王占地不过一郡，王国主要官吏一律由中央任免，他们失去直接统兵治民的权力，变成了衣食租税的大贵族地主，无法与朝廷相抗衡了。至此，刘邦创立的分封兄弟子侄为诸侯王的制度才基本上稳定下来，并大体上为以后的封建王朝所遵循。虽然这个制度有时也会造成割据称雄的藩王，给封建王朝的稳定带来麻烦，但终封建时代却基本上延续下来。原因很简单，作为皇室贵族权力和财产再分配的一种制度，在那个时代还有它赖以存在的土壤。

西汉建国以后，刘邦除了分封同姓诸侯王之外，还论功行赏，从公元前202年（汉五年）到公元前195年（汉十二年），七八年间，一共封了一百四十七个侯。不过，因为这时候"大都名城民人散亡，户口可得而数者十二三"，所以获得侯爵者所得到的封户还不是很多，大者不过万家，小者五六百户。此外，还给一部分未获侯爵的人以食邑若干户的赏赐。刘邦这样做，主要是为了酬赏那些在战争中立功的文臣武将，同时也是为了满足当时一些人的心理和舆论的要求。这是因为，战国至秦以来，封建的封爵制度已经深入人心，成为人们冒死立功的驱动力。张良、韩信等人就曾多次对刘邦说，文臣武将之所以甘愿跟随你南征北战，不避矢石，冒死犯难，不惜抛头颅洒热血，其动力就是"日夜望咫尺之地"。而刘邦战胜项羽的重要原因之一，也就是他能不吝惜土地，慷慨以赏赐臣下。刘邦在其封爵之誓中说："使黄河如带，泰山若厉，国以永存，爰及苗裔。"即一旦封赏，受封者子子孙孙都可以永远享有其封地。对于这种分封的办法，刘邦自己也认为是很好的。公元前195年（汉十二年）三月，刘邦在他临终前的一次诏书中说：

> 吾立为天子，帝有天下，十二年于今矣。与天下之豪士贤大夫共定天下，同安辑之。其有功者上致之王，次为列侯，下乃食邑。而重臣之亲，或为列侯，皆令自置吏，得赋敛，女子公主。为列侯食邑者，皆佩之印，赐大第室。吏二千石，徙之长安，受小第室。入蜀，汉定三秦者，皆世世复。吾于天下贤士功臣，可谓亡负矣。

这种功臣封侯并世袭的制度，是分封诸侯王制度的衍生物。如果说，分封同姓诸侯王是宗室贵族内部财产和权力继承与分配的制度，那么，功臣分封则是统治集团内部财产和权力继承与分配的制度。这种制度与统一集权的郡县行政体制很不协调，既容易滋生分裂割据的种子，更因无功而富贵使功臣的后代不可抑止地走向腐败。因此，到西汉文帝以后，尤其是汉武帝时代，对侯国的削除也就成为巩固和加强中央集权的一项重要内容。一方面由于封建王朝有意地打击，一方面也由于袭侯爵者的胡作非为，到汉武帝时期，刘邦时代那些封侯者的后裔已衰败殆尽了：

> 故逮文、景四五世间，流民既归，户口亦息，列侯大者至三四万户，小国自倍，富厚如之。子孙骄逸，忘其先祖之艰难，多陷法禁，殒命亡国，或亡子孙。讫于孝武后元之年，靡有孑遗，耗矣。

不过，与分封同姓诸侯王的制度一样，由于封功臣侯爵的制度对于功臣宿将有极大的吸引力，因而在封建社会里还无法予以彻底废除。在两汉时期，朝廷也是一面打击旧的"不法"功臣侯者，一面又封赏新的功臣。有时为了显示不忘元勋旧臣之功，故意寻访他们的后裔重加封赏。"故孝宣皇帝愍而录之，乃开庙藏，览旧籍，诏令有司求其子孙，咸出庸保之中，并受复除，或加以金帛，用章中兴之德。"

刘邦虽然是打着"伐无道，诛暴秦"的旗号开始了自己的政治生涯，并在推翻秦皇朝、颁布"约法三章"的同时宣布了废除秦朝苛法的命令；然而，当他继秦之后建立自己的大汉王朝时，他却发现自己必须继承这个被推翻的皇朝的绝大部分制度。原因非常简单：因为刘邦推翻的仅仅是一个使社会矛盾急剧激化的嬴姓封建统治集团，却无法改变当时封建社会的经济基础、社会结构和阶级关系，因而新皇朝在政治、法律等上层建筑领域中也就只能因袭秦皇朝所建立的制度并根据实际情况加以"损益"。"汉承秦制"，并不是由某个人的好恶决定的。从根本上说，乃是一种历史条件制约下的必然选择。

刘邦建立的西汉王朝进一步完善了秦皇朝开始在全国推行的专制主义中央集权的行政体制。其基本内容是："皇帝有至高无上的权力，在各地方分设官职以掌兵、刑、钱、谷等事，并依靠地主、绅士作为全部封建统治的基础。"

在西汉王朝，皇帝同样拥有至高无上的权力，并有标志这种权力的一套独一无二的尊号和名物制度。蔡邕《独断》对延续至东汉末年的这套名物制度有如下记载：

秦承周末，为汉驱除，自以德兼三皇，功包五帝，故并以为号。汉高祖受命，功德宜之，因而不改也。

汉天子正号曰皇帝，自称曰朕。臣民称之曰陛下。其言曰制、诏，史官记事曰上，车马、衣服、器械百物曰乘舆。所在曰行在所，所居曰禁中，后曰省中。印曰玺。所至曰幸，所进曰御。其命令一曰策书，二曰制书，三曰诏书，四曰戒书。

与此相适应，皇帝的亲属也有一套独特的尊号和制度。如皇帝父曰太上皇，母曰皇太后，妻曰皇后，子曰皇太子、皇子，女曰公主，孙曰皇孙，等等。这一套连带的尊号及其相应的制度，在刘邦统治时期大体上都确定下来了。其中，"太上皇"这一称谓，在中国历史上为刘邦所首创。公元前201年（汉六年），刘邦住在栎阳（今陕西富平东南），"五日一朝太公"，对自己的父亲尽人子之礼。然而，此时太公的家令却想到，刘邦虽然是太公的儿子，却同时是全国最高的统治者，所以，太公与刘邦的关系，既是父子，又是君臣，在礼仪上就不能完全遵循一般的父子之道了。于是，他对太公说："天无二日，土无二王。皇帝虽子，人主也；太公虽父，人臣也。奈何令人主拜人臣！如此，则威重不行。"一席话提醒了太公。后来刘邦又去朝见父亲时，太公就恭而敬之地执人臣之礼，"太公拥彗，迎门却行"。这使刘邦惊诧不已，赶忙"下扶太公"。太公却一本正经地说："帝，人主也，奈何以我乱天下法！"刘邦感到有点过意不去，为了在礼仪上维系父子名分，就在五月间下诏尊太公为太上皇：

人之至亲莫亲于父子，故父有天下传归于子，子有天下尊归于父，此人道之极也。前日天下大乱，兵革并起，万民苦殃，朕亲被坚执锐，自帅士卒，犯危难，平暴乱，立诸侯，偃兵息民，天下大安，此皆太公之教训也。诸王、通侯、将军、群卿、大夫已尊朕为皇帝，而太公未有号，今上尊太公曰太上皇。

第二年，因太公思念家乡，刘邦又特在骊邑以丰邑旧貌筑城，并迁诸故旧居此，以讨太公的欢心。太公死后，命曰"新丰"。

太上皇是特殊历史条件下的产物。因为中国皇帝的承传皆是父死子继，父在而子已即皇帝位者为数甚少。在中国历史上，仅太公、唐高祖、唐玄宗、宋徽宗、清高宗等数人有此徽号而已。所以，太上皇之设并未形成一个严格的制度，与之有关的官制也不规范，大体上是临时设置，太上皇死去即废。比较而言，皇帝后宫以及与之相连的太子、外戚、宦官制度，在刘邦时代已经基本确立。刘邦称汉王不久，就立长子刘盈为太子，此后，虽然有因皇帝无子而迎立兄弟或其子的事例，但父子相传，立嫡立长的大体趋势已经确定下来。与皇太子制度相适应，也建立起一套为太子服务的东宫官系统，如太傅、少傅、詹事、中庶子等。

与皇帝后宫制度紧密联系的是外戚制度。所谓外戚，是指皇室的外姓亲属，后妃系统的亲族以及皇家公主的夫族。实际上，他们是一个依附于太后、皇后和皇帝宠妃的裙带政治集团。公元前206年（汉元年），刘邦刚做汉王，即封吕后之父吕公为临泗侯，此后，皇后父及其兄弟等封侯就成为两汉定制。外戚名籍属宗正管理，享有许多特权。由于外戚无功受禄，仅凭裙带关系猎取富贵，所以是封建王朝中的重要腐败因素。刘邦死后不久，就出现诸吕专权的局面，给西汉政治造成许多混乱。

中国奴隶社会与封建社会都保留了宗法制度，为了保持王室一家一姓血统的纯正，早在先秦时期，宫廷中即已使用宦官。开始时主要用其服杂役，后来

征匈奴休养生息

因其与国君朝夕相处，逐渐取得信任，被委以重任，走上政治舞台，专断朝政，肆意杀戮，成为皇帝制度肌体上致命的毒瘤之一。刘邦做皇帝以后，"仍袭秦制，置中常侍官"。虽当时并未造成大的危害，但以后却在两汉历史上演出了许多荒唐的丑剧。

刘邦承袭秦制，在新建的汉王朝实行专制主义中央集权的行政体制。皇权无限，皇位世袭，地方集权中央，皇帝专断一切。刘邦作为皇帝，总揽了一切行政、立法、司法、财政和军事大权。如果说，在楚汉战争的年代，他为了战争的需要，曾经给予诸如韩信、萧何等人以"先斩后奏"、便宜行事的权力；那么，到全国统一以后，这种权力就再也不交给任何人了。比如，所有对于官吏的任免、赏罚和生杀予夺之权都操在皇帝之手。韩信之无辜废去王位与后来被杀于长乐钟室，就是刘邦的意旨；而堂堂相国萧何仅仅因为向刘邦请求以上林苑土地周济贫民，就被下狱治罪。封建皇帝的威严、气势和无边的权力在刘邦身上得到了充分的体现。

为了使整个国家机器正常运转，刘邦在进驻汉中之后，就建立起一套简易的管理军事、行政、司法和财政的官僚机构，保证了楚汉战争的胜利。不过在这一时期，由于汉政权的一切活动都是围绕着军事运转，所以存在着机构不健全、官职任免混乱和职责不清等许多问题。例如，在此期间同时拥有丞相头衔的就有萧何、韩信、曹参等多人，其实真正履行丞相职责的只有萧何一人。太尉一职也由周勃、卢绾、樊哙等同时担任，御史大夫也是一时二人并任。至于官制和官吏名称更是混乱，楚制、秦制杂用，没有统一的制度。显然，这时候某些官职的任命只是刘邦对其臣子功劳的酬赏，而不是要求被任命者真正履行该官职所承担的职责。楚汉战争结束，西汉王朝正式建立以后，这种非常时期出现的官职不协调的混乱局面也宣告结束。刘邦在萧何等人的襄助下，损益秦制，建立了一整套从中央到地方的官僚机构。

在汉朝中央，建立了以丞相为首的、全面对皇帝负责的中央政府，其主要官职是：

丞相，秦时一般设左右丞相，以左丞相为上。汉初一般只设一个丞相，高帝十一年改称相国，又简称相。惠帝、吕后时曾一度复置左右丞相，以右丞相为尊。丞相的职责是"掌丞天子，助理万机"，为百官之长。这一职务皆从功臣中遴选，位尊权大。陈平说："宰相者，上佐天子理阴阳，顺四时，下育万物之宜，外镇抚四夷诸侯，内亲附百姓，使卿大夫各得其任职焉。"可见丞相职责无所不统，无所不包，上自天时，下至人事，都是其掌管范围。因为职事繁重，所以丞相府中吏员众多，其重要官属有司直、长史以及诸曹掾属等。这些官吏分职司事，管理着全国从中央到地方的各项事务。

太尉，是皇帝的最高军事顾问。秦时有国尉，似无太尉。刘邦为汉王时曾任命卢绾任太尉之职。太尉并无发兵统兵权，所以属官不多。此官后来变化较大，武帝以后及东汉时期，曾长期成为权力重心。

御史大夫，秦官，汉因之，位上卿，"掌副丞相"。因为它是由天子的亲信发展而来，所以与皇帝的关系相当密切，经常受皇帝差遣处理一些重要问题。又因为它是皇帝的秘书长，所以皇帝的制书与诏书下达时，也多由其承转，然后才下达丞相。御史大夫甚至可以奉命督兵出征，承担军事重任。御史大夫位于丞相之下，"九卿"之上，其主要职责是辅佐丞相，总理国政，即所谓"位次丞相，典正法度，以职相参，总领百官"。它同时还主管图籍秘书、四方文书、法度律令，兼有考课、监察和弹劾百官的权力。御史大夫设有专门的官府处理政务，与丞相府号称二府。其属官有御史中丞、侍御史、监御史等。

以上三官后人统称之为"三公"，其实他们的权力并不是平行的。在汉初，丞相的权力远远超过太尉和御史大夫，实际上是皇帝之下的一元化官僚机构的首领。在"三公"之下，依照秦制设立了所谓"九卿"和其他各类官员，分别管理封建国家和宫廷事务。这些主要官员是：

奉常，后改为太常，"掌宗庙礼仪"。兼管博士弟子员的选拔、教育和补吏等事宜。

郎中令，后改为光禄勋，"掌宿卫宫殿门户"。实际上是总管宫内一切事务，因而机构庞大，属官众多，且秩位也高。

卫尉，其职责是统辖卫士，护卫官门。

太仆，掌皇帝车马。因其经常不离皇帝左右，"天子每出，奏驾上卤簿用；大驾则执驭"。又因其主持国家的马政，所以地位十分重要。

廷尉，掌管刑狱，为最高司法官。廷尉一方面依法断案，不能徇私枉法；一方面接受地方上的上诉，受理全国的疑难案件，同时还管理中央的监狱。

典客，后更名为大行令、大鸿胪。其职责是"掌诸归义蛮夷"，即少数民族事务，还有诸侯王入朝时的朝会、封爵等礼仪，以及管理四方郡国的上计之吏等。

治粟内史，后更名大农令、大司农。其职责是管理国家钱、谷、租税等财政的收入与支出。

少府，其职责是管理"山海池泽之税"，专供以皇帝为首的皇室之用。由于它是皇室的财务总管，管理的事务十分庞杂，因而其机构之大和属官之多在诸卿中居第一位。

宗正，其职责是管理皇族和外戚事务，任此职者都是宗室贵族。

以上九官，即后世所说的"九卿"。其实，秦和西汉都未建置法定的九卿官。丞相以下达到中二千石的卿级官员数目也不止九人。除以上诸官外，还有掌管京师治安的中尉（后改名执金吾），掌管宫廷建筑的将作少府（后改名将作大匠），掌管皇后、太子家事的詹事，掌管少数民族事务的典属国，主管京师行政事务的内史，主管列侯事务的主爵中尉等。所有这些官吏都由皇帝任免和调动，概不世袭。并且在这些主管官吏下面还各有一大批属官掾史，协助其管理各项具体事务。

以上这些官职，大都从秦朝因袭而来。刘邦死后，西汉的行政机构虽然有程度不同的变化，但终两汉之世，大体上都是这个基本模式。刘邦时期的汉朝中央官制与秦朝一样，也体现了专制与集权的特点。其突出表现是没有一个机构可以限制或监督皇帝的权力，恰恰相反，而是众多的机构专门为皇帝及其家族服务。所谓"九卿"中的六卿：奉常、郎中令、卫尉、太仆、宗正、少府，在很大程度上都是为皇帝服务的，其余如詹事、将作少府等也大都属于此类官员。所谓"宫中府中，俱为一体"，说明封建国家与皇帝是密不可分的。

在地方行政体制方面，汉朝也承袭秦制。在封国之外，设郡县二级管理机构。郡设郡守（后更名为太守），为一郡的最高长官，举凡民政、司法、财政、教育、选举以及兵事等，无所不统。其佐官有郡丞，为郡守之辅佐，边郡设长史，掌兵马。郡还设都尉，辅佐郡守掌管一郡的军事。因郡的事务繁多，分曹办事，所以因事制宜，置有大批属吏。如管理民政的户曹、比曹、时曹、田曹、水曹；管理财政的仓曹、金曹；管理运输邮传的集曹、漕曹、法曹；管理军事的兵曹、尉曹；管理治安和司法的贼曹、决曹、辞曹；以及管理教育的学曹和管理卫生医疗的医曹等。郡中属吏中地位最重要的是在郡府中职总内外的功曹，和担任监察、巡行属县的督邮。另外，郡守还有最亲近的如主簿之类的一批门下属吏。

郡以下的行政机构是县。在汉朝，县因情况不同而有不同的名称："列侯所食县曰国，皇太后、皇后、公主所食曰邑，有蛮夷曰道。"县的行政长官，万户以上称县令，万户以下称县长。县令长的职责是"皆掌治民，显善劝义，禁奸罚恶，理讼平贼，恤民时务，秋冬集课，上计于所属郡国"。实际上对其所辖县的民政、财政、司法、狱讼、兵役，即兵、刑、钱、谷等事，无所不管。县令每年秋定期集课，然后上计所隶郡，以待郡府评定殿最。郡守通过每年的上计和平时的检查，对县令长的工作进行考察。县的主要佐官有县丞和县尉。县丞的职责是"署文书，典知仓、狱"。县尉的职责是主盗贼和役使卒徒，往往独立行使职权，所以有官府。县的其他属吏亦分曹办事，与郡的列曹基本对口。县府的员吏多至数百人，是一个颇具规模的官僚机构。

虽然从全国范围看，县是封建国家的基层行政单位，但真正直接管理百姓的是乡、亭、里之类的组织。国家的赋税、徭役、兵役以及地方教化、狱讼、治安等事，都是乡里之吏直接承办的。县以下设乡，"乡有三老、有秩、啬夫、游徼。三老掌教化。啬夫职听讼，收赋税。游徼徼循，禁贼盗"。乡中三老是百姓的表率，职责是教导人民安分守己，老老实实接受封建的压迫和剥削。汉朝统治者对选择三老十分重视。刘邦在公元前204年（汉三年）二月，即楚汉战争还在激烈进行的岁月里，就下达了举三老的诏书："举民年五十以上，有修行，能率众为善，置以为三老，乡一人。择乡三老一人为县三老，与县令丞尉以事相教，复勿徭戍。"后又下诏举荐孝悌、力田协助三老敦教化，劝农桑。并设县三老、郡三老、国三老，形成一套从上到下的垂直教化体系。三老在汉代有较高的政治社会地位，不但可以与县令、丞分庭抗礼，而且可以直接上书皇帝，陈述自己的意见，由于三老不是行政职务，也无俸禄，他的教化比之行政官员更易为百姓接受。乡吏实际以啬夫为主，他承担乡中的主要行政职务。啬夫又分两种，一种是大乡的有秩啬夫，为郡所置，秩百石，登入官簿，佩带半通印青丝绶，是汉代官吏中最末一级。一种是小乡的无秩啬夫，为县所置，不入官品，无印绶，俸禄低于百石，且往往兼管三老和游徼的职责。啬夫管理一乡的行政、司法，收取赋税，征发徭役，是乡里最直接的统治者。所以两汉时期有"但闻啬夫，不知郡县"的说法。游徼直属于县，由县派驻各乡担任徼巡，惩治盗贼。另外，乡的吏员还有乡佐，是乡啬夫的主要佐吏，协助啬夫处理乡中的一切事务。

亭是管理治安与邮驿的机构，主要设置在城市和处于交通要道的乡村集镇。亭的主吏是亭长，由县尉直接管理。其主要职责是"求捕盗贼"，维持治安，同时兼管邮传。上级官员出行经过其地，他要"导从车"，负责保卫工作。亭长还有权检查过往行人，执行宵禁，捕系犯人，因而也有亭狱的设置。由于亭有一定的管辖范围，因而也有理民之责，如宜科令，劝生业，励风俗，行教化等也成了亭长的分内之事。亭的吏卒还有亭佐、亭候、求盗等。

乡以下的居民组织是里、什、伍。里有里正（或称里魁）、父老、社宰、里监门等。里中居民，十家为什，五家为伍，所有百姓都被编制在什伍组织中，称为"编户齐民"。按照规定，一切民户都要进行登记，包括户主的姓名、性别、年龄、家内人口及土地财产，作为征收赋税和征发兵役徭役的根据。户籍上一般还登记身长、肤色等状貌，作为人口逃亡时缉捕的材料。不在户籍的人，叫做"无名数"，丢掉户籍流亡，就成为"流民"。"无名数"和"流民"在西汉法律上都被认为是犯罪的人。工商业者另立户籍，叫做"市籍"。凡是属于"市籍"的人都要受到政治上经济上的限制和监督。汉代每年八月登造一次户口册，由乡吏组织民户到县"案比"。汉承秦制，居民也实行什伍连坐，一人犯法，什伍之人都要受株连和惩罚。这种户籍案比、连坐的制度，是在以农业为主的自然经济基础上产生的，它反过来又巩固这种自然经济，以便把大部分居民束缚在土地上，"死徙勿出乡"，使其为封建国家源源不断地提供租税、兵役和徭役，成为封建统治的基础。

刘邦继承秦制所建立的郡国并行的地方行政体制，一方面保证了总体上的中央集权，另一方面又保留了不同程度的封建割据，为后世封建社会奠定了基本的模式。这一地方行政体制的最大特点是行政、司法、军事与财政的合一。与全国政权最后集中到皇帝那里相一致，各级地方的最高权力最后也都集中到各级行政长官手里，形成一个权力中心。由于每一级只有一个权力中心，并且只接受来自上级的监督，既无同级制约，更缺乏来自下面的监督，如此一来，地方吏治的好坏在很大程度上就取决于该级主管长官的信仰、品格、素质和能力。而地方行政体制的正常运行，则主要靠较完备的行政法规和朝廷不断发布的诏、令、制、敕的指导。这种垂直领导和单渠道信息反馈，一旦某个环节出现问题，则可能造成运转的失误。

刘邦在西汉王朝建国初期承袭秦制所建立起来的从中央到地方的行政机构，尽管某些方面还不够完善，政权中的高中级官员多系武力功臣，总体文化素质不高，但由于整个队伍比较精干并且比较廉洁，因而行政效率较高，保证了汉王朝的国家机器在七年的全国大乱后能够正常运转。

西汉王朝建立以后，刘邦在实行大规模的军队复员的同时，又因袭秦制，建立了一支常备军作为整个封建政权的支柱。汉初的兵役制度与征兵制，规定男子二十岁傅籍为"正"，即登记为正丁，从正丁中挑选一部分身强力壮者服兵役。这批人每年八月到郡参加"都试"即军训，然后服役两年。一岁做卫士，一岁做材官、骑士或楼船士。退役后，保留军籍，遇有战事，随时应征入伍，直至五十六岁免役。汉初的军队分四个兵种，材官是步兵，骑士是骑兵，车士是车兵，楼船士是水兵。大体上依照地理条件的不同部署相应的兵种。三辅和西北边郡地区多骑士，内郡多材官，沿江沿海地区多楼船士。车士在汉初还存在，但数量已不多，后来逐渐淘汰了。汉代军队从组织系统上分中央军与地方军两部分，皆有较严密的组织系统。遇有重大军事行动，皇帝临时任命将军为统帅，征调中央和地方的军队编组作战兵团出征。每一位将军指挥一个由部、曲、屯组成的作战集团，其编制是：将军——（部）校尉、军司马——（曲）军侯——（屯）屯长。平时郡县兵的组织系统是：郡守、尉——县令（长）——县尉。在边郡地区，组织略有不同，其系统是：郡守、尉——侯官——侯长——队长。险要之处又设有障、塞，大者曰障，小者曰塞，分别置有障尉、塞尉。障尉、塞尉与侯官、侯长系统不同，均直属于守、尉。在军事力量的部署上，西汉王朝从刘邦起就坚持内重外轻的原则，把最精锐的部队安放在京师及其周围地区，一方面可以有力地拱卫京师，一方面能够随时调往出事地点完成军事使命。在汉武帝以前，为了警备首都和保卫皇室的安全，设置了郎中令、卫尉和中尉三个统兵官和三支军事力量。郎中令是皇帝的卫士长，其麾下有一支由郎官组成的卫队，其实是一支贵族兵，担任宫殿门户及宫殿内的守卫。这支军队的每个成员都是军官，是从贵族和官僚子弟中精心选拔出来的。卫尉统辖的军队叫做南军，担任宫城（指未央宫）城门及宫城内的警卫任务，为皇帝的近卫军。南军的士兵都从汉中央直辖的郡县征发而来。中尉统辖的军队叫做北军，担任京师的守备和治安任务。这支军队的士兵主要来自京师长安及其周围地区。京师的卫戍部队所以设置南北两军而不是由一军独立承担，显然有使二军互相牵制以使朝廷易于控制的意图。宋朝人山斋易氏对此曾有十分精辟的论述：

"汉之兵制莫详于京师南北军之屯，虽东西两京沿革不常，然皆居重驭轻，而内外自足以相制，兵制之善者也。盖是时兵农未分，南北两军实调诸民，犹古者井田之遗意。窃疑南军以卫宫城，而乃调之于郡国；北军以卫京城，而乃调之于三辅，抑何远近轻重之不伦耶？尝考之司马子长作《三王世家》，载公户满意之言曰：'古者天子必内有异姓大夫，所以正骨肉也；外有同姓大夫，所以正异族也。'……郡国去京师为甚远，民情无所适莫，而缓急可为恃，故以之卫宫城，而谓之南军；三辅距京师为甚迩，民情有闾里墓坟族属之爱，而利害必不相弃，故以之护京城，而谓之北军，其防微杜渐之意深矣。"

汉朝建立伊始，就重视军事制度的确立和完善，从而使自己经常保持着一支强大的军事力量。有了它，既可迅速镇压农民阶级的反抗，又可有效地抑止地方反叛势力的蠢动，还可以对周边少数民族的侵扰进行及时的防卫。因而，这支军队就成为国家安全、社会稳定的重要保证。

西汉建国以后，还进一步制定和完善了各种法律制度。刘邦入关灭秦之后，在宣布废秦苛法的同时，也宣布了"约法三章"。这在当时对于稳定社会秩序、取得关中地区地主阶级和广大劳动人民的拥护都起了较好的作用，收到了"蠲削烦苛，兆民大说"的效果。然而，随着时间的推移，刘邦及其臣子们发现，"约法三章"失之太简，越来越难以适应西汉建国以后巩固和加强封建统治的需要。"其后四夷未附，兵革未息，三章之法不足以御奸"，于是刘邦命萧何等人"攈摭秦法，取其宜于时者，作律九章"，制定了最初的《汉律》。不过，这个《汉律》的全部条文，同《秦律》一样，已大部分亡佚了。据汉代留下的记载，可以推断，《汉律》废除了《秦律》某些过于严酷的条款，特别是除去了二世统治时期赵高新增的苛法，但却保留了《秦律》的大量基本条目和许多内容。同时，又根据现实情况和实际统治的需要，新增加了《兴律》《户律》和《厩律》三章，与原来的六章合在一起，成为《九章律》。后来，叔孙通又作了《傍章律》十八章，作为《九章律》的补充。显然，《汉律》与《秦律》有着一脉相承的关系。从后来惠帝下诏"省法令妨吏民者，除挟书律"，吕后下诏"除三族罪，妖言令"，文帝下诏"尽除收帑相坐律令""除肉刑法"的情况看，《汉律》的确保留了《秦律》一些严酷的内容，所以，鲁迅正确地指出："汉律还是秦法。"而陈天华亦指出，秦朝的"诽谤之诛，夷族之法，终汉之世未尝去也"。不过，应该承认，《汉律》较之《秦律》严酷的程度毕竟有所缓和，惠帝、吕后、文帝又沿着宽刑的方向发展，从而给百姓创造了一个较为宽松的生活环境，这对生产的恢复发展是十分有利的。《汉书·刑法志》这样记载：

当孝惠、高后时，百姓新免毒蠚，人欲长幼养老。萧、曹为相，填以无为，从民之欲。而不扰乱，是以衣食滋殖，刑罚用稀。及孝文即位，躬修玄默，劝趣农桑，减省租赋。而将相皆旧功臣，少文多质，惩恶亡秦之政，论议务在宽厚，耻言人之过失。化行天下。告讦之俗易。吏安其官，民乐其业，畜积岁增，户口浸息。风流笃厚，禁罔疏阔。选张释之为廷尉，罪疑者予民，是以刑罚大省，至于断狱四百，有刑错之风。

以上描述尽管不无溢美之处，但反映的应是比较接近真实的历史实际。

与萧何等人制定《汉律》差不多同时，刘邦还命令韩信等人制定了军法，叔孙通等人制定了各种礼乐制度，其中包括使刘邦心旷神怡的朝仪，张苍等人制定了历法和度、量、衡等各种章程，从而使西汉王朝的各种规章制度初具规模。

在选官制度方面，汉初基本上也沿袭了秦制，选取官吏的主要途径是军功。这是因为，汉王朝是通过激烈的战争建立的，人们的军事才干最容易在战争中显露出来，而一批跟随刘邦参加反秦起义、楚汉战争的文武功臣都需要安排官位予以酬赏。所以，汉朝建国以后的高、中级官吏，主要来源于军功升迁。这些官吏中，除张良、陈平、张苍、叔孙通、陆贾等少数人外，一般都缺乏较高的文化知识，他们的弱点和不足在复杂的行政事务管理中逐渐暴露出来。刘邦在战争年代，对以儒生为代表的知识分子是不屑一顾的。后来的实践使他看到了知识的不足给行政带来的困难，于是便想办法改变官吏的结构。首先采取的办法就是下诏在全国求贤，其目的显然是网罗在野的知识分子，以充实各级官僚机构。公元前196年（汉十一年）二月，刘邦颁布了一个情真意切的求贤诏书，其中说：

盖闻王者莫高于周文，伯者莫高于齐桓，皆待贤人而成名。今天下贤者智能，岂特古之人乎？患在人主不交故也，士奚由进！今吾以天之灵，贤士大夫，定有天下，以为一家。欲其长久，世世奉宗庙亡绝也。贤人已与我共平之矣，

第六章

征匈奴休养生息

而不与我共安利之，可乎？贤士大夫有肯从我游者，吾能尊显之。布告天下，使明知朕意。御史大夫昌下相国，相国酂侯下诸侯王，御史中执法下郡守，其有意称明德者，必身劝，为之驾，遣诣相国府，署行义年。有而弗言，觉免。年老癃病，勿遣。

刘邦在下达这个诏令的第二年就去世了，因而它的实际作用在刘邦之世并不显著。刘邦在世时，曾下令任命叔孙通的百余名弟子为郎官，算是他大批任用知识分子的记录。但是，应该看到，刘邦的诏令在汉代政治史上还是有重要意义的，因为它创立了由皇帝下诏求贤的制度，这个制度终两汉之世一直在推行，成为汉代选拔人才的一个重要途径。特别在汉武帝时期，通过这一途径选取了不少有用之才，从而形成了西汉历史上一个人才辈出、功业兴盛的黄金时代。

刘邦在西汉建国之初百废待举、百业待兴，国家大事千头万绪之际，不失时机地制定和完善了各项政治法律制度，是一项具有深远意义的重大举措。这些法律制度的建立和完善，标志着封建国家的政治和社会生活走上了正常的发展轨道，对经济的发展、社会的稳定有着重要的作用，同时，也奠定了此后西汉乃至整个中国封建社会政治法律制度的基础。

公元前200年（汉七年）七月，奉刘邦之命出使匈奴实施"和亲"政策的娄敬回到长安，他根据自己沿途的观察和思索，向刘邦提出了迁徙豪强以实关中的建议：

匈奴河南白羊、楼烦王，去长安近者七百里，轻骑一日一夜可以至秦中。秦中新破、少民，地肥饶，可益实。夫诸侯初起时，非齐诸田，楚昭、屈、景莫能兴。今陛下虽都关中，实少民。东有六国之强族，一日有变，陛下亦未得高枕而卧也。臣愿陛下徙六国后，及豪杰、名家居关中，无事。可以备胡；诸侯有变，亦足率以东伐。此强本弱末之术也。

刘邦立即同意娄敬的此项建议，并任命他全盘负责这一工作。娄敬于是一次将东方六国旧贵族及其后裔十余万口迁至八百里秦川，让他们散居于长安附近地区。公元前198年（汉九年）十一月，刘邦再一次"徙齐、楚大族昭氏、屈氏、景氏、怀氏、田氏五姓关中，与利田宅"。

刘邦的迁徙豪强政策并不是自己的一项创举，而是秦皇朝固有政策的延续。秦皇朝在统一六国的过程中和统一全国以后，曾多次实施迁豪。《华阳国志·

三》这样记载："惠文始皇，克定六国，辄迁其豪侠于蜀。"从公元前230年（秦王政十七年）至公元前221年（秦始皇二十六年），随着秦军次第灭亡六国，六国的旧贵族及其依附者富商大贾等等，大都被强行迁离原地。例如，在汉代以冶铁致富的蜀地之卓氏和程郑，就是从东方六国迁来的，所以司马迁称程郑为"山东迁虏"。秦皇朝统一全国后，有记载的迁豪共两次。一是公元前221年（秦始皇二十六年）"徙天下富豪于咸阳十二万户"，这是秦代迁豪唯一有明确数字的一次记载，大概也是数量最多的一次迁豪。二是"秦末世，迁不轨之民于南阳"，这一次究竟迁了多少人，不得而知；而"不轨之民"是否应该全作豪民解，亦不好确定。但其中必有一定数量的豪民则是可以肯定的。在迁豪的同时，还有更大规模的徙民。从秦惠王继位（公元前289年）至秦朝末年的七八十年间，有记载的徙民就多达十四五次，约平均五年一次。秦始皇统治时期徙民最频繁，达九次之多。其中向岭南一次就迁徙罪徒五十万人，创造了空前的历史记录。这说明，秦朝的迁豪徙民，规模大，次数多，是封建国家经常进行的工作。徙民在很大程度上是出于军事和国土开发的需要，虽然带有严酷的军事强制性质，但从总体上讲其作用是积极的，它巩固了国防，加速了边远地区的开发，促进了民族的融合和先进文化的传播。迁豪显然是对六国旧贵族及其依附富人的惩罚性和管制性措施，其目的是巩固封建统一，加强中央集权，防止他们起来兴风作浪，从事复兴故国的活动。六国政权虽然被秦始皇用强大的军事力量——消灭了，但六国旧贵族在其各自的故国，不仅在政治上还有相当广泛的影响，而且在经济上也还有较雄厚的力量。这些人，国亡家尚在，不贵而富有，他们显然构成了对秦皇朝的潜在危险。因此，秦朝统治者不论在其逐次平定六国的过程中，还是在统一全国之后，都有迁豪之举。秦朝实施迁豪对于巩固国家统一，加强中央集权、稳定社会秩序的确起了较好的作用。首先，由于六国旧贵族被迁到遥远而陌生的地方，远离故土，不仅与故国人民的联系被斩断，而且又被置于秦政府强大军事力量的严密监视之下，这样就大大削弱了他们在政治上的影响；同时，由于他们中的大多数人在迁徙之后处于离群索居状态，很难积聚成团结统一的力量，这样他们作为秦皇朝政治上的潜在危险也就大大地缩小了。其次，强迫其迁离故土也是对旧贵族及其依附者富商大贾在经济上的巨大打击。这些人在迁离故土时虽然可以带走一些动产，如金银财宝之类；但大量的不动产如土地和房舍等都得忍痛抛弃了。如卓氏一家在被迫由赵国迁往蜀地时，"独夫妻推辇，行诣迁处"，其狼狈之相可见一斑。

刘邦继承秦制搞了两次迁豪，其子孙则把迁豪与徙民结合起来又进行过多次：

《汉书·景帝纪》："五年（公元前 152 年）春正月，作阳陵邑。夏，募民徙阳陵，赐钱二十万。"

《汉书·武帝纪》："建元三年（公元前 138 年），赐徙茂陵者户钱二十万，田二顷。""元朔二年（公元前 127 年），徙郡国豪杰及訾三百万以上于茂陵。""元狩五年（公元前 118 年），徙天下奸猾吏民于边。""太始元年（公元前 96 年），徙郡国吏民豪杰于茂陵、云陵。"（颜师古认为此处的云陵为云阳之误，因为此时昭帝的云陵尚未确定。）

《汉书·昭帝纪》："始元三年（公元前 84 年），募民徙云陵，赐钱田宅。""始元四年（公元前 83 年），徙三辅富入云陵，赐钱，户十万。"

《汉书·宣帝纪》："本始元年（公元前 73 年），募郡国吏民訾百万以上徙平陵。""二年（公元前 72 年）春，以水衡钱为平陵，徙民起宅第。""元康元年（公元前 65 年）春，以杜东原上为初陵，更名杜县为杜陵。徙丞相、将军列侯、吏二千石、訾百万者杜陵。"

如果说以上迁豪都是为了充实园陵，那么，规模不等的边郡徙民则都是为了军事需要和边疆开发。如汉武帝元狩四年（公元前 119 年）冬，徙关东贫民七十二万五千口至陇西、北地、西河、上郡、会稽诸郡；元封元年（公元前 111），徙民张掖、敦煌；元封元年（公元前 110 年），徙东越之民于江淮之间，等等。

由刘邦开始的西汉迁豪徙民政策，直到汉哀帝时才宣布终止，前后持续了差不多二百年的时间。这项政策在历史上几经变化，迁徙目的、对象前后都有很大的不同。那么，以"伐无道，诛暴秦"相号召的刘邦，为什么在建国之初就毫不迟疑地接受娄敬的建议，继续秦皇朝的迁豪政策呢？首先，与秦朝迁豪的原因一样，也是为了消除政治上的潜在危险。六国旧贵族及其依附者富商大贾，虽然经过秦始皇时期的两次迁徙，力量受到很大削弱，但是，漏网之鱼尚多。这些人在秦末农民战争中仍然表现出相当大的力量。娄敬所谓"诸侯初起时，非齐诸田，楚昭、屈、景莫能兴"，就是指的此种情况。项梁叔侄所代表的楚国旧贵族的力量，田广、田荣和田横所代表的齐国旧贵族复兴故国的不屈气概，刘邦当然都记忆犹新。一有风吹草动，他们之中仍有可能出现揭竿而起、据地称王的领袖人物。让这类人物散在全国各地，刘邦是寝食难安的。通过迁豪将这批危险人物置于自己眼皮底下监视起来，就等于消除了一大块心病。因而娄敬的建议一经提出，刘邦没有丝毫犹豫就接受并付诸实施了。其次，是为了充实关中地区，强干弱枝，以对付其他地区的反叛势力和匈奴的侵扰。关中地区本来富甲天下，但经过秦末农民战争，尤其是楚汉战争的破坏，土地荒芜，人口减少，经济力量相对削弱。同时，关中北距匈奴较近，容易遭受这支游牧民族的攻击。将六国旧贵族迁到这里可以化不利因素为有利因素。一方面能够增加关中的人口，加速这里的开发；而且六国旧贵族及其依附者都有较雄厚的经济实力，可以使关中经济得到较快的发展，从而增强抵抗匈奴的力量。另一方面，又可以使离心因素变为向心因素。通过对六国旧贵族的安抚政策，使之拉近与现政权的距离，逐渐达到对汉王朝的认同，达到"无事，可以备胡；诸侯有变，亦足率以东伐"的"强干弱枝"的目的。这个政策经过刘邦及其后世子孙的相继实施，的确收到了较好的效果，原来预期的目的基本上都达到了。关中地区的经济得到较快的发展，成为汉王朝稳定的中心区域。在对异姓诸侯王和同姓诸侯王的斗争中，尤其是平定吴楚七国之乱和后来反击匈奴的斗争中，这里都成为汉王朝的战略总后方，起了任何别的地方都不可替代的作用。与秦末农民起义时的情况不一样，当吴楚七国之乱爆发时，六国旧贵族及其后裔们，基本上都没有加入叛军的行列。这种情况的出现当然有多种原因，但迁豪政策的实施应是不可忽视的因素，它的确起到了巩固统治、加强中央集权的重要作用。后来，汉武帝的重要谋臣主父偃说："天下豪杰兼并之家于茂陵，内实京师，外销奸猾。"《汉书》的作者班固也说："汉兴，立都长安，徙齐诸田，楚昭、屈、景及诸功臣家于长陵。后世世徙吏二千石、高訾富人及豪杰并兼之家于诸陵。盖亦以强干弱枝，非独为奉山园也。"由于大量豪富之家集中于京师及其周围诸陵，他们役使依附的劳动力不断进行开发，加上得天独厚的自然条件，关中地区的经济很快出现了空前的繁荣。史载"关中之地，于天下三分之一，而人众不过什三；然量其富，什居其六"，恐非虚语。王夫之在《读通鉴论》中，痛斥秦汉时期的迁豪是一种"虐政"，显然是一种偏颇之见。

公元前202年（汉五年）二月，当刘邦庆祝自己登基的鼓乐响彻汜水之阳的时候。他面对的却是不容乐观的现实：一方面，中国历史上第一次农民战争对封建统治造成的巨大冲击波还没有完全消失；另一方面，七年战争对国家和社会经济造成了巨大破坏。这是对刘邦制定和实行政策的两个最大的制约因素。

从公元前209年（秦二世元年）七月至公元前206年（汉元年）十月的秦末农民战争，推翻了秦皇朝的残暴统治，更新了统治集团。这就在很大程度上扫除了阻碍社会生产力发展的封建经济基础和上层建筑中最腐朽的因素。通过这次战争，广大农民阶级以及各类被压迫者，用自己的生命和鲜血争得了自身的一定程度的解放。一些参加农民起义军后来又在刘邦队伍中立下军功的农民，在刘邦推行的"世世复"的政策下大大改善了自己的政治经济地位；战争中逃离故土，"聚保山泽，不书名数"的农民也一度挣脱了封建的枷锁；数以百万计的刑徒获得了自由人的身份；奴隶们在参加起义以后也摆脱了主人的奴役，等等。所有这一切就使汉初的封建人身依附关系较秦时有所松弛，阶级力量对比有所变化。这些显示农民战争直接作用的成果，使劫后余生的广大劳动者重新获得了创造的活力。

但是，还应该看到，由于单纯的农民战争不能改变封建制度而只能打击和改造封建统治，所以它的直接作用往往不易持久和巩固。农民战争的历史作用更多地间接表现在对新建皇朝政策的影响上。这种影响主要在两个方面发生作用：一是创造促使新的封建统治者调整政策的客观条件和社会环境，即无法超越的制约因素；二是迫使新皇朝的统治者时时考虑前车之鉴，接受历史教训。秦皇朝十多年的残暴统治，无以复加的赋役征发几乎耗尽了劳动人民的最后一点脂膏，紧接着又是遍及最富庶的中原大地的七年战争的惨重破坏。仅仅四年的楚汉战争，就是"大战七十，小战四十，使天下之民肝脑涂地，父子暴骨中野，不可胜数，哭泣之声未绝，伤夷者未起"。"汉兴，接秦之弊，诸侯并起，民失作业，而大饥馑。凡米石五千，人相食，死者过半"。战争之后，人口锐减，经济残破，田园荒芜，哀鸿遍野。一个昔日数万户人口的繁盛的曲逆（今河北完县），劫后余生者仅有五千户，还被刘邦惊呼"壮哉县！"称赞为洛阳之外最富庶的城市。其他地方可想而知。当时，百姓穷困到了极点，封建国家也面临着极其严重的财政困难："天下既定，民无盖藏，自天子不能具钧驷，而将相或乘牛车。"面对如此艰窘的社会条件，如何才能巩固新皇朝的统治？这是刘邦及其君臣无法回避而必须认真思考的问题。本来，刘邦及其文臣武将大多数出身于社会下层，对百姓的疾苦和要求有较为深切的了解。他们又曾经作为农民军的领袖南征北战，亲眼看到不可一世的秦皇朝在农民军的战马前宣告灭亡，对农民起义军的伟大力量和秦朝二世而亡的教训有着强烈的印象和深刻的感触。因此，所谓"亡秦之鉴"也就成为刘邦君臣们经常议论的话题。在进军咸阳的路上，在豪华的阿房宫中，在楚汉两军鏖战的疆场之上，他们时刻不忘秦亡的鉴诫，警惕着重蹈覆辙。陆贾的《新语》就是汉朝统治者以自己的眼光审视秦亡教训的第一部书。刘邦君臣们深刻而持久的历史反思，必然使他们产生调整政策的主观要求。正是由于以上客观和主观两方面的原因，经过汉初统治阶级调整过的各种政策，就不能不打上秦末农民战争的印记，保留农民战争的部分成果，从而曲折地反映出广大劳动人民的某些愿望和要求。

秦末农民战争对汉初统治阶级的影响和制约，还突出表现在意识形态上汉初君臣选择黄老之学作为统治思想。如果说，刘邦对汉初统治思想的寻觅还处在盲目中，那么，刘邦以后的君臣们则自觉地将自己的视角集中到黄老思想上。曹参、陈平、王陵以及窦太后和文、景二帝都是在对黄老思想的笃信中度过了自己和平时期的岁月。黄老思想之所以在汉初六十年间诸子百家余绪一度活跃的历史条件下取得了独占鳌头的地位，原因很简单，就是它所主张的诸如"清静无为""德刑并用""任贤使能""君仁臣忠""轻徭薄赋"等思想，恰恰为汉初的休养生息政策提供了理论根据。而汉初黄老思想的代表作就是我们上面一再提到的陆贾的《新语》。

正是在秦末农民战争所创造的客观条件的制约下，在全民反思秦亡教训的历史氛围中，刘邦及其臣僚们制定和推行了一系列恢复发展生产的政治经济政策，自觉不自觉地适应了历史发展的要求。这些政策紧紧围绕着一个中心，这就是千方百计地增加和保护社会劳动力，提高他们从事生产的积极性；同时，又创造条件，促进生产者与生产资料的结合，使社会生产得以顺利地进行。

为了增加和保护社会劳动力，刘邦多次发布诏令，赦免罪人，使他们回到土地上从事生产。公元前205年（汉二年）正月，楚汉战争刚刚拉开战幕，还定三秦的战斗还没有完全结束，刘邦在夺取了北地郡之后，就宣布"赦罪人"。同年六月，又借立汉王太子之机，在栎阳再次发出了"赦罪人"的诏令。公元前202年（汉五年）十二月，垓下之战刚刚结束，刘邦就下令"诸民略在楚者皆归之"。同年正月，又在定陶下令："兵不得休八年，万民与苦甚，今天下事毕，其赦天下殊死以下。"显然，以上诏书规定所赦免的大都是原秦皇朝、三秦王和项羽统治地域的"罪人"，这带有争取同盟者的策略上的意义。后来，刘邦对于触犯汉王朝法律的"罪人"也开始赦免。公元前201年（汉六年）十月，刘邦在陈擒韩信之后，就地发出了大赦天下的诏令："天下既安，豪杰有功者封侯，新立，未能尽图其功。身居军九年，或未习法令，或以其故犯法，大者死刑，吾甚怜之。其赦天下。"公元前198年（汉九年）春天，再次下令"前有罪殊死以下，皆赦之"。公元前197年（汉十年）七月，因太上皇死去，下令"赦栎阳囚死罪以下"。公元前196年（汉十一年）正月，平定反叛的韩王信以后，刘邦在洛阳发出了"大赦天下"的诏令。同年七月，讨伐反叛的淮南王英布时，最后一次下诏"赦天下死罪以下"。刘邦在其统治的十年中，共下达了八次赦免"罪人"的诏令。综观这些诏令，目的对象各异，有的是与敌对势力争取民众，有的仅适用某些地域，有的加上一些限制条件，使被赦的"罪人"打了折扣。但是，不管怎样，把一些与土地脱离的罪犯释放使之与土地重新结合，无疑增加了生产第一线的劳动力，同时也大大调动了这部分人的生产积极性。与以上政策相联系，刘邦还在公元前202年（汉五年）发布了一个"民以饥饿自卖为人奴婢者，皆免为庶人"的诏令，使相当一批奴婢获得了解放，回到了土地上从事农业生产。面对人口大量减少，劳动力严重不足的现实，刘邦又实行了鼓励生育的政策，公元前200年（汉七年）下令"民产子，复勿事二岁"。

在刘邦实行的一系列的恢复发展生产的措施之中，影响最大，成果最显著的莫过于复员军队、招抚流亡了。公元前202年（汉五年）五月，登上帝位不久的刘邦从定陶来到洛阳，立即发布了一个总纲性的诏书：

诸侯子在关中者，复之十二岁，其归者半之。民前或相聚保山泽，不书名数，今天下已定，令各归其县，复故爵田宅，吏以文法教训辨告，勿笞辱。……军吏卒会赦，其亡罪而亡爵及不满大夫者，皆赐爵为大夫。故大夫以上，赐爵各一级。其七大夫以上，皆令食邑；非七大夫以下，皆复其身及户，勿事。

又曰：

"七大夫、公乘以上，皆高爵也。诸侯子及从军归者，甚多高爵，吾数诏吏先与田宅，及所当求于吏者，亟与。爵或人君，上所尊礼，久立吏前，曾不为决，甚亡谓也。异日秦民爵公大夫以上，令丞与亢礼。今吾于爵非轻也，吏独安取此！且法以有功劳行田宅，今小吏未尝从军者多满，而有功者顾不得，背公立私，守尉长吏教训甚不善。其令诸吏善遇高爵，称吾意。且廉问，有不如吾诏者，以重论之。"

从刘邦诏书中提到的"爵或人君，上所尊礼，久立吏前，曾不为决"以及"法以有功劳行田宅，今小吏未尝从军者多满，而有功者顾不得"的情况看，刘邦"以军功行田宅"的措施遇到来自基层官吏的很大阻力。这些基层官吏利用手中的权力为自己大捞好处，虽无军功却获得爵位田宅；而从军立功者反而得不到应得的爵位与田宅，甚至在小吏面前备受刁难。刘邦对此自然十分恼火。而从其"有不如吾诏者，以重论之"的申明来看，刘邦实行此项措施的态度又是十分坚决的，他决不允许任何人敷衍塞责。总起来看，这个诏令是以优厚的条件使广大从军的战士和军官复员回乡。一般士卒都得到一小块土地，其中跟随刘邦人汉中定三秦的那部分人更获得世世代代免除赋役的特权。而对于获得七大夫以上高爵的人待遇更加优厚。刘邦一方面对于跟他南征北战的士卒加意酬赏，另一方面也为了使他们成为汉王朝统治的支柱。在此优渥的政策下，那些复员后的士兵大都成了小自耕农，而绝大部分军官则成为军功地主。这些人一旦成为土地上的主人，他们对刘邦及其皇朝的拥护是不言而喻的。对于在战乱中离家流亡的农民和地主，刘邦以"复故爵田宅"为诱饵，引导他们返回故土，同时又以多次赐爵等方式刺激他们的生产积极性。以上这些政策措施，一面表明了刘邦政权为地主阶级服务的本质；一面也反映了他稳定封建秩序、驱民归农、发展生产的迫切愿望。通过以上这些措施，刘邦为亟待恢复的农业生产增加了较多的劳动力。在汉初人口锐减，增加劳动力已成为恢复农业生产关键条件的前提下，刘邦的上述政策措施提供了农业生产正常进行的最主要的条件。

为了实现生产者与生产资料相结合，刘邦也注意解决土地问题。上引诏令中的"复故爵田宅""以有功劳行田宅"，当然都是重要措施。除此而外，刘邦还采取了另外一些办法。如公元前205年（汉二年）十月，他下令"故秦苑囿园池，皆令人得田之"。这大概可以解决关中地区无地或少地农民的一部分土地问题。另外，据当时情势推断，由于战乱造成的人口锐减，汉初的土地问题不

第六章 征匈奴休养生息

会成为发展生产的太大障碍。即使当时没有从军的一般无地少地的农民，只要在战争中幸存下来，其中的大多数人也会在农民战争洗礼过的地方获得一小块赖以生存的土地。如此一来，在汉朝初年特定的历史条件下，生产者与生产资料的结合，就通过不同的途径基本实现了。

生产者与生产资料的结合虽然是社会生产得以进行的最基本的条件，然而，在封建社会里，作为国民经济主要部门的农业生产能否顺利进行，还必须俱备两个条件：一是保证生产者有较充裕的劳作时间，二是将剥削量限制在使生产者能够恢复体力和养家糊口的程度。这两个条件在西汉初年也基本上俱备了。因为刘邦及其臣僚们从自己的切身体验和秦亡的教训中知道，轻徭薄赋对于稳定百姓、发展生产具有至关重要的意义，所以一直比较注意这样的政策。《汉书·食货志》说：

上于是约法省禁，轻田租，什五而税一，量吏禄，度官用，以赋于民。而山川、园池、市肆租税之入，自天子以至封君汤沐邑，皆各为私奉养，不领于天子之经费。漕转关东粟以给中都官，岁不过数十万石。

这个剥削量，与秦朝统治时期相比，与汉武帝时期的实际剥削量相比，都是较低的。这是因为，西汉建国之初，虽然百废待兴，需钱的地方很多，但刘邦君臣比较能够抑制自己的享受欲望，加上此时官吏队伍精干，行政费用较低，所以剥削是较轻的。刘邦在其当国时期，还多次有意识地下诏免除租税和徭役。例如，公元前205年（汉二年）二月，当楚汉战争仍在激烈进行的时候，刘邦就下令："蜀汉民给军事劳苦，复勿租税二岁。关中卒从军者，复家一岁。"公元前199年（汉八年）三月，刘邦率军北击据太原反叛的韩王信回到洛阳以后，"令吏卒从军至平城及守城邑者，皆复终身勿事"。公元前196年（汉十一年）冬，刘邦击破陈豨将赵利于东垣，奖赏"诸县坚守不降反寇者，复租赋三岁"。同年二月，又对献费的数额做了明确的规定："欲省赋甚。今献未有程，吏或多赋以为献，而诸侯王尤多，民疾之。令诸侯王、通侯常以十月朝献，及郡各以其口数率，人岁六十三钱，以给献费。"当年四月，"令丰人徙关中者皆复终身"。六月，再下令"士卒从入蜀汉关中者，皆复终身"。等等。这些减免租赋徭役的诏令，除对献费的规定外，都不是普遍施惠于全国的百姓，而是加了一系列地域、时间和条件的限制，更多的是对从军吏卒的恩赏。与后来文景时期的轻徭薄赋相比，是很有限的。这是因为，汉王朝建立之初，人口较秦时减少很多，负担租税服徭役的人数更少，而七八年间，对异姓诸侯王和匈奴的战争几乎没有停息，军费及其他开支难以节省，刘邦实在无条件实行全面的轻徭薄赋。尽管如此，刘邦时期对百姓的赋役征发毕竟有了章法，与秦皇朝统治时期的"内兴功作，外攘夷狄，收泰半之赋，发闾左之戍。男子力耕不足粮饷，女子纺绩不足衣服。竭天下之资财以奉其政，犹未足以澹其欲也"的情况相比，已经是天壤之别了。就是与后来汉武帝统治时期的"田渔重税，关市急征，泽梁毕禁，网罟无所布，耒耜无以设，民力竭于徭役，财用殚于会赋，居者无食，行者无粮，老者不养，死者不葬。赘妻鬻子，以给上求，犹弗能澹"的惨状相比，也是不可同日而语的。

虽然《汉律》继承了秦法并且保留了不少苛酷之刑，但是，刘邦统治时期的刑罚与秦朝相比毕竟有所减轻。他入关之后，立即宣布"约法三章""蠲削烦苛"，而《汉律》九章正是在宣布废除秦苛法、与民更始的历史大背景下制定的，因而其刑罚有所减轻是不言而喻的。当然，由于《汉律》并不改变地主阶级专政的本质，而在具体执行过程中也存在不少问题，所以系而不决、罚而不当的事情还是时有发生。对此，刘邦在公元前200年（汉七年）向御史下达了这样一个诏令：

狱之疑者，吏或不敢决，有罪者久而不论，无罪者久系不决。自今以来，县道官狱疑者，各谳所属二千石官，二千石官以其罪名当报之。所不能决者，皆移廷尉，廷尉以当报之。廷尉所不能决，谨具为奏，传所当比律令以闻。

这种要求各级官吏奉法循理、及时公正、认真负责，杜绝敷衍塞责的诏令是有积极意义的。刘邦亲自下诏过问罪犯的审理，重申司法程序，要求对案情清楚、量罪准确的案件及时判决，对无罪者更不要久系不论，对于疑难案件也要将案情、判决意见及所据律令逐级上报，直到最后由皇帝裁决。刘邦这样做，显然是为了保证法律不折不扣地执行，使犯罪者得到相应的惩罚，守法者不被蒙冤治罪，以防止某些官吏上下其手，贪赃枉法，从中舞弊。有法必依，违法必究，公正迅速地审理罪犯，既不放纵恶人，亦不冤杀无辜，始终是古往今来清正廉明的司法制度所追求的目标，也是社会稳定的重要标志。刘邦的诏令对于汉初司法审判制度的规范化具有一定的积极意义。当然，总起来看，刘邦当国时期的刑罚较之文景时代还是严酷了一些，但与秦皇朝那令人发指的严刑峻法相比，毕竟有所缓和，这对安定社会秩序、提高劳动人民的生产积极性是有利的。

在刘邦恢复发展生产的政策中，还有一项直接从秦皇朝继承而来，这就是传统的重农抑商政策。公元前199年（汉八年）三月，刘邦在洛阳发布了一项抑商的诏令："贾人毋得衣锦绣绮縠絺纻罽，操兵，乘骑马。"这一规定实际上是对商贾政治地位和社会地位的歧视政策。《汉书·食货志》还记载："天下已平，高祖乃令贾人不得衣丝乘车，重租税以困辱之。"这一规定主要是对商贾经济上的抑制。"重农抑商"是法家思想的重要内容，也是儒家学派的一贯主张。而从秦朝开始，又几乎成为中国历代封建王朝的既定国策。应该承认，重农抑商政策在相当长的历史时期内，对维护封建的经济基础是起了积极作用的。因为封建经济是以农业为基础的自给自足的自然经济，农业作为封建经济之"本"是不容动摇的。封建经济虽然也需要商品交换，但却不需要它过于发达，特别不容许它超出封建经济需要而畸形繁荣。这是因为，富商大贾们所经营的超出农业需要的商品和高利贷，恰恰构成了对自然经济的严重威胁。所谓"用贫求富，农不如工，工不如商，刺绣文不如倚市门"。商业和高利贷的高额利润，必然要引诱部分农民弃农经商，从而削弱农业作为"本"的地位。更重要的是，封建社会的商人们往往是"以末致财，用本守之"，即用经营商业和高利贷赚取的大量金钱兼并土地，造成农民大量破产，与土地脱离，从根本上危及封建的经济基础。显然，刘邦重申重农抑商政策以及从政治经济上对富商大贾的势力进行压制，在汉初的特定历史条件下，对于维护处于复苏中的小农经济是有积极作用的。但是，也应该看到，在中国封建社会里，"重本抑末"政策从来就具有两重性，它在"重本"的同时维护了封建农业僵化落后的经营方式，并没有从根本上改善农民长期贫困落后的地位。与此同时，它在抑制商品经济对农业经济副作用的同时也抑制了它对农业经济的积极作用。因为刘邦以及封建的政治家和理财家们始终不了解，商品经济的适度发展，不仅是农业经济发展的需要，也是农业经济发展的条件。刘邦在汉初开启的"重本抑末"政策被他的后继者全面承袭和发展了。到文、景当国时期，"重农抑商"思想已达到了它的典型化形态。这种思想和政策集中体现在他们的诏书中。

文帝二年（公元前178年）正月诏：

夫农，天下之本也。

同年九月诏：

农，天下之大本也，民所恃以生也，而民或不务本而事末，故生不遂。

景帝后元二年（公元前 142 年）四月诏：

雕文刻镂，伤农事者也。锦绣纂组，害女红者也。农事伤则饥之本也，女红害则寒之原也。夫饥寒并至，而能亡为非者寡矣。……欲天下务农蚕，素有畜积，以备灾害。强毋攘弱，众毋暴寡，老耆以寿终，幼孤得遂长。

后元三年（公元前 141 年）正月诏：

农，天下之本也。黄金珠玉，饥不可食，寒不可衣，以为币用，不识其终始。间岁或不登，意为末者众，农民寡也。其令郡国务劝农桑，益种树，可得衣食物。吏发民若取庸采黄金、珠、玉者，坐赃为盗。二千石听者，与同罪。

在中国封建社会发展的任何时期，都需要与农业经济相适应的商品经济一定程度的发展，一味对工商经济进行抑制的政策只是在特殊历史条件下才有积极作用。刘邦统治时期的"重本抑末"政策的作用虽然从总的方面看是积极的，但随着历史的发展，其消极作用则越来越大。汉武帝时期的经济政策的转变当然有复杂的政治原因，但其中也有经济规律的制约作用。

总之，刘邦及其君臣所制定和实施的上述一系列恢复发展生产的政策，适应了时代的要求，反映了各个阶级、尤其是劳动人民的愿望。这些政策，稳定了当时的社会秩序，促成了生产者与生产资料的结合，刺激了劳动人民的生产积极性，为社会生产的正常进行创造了必要的条件，促进了汉初社会生产的恢复和发展。所有这一切，都给西汉王朝的政策创造了一个良好的开端。而它作为祖宗之法，又在惠帝、吕后、文帝和景帝时期得到了继承和发展。例如，文帝后元四年（公元前 160 年）下令"免官奴婢为庶人"，就是刘邦释放奴婢政策的继续。惠帝元年（公元前 194 年），"减田租，复十五税一"；文帝二年（公元前 178 年），"赐天下民今年田租之半"，十二年（公元前 168 年），"赐农民今年租税之半"，十三年（公元前 167 年），"除田之租税"，文帝时"民赋四十，丁男三年而一事"；景帝元年（公元前 156 年）五月，"令田半租"，二年（公元前 155 年），"令天下男子二十始傅"，等等，都是刘邦轻徭薄赋政策的继续和发展。惠帝四年（公元前 191 年），"省法令妨吏民者，除挟书律"；吕后时"除三族罪，妖言令"；文帝元年（公元前 179 年）十二月，"尽除收帑相坐律令"，二

第六章

征匈奴休养生息

年（公元前178年），除诽谤妖言之罪，十三年（公元前167年）五月，"除肉刑法"；景帝中元四年（公元前146年）秋，"赦徒作阳陵者死罪"，六年（公元前144年）五月，"诏有司减笞法，定著令"，后元元年（公元前143年）正月，诏"令治狱者务先宽"，等等，都是刘邦轻刑政策的继续和发展。惠、文、景等皇帝也都多次重申"重农抑商"政策，一再下诏，劝课农桑，并严禁官吏经商盘剥农民。正是因为刘邦及其后世子孙继续执行了这样一套轻徭、薄赋、节俭、省刑的政策，使汉代的社会经济很快出现了复苏之势。史书记载，"孝惠高后之间，衣食滋殖"，文帝时"百姓无内外之繇，得息肩于南亩，天下殷富，粟至十余钱，鸣鸡吠狗，烟火万里"。经过高、惠、文、景六十多年的恢复发展，到公元前140年（建元元年）雄才大略的汉武帝即位的时候，就出现了我国封建社会经济的第一个繁荣时期。在《史记·平准书》中，司马迁对当时的繁荣景象有这样一段脍炙人口的描绘：

至今上即位数岁，汉兴七十余年之间，国家无事，非遇水旱之灾，民则人给家足，都鄙廪庾皆满，而府库余货财。京师之钱累巨万，贯朽而不可校。太仓之粟陈陈相因，充溢露积于外，至腐败不可食。众庶街巷有马，阡陌之间成群，而乘字牝者傧而不得聚会。守闾阎者食粱肉，为吏者长子孙，居官者以为姓号。故人人自爱而重犯法，先行义而后绌耻辱焉。

应该承认，这段绘形绘色的描述尽管不无夸大之处，但大体上还是符合事实的。这种繁荣局面的出现，首先应该归功于手足胼胝，不畏寒暑，辛勤劳作的广大农民，其次也应归功于刘邦及其后继者制定和执行的政策。正因为刘邦在秦朝二世而亡这一血的教训启导下，在农民战争所创造的历史条件制约下，制定了一系列顺应历史潮流和百姓愿望的政策，使劳动人民中蕴藏的生产积极性和创造性充分发挥出来，从而使一个经济文化高度发达的汉王朝屹立于古代的东方。刘邦也就作为一代创业皇帝名垂千古。

布衣天子 ——刘邦

第七章

剪除异己　将相同心

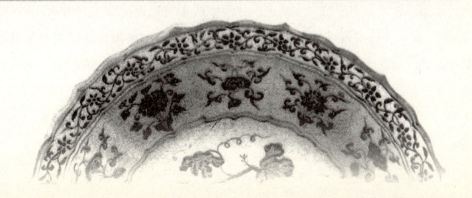

汉高帝八年二月（公元前 199 年 3 月），刘邦回到长安，丞相萧何率领百官恭迎圣驾，将其导入新落成的皇宫——未央宫。始终未从心忧边患情绪中解脱出来的刘邦，一见未央宫气派巍峨，装修华丽，立即大发脾发，怒斥萧何说："国家还处在动乱纷扰中，我为此一连几年劳苦征战，成败尚未可知，为什么要盖如此豪华的宫殿？"

萧何为自己辩解说："正因为国家未定，所以才要盖宫室。天子的皇权广被四海，宫室不雄伟壮丽，就不能显示天子尊贵和权威。何况皇上的宫殿应该一次性奠定规模，别让后代再来增添扩建。"

这是刘邦北征韩王信勾结匈奴叛乱归来后的一段小插曲，十分真切地传示出刘邦对形势的估计：到处都是暗藏的敌人，颠覆活动从未停止，大汉江山随时可能改变颜色。萧何在辩白中着重强调宫室壮观与突出皇权的关系，正是摸准了他的这种心态，所以刘邦听了以后，马上转怒为喜。

有些刘邦传记将这段对话解释为这一对君臣都颇关心民生疾苦和恢复生产，这是误解；所以司马光很不客气地批评刘邦说，皇帝应该以多行仁义道德来树权威，把民生疾苦节约增产放在首位，这才是让国家趋向安定的正确办法，岂有靠宫室壮丽镇服天下的道理？与此同时，司马光对萧何在督建长安工程中的铺张靡费，特别是所谓"无令后世有以加也"的辩白，也斥以"岂不谬哉！"

住进未央宫后，刘邦旋即下令把一部分还留在栎阳的京朝机构通通搬到长安，又正式设置专掌序录皇室嫡庶次序及宗族亲属远近的宗正（官名），补全了"九卿"官制。前面讲过，刘家在沛丰是移民，家族成员很少，但当真要整理谱系，远溯旁搜，在中原，在山西，在关中，肯定都能找出许多刘氏一条脉络上的人物。在刘邦对异姓诸侯、功臣之猜忌防范的心理日益强化，但在"子幼，昆弟少，［因而］欲大封同姓以镇抚天下"的情况下，宗正机关的设置，正是我们窥视刘邦心路轨迹的又一个坐标。

迁居未央宫不久，刘邦因对中原和南方的诸侯彭越、英布等人放心不下，又去洛阳行都驻跸，一住就是半年。近几年来，刘邦常去洛阳"镇抚"而让萧何辅佐太子在关中"监国"——其实是吕雉当家，已经成为他们这对政治夫妇的分工模式。有擅长楚风歌舞的戚夫人朝夕陪伴，刘邦在担忧诸侯功臣之余的生活，倒也不至于太乏味，而吕雉则以协助太子的特定身份，就近监督萧何等人对日常政务的处理，同时瞪圆双眼，密切关注中央和朝臣的动向，随时向留居洛阳的丈夫传递讯息。在此过程中，她倒是逐渐学会了一些把握全局和处理政务的技能，与萧何、郦商等一班留守关中的沛砀系文臣武将的关系也比较密切起来——从确保老臣忠心辅佐太子的长远利益计较，在对待这批沛砀故旧的态度上，她倒是比刘邦圆滑得多，因而在一些越来越害怕皇帝的人那里，颇能赢得好感。

爱好享乐而不耐处理具体政务的刘邦，对于这种格局可能导致的倾向，此时尚无暇顾及，眼下最让他操心的是怎样把那些貌似恭顺、心怀叵测的潜在敌人一个个搞掉，确保自己百年以后，大汉江山也永不改姓。所谓哪壶水不开提哪壶，正当皇上常为这些问题难睡安稳时，北方又传来了韩王信叛国势力在东垣（今河北石家庄以东）一带作乱的消息。这一带，属于赵国毗邻地区，不过刘邦放心不下让张敖就近出兵平乱，遂不惮辛劳，又一次从洛阳出师，御驾亲征。

所谓"赵王敖谋反"案，就是在此背景下发生的。

汉高帝八年闰九月（公元前 199 年初冬），刘邦亲率大军出征东垣途中，在属于赵国的柏人（今河北隆尧西）暂驻，事先已通知张敖把那位东垣美人赵姬送来侍御。赵王遵旨行事，又命贯高为丈人准备好舒适的行馆，以便他恋花难舍，多住几天。贯高等人则趁此机会，在行馆的厕所内埋伏下刺客，打算等刘邦夜里如厕时将其杀害——秦汉时厕所分上下两层的特殊结构。果然，刘邦与那位美人缠绵之后，便有了留下来过夜的打算，但到了晚上，突然有一种心悸的感觉，便问左右："这个县叫什么名称？"左右告诉他："柏人。"刘邦说："柏人？听起来像'迫人'。"遂不宿而去。

这样，由于刘邦随时防范暗藏敌人的高度警惕，贯高等人精心策划的一起谋杀就这样流产了。

第七章　剪除异己　将相同心

两个月后，韩王信集团在东垣一带的作乱被汉军平息，刘邦率军队直接返归长安。翌年开春后，又去洛阳驻跸，一住就是半年，迄当年秋季重返长安时，淮南王英布、梁王彭越、赵王张敖、楚王刘交等诸侯都来随驾，个个神情正常，实在看不出有何想要谋反的迹象。

可是好景不长，一封举报信击破了刘邦对青春时光的美好追忆——贯高在赵国有个仇家，事后得知他曾在柏人策划暗杀皇上未遂，即向刘邦上书揭发。

当时刘邦已携戚姬重返洛阳，见信后，马上下令将赵王张敖等人械送长安，自己也同时启驾回京。得知谋弑汉帝的阴谋暴露，赵午等十多个参与者抢着要自刭，贯高破口大骂："大王并未参与，现在也被抓起来了。你们全死了，谁来替大王辩白？"于是众人都随着张敖的囚车前往长安投案。

皇帝的女婿谋反入狱，此事在长安引发的举朝震动，可想而知。为防止赵国将吏轻举妄动，或有人通款说情、攻守同盟等，皇帝还特发诏令：敢有涉及赵王敖谋反案者，一律夷三族！于是连夏侯婴这些老战友也不敢对此案件多说一句。

这道诏令，等于明白宣示赵王谋反的罪名已经成立，秉承皇上意旨的廷尉（司法部长）自然以追究张敖主谋责任为办案重点。张敖指天发誓，死不认罪。吕雉亦认为女婿是吃冤枉官司，几度流着眼泪向丈夫诉说："张敖同您的女儿结为夫妻，哪会谋害您呢？"刘邦瞪起眼睛骂她没有见识："假使张敖政变得逞，占有天下，还怕缺少女人？"

但是，赵午等其他涉案对象在接受审讯时，都众口一词咬定赵王确实不知此事，贯高更主动承担主谋罪名。廷尉怀疑他们搞攻守同盟，便施以酷刑，贯高被鞭笞数千后，再以铁锥锥刺，乃至体无完肤，但他坚持不改口供。

廷尉无法照刘邦的意思结案，只得如实禀报。刘邦想了想，说："这贯高倒是一条硬汉。不知谁同他有私交，不妨以朋友的身份去套出真相。"中大夫泄公听皇帝的口气有所松动，忙趁机进言："臣的儿子知道贯高为人，这确实是因为他们不忍赵王受辱，才私下商议谋反。"刘邦仍不相信，便让泄公带着疗伤药品和食物去探监，同贯高套交情，趁机问他赵王到底知不知道柏人弑君的阴谋。贯高说："人之常情，谁不爱父母妻儿？现在我已犯下谋逆大罪，三族都要处死，岂有爱赵王胜于亲人的道理？实在是因为赵王不知此事，所以只得由我们自己承担。"泄公据实禀报，刘邦这才不吭气了。

软硬兼施，找不出张敖参与谋逆的证据，老把他关着也说不过去。翌年春天，刘邦下令特赦张敖，又要泄公去牢里探望贯高，传达皇帝也打算赦免他的意思，听听他的反应。贯高得知张敖已被释放出狱，十分高兴，及听说刘邦也准备赦他死罪，顿时警觉，当即对泄公说："我所以强忍痛苦，活到现在，就是要洗清赵王的冤枉。如今赵王已经出狱，我死无遗恨。况且做臣属的有篡弑罪名，还有什么面目侍奉君主呢？"言罢，抬起脸来往后使劲一仰，折断颈骨而死。

所谓的"赵王敖谋反案"，就这样最终以赵王敖本人脱案而告结束。但是刘邦内心对女婿究竟是否参与此案，始终抱有怀疑——贯高等人的口供不可全信，这方面他有切身体验：当初自己做泗水亭长时，误伤夏侯婴，夏侯婴不也是激于义气，忍住酷刑而一口咬定是自伤吗？所以，让泄公再去探监，告以皇上有意连他也一起赦免，其用心是想再作试探，掏出他所怀疑的"真相"。没料到贯高如此机警，居然当场自毙，遂使案成铁铸。《史记·高祖本纪》记载："赵相贯高等事发现，夷三族。"连无辜的三族老少最后都难逃一死，可见所谓要赦免贯高云云，不过是皇上的另一种"破案"手段而已。

贯高虽死犹夷三族，在刘邦心目中终未解脱嫌疑的张敖，自然不可能独善其身，汉高帝十年正月（公元前 197 年 2 月），皇上颁诏：原赵王敖降为宣平侯。稍后，经查实确未参与柏人谋逆案的一部分赵国将吏，均由中央另行安排工作，分赴其他郡、国任职。

需要一提的还有那位东垣美人赵姬，自那一天刘邦同她梅开二度以后，厌食嗜酸，有了身孕，吓得张敖再也不敢碰她，在王宫外另筑金屋，把她像小丈母娘似的供养了起来。侯所谓赵王谋反案发作，她也随张敖的母亲、兄弟和侍妾们一起，被汉朝廷尉逮捕，关在河内（治所在今河南武陟西南）。她告诉狱吏："我是侍奉过皇上的，现在已怀有身孕。"狱吏忙向上级禀告。事情汇报到刘邦那里，刘邦正怨恨女婿谋反，怀疑她也是陷害自己的美人计的道具，未予理会。于是赵姬的兄弟赵兼又走辟阳侯审食其的门路，恳求审食其向吕雉陈述，再通过吕雉向刘邦说情。

审食其倒是代赵兼向吕雉陈述了，可当时吕雉为女婿求情也被刘邦驳回，正为关在牢监里的张敖担心，何况是老头子在外面乱搞，此女肯定是狐媚一类，所以不肯管这个闲事。审食其挺能理解吕雉的心思，也就不再力争了。结果赵姬在狱中生下儿子后，羞愤交集，竟自杀了。狱吏抱着婴儿去长安朝见皇上，刘邦后悔莫及，命将美人归葬故乡东垣，又把这孤儿托付给吕雉抚养。吕雉因婴儿的母亲已死，不再存在争风吃醋问题，倒是待这孩子视同己出，此儿就是后来封为淮南王的刘长。从其长大后的行径来看，同赵王如意一样，颇得乃父遗风。居然亲自动手，用一把大锤砸死了已称元老的审食其，然后去皇兄那儿肉袒请罪，说是替母亲报仇。因为有汉文帝庇护，结果不了了之。

皇上玩弄权谋愈益圆熟，老臣们也没傻到无可救药，出于维护自身利益的本能，在反映皇室内部各种利益冲突的易储之争中，益加谨小慎微。刘邦满意地发现，那些曾为改换太子问题同自己抬杠的老兄弟，比过去乖巧多了。正欲趁热打铁，议案重提，孰知外放为赵相的周昌忽然上书，请求紧急召见，由此又引出一连串事变。

陈豨是早年投身反秦起义、追随刘邦入关灭秦的旧臣，据其履历表记载，当沛公驻军霸上时，他已有关内侯的封爵，任职游击将军；到汉高帝六年刘邦正式行封功臣时，又是较早受封彻侯者之一，可见资格是老的。迄刘邦派他去北方坐镇，因为要节制赵、代两个封国的军队，所以特别给予相国的印绶。按汉高帝九年修订的官制，各封国的总理政务大臣一律称丞相，相国一称则是在中央总理政务的萧何所特有；此外，只有皇帝特派重臣出镇或出征，才给此名义，但也不是常例——比如陈豨的前任樊哙只领左丞相名义，相当于副相国的职称。两相比照，陈相国之风头正劲，一望而知。

刘邦平生所好，就是所谓"贤士豪杰"一流，而这位陈豨便是此道中人，特别是他平生最仰慕的伟人，正是昔日刘邦的心中偶像——信陵君魏无忌。过去，由于陈豨长期在北方军团效力，无缘同刘邦深谈，等到刘邦出征旧燕王臧荼时，陈豨随驾，君臣闲暇时聊天，这才发现"英雄所见略同"，于是进入情趣相投的境界。而且陈豨在楚汉战争期间，常随韩信、曹参在北方作战，对于这一带的山川地理及用兵之道，比之汉王直属军团的人要熟悉。这样，当刘邦决定召回樊哙时，便点了陈豨的将。

福倚祸伏，崇尚任侠而不解黄老的陈豨，当然无法领会这个道理。结果，帮助他邀宠皇上迅速蹿红的"信陵君"这颗福星，恰恰又成为其一跟斗栽倒的祸根。

信陵君的最大做派，便是广泛结交，食客三千，致令青少年时代的刘邦为之羡慕不已——陈豨也是如此。过去在天子脚下当差，没有这个环境，如今以相国名义开府封疆，招降纳叛的名望也有，养士赐食的条件也有，于是游荡在北疆的豪桀少年、游侠散卒接踵而来，众多在汉匈交界地区做走私贸易的商贩团伙，也寻求他的庇护——在内地，汉朝推行歧视商人的政策。前面说过，这些群体中的许多人，都是秦朝北疆军团解体后流散在当地的成员，诸如此类形形色色的一伙，依仗相国做后台，在赵、代边地干了不少违法的事，都被陈豨睁一只眼闭一只眼遮盖了。

等到周昌前来赵国当丞相，这局面就难以维持了：以他长期主持监察工作的职业素质，马上嗅出这里的风气不对劲，正欲就此开展一番调查，适逢陈豨回封邑阳夏休假，途经赵国的王都邯郸，仅随从宾客就有千余乘之多，把邯郸的官办招待所全住满了。周昌就近观察，个个都不是安分守己之人，心想这还了得！遂立即求见皇帝，当面密奏所见所闻，结论是：这位相国在外统兵数年，又豢养了这么多不三不四的人，恐怕会惹出祸变。

皇帝本人就是任侠出身，当然知道是怎么一回事。不过对于"豪杰""任侠"一流，他自有独到见解，何况在这方面同陈豨气味相投，所以也没有马上将豢养宾客与心怀叵测挂起钩来，只是叮嘱周昌返国后继续注意，暗中防范，一边又另外派人前往代国调查。这一查，查出不少陈豨宾客的违法活动，搜集到的证词亦多与这位相国有牵连，与此同时，皇上在暗中调查阳夏侯宾客不法行为的风声，亦不断传到陈豨的耳朵里，情知皇上多疑好猜的陈豨，不禁恐慌起来。

这一切，都没有瞒过一直在匈汉边界窥测动向的韩王信的耳目，遂让王黄、曼丘臣等派出说客去见陈豨，为其剖陈利害后，诱劝他扯旗造反。陈豨犹豫不决。汉高帝十年七月（公元前197年8月），刘邦为太上皇举行葬礼，楚王刘交、梁王彭越等诸侯都赴关中送葬。刘邦要陈豨也回关中参加葬礼，陈豨怕蹈韩信覆辙，一回长安便被逮捕，遂假称有病不去。这一来，既激起刘邦怀疑，他本人也越不自安，最终于汉高帝十年九月（公元前197年10月）自称代王，公开宣布脱离汉朝，旋与伪韩、伪赵等匈奴豢养的势力联合行动，发起了声势浩大的叛乱。

一个节制诸军、位居相国的重臣在边地称叛，三个伪政权在绵长的北疆同时出兵，长驱内地，霎时形成了大汉帝国创建以来前所未有的危急局势。警报传到长安，刘邦大惊，忙拜樊哙为左丞相，周勃为太尉，连同自己亲统一军，兵分三路赶赴前线，又以此诚危急存亡之际的缘故，连躲在家里多年、远避政坛是非的张良，也被他硬邀出山，随驾亲征。这一情节，在《史记·留侯列传》上只有两句话："留侯从上击代，出奇计马邑下。"究竟是何"奇计"，或者还是不止一计的复数，因史传无载，不能编造，但从本书往下之一段一段的细说里，确能看出刘邦临机处置，有不少高明的策略，隐约可以看到背后便有张良帷幄中执箸筹划的身影。

且说刘邦心急如焚，带着张良等将吏到达邯郸时，仅常山郡的二十五座城池，就有二十二座被陈豨的伪代政权占有，其部将侯敞指挥的一支万余人的游击部队，同伪赵王黄的骑兵相配合，已将襄国、曲逆这一片攻下；其另一支由部将张春率领的叛军，已渡过黄河，向齐国西境的聊城（今属山东）进犯。与此同时，由伪赵王利自己统率的叛军在匈奴的支援下，在马邑、东垣等军事重镇布防，同伪代构成掎角之势。另外，伪韩王信直接由匈奴骑兵保驾，深入至参合（今山西阳高南）一带。

形势危急如此，但刘邦传檄诸侯同时出兵的落实情况，却很不理想：除齐相曹参和燕王卢绾以防区毗邻，已经同叛军进行交战外，只有梁王彭越派出的部队来到邯郸听候调遣，其他如荆、楚、淮南、长沙等南方诸侯，皆因路途遥远，加以行动迟缓，尚在道上。相比之下，夹漳河而对峙的叛军与汉军，几乎可称势均力敌。

刘邦决定就地募兵以扩充军力，还让周昌推荐一批能带兵的赵国壮士担任将领，周昌举荐了四个人。刘邦一见面就骂："你们这几个竖子，能够为将吗？"四个人被他骂得满面羞愧，拜伏在地，岂知刘邦旋即便授他们为将领，还各封食邑千户。待四人感激不尽地磕头谢恩离开后，夏侯婴等人忍不住质询皇上："多少将士追随陛下入蜀汉，伐项楚，历经百战，尚未个个受到封赏，这几个小子还没有尺寸之功，凭什么受封千户？"刘邦训斥他们："你们懂什么？倘陈豨造反成功，赵、代都将为他所有，还缺少这四千户？我传檄诸侯共击叛贼，到现在连鬼影也不见一个，如今只好征调赵国子弟替我冲锋陷阵，以此区区四千户激励他们奋勇建功，有啥舍不得的？"夏侯婴等恍然大悟，都说皇上的办法真好。周昌又犯了长期主持监察工作的职业病，要求刘邦依法处死那些此前在抵御叛军进攻中丢失城邑的守令丞尉。刘邦问："他们都造反吗？"周昌说："没有。"

"是呀，"刘邦说，"那是因为他们的力量不足以抗击叛军，怎么可以怪罪他们呢？"遂传令颁诏，凡弃地丧师的将吏和被迫归顺伪政权的父老子弟，一概赦罪不问，反戈一击者有功。

新募壮士无功先赏，有罪吏民赦免不究——这两条策略马上产生了神奇的效应。据《史记·货殖列传》介绍，赵、代地区的民风，向来是"矜懻忮，好气，任侠为奸，不事农商……丈夫相聚游戏，悲歌忼慨"，唯恐天下不乱的任侠少年一流，大有人在。原先都可能是起而响应陈豨叛乱的力量，如今则踊跃报名参加汉军，希冀傍那几个壮士一样，建功受赏。另一方面，那些已经"附逆"的代地吏民，又有不少人受到政府赦罪的政策感召，纷纷叛离陈豨。一进一出，双方力量互见消长，叛乱初起时那种迅速蔓延的势头得到了遏制。

此外，当刘邦得知陈豨部下有不少将领都是做边区走私贸易的商贾后，又高兴地说："我知道该用什么办法对付他了。"马上拿出许多金银珠宝，估计还是由老于此道的陈平主持实施，向对方发起凌厉的银弹攻势。商贾重利，见钱眼开，不少人相继倒戈，投向汉军。

汉高帝十一年（公元前196年），冬逝春回之际，汉军与叛军相持的局面转变为汉军进入全线进攻。东线首先奏凯，叛军张春一路被齐相曹参和汉将郭蒙围歼于聊城。随后，太尉周勃从太原攻入代地，一路北进，在马邑包围据险死守的陈部将乘马絺（姓乘马，名絺），经过连日激战，最终以血腥残暴的屠城结束战斗。旋乘胜逐北，在楼烦（今山西宁武附近）大破韩、代、赵三个伪政权的联军，再转入云中（今内蒙古托克托东北）破敌，一举收复雁门郡十七县、云中郡十二县。樊哙一路则在击溃王黄以后，进入代南扫荡，先后克定七十多个乡邑，伪代丞相冯梁、太仆解福等一一落网，又在横谷大败陈豨等引为王牌的匈奴骑兵。陈豨退守灵丘（今属山西）一带，期盼冒顿来援。周勃不让他有喘气机会，紧迫穷寇，连克代郡九县后，攻破灵丘，陈豨亡入匈奴，其新封伪相程纵、将军陈武及都尉高肆等，全被俘获。

负隅顽抗的韩王信和为他保驾的匈奴骑兵，被汉军陈武（和陈豨部下的陈武是两个人，又作柴武）一路围困在参合。陈武派人送信给他，说："陛下宽仁，过去诸侯有叛亡的，只要回来投诚，都恢复原先的位号，不予处分，大王您是知道的。现在大王因败亡才投靠匈奴，算不了什么大罪，还是快回来吧。"韩王信回书说："陛下把我从闾巷中提拔起来，使我南面称孤，这是我的幸运。

331

荥阳战役时，我不能临阵死难，做了项羽的俘虏，这是第一项罪过；侯匈奴进攻马邑时，我不能坚守而献城投降，这是我第二项罪过；现在又反过来为敌寇带兵，同将军争一旦之命，这是第三项罪过。当年文种、范蠡无一项罪过，尚且受死败亡；我有三项大罪，还指望陛下让我存活吗？这就是伍子胥所以僵死于吴国的缘故啊。"

眼看劝降不成，陈武下令死攻，结果与周勃攻破马邑一样，以残暴的屠城结束了参合攻守战，韩王信战死阵中。

伪代、伪韩相继覆灭，剩下伪赵一家做困兽之斗。刘邦以重金悬赏王黄和曼丘臣的人头，其部属涎利，砍下他们的首级前来投降。最后，赵王利被刘邦亲自指挥部队围困在东垣。不过刘邦的军事素质毕竟不如他的部下，加上赵王利还有匈奴帮忙，东垣攻城战打了一个多月，还没攻克。赵王利让部下每天在城上谩骂皇帝，气得刘邦七窍生烟。幸好，灌婴一路在曲逆聚歼陈豨别部侯敞后，又在燕王卢绾的配合下，连克卢奴、上曲阳、安国、安平数县，前来东垣增援皇帝，终于打下了东垣。刘邦下令在战俘中进行甄别，凡骂过皇帝者，一概斩首。

铲除伪赵后，刘邦下令将东垣改名真定（今河北正定），以纪念汉皇亲自克定边乱的功绩。这时他切感刘敬对匈奴的和亲政策，见效极微，甚至可以说根本不起什么作用，欲保边地安定，还得靠自家人，遂下诏重新设置代国，封薄姬所生的儿子刘恒为代王，都晋阳，后又徙都中都（今山西榆次）。随着时光流逝，皇帝分封宗亲似已成为理所当然，再也用不着铨叙战功了。

陈豨拥兵造反，交通匈奴而勾结韩、赵，声势汹汹，堪称刘邦在位期间诸侯称叛中影响最大的一次。幸亏刘邦临阵措置得当，周勃、樊哙等拼出血勇，再加上齐、燕诸侯配合有力，终将危局挽回，乱定思乱，自当连呼惊险。又有一件令他意想不到的事，这起规模浩大的叛乱，还把称病在家的韩信也牵扯了进来；而他那位"为人刚毅"的老婆吕雉，居然在相国萧何的配合下，先斩后奏，一举粉碎了这起震惊长安的所谓"淮阴侯谋反"案。

案件发生于刘邦亲征陈豨期间。韩信府上有个姓乐的舍人，因为得罪了主人，被韩信关了起来，扬言要杀他。其弟弟乐说也在韩信府内当差，为营救哥哥，便去求见皇后吕雉，当面检举韩信谋反。

据乐说揭发，陈豨出镇赵、代边区前夕，曾来韩信家里向老长官辞行。韩信牵着陈豨的手来到庭院里，仰天叹息说："你是可与深谈的人吗？我有话想对你说。"陈豨说："我唯将军命令是从。"韩信说："阁下要去就任的所在，是统领精兵强将的位子。阁下正受皇上的宠信，所以才能膺此重寄。不过我们这位陛下为人多疑。如果有人说你心怀异志，陛下肯定不信；第二次说，陛下就要起疑心了；再有第三次告发，则必然拍案而怒，自己带着大军来征讨你。如果真有这么一天，我为阁下在关中起兵呼应，那么天下都是我俩的。"陈豨听罢，向韩信作揖："我一定记住您的教诲。"随后，韩信亲自将他送出大门——

吕雉一听，原来陈豨造反是韩信所教唆，吃惊不小，忙追问乐说："你还知道什么？"

乐说继续揭发道：陈豨发难，皇上亲征，淮阴侯假称有病，不随陛下前往，却另外派人去北方同陈豨联络，说是"兄弟你尽管放开打，我在这里协助你。"同时便与家臣们密谋，准备某夜伪造皇上的诏书，把那些因为犯罪而在官办工场服役的囚徒释放出来，编为突击队，袭击皇后和太子。现在部署已定，就等陈豨那边的回音了。

得知自己和太子已经处在随时可能送命的危险之中，吕雉大起惶恐，欲召韩信当面责问，又不知道他到底有多少同党，万一泄露出去，激起他们立时发动，岂不性命交关？遂先把萧何召进宫内密商。萧何听吕雉把乐说的密告一五一十说完，将信将疑，但想到此时皇帝出征在外，自己身居相国，天大的干系都压在肩上，真正是宁可信其有，不可信其无；何况韩信其人乃自己当初极力向皇上推荐，即便是在降为淮阴侯后，也承他心念旧恩，时有过从，万一谋反属实，岂不将自己也牵扯进去。这一趟浑水，如何洗得干净？

在吕雉咄咄相逼的目光注视下，萧何越想越怕，便决定先发制人，灭祸患于未作之前。这个念头，正与吕雉的想法合拍——刘邦的身体每况愈下，她早就盘算起了太子接班后的将来。这班沛丰老乡各有多少斤两，自己完全清楚，但是像韩信、彭越这些枭雄人杰，一旦老头子不在了，有谁能驾驭得住！如今既有乐说出头举报，日后便是坐实韩信谋反的活证，当断不断，后悔莫及。

一个是处事刚毅果决的女中丈夫，一个是善于保身避祸的多谋相国，各有打算，一拍即合，当即商定了第二次智擒韩信的计划——这一回，并非陈平策划奇计，但需要萧相国再扮演一次"朋友"的角色，诱使韩信上钩。

根据吕、萧的密谋，翌日，长安盛传皇上派人从前线返回告捷：北疆叛乱已经扑灭，陈豨被诛，受命监国的太子将在长乐宫接受群臣朝贺。韩信自降为淮阴侯被软禁在京都后，便一直称病居家，不参加朝会，当然更不会去朝见太子。萧何亲自上门，劝他说，太子受贺与寻常朝见皇上不一样，哪怕你真的有病，也得去走一趟，不可驳太子的体面。韩信拗不过恩相的盛情，便随他前往长乐宫。刚进去，便被吕雉预先埋伏好的武士拿下，用绳索捆绑后送往宫中悬挂铜钟的房间，旋由吕雉亲自监督，斩首于铜钟之下。韩信临死前曾慨叹："我悔不早听蒯通之言，现在竟为女子小儿所骗，岂非天意！"而在后人据此段历史改编的京剧《斩韩信》（又名《未央宫》）中，尚有韩信痛骂萧何卖友，而萧何的唱词则是："在宫中领了国太命，背转身来自沉吟，韩信未央丧性命，可怜他汗马功劳化灰尘。"——看来，至少在编剧者认为，萧何是问心有愧的。

使人怀疑萧何心中有愧的，还在于史实本身：韩信被杀后，紧接着便是三族问斩，似乎非如此不足以证明他的确是犯有谋反大罪。但韩信既死，皇帝尚未回京，在未经奏请的情况诛一大臣已属特例，又急忙将其三族全都斩尽杀绝，仅留下告密的乐说成为无从对质的孤证，殊属不合情理，也就难怪世人怀疑是否有点儿欲盖弥彰的味道了。

司马迁说：孔子著《春秋》，于隐公、桓公这一段历史，笔法彰显，写到定公、哀公这一段时，就很隐晦，这是时间上切近当世，他不得不有所忌讳的缘故——轮到他自己来编写《淮阴侯列传》时，同样有切近当世而不得不有所忌讳的问题，于是，乐说向吕雉告发的那些像煞是他亲闻亲睹亲历的情节，全都写了进去，以致不少刘邦和韩信的传记多据此材料，确认果有其事。但是，更有许多会读书的史学家，却从中看出了太史公的春秋笔法，从而断定此事乃一彻头彻尾的冤案：

先看他写刘邦北征陈豨归来："至，见〔韩〕信死，且喜且怜之。"对此，清人梁玉绳有刘邦何以"且喜且怜"的心理分析，喜的是对于韩信的才干，"畏恶其能非一朝一夕"，如今终于从世上消失了，怜的是"亦谅其无辜受戮为可怜也"（《史记志疑》）。这里，司马迁隐曲地写出，连刘邦本人对于韩信之蒙冤，也是心知肚明的。

次看刘邦"且喜且怜"后的言行。他问吕雉："韩信死前说了些什么？"吕雉答："韩信说悔不早听蒯通之言。"刘邦说："此人是齐国的辩士。"乃发诏齐国，令将蒯通逮捕，解赴长安。蒯通来到后——

上曰："若教淮阴侯反乎？"

对曰："然，臣固教之。竖子不用臣之策，故令自夷于此。如彼竖子用臣之计，陛下安得而夷之乎？"

实际上，韩信临刑前后悔当初不反，正说明过去确实不曾想反，也是特笔。

刘邦因蒯通坦陈教唆过韩信叛汉，当即下令将其烹杀。蒯通大喊冤枉，刘邦责问："你教韩信造反，还有何冤枉可言？"蒯通说，当初秦失其鹿，天下共逐，疾足者先得。那时我只知有韩信，不知有陛下，所谓蹠犬吠尧，各为其主罢了。何况想同陛下争权天下的人太多了，只是力量不逮而已，陛下能全都烹杀吗？"

刘邦觉得这话也有道理，便下令把他放了。那个举报淮阴侯谋反有功的乐说，赐封值阳侯，食邑二千户。

北疆大局略定，所剩陈豨残部勾结匈奴时来骚扰的问题，全都托付给太尉周勃应对。汉高帝十一年正月下旬（公元前196年3月），刘邦携戚姬前往洛阳休养。

青草初长，早莺啼暖，然而明媚的初春景致却无法排遣皇帝的一腔愁绪，他老在琢磨蒯通的答辩——这个臭小子说话倒挺实在，想和老刘家争夺天下的大有人在，你能一个个都找出来烹杀吗？

显然不能。那又咋办？刘邦反复思考，得出结论：最妥善可行的办法，莫如把这些有本事有抱负的家伙，全都牢笼到汉家集团中来，既可为我驱使，又能使之处在明处，方便监督而相互制约，岂不大妙！

主意既定，皇帝颁发了一个"布告天下"的《求贤诏》，大意是：天下的贤者很多，患在君主不结交他们，他们哪来进身的途径？现在我托庇上天护佑，和贤士大夫共同平定天下，成为一家，欲其长久，世世勿绝，就应该同贤人共享利益，否则是不行的。凡贤士大夫愿意追随我的，我都能使他们尊荣显贵。为此布告天下，使大家都知道我的想法。御史大夫周昌以下各诸侯相国，相国郦侯（即萧何）以下各诸侯王，御史中丞以下各郡县守令，凡知道有这样的贤者，都应亲自劝勉，用公车送到京师，去相国府报到，登记行状年纪。倘若有这种人而不去劝驾的，让我知道了，就免去你的官职。如果虽称贤者，但年老疲病，那就别送来了。

然而成为一家、共享利益的诏旨言犹在耳，汉高帝十一年三月（公元前196

年4月），"与我共平之矣"的"贤人"之一——梁王彭越被砍了脑袋。

欲论彭越的出身、经历和性格类型，同蛰伏芒砀时的刘邦十分相似，而且早在反秦起义阶段，两人便有协同作战的合作。等到大汉帝国创立后，彭越又是异姓诸侯中与皇帝最称意气相投的一位，尽管高帝六年刘邦诱捕楚王韩信时，他就在现场，谅应受到惊吓，但并未因此拉开同皇上的距离。此人年纪与刘邦相近，老于世故，能够夤缘时运，从一个钜野湖盗位登诸侯，内心已很满足，只求尊荣安逸地享受人生晚年，流荫子孙，故而在韩、英、彭"兴汉三杰"中，又是处世作风最称谨慎的。

韩信被夺去王位后，彭越更加着意讨好刘邦。皇帝每来洛阳驻跸，他都去请安，饮酒谈天，曲意迎合。在异姓诸侯中，则是远赴长安朝觐天子次数最多的一个。巨耐如此慎微，这一回因身体不适，仅派部将率兵去邯郸随皇帝征讨叛军，引起了皇帝的不满。俟其再返洛阳后，刘邦马上派人去定陶，代表皇上责备梁王。

眼看刘邦发怒，彭越怕了，即欲前往洛阳向皇帝当面请罪。部将扈辄劝阻说："大王原先称病不去，等皇上责怪了又去，不是正好说明您的生病是托辞吗？去了以后，难免像当初韩信一样被抓起来，倒不如就此起兵进攻洛阳，还可以先发制人。"彭越拒绝造反，但又怕当真像韩信那样在陈县就擒，索性继续装病。没想到过了几天，他的太仆因故得罪主人，彭越光火，威胁说要杀他。此人竟连夜跑到洛阳，向刘邦告发梁王与部下扈辄等密谋造反。或许此时又有一肚皮诡计的陈平在侧，或许刘邦自己也有了独立策划的火候，居然仅派一个使团前往定陶慰问梁王，就以迅雷不及掩耳之速，将猝不及防的彭越抓回了洛阳。

半世枭雄的梁王既然会在自己的王都束手就擒，反过来正可证明他确实没有举兵叛变的部署。但廷尉宣义善解皇上的心意，认为既然梁王没奏请诛杀劝他造反的扈辄，就可以作为"反形已具"定案。刘邦觉得这正是趁机废黜彭越的理由，但内心明白得很，于是批准以谋反定案，但又发布赦令，仅将彭越废为庶人，指定送往蜀郡青衣（今四川名山北）安置——该地原为羌民居住区，此时已置县，属于蜀郡西部都尉辖区，将彭越安置在这里，含有让都尉就近管制的意思。

彭越叩谢皇上"圣恩"后，随押送他去蜀郡的官兵上路，途经郑县（今陕西华县），恰与离开长安前往洛阳的皇后的车队相遇。这时候，诸侯群臣都已经知道大汉有两个政治中心，一个在皇帝常住的洛阳，一个在皇后当家的长安，心存侥幸的彭越自以为同吕雉相熟，在太上皇葬礼上还随刘邦一起做过"孝子"，够得上叔伯和嫂子通话的情分，遂求见皇后，哭诉自己的冤枉，最后老泪纵横地说："臣已老衰，只求让一把老骨头安葬故乡昌邑便感激不尽了。"吕雉竭尽好言抚慰，让他随自己一起去洛阳，答应为他向皇上说情。

刘邦得知下属听从吕雉命令而违背自己旨意，又把彭越带回了中原，大为恼怒，马上将负有领导责任的廷尉和直接有关人员全都撤职，又谩骂老婆擅权。吕雉说："彭越这种壮士，您把他放到蜀郡去，不是自遗后患吗？还不如干脆杀了他——我还是冒着他突生变故的风险同他一起回来哩。"

刘邦经她这么一提醒，恍然大悟，旋又发愁：已经赦他死罪，天子之言，岂能反悔？

吕雉冷笑道："那还不容易？"随后便唆使彭越家的一个舍人出面，告发彭越回到洛阳后，又纠集家臣阴谋叛乱，于是彭越又被捕下狱。新任廷尉王恬开比宣义更厉害，仅凭诬告定案后，奏请按谋逆罪处死彭越，并夷三族，刘邦批"可"，又下令将彭越的首级悬挂于洛阳闹市，传旨说："有胆敢替他收殓的，立即逮捕。"

有个叫栾布的人，是彭越做渔民时的贫贱之交，后来因贫困，离开故乡到齐国的酒家打工。数年后，彭越亡入钜野为盗，他则被人贩子掠卖到燕国为奴仆。迄陈胜举义，其麾下韩广在燕称王，栾布因替主人报仇，卷入一宗杀人案。当时臧荼还在韩广部下做将领，认为栾布是个人才，便将他保下来做自己的都尉，随其一道营救赵王，再会同项羽进军咸阳。臧荼做燕王后，栾布亦升为将领，及臧荼以"谋反"被捕，栾布也做了俘虏。梁王彭越听说老朋友在牢狱里受苦，便向皇帝求情，自愿拿出一大笔钱为他赎罪，又提拔他做了梁国的大夫。

所谓"梁王谋反案"发作时，栾布正奉彭越之命出使齐国，等他返回，彭越的首级已被悬挂在洛阳市上。栾布跪在市上，向彭越的首级复命奏事，然后拿出供品，哭而祭之。在一边看守的吏卒立即将他逮捕，并向皇帝禀报。刘邦让人把他押来，痛骂道："你跟着彭越造反吗？我禁止任何人收殓反贼，你却祭而哭之，分明是他的同谋！"旋命令左右："立刻把他烹了。"

左右提起栾布就走，栾布回头说："希望能讲一句话再死。"刘邦叫人把他

第七章　剪除异己　将相同心

押回来，问："你有什么话要讲?" 栾布说："想当年，皇上败走彭城，困于荥阳、成皋之间，项王之所以不能得逞，就因为彭王占有梁地，与大汉合作对付项楚。那个时候，彭王向楚则汉破，向汉则楚破。特别是垓下会战，若无彭王出力，项氏不会灭亡。俟天下已定，彭王剖符受封，诚心诚意想传之万世。现在陛下要彭王出兵，彭王确实有病不能随驾，陛下便怀疑他谋反，虽然并无谋反证据，却听由一班宵小罗织冤狱，处以族诛的惨刑。臣恐自今以后，功臣人人自危! 如今彭王已死，臣亦生不如死。臣要说的都说了，现在就请烹杀吧。"

这一番句句含血带泪的倾诉，听得刘邦面红耳赤，忙叫左右将栾布释放，又拜他为都尉——大约是又想起了蒯通的提醒：不可能把所有的人都烹杀吧?

敢为彭越献祭鸣冤的栾布尚且被开释升官，梁国的将吏臣民都宽心不小，梁国的局势很快便安定了。汉高帝十一年二月丙午（公元前196年4月9日），刘邦册封皇子刘恢为梁王；三月丙寅（4月29日），又封皇子刘友为淮阳王。同时撤销东郡的直属郡建置，增加梁国的地盘；撤销淮阳郡建置，增加淮阳国地盘。刘友和刘恢都是刘邦同其他姬妾所生，在吕雉的立场想来，可谓一番算计，为别人换取实惠，所以十分不悦。

刘邦铲除彭越后，二十天内，接连册封两个儿子为王。皇帝不会再分封异姓诸侯的心志，到现在可以说是全国皆知。但是，就在此后不久，他又不得不封立了一个不姓刘氏的藩王，说起来，此亦形势所迫——

话题还要从秦末农民战争谈起。从陈胜、吴广揭竿而起，到刘邦、项羽分进咸阳，当强大的秦朝二世而亡之际，曾经横行天下的秦军主力的去向共有两处：一部是由蒙恬、蒙毅兄弟统率的北疆军团，开赴北方，驱逐匈奴，从此"暴师于外十余年"，直到秦末大乱中自行解体，为匈奴卷土重来留下无穷后患，前已有述。另一部，就是由任嚣、赵佗等统率的南征大军，于秦始皇三十三年（公元前214年）挺进五岭以南，一举完成大秦对南越诸地的统一后，便留驻当地，其主要将吏都分别兼任秦朝在此新设的桂林、南海、象郡三郡及所属各县的军政长官。此外，秦始皇又徙戍卒五十万人，分别在百越（南方各少数民族的总称）之间屯驻，由此构成又一支稳定南方的国防部队。

从兵力上看，任嚣的南疆军团比蒙恬的北疆军团实力更强，这与秦朝的政治重心位居西北，对广大南方地区鞭长莫及有关，故南疆军团的主要使命除实边之外，还要根据中央号令，随时出击南方地区可能发生的动乱。秦始皇特命史禄兴修的灵渠（在今广西壮族自治区境内），就是承担这一战备任务的著名航运工程，它将长江同珠江两大水系联为一气，从而使岭南与中原的交通趋向便利。在秦始皇的治国规划中，南方的灵渠就同北方的直道一样，都属于战备工程。直到近代，因公路、铁路的修筑，其航道作用才逐渐消失，成为以灌溉为主的河渠。

可以设想一下：当吴芮、刘邦、项梁叔侄等各路南方义军相继崛起时，强大的秦朝南疆军团如果从岭南出征，从他们背后掩杀而来，这又是一个什么样的局势？

对刘、项而言堪称幸运的是，当此严峻的历史时刻，统领南疆军团的任嚣正老病将死，临死前授政赵佗，要他马上派兵切断灵渠和其他通道，从此脱离秦朝，在岭南地区实行自治。任嚣死后，赵佗即遵其嘱，传檄各关隘"急绝道，聚兵自守"，旋又将三郡地方长官中拒绝叛秦者悉数除去，换上自己的亲信，并以番禺（今广东广州）为都，自立为南越武王。这样，胡亥、赵高既不敢调北疆军团，又调不动南疆军团，只能靠章邯临时编组的囚徒充当主力，貌似强大的大秦王朝终于被削木为兵的农民推翻了，而秦皇在三十六郡之外新设置的南越三郡，从此变成了独立于中原外的南越国。

秦汉之际的岭南，百越散居，社会发展状况相当落后，赵佗本人是东垣（就是刘邦攻克后改名真定之处）人，其麾下将吏和五十万戍卒，也都来自中原，给当地输入了先进的经济文化。自从他由中央派驻官员改换成"南越武王"身份后，更多方取悦当地土著，自称"蛮夷大长老"，改换越人服饰，又倡导驻军官兵与百越通婚，同时起用越人吕嘉为相，并与之结为儿女亲家。凡此种种，对于保护岭南地区不受中原战争破坏，并在民族和睦的环境中促进社会发展，俱称可书可颂的政绩。

但是，当楚汉战争结束、大汉帝国创立，这种军事割据便成为阻碍国家重新统一的严重障碍。从情理上说，解决这个问题的最佳时机，应该是垓下会战方告奏凯，便趁讨楚联盟大获全胜的锐气，立即转入大举南征。但是刘邦不愿意，其主要原因，就是当时由他直接掌握的军队有限，固陵一战，连兵疲师老的楚军尚不能敌，遑论打赢历经恶战的故秦南疆军团？若要开战，就势必继续依靠所谓"兴汉三杰"一同合作，尤其是要借重韩信，但这样一来，从北方打到中原，再从中原打到南海的韩信，其战功和声威将无以复加——这个皇帝或霸主将由谁做？此外，彭越、英布亦都不是省油的灯，刘邦在固陵要他们出兵，还得派人拿着地图去讨价还价，果真一同出兵岭南的话，岂不再多两个赵佗？

这些算计，都可从他迫不及待夺去韩信兵权，又将其徙封为楚王的动作中推导出来。

另一方面，刘邦又确实想除掉赵佗这个割据政权。在他称帝的当月，便将春秋时越王勾践的后裔封为闽越王，又将衡山王吴芮徙封为长沙王，所指定的封疆，或与"南越国"接壤，或把整个南海三郡包括在内。这两项安排，都是借用他力充打头阵，期以用武力完成对岭南统一的重要措施。但是，这以后接踵而来的诸侯"谋反"、逆臣叛乱，特别是匈奴在北方的威胁，以及在其支持下各种叛汉势力此起彼伏的捣乱破坏，不仅从多方面消耗了大汉帝国发动南下之战的国力，而且迫使他把两大最具实力的直属部队——周勃军团和樊哙军团，全都长期驻扎在北方。只要想一想，秦朝时的北疆防线远距咸阳近两千里外，到刘邦时，骤然收缩到最近处仅七百里，便可体会到汉朝在北方承受着何等严重的压力，已没可能再对南方用兵。

岁月流逝，大汉初创时闽越、长沙环伺"南越国"的咄咄气势，逐渐消释。相反，赵佗却因经营得法，脚跟站稳，以及汉家军事重心不断北移的缘故，转而从绝道自守变成了相机侵扰，成为帝国的"南边患害"——这四个字，写在《史记·南越列传》中，用词简约，而其实际内容之丰富，足以令刘邦头疼不已。南北两边同时作战是不可能的，唯一的途径，只能是谋求政治解决了。于是，时距大汉帝国创建将近七年之后，汉朝终于不得不放下中央政府的架子，主动向"南越国"派出了第一个使团。

首席使节是汉王时代最著名的外交家陆贾。刘邦托付给他的任务，是说服赵佗接受皇帝授予的南越王印，从手续上实现南越国对汉朝中央政府的归顺。

赵佗听说中原来使，有意给他一个下马威：接见陆贾时，不戴冠，露出越人的头结型发式，双足前伸，左右分开成簸箕状，就像刘邦接见赵王张敖时一模一样。

这种傲慢无礼的行为，陆贾在刘邦那儿司空见惯了，毫不在意，反过来开导他："足下出生中原，兄弟亲戚的坟墓都在真定，现在自弃中原冠带礼仪，做出这种模样，欲凭区区之越与天子抗衡，不知道灾祸就要降临吗？"

紧接着，陆贾为赵佗分析形势："秦朝失政，豪杰并起，只有汉王率先攻进关中，占据咸阳。项羽背约，自立西楚霸王，诸侯都依附他，力量可谓强大了。汉王奋起巴蜀，一个一个地收拾他们，五年之中，平定海内，此非人力所能，是天意向着汉王啊！及汉王称帝，将相们都说君王您不诛暴秦，擅自称王，要兴师动众诛灭您，幸得皇帝怜悯百姓劳苦，劝阻他们，派我来授您王印，接受正式的册封。君王本该出郊相迎，北面称臣，如今居然自恃强大——能比项羽更强吗？倘汉王得知，先去真定掘了君王先人的坟墓，夷灭君王的宗族亲戚，再派一偏将，统率大军来剿，到那时越人便为怨恨君王惹祸，自行动手诛杀君王而归顺大汉——不是很容易吗？"

这一番宏论，一半是竭尽渲染刘汉的强势，另一半是点出赵佗的弱势：你的祖先宗族都在中原，要想让百越死心塌地地拥戴你同汉朝对抗，怎么可能？

后一半，点击对方犹深。于是赵佗蹶然而起，向陆贾道歉说："我在蛮夷的环境里待得太久了，有失礼仪。"遂又问："我与萧何、曹参、韩信相比，谁更英雄？"

陆贾先看他作派，再听他有此提问，立刻明白对方亦属"豪杰"一流；以他长期在刘邦集团中惯与此辈周旋的经验，心里更有底了，从容答道："同他们相比，似乎君王更英雄一些。"

赵佗大喜，又问："那我与皇帝相比，谁更英雄？"

陆贾立刻又换成教训口吻："皇帝起丰沛，讨暴秦，诛强楚，为天下兴利除害，继三皇五帝之业；数以亿计的人民，辽阔万里的疆土，丰饶殷富的物产，全归他一人统治，此乃开天辟地以来从未有过的丰功伟业。君王不过在崎岖山海之间，拥有数十万蛮夷，最多可比大汉的一个郡——怎么可与皇帝相比呢？"

赵佗闻听陆贾先说自己超过萧、曹、韩信，现在又说自己不如刘邦，便认为此人态度实在，有一说一，便大笑道："我没在中原起家，所以只能在这里称王。如果我在中原起家，也未必不如皇帝哩。"

于是赵佗把惯与豪杰任侠打交道的陆贾引为意气相投的知音，执意挽留他多住一些日子，每天设席款待，饮酒聊天。陆贾在刘邦麾下，专做出使诸侯的工作，见闻极广，加上能说会道，博古通今，听得闭塞于岭南二十年的赵佗欣然忘倦，感慨道："我在这里，没人可与畅谈，先生到来，使我闻所未闻，真是太高兴了。"

高兴了，什么事情都好办——这就是脾气爽快的豪杰型人物的特点，几个月后陆贾告辞，赵佗正式接受了刘邦立其为南越王的册封，愿向大汉皇帝称臣，还送了陆贾一笔价值二千金的厚礼。对于汉帝，赵佗没有献礼，这就益加凸显出陆贾在南越国归顺汉高祖事件中绝大的面子。

赵佗受封称臣其实质为"易帜"性质。从汉朝中央与诸侯的关系看，诸侯王虽然在各方面都保持有独立或半独立性，但在政治上必须朝见皇帝，经济上定期献纳，军事上听从调遣，司法上接受监督；礼仪上，诸侯王也得像各直属郡一样，在京师设邸（即行馆兼驻京办事处），派赴中央的人员对皇帝的礼节，称"上"，称"朝"，称"谒"。但赵佗不承担任何朝见、献纳、奉调出兵之类的义务，与中央的往还联系称"通使"，相当于诸侯国相互报聘的级别。在此同时，汉朝解除以前不得向岭南输入铁器、牲畜等物的禁令，赵佗则作出"毋为南边患害"的承诺。凡此，都与其他诸侯有明显区别。

但是，即便是地位特殊，终究使得刘邦在形式上完成了对岭南的统一，从而为以后汉武帝当国时最终实现实质上的统一，奠定了观念上的基础。此为陆贾对大汉帝国的历史性贡献，而刘邦对此估计不足，陆贾回朝复命，"高祖大悦，拜陆贾为太中大夫"，连一个彻侯也没有封赏。此亦说明刘邦有务实的风格——没有强大的武力为后盾，这种仅有形式的统一毕竟是不牢靠的。

不过另一方面，因为职务提升，陆贾在皇帝面前说话的机会却多了。唯此人难改儒生本色，动辄引用《诗》《书》，刘邦发火了："老子骑在战马上夺取天下，哪里用得着《诗》《书》？"陆贾不服，回敬皇上道："骑在战马上夺取天下，还能骑在战马上治理天下吗？当年汤武取代夏朝，就是逆取顺守，文武并用，这才使商朝长期保有天下。如果秦朝兼并天下后，也能效法汤武，施行仁义，陛下能得到它的天下吗？"

刘邦对其不肯放弃崇儒立场的态度很不高兴，不过听他举出秦朝二世而亡的例子，倒是触动心机——这也是自己最担心的问题，于是便对陆贾说："你把秦朝为什么会失去天下、我为什么能夺取天下的道理都写出来。"

于是陆贾埋头著述，"上陈五帝之功，下列桀纣之败"，一直讲到"秦所以亡"，共十二篇。每写完一篇，先奏呈皇上，刘邦都说写得好，左右便学舌说好，高呼"万岁"，又称此乃"新语"。后来，这部流传下来的史学类著述，就以《新语》为名。不过细审该书对"秦所以亡"的原因分析，大致可归纳为三点：一是"举措太众、刑罚太极"；二是重用李斯、赵高之辈不当；三是"骄奢靡丽"。这些道理，全在刘邦自己也能够感觉或可以接受的范围之内，而并无对秦朝尊法毁儒的正面批判，更没敢提出靠《诗》《书》治国的观点。这也见得陆贾同叔孙通一样，属于那种会看菜吃饭的乖巧型儒生，与叔孙通取笑为"不知时变"的那两位恪守传统儒学的鲁国诸生，不是同一类人。

说白一点，要想在这位讨厌《诗》《书》的皇帝治下保住自己的政治前途，他们也是不得不这样做。

赵佗稽首称臣，南方暂告无忧，刘邦抓紧时机，又将易储问题提上议事日程。

很多人都把晚年刘邦急于更换太子的原因，归结为他对戚姬的宠爱，这是皮相之见：在看似妻妾嫡庶争风纠缠的表象下，此举实在是蕴含着他对刘氏江山能否永不变色的深远忧虑。

取消刘盈接班人资格的理由，刘邦以"太子仁弱"一言蔽之，这是大实话——就是本该由他俱备的刚毅性格，却体现在他母后吕雉的身上。这种禀赋放在寻常人身上，不失为听话懂事的好孩子，若是充当皇帝这种大任，无疑是最不合格的。中国古代的各种官制法典多如牛毛，却从来没有对皇帝的权力有所规定，全靠传统习惯所赋予、军队监狱所维系、皇帝个人能力所把握。第一项条件，在刘邦所处的那个时代，"皇帝"还是秦始皇所创的新生事物，只看赵佗同陆贾谈论皇帝的口吻，就知道连刘邦也没有这方面的定势可恃，遑论他儿子？

军队和刑罚这些暴力，倒是有的，但都归诸侯群臣分别统率，能否做到百官垂拱，政由己出，那就全看皇帝驾驭这班人的能力了。"仁弱"的刘盈之流绝不俱备这个本事，根本不存在疑问，故其继位后必然敛手无为、大权旁落，乃至受制于人的前景，也是刘邦所料定的。

大权旁落谁家？吕氏。这个趋势已经一清二楚地摆明了。刘邦不在京都，萧何辅佐太子监国，这是楚汉相争时代就定下的规矩，从制度上讲，皇后并无直接问政的名义，但实际上，刘邦出于全面防范的需要，已经默认了夫妻俩内外当家的事实，而这种机制的运作结果，就是吕雉竟能在不待请准皇帝的情况下，让相国听命，诛杀韩信三族；让廷尉靠边，篡改刘邦将彭越送到蜀郡安置的旨令——尽管这些擅自处分都符合他们的共同利益，但众多大臣，特别是沛丰系那一班人，既听命于皇帝、也受制于皇后的潜规则已经形成，一旦皇帝驾

第七章　剪除异己　将相同心

崩，懦弱的接班人即成吕雉玩弄于股掌上的傀儡，到时候刘邦鞍马辛劳打下来的江山还能姓刘氏吗？

经历了韩信、彭越两大血案后的刘邦，对此感触殊深，这也是他在这时又急于将易储问题提出来的缘故。母以子贵，一旦刘盈被废，吕氏篡刘的危险也就随之解除了。

相比之下，如意又俱备哪些胜于刘盈的条件呢？其母戚姬除了能歌善舞、鼓瑟击筑的艺术特长之外，既无过问朝政的能力，也无兄弟子侄封侯任官的娘家背景。而据《西京杂记》记述，其人还极善于逢迎刘邦，不敢稍有忤逆，她曾让人用百炼精金做成指环，照得见手指里的骨头，皇上见了很厌恶，她便马上把这些指环分送给了侍女。如此百依百顺，正与吕雉的刚愎凶狠形成对照，刘邦不担心她利用儿子操纵朝政。《西京杂记》还提供了一条能为赵王如意作侧面写照的史料：如意年纪还小，尚不能接受老师的教诲，戚姬找了个老婆婆教养他，给他的居室起名养德宫，后来又改名鱼藻宫。估算如意当时已近十岁，这样的年龄还不从师学习，就有点娇养顽皮的嫌疑了。再从他母亲为之撰拟的居室名称看，"养德"的义涵很明显，毋庸解释；《鱼藻》乃《诗经·小雅》的篇名，《诗序》以为讽刺幽王荒逸，言万物失其性，这又像似为"养德"无效的如意作进一步劝勉了。如果又把这些同刘邦一再声称"如意类我"的赞许联系起来观察，一个活泼的少年刘邦的形象，呼之欲出，难怪他认为此儿最有希望了。

这种比照和选择，其实也是折射刘邦治国理念的一面透镜：要想同这一班三山五岳的豪杰共坐天下，非得有一身类似自己的气质和手腕，即便撇开吕雉的因素不论，顽皮捣蛋的如意也比懦弱仁爱的刘盈合适得多。

不过，这个关系刘氏皇权长保永固的深谋远虑，由于与他所要依靠的众多老臣之间存在利益冲突而招致反对，因而自上一回易储之议被迫搁置后，刘邦便有意识地提拔了一批政坛新人，对老臣进行抑制，其中第一目标锁定，就是同吕雉母子关系最密的萧何。

汉初宰相权重，这是楚汉战争时代形成的传统。当时在"守关中，侍太子"的名义下，萧何有"许以从事，即不及奏上，辄以便宜施行"的特权。迄刘邦称帝，一方面由于内乱外患接踵而起，迫使皇帝经常出征在外，另一方面也因为刘邦好逸恶劳，懒得亲自过问和处理国务政事，一有闲暇便带着一帮女人泡在洛阳休养，结果这个战争年代的特例又积淀为建国以后的常例，直到萧何与吕雉合谋处决韩信，夷其三族，终于引起刘邦内心的震撼：不得了！这简直是第二个中央了。

未知是否赵尧给他出的主意，刘邦裁抑萧何的措施十分干脆而管用：首先表彰相国平叛有功，益封食邑五千户；同时在保卫相国安全的名义下，给他加派一支五百人的警卫部队，由一位少壮派担任领兵的都尉。

萧何与曹参同为文法吏员出身，算账收税、督建工程之类，确是一把好手，论韬略，他却又不及曹参，当皇帝诏令给他益封食邑、加派卫队时，他还挺得意，自以为替刘邦除掉了心腹之患，此乃应得的回报——按照他的法家意识形态，君臣也是市道之交，臣属以贡献换取君主的利益酬报，是理所当然的。是以奉诏之后，便在卫队环护之下，威风十足地接受群臣祝贺，风光得很。

等到贺客散尽，来了一个"吊客"，姓召，名平，原先是秦朝的东陵侯，秦朝灭亡后，沦为布衣，现在长安东郊种瓜自给。此公从大秦的侯爵跌到大汉的瓜农，可谓亲历世变，政治见识反比一路顺风的萧何高明。大概是相府常买他产品的缘故，他跑上门来告诫萧何："您的祸难从现在开始了！"

萧何大惊，忙将他带到内室请教缘由。召平为他分析："皇上暴师于外，您安守于内，没有亲冒矢石的战功，却得益封置卫的奖赏，全是因您处置淮阴侯一事引起了皇上的猜疑呀！特别是派置卫队，不是皇上宠信您，是让人监视您哩。"

萧何顿悟，原先的得意雾时化为乌有，旋按召平指教，上表皇帝，自谦无功受禄，退还益封的五千户外，还把自家财产贡献出来，补贴皇上北征陈豨的军费开支。如此乖巧，"高祖乃大喜"。

益封退还了，警卫队是退不掉的。从此，萧何自省一言一行皆处在刘邦监视之下，深自韬晦，再不敢像处理韩信一案时，同吕雉搞得那般密切，有意拉远了距离。

沛丰系的领军人物尚且如此，遑论其他。结果，这一回刘邦再提出易储，虽然大家多不赞成，但反对的声势却减弱许多。而吕雉在韩信、彭越两案中所显示出的刚愎狠毒，已经造成栾布所谓"臣恐功臣人人自危"的效应，也是原因之一：皇帝皇后个个厉害，输赢尚在未定之天，我又何必在他们的内部争斗中引火烧身呢？这种现象，《史记·留侯列传》中的表述是："上欲废太子，立

剪除异己　将相同心

第七章

戚夫人子赵王如意。大臣多谏争，未能得坚决者也。"

儒家和法家在处理君臣关系上的一大区别，就是前者崇尚尽忠纳谏，后者讲求利益交换；及至黄老，则以保身避祸为先——这时候一班老臣的从政作风，大多取最后一种姿态。而对于刘邦来讲，只要不再有周昌这种"臣期期不奉诏"的顽固分子，就是一大进步，当然不必再强求大家都坚决拥护他更换接班人了。

抑或冥冥之中确有天意，正当吕雉眼看风向旋转、刘盈地位岌岌可危时，刘邦突然病倒了，而且病象极怪，厌恶见人，身边仅留一个宦者侍候，连平素最宠爱的戚夫人亦得回避，其他姬妾侍儿等一概不许进他居室。这一来，原欲付诸实施的易储，暂告搁置。

抓住这一机会，不知所措的吕雉到处求人帮忙，这几天，想必自萧何以下，那一班能在刘邦面前说得上话的沛砀亲信，都接受了吕雉的再三拜托。但皇帝给看守门户者下了死命令，任何人都不许放进来，再想谏争亦不得机会。一筹莫展中，有人给吕雉出主意："留侯善画计策，何况皇上对他言听计从，应该去求他帮忙。"

吕雉恍然而悟：怎么没想到这一茬！

不过，张良自称生病，要静居行气，辟谷绝食，已杜门不出数年，而且一再宣称将随赤松子游，不再过问政事。直到刘邦征讨陈豨叛乱，硬把他拖出山后，这才以体谅皇上老年心境寂寞，每当刘邦回长安小住，都来陪他说说话，调理心情。不过他与刘邦虽然海阔天空，无所不谈，但绝不涉及国家兴亡，现实政治；说到底，还是因为这对政治夫妻男忌女忍，所以得格外小心谨慎，别卷入风波险恶的旋涡。对此，吕雉心中雪亮。

张良不管"闲事"怎么办？这就显出吕雉这个女人确实不同寻常了——皇上能把他硬拖出来，我也给他来硬的！

遵照妹妹下达的死命令，建成侯吕释之以迅雷之势，用绑架手段，将张良劫取到他的密室，向其传达皇后懿旨："先生常为皇上的谋臣，现在皇上执意要更换太子，先生还能高枕而卧吗？"

张良辞谢说："过去，皇上因用兵而数在困急之中，臣才得献策，侥幸为皇上所采纳。如今天下安定，皇上以情感而欲易太子，骨肉之间，哪怕有一百个张良，也没有用。"

"不行！"吕释之态度坚决，非要张良插手，"先生能说会道，肯定能把皇上说得回心转意。"

张良苦笑："此难以口舌争也。"

吕释之寸步不让，想必一面对留侯软硬兼施，一面同吕雉保持热线联系，随时汇报请示。最后，也不知她给出什么"政策"，居然说服了张良，愿意合作——想来也是利益关系吧。

张良告诉吕释之：此前皇上下诏求贤，天下贤豪甘愿效劳者不少。但有四大高人，都认为皇上待人轻蔑无礼，所以隐于草莽山泽，坚决不做大汉的臣属。皇上同我谈起时，很为遗憾。其实我知道这四大高人隐于何处。如果您不吝惜金玉璧帛，让太子亲笔致书，卑辞安车，由能说会道的辩士充当使者去执意邀请，他们便肯出山。来长安后，太子请他们做宾客，带着去朝见皇上。皇上看见后会奇怪，一问，得知是四大高人都愿辅佐太子，这就有转机了。

吕释之大喜，忙向吕雉禀报。吕雉立即指示刘盈亲笔写成四封信，精选说客，备上厚礼，照张良给予的指点，分头请客。奇哉！四个精奇古怪的老头子，居然都被请到了。根据张良的再三叮嘱，这四大高人并未成为太子的宾客，而是被悄悄送进吕释之的密室，潜伏下来。

所谓四大高人，一姓庾，字宣明，因常在园中，号东园公；一姓崔名广，字少通，因隐居夏里修道，故号夏黄公；一姓周名术，字元道，是西周泰伯的后裔，世称霸上先生，大概是曾经在咸阳霸上居住过的关系，后来又称用里先生；还有一个叫绮里季，是姓名还是字号，谁也讲不清楚。又有一种传说，道是这四个人因避秦末之乱，相继隐于商山（今陕西商县东南），所以又有"商山四皓"的并称。

然而，历来史家对于所谓"四大高人"云云，多取怀疑，如司马光在《通鉴考异》中便有专论批驳；更有人认为这又是张良在耍花招，因为此人自述种种奇遇，什么东见沧海君，什么圯上老父传授《太公兵法》，什么欲从赤松子游，等等，都是神秘莫测而从无对证的事情。但刘邦在鬼神迷信的楚文化熏陶下成长，又对信陵君广交四海，举凡真人术士、大侠高人这些轶闻奇事最感兴趣。或许这"四皓"根本不存在，是张良在"与上从容言天下事"时，接过刘邦广求贤豪的话题信口编造出来；或许江湖上原先有此传闻，此刻被他移花接木，在其广泛接交中物色了四个老汉来冒名顶替。

可以提出几个疑问：岂有云里雾中行迹飘忽的山中高人，就靠太子一封书信便能请到红尘扑面之长安来的？既来之，又何以不照原定计划，直接让他们去辅佐太子，而先送到吕释之的密室中躲藏起来，高人竟肯享受这等待遇？

这就是子房先生先保自身的看家本领了：高人不"高"，放在太子身边，深居宫禁，既不方便他随时授计，幕后操纵，又防不住吕雉好奇，一经交谈，诡计全部拆穿。所以先锁进吕雉不便前去的建成侯家里最保险。要说保险，为何又不放在留侯自己家里？他知道刘邦忌刻好猜，像信陵君一样，到处安置耳目，倘风声一露，发案现场就在自己家里，岂不毫无退路？书信是太子亲笔，人都住在吕家秘室，他依然还像当年做下博浪沙行刺秦皇大案后一样，"尝闲从容步游下邳圯上"，浑身不搭界——这就是远避灾祸之黄老的一等境界。萧何肯定不能望其项背；陈平因功利心太强，也比他差一截。

也因为这个"秘密武器"是一把双刃剑，稍有不慎便会刺伤自己。所以，身不由己卷进刘邦、吕雉夫妻斗法中的张良，决定不到紧要关头，绝不使用。

幸好，不等刘邦怪病痊愈，又发生了迫使他暂停易储操作的大事：淮南王英布谋反！

英布其人，好色贪财，夤运时遇，经过反秦战争的风雨洗刷，由一个因犯变身为九江王，自觉人生到此，已称满足。孰料因贪图安逸享受，未从项羽出征，就此被拖进楚汉相争的涡流中，又尝了几年戎马倥偬的辛劳。所幸大乱平定，依然据功分封，依其本性本心，是想从此酒色自娱，以安乐王了结此生、传之后世的。

不过，记取当年因不听使唤而招致楚霸王猜忌的教训，大汉建国以后的英布，对刘邦的态度是相当恭顺的，上比彭越不足，下比"初之国，行县邑，陈兵出入"的韩信则谨慎得多。《史记·黥布列传》记其"［高帝］七年，朝陈；八年，朝洛阳；九年，朝长安"，宜称恪守臣礼。又当初英布由随何陪伴拜谒刘邦时，刘邦曾自编自演过一出"踞床洗足"的轻喜剧，试探出其人禀赋深浅。因此，在所谓"兴汉三杰"中，相对而言最使刘邦放心的，便是英布——只要有吃喝玩乐，有珍宝美女，就是此人最大的人生欲望了。

但是正如栾布所言，刘邦忌刻诸侯、制造冤案的一贯方针，却不能不令功臣人人自危。吕雉斩杀韩信、夷其三族的通报传到六都时，即引起英布内心恐慌。接着，又发生所谓彭越谋反大案，按"汉承秦制"继续而来的刑律，凡犯谋逆大罪，斩杀枭首后，还要碎尸万段，剁成肉酱，以儆效尤。刘邦夫妇明知此案是他们合谋制造，但为掩人耳目，也照此办理，并将肉酱"遍赐诸侯"。"赐"给英布的这一份送到淮南国时，英布正在打猎，听使者说这是梁王谋反后被剁成的肉酱，不由回忆起韩信在陈县被擒时（当时英布亦在现场）说的："狡兔死，走狗烹……"眼望正听自己使唤追逐野兔的猎狗，念及难免也落到韩信、彭越一样的下场，内心震悚，几不可言状。

这以后，他暗中加强了淮南国周边的戒备，打算万一刘邦要来收拾自己，就拼个鱼死网破，绝不学韩、彭束手就擒，心存通过申辩洗清冤屈的幻想。

此乃预防性部署，但君臣关系已到这等剑拔弩张、随时准备大打出手的紧张程度，还可能不出事吗？起因又是告密。英布有个美貌的宠姬，因为患病，常去一位医师家就诊。英布部下的中大夫贲赫，就住在这个医师家的对门，他自认为是内臣，不必避嫌，遂出于讨好的心态，每当该姬来看病时，都去医家慰问并送上厚礼，有时还同她一起在医师家饮酒，借机拍马奉承。以后，该姬在侍奉英布时，从容谈笑，称道中大夫贲赫是厚道人。英布生气地说："你怎么知道他仁厚？"该姬便把来龙去脉讲了一遍。英布醋心很重，立即怀疑贲赫与自己的宠姬有暧昧关系。贲赫听说后，吓得称病躲在家里，英布愈加觉得他心里有鬼，扬言要逮捕他。贲赫认为事态已到无可挽回，便直奔长安。英布得知，急忙派人追赶，已来不及了。

跑到长安后的贲赫，立即上书皇帝，举报淮南王阴勒兵马，准备叛汉，应该趁其未发先诛。刘邦正卧病在榻，实在提不起精神来面讯贲赫，辨别真伪，便批交相国萧何处理。萧何原乃刀笔之吏，办案经验何等丰富，一经提审贲赫，便料定此人也不是好东西，而且语言夸张，未可相信；何况中央连年用兵，财政入不敷出，还是少打仗为妙，遂面陈刘邦说："英布不至于要造反，恐怕举报人与他有仇怨，存心诬告。请先把贲赫关起来，再由中央派使者去六都，向淮南王调查。"

病中的刘邦，实在也求多一事不如少一事，况且以前一个个举报诸侯谋反者的动机，他心里也有数，于是马上批准了萧何的请示。

且说英布自贲赫出逃长安后，心里一直忐忑不安，及闻中央派人来调查，唯恐又同彭越一样被人宰割。当时，皇上健康状况日渐恶化的情况，在政坛上层已经不是秘密，故英布认为先发制人，并非没有把握，遂举兵发难。他对部下说："皇上老矣，已厌恶打仗了，肯定不会亲自出征，只能在他那班沛砀老乡

第七章 剪除异己 将相同心

中选一个人挂帅。说句实话，他麾下将帅中，只有韩信和彭越有真本事，其余皆不足畏。"

众将吏都认为大王的分析有理，信心满怀，首先向东出击荆国。时为汉高帝十一年七月（公元前196年8月）。

消息传到长安，正值刘邦厌恶见人的怪症又持续发作，已有十多天拒见群臣，相国萧何一筹莫展，太尉周勃及灌婴等人欲向皇上告急，都被受命看门的卫士挡驾，面面相觑，无计可施。太仆夏侯婴多个心眼，去找曾经做过西楚令尹的薛公说："你曾与英布同事项王，对他有所了解。你说说看，皇上对他裂土而封，剖符而王，他为啥还要造反？"薛公说："他当然是要反的。去年杀彭越，前年杀韩信——英布同他们三人，可谓同功一体。两个死了，剩下一个自疑灾祸及身，所以要反。"

夏侯婴默然片时，又说："你等着皇上召见吧。"适逢樊哙从北方回京，得知南边形势危急，而皇上不问政务，便要闯宫。群臣因其同皇帝有连襟之亲，都怂恿他，说是你冲锋在前，我们全跟着你。樊哙攘袖奋臂，拿出当年硬闯鸿门宴的劲头，一下子便把看门的卫士撞得东倒西歪，"排闼直入，大臣随之"。只见刘邦正把那个贴身服侍的宦者当做枕头，神气恹恹地卧在地上。

眼看襟兄被病魔折磨成这个形状，樊哙伤心不已，流着泪水说："当初陛下与臣等起丰沛，定天下，何其壮也！今天下已定，又何惫也！陛下病重，大臣震恐，但不召见臣等计事，总不能就和一个宦者相守在此吧。陛下难道忘记赵高亡秦的事了？"

周勃等人也纷纷垂泪，七嘴八舌地把英布造反的事告诉他。刘邦目睹大家对自己的真情流露，转念到底还是这班老兄弟可靠，精神一下子振奋许多，遂决然而起，宣布马上视朝。

平息英布叛乱是当务之急，刘邦问诸将有何见解？大家都气势汹汹地道："发兵征讨，坑杀这小子，他还有啥能耐？"

刘邦情知英布用计不及韩信，刁滑不如彭越，但论上阵打仗的骁勇，却远在那两人之上，特别是他部下的淮南国将士，多以当年汉军的克星楚军为骨干，如今既无韩信这等"连百万之众"的帅才，又无彭越这等会拖后腿的游击将军，光凭尔等拼死向前的血勇，要坑杀竖子，谈何容易呢？

夏侯婴看出刘邦的犹豫，忙把自己询问薛公的经过汇报一遍，建议皇上召见此人，详细垂询。

薛公告诉刘邦，英布叛汉，不足为怪，正是韩、彭两案逼出来的。站在英布立场上，有上、中、下三计可供选择，如出于上计，华山以东将非大汉所有；如出于中计，胜败之数正未可知；如出于下计，陛下可以安枕而卧。

刘邦问：何谓上计？薛公说：东取荆王刘贾，西取楚王刘交，兼并齐王刘肥，再传檄北方陈豨等叛逆，固守其所，遥相呼应。这是进取之计，如此，山东将非大汉所有。

刘邦又问：何谓中计？薛公说：东取荆王，西取楚王，兼并淮阳王刘友和梁王刘恢，占据敖仓粮储，堵塞成皋之险。这是相持之计，如此，则胜败之数尚未可知。

刘邦复问：何谓下计？薛公说：东取荆王，西取下蔡（属沛郡），以淮水为屏障而拒王师，这是退守之计，最后必然是归辎重于南越王赵佗，结联盟于长沙王吴芮，如此，陛下可以安枕而卧，大汉无事。

刘邦再问：先生估计英布会出于哪一计？薛公说：他肯定出于下计。

刘邦奇怪了：他为什么舍弃上计、中计而选择下计？薛公说：英布，不过是骊山的一个刑徒而已，运交时遇，才做了万乘之王，但此人只求保住眼前富贵，从来不从长远利益计较，更不会替百姓着想，所以臣料定他出于下计，以退保南方为基本战略。

刘邦认为薛公的分析很对，也没听出他话语中英布是被逼反，以及不为百姓着想的讥讽之意，连声称"善"，封他千户。又宣布废去英布王位，册封儿子刘长为淮南王。

判定英布将取据淮而守的战略后，刘邦安心了许多。再仔细盘算一下，荆王刘贾是战将出身；老弟刘交虽然习儒，但派给他的楚相堂邑侯陈婴，却是比自己资历还老的反秦宿将，还做过西楚的柱国，对英布相当熟悉，估计这两个人都能抵挡一阵。遂决定调取当年在北方军团作战的曹参担任主将——其人在刘邦嫡系中战功最大，威望最高，汉军半数以上是他的老部下，具有指挥灌婴、郦商这一班骁将的本钱；而且在刘氏诸军中，尤以这支韩信一手训练出来的齐军最称善战，要想战胜英布，似乎也非以该军为主力不可。

不过，这一次平叛是刘姓诸侯的协同作战，各诸侯王都在丞相侍奉下亲自出马，让曹参凌驾于这些皇帝的兄弟和儿子之上，显然不合规矩。为此，刘邦

第七章

剪除异己　将相同心

又决定让刘盈以皇太子的名义挂帅。消息传出，满朝惊诧。

分析一下刘邦欲使刘盈挂帅的缘故，有多方面的因素。

一方面，正如英布所判断的，"上老矣，厌兵"，而且病象越来越明显。上一回。他亲自出征陈豨叛乱时，一直任其战车护卫的老同乡周緤（封蒯成侯）就流着眼泪劝他："难道就不能委托别人代替陛下亲征吗？"刘邦很感动，道是蒯成侯"爱我"，当场赐他"入殿门不趋、杀人不死"的特权。同当时相比，现在的身体状况更不如从前，而且正值发病期间，被樊哙硬拖起来主持朝会，还要出征打仗，实在是力不从心了。另一方面，薛公已有言在先：只要英布出于下计，陛下便可以安枕而卧。刘邦亦相信他的分析，而且在韩信既死的情况下，让曹参出马，可以说在点将上已拿出了一张最大的王牌，自己实在懒得再动弹了。

至于要太子刘盈挂帅，除了的确具有维持体制的必要外，也不乏借此机会察看一下其究竟有无能力的动机。不幸的是，这个小算盘马上被躲在家里称病的张良看穿了。

遵照张良的指教，东园公等所谓"四大高人"告诉吕释之："太子是嗣君，位已至极。如今挂帅出征，即使有功，不可能再提升位次；万一无功，不正是用赵王取代他的理由吗？应该立刻让皇后出面阻止。"又把如何阻止的办法一一教授给他。按照吕释之从"四大高人"那儿转批过来的张良之计，吕雉一把眼泪一把鼻涕地对刘邦说："韩信、彭越已死，英布便是天下唯一的枭雄了。现在陛下派去征讨他的诸将，都是您的旧属。您让太子统率这班人，无异使羊驱狼，他们会老实听话吗？反过来，英布一旦得知陛下已不能亲征，便会改变据守淮河的战略，鼓行而西，进取中原。陛下虽然有病，哪怕躺在有帷盖遮蔽的辎车里挂帅，诸将不敢不尽心竭力。这样，虽然陛下劳苦，但为了刘汉江山，也不得不勉力自强啊！"

剔去保护刘盈的特殊动机不论，这番分析的合理性也是无可置疑的，并且马上就被战局的演变所证实：刘邦原以为荆、楚两国兵多将广，能和叛军周旋一番，岂知荆王刘贾虽然富有作战经验，但比之英布还差得远，连败数阵后败走富陵（今江苏盱眙），被叛军杀死，荆国三郡五十余城连同军队辎重，全被英布兼并。随后，实力大增的叛军渡过淮河，进攻楚国，楚将部署不当，在徐城和僮城之间（今江苏泗洪南）被英布攻破防线，三军奔溃，楚王刘交逃到薛郡，东海、彭城大半陷落。消息接连传到长安，群臣心理上感受到的震撼是不言而喻的。

听到这一消息，刘邦从卧榻上立即坐起，决定亲自出征。

经年内战，汉军实力已消耗不少，辽阔的北疆还得安屯重兵防守，为补充兵源，中央政府曾一再额外征调，此时形势危急，刘邦宣布特赦全国所有死罪以下的囚犯，皆令从军，由各地政府派专人送往长安霸上集结。

东征部队陆续出发的日子来到了，奉旨留守关中的萧何等群臣将吏，都来到霸上替皇上送行。在家养病的张良亦提前来到邮亭等候，单独求见刘邦说："臣理当随驾出征，实在是因为病得太重，不能遂愿。楚人剽悍轻疾，愿陛下莫与争锋斗强。"刘邦见其在危难时刻，又主动关心起国家大事，还当他忠心耿耿，便说："我卧病之人，也不得不出征；子房虽病，替我躺着辅佐太子吧。"张良作义不容辞而勉为其难状，一口答应。当时叔孙通已拜为太子太傅，于是刘邦当场拜张良为太子少傅——这是他自刘邦称帝之后，所接受的第一个亦是唯一的一个实授官职。

有了这个身份，张良马上向刘邦献策，请求将原属周勃等直辖的上郡、北地、陇西等郡的车兵和骑兵，以及从巴蜀征调来的野战军，加上由中尉统率的京师卫戍部队，共三万多人，全部编为太子卫队，驻屯霸上，以防不测；樊哙和周勃两大军团则依然留驻赵、代边界以及云中等处，抑制匈奴和陈豨等人的余部。刘邦认为这都是确保大局的万全之策，当即批准。

刘邦亲征的次数历历可数，但群臣众将"皆送至霸上"的记载，仅见于他东征英布这一回。诸位由此可以想见当时刘邦的身体之差，再加上英布骁勇，目前连克荆、楚，正取上风，即使刘邦亲征，曹参出马，恶战亦势不可免，弄不好，卧在辒车里出征的刘邦就此一行，竟是"壮士一去兮不复还"了——于是便有了举朝送别的悲壮场面。张良自遭吕释之劫取，已身不由己地卷入了维护太子利益的同盟；此刻刘邦拜以少傅，在他感觉竟似托孤般沉重。所以上述献策的实质，便是趁机帮刘盈把兵权抓在手里，果真前方有变，或万一刘邦殁于军中，就不至于在惶恐中穷于应付了。

张良的万全之计，反过来也可看做是皇上的周密考虑：天假以年则易储之事必办，如有不测，则以张良再为第二代帝王师，确保刘盈顺利接班——刘邦固然一生好色，但绝非沉溺于儿女情长不能自拔的人，只要能保刘汉江山永不

353

变姓，无论吕雉还是戚姬，都是可以放弃的。

安排停当，刘邦带着夏侯婴、灌婴、郦商等人，踏上了东讨英布的征途。

从公元前202年（汉五年）刘邦称帝建立西汉王朝，到汉文帝统治时期（公元前179～前157年），汉初的四十多年间，在中国封建社会绵延两千多年的历史上，出现了独有的"布衣将相之局"。尤其在刘邦当国的七年中，这一特点更加鲜明和典型。放眼望去，从最高的皇帝到雄踞一方的异姓诸侯王，从大权在握的丞相到统帅雄兵的骁将，绝大部分都来自社会下层。显赫的权力，尊贵的爵位，耀眼的荣华，也难以洗净他们身上的泥土和市井之气。这一布衣将相之群的人数之多和历时之长，是中国任何封建王朝所无可比拟的。清代著名学者赵翼早已注意到这一历史现象，并对形成这一局面的原因进行了有意义的探索：

汉初诸臣，惟张良出身最贵，韩相之子也。其次则张苍，秦御史；叔孙通，秦待诏博士；次则萧何，沛主吏掾；曹参，狱掾；任敖，狱吏；周苛，泗水卒史；傅宽，魏骑将；申屠嘉，材官。其余陈平、王陵、陆贾、郦商、郦食其、夏侯婴等，皆白徒。樊哙则屠狗者，周勃则织薄曲吹箫给丧事者，灌婴则贩缯者，娄敬则挽车者，一时人才皆出其中，致身将相，前此所未有也。盖秦汉间为天地一大变局，自古皆封建诸侯，各君其国，卿大夫亦世其官。成例相沿，视为固然。其后积弊日甚，暴君荒主，既虐用其民，无有底止，强臣大族篡弑相仍，祸乱不已。再并而为七国，益务战争，肝脑涂地，其势不得不变。而数千年世侯、世卿之局，一时亦难遽变，于是先从在下者起，游说则范雎、蔡泽、苏秦、张仪等，徒步而为相。征战则孙膑、白起、乐毅、廉颇、王翦等，白身而为将。此已开后世布衣将相之例。而兼并之力尚在有国者，天方藉其力以成混一，固不能一旦扫除之，使匹夫而有天下也。于是纵秦皇尽灭六国，以开一统之局。使秦皇当日发政施仁，与民休息，则祸乱不兴，下虽无世禄之臣。而上犹是继体之主也。惟其威虐毒痛，人人思乱，四海鼎沸，草泽竞奋，于是汉祖以匹夫起事，角群雄而定一尊。其君既起自布衣，其臣亦自多亡命（作奸犯科，不顾性命之人），无赖之徒，立功以取将相，此气运为之也。天之变局，至是始定。然楚汉之际，六国各立后，尚有楚怀王心、赵王歇、魏王咎、魏王豹、韩王成、韩王信、齐王田儋、田荣、田广、田安、田市等。即汉所封功臣，亦先裂地以王彭、韩等，继分国以侯绛、灌等。盖人情习见前世封建故事，不得而遽易之也。乃不数年而六国诸王皆败灭，议所封异姓王八人，其七人亦皆败灭。则知人情犹狃于故见，而天意已另换新局，故除之易耳。而是时尚有分封子弟诸国。迨至七国反后，又严诸侯王禁制，除吏皆自天朝，诸侯王惟得食租衣税，又多以事失侯，于是三代世侯、世卿之遗法始荡然净尽，而成后世征辟、选举、科目、杂流之天下矣，岂非天哉！

在这里，赵翼对汉初布衣将相之局形成的原因讲出了很有价值的观点：春秋以来世侯、世卿制度的逐步破坏，战国时期的白身而为将、徒步而为相传统的影响，以及秦末农民战争又把最下层的社会成员推到了历史的前台。虽然"人情习见前世封建故事"，汉初对异姓、同姓诸侯王的封赏仿佛重现战国群雄并立景象，"而天意（此处可作历史趋势解）已另换新局"，历史的发展已把五霸、七雄的理想变成梦呓。这一切说明赵翼有着相当深邃的历史眼光。但是，他认为自从西汉中期景帝、武帝对诸侯王进行较彻底的打击和限制之后，随着征辟、察举、科目等选官制度的推行，西汉以后的中国历代封建皇朝仿佛都是布衣将相执掌朝政了。这里，赵翼显然是把后世通过各种选官途径组织起来的官僚机构混同于布衣将相之局了。不可否认，由于中国的封建社会是以任免制的官僚体制代替奴隶社会的世卿世禄的贵族政治体制，因而几乎每个朝代都有一部分幸运儿由布衣而卿相。"朝为田舍郎，暮登天子堂"，并非绝无仅有的个别现象。这种情况，在一场大规模的农民战争之后建立的新皇朝初期则更为显著。但是，从严格意义上讲，即使纯粹由农民出身的朱元璋做皇帝的明朝初期，也不好说形成了布衣将相之局。因为明朝初年的文臣武将除少部分来自社会下层的劳动人民之外，绝大部分都出身世宦世儒之家。其他朝代如东汉初、晋初、隋初、唐初、宋初、清初就更是如此。那么，为什么独独西汉初年形成了历史上公认的布衣将相之局呢？

汉初布衣将相局面的形成，既有深刻的历史原因，更多地应归因于现实的特殊条件。中国历史发展到春秋时期，尤其是战国时代，随着封建制度取代奴隶制度，社会从经济基础到上层建筑都发生了极其剧烈的变化，世卿世禄制度遭到严重的破坏。激烈而复杂的政治、外交和军事斗争，把社会上最优秀的人物召唤到了历史的竞技场上。使出身于社会下层的贤能之人大展宏图，一夜之间蜚声列国，富贵莫比；同时也使出身高贵的平庸之辈被无情地淘汰，"降在皂隶"或葬身沟壑。各个诸侯国的君主为了富国强兵，力争在群雄角逐中立定脚根并获得发展，无不摆出礼贤下士的姿态，四处招揽人才，食有鱼，出有车，居有屋，养士之风盛极一时。身怀绝技的文武之士，仆仆于列国之间，趾高气扬，待价而沽，黄金台上，楚王宫中，到处都留下他们的踪迹。甚至引车卖浆者流，鸡鸣狗盗之徒，也堂而皇之地跻入统治阶级的殿堂，凭一技之长博取富贵利禄。这种情况，有力地冲击着世卿世禄制度所造成的门第、血统、等级等观念。与此相适应，在地主阶级作为一个革命阶级向奴隶主贵族进行斗争的时候，其思想理论上的代表法家也喊出了"不分贵贱亲疏，一断于法"的口号，显示了他们对形式上平等的要求。如此一来，形式上的平等观念的传播与事实上社会下层某些劳动者地位的上升相结合，形成了由奴隶社会向封建社会过渡时期特有的等级混乱、壁垒松弛的现象，这种情况一直持续到秦朝统一中国。秦皇朝虽然也制定了严格的爵位等级制度，但因为它基本上废除了奴隶社会通行的分封制度，把爵位与军功劳绩联系在一起，至少在表面上给人以爵位面前人人平等的印象。雇农出身的陈胜能够说出"王侯将相宁有种乎"这种石破天惊的豪言壮语，可以在秦末农民战争中被三老、豪杰们推上王位而被起义队伍所接受，说明这一时期人们在观念上已经发生了重大变化，布衣称王，布衣为将相都已经得到社会的认可。可以这样说，没有春秋战国时期阶级关系的重大变化，没有社会观念的不断更新，也就没有西汉初年的布衣将相之局。

如果说，在战国七雄的时代各国还在很大程度上保留了较多的奴隶制的残余，那么，在秦皇朝统一全国后，封建制度几乎在经济基础和上层建筑的各个领域中都确立了自己的优势。它大力提倡并积极推行的奖励耕战的基本政策，固然制造了一批当权的军功地主，但也鼓励了众多的小农通过耕战改变自己的政治经济地位。统一全国之前的秦国，僻处西方一隅，由于复杂的历史和社会原因，其旧贵族的势力本来就不怎么强大。经过商鞅十多年的变法，这些旧贵族又受到很大打击，他们的世袭财富和权力的观念远较东方六国淡薄。特别是，远自秦穆公以来，秦国的用人政策就显得比东方六国开放。在秦国的各级政府中，不仅集结着来自东方六国的许多优秀人才，而且其中也不乏由社会下层晋升起来的文臣武将。到秦皇朝树立了在全国的统治以后，封建官僚制度得以普遍推行，人才选拔的范围更加广泛。处于社会下层的小自耕农——他们构成了秦皇朝"黔首"的绝大部分，在"以法为教"、"以吏为师"和"食有劳而禄有功"的政策之下，人人面前都展示着发家致富、猎取爵禄的美好希望。不过，在整个秦皇朝统治时期，布衣将相的观念虽然已被社会接受，若干个别的布衣将相也得意洋洋地出入阿房宫，但是，布衣将相之局却始终没有形成。原因很简单，从韩信"贫无行，不得推择为吏"的情况看，秦皇朝选取官吏起码有一个财产资格，这实际上就把大量的社会下层的贤能之人拒之于官府大门外，从而在事实上使其官吏的绝大部分来自文武官员的后裔和地主阶级的中上层。尽管如此，自春秋至秦朝统一这一段历史时期若干布衣将相的出现，尤其是布衣将相作为一个重要的社会观念得到人们广泛的认可，就为汉初布衣将相之局的出现提供了历史和现实的依据。

造成汉初布衣将相之局的根本原因是伟大的秦末农民战争。这次战争的发难者是一个名叫陈胜的雇农，而此人又是抱着"王侯将相宁有种乎"的信念掀起中国历史上第一次农民起义风暴的。在这场历时三年多的农民战争中，虽然也有不少六国旧贵族及当年依附于他们的文武之士参加了起义军，但更多的地位卑贱的下层劳动者凭借着这一广阔的舞台显示了自己创造历史的巨大力量和卓越才干。秦皇朝灭亡后，项羽实行大分封，六国贵族及其后裔中的不少人又重新戴上王冠，历史仿佛给了他们一次光复祖业的机会。然而，接踵而至的四年楚汉战争却使麇集于项羽周围的这批六国旧贵族的力量受到了又一次致命的打击。这样一来，当刘邦集团高奏凯歌的时候，跟随他打天下的那个群体也就理所当然地以布衣将相的身份在汉初政局中独占鳌头。因此，可以这样说，秦末农民战争为社会下层的贤能之士崭露头角提供了一个根本的条件，而楚汉战争又使刘邦为首的布衣集团通过战胜项羽为首的六国贵族集团而取得了独享政治权力的局面。

最后，更应该指出的是，汉初布衣将相之局的形成与刘邦本人也有着极为密切的关系。上面谈到的历史原因和现实条件，说明布衣将相之局的出现具有一定的历史必然性。但是，这种历史必然性之变成现实，却是通过刘邦之手完成的，所以刘邦的活动也就成为布衣将相之局形成过程中不可缺少的一环。刘邦是中国历史上第一个布衣出身的帝王，在创建汉王朝的斗争中，他对来自社会下层的那些布衣贤者，既没有项羽所抱的那种贵族偏见，也没有陈胜称王以后对故旧亲朋的那种傲慢态度。而是虚心接纳，坦诚相待，量才使用，信任以专，有功必赏。正因为如此，在秦末农民起义军众多的领袖人物中，刘邦对布衣贤者就形成了超越任何其他人的吸引力，以致使各种出身不同、气质各异、才能和禀赋千差万别的各类人才，从不同渠道，通过不同形式，汇集到刘邦的麾下，如此以来，汉军就成为当时拥有布衣贤者最多的集团。不仅参加丰沛起义的亲戚故旧一直追随刘邦到底，生死与共，患难与共，而且中途还有不少人从项羽和其他集团中陆续前来投奔。韩信、陈平、王陵、郦食其兄弟等人的来归就具有很典型的意义。这些布衣贤者之所以一经跟定刘邦就死心塌地，毫不动摇，是因为他们认定在刘邦那里可以找到施展自己才能和抱负的机会，能够获取他们梦寐以求的功名利禄。就这样，刘邦与布衣贤者互相需要，互相利用，组成了一个富于进取精神的朝气蓬勃的军事政治集团。在秦汉之际那个特殊的历史条件下，这个集团因比较体察民情，善于利用历史机遇，团结一致，共同奋斗，不仅完成了推翻秦皇朝的历史使命，而且击败项羽，力克群雄，成为新一代封建皇朝的创立者。布衣皇帝与布衣将相也就相得益彰地决定了西汉初年的政治格局。

空前绝后的布衣将相之局给西汉初年的政治经济政策和社会风气都打上了独特而深刻的烙印。

首先，由于布衣皇帝和布衣将相组成了西汉王朝的当权者，而这些人又与社会下层的劳动人民有着千丝万缕的联系，他们经历过农民战争的洗礼，亲眼看到不可一世的秦皇朝在农民战争的战火中灰飞烟灭，所以他们在制定汉初的各项政策时能够多少考虑到广大劳动人民的利益与要求，因而自觉不自觉地顺应了历史发展的规律，从而对汉初六十多年间生产的恢复和发展起了促进作用。

其次，汉初布衣将相成为当权者之后，一方面受制于当时特定的历史条件，一方面囿于自己的出身、经历和观念，对于财富的无厌追求要经历一个发展过程，对于奢侈享乐的无底欲望同样也要经历一个发展过程，这就造成汉初的社会风气比较纯朴，土地兼并的速度比较缓慢，赋役剥削相对说来也比秦末大为减轻。这一切，显然为社会经济的恢复和发展创造了良好的条件。

再者，由于汉初的布衣将相绝大部分"重厚少文"，皇帝又是一个布衣出身的马上天子，再加上汉初的恢复重建工作千头万绪，因而对文化教育事业的发展重视不够，造成了汉初的文化教育事业不够发达，思想、学术、文学、艺术等方面的成就不高。刘邦晚年虽然对此问题有所觉察，但为时已晚，也没有对他的布衣将相产生多大影响。当然，造成汉初文化教育发展滞后的原因是比较复杂的：其中秦皇朝的"焚书坑儒"政策，连年战争所造成的破坏以及人民的极度贫困等是主要原因。但执政者文化水准的普遍偏低而形成的短视，亦不能不说是重要原因。

汉初的布衣将相形成了一个具有很多共同特点的群体。这些人普遍出身于社会下层，文化素养较差，厌于繁文缛礼，有时不拘小节。但同时他们又足智多谋，直率坦诚，敦厚纯朴，忠贞勤勉，个个皆可绝对信赖，独当一面。重要的是他们的这些特点恰恰与当时的历史条件相谐和。当然，就每个具体人而言，又都有着各自不同的思想和性格，不少人之间甚至有着霄壤之别。下面，让我们通过对这一群体中的主要代表人物的评述，看看时代的炉火是如何把一大批出身不同、职业有别、性格迥异的人物陶冶成一代优秀的政治家、军事家和外交家，激烈而复杂的斗争是如何使卑贱者身上迸发出各自卓越的才华。

相继担任大汉王朝丞相的两个人物，一个是居文臣之首的萧何，一个是领武将之冠的曹参。他们的相继执政，深深影响了汉初的历史，是布衣将相群中耀眼的双子星。

萧何（公元前257年～前193年），秦泗水郡沛县（今属江苏）人。他虽然没有显赫的家世，但据"贫无行，不得推择为吏"的秦朝选官制度推断，他能够在秦朝被推择为县吏，估计不会是赤贫之辈，他很可能出身于中小地主阶层，并且受过一定的教育。萧何以在沛县做文吏开始了自己的政治生涯。由于他办事认真，待人宽厚，具有超出其他同事的聪明才智，因而不久就以"文毋害"被晋升为沛县的主吏掾，即县令以下主事的官员。萧何利用职务之便，广泛结交县内的吏民豪杰，在他们之中树立了很高的威信。刘邦是萧何很早就结识的好友之一。还在他未做亭长时，就已经与萧何建立了较深厚的情谊。刘邦不拘小节，率意而行，几次触犯秦朝的法律，全赖萧何从中斡旋和庇护，才得以化险为夷。后来，刘邦做了泗水亭长，因其办事不够细密，常出纰漏，也是由于萧何的保护，才得以度过困厄，平安无事。有一次，刘邦奉命到咸阳去服役。县中一般小吏都送他三百钱作盘费，独有萧何赠予他五百文。这一件小事也说明，刘邦与萧何远在丰沛起义之前已经相知甚深了。当时，秦皇朝实行御史监郡制度。监察泗水郡的御史十分欣赏萧何的才干。特将他辟为卒史，即郡丞以下的主要属吏，让他协助自己工作。在当时泗水郡的属吏中，萧何的能力和成绩均居第一。由于萧何的工作特别出色，御史准备上奏朝廷，推荐萧何到秦皇朝中央做官。可能此时的萧何已经预感到秦朝面临的危机，因而婉言谢绝了一般官吏梦寐以求的晋升机会，继续留在沛县做他的主吏。

公元前 209 年（秦二世元年）七月，陈胜、吴广领导的农民起义军首先从大泽乡发出了反秦的怒吼。在此之前，刘邦也聚众数百人隐于芒砀山泽之间待机而起，同时与萧何等保持着秘密联系。大泽乡起义的消息传到沛县以后，萧何与曹参就极力劝说沛令顺应民心，举兵反秦。同时建议他招来刘邦及其徒众，共谋大计。可是，当刘邦和樊哙兴冲冲地率众前来沛城时，县令又反悔了。他不仅下令紧闭城门对刘邦等一行数百人拒不接纳，而且还企图杀害与刘邦有联系的萧何与曹参。在此危急关头，萧何与曹参一起，秘密从城上缒下，逃到刘邦的队伍之中。然后，协助刘邦共同攻下沛城，杀死沛令，领导了丰沛起义。此后，刘邦称沛公，做了这支起义军的首领。萧何被任命为沛丞，负责全面管理这支起义军的行政和后勤事务，跟随刘邦南征北战，成为最有力的辅佐之一。

公元前 206 年（汉元年）十月，刘邦统帅的十万大军攻占关中，秦王子婴在轵道旁束手投降，秦皇朝宣告灭亡。起义军浩浩荡荡开进秦首都咸阳以后，将士兵卒纷纷跑到秦朝的府库中掠取金帛财物，全军上下，沉浸在一片欢腾之中。这时候，只有萧何对那些金银财物不屑一顾，而是带着他手下的官吏悄悄地进入秦朝的丞相府，将那里保存的法律文书和各种档案材料全部加以清点接收。这一举动充分显示了萧何较之其他将领的远见卓识。以后，"汉王所以具知天下厄塞，户口多少，强弱之处，民所疾苦者，以何具得秦图书也"。显然，当其时，将领士卒们看到的是眼前的金银财宝，萧何想到的是全国的山川形势，各地的土地、户口、物产以及百姓的疾苦；将领士卒们追求的是眼前的享受，萧何考虑的却是未来大汉王朝的统一大业和建国规模；将领士卒陶醉于已经取得的巨大胜利，萧何思谋的是即将到来的艰苦斗争和国家机器的运转。萧何作为县吏的行政实践，不仅锻炼了他的才能，而且大大开阔了他的眼界。进入咸阳的这一举动，已显露出大汉王朝未来宰相的胸襟、气魄和视野。如果说，在推翻秦皇朝的斗争中，萧何已为刘邦立下很大的功劳；那么，应该说，他的接收秦皇朝丞相府档案一举，可以抵得上他以前的全部功劳。

当刘邦为首的起义军上下还沉醉在打下咸阳的欢悦中时，公元前 206 年（汉元年）十二月，风云突变，项羽统帅的四十万大军击破刘邦据守函谷关的军队，气势汹汹地打进关中，杀掉秦王子婴，火烧阿房宫，掠取秦宫的宝货妇女。之后，又擅自裂地分封，把他最嫉恨的刘邦封为汉王，驱之山川阻隔的汉中地区的山坳里。面对项羽这种违约食言、以势压人的蛮横行径，刘邦几乎气红了眼睛，打算立即与项羽拼个你死我活。周勃、樊哙、灌婴等人极力相劝，刘邦犹余怒未息。这时候，萧何严肃地对刘邦说："虽王汉中之恶，不犹愈于死乎？"这一发问，一下击中刘邦的要害，使他在吃惊中清醒过来，忙问萧何："何为乃死也？"萧何十分冷静地分析说：

"今众弗如，百战百败，不死何为？《周书》曰：'天予不取，反受其咎。语曰天汉'其称甚美。夫能诎于一人之下，而信于万乘之上者，汤、武是也。臣愿大王王汉中，养其民以致贤人，收用巴蜀，还定三秦，天下可图也。"

萧何对形势的透辟分析，显示了他深邃的战略眼光。显然，在当时楚强汉弱的情况下，如果刘邦图一时之快硬拼一气，只能对项羽有利。项羽凭战胜之余威，驱使归附的诸侯王共同对刘邦作战，后果将是十分严重的。唯一正确的策略是暂时隐忍不发，寻找有利时机再行决战。萧何所提出的"养其民以致贤人"的政治措施与"收用巴蜀，还定三秦"的军事策略，实际上已规定了在即将开始的楚汉战争中汉军的基本政策，预示了楚汉战争的基本进程。在萧何的娓娓劝导下，暴怒中的刘邦最后平息下来，高高兴兴地带着他三万多人的基干队伍和文武臣僚来到汉中。刘邦宣布就汉王之位的同时，也宣布任命萧何为丞相，担任了汉政权的主要行政首脑。

在四年之久的楚汉战争中，萧何虽然没有上前线亲自督兵冲锋陷阵，但他坐镇大后方所进行的卓有成效的工作，却为刘邦夺取这场战争的最后胜利立下了不可磨灭的功绩。可以这样说，没有刘邦、韩信、彭越、曹参、周勃等在前线指挥士卒英勇鏖战，没有张良等神机妙算般地运筹帷幄，项羽数十万精锐之师是不会自动放下武器，束手就擒的。但是，如果没有萧何在后方精心经营以保证兵源和军需物资的充足供应，庞大的汉军也是寸步难行。

刘邦来到汉中后，即加紧进行"还定三秦"的谋划。而萧何从事的最重要的一项工作就是"留收巴蜀，镇抚谕告，使给军食"。他与郦商将军一起带兵到巴蜀进行了接收工作，顺利地将该地纳入了汉王的行政系统，使巴蜀与汉中连成一片，其丰富的人力资源，充足的粮秣，成为刘邦与项羽攻战时巩固而稳定的战略后方。

萧何任丞相后，从战争的需要出发，特别注意为刘邦物色谋略出众、智勇超群的军事人才。在他接触到韩信并与之交谈后，立即断定韩信是一个出类拔萃的帅才，决定伺机向刘邦推荐。可是，还没有等到萧何推荐，韩信就因自己得不到刘邦重用愤而自南郑出走。萧何得到这个消息之后，来不及报告刘邦就骑马上路，昼夜兼程，决心把韩信追回来。由于情况不明，加上当时汉军中出走的人很多，以致有人向刘邦报告说萧何逃走了，使得刘邦既惋惜又愤怒，痛感失去了最有力的辅佐。不几天，萧何与韩信一起返回南郑。刘邦且喜且怒，骂萧何说："若亡，何也？"萧何正色回答："臣不敢亡也，臣追亡者。"刘邦听了，怒气稍息。可是，当他知悉萧何所追的不是别人，而是其貌不扬、在军中没有什么知名度的韩信时，立即又怒气上升。大骂萧何说："诸将亡者已十数，公无所追；追信，诈也。"萧何严肃地回答："诸将易得耳，至如信者，国士无双。王必欲长王汉中，无所事信；必欲争天下，非信无可与计者，顾王策安所决耳。"萧何又进一步告诉刘邦："王计必欲东，能用信，信即留；不能用，信终亡耳。"刘邦沉思了一会儿，说："吾为公以为将。"萧何说："虽为将，信必不留。"刘邦说："以为大将。"于是就要召见韩信拜为大将。萧何又制止他说："王素慢无礼，今拜大将如呼小儿耳，此乃信所以去也。王必欲拜之，择良日，斋戒，设坛场，具礼，乃可耳。"

结果刘邦被萧何说服，决定举行隆重的仪式拜大将。此消息一经传出，"诸将皆喜，人人各自以为大将。至拜大将，乃韩信也，一军皆惊"。看来韩信拜将着实制造了一场轰动效应。通过这一事件，萧何的知人之明，荐贤之切，刘邦的坦诚率直，从谏如流，都表现得淋漓尽致。后来，楚汉战争的历史进程表明，韩信的破格重用对刘邦的胜利起了多么重大的作用。

公元前206年（汉元年）八月，刘邦授命韩信全盘指挥进击关中三秦王的军事行动。这时候萧何以丞相留守汉中，负责全部行政事务与军事后勤工作。他全力经营汉中、巴蜀，以此为根据地，千方百计地征集兵源，筹备粮秣军资，源源不绝地保证了前线的需要，使攻取关中的军事行动顺利成功。第二年三月，刘邦又挥师出关，乘胜东进，开始了在关东地区与楚军的角逐。这时，萧何已将丞相府搬至关中，在临时首都栎阳（今陕西富平东南）安营扎寨，受刘邦之命辅佐太子刘盈，在后方进行了大量的工作。萧何制定了各种规章制度，建立宗庙、社稷、宫室、县邑，稳定了后方的秩序，使社会生产与社会生活都走上了正常的轨道，为刘邦创造了一个可以信赖的后方基地。对于萧何，刘邦也给予了特殊的信任，特别尊重他的意见和对各项工作的妥排与调度。诸凡后方的军国大事的处置，萧何事先报告的刘邦一律批准；即使事先来不及报告而于事后补报，刘邦也予以认可。在楚汉战争激烈进行的非常时期，萧何从刘邦那里得到的这种"便宜施行"的权力，使他可以独立自主地创造性地工作，大大提高了工作效能。刘邦有几次几乎全军覆没，全赖萧何在后方的积极筹措，"计户转漕给军，汉王数失军避去，何常兴关中卒，辄补缺"，保证了兵员和军资及时得到补充，使刘邦几次在失败的情况下又重新振作起来。

公元前204年（汉三年），刘邦率军与项羽在京、索一线对峙，双方进行着十分残酷的鏖战。萧何兢兢业业，有条不紊地进行工作，保证了前线持续不断的各种需要。为此，刘邦数次遣使者回关中，对劳苦功高的萧何进行慰问。这时候，在萧何身边工作的一个姓鲍的谋士对他说：

"王暴衣露盖，数使使劳苦君者，有疑君心也。为君计，莫若遣君子孙昆弟能胜兵者悉诣军所，上必益信君。"

这位鲍生的确是一个聪明人，算是摸透了当时刘邦与萧何之间微妙的君臣关系。实际上，从当时的各种情势判断，刘邦对萧何的劳绩慰勉有加，不见得含有不信任的意思。不过，作为人臣，君主愈信任，得到的权柄愈重，愈应该谨慎小心，万勿使自己的言行触犯君主的忌讳，失去信任。纵然刘邦并未对萧何疑心，鲍生的考虑也是周密的。萧何按照他的建议行事，果然取得了刘邦的欢心，进一步巩固了萧何在刘邦心目中的地位。

公元前206年（汉元年）十二月，登上皇帝宝座的刘邦与跟随他南征北战的文臣武将都沉浸在胜利的欢乐之中。刘邦为了酬赏他的部下，决定论功行封。但是，由于"群臣争功，岁余不决"，使封赏之事迟迟不能进行。后来，刘邦为了打破这种议而难决的局面，就首先封功劳最大的萧何为酂侯，食邑八千户。不料刘邦对萧何的封赏在将军们之中引起了轩然大波，一致认为这一封赏太不公平，于是异口同声地质问刘邦：

"臣等身被坚执锐，多者百余战，少者数十合，攻城略地，大小各有差。今萧何未有汗马之劳，徒持文墨议论，不战，顾居臣等上，何也？"

表面上看，这些将领们义正词严的质问不无道理，但只要稍加分析，就可看出他们立论的根据是一种偏见。这些人只看到自己在战场上厮杀的功劳，而且只承认这样一种功劳，看不见或不愿承认萧何坐镇后方卓有成效的工作为战争的胜利做出的巨大贡献。他们讲的这番话固然显示了作为赳赳武夫的坦率性格，但同时也表露出他们政治上的短视和思想方法的极端片面性。刘邦一方面对将领们肆无忌惮地群起争功十分厌恶，一方面更对他们抬高武功、贬低文治非常不满。因为刘邦虽然多数时间身在前线，但也很少亲自上阵拼搏，在武将眼中自然也属"无功"之列。刘邦决定对这些有着赫赫战功的将军们毫不客气地狠狠奚落一番，以便煞煞他们的傲气和威风。刘邦大声问："诸君知猎乎？"将军们回答："知之。"刘邦又问："知猎狗乎？"将军们回答："知之。"至此，刘邦神色严峻起来，以咄咄逼人的口吻教训说：

"夫猎，追杀兽者狗也，而发纵指示兽处者人也。今诸君徒能得走曾耳，功狗也。至如萧何，发纵指示，功人也。且诸君独以身从我，多者三两人。萧何举宗数十人皆随我，功不可忘也。"

刘邦的话实在太尖刻，太不留情面，将军们听后，如冷水浇顶，很不是滋味，一个个面面相觑，谁也不敢再讲对萧何不满的话了。但是，这些将军们内心并未完全服气。因为实在说来，刘邦的话虽然讲得痛快淋漓，但并非没有偏颇。萧何与将军们的关系，涉及的是文、武的作用问题。将军强调自己征战的功劳固然片面，可是刘邦的一席话又把文臣的作用强调过了头，显然不利于调动武将的积极性。后来，明太祖朱元璋对此评论说："汉高祖以'追逐狡兔'比武臣，'发踪指示'比文臣，譬喻虽切而语则偏重。朕谓建立基业犹构大厦，剪伐斫削必资武臣，藻绘粉饰必资文臣。用文而不用武，是斧斤未施而先加黝垩，用武而不用文，是栋宇已就而不加涂墍，二者均失之。为天下者，文武相资，庶无偏陂。"在此问题上，朱元璋比刘邦更高一筹。

对萧何的封赏等于树了一个标尺，再加上刘邦一番声色俱厉的谈话，将军们不敢再行集体抗争，于是功臣们依次服服帖帖地接受封赏，有一百多人获得侯爵。可是，在讨论为功臣排定位次时，将军们又一次站出来为曹参说话："平阳侯曹参身被七十创，攻城略地，功最多，宜第一。"大概刘邦鉴于前不久在论功行赏时曾严厉批驳过将军们的意见，这次排定位次就想给他们留点面子。所以，尽管他心里想把萧何排在第一名，但也不愿由自己的口说出来。这时候，担任谒者的鄂千秋已窥测到刘邦的内心隐秘，就径直站出来，把刘邦想要说的话说了出来：

"群臣议皆误。夫曹参虽有野战略地之功，此特一时之事。夫上与楚相距五岁，失军亡众，逃身遁者数矣。然萧何常从关中遣军补其处，非上所诏令召，而数万众会上之乏绝者数矣。夫汉与楚相守荥阳数年，军无见粮，萧何转漕关中，给食不乏。陛下虽数亡山东，萧何常全关中待陛下，此万世功也。今虽亡曹参等百数，何缺于汉，汉得之不必待以全。奈何欲以一旦之功加万世之功哉！萧何当第一，曹参次之。"

不管鄂千秋出于什么目的，也不管他对曹参等将军们的评价如何片面，但他对萧何在楚汉战争中功劳的评价还是正确的。因为与那些攻城野战的将军们相比，萧何在楚汉战争中的贡献是全局性的，而其他将领们的贡献尽管也举足轻重，但大都是局部性的。两者相较，自然是萧何的贡献更大一些。由于鄂千秋的话说到了刘邦的心坎上，刘邦立即发出会心的微笑，表示赞同，同时马上发布命令，把萧何的位次定为第一。为了显示萧何的与众不同，又赐予他"带剑履上殿，入朝不趋"的殊荣。后来，这一赏赐几乎成为定制，用于赏赐那些权倾朝野的重臣。霍光、王莽、梁冀、曹操等，都从皇帝那里得到过这种赏赐。刘邦对鄂千秋在关键时刻站出来力排众议推尊萧何的胆识十分欣赏，决定给予酬答。他说："吾闻进贤受上赏，萧何功虽高，待鄂君乃得明。"于是晋封他为安平侯，食邑二千户。同一天，又借机封赏萧何的父子兄弟十余人，皆有食邑。再益封萧何食邑二千户，理由是刘邦在做亭长去咸阳服役时，萧何送他的盘费比别人多了二百文。刘邦以此向人们显示，他对别人的点滴之恩都是熟记在心而且一定还报的。

萧何在西汉建国以后，从刘邦那里得到了除诸侯王以外的最高封赏，担任了汉王朝最高的官职丞相。一人之下，万人之上，作为百官之长，他的实际权力超过了被封于各地的诸侯王。以萧何的功劳、才智，让他担任这一职务是刘邦非常明智的选择。如果说，西汉建国前萧何已经为刘邦建立了不世之功；那么，他担任汉王朝的第一任丞相后，仍然做出了别人无可比拟的贡献。此后一直到死，萧何协助刘邦，继续为汉王朝的巩固和发展而不倦地奋斗。他以著名的《秦律》为蓝本，制定了汉王朝的九章律和各种规章制度，使汉王朝的各项事业走上了稳定发展的轨道，使行政机制的运行更加有效。做了皇帝的刘邦尽管仍然在马上奔波，可是由于萧何为首的丞相府的高效有序运作，汉王朝的一切都在有条不紊地进行。与此同时，萧何还时刻关注影响汉王朝稳定的不安定因素，并伺机加以清除。公元前 196 年（汉十一年）九月，陈豨据代郡反叛朝廷，刘邦率军亲征。被废为淮阴侯的韩信乘此时机，勾结陈豨，阴谋里应外合，

第七章

剪除异己 将相同心

在长安发动叛乱，夺取政权。留守长安的吕后侦悉内情后，立即找萧何商量对策。萧何明白当时长安空虚，韩信又是一代帅才，只有智擒才能确保万全。于是设计诈称陈豨已被杀死，诱使韩信入宫祝贺，轻而易举地将其擒杀于长乐钟室，为汉王朝清除了一大隐患。由于韩信的发迹得力于萧何的推荐，他最后被诛杀也是出于萧何的谋划，所以宋朝人洪迈在其《容斋续笔》中有"成也萧何，败也萧何"的评论。事实上，看起来截然相反的这两件事，萧何都做对了。他急如星火地追回韩信，郑重其事地推荐韩信，是因为看中了他的军事才干，出于战胜项羽、建立一统江山的目的。他之所以精心谋划擒杀韩信，是因为此时的韩信已经变成了威胁汉王朝安全的反叛分子。这其中发生变化的是韩信，而与之截然相反的是萧何那颗忠于汉王朝的赤心。在邯郸前线指挥对陈豨叛军作战的刘邦接到韩信被诛灭的报告以后非常高兴，立即派遣使者返回首都，宣布晋升萧何为相国，益封五千户，又命令一都尉率五百士卒作为萧何的卫士。消息传出，留在首都的大小官员都到丞相府，对萧何获得特殊封赏表示热烈的祝贺。在一片喜气洋洋中，以种瓜为生的故秦东陵侯召平却前来吊唁。他意味深长地对有点迷惑不解的萧何说：

"祸自此始矣。上暴露于外，而君守于内，非被矢石之难而益君封置卫者，以今者淮阴新反于中，有疑君心。夫置卫卫君，非以宠君也，愿君让封勿受，悉以家私佐军。"

召平的一番话可能是出于对敏感的君臣关系的过分忧虑，因为没有迹象表明刘邦对萧何的加封是出于疑忌而故意玩弄的虚伪阴谋。不过，处在臣下之位的人有如此深思远虑的对策还是可以理解的。沉醉于喜庆中的萧何省悟过来，觉得召平的话很有道理，就依其言而行，果然得到了刘邦的欢心。

公元前196年（汉十一年）七月，淮南王英布谋反。刘邦最后一次御驾亲征。萧何一如既往留镇京师。刘邦离京以后，数次遣使回京探听萧何的动向，得到的回答是："相国为上在军，乃拊循勉力百姓，悉以所有佐军，如陈豨时。"萧何这种作法似乎无可厚非，也无懈可击。然而，此时萧何的一个幕僚却又从另一个角度提出了相反的看法。他说：

君灭族不久矣。夫君位为相国，功第一，不可复加。然君初入关，本得百姓心，十余年矣，皆附君，常复孳孳得民和。上所为数问君，畏君倾动关中。今君胡不多买田地，贱贳贷以自污？上心必安。

你看，处在最高官位上的萧何，真有点像寓言故事中的那一对赶着驴子上市场的父子一样，怎么做都不合人意，真是"跋前踬后，动辄得咎"了。不过，这位幕僚的看法也不是没有道理。此时的萧何的确已有功高震主之嫌，再继续做收揽民心的事情就容易引起皇帝的疑心了。因此建议他强买民田以自污，目的是让刘邦知道，他的堂堂当国丞相不过是一个斤斤于为子孙谋利、以长保富家翁为满足的胸无大志的人物，从而打消对他的疑虑。萧何恍然大悟，又依其计而行，刘邦知悉以后果然十分高兴。不久，刘邦平定英布的叛乱，返回长安。刚入京城，就有许多老百姓上前拦住刘邦的车骑齐声喊冤叫屈，控告萧何"贱强买民田宅数千万"。因为刘邦事先已得到报告，眼前的场面早在意料中，所以内心十分高兴，就含笑答应予以处理。刘邦回到皇宫，萧何立即前来谒见，刘邦大笑着对萧何说："夫相国乃利民！"说着就把百姓控告萧何的上书全部交给了他本人，要求萧何自己向百姓谢罪，妥善处理好这件事情。从刘邦对此事的处理至少可以看出两点，一是他对官吏强买民田宅的事情并不看得特别严重，说明他对土地兼并是睁一眼闭一眼，甚至听之任之。二是他对萧何与民争利一事甚至有点欣赏，因为在刘邦看来，萧何的理想不过是做个富家翁，并没有更多更大的野心，所以也构不成对汉王朝的威胁。看来萧何自污以释刘邦之疑忌的目的是达到了。然而，数月之后发生的一件小事却使萧何身陷囹圄。公元前195年（汉十二年）初，萧何看到长安周围地区人多地少，劳动人民生计比较艰难，就请求刘邦批准把上林苑中的空闲土地交给无地和少地的农民耕种，免除其课税。这本来是一个既对贫苦百姓有好处，又对稳定汉王朝统治有益的建议，作为当国丞相，萧何提出这样一个建议实在是小事一桩。不料刘邦听后却大发雷霆，指责萧何说："相国多受贾人财物，为请吾苑！"下令将这位已经老态龙钟的元勋大臣交付廷尉，被枷入狱。遭到如此处置是萧何本人意想不到的。因为如果是在楚汉战争时期，此类事情萧何完全有权先斩后奏。现在是和平时期，即使是所奏有误，也不该对他这样严厉处置。这件事发生在刘邦死前不久，他的神经似乎已经有点不太正常了。大概由于刘邦处于盛怒之中，与萧何同辈的老臣们也不敢为其辩护，所以没有一个人出面为萧何说情。但是，几天之后，一个姓王的卫尉的一番话终于使刘邦幡然省悟，使萧何从监狱中走了出来。有一天，这个卫尉在殿中执勤，他小声问刘邦："相国胡大罪，陛下系之暴也？"刘邦余怒未息，恨恨地说："吾闻李斯相秦皇帝，有善归主，有恶自予。今相国

第七章

剪除异己　将相同心

多受贾竖金，为民请吾苑，以自媚于民，故系治之。"原来在刘邦看来，萧何所请虽非军国大事，但却触及了一个与皇帝争民心的大问题。而按照封建道德，施惠于民的事应由皇帝来做，臣子只有代主受过的份儿。萧何作为相国，对这一层考虑不周，所以刘邦才对他毫不客气。这位卫尉真是直言敢谏之臣，他平心静气地为萧何辩护说：

"夫职事苟有便于民而请之，真宰相事也，陛下奈何乃疑相国受贾人钱乎！且陛下距楚数岁，陈豨、黥布反时，陛下自将往，当是时，相国守关中，关中摇足则关以西非陛下有也。相国不以此时为利，今乃利贾人之金乎？且秦以不闻其过亡天下，李斯之分过，又何足法哉。陛下何疑宰相之浅也！"

这个卫尉的辩护词将基点放在萧何公忠体国、不谋私利上，特别指出萧何在关键时刻的表现，委婉说明刘邦对萧何的怀疑是没有道理的。由于这个辩护说理精辟，再加上刘邦在发怒过后也逐渐平静下来，意识到自己对萧何的处置不够妥当，于是令使者持节赦萧何出狱。萧何对刘邦素来忠心耿耿，对自己老来入狱困惑莫名。正在狱中苦思焦虑之际，忽然被赦出狱，自然悲喜交集，赶忙"徒跣入谢"。刘邦看着满头银发的老相国诚惶诚恐，恭谨有加地跪在自己的面前，也感到自己对他的惩罚有点过分。就自我解嘲地说："相国休矣！相国为民请吾苑，吾不许，我不过为桀纣主，而相国为贤相。吾故系相国，欲令百姓闻吾过也。"这是刘邦与萧何君臣之间相处十多年中唯一的一次不愉快的事件，但很快即得到了和解。其实这是一场误会，来得快，冰释得也快，说明刘邦对萧何的忠心还是没有怀疑的。此次事件之后，这两位为创建汉王朝共同奋斗、患难与共的老人就要分手了。就在这一年的四月，刘邦死去，其子刘盈即帝位，是为汉惠帝。萧何继续做相国。两年之后，公元前193年（汉惠帝二年）夏天，萧何病重，惠帝亲自登门探视，慰勉有加。惠帝看到萧何很难复起，恐怕不久于人世，就问他："君即百岁后，谁可代君？"萧何想先听听惠帝的意见，就说："知臣莫如主。"惠帝说："曹参何如？"尚在病榻上的萧何连连点头说："帝得之矣！臣死不恨矣！"公元前193年七月，萧何平静地死去，被谥为文终侯，生荣死哀，子孙世袭其爵位与西汉相始终。

萧何是西汉王朝的第一任丞相。他的政治生涯基本上与刘邦相始终，在刘邦创建和巩固汉王朝的过程中立下了不朽的功勋。作为一代开国名相，萧何的一生表现出两个十分显著的特点：一是对刘邦及其创建的汉王朝绝对忠贞；二是在国家大政方针的制定和运作上有着超出同僚的贤明。远在刘邦领导丰沛起义之前，萧何作为秦朝的基层小吏就曾多次脱刘邦于困厄，是刘邦的救命恩人。之后，他参与谋划丰沛起义，坚持拥立刘邦为起义军的领袖。在近三年的反秦战争中，他紧随刘邦，不离左右，运筹帷幄，筹措军需，直到打下咸阳，进入汉中。在四年之久的楚汉战争中，刘邦在前线，萧何在后方，君臣虽分离，但两地一心，配合默契，对取得战争的最后胜利起了巨大的作用。西汉王朝建立以后，刘邦做皇帝，萧何做丞相，共同支撑起汉王朝的巍巍大厦。刘邦为削平异姓诸侯王和抗击匈奴的袭扰经常东征西讨，驰骋疆场；萧何则坐镇关中主持全国政务，日理万机。萧何的忠诚几乎赢得了刘邦的绝对信任。君臣之间除了公元前 195 年（汉十二年）那一次近于误会的冲突外，一直保持着坦诚相向、心心相印的亲密无间的关系。自从刘邦登上汉王之位以后，萧何对刘邦不仅始终忠诚不贰，而且一直小心翼翼，奉命唯谨，从来不做易于引发刘邦怀疑的事件。你看，为了巩固刘邦对自己的信任，他甚至听从部下的建议，不惜做出近于虚伪的过激之行，如散家财佐军，驱兄弟子侄上前线，强买百姓田宅以自污，等等。这说明萧何深谙封建社会的君臣之道，善于处理微妙的君臣关系。尽管在刘邦成为帝王之前萧何与之有着兄弟般不同寻常的友情，但他在刘邦面前从未有言行上的失态，更不用说饮酒争功、拔剑击柱之类的非礼之举了。正因为萧何以十数年的实际行动证明了自己的忠贞，因此使刘邦感到他功高而不震主，位尊而不僭越，权大而构不成威胁，所以对他的信任历久不衰。惠帝时，对萧何的倚重也一如既往。萧何临终时惠帝还就下一任丞相的人选征询他的意见。但是，如果仅仅是忠诚而无才能，那只不过是低级奴才的材料。与萧何的忠诚品格相辉映的是他过人的贤明和才干。萧何有着政治家的深邃目光，有着战略家的高瞻远瞩。大军进入咸阳，他对宝石、玉帛、美人不屑一顾，直奔丞相府收缴档案文书。项羽裂地分封后，他力劝怒气冲天不惜孤注一掷的刘邦暂时隐忍入据汉中，积聚力量，等待时机，又提出抚民择将、还定三秦、东向争天下的战略设想，在关键时刻辅佐刘邦把握住了斗争的时机和方向。萧何有着杰出的行政才能，善于在千头万绪中抓住主要矛盾，从容不迫，举重若轻。在楚汉战争中，他抚定巴蜀，经营汉中，坐镇栎阳，呵护太子，制定法规，统政理民，征兵筹饷，调运军资，满足了前线的需要，为战胜项羽提供了可靠的保证。刘邦在封赏功臣时推萧何功居第一是公正的。萧何还有超常的识人之明。开始识韩信于卒伍之中，荐之于统帅之位。后来当韩信野心膨胀，叛乱在即之时，又设计将其诱杀，为汉王朝清除了一大隐患。荐韩之时，急如星火，诛韩之际，不动声色，识才知奸，明察秋毫。此外，萧何虽然位极人臣，大权在握，但他谦虚谨慎，不居功自傲，自奉简约，不追求法外的特权和私利，贪赃枉法之事几乎与他无缘。萧何为自己子孙的未来设想得也很周到，史称他"置田宅必居穷处，为家不治垣屋。曰：'后世贤，师吾俭，不贤，毋为势家所夺。'"在地主阶级的官僚群中，能对自己的身后家事做如此明智安排的，实不多见。在封建官场中历练一生的萧何明白，在当时中国封建社会的政治经济体制下，任何一个家族也难以长保富贵。最后，萧何从整个地主阶级的利益出发，气度恢宏，不计个人恩怨。他与曹参之间虽然在论功行赏时积下了一些个人成见，但临死却毅然把丞相的位子属望于曹参。此时，他考虑问题的出发点是大汉王朝的长治久安。结果是"萧规曹随"，保持了西汉王朝政策的连续性，使生产恢复、经济发展的势头持续不衰。纵观萧何的一生，他作为一代名相，创业之主的有力辅佐，对于汉王朝，应该说是鞠躬尽瘁，死而后已，功德巍然，名留青史了。司马迁这样评价他：

萧相国何于秦时为刀笔吏，录录未有奇节。及汉兴，依日月之末光，何谨守管籥，因民之疾法，顺流与之更始。淮阴、黥布等皆以诛灭，而何之勋烂焉。位冠群臣，声施后世，与闳夭、散宜生等争烈矣。

西晋的大诗人陆机写了《萧何颂》，文曰：

堂堂萧公，王迹是因，绸缪睿后，王兢维人。外济六师，内抚三秦，拔奇夷难，迈德振民。体国垂制，上穆下亲，名盖群后，是谓宗臣。

这些崇高的评价，萧何是当之无愧的。

萧何死后，汉王朝的第二任丞相是曹参。曹参（？~公元前190年），也是沛县人，与刘邦、萧何是同乡。秦朝末年，他在沛县任狱掾——管理监狱的小吏。其时萧何任主吏掾，两人同为县中豪吏，是地方上颇有势力和影响的人物。曹参与刘邦在丰沛起义之前就是相知较深的朋友，他与萧何一起参加了丰沛起义的谋划，是追随刘邦创建汉王朝的元勋重臣之一。

丰沛起义之后，曹参一直追随刘邦左右，参加了同秦军的一系列战斗。最后随刘邦进军咸阳，沿黄河西向进击，战曲遇（今河南中牟东北），下南阳，攻武关（今陕西商南东），破峣关，连战皆捷。继而又与秦军大战于蓝田（今陕西蓝田西），消灭了秦军最后一点有生力量，迫使秦王子婴在轵道旁投降。在楚汉战争中，曹参跟随刘邦出汉中，定三秦，下彭城，与秦军进行了多次险恶的战斗。以后，又以副统帅的身份协助韩信统兵在黄河以北独立战斗。先后平定了魏、赵、燕、齐等割据势力，占领了大半个中国，立下了很大的功劳。

公元前202年（汉五年）三月，刘邦在定陶即皇帝位，大汉王朝开始了在全国的统治。为了有效地控制齐地，刘邦封其外妇之子刘肥为齐王，任命曹参为齐的相国，实际上把治理齐国的重任交给了曹参。当时齐国偏在东方，距汉王朝的统治中心关中地区很远，特别是其地新服，民性强悍，没有一个有威望有能力的大臣前往镇抚，是不易收到较好的统治效果的。刘邦之所以选中曹参作为齐国的相国，把治理东方最大诸侯王国的重任交给他，就是因为曹参既战功卓著，又忠心耿耿，既威名赫赫，又沉稳多智，是一个可以托生死之任，寄千里之命的重臣。同时，曹参又是韩信平齐时的副统帅，随军指挥了与齐楚联军的最后决战，不仅熟悉齐国的地理民情，而且有着对齐国百姓的威慑力。应该说，曹参任齐的相国是最合适的人选，是刘邦经过深思熟虑后的明智选择。果然，曹参做了齐相国之后，不负所望，对刘邦的忠诚一如既往。无论汉王朝遇到什么危难之事，曹参都是召之即来，来之能战，战之必胜。公元前197年（汉十年）代相陈豨反叛时，曹参亲率齐国之师奔赴前线，协助刘邦取得了平叛的胜利。公元前196年（汉十一年）淮南王英布反叛时，曹参又与齐王刘肥一起率十二万大军前往参战，与刘邦亲自指挥的汉中央军一起顺利地平定了这场叛乱。曹参从公元前209年（秦二世元年）参加丰沛起义，到公元前195年（汉十二年）刘邦病逝，十多年的时间内，他的军事生涯与马上皇帝刘邦的军事活动紧密联系在一起，绝大部分时间都是在战场上的厮杀中度过的。据《史记·曹相国世家》的统计，他的功劳是："凡下二国，县一百二十二，得王二人，相三人，将军六人，大莫敖、郡守、司马、侯、御史各一人。"在刘邦数以百计的创业诸臣中，就军功而言，除了韩信、彭越等独当一面的异姓诸侯王外，他的业绩是最大的了。所以，后来汉朝诸臣在议论创业功臣们的位次时，绝大部分人都推尊曹参的功劳为第一。虽然最后定了萧何为第一，但就战功而言，曹参的确也是拔出同列，独占鳌头了。公元前201年（汉六年），曹参被赐爵列侯，食邑平阳一万零六百三十户，仅居萧何之后，成为第二个获得封户最多爵位最高的元勋大臣。

曹参担任齐相国之后，对如何治理这个地广人众的东方大国煞费苦心。他上任伊始，就邀请齐国有名望的"长老诸生"，就如何治理齐国、"安集百姓"征求他们的意见。应召前来的百余名儒生各抒己见，但"言人人殊"，无法达成共识，拿不出一致的意见，使曹参一时也难以定夺。后来，他听说胶西有一位姓盖的老人，人称盖公，善治黄老学说，很有名望，就以重金聘请他来到齐都临淄。曹参虚心向盖公请教治理齐国的办法，盖公给他讲了一通黄老之学，其主旨是"治道贵清静而民自定"，发挥了老子"我无为而民自化，我好静而民自正"的思想。这一点正与曹参的想法相契合。他于是让出自己的正堂供盖公居住，待以殊礼，使这位老人成为自己身边的政治顾问。自此以后，曹参治理齐国就采用黄老之术，主要是推行以轻徭、薄赋、节俭、省刑为主要内容的各项政治经济政策，与民休息，不过多地干扰劳动人民的生产与生活，使他们有较充分的时间发展生产，安排生活，恢复被战争破坏的社会经济。这种打着"无为"旗号的政策恰恰反映了时代的要求和人民的愿望。因为经过秦末农民战争和楚汉战争之后，经济残破，人口锐减，国库空虚，百姓贫困。从战乱中侥幸活过来的广大人民迫切需要一个和平的环境，宽松的政策，使他们能够安居乐业，过上温饱的平静生活。由于曹参实行不干预或少干预的政策适应了齐国百姓的需要，很快取得了显著的效果："故相齐九年，齐国安集，大称贤相。"齐国走上了稳定的发展轨道。

公元前 195 年（汉十二年）四月，刘邦病逝。惠帝刘盈即位以后，宣布废除诸侯王国的相国职务，曹参由是改任齐国丞相。公元前 193 年（汉惠帝二年）七月，汉朝相国萧何病危，临终之前，当惠帝向他征询继任丞相的人选时，他同意惠帝遴选曹参。这时，远在齐国的曹参当得到萧何的死讯以后，也立即责成其舍人准备行装。他信心十足地对舍人说："吾将入相。"尽管萧何与曹参以前在封爵功劳位次上曾结下私人成见，但是，在汉王朝丞相的继承人这一重大问题上，两人却惊人的不谋而合。其实原因十分清楚，萧何从汉王朝的长治久安出发，深知曹参继任丞相能够保持汉王朝政策的连续性，保持大汉王朝的稳定性，而曹参也充满自信，凭其相齐九年的突出政绩，凭其元勋旧臣的资格，凭其在群臣百姓中的威望，凭其与刘邦的关系，尤其是凭其与萧何的深深相知，当朝相国，定是非己莫属。这说明，萧何与曹参在事关国家安危的大问题上，都能抛开个人恩怨，从汉王朝的大局出发加以妥善处理。事实很快证明了曹参的预见性。当僚属们对曹参是否能够继任相国尚处于疑惑之中的时候，汉惠帝派遣的征召曹参进京的使者来到了临淄。曹参稍事准备，即束装就道。临行前，他语重心长地对继任的齐国丞相傅宽说："以齐狱市为寄，慎勿扰也。"傅宽有些不解地问："治无大于此者乎？"曹参严肃地解释说："不然。夫狱市者，所以并容也。今君扰之，奸人安所容也？吾是以先之。"这里说的表面上是治安问题，实际上，他要求后继者不要改变他依据黄老思想所制定的宽松政策，特别在治狱方面不要过于严酷，对犯罪的人以宽大为怀，否则，一旦逼得他们铤而走险，就会造成整个社会的动荡和不安，危及社会的稳定。从这里可以看出，亲身经历过秦末农民战争的曹参，对秦朝二世而亡的教训是深记在心的。所以，他对于国家政治的指导原则，是宁失之宽而不失之严的。应该说，在拨秦之乱而反之正的特殊历史条件下，曹参的指导思想是适合当时社会需要的。曹参继萧何任汉朝的相国以后，把自己在治齐时遵奉的黄老思想作为治理全国的指导原则。他"举事无所变更，一遵萧何约束"，使刘邦与萧何制定和推行的那一套行之有效的与民休息的政策较好地继续下去。而不是像有些继任者那样，"新官上任三把火"，不问青红皂白，上台伊始，即一改前任之所为，甚至反其道而行之，以显示自己的才能，标榜自己的与众不同。曹参继任丞相后想到的不是显现自己的形象，而是国家社会的稳定和黎民百姓的安宁。所以，他的基本行政原则是，以不变更政策求稳定，以静制动，在稳定中求发展，用发展促进稳定。

曹参的用人原则是："择郡国吏木诎于文辞，重厚长者，即召除为丞相史。吏之言文刻深，欲务声名者，辄斥去之。"曹参认为，只有选取此类"谨厚木讷"的人物，才能遵纪守法，奉公尽职，在近乎"等因奉此"中保证刘邦、萧何既定政策的推行。正因为曹参一切都以刘邦、萧何时代的政策为准，不搞别出心裁的新花样，所以官务清闲，仿佛无公事可办，日以饮酒为乐。一些官吏宾客见他终日无所事事，实在不像一个日理万机的丞相，都想忠告他一番。但是，凡是前来拜访者，一律受到醇酒款待，而且一直让你喝得醉醺醺的不能说话。所以谁也无法向他提出规劝和建议。曹参住宅的后花园，与丞相府属吏的住所仅一墙之隔。那边的属吏们因公务清闲，于是日夜饮酒欢呼，声震四方。曹参的随从吏士感到如此下去不成体统，又不好出面加以禁止，只得请曹参到后花园游观，希望他发现此事后以丞相的身份出面加以禁止。谁知曹参听到墙那边属吏们的醉歌欢呼之后，微微一笑，非但不加以制止，反而命令从吏在自己园中张席坐饮。他开怀畅饮，频频劝酒，随从吏士们也吆五喝六，与毗邻的歌呼相应和。由于丞相府中所用吏员都是些奉职守法、循规蹈矩的人，所以很少有人犯大的错误；即使有些人因种种原因出现一点小的过失，曹参也不加深究，还时常为他们掩饰，不予惩罚。正因为这样，丞相府一直平静无事，所有公务皆按常规得以妥善处理，国家的政治和社会生活也得以正常地运转。曹参代萧何任丞相后，丞相府里虽然换了主人，但看来一切平静如常，仿佛没有发生一点变化。

曹参的儿子曹窋当时任中大夫，在宫中服侍汉惠帝。惠帝看到曹参任丞相之后，不仅没有拿出一点新的法规和办法，而且日夜饮酒，逍遥自在，似乎忘记了自己肩上的千斤重担一样，因而怀疑这位元勋大臣看不起自己这位年轻的皇帝。有一天，他想通过身边的曹窋了解其父亲的动向，便说："若归，试私从容问而父曰：'高帝新弃群臣，帝富于春秋，君为相，日饮，无所请事，何以忧天下乎？'然无言吾告若也。"曹窋回家后，就按照惠帝的吩咐，以惠帝的意思问他的父亲。不料曹参一改平日的温和慈祥，大发雷霆，命下人笞曹窋二百，并教训他说："趣入侍，天下事非若所当言也。"曹窋受罚，大惑不解。报告惠帝后，惠帝对曹参的行为也难以理解。后来，在曹参上朝时，惠帝责备曹参说："与窋胡治乎？乃者我使谏君也。"曹参摘掉帽子，以示谢罪。接着，君臣之间有一段颇有意思的对话：

曹参谢曰："陛下自察圣武孰与高帝？"

上曰："朕乃安敢望先帝乎！"

参曰："陛下观臣能孰与萧何贤？"

上曰："君似不及也。"

参曰："陛下言之是也。且高帝与萧何定天下，法令既明，今陛下垂拱，参等守职，遵而勿失，不亦可乎？"

惠帝曰："善，君休矣！"

表面上看，曹参是十分消极的，他仿佛在真诚地实践老子的"无为而治"，而这又恰恰是对秦朝"有为而治"深刻反省的结果。但他的"无为"并非真的无所作为，放弃国家对社会的管理职能；而是在执行既定法规的前提下以一定程度的放任主义给百姓以发展生产的宽松环境，在当时这应该说是最高明的治国方略了。在上面这段意味深长的对话中，曹参明确地告诉惠帝，你作为守成之君，我作为守成之相，我们的任务是在坚持既定政策的前提下，保持汉王朝已经开始的大好形势，把刘邦、萧何开创的事业继续下去。除此之外，不要旁顾，更不要想入非非。通过这次谈话，看来君臣之间对如何治理刘邦留下来的这个皇朝达成了共识：坚定不移、老老实实地做守成的君臣。曹参做相国三年，于公元前190年（汉惠帝五年）死去。两年后，惠帝也在醇酒妇人中死去。这一对君臣，汉王朝第二代领导人，正是在"无为而治"的治国方略下完成了他们承前启后的历史使命。

作为一个布衣卿相，曹参对汉王朝的贡献主要表现在三个方面。首先，他是丰沛起义的主要参加者之一，终刘邦之世南征北战，无论是进击秦军，还是与项羽作战，抑或镇压反叛的诸侯王，曹参几乎每役必与，为汉王朝的创立和巩固立下了不朽的功勋，他的辉煌战绩在同僚中很少有人能与之相比。其次，是他相齐九年，最先找到了汉王朝初期的指导思想——黄老思想。在这种思想指导下制定的与民休息政策持续了近六十年，对恢复和发展汉初残破的社会经济起了重大作用，既促成了文景二帝时期的繁荣和稳定，也为后来汉武帝时期大规模的"外攘夷狄，内兴功作"奠定了物质基础。第三，在刘邦、萧何相继死去，吕后女主临朝，主少国疑，匈奴觊觎，汉王朝的政局不太稳定的情况下，曹参以元勋大臣的身份，显赫的功劳，崇高的威望，接任相国职务，就以特有的方式保持了汉王朝政策的连续性，成为这一时期稳定西汉政局的重要因素。总体来看，曹参其人，除骁勇善战之外，政治上似不及萧何之宏图远略，智谋上似不及张良之聪敏善断，然而，由于他一直对汉王朝矢志忠贞，再加上功勋卓著，善于守成，他的出任相国，在当时的历史条件下恰恰成为汉王朝稳定的象征，是一个最合适的人选，其他任何人也无法替代。曹参任相三年，虽然无显著的建树，但由此而使黄老思想确立为汉初政治上的指导原则，也就在事实上提供了汉王朝日后繁荣的重要条件，其功绩是不可磨灭的。当时的民谣这样歌颂他："萧何为法，觏若画一；曹参代之，守而勿失。载其清净，民以宁一。"这种颂赞曹参足以当之。司马迁对他的评价亦比较中肯。他说：

"曹相国参攻城野战之功所以能多若此者，以与淮阴侯俱。及信已灭，而列焦成功，唯独参擅其名。参为汉相国，清静极言合道。然百姓离秦之酷后，参与休息无为，故天下俱称其美矣。"

显然，曹参在当时之所以受到百姓的颂扬，最主要的就在于他的行政原则

第七章

剪除异己　将相同心

顺应了历史的潮流，满足了人民的愿望，在时代需要守成的时候他选择了守成的方略，在平淡无为中显示了他若愚的大智。

在刘邦的布衣将相群中，有一位手无缚鸡之力，但却谋略出众、智慧超群并且带点神秘色彩的人物，他就是张良。据司马迁说，他原"以为其人魁梧奇伟，至见其图，状貌如妇人好女"。显然，张良没有当时武将魁梧的身材、奇伟的状貌，而是如同妇人女子般纤细单薄的文弱书生。他虽然家世相韩，出身于韩国的贵族世家，但是，在楚汉战争中，他却能顺应历史的潮流毅然追随布衣出身的刘邦，协助他打败了代表六国旧贵族利益的项羽，为创建又一个统一的封建皇朝贡献了自己的智谋和力量。事实上，尽管张良出身于韩国贵族，但在韩国被秦灭亡以后，他已经沦为布衣，而他自己也以"布衣"自居。因而他能与刘邦麾下那些布衣将相们相处融洽，不分泾渭，彼此团结合作，共同为刘邦所代表的事业而奋斗。除了性格、气质和才智的差异外，很难看出张良和其他人在根本政治立场上有什么不同，这大概就是他能够得到刘邦近乎绝对信任的主要原因吧。

大概从公元前218年（秦始皇二十九年）至公元前209年（秦二世元年）的近十年间，张良一直隐居于下邳一带。在此期间，他四处游历，熟悉了这一带的山山水水，风俗民情，深深爱上了这片富庶的土地。与此同时，他又广事交游，有意识地与不少豪杰、游侠、失意的士人建立了较密切的联系，酝酿着进行反对秦皇朝的斗争。原楚国贵族项伯犯了杀人罪，被张良藏匿起来，逃避了官府的追捕。张良与项伯结下的这一段生死情谊，后来曾对张良为刘邦谋划在鸿门宴脱险起了重大的作用。

公元前209年（秦二世元年）七月，陈胜、吴广起义反秦的消息传来以后，张良认为时机已到，立即聚会百余人响应。不久，景驹自立为楚假王，屯驻于留（今江苏沛县南）。张良率众前去投奔，行至下邳西遇到刘邦的起义军，遂转投刘邦。刘邦任命张良当厩将，留在帐下服务。张良多次在紧张的战斗间隙为刘邦讲解《太公兵法》，刘邦不仅认真专注地听讲，并且能够很快地在实践中灵活地加以运用。张良想到他为别人讲解此书时，他们都难于领悟。两相对比，使张良认识到刘邦的智慧远远高出其他反秦的将领，用他自己的话说："沛公殆天授。"因而决定放弃归附景驹的念头，永远追随刘邦建立功业。张良此一决策，显示了他的知人之明。当时，景驹有着高贵的出身，在楚地有着远较刘邦更大的号召力。张良改变归附于他的念头而转投刘邦，说明他看重的是一个人的气质和能力。他明白，在未来争夺天下的斗争中，高贵的血统并不是无往而不胜的因素。在当时，以张良的出身而有如此的认识和抉择，是很了不起的。

公元前208年（秦二世二年）六月，项梁与刘邦等起义军的将领共立楚怀王的孙子为义军的共同领袖，仍号楚怀王。在当时六国后裔和贵族纷纷恢复故国、建号称王的情况下，张良对故国的情感又强烈起来。他乘机对项梁说："君已立楚后，而韩诸公子横阳君成贤，可立为王，益树党。"项梁于是令张良找到韩成，将其立为韩王，并任命张良为韩国司徒。此后，张良就暂时离开刘邦，与韩王成一起率一支千余人的队伍向西游动，目标是恢复韩国故地。但因为当时秦军在中原腹地还有相当强的力量，这支队伍虽然攻下几座城池，却不易守住。因而他们只能在颍川（今河南禹县）一带往来游击，相机打击秦军。不久，项羽率军攻击河北秦军，刘邦率部向关中地区进击。当刘邦的军队从洛阳南出轘辕时，张良率军前来配合，接连攻克韩国故地十余城，基本上肃清了秦军在这一带的军事力量。之后，刘邦令韩王成带一支部队留守阳翟，巩固占领区。同时要求张良随大军南下，参议军务。刘邦一军南下猛攻宛城（今河南南阳），因秦郡守奋力抵抗，难以奏效。刘邦因入关心切，不想在宛城纠缠，决定弃城西走，进击关中东南部的门户武关。张良认为刘邦的决策不可取，就劝诫他说："沛公虽欲急入关，秦兵尚众，距险，今不下宛，宛从后击，强秦在前，此危道也。"这个分析是有道理的。刘邦立即采纳，星夜回师，以迅雷不及掩耳之势，兵临城下，逼降了据守宛城的秦南阳郡守，免除了后顾之忧。然后，大军西进，智取武关；转军北上，很快进至峣关之前。刘邦决定以两万军队正面攻关，迅速扫除进军咸阳的最后一道障碍。张良又劝阻说："秦兵尚强，未可轻。臣闻其将屠者子，贾竖易动以利。愿沛公且留壁，使人先行，为五万人具食，益为张旗帜诸山上，为疑兵，令郦食其持重宝啖秦将。"这显然是一个以小的代价取得大的成果的好办法。因为峣关地形险峻，秦军凭险固守，刘邦军纵使正面强攻得手，也要付出重大代价，强攻不如智取。郦食其不愧为机敏多智的说客，秦峣关守将果然在重利诱惑下同意与刘邦军联合进攻咸阳。当刘邦准备答应秦将提出的条件与之联合行动的时候，张良认为答应叛将的要求可能带来许多不必要的麻烦，而且秦军士卒的态度如何还不清楚，其中任何一个地方出了问题，都会影响全局。不如趁其思想麻痹，守备松懈之时，给他以出其不意的攻击，可以取得全胜。刘邦完全依张良的计策行事，果然一举攻下峣关，全歼秦军，咸阳的最后一道门户已经打开，迫使秦王子婴只能老老实实地在起义军的战马前投降。

刘邦率大军进入咸阳之后，立即被阿房宫那富丽的宫苑、豪华的帷帐、灿烂的珍宝、迷人的娇姬美妾所迷醉。他再也不想离开这个地方，打算尽情地享受一番。樊哙上前苦劝，刘邦根本听不进去。张良语重心长地对刘邦说：

"夫秦为无道，故沛公得至此。夫为天下除残贼，宜缟素为资。今始入秦，即安其乐，此所谓'助桀为虐'。且'忠言逆耳利于行，毒药苦口利于病'，愿沛公听樊哙言。"

在巨大的胜利面前，清醒的张良对一时糊涂的刘邦发出了中肯的劝告。他要刘邦明白，当时的形势还不容许他享乐，以暴易暴必然导致失败，只有与民更始才能立于不败之地。在张良与萧何等人的规谏下，刘邦醒悟过来。立即命令大军撤出咸阳，移驻霸上。同时封闭府库，采取一系列安定民心，稳定社会秩序的政策，给关中百姓留下了良好的印象。公元前206年（汉元年）十二月，在惊心动魄的鸿门宴上，张良以自己的机敏善断，帮助刘邦化险为夷。项羽分封时，刘邦被封为汉王。划定巴蜀作为封地。张良利用他与项伯的友情，通过项伯为刘邦向项羽求情，又得到了汉中一块封地，从而使刘邦日后向关中进军得到了一块有利的前进基地。刘邦率众去汉中时，张良送行至褒中（今陕西汉中北），然后回韩地。分手时，张良劝刘邦烧掉汉中通往关中的栈道，向人们尤其是项羽表明自己没有东向与楚军争天下的野心，以此麻痹项羽，使之疏于防范。这时候，张良不是留在汉中辅佐刘邦，而是东归韩地辅佐韩王成，显然是出于一种远见卓识的战略思考。刘邦与张良的意图是：在韩国故地树立一个坚定的同盟者，也就等于在中原地区建立一块前进基地，为即将揭幕的楚汉战争准备一些有利条件。张良的身份是韩国贵族，曾做过韩王成的臣子，回到韩国协助韩王，看起来顺理成章，或许不至于引起项羽的怀疑。谁知此事并没有蒙住项羽的眼睛，他竭力阻止韩王成与张良结合，使之难以形成一支与自己相抗衡的势力。张良赶到韩地以后，项羽先以张良追随刘邦为理由，拒绝让韩王成回到自己的封地。接着，他又把韩王成挟持至彭城加以杀害。项羽的作法打破了刘邦与张良原来的设想。张良只得暂留韩地，寻找为刘邦出力的机会。公元前206年（汉元年）八月，刘邦、韩信指挥汉军还定三秦，楚汉战争正式开始。

正当远在彭城的项羽考虑是否进兵阻击刘邦而犹豫不决时，张良立即以超然的姿态致书项羽说："汉王失职，欲得关中，如约即止，不敢复东。"以为刘邦的军事行动辩护，目的是麻痹项羽，掩盖刘邦决策东进的战略意图。同时。又告以齐、赵联合反楚的消息，将项羽的注意力引向东方，从而为刘邦巩固关中占领区，做好东出函谷关的准备赢得了时间。项羽果然上当，率楚军主力北击齐国。但项羽为了阻止刘邦东进中原，又立故秦朝的吴令郑昌为韩王，在原韩国故地树起一个封国。张良因郑昌与自己的故国毫无联系，自然不会为他出谋划策。他感到自己继续留在韩地已无所作为，就于公元前205年（汉二年）十月悄悄地回到刘邦那里，全力协助刘邦谋划对项羽的斗争。七月，刘邦利用楚军主力被拖在齐国的机会，率军数十万东向攻楚，一路势如破竹，直下彭城。不久，项羽全力反攻，在彭城大败汉军。刘邦败退至下邑（今安徽砀山）后，稍稍立定脚跟。为了反击项羽，刘邦决定以关东的广大土地作筹码，封赏可以击败项羽的将领。当他向群臣征询谁可担当此重任时，张良建议说：

"九江王黥布，楚枭将，与项王有隙；彭越与齐王田荣反梁地，此两人可急使。而汉王之将独韩信可属大事，当一面。即欲捐之，捐之此三人，则楚可破也。"

刘邦接受张良的建议，一面令说客随何潜入淮南，成功地策动了黥布背楚向汉；一面给予韩信、彭越以重赏，使他们倾全力对项羽及其依附的势力作战。后来的事实证明，这三个人对刘邦最后战胜项羽都起了举足轻重的作用。张良的建议再一次说明，张良的知人之明是其他人无可比拟的。

楚汉战争进行到第三个年头，公元前204年（汉三年）十二月，刘邦被项羽指挥的楚军团团包围在荥阳，形势十分危急。此时，张良因事外出，刘邦就向郦食其请教解除危机的办法。郦食其建议刘邦遍封六国的后裔为王，以为项羽广泛树敌，形成对楚军四面夹击的形势。刘邦对此未加深入考虑就答应下来，并且命人速刻王印，准备让郦食其以使者的身份去各地宣布刘邦分封的命令。在郦食其即将成行的时候，张良返回荥阳。他晋见刘邦时，刘邦正在吃饭。刘邦见到张良十分高兴，立即对他讲述了分封六国后裔的决定。张良吃惊地问："谁为陛下画此计者？陛下事去矣。"刘邦一下子怔住了，忙问为什么。张良拿起刘邦面前的筷子，一边比划，一边讲说，指出分封六国后裔有"八不可"，根本不能实行：

昔汤武伐桀纣封其后者，度能制其死命也。今陛下能制项籍死命乎？其不可一矣。武王入殷，表商容闾，式箕子门，封比干墓，今陛下能乎？其不可二矣。发钜桥之粟，散鹿台之财，以赐贫穷，今陛下能乎？其不可三矣。殷事以毕，偃革为轩，倒载干戈，示不复用，今陛下能乎？其不可四矣。休马华山之阳，示无所为，今陛下能乎？其不可五矣。息牛桃林之塑，天下不复输积，今陛下能乎？其不可六矣。且夫天下游士，离亲戚，弃坟墓，去故旧，从陛下者，但日夜望咫尺之地。今乃立六国后，唯无复立者，游士各归事其主，从亲戚，反故旧，陛下谁与取天下乎？其不可七矣。且楚唯毋强，六国复桡而从之，陛下焉得而臣之？其不可八矣。诚用此谋，陛下事去矣。

张良虽然出身于韩国贵族，但此时却站出来力主不能封六国之后为王，实在是难能可贵。他列举的"八不可"理由，尽管有些囿于历史传统的"迂阔"之词和对汤、武的过分美化，但在当时的历史条件下，其主导思想无疑是正确的。张良已经清醒地看到，封六国后人为王，非但不能壮大刘邦的力量，而且适得其反，还会使现有的力量受到削弱。这是因为，六国后人从刘邦那里获得王位后，不见得一定成为刘邦的同盟力量，而他们中的相当一批人也不见得能够形成足以影响战局的力量。特别是，一旦六国后裔有了王位与地盘之后，将会吸收一大批攀龙附凤的文武之士，刘邦麾下的能臣和骁将就可能改换门庭。一个中心就会变成多中心，势必削弱自己的力量。张良的见解显然比郦食其高出一筹。此时的张良对于秦之灭韩可能还余恨未消，但理智却告诉他，七国并立的局面已成历史陈迹，在当时的情况下，虽然"日夜望咫尺之地"的分土封侯意识还顽强地影响着一部分人，但再想恢复五霸七雄的局面已经不可能了。大概从这时候起，张良已经放弃了恢复韩国的理想。尽管西汉初年韩王信奉刘邦之命建立了一个以晋阳为中心的韩国，但自始至终看不出张良与这个韩国有什么关系。张良的意见使刘邦恍然大悟。他"辍食吐哺"，怒形于色，大骂郦食其"竖儒，几败乃公事！"下令立即销毁已经刻好的印信，打消了封六国后裔为王的念头。

公元前203年（汉四年）十一月，韩信打垮齐楚联军，基本平定齐国以后，权势欲极度膨胀。他派人致书刘邦，要求封自己为"假齐王"，即暂时代理齐王。此时的刘邦正被楚军包围在荥阳，处境异常艰难，日夜望韩信前来救援。接到韩信的书信后，刘邦十分恼怒，当着使者的面大骂韩信要挟自己。张良与陈平知道此时还必须笼络住韩信，使之不变成异己的力量。就悄悄地从后面踩刘邦的脚，同时附耳告诫他："汉方不利，宁能禁信之王乎？不如因而立，善遇之，使自为守。不然，变生。"在这里，张良处事冷静、虑事周密、敏思善断的特点再一次表现出来。韩信在楚汉战争中屡建奇功，但在平定齐国后，那种臣与君市的潜意识左右了他的行动，希望以功劳换得爵位和封土。而此时，项羽的说客武涉和韩信的谋士蒯通等人正在幕后频繁活动，千方百计策动韩信背汉自立，与楚、汉形成三足鼎立之势。这时候如果不设法稳住韩信，必将对刘邦平定天下的大事带来难以预料的波折。刘邦接受张良的建议，并派他为使者，到齐地宣布封韩信为齐王。这一着果然灵验，韩信得到齐王的封号以后，权势欲暂时得到满足，立即起兵南下，造成对楚军北翼的威胁，缓解了楚军在荥阳一线对汉军的压力，楚汉战争的形势大大改观。

公元前202年（汉五年）冬，当刘邦率汉军追击楚军至固陵（今河南阳夏南）时，韩信和彭越的军队却都停止了对楚军的进攻。项羽抓住机会，对刘邦指挥的汉军猛烈反击，使汉军一时又陷于困境。这时，又是张良想出了让韩信、彭越迅速率兵奔赴前线、四面夹击楚军的计策。他对刘邦说：

"楚兵且破，信、越未有分地，其不至固宜。君王能与共天下，今可立致也。即不能，事未可知也。君王能自陈以东傅海，尽与韩信；睢阳以北至古城，以与彭越；使各自为战，则楚易败也。"

这里张良提供给刘邦的依然是以土地封爵换取韩信、彭越效命的策略。显然，在当时的历史条件下，舍此无法调动手握重兵的韩、彭二人的积极性。刘邦依其计而行，结果是韩、彭两军南进，诸路汉军会师垓下，很快致项羽于死地，使刘邦取得了楚汉战争的最后胜利。

从进军关中到最后消灭项羽为首的强大军事集团，六七年间，张良作为刘邦身边最重要的谋士，参与了大量的政治和军事的决策。在许多关键时刻，他或帮助刘邦排忧解难，度过困厄；或提出建议，纠正刘邦错误的决策；或运筹奇谋，轻而易举地取得重大胜利。这显示了张良远见卓识的政治眼光、料事如神的足智多谋和娴熟周到、详审细密的思考，以及对刘邦的矢志忠贞，直言敢谏。他后来与韩信、萧何相伯仲被人誉为"汉初三杰"，主要原因就在于此。而在这三杰之中，萧何的主要作用是镇抚后方，治政理民，保证后勤供应。韩信则是自统一军，大部分时间离开刘邦在另一个战场上独立指挥作战。只有张良，一直跟随刘邦南北驰骋，患难与共，艰危与共，一起度过了楚汉战争的日日夜夜。他的忠诚经受了刘邦处境最困难时期的考验，他的谋略智慧也恰恰在促成这种困境变成胜利坦途时得以充分地表现。"知臣莫如君"，刘邦对张良在建立汉王朝的伟业中所建立的功绩是十分清楚的。所以他在洛阳南宫总结自己战胜项羽的原因时说了"运筹策帷帐中，决胜千里外，吾不如子房"的话，完全是一种中肯的肺腑之言。后人对张良的才干和功绩也十分推崇，明朝刘基就曾对朱元璋说："汉家四百年天下，尽在张良一借箸。"认为张良借箸规劝刘邦放弃封六国后人的宏论显示了高瞻远瞩的战略眼光。刘邦做皇帝之后，于公元前201年（汉六年）十二月大封功臣，推尊萧何功劳第一。对于张良，刘邦也准备给予丰厚的褒奖，他要张良在齐地"自择三万户"作为封地。在当时，这是侯爵中最高的封赏了。面对刘邦慷慨的封赐，张良并没有表现出一般臣子兴高采烈的失态。他平静地对刘邦说："陛下用臣计，幸而时中，臣愿封留足矣，不敢当三万户。"留当时是一个小县，而且处于四战之地，人口不会超过五千户。结果刘邦答应了张良的请求，封他为留侯。从这一件事可以看出，张良在时人梦寐以求的名利面前是很达观的。在这一点上，他无疑超过了刘邦麾下的任何一个人。

汉王朝建立以后，张良一方面由于体弱多病，不胜繁剧，一方面也因为淡于权势，所以没有担任行政方面的具体职务。但作为刘邦的忠贞臣子和得力谋士，他立即把自己的注意力集中到如何巩固和加强汉王朝的统一与安全问题上，不失时机地提出一系列的建议，供刘邦采择。公元前201年（汉六年），刘邦将功臣二十多人封为侯爵以后，其余那些未得封爵的功臣"日夜争功不决"，气氛十分紧张。刘邦在洛阳南宫，远远看见诸将三三两两窃窃私语，就问张良：他们在一起说些什么？张良告诉刘邦，这些人说不定有谋反意图。刘邦大为惊异，认为当时天下已经安定，他们没有理由谋反。张良说：

"陛下起布衣，以此属取天下。今陛下为天子，而所封皆萧、曹故人所亲爱，而所诛者皆生平所仇怨。今军吏计功，以天下不足遍封；此属畏陛下不能尽封，恐又见疑平生过失及诛，故即相聚谋反耳。"

刘邦听后，顿时感到事态严重，就向张良请教一个万全之策。张良问刘邦："上平生所憎，群臣所共知，谁最甚者？"刘邦脱口而出："雍齿与我故，数尝窘辱我，我欲杀之，为其功多，故不忍。"张良说："今急先封雍齿以示群臣，群臣见雍齿封，则人人自坚矣。"刘邦高兴地接受了张良的建议，摆下酒宴，宣布将与他个人有宿怨的雍齿封为什方侯，并令丞相、御史立即"定功行封"。这位雍齿虽是刘邦的故人，较早加入刘邦的起义军，但在公元前208年（秦二世二年）据丰邑背叛刘邦，投靠魏国。尽管后来又重新归顺刘邦并且立下不少功劳，可是刘邦总难忘却他的背叛之举。二人不睦是尽人皆知的。

所以雍齿受封的消息一经传出，群臣皆喜，异口同声地说："雍齿尚为侯，我属无患矣。"他们的疑惧情绪自然也就平息下去了。平心而论，刘邦分封时，群臣虽然争功，但决不致谋反，特别不会出现群起反叛的局面。因为当时国家与社会总的趋势是走向稳定，不存在动乱的因素。同时，刘邦的部下绝大部分都是丰沛起义的故旧，中途陆续加入者也都经历过与刘邦共度患难的考验，对刘邦是忠诚的，都把自己的富贵利禄与刘邦联系在一起，他们怎么会谋反呢！对此，明智如张良者当然不会不清楚。显然，张良之所以用群臣谋反警示刘邦，恐怕主要是催促刘邦加快分封群臣的步伐，并尽量做到公正，使之得到与本人功劳相应的封赏，以安定他们的情绪，保持统治集团内部的稳定和团结。对这件事，司马光的看法是比较深入的。他说：

"张良为高帝谋臣，委以心腹，宜其知无不言；安有闻诸将谋反，必待高帝目见偶语。然后乃言之邪！盖以高帝初得天下，数用爱憎行诛赏，或时害至公，群臣往往有触望自危之心；故良因事纳忠以变移帝意，使上无阿私之失，下无猜惧之谋，国家无虞，利及后世，若良者，可谓善谏矣。"

封赏引起的波澜过去不久，又发生了迁都之议。其时，齐人娄敬以布衣见刘邦，劝说他将都城由洛阳迁至关中。刘邦一时犹豫未决。因为刘邦左右的大臣大都为山东人，希望都城距家乡近一些，所以纷纷劝说刘邦留都洛阳。理由是"雒阳东有成皋，西有殽渑，倍河，向伊雒，其固亦足恃"。这时，只有张良站出来全力支持娄敬迁都关中的建议。他说：

"雒阳虽有此固，其中小，不过数百里，田地薄，四面受敌，此非用武之国也。夫关中左殽函，右陇蜀，沃野千里，南有巴蜀之饶，北有胡苑之利，阻三面而守，独以一面东制诸侯。诸侯安定，河、渭漕挽天下，西给京师；诸侯有变，顺流而下，足以委输。此所谓金城千里，天府之国也，刘敬说是也。"

一方面由于张良对洛阳和关中的对比分析说理透彻、精辟，一方面更由于张良跟定刘邦后每谋必中，因而张良的一番话最后坚定了刘邦迁都关中的决心。

于是，在关中平原上出现了长安这样一座举世闻名的古都。迁都问题上的争论再次显示了张良超过其他人的远见卓识。

刘邦晚年的时候，一度打算废掉刘盈的太子地位，而改立戚夫人之子赵王如意为太子，从而引发了一场震动宫廷内外的风波。张良从汉王朝的稳定出发，在关键时刻出奇计，保住了刘盈的太子地位。公元前196年（汉十一年），英布在淮南反叛，刘邦最后一次御驾亲征。张良为刘邦送行至曲邮（今陕西临潼东）。分手之前，对刘邦说："臣宜从，疾甚。楚人剽疾，愿上慎毋与楚争锋。"同时请求刘邦"令太子为将军监关中兵"。刘邦再一次要求他辅佐太子，并任命他为太子少傅，这是张良在西汉王朝担任过的唯一的也是最后的官职。

可能因为体弱多病，在刘邦反击匈奴和平定异姓诸侯王的斗争中，张良没有像往常那样跟随刘邦亲临前线。但是，他仍一如既往地为刘邦出谋划策，为争取这些战争的胜利起了应有的作用。张良亲自参加的战役只有公元前197年（汉十年）九月至第二年冬天对陈豨的征伐。此役中，汉军攻克雁北重镇马邑（今山西朔县），就是靠了他的"奇计"。不过，自汉王朝建立之后，张良的主要活动还是备顾问。史载萧何做相国时，张良"所与上从容言天下事甚众，非天下所以存亡，故不著"。张良所讲天下事的具体内容虽然已难以稽考，但其中的绝大多数内容应该是如何巩固汉王朝，安定社会的长治久安之策。张良在西汉建国以后之所以没有担任显要官职，身体有病固然是重要原因，但最根本的恐怕还是他信奉道家，淡于名利，对于同君主可以共患难不可以共安乐有着比较清醒的认识。他只求颐养天年，优游岁月，得以寿终，而不愿卷入激烈的政治斗争旋涡，以免招来杀身之祸。他将自己功成身退的思想用"学辟谷，道引轻身"加以掩饰。张良自述自己的人生态度说："家世相韩，及韩灭，不爱万金之资，为韩报仇强秦，天下震动。今以三寸舌为帝者师，封万户，位列侯，此布衣之极，于良足矣。愿弃人间事，欲从赤松子游耳。"实际上，张良明白，在刘邦创业时期，他与功臣们为一个共同目标奋斗，是比较容易团结一致的。一旦敌人消灭，刘邦与其功臣之间就有一个财产权力再分配的问题，这时内部矛盾最容易暴露和激化。作为一个臣子，如果太热衷功名利禄，就有可能引起君主的疑忌而使自己成为可悲的牺牲者。一个功臣要想在和平时期平安无事，最要紧的就是对权位功名、富贵利禄采取一种恬淡的态度。司马光就看出了张良"学辟谷"的行动所蕴含的深意，他评论说：

夫生之有死，譬犹夜旦之必然；自古及今，固未有超然而独存者也。以子房之明辨达理，足以知神仙之为虚诡矣；然其欲从赤松子游者，其智可知也。夫功名之际，人臣之所难处。如高帝所称者，三杰而已；淮阴诛夷，萧何系狱，非以履盛满而不止耶！故子房托于神仙，遗弃人间，等功名于外物，置荣利而不顾，所谓"明哲保身"者，子房有焉。

应该说，这番出自具有丰富的官场阅历的大史学家之口的评论是很有见地的。

在西汉初年的布衣将相之群中，张良尽管与其他人有着明显的出身差异，但他基本上应该算是这个群体中的一员，他以"布衣"自居亦并非谦词。作为汉初三杰之一，张良不仅以自己无与伦比的聪明才智为汉王朝建立了不可磨灭的功勋，也为自己赢得了令时人倾慕不已的爵位封土、富贵利禄。同时，更以洞若观火的明哲，深思熟虑的举措，在权势面前恬淡自守，在统治集团矛盾中急流勇退，终于在世人的崇敬与哀惋中得以寿终。大概是张良淡于名利的缘故，汉初三杰之中，他的遗迹是最少的。他的封地留城，在沛县城东南十五里处，如今已淹没在烟波浩渺的微山湖中。其余几处张良祠庙也大都倾圮，只有地处陕西城固县城东北三十里的白云山上的"留侯辟谷处"，仍然以其特有的静谧和清幽，供后人凭吊。李一本《过留侯辟谷处》诗，对张良的一生作了比较中肯的评价：

一介尘埃士，兴刘仗秘猷。

殊中超百代，盍见异群侯。

借箸开基远，封留雅志酬。

泛湖同比迹，远害去遨游。

总体来看，张良以自己带点神秘色彩的一生树立了封建社会中帝王之师的一种典型，将超人的智慧与参透生死的明哲结合在一起，既能施展才智，建功立业，又能进退自如，防患避祸，因而对后世产生了深远的影响。我们在东汉邓禹、三国诸葛亮、北宋赵普、明朝刘基等人身上，似乎都可以看到张良的影子。

在西汉初年的布衣将相群中，有两个同任丞相、功业卓著但性格迥异的人物，一个是奇计屡出、多谋深算的陈平，一个是疾恶如仇，戆直敢言的王陵。他们的结局也大相径庭，陈平在任何情况下都游刃有余，官运亨通。王陵则因在吕后当政时敢于讲真话、拂逆鳞，最后丢官罢职，在抑郁不平中离世。

从公元前206年陈平离开项羽投奔刘邦，至公元前195年刘邦寿终正寝，十多年的时间内，陈平一直跟随刘邦南征北战，在楚汉战争，消灭异姓诸侯王的斗争和反击匈奴的战争中，频出妙计，屡建奇功。陈平与张良一样，虽然不能亲赴前线冲锋陷阵，但却以自己的老谋深算发挥着别人无可替代的作用：或使刘邦摆脱困厄，变不利为有利；或使刘邦以较小的代价换取较大的成功；或兵不血刃，取得比大规模流血还要大的胜利。在这十多年的艰难历程中，陈平以非凡的才智，绝对的忠贞，经不同寻常的考验，获得了刘邦的极大信任，被视为是可以托六尺之孤的忠臣，汉王朝的重要支柱。

公元前195年（汉十二年）十一月，刘邦平定英布的叛乱后带病返回长安。不久，又得到燕王卢绾反叛的消息，于是立即命令樊哙率兵进击。然而，樊哙刚刚率军离开长安，就有人在刘邦面前进谗言诋毁他。病中的刘邦勃然大怒，立即命令陈平与周勃疾驰至樊哙军中，将樊哙就地斩首，由周勃接替指挥权。二人受诏上路之后，明白这是一项非常棘手的任务，况且处在刘邦病情严重的时刻，决不能等闲视之。于是计议说："樊哙，帝之故人也。功多，且又乃吕后妹吕媭之夫，有亲且贵，帝以忿怒故，欲斩之，则恐后悔。宁囚而致上，上自诛之。"二人的考虑是周密的，他们采取的矛盾上交的办法也是当时最好的选择。二人来到前线，一面将樊哙囚送长安，一面以周勃代统其众迅速平定了燕地的叛乱。陈平在返回长安复命的路上得到了刘邦的死讯，深恐吕后和樊哙妻子吕媭迁怒于他，立即决定先返长安，以便向吕后姊妹作出解释。但途中却接到使者专门传达的吕后之命，要陈平与灌婴一起屯兵荥阳。陈平接受诏书以后，思之再三，决定不去荥阳赴任，而是先回长安。陈平回到长安以后，连家门也未进，就奔到刘邦的灵前痛哭不止。同时向吕后复命，详细说明奉刘邦之命处理樊哙事件的经过，以求得到吕后的谅解。吕后看到陈平在刘邦灵前如丧考妣的样子，同时也感到他处理樊哙之事也比较得体，就没有怪罪他，只是要他回家休息。陈平怕吕媭及其亲信乘自己不在时向吕后进谗言，坚决请求留在宫中为刘邦的丧事服务。吕后见他态度至诚，言词恳切，就批准他的要求，同时任命他为郎中令，担任皇宫的卫戍任务，因而得以不离惠帝和吕后左右。如此一来，吕媭等人的谗言便无从得逞了。不几天，樊哙被解至长安，吕后当即下令予以赦免，复故爵食邑。从陈平奉刘邦之命处理樊哙问题到返回长安后的一系列活动，突出地表现了他超人的机智和处理复杂问题的能力。很短的时间内，陈平一次违背刘邦的命令，一次违背吕后的命令，每一次都可能使自己陷于死罪，可是陈平的两次违抗圣旨，恰恰为自己免祸创造了条件。陈平敢为人所不敢为，正显示了他的过人之处。

陈平为郎中令六年之久，终日周旋于惠帝吕后之间，进一步赢得了他们的信任。公元前189年（汉惠帝六年），相国曹参病逝。陈平由郎中令晋升为左丞相。安国侯王陵做了右丞相，地位居陈平之上。

王陵（？～公元前181年），也是刘邦的同乡，"始为县豪"，说明他一定出身于较殷实的人家。刘邦微时"兄事陵"，表明他们是老朋友。后来刘邦发动丰沛起义，投身反秦斗争，组织领导了一支强大的队伍，一直打进咸阳。与此同时，王陵也拉起了一支数千人的队伍，同秦军作战，屯驻南阳一带，但一直到楚汉战争前夕，他还是独立活动，既未归附刘邦，也没有投奔项羽，项羽分封时，可能由于王陵未归顺于他，或者由于力量太小影响不大，因而什么封号与地盘也没有给他。楚汉战争开始以后，王陵意识到凭自己手中这点力量实在难以独立存在，只能在楚汉两大集团之间进行选择。经过慎重比较后，他毅然选择了自己的老朋友刘邦。项羽为报复王陵，虏其母亲为人质，要挟王陵投诚。王陵母亲私送儿子派来的使者，泣曰："为老妾语陵，谨事汉王。汉王，长者也，无以老妾故，持二心。妾以死送使者。"遂伏剑而死。为此，项羽残忍地烹煮了王陵母亲的尸体。王陵之母是一个深明大义的老人，项羽对待她的暴行进一步坚定了王陵归附刘邦的决心。不过，王陵虽然已经投到刘邦的麾下，但因为他与刘邦的仇人雍齿相友善，再加上长期不愿归属刘邦，所以没有马上受到重用，直到很晚才得到一个安国侯的封号。但是，王陵毕竟是刘邦的同乡和老朋友，"为人少文任气，好直言"，具有许多别人不俱备的品质。所以刘邦临终前留下遗言，让这位"少戆"的老友继萧何、曹参之后任汉朝的丞相。王陵任右丞相后二年，即公元前187年（汉惠帝八年），汉惠帝死去。吕后为了加强和巩固自己的权力，打算封自己的侄儿为诸侯王。有一次，她在朝堂上征求大臣们的意见，先试探王陵的口气，王陵丝毫不予通融。他振振有词地说："高皇帝刑白马而盟曰：'非刘氏而王者，天下共击之。'今王吕氏，非约也。"对吕后的要求断然加以拒绝，使吕后很不高兴。吕后转而试探陈平与周勃，这两位城府很深的人物知道当时他们自己无力阻止吕后封王诸吕，就顺水推舟地迎合说：

"高皇帝定天下，王子弟；今太后称制，欲王昆弟诸吕，无所不可。"他们的话自然赢得了吕后的欢心。王陵知道陈平与周勃讲的是违心的话，对他们十分不满，罢朝以后，就怒形于色地责备二人说："始与高帝喋血而盟，诸君不在邪？今高帝崩，太后女主，欲王吕氏，诸君纵欲阿意背约，何面目见高帝于地下乎！"陈平面对疾言厉色的王陵，并不生气，十分坦然地说："于面折廷争，臣不如君；全社稷，定刘氏后，君亦不如臣。"陈平明白，在当时的情势下，封王诸吕已是吕后不可动摇的方针，朝中大臣谁也无力阻止。为了与诸吕进行长期而有效的斗争，首先必须保住自己的职位。为此，宁肯暂时迎合吕后而保住权位，也不能正面抗争而被赶出朝堂。只要保住权位，就为以后伺机而起创造了条件。事实证明，陈平当时采取的斗争策略是正确的。过于质直的王陵很快被夺去了相权，而迁为有职无权的太傅。王陵决定与吕后对抗到底"以谢病免"，不接受太傅之职，后来"杜门竟不朝请"，不屑与吕后见面。最后于公元前181年（吕后七年）忧愤而死。平心而论，王陵在刘邦的布衣将相群中是个比较一般的人物，其智慧、谋略与功劳较之萧何、张良、陈平、曹参、周勃、樊哙、灌婴等人逊色多了。不过，王陵虽然较晚才归附刘邦，但对刘汉王朝的耿耿忠心却是从一而终，毫不动摇。在吕后的淫威面前，敢于面折廷争，毫不掩饰地讲出自己的观点，置生死荣辱于度外，宁肯丢官也不妥协，骨鲠之气，溢于言表。尽管在复杂的政治斗争中，王陵显得过于憨直，但在刘邦的布衣将相群中，能如此者，也只有王陵一人而已。

王陵罢相之后，吕后晋升陈平为右丞相，同时以自己的亲信审食其为左丞相，实际上把持了丞相府的大权。陈平知道，此时必须行韬晦之计，使吕后放松对自己的警觉。于是他装出一副淡于名利，倦于政事的样子，"为相非治事，日饮醇酒，戏妇女"。这一招果然起到了麻痹吕后的作用。虽然吕媭多次在吕后面前以此诋毁陈平，但吕后对此却由衷的高兴，认为陈平是一个毫不可怕的酒色之徒，丝毫不会对自己造成威胁。有一次，她故意当着吕媭的面笑嘻嘻地对陈平说："鄙语曰'儿妇人口不可用'，顾君与我何如耳，无畏吕媭之谗也。"明白无误地告诉陈平：只要你一切顺着我，富贵利禄可保无虞。不久，吕后就立诸吕为王再次征求陈平意见时，陈平又佯装同意。通过这些办法，陈平保住了相位，从而为日后诛杀诸吕创造了条件。在处理同吕后的关系上，陈平显得圆滑世故，在策略上确比王陵高明。在同吕氏集团的斗争中，王陵是一个正气凛然的失败者，陈平却是一个老谋深算、笑到最后的胜利者。

公元前180年（吕后八年），吕后死去。陈平与周勃一起，团结朝野的拥刘势力，通过一次军事政变，一举诛杀诸吕，迎代王刘恒即皇帝位，从而把汉王朝导向了一个新的稳定发展的历史时期。

在策划和实施诛杀诸吕的过程中，陈平和周勃同样建立了不可磨灭的功绩。所以，在文帝即位以后，他们双双被任命为丞相，而陈平居右。此时，陈平感到周勃资格比自己老，功劳比自己高，官职反而比自己低，就决定将右丞相之位让于周勃。为此，他借故生病不履行职责。文帝对陈平的行动感到奇怪，就询问原因。陈平坦率地说："高祖时，勃功不如臣平；及诛诸吕，臣功亦不如勃，愿以右丞相让勃。"文帝接受陈平的要求，晋升周勃为右丞相，位居第一。陈平降为左丞相，位居第二。同时，赏赐陈平金千斤，益封三千户。过了一段时期，文帝逐渐熟悉了国家政务，经常与朝臣讨论有关问题。有一次在朝见群臣的时候，文帝连问周勃："天下一岁决狱几何？""天下一岁钱谷出入几何？"周勃皆瞠目结舌不知所对，以致汗流浃背，羞愧难当。当文帝转而问陈平时，陈平回答"有主者"，并从容解释说："陛下即问决狱，责廷尉；问钱谷，责治粟内史。"文帝又追问："苟各有主者，而君所主者何事也？"陈平微微一笑，胸有成竹地侃侃而谈：

"主臣！陛下不知其驽下，使待罪宰相。宰相者，上佐天子理阴阳，顺四时；下育万物之宜；外镇抚四夷诸侯，内亲附百姓，使卿大夫各得任其职焉。"

文帝对陈平的回答十分满意，因为丞相作为总理朝政、领导百官的国家最高行政长官，他的任务是协助皇帝掌握国家大政方针的决策和整个国家机器的运转，而不必事事躬亲，更不需要对具体部门的工作越俎代庖。下朝以后，惭愧得有点无地自容的周勃责备陈平说："君独不素教我对！"陈平笑着说："君居其位，不知其任也？且陛下即问长安中盗贼数，君欲强对邪？"这次朝对，使周勃知道自己处理国家政务的能力远不及陈平。于是他自愿呈请罢相，让陈平一人做丞相。此后，陈平一人独任汉朝丞相直到公元前178年（汉文帝二年）他病逝为止。

在刘邦的布衣将相群中，陈平是一个特点鲜明的人物。他的足智多谋近于张良，但二人却性格迥异。张良作风谨严，思虑周全，凡事三思而后行，因而任何事情都处理得圆满周到，天衣无缝。所以很少授人以柄，几乎给人以完人

第七章

剪除异己　将相同心

的印象。陈平则豁达大度，不拘小节，善出奇计，敢为人所不为，以权谋私，受诸将金，毫不隐讳。但他大节无亏，智谋超人，能为别人所不能为。虽然周围物议纷纷，刘邦却对他愈益信任。陈平与张良一样，在楚汉战争的艰难岁月里经常追随刘邦左右，随时献计献策，往往在事关全局的重大问题上提出正确的建议，协助刘邦做出正确的决策，显示了高瞻远瞩的卓识，立下了别人无法替代的功劳。但在楚汉战争结束，汉王朝建立以后，张良与陈平的行动却似乎截然相反了。张良淡于名利，辟谷养生，退隐求全。陈平则依然故我，积极参加了一系列尖锐的政治与军事斗争。他不仅在协助刘邦平定异姓诸侯王和同匈奴的斗争中"六出奇计"，而且在刘邦死后又历仕两朝，最后在诛杀诸吕、保卫刘氏皇统的斗争中起了重要作用。晚年位居丞相，全面执掌了大汉王朝的朝政，权势荣华，达于顶点。最后在汉王朝进入辉煌的"文景之治"时无疾而终。陈平归汉二十七年，历仕三朝，对汉王朝的建立、巩固和发展做出了重大的贡献。在千回百转、波澜起伏、险象环生的军事政治斗争中，他运筹帷幄，从容不迫，奇计迭出，所谋必中。尽管朝中同僚对他嫉妒怨恨者不乏其人，但谁也动不了他半根毫毛。其根本原因有两个方面：一是他对汉王朝绝对忠诚，因而从刘邦那里取得了不可动摇的信任；二是他有着超人的智慧与谋略，使他能够在看来险峻的小道上如履坦途。他自称"多阴谋"，城府很深，善于把自己的真实思想感情掩饰得不露形迹。刘邦死后，吕后专权，形势对忠于刘氏皇统的人是不利的。陈平机智圆滑，巧于应付，保住了自己的官位，在吕后的眼皮底下隐蔽下来。但是，陈平的立场又是坚定不移的，自从跟定刘邦以后，他对刘氏皇朝的忠诚从来就没有动摇过。因为他明白，只有在刘邦麾下，他的聪明才智才能得到充分发挥，也才能得到自己追求的功名利禄。陈平特别善于审时度势，善于选择斗争时机，在条件成熟时他对吕氏集团的斗争显得坚定而又彻底。陈平是汉初黄老思想的信奉者和黄老政治的忠实推行者，汉初社会生产的恢复和发展，社会经济的繁荣以及社会生活的逐渐安定，都有他的一份功劳。陈平生逢乱世，前后侍奉过魏豹、项羽、刘邦、惠帝、吕后和文帝等六位主人，经历过极其复杂险恶的政治、军事、外交和宫廷阴谋的斗争，陈平能够做到履险如夷，生荣死哀，不能不说他得力于黄老之学的谋略和权术。如果说，在曹参身上，人们更多地看到的是黄老思想的"无为"的一面；那么，在陈平身上，人们更多看到的似乎就是黄老思想的"无不为"的一面了。司马迁这样评价陈平：

"陈丞相平少时，本好黄帝、老子之术。方其割肉俎上之时，其意固已远矣。倾侧扰攘楚魏之间，卒归高帝。常出奇计，救纷纠之难，振国家之患。及吕后时，事多故矣，然平竟自脱，定宗庙，以荣名终，称贤相，岂不善始善终哉！非知谋孰能当此者乎？"

这应该是同时代人的中肯评价。

在汉初的布衣将相群中，周勃与樊哙、灌婴等同属于一种类型：他们是刘邦的同乡与朋友，一起参加丰沛起义，能征惯战而又对刘氏皇朝绝对忠诚，但文化水平较低，政治上无大建树。

周勃（？～公元前169年），秦朝泗水郡沛县人。他出身贫寒，以编织苇席为生。在人家办丧事时，他也常去吹箫，混碗饭吃。周勃是一个有点才艺的小手工业者。大概因为生长于战乱年代，他自幼习武，弓马娴熟，再加上职业特点，使他结交了大批地方上的豪杰之士，因而眼界开阔，洞明世事。公元前209年（秦二世元年）九月，他参加了刘邦领导的丰沛起义。此后，他一直作为一位骁勇善战的将军驰骋沙场，为汉王朝的建立和巩固屡建奇功。从公元前209年（秦二世元年）至公元前206年（汉元年），在历时三载的反秦战争中，周勃一直追随刘邦转战各地，参加了同秦军的一系列战斗。最后攻破武关、峣关，消灭秦军于蓝田，迫使秦王子婴拱手向起义军投降。在历时四年的楚汉战争中，周勃又随刘邦出汉中，取三秦，东出函谷关，与楚军鏖战于中原。公元前202年（汉五年）十二月，参加了围歼项羽的最后战斗。以后，又随刘邦平定了燕王臧荼的叛乱，征伐投降匈奴的韩王信和叛将陈豨，稳定了汉朝北部边疆的形势。

公元前195年（汉十二年），燕王卢绾降匈奴。病中的刘邦先是命樊哙带兵平叛，后又命周勃以相国代樊哙指挥汉军平叛。不久，刘邦死去。此时，周勃正率军与叛军激战，一举攻克蓟城（今北京）并生俘卢绾的大将、丞相、太尉、御史大夫等重要官吏。继而追歼其残部。一直攻至长城脚下。平定上谷十二县，右北平十六县，辽西辽东二十九县，渔阳二十县。使东北边境的形势基本上稳定下来。

周勃戎马半生，战功赫赫。据《史记》记载，他随刘邦参加征战数十次，共俘相国一人，丞相二人，将军、二千石各三人。自己单独统军破敌二军，克城二座，平定五郡七十九县，生俘丞相、大将各一人。

当周勃平定燕地，率军凯旋长安的时候，刘邦已经去世。惠帝继位后，周勃以列侯的身份侍从左右。公元前189年（汉惠帝六年），吕后遵循刘邦的遗嘱，任命周勃做了太尉。在吕后封王诸吕时，他与陈平佯装赞同，讨得了吕后的欢心，保住了自己的官位，与丞相陈平一起在吕后身边隐藏下来。公元前180年（吕后八年），吕后病死，周勃当机立断，与丞相陈平、朱虚侯刘章等共同谋划，诛杀了吕禄、吕产为首的吕氏集团，迎代王刘恒即帝位，恢复了刘氏的皇统。周勃因功晋升为右丞相，赐金五千斤，食邑万户，位居陈平之上。但周勃自知行政才能远逊于陈平，又担心功高震主，为求免祸，他在做右丞相月余（《汉书》作十余月）以后即自动归还相印，由陈平独任丞相。第二年，陈平去世，周勃复任丞相。但十个月后，文帝就以列侯就国须丞相带头为理由，下令周勃罢相就国，从此，周勃就回到了他的封地——绛（今山西曲沃东）。不久，文帝任命灌婴为丞相，并取消了太尉的官职。从文帝的举措可以看出，虽然周勃在恢复刘氏皇统、迎文帝继承大统此一重大事件中立下了头等功劳，起了至关重要的作用，但文帝对他却并不十分放心。这是因为文帝与周勃之间缺乏较深厚的感情联系，而位高权重并且在军中有着崇高威望的周勃始终使文帝感到一种威胁，只有解除他的一切权柄，让其回到自己的封地，文帝才能安心。

罢相就国显然使周勃感到自己受到了不公平的待遇，因而产生了对朝廷的疑惧。所以他到了自己的封地之后，总是小心翼翼地待人接物，时刻提防着朝廷的暗算。每当河东郡的守尉行县到他的封地时，周勃总害怕猝不及防而被诛杀。因此，每次出见郡守、郡尉时，他常全身披挂，连家人也手持兵器，如临大敌。这种情况，自然不断地反映到文帝那里。后来，有人上书诬告周勃谋反，文帝立即命令廷尉将他逮捕治罪。周勃被系入廷尉所属大狱后，内心悲愤莫名。他明知自己无罪，但却不知如何为自己辩解，还不断遭受狱吏的污辱。后来，他以千金贿赂狱吏，希望狱吏给予帮助。狱吏一言不发，只在所执牍簿的背面写上"以公主为证"五个字指给周勃看。公主者，文帝之女，为周勃子妇。狱吏示意通过公主的关系到文帝那里辩白。周勃豁然开朗。此法果然灵验，公主立即通过将军薄昭向自己的祖母薄太后申述了周勃的冤情。薄太后知道了具体情况之后，怒气冲冲地来见文帝。她将头巾掷向儿子，声色俱厉地质问他："绛侯绾皇帝玺，将兵于北军，不以此时反，今居一小县，顾欲反邪！"这话说得合情合理，汉文帝也醒悟过来，立即下令赦免周勃，复故爵食邑。一场带点喜剧色彩的风波就此烟消云散。周勃出狱后，感慨万千地说："吾尝将百万军，然安知狱吏之贵乎！"周勃又回到自己的封地，安闲地度过了自己的晚年，于公元前169 年（汉文帝十一年）病逝。

周勃从公元前 209 年（秦二世元年）随刘邦参加丰沛起义，至公元前 169 年（汉文帝十一年）离开人世，整整四十个春秋，对汉王朝的建立、巩固和发展做出了巨大贡献。在汉初的布衣将相群中，周勃是"重厚少文""木强敦厚"的一种典型。他为人忠厚，对刘邦和汉王朝矢志忠贞。他英勇善战，在十数年的激烈鏖战中屡建奇功，勋业卓著。因而从刘邦那里获得了几乎绝对的信任。刘邦在临终前还认为周勃"可以属大事"，要吕后任命他为太尉，并预言"安刘者必勃"。果然，公元前 180 年（吕后八年），在诸吕图谋发动叛乱、刘氏皇统岌岌可危之际，周勃挺身而出，利用手中的兵权，在陈平等人的协助下，一举诛杀诸吕，使刘氏转危为安，立下了最后也是最大的一项功劳。但是，周勃因出身卑微，少年时期无机会读书，战争年代无暇读书，和平年代又不注意读书，如此一来，终其一生亦不过一介武夫。尽管战争年代他在疆场上驰骋自如，如鱼得水，但在和平年代，当他位居丞相承担治理国家的重任时，就显得力不从心，难以胜任了。史载他"每召诸生说士，东乡坐而责之：'趣为我语。'"要求说话直来直去，反对引经据典，拐弯抹角。不仅如此，他对有才干的知识分子还采取排斥态度。如当时的洛阳才子贾谊，二十岁即被任为博士，是同僚中最年轻的。"每诏令下，诸老先生未能言，谊尽为之对，人人各如其意所出。诸生于是以为能。文帝说之，超迁，岁中至太中大夫。"其后，对汉朝的制度、法律、礼乐、历法等都提出了建设性的改革意见，得到汉文帝的赏识，"于是天子议以谊任公卿之位"。这时，周勃与灌婴等人一同向文帝进谗言，诋毁贾谊说："雒阳之人年少初学，专欲擅权，纷乱诸事。"结果使文帝改变主意，贾谊终生未跻入公卿之列，而以三十三岁之年华抑郁而逝。西汉初年，文教不昌，有才华的年轻士人得不到提拔重用，与周勃等人的把持朝政不无关系。不过，周勃这个人还有些自知之明。文帝继位后，他的政治生涯达到辉煌的顶点，当他发现自己位居右丞相不称职时，立即称病让贤把右相职位让于陈平，并未尸位素餐，恋栈不去。这是值得赞赏的。当文帝即位的时候，西汉历史已进入承平发展时期，周勃之类文化水准较低的将军们已难以承担治理国家的重任，文帝让他就国养老实在是一种较为得体的处置。后来，在周勃的生活中虽然出现了系狱一幕小小的喜剧，但其十年左右的晚年基本上是在富贵安乐的优游岁月中度过的。对于周勃来说，这应该是赏当其功的最好结局了。

除了萧何、张良、曹参、陈平、王陵、周勃等人之外，在汉初布衣将相群中还有一大批著名人物，他们犹如众星拱辰环绕在刘邦周围，共同缔造和拱卫着新兴的大汉王朝。

樊哙是汉初布衣将相群中的一员虎将，具有十分突出的事功和鲜明的个性特征。他英勇善战，坦诚无私，直言无忌，敢作敢为。他走到哪里，那里的气氛就活跃起来，一些矛盾和困难也就迎刃而解。

樊哙（公元前242年~前189年），秦朝泗水郡沛县人，参加丰沛起义之前以屠狗为业，与社会下层的三教九流有着广泛的联系。他与刘邦交谊深厚，公元前210年（秦始皇三十七年），当刘邦私自放走刑徒，隐于芒砀山泽之间的时候，他是第一批最忠实的追随者。第二年，在刘邦谋划反秦起事的过程中，他在刘邦、萧何、曹参之间往来联络，传递消息，起了重要作用。陈胜、吴广起义的消息传来以后，他奉萧何、曹参之命迎接刘邦一行至沛城，举行了具有历史意义的丰沛起义。从此以后，樊哙追随刘邦南征北战，以其绝对的忠诚，世罕其匹的勇敢和粗犷豪放的性格，在汉初历史上留下了重要的一页。刘邦起事以后，樊哙追随他所领导的起义军参加了反秦战争的几乎所有重大战役，直至入关灭秦。当刘邦进入咸阳被阿房宫的珍宝美女吸引而不愿离去时，樊哙第一个站出来进行义正词严的劝谏，曰："沛公欲有天下耶，将为富家翁耶？凡此奢丽之物，皆秦所以亡也，沛公何用焉！愿急还霸上，无留宫中。"

后经张良再劝，刘邦终于醒悟，离开了秦宫。在三年多的反秦战争中，樊哙以一个狗屠，脱颖而出，锻炼成刘邦麾下一个能征惯战、识见超群的将军，确乎是时代铸造的英雄。想想起义军进入咸阳的情景吧：这批来自社会最下层的造反者，先是被秦首都宫室的雄伟壮丽、珍宝美女惊得目瞪口呆，继而带着复仇的疯狂进行劫掠，连他们的首领刘邦也昏昏然地想尽情享受一番。此时，起义军中头脑保持清醒的人只不过萧何、张良、樊哙三人而已。樊哙能在关键时刻向发昏的刘邦进上一言，送上一副清醒剂，显示了他的思想境界远远高出他的同伴，是十分难能可贵的。

刘邦一军入关以后不久，项羽统帅的四十万大军也于公元前206年（汉元年）十二月进入关中。双方剑拔弩张，大战有一触即发之势。在惊心动魄的鸿门宴上，樊哙作为刘邦的得力卫士，在项庄舞剑，意在沛公的关键时刻，仗剑持盾，直闯营门，推倒持戟守卫的士卒，进入项羽举行宴会的营帐。项羽对樊哙的出现十分震惊和感佩，就问来人是谁。在张良说明他就是刘邦的卫士樊哙时，项羽一面称赞他是一位壮士，一面命人赐他酒和生猪腿。樊哙接过来，大口饮酒，以剑切食生肉，旁若无人。项羽曰："壮士能复饮乎？"樊哙面对项羽，慷慨陈词说：

"臣死且不避，卮酒安足辞！夫秦王有虎狼之心，杀人如不能举，刑人如恐不胜。天下皆叛之。怀王与诸将约曰：'先破秦入咸阳者，王之。'今沛公先破秦入咸阳，豪毛不敢有所近，还军霸上以待将军。劳苦而功高如此，未有封侯之赏，而听细说，欲诛有功之人。此亡秦之续耳，窃为将军不取也。"

快人快语，一时把项羽说得无言以对。后来，刘邦借上厕所的机会，与樊哙一起离开项羽的营帐。张良则要求刘邦借机迅速返回自己的军营。当刘邦还为自己的不辞而别犹豫不决时，樊哙则坚决地说："如今人方为刀俎，我为鱼肉，何辞为！"毅然保护刘邦抄小路回到自己在霸上的军营。历史记载："是日，微樊哙奔入营谯让项羽，沛公事几殆。"鸿门宴脱险一幕，充分显示了樊哙的机智勇敢、沉着果断和大义凛然的品格风貌，是樊哙一生中最光彩的情节之一。

刘邦被项羽分封为汉王以后，即赐樊哙列侯之爵，晋升他为郎中，一起随汉军入汉中。公元前206年（汉元年）八月，樊哙随刘邦参加还定三秦的战役。他统帅的一支汉军，成为与章邯军搏战的主力，连战连捷。最后以水灌章邯坚守的废丘（今陕西兴平境），迫使章邯自杀，在攻取关中之役中夺得首功。以后在长达四年的楚汉战争中，樊哙始终活跃在最前线。他时而单独率军出击，以配合刘邦的正面战场；时而又同刘邦一起，同项羽直接指挥的楚军主力殊死鏖战。公元前202年（汉五年）十二月垓下之战前夕，他独率一军北上，攻克胡陵（今山东鱼台东南），肃清了彭城以北的敌军，从北面给予垓下会战以有力的支援。

汉王朝建立以后，樊哙又跟随刘邦从事削平异姓诸侯王的斗争。公元前202年（汉五年）七月，随刘邦征伐反叛的燕王臧荼，平定燕地。公元前201年（汉六年）十二月，随刘邦伪游云梦，在陈（今河南淮阳）生擒楚王韩信，因功赐爵舞阳侯。公元前200年（汉七年）十月，随刘邦征伐韩王信，与周勃共同平定云中等郡。公元前197年（汉十年）九月，率兵进击反叛的代相陈豨，又在参合（今山西阳高）与韩王信一军激战，所部士兵击杀叛汉降匈奴的韩王信。紧接着，又在横谷打败陈豨指挥的匈奴骑兵，斩杀其将军赵既，生俘代国丞相冯梁、郡守孙奋、大将王黄、太仆解福等十余人，平定代国乡邑七十三。公元前195年（汉十二年），燕王卢绾叛汉降匈奴。樊哙奉刘邦之命，以相国的职务统帅汉军进击。蓟南（今北京南）一战，打败燕国丞相指挥的军队，夺取燕地十八县。可是，正当樊哙督军乘胜与燕兵激战的时候，有人在刘邦面前进谗言，诬陷樊哙党与吕后，一旦刘邦驾崩，樊哙就会诛杀戚夫人和赵王如意等人。病中的刘邦对此未加明察，立即命令陈平与周勃昼夜兼程奔赴前线，将樊哙就地斩首，并由周勃代替樊哙继续指挥对卢绾的作战。陈平、周勃几经权衡，没有完全执行刘邦的命令，只是将樊哙监押起来，送回长安交刘邦自行处置。当樊哙被押至长安时，刘邦已经死去。大权在握的吕后即刻赦免樊哙，复故爵食邑。樊哙本来无任何罪过，被赦是理所当然的。樊哙的夫人是吕后的妹妹吕媭，他与吕后的关系非同寻常。但是，刘邦死后，樊哙却并未受到重用。推测其原因，或者樊哙与吕后意见相左，吕后故意不用；或者樊哙厌弃官场生活，追求家居的恬静；或者身体有病，不胜官事繁剧。总而言之，此后六年，西汉政治舞台上再也见不到樊哙叱咤风云的身影。公元前189年（汉惠帝六年）他在度过了一段安静恬适的晚年生活之后，溘然而逝。

樊哙是刘邦麾下勇猛顽强的骁将之一，在激烈的征战中度过了自己的一生。自从参加丰沛起义以后，他的命运就同刘邦紧紧连在了一起。十四年来，凡是刘邦指挥过的战斗，他几乎都参加了。樊哙作战勇敢，奋不顾身，一往无前，所向披靡。《史记》记载了他的赫赫战功：跟随刘邦作战，斩首一百七十六级，俘二百八十八人。单独统兵作战，歼灭敌军七部，克城五座，平定六郡，五十二县，生俘丞相一人，将军十二人，二千石至三百石十一人。樊哙一生对刘邦和汉王朝的忠诚几乎是绝对的。他做过刘邦多年的卫士长，为了刘邦的安危能够毅然置自己的生命于不顾；鸿门宴上，他的勇敢、机智、大胆、决断和冲天的豪气表现得淋漓尽致。樊哙疾恶如仇，直言敢谏，胸怀坦荡，敢作敢为，在他身上始终闪烁着草莽英雄的可贵品质。樊哙一经跟定刘邦，就始终忠于汉王朝的千秋大业。对于有损或妨碍这一千秋大业的任何人和任何事，即使是刘邦本人也决不通融，而是与之进行坚决的斗争。当刘邦进入咸阳秦宫、被美女珠玉所吸引而不能自拔时，是樊哙首先挺身而出，对刘邦进行疾言厉色的劝诫，表现了远大的政治目光和异常清醒的头脑。由于樊哙娶了吕后的妹妹吕媭为夫人，他与刘邦的关系自然较其他臣僚更深一层。然而，难能可贵的是，樊哙并没有依仗这一关系横行霸道，盛气凌人，做出犯法违禁的坏事和丑事，而是利用这一关系更加无所顾忌地对刘邦进行劝谏。公元前196年（汉十一年）五月，淮南王英布反叛的消息传来以后，满朝文武大臣焦急万分，希望刘邦赶快与谋臣们商量对策。可是，这时已经患病的刘邦却深居宫中，拒绝与大臣们见面，宫门禁卫森严，连周勃、灌婴之类亲信将领也被拒绝入内。就这样过了十多天。一天，樊哙实在忍耐不住了，就率领其他大臣"排闼直入"，径直进入刘邦的寝宫。眼前的景象令群臣吃惊：面带病容的刘邦正枕着一个宦官卧在病榻上，全然失去了往日的豪气。樊哙一阵心酸，涕泪交流地对刘邦说：

始陛下与臣等起丰沛，定天下，何其壮也！今天下已定，又何惫也！且陛下病甚，大臣震恐，不见臣等计事，顾独与一宦者绝乎？且陛下独不见赵高之事乎？

樊哙这番话可谓情真意切，慷慨激昂，寓意深长，忠贞之气，溢于言表。这种话只有樊哙能够讲得出来，而如此"排闼直入"、硬闯寝宫的事更是只有樊哙才能做得出来。面对一起创业群臣那希冀的目光，听着樊哙那至忠至诚的话语，刘邦仿佛又回到了当年那硝烟弥漫的战场，他大笑一声，霍然而起，强撑病躯，亲自统帅大军征伐英布，为自己的戎马一生再创辉煌。十分明显，对于刘邦来说，樊哙不仅是忠臣，而且更是诤友。正是由于樊哙这类布衣将相的存在，才使刘邦在许多关键时刻避免了失误，比较顺利地创建了汉王朝，并使其在较短时间内得到巩固和发展。

灌婴与夏侯婴也是刘邦麾下智勇双全的骁将，他们在自己的军旅与政治生涯中，不仅以超群出众的武艺屡建战功，而且更以其对刘邦和汉王朝的无限忠诚赢得了刘邦、吕后以及惠帝等的信任。在汉初布衣将相的群体中，他们两人的功绩、性格有不少相似之处。

灌婴（？～公元前176年），秦朝砀郡睢阳（今河南商丘）人，年轻时以贩缯为生，是自食其力的小商人。公元前208年（秦二世二年）九月，章邯率秦军突袭定陶，击杀了项梁，刘邦收缩兵力于砀。灌婴即于此时投奔刘邦，从此开始了他的戎马生涯。公元前207年（秦二世三年）初，他随刘邦踏上了进军咸阳的征途。在一年多的反秦战争中，灌婴作战勇敢，屡立战功，破武关，攻峣关，直抵关中，把胜利的战旗插上了咸阳城头。

公元前206年（汉元年）四月，刘邦被项羽分封为汉王以后，任命灌婴为郎中，一同入驻汉中。次年又晋升为中谒者。在刘邦、韩信指挥的还定三秦的战役中，灌婴参加了多次战斗。汉军攻破函谷关，东向进击楚军，灌婴随刘邦转战中原。公元前 205 年（汉二年）四月，随刘邦攻破砀郡，袭占彭城，取得了楚汉战争以来最大的一次胜利。不久，项羽自齐回师，大败汉军于彭城。刘邦西退途中，狼狈不堪，数次陷入困境。全赖灌婴拼死冲杀，刘邦才得以安全脱险。五月，刘邦逅至荥阳，稳住阵脚，建立了阻止楚军西进的防线，双方在京、索之间进行极其惨烈的战斗。为了对付楚军中一支往来飘忽、如疾风骤雨的骑兵，刘邦也组建了一支骑兵部队，任命灌婴为中大夫，以故秦军骑士李必与骆甲为左右校尉，协助灌婴指挥原郎中所属的骑兵。这支骑兵部队潜入楚军后方，充分发挥机动性能，神出鬼没地打击敌人，经常切断楚军的后勤供应线，对扭转战局、保证汉军的胜利起了重要作用。

公元前 204 年（汉三年）六月，灌婴根据刘邦的部署，带领所属郎中骑兵，在韩信的统一指挥下，参加了东向伐齐的战斗。第二年十月，随韩信突袭历下（今山东济南）的齐军主力，乘胜攻克齐都临淄。当龙且率一支楚军主力援齐时，灌婴又参加了韩信在高密指挥的对齐楚联军的一场歼灭战，斩杀楚军统帅龙且，基本上消灭了齐军的有生力量。灌婴亲俘楚军亚将周兰。刘邦立韩信为齐王后，灌婴奉命率军南下，再次攻占彭城，生俘楚柱国项佗，逼迫驻扎在附近的楚军纷纷投降，给项羽造成了致命的威胁。紧接着，灌婴又挥军向西进击，在颐乡（今河南鹿邑境）与刘邦统师的汉军主力会师。之后，协助刘邦攻克陈城（今河南淮阳），又参加了围歼楚军主力的垓下之战。垓下之战以后，项羽率八百骑溃围向东南遁逃。灌婴奉命率一支汉军精锐骑兵跟踪追击，东城（今安徽定远东南）一战，彻底消灭了楚军残部，穷追至乌江，迫使项羽自杀。灌婴亲眼看着一代叱咤风云的英雄在他的战马前结束了自己的生命。紧接着，灌婴又率汉军主力一部迅速渡过长江，肃清了江南的楚军残部，使长江流域的绝大部分地区归附到刘邦的统治之下。

西汉建国以后，灌婴又跟随刘邦投入了削平异姓诸侯王和对匈奴的斗争。公元前 202 年（汉五年）七月，他以车骑将军的官职随刘邦征伐反叛的燕王臧荼。第二年十二月，又跟随刘邦伪游云梦，在陈逮捕楚王韩信。公元前 200 年（汉七年）十月，随刘邦征伐投降匈奴的韩王信，同时受命节制燕、赵、齐、梁、楚诸国前来助战的车骑部队，在离石一举击败匈奴骑兵，攻占晋北重镇平城（今山西大同）。后因中匈奴埋伏，与刘邦一起被围困于白登七昼夜，遭受很大挫折，全赖陈平之计得以脱险。公元前 197 年（汉十年），随刘邦进击反叛的代相陈豨。公元前 196 年（汉十一年）七月，淮南王英布反叛，刘邦带病出征。

灌婴又以车骑将军率汉军一部为全军先锋，最早赶到淮南向叛军发起攻击，并穷追溃敌于淮河之畔，立下首功。

灌婴跟随刘邦南征北战十多年，取得了卓异的战绩。据《史记·樊郦滕灌列传》记载，他随刘邦作战多次，生俘二千石二人。单独率军作战数十次，破敌军十六部，降城四十六，定国一郡二县五十二，俘将军二人，柱国、相国各一人，二千石十人，为汉王朝的建立和巩固立下了巨大功勋，被赐食邑颍阴五千户，号颍阴侯。刘邦逝世以后，不知出于什么原因，灌婴被冷落了。在惠帝和吕后统治的十多年中，他没有担任具体的行政和军事职务。公元前180年（吕后八年），吕后死去，齐哀王刘襄举兵西进，讨伐诸吕。这时候，吕氏忽然想起了勇冠三军的老将灌婴，于是任命他为大将，率军东向迎击齐军。实际上，灌婴一直心向刘氏，关键时刻授予他军权等于为他提供了一个效忠刘氏的机会。果然，灌婴带兵至荥阳以后，就与周勃、陈平等人合谋策划诛杀诸吕。为了避免拥刘派的势力自相残杀，他屯兵荥阳不再东进，同时派出使者晓谕齐哀王：京师正在谋划诛除诸吕，希望齐军停止西进。齐哀王以诛除诸吕之名进兵京师，显然有夺取皇位的企图。现在看到灌婴所统大军挡住进兵之路，自己进兵京师的理由又不充分，只得放弃夺位打算，驻军静观局势之变。周勃、陈平等人诛杀诸吕之后，齐军罢兵归国。灌婴也自荥阳返回长安，参与拥立汉文帝，因功益封三千户，并晋升为太尉。公元前177年（汉文帝三年）。周勃免相，灌婴晋升为丞相。不久，匈奴骑兵大举侵入北地郡（今宁夏一带）。灌婴奉命率骑兵八万五千人前去迎击，一举将匈奴之兵击溃。恰在此时，传来济北王刘兴居谋反的消息，灌婴急忙自前线返回长安，研究处理平叛事宜。一年多之后，他因病去世。

灌婴自从跟定刘邦之后，矢志忠贞，历仕三朝，在三十多年的烽火岁月中，他除了驰骋疆场，立下赫赫战功外，最大的贡献就是参与诛除诸吕，恢复刘氏皇统。当时，他手下握有一支重兵，据有战略要地荥阳，因此其向背具有举足轻重的作用。他毅然倒向周勃、陈平一方，使诸吕在军事上彻底孤立，同时也使对皇位虎视眈眈的齐王刘襄自动束手，从而为迅速解决吕氏集团创造了条件。如果说周勃、陈平的谋划在诛除诸吕事件中起了关键作用的话，那么，灌婴在关键时刻的举措则成为周、陈之谋的最大助力。汉文帝即位以后，灌婴以迟暮之年继周勃任丞相，又率兵北征，阻止了匈奴的南进，保持了汉王朝的稳定。虽然他在诛杀诸吕后仅活了四个春秋，但在从汉初动荡的岁月到文景的承平盛世的过渡阶段，他的承前启后的历史作用是不可泯没的。

夏侯婴（？～公元前172年），秦朝泗水郡沛县人，可能出身于比较殷实之家。曾做过沛县的厩司御，即管理车马的小吏。他很早就同刘邦结下了深厚的友情，"每送使客还，过沛泗上亭，与高祖语，未尝不移日也"。后来，夏侯婴试补了县吏，与刘邦的关系更加密切。有一次，刘邦在与他嬉戏时，将他误伤，被好事者告发。刘邦由于为吏伤人，属明知故犯，性质严重而被逮捕。刘邦自言实不伤人，夏侯婴也出来证明刘邦无罪。夏侯婴因出假证词，系狱一年有余，且受笞数百，但一直不改口供，终于使刘邦无罪获释。公元前209年（秦二世元年）九月，夏侯婴"以县令史为高祖使"，积极参加了丰沛起义，被任命为太仆，常为刘邦御车。在反秦战争中，他跟随刘邦转战南北。从攻胡陵，招降秦泗水郡监，赐爵五大夫。与秦军战砀东、济阳，克户牖（今山东东明境），又指挥兵车作战，大破三川守李由指挥的秦兵于雍丘（今河南杞县），赐爵执帛。紧接着，又率兵车与章邯军战于东阿（今山东东阿西南）、濮阳（今河南濮阳南），赐爵执圭。之后，随刘邦与秦军战开封、曲遇、雒阳，因功升任滕令，赐号滕公。最后，参加攻取南阳郡和武关的战斗，在蓝田、芷阳消灭了秦军的最后一点有生力量，眼看着秦王子婴在轵道旁向起义军投降。刘邦被封为汉王后，夏侯婴被赐爵列侯，号昭平侯，以太仆的官职随刘邦进驻汉中。

公元前206年（汉元年）八月，夏侯婴随刘邦参加了还定三秦的战斗。第二年三月，从刘邦东出函谷关进击楚军，顺利地打下彭城。四月，楚军自齐地反击，汉军失利。刘邦率残兵败将仓皇西退。途中巧遇失散的儿子刘盈和女儿鲁元公主，夏侯婴即抱其姐弟二人与刘邦同乘一车西逃。由于楚军穷追不舍，刘邦一行人困马乏，几乎被楚军追上。刘邦为了使自己尽快摆脱危险，使马车跑得快一点，多次将刘盈和鲁元公主从车上推下来。每次都是夏侯婴冒着生命危险将姐弟二人拥抱上车，一起继续逃命。刘邦迁怒于夏侯婴，有十几次甚至要杀掉他。终因夏侯婴的全力坚持，刘盈姐弟二人幸免于难。事后，刘邦虽然口里不说，但内心对夏侯婴怀着由衷的感激之情，相信他对自己有着无可怀疑的忠诚。后来，夏侯婴继续跟随刘邦参加了歼灭楚军的许多战役，直到取得最后的胜利。

公元前202年（汉五年）三月，西汉王朝建立以后，夏侯婴又追随刘邦参加了削平异姓诸侯王的战斗。当年七月，从刘邦征伐反叛的燕王臧荼。次年十二月，又随刘邦巡狩至陈（今河南淮阳），擒楚王韩信。公元前200年（汉七年）十月，从刘邦进击背汉降匈奴的韩王信。晋阳（今山西太原南）之役，取得重大胜利。但在追击溃敌时误入敌人埋伏，被匈奴之兵包围于白登七昼夜，形势十分危急。后用陈平秘计，得以突出重围。在脱离匈奴包围圈的时候，刘邦逃命心切，意欲纵车急驰。夏侯婴认为这样做容易引起匈奴人的怀疑，于是果断地命令士卒全副武装，持满弓外向，作出严阵以待的样子，慢慢地簇拥着刘邦坐的车子前进，果然顺利地走出了匈奴人的包围圈。后来，夏侯婴又随刘邦再次北征匈奴，在句注（今山西代县北）以北大破匈奴骑兵。接着，又在平城（今山西大同）以南与匈奴骑兵激战，他身先士卒，三陷敌阵，奋勇冲杀，夺得首功。公元前197年（汉十年）至公元前196年（汉十一年），夏侯婴又随刘邦参加讨伐陈豨和淮南王英布等反叛势力的战斗，他冲锋陷阵，所向无敌，立下了很大功劳。刘邦为了褒奖他的功绩，赐食邑汝阴（今安徽阜阳）六千九百户，号汝阴侯。

在刘邦的布衣将相群中，夏侯婴的战功虽然不及曹参、周勃、樊哙、灌婴等人卓著，但因为他曾经是刘邦为布衣时感情笃厚的朋友，故深得刘邦的信任。而在刘邦被楚军追击，狼狈溃逃的危殆时刻，夏侯婴置个人安危于度外，拼着性命救出了刘盈和鲁元公主，更显示了他对刘氏一家的绝对忠诚，因而得到了刘邦、吕后、惠帝、文帝两代帝王的信任。吕后为了感谢他对鲁元公主和孝惠帝的救命之恩，特地赏赐他北阙甲第第一，曰"近我"，"以尊异之"。由于夏侯婴的忠贞经过了战争年代最严酷的考验，因而从他参加丰沛起义起，直到公元前172年（汉文帝八年）逝世为止，一直担任刘邦、惠帝、吕后和文帝的太仆。尽管这个官职仅是九卿之一，算不上朝廷的最高官员，也进不了中枢的决策层，但是，由于此官主管皇帝的车马和全国的马政，在皇帝出行时又常亲自为之驾车，因而也就成为皇帝最亲近的重臣。夏侯婴能够担任这一职务三十多年，这在汉代历史上是空前绝后的。夏侯婴虽然忠于吕后，在刘邦死后忠诚为之服务十五年之久，但他更忠于刘氏皇统。吕后一死，他毅然参与了诛杀诸吕的政变，并亲以天子法驾赴代邸迎代王刘恒即皇帝位。而在诸吕被诛杀之后，他仍然能够做汉文帝的太仆，正说明他对汉王朝的忠诚已经在君臣上下的心目中取得了无可置疑的信任。的确，夏侯婴为太仆官三十多年，一直安于其位，忠于职守，为刘邦父子两代竭诚服务。在刘邦的布衣将相群中，以自己独一无二的特殊经历，树立了一个忠诚勤朴、义薄云天的封建臣子的典型形象。

在刘邦的布衣将相群中，还有一批功勋虽不算卓著，但忠心可嘉的人物，郦商、傅宽、靳歙、周缲是他们的代表。他们的存在，展示了布衣将相广泛的社会基础。

郦商（？～公元前180年），秦朝陈留高阳（今河南杞县境）人，是著名辩士郦食其的胞弟。从其兄弟受教育的情况看，可能出身于中产之家。公元前209年（秦二世元年）七月陈胜、吴广起义以后，郦商也聚众数千人响应，在家乡一带狙击秦军。

公元前207年（秦二世三年），刘邦进军陈留，郦商率领四千人马，随其兄郦食其投奔到刘邦麾下。之后，随刘邦进军关中，在攻克长社（今河南长葛东）的战役中夺得首功，赐封信成君。接着从攻缑氏（今河南偃师南），阻断黄河渡口，在雒阳以东大破秦军。之后，随军攻南阳、穰县（今河南邓县），下十七县。当刘邦率主力西攻武关向咸阳挺进时，郦商奉命独率一军沿汉水西进，攻破旬关（今陕西旬阳），平定汉中，为刘邦不久之后建立汉中根据地奠定了基础。

刘邦被封为汉王后，率部进驻汉中，积极进行还定三秦的准备工作。此时，郦商则协助丞相萧何带兵去巴蜀，有条不紊地完成了那里的接收工作。从此，巴蜀与汉中联在一起，成为刘邦巩固的后方基地，以其丰富的人力和物力资源，有力地支持了楚汉战争，成为刘邦战胜项羽的重要因素。之后，随刘邦参加还定三秦的战斗，被任为陇西都尉。率军平定北地、上郡（今陕西、甘肃、宁夏交界处），破章邯部将于乌氏（今宁夏固原南）、枸邑（今陕西旬邑北）和泥阳（今宁夏宁县东），因功受食六千户。继而随刘邦东出函谷关，与楚将钟离昧激战，因功受梁国相印。

西汉建立后，又从刘邦讨伐反叛的异姓诸侯王。公元前202年（汉五年）七月。郦商随刘邦征伐反叛的燕王臧荼，在易（今河北雄县）下大破燕军，因功晋升为右丞相，赐爵列侯，食邑涿郡五千户；接着平定上谷郡，又转而西向进攻代郡，受赵国相印，与周勃一起平定代郡和雁门郡。回长安后，以将军担任太上皇卫士长。公元前197年（汉十年）九月，以右丞相率兵讨伐陈豨，攻破东垣（今河北石家庄）。公元前195年（汉十二年）七月，随刘邦征伐淮南王英布，两次冲入敌阵，打乱敌人的战斗部署，为最后战胜英布立下了大功。战争结束以后，郦商被改封为曲周侯，食邑五千一百户。他跟随刘邦征战十多年，战绩卓著，共歼灭敌军三支，平定六郡七十三县，俘获丞相、守相、大将各一人，小将二人，二千石以下至六百石十九人。

公元前 195 年（汉十二年）四月，刘邦死去。吕后封锁消息，四日秘不发丧。在此期间，她与其亲信、时任丞相的审食其紧张密谋，准备诛杀一批他们认为不易驯服的元老重臣。这个密谋一旦付诸实施，汉王朝必将出现不可收拾的局面。郦商知悉此一内幕之后，立即往见审食其，对他提出了严厉的警告：

吾闻帝已崩，四日不发丧，欲诛诸将。诚如此，天下危矣。陈平、灌婴将十万守荣阳，樊哙、周勃将二十万定燕、代，此闻帝崩，诸将皆诛，必连兵还乡以攻关中。大臣内叛。诸侯外反，亡可翘足而待也。

郦商的这番话并非危言耸听。刘邦逝世以后的汉朝局势是女主临朝，主少国疑，不安定因素很多。只有全力依靠周勃、陈平、灌婴、樊哙等一大批功臣宿将的同心协力才能够维持局势的持续稳定。郦商的眼光是敏锐的。他的一席话不啻给吕后与审食其一副清醒剂。他们斟酌权衡的结果，接受了郦商的忠告，使汉王朝避免了一场内乱，从而维护了汉王朝政局的稳定和政策的连续性。如果说，郦商在追随刘邦创建和巩固汉王朝的斗争中已经立下很大功劳的话；那么，刘邦死后，他在事关国家安危问题上的一席话，对于稳定汉王朝立下了更大的功劳。从现存资料看，郦商在惠帝和吕后时期既没有得到特殊的信任和重用，亦没有受到明显的排挤和打击，大体上维持了原有的爵位与官职。而从其子郦寄与吕氏的关系看，诸吕对他是比较放心的。公元前 180 年（吕后八年）吕后死去时，郦商正生病在家。因其子郦寄与吕禄相友善，陈平等人就设计劫持了郦商，以此要挟郦寄诱骗掌握北军统帅权的吕禄出游，从而使周勃得以顺利入主北军，取得了诛杀诸吕的最重要的条件，完成了恢复刘氏皇统的使命。郦商由于身体有病，再加上这一事件的惊吓，也就在这一年寿终正寝了。不管郦商在刘邦死后对吕氏集团的态度如何，他本人似乎不应该算在吕氏集团之中，基本是有功于汉王朝的忠贞之臣。

傅宽（？～公元前 190 年），史佚其籍贯。公元前 207 年（秦二世三年），刘邦率军进攻关中地区时，他以魏国五大夫骑将的身份，在横阳（今河南商丘南）投奔刘邦，被任命为舍人。之后，随刘邦攻安阳、杠里、开封，与秦军激战于曲遇、阳武，一直破关中，入咸阳。公元前 206 年（汉元年）二月刘邦被封为汉王后，傅宽被赐号共德君，随刘邦入汉中，被任命为右骑将。不久，参加还定三秦的战斗，因功赐食邑雕阴。刘邦挥军东出函谷关，他随之参加了对楚将项冠、周兰、龙且等的战斗。后来，又作为曹参的属将随韩信进击齐国，参加了历下、博阳诸战役，因功被封为阳陵侯，食邑二千六百户。西汉建国以后，傅宽被任命为齐国的右丞相，协助曹参治理齐国。公元前 198 年（汉九年）晋升为齐相国。次年九月，以周勃属将身份率齐军参加了讨伐陈豨的战斗。后又以齐相国的身份代丞相樊哙继续指挥对陈豨作战。公元前 196 年（汉十一年）正月，徙为代国相国，两年后，改任代国丞相，辅佐代王刘恒治理这个北部边陲的王国，直至公元前 190 年（汉惠帝五年）死去。

靳歙（？～公元前 183 年），史佚其籍贯。可能在陈胜、吴广起义的影响下拉起了一支反秦的队伍。公元前 208 年（秦二世二年）在宛朐（今山东东明南）投降刘邦。之后，随刘邦参加了消灭秦三川守李由一军的战斗。在向关中进军途中，与秦军在开封、蓝田等地展开激战，立下不少功劳。刘邦被封为汉王以后，靳歙被赐爵建武侯，自中涓升骑都尉。

公元前 206 年（汉元年）八月，随刘邦参加还定三秦的战斗，他自己则率一军平定陇西六县。接着，随刘邦东出函谷关进击楚军，千里远袭，直下彭城。项羽反击，汉军败退。靳歙退保雍丘，进击反叛的王武，略定梁地。在荥阳东大破楚军，因功食邑四千二百户。此后，单独率一支小部队与赵军作战，取安阳，战朝歌，下邯郸，平定诸多郡县。后还军敖仓，破楚军于成皋南。在刘邦率大军与楚军对峙于荥阳一线之时，又自率一支汉军潜入楚军后方，往来游击，不时截断楚军供应线。接着，迅速东下，利用楚军后方空虚的机会，在东至缯、郯（今山东郯城）、下邳（今江苏邳县南），南至蕲、竹邑（分别在今安徽宿县南北），西至济阳（今河南兰考北）的广大地区纵横驰骋，有力地配合了西线正面战场的作战。垓下之战方酣之时，他又奉命自率一军进攻江陵（今属湖北），生俘不向刘邦臣服的江陵王共尉（共敖之子），平定了南郡。西汉建国以后，靳歙因功被封为信武侯，食邑四千六百户。公元前 201 年（汉六年）十二月，他随刘邦伪游云梦，在陈（今河南淮阳）擒楚王韩信。第二年，以骑都尉随刘邦进击代地，在平城与韩王信指挥的匈奴骑兵激战，因功晋升为车骑将军。公元前 197 年（汉十年），奉命统帅梁、赵、齐、燕、楚诸国车骑，进击反叛的代相陈豨，降下曲逆（今河北完县）。公元前 195 年（汉十二年），又随刘邦征伐淮南王英布，因功益封食邑五千三百户。靳歙一生征战，《汉书》记载其功绩为：斩敌九十首级，俘虏一百三十二人，单独破军十四支，降城五十九座，定郡、国各一，县二十三，活捉诸侯王、柱国各一人，二千石以下至五百石的不同等级官员三十九人。公元前 183 年（吕后五年）病逝。

周绁（？～公元前 175 年），秦朝泗水郡沛县人。参加丰沛起义。以舍人随刘邦转战南北，"常为参乘"，不离左右。参加了进军关中的一系列战役，直至进驻霸上。跟随刘邦入汉中，至巴蜀。楚汉战争期间，他随刘邦还定三秦，东出函谷关以后，他大部分时间随刘邦在荥阳一线与楚军作战，曾率军截断楚军甬道。汉王朝建立以后，继续随刘邦南征北战。公元前200年（汉七年）十月，他率军从平阴（今河南孟津北）渡河北上击韩王信于襄国（今河北邢台北）。周继的军事才干虽然远逊于周勃、樊哙、灌婴等人，但因为他是刘邦的故旧，尤其是因为对刘邦忠心耿耿，"战有利有不利，终亡离上心"，因而一直得到刘邦的信任，先是被封为信武侯，后更封为蒯城侯，食邑三千三百户。公元前197年（汉十年）九月，陈豨据代地反叛时，刘邦决定亲自统兵讨伐。这时候，周继痛哭流涕地劝刘邦说："始秦攻破天下，未曾自行，今上常自行，是亡人可使者乎？"一席话说得刘邦十分动情，以为"爱我"。因而赐周继"入殿门不趋，杀人不死"的特殊待遇，以表彰他的忠心。

以上四人，除郦商、周继尚可考其籍贯出身之外，其余二人籍贯出身皆不可考。但从他们质朴无文的情况看，这些人大概都没有显赫的家世，也都是由布衣而为将相。在汉初的布衣将相群中，他们的功勋虽算不上卓著，也大都未担任行政官员，基本上无政绩可言，但对刘邦的忠诚却是共同的。所以，他们自始至终都受到刘邦及后继当国者的重视和信任，其结局也都得以善终。

在汉初的布衣将相群中，还有一班文臣，除萧何、张良、陈平等显赫人物外，还有张苍、周昌、赵尧、任敖、申屠嘉等人，他们出身不一，经历各异，性格迥殊，但又有明显的共同点：都对汉王朝忠贞不二，最后都位列三公，对汉初政治都从不同方面产生了深刻的影响。他们的活动与事功，展现了汉初布衣将相之局的另一个辉煌的侧面。

张苍（？～公元前152年），秦朝陈留郡阳武（今河南原阳南）人。他大概出身于比较富裕的家庭，因而受过良好的教育。他博览群书，尤精于律历。秦朝时为御史，"主柱下方书"，"明习天下图书计籍"。后因触犯秦朝法律，秘密逃回了故乡。公元前207年（秦二世三年）刘邦进军关中路经阳武时，张苍前来投奔。大军进至南阳时，"苍坐法当斩，解衣伏质，身长大，肥白如瓠，时王陵见而怪其美士，乃言沛公，赦勿斩"。遂从刘邦入关至咸阳，楚汉战争期间，张苍先是任常山郡（今河北石家庄为中心的冀西地区）守，从韩信进击赵国，所部生俘陈余。后历任代国相、赵国相。公元前202年（汉五年）七月，因随刘邦进击燕王臧荼有功，被封为北平侯，食邑一千二百户。西汉建国后，张苍为计相，以列侯的资格任职丞相府，主管郡国上计事务。公元前196年（汉十一年）七月，淮南王英布反叛。刘邦在率兵平叛的同时，封皇子刘长为淮南王以取代英布的位子，张苍转任淮南相，辅佐刘长达十四年之久。公元前183年（吕后五年）晋升为汉中央的御史大夫。公元前180年（吕后八年）吕后死去，张苍参与周勃、陈平等策划的诛杀诸吕的密谋，拥立汉文帝刘恒继位。公元前176年（汉文帝四年），他代灌婴为丞相。张苍在汉初布衣将相群中，是一个最有学问的人物。"苍本好书，无所不观，无所不通，而尤善律历"。他为汉王朝制定律历，因为刘邦是在公元前206年十月进至霸上，汉历也仍袭用颛顼历，以十月为岁首。张苍还根据当时流行的五德之运，推定汉王朝亦当水德，与秦皇朝同属一德，因而旗帜服色应尚黑如故。此外，他还主持制定了汉王朝的声律，并"比定律令"，以及"百工，天下作程品"，即规定了各种器物的标准、尺寸等。十多年后，鲁人公孙臣上书汉文帝，认为汉朝当属土德，必须改正朔，易服色，以示与秦朝的区别。文帝将公孙臣的上书交张苍议处，张苍认为该上书与己意不合，于是压下不办。后来，在成纪（今甘肃通渭东）发现黄龙，报告朝廷，汉文帝感到公孙臣的上书颇有道理，于是任命他为博士，负责制定适应土德的新历法。此后，张苍逐渐失去了汉文帝的信任，只得"谢病称老"，辞官家居了。五德终始说创始于战国时代的齐国邹衍，他认为土、木、金、火、水五德相克，木克土，金克木，火克金，水克火，土克水，循环不已。历代皇朝各占一德，每一皇朝兴起时克服代表前一德的皇朝，衰落时被代表后一德的皇朝取代。每一德兴盛时，天必显现某种征兆以示下民。代表该德而兴的帝王便依天的示意，制定符合该德性质的政事、服色等制度。据《吕氏春秋·应同》记载，黄帝、夏、商、周依次为土、木、金、火各德。秦始皇统一中国后，实行水德制度。依此类推，汉朝应当土德。张苍认为汉朝与秦朝同属一德显然是不合时宜的。当然，五德终始说本身体现的是一种历史循环论和宿命论，是非科学的。但在当时的历史条件下，张苍的推定不能不说是一个失误。他对王陵的救命之恩永志不忘，"常父事王陵，陵死后，苍为丞相，洗沐，常先朝陵夫人上食，然后敢归家"。另外，张苍与其他布衣将相不同，他为官不够廉洁，曾推荐与之关系密切的人为中侯官，互相勾结，"大为奸利"，受到汉文帝的严厉谴责。他在生活上又奢侈享乐，极尽声色滋味，"妻妾以百数"。晚年牙齿脱尽，完全靠人乳为生，活了一百多岁。由于张苍在秦朝时做过御史，对政治、法律、历法、音律等各种制度比较熟悉，曾"著书十八篇，言阴阳律历事"，因而为汉初各种制度的建立和完善做出了一定贡献。

　　周昌（？～公元前193年），秦朝泗水郡沛县人。他与从兄周苛在秦朝末年同任泗水郡的卒史。由此推断，他们的家境大概近似刘邦。刘邦举行丰沛起义后，首先击破了秦泗水郡守监的围剿。这时，周昌兄弟明白秦皇朝的大势已去，于是毅然投奔刘邦的起义军。刘邦任命周昌为职志，即掌旗官，任命周苛为帐下宾客，随军服务。二人跟刘邦转战南北，一直到入关破秦。刘邦做汉王时，周苛任御史大夫，周昌为中尉。公元前204年（汉三年）六月，周苛奉命据守荥阳，被楚军破城后生俘，他宁死不降，大骂项羽，被项羽烹杀。周昌被晋升为御史大夫，继续随刘邦同楚军作战。公元前201年（汉六年），他与曹参、萧何等一起受封，为汾阴侯。周昌孔武有力，为官清廉，直言敢谏。有一次，他入宫奏事，见刘邦正拥抱着戚姬取乐。一气之下，掉头就走。刘邦起身将他追回，猛力按倒在地，骑到他的脖子上，嬉笑着大声问周昌："我何如主也？"周昌对刘邦失君臣之礼的恶作剧十分气愤，就毫不客气地回答说："陛下即桀纣之主也。"一句话反倒把刘邦逗乐了。由于周昌直言无忌，不讲情面，刘邦也怕他三分。后来，刘邦听了戚夫人的话，打算废掉刘盈的太子地位，更立戚夫人之子刘如意为太子。大臣们都认为刘邦此举为下策，纷纷前去劝谏。周昌更是坚决反对。他在朝堂上当着刘邦的面据理力争，寸步不让。周昌本来有点口吃的毛病，再加上正值盛怒，说话越发显得结结巴巴："臣口不能言，然臣期期知其不可。陛下虽欲废太子，臣期期不奉诏。"刘邦笑着答应了。藏在东厢密探消息的吕后，在周昌走出殿门时，跪下来向他致谢："微君，太子几废。"后来，经过张良等人的努力，刘邦虽然打消了更立太子的念头，但对自己死后戚姬和儿子刘如意的安危却忧心忡忡，深恐吕后对他们进行迫害。经赵尧建议，刘邦决定任命周昌为赵相国，让他做爱姬和已封为赵王的刘如意的保护人。于是召见周昌谓曰："吾欲固烦公，公强为我相赵王。"周昌知道这是刘邦死前的嘱托，十分悲伤，泣不成声地说："臣初起从陛下，陛下独奈何中道而弃之于诸侯乎？"刘邦知道如此任命对周昌是一种贬抑，有点过意不去。就安慰他说："吾极知其左迁，然吾私忧赵王，念非公无可者。公不得已强行！"于是徙御史大夫周昌为赵相。刘邦满以为如此安排，就可保爱姬爱子无虞了。然而，在专制帝王的淫威面前，周昌作为诤臣的力量毕竟是十分微弱的。公元前195年（汉十二年）四月，刘邦一死，吕后立即遣使召赵王来长安。周昌知道吕后此举潜藏杀机，就让赵王以生病为名拒绝应召。使者往返三次，周昌也拒之三次。他对使者说：

"高帝属臣赵王，王年少，窃闻太后怨戚夫人，欲召赵王并诛之。臣不敢遣王，王且亦疾，不能奉诏。"吕后对周昌公然违抗圣命愤怒异常，就先召周昌至长安，骂道："尔不知我之怨戚氏乎？而不遣赵王，何？"接着，吕后又召回赵王，将戚姬与赵王先后杀害。尽管周昌竭尽全力保护戚夫人和赵王如意，但最终仍未能阻止吕后对他们的残酷杀害。周昌深感有负于刘邦的重托，对吕后的行径十分气愤。可是，作为一个忠贞之臣，他实在没有多少办法同吕后的淫威抗争，只能以"谢病不朝"表示自己无言的抗议。此后，周昌悲愤交加，一病不起，于公元前193年（汉惠帝二年）死去。周昌在战争年代并未立下显著的功勋，他之获得侯爵在很大程度上与其从兄周苛的壮烈牺牲有关。他的政治生涯中最出色的地方是建国后在废立太子问题上的表现。周昌是一个忠正质直的循吏的典型。尽管他敢于在国君面前疾言厉色，以死抗争，有时甚至搞得刘邦都下不来台，但是，由于他的出发点并非追求个人的富贵利禄，而是维护汉王朝的长治久安，所以刘邦对他的信任几乎是绝对的。他的反对刘邦改易太子和后来的竭尽全力保护刘如意，表面上看似乎很矛盾，实际上都显示了他对刘邦及汉王朝的无比忠诚。在他身上，体现了汉初布衣将相群中绝大部分人力图使汉王朝稳定发展的美好愿望。

赵尧，史佚其籍贯与家世。从他在西汉建国前已经因军功获得食邑的情况看，他最迟在楚汉战争期间已参加了刘邦的队伍。西汉建国以后，他担任符玺御史，成为御史大夫周昌的属吏。当时，他虽然还很年轻，但已经表现出敏锐的眼光和杰出的才干。一个任方与县令的赵国人对周昌说："君之史赵尧，年虽少，然奇才也，君必异之，是且代君之位。"周昌听了，不以为然地摇摇头，笑着说："尧年少，刀笔吏耳，何至是乎！"过了不久，赵尧在宫中侍候刘邦，见刘邦郁郁不乐，独自悲歌，群臣皆不知所以然。此时，只有赵尧猜透了刘邦的心事，于是悄悄地问他："陛下所为不乐，非以赵王年少，而戚夫人与吕后有隙备万岁之后而赵王不能自全乎？"刘邦见赵尧猜中了自己的心事，就问他计将安出。赵尧说，必须为赵王选择一个正直威严、赤胆忠心，为吕后、太子和群臣敬畏的人做王国相方可，并指出，朝中官员中只有周昌是最合适的人选："御史大夫周昌，其人坚忍伉直，自吕后、太子及大臣皆素严惮之。独昌可。"刘邦十分欣赏赵尧的见解，在任命周昌为赵国相之后，晋升赵尧为御史大夫，使他年纪轻轻就登上了这个重要的官位。赵尧推荐周昌做赵国相，既投合了刘邦的心愿，又得到了周昌空出来的官位，可谓一箭双雕，其聪明才智、城府胸襟，令周围的臣僚们刮目相看。此后不久，赵尧随刘邦讨伐反叛的代相陈豨，因功被封为江邑侯。惠帝在位的时候，他一直担任御史大夫的官职。公元前 187 年（吕后元年），吕后怒其曾为刘邦出谋划策保护戚姬和赵王如意之事，立即将他免职。大概从此以后，赵尧再没有复出做官。估计他死于吕后当政时期。

吕后罢免赵尧的御史大夫后，任命任敖担任此职。任敖（？～公元前 178 年），秦朝泗水郡沛县人。年轻时为沛县狱吏，与刘邦的关系非常密切。有一次，刘邦因犯法逃亡，谛县一狱吏将吕后逮捕并加以虐待，任敖愤怒地将该狱吏击伤。公元前 209 年（秦二世元年）九月，他参加了刘邦领导的丰沛起义，以御史之官屯守丰邑达二年之久，保卫刘邦的家人。楚汉战争期间，他先是随刘邦同楚军作战，不久，又被任命为上党（今山西长治地区）郡守，直至西汉建国以后仍然担任此官，前后达十多年之久。公元前 196 年（汉十一年）九月，代相陈豨率叛军南下，任敖坚守上党，挫败了叛军的多次进攻，因功被封为广阿侯，食邑一千八百户。吕后当国时，他曾代赵尧做了三年御史大夫。免职后大概以其封邑的收入优游岁月。公元前 180 年（吕后八年）吕后死去，任敖参与了周勃、陈平等诛杀吕氏集团的谋划，为刘氏皇朝立下最后一桩功劳。公元前 178 年（汉文帝二年）卒。

申屠嘉（？～公元前 155 年），秦朝砀郡梁（今河南开封）人。最迟在楚汉战争时期已加入刘邦的部队。他勇健有力，"材官蹶张"，即能以脚踏强弩使之张开。随刘邦与楚军作战，因功升为队率。西汉建国后大概还在军中服务。公元前 195 年（汉十二年）四月，随刘邦参加征伐英布的战斗，因功晋升为都尉。孝惠当国时升任淮阳（今属河南）太守。汉文帝继位后，对二千石以上刘邦时期的功臣普加褒奖，赐爵关内侯。其时食邑者二十四人，独申屠嘉食邑五百户，显然受到特别垂青。公元前 164 年（汉文帝十六年），晋升为御史大夫。公元前 162 年（汉文帝后元二年）八月，张苍免相。本来，文帝对丞相人选属意于皇后弟窦广国。但因"恐天下以吾私广国"，再三斟酌，没有任命他为丞相。文帝历数群臣，曾跟随刘邦南征北战者已寥寥无几，只有申屠嘉还健在，所以丞相的位子就落到了他的身上，同时封为故安侯。申屠嘉为官正直清廉，"门不受私谒"。当时太中大夫邓通为文帝的宠臣，"赏赐累巨万"。他还利用职权大肆铸钱，以致"吴（吴王刘濞）邓之钱遍天下"。邓通官位虽不过千石，但依仗文帝的宠信，时常在朝廷怠慢无礼，一次申屠嘉入朝，邓通居然位居丞相上首。申屠嘉看在眼里，十分生气，对文帝说："陛下幸爱群臣则富贵之，至于朝廷之礼不可不肃!"申屠嘉罢朝后,立即派官员召邓通诣丞相府,对他严厉斥责说:"夫朝廷者,高皇帝之朝廷也。通小臣,戏殿上,大不敬,当斩。吏今行斩之!"将邓通吓得叩头出血。赖文帝及时派使者来召,幸免一死。申屠嘉敢于当面羞辱文帝的宠臣,说明他没有一般封建臣子那样的奴颜媚骨。他为丞相五年,文帝死去,景帝继位。景帝宠臣晁错为内史,"贵幸用事,诸法令多所请变更",与申屠嘉发生激烈的冲突和权力之争。申屠嘉抓住晁错改住宅之门南出太上皇庙垣的过错,奏请皇帝严加惩处。不料晁错闻信后,连夜入宫,先行自首,景帝为晁错辩护,对申屠嘉的奏请不予理睬。申屠嘉罢朝,谓长史曰:"吾悔不先斩错乃请之,为错所卖。"他感到自己身为丞相而不被重用和信任,十分愤懑,呕血而死。申屠嘉作为承平时期的丞相看来没有大的作为,行政才干与应变能力也是一般化,所以司马迁虽然推崇他"刚毅守节",但也认为他"无学术,殆与萧、曹、陈平异矣"。

以上五人,虽然都在刘邦创业之时入仕,最后也都位至三公,但除张苍外,其余四个人既无辉煌的战功,又无太大的政治上的建树,较之萧何、张良、曹参、周勃、陈平等就差得很远了。尽管如此,并不妨碍他们作为汉王朝的忠臣而名垂史册。

布衣天子——刘邦

第八章

平内忧铲除诸王侯

韩信与阳夏侯陈豨关系密切，恰巧刘邦任命陈豨以相国的职务监领代、赵两地的兵权。莅任前，陈豨特来向韩信辞行。韩信握着他的手，屏退左右，与之步于庭，仰天叹曰："子可与言乎？吾欲与子有言。"

陈豨恭敬地说：唯将军之命是从。韩信遂与密谋说：公之所居，天下精兵处也；而公，陛下之信幸臣也。人言公反，陛下必不信；再至，陛下乃疑；三至。必怒而自将。吾为公从中起，天下可图也。这样，韩信就与陈豨定下了里应外合、发动叛乱的计划。

陈豨到任以后，蓄养大批宾客死士为叛乱蓄积力量。有一次，陈豨告归，路过邯郸时，竟有车千乘，偌大的邯郸官舍都容纳不下，在礼仪上，这是一种僭越。赵相周昌上书刘邦，对陈豨提出弹劾。刘邦下令调查陈豨宾客之事，引起了陈豨的惊恐不安，加速了谋反的步伐。

汉十年（前197）九月，陈豨自立为代王，公开举起了反叛的旗帜。刘邦决定亲自率兵征伐陈豨。征战前，刘邦大概已经怀疑韩信与陈豨勾结，就故意要求韩信随军赴前线征敌。韩信认为这正是他在首都举行谋叛的良机，就以生病为由拒绝从行。刘邦率兵进至邯郸，由于得到了赵、代地区官吏和百姓的支持，很快平定了陈豨的叛乱。

刘邦率大军赴邯郸后，京师一时空虚。韩信立即进行谋反的策划。他一面派出心腹秘密赴陈豨那里联络，一面与家臣密谋，决定乘夜间诈赦诸官徒奴，发兵袭击吕后与太子。一切部署完毕，只待陈豨密报一到，就开始行动。这时，淮阴侯府有一舍人得罪于韩信，信囚其人，欲杀之。舍人弟遂将韩信的密谋向报告了吕后。

汉十一年（前196）正月，吕后本打算马上即召见韩信加以惩处，又恐其识破难以达到目的。于是同相国萧何商量对策，让人诈称从前线归来，报告陈豨兵败身死，今群臣皆上朝祝贺。韩信听到这一消息，正在无计可施的时候，相国萧何特来登门拜望，并一本正经地对韩信说：你身体欠安，但在这种时候，应该强打精神支撑着身子上朝祝贺。韩信听信了萧何的话，勉强入宫朝贺。一进宫门，迎接他的是全副武装的卫士，韩信束手就擒。吕后下令立刻将其斩于长乐宫悬钟之室。

韩信临死前，后悔莫及地说："吾悔不用蒯通之计，反为女子所诈，岂非天哉！"

韩信的家属也遭到当时最严厉的惩罚：夷三族。

一次朝议，众人都说起了代、赵之事。夏侯婴道："代、赵二地土地辽阔，自古以来又多出豪侠，陛下把此二地合起来，不便统辖。何不趁此机会，再把二地分开呢？"

曹参说："此话有理，赵王也太小，只靠赵相料理，不易掌握。陛下皇子众多，可另选一人分封在代地。"

高祖沉吟道："诸位以为谁最合适？"

灌婴说："臣看皇子刘恒为人忠厚，沉稳仁义，足以为代王！"此话音一落，在座的朝臣等无不称道。

其实，人们称道刘恒很大程度上是因其母薄姬。在众人眼里，她恬淡隐忍，从不参与朝政与后宫是非，好也在心里，歹也在心里。自从儿子刘恒出生后，她几乎从未被高祖宠幸过。一个人带着儿子安静度日，这么多年来，从未要求过什么。

高祖想：也罢，吕后对薄姬似乎不错，封刘恒为代王，她也会乐意。这样，也减轻了戚夫人母子的压力。后宫里常有人说，朕封与如意儿的太多了。当即下诏：封刘恒为代王。

刘恒谢过皇恩后，请求道："儿臣担心母亲一人寂寞，希望带母亲同行。且儿臣尚幼，需母亲指点。"

高祖想到薄姬本为魏豹旧人，也是多年未曾亲近。宫中佳丽太多，让她一人独守空房也太对不住她了，就答应了代王的请求。薄姬十分欣慰，立即陪儿子赴代地去了。

近半年来，她看清楚了吕后与戚夫人之间的争斗越来越尖锐，内心不由得忧虑重重。自古以来，王宫之中为争夺王权，父子相残，母子相残的情况数不胜数，更不要说后与妃之间的明争暗斗了。走在去代的路上，薄姬只感到天高地阔，一切都让人轻松自在。

高祖把薄姬母子送上了路，忽然收到吕后的一封密信。他打开一看，不禁又惊又喜。原来，吕后一个女人家竟然把韩信杀了！

却说当日高祖带兵征讨陈豨时，也曾召令韩信同行。韩信早已是心灰意冷，心中道："朝廷用得着我的时候，知道我的作用了；用不着我的时候，把我冷落一旁，哪里把我当做一个值得信任的臣子！再说，前不久才把我当叛逆之臣捉住，由楚王贬为淮阴侯，今日又让我去攻打陈豨，谁知陈豨是否是真的叛逆？或许也是被逼所致哩！我不能参与。"于是，他向高祖呈了一封奏章，道："臣近日体弱多病，尤以脚病最为厉害，故不能随陛下出征，请陛下体谅臣下之苦衷。"高祖知他这是托词，也不好勉强，就与众将出发了。

吕后知道这件事后，却耿耿于怀。高祖偌大年纪了，需要人手，而韩信是最好的助手。在这最要紧的时刻称病在家，这就是对朝廷的一种不忠。韩信呢，一向在朝中傲慢惯了，并没有因这件事而在意什么，但是，一次意外事件却把他推向了灾难的深渊。

有一个叫尹中魁的人，是韩信的门人。这尹中魁是宋人，与韩信的一个侍妾陈姬是同乡。有时尹中魁回故乡去，常常为陈姬带书信及用品送给陈家父母。一来二去，二人见面的机会多了。这尹中魁长得一表人才，又能言善辩，颇有些风流倜傥的味道。陈姬自己未为韩信生个一儿半女，在侯府中也没什么地位，一个人独守空房的时候多。寂寞之中，就和尹中魁有了男女之情。

女人为争宠常常彼此嫉妒，互相中伤。韩信的另一个姓孙的侍妾发现了陈姬和尹中魁的私情之后就添油加醋对韩信说了，韩信恼羞成怒，当即把尹中魁关了起来。

"外面人对我不公，倒也罢了，没想到你也会这么待我！我这个人向来都是恩怨分明。过去、这几年来我未曾亏待过你，你却这么对我，是可忍孰不可忍！"韩信令左右审讯尹中魁，一旦情况属实，就杀了他。

尹中魁的弟弟叫尹中胜，也在韩信府中做事。他得知韩信有意杀他兄长之后，就千方百计想救他。这时，他忽然想到一件事——不久前陈豨的使者曾来过韩信府。如今陈豨反叛了朝廷，何不向朝廷报告说韩信与陈豨有谋？只要能救兄长的命，有什么不能干的！

吕后听了尹中胜的密报，心中一惊，道："那韩信就要对高祖不恭了！当时为攻楚军，他就要挟高祖，要了齐王之位，可见他不是个忠厚之辈。前日高祖讨伐陈豨，他又称病不随，原来是这个原因。不管怎么样不能再留这个人了。高祖对他的冷落是明显的，我先想法除去他再说，以免他真在京城叛乱了，我在家对付不了。"

当下，她召来萧何，道："丞相，淮阴侯舍人之弟尹中胜上书说韩信与陈豨暗中有约，要里应外合造反，你看怎么办？高祖临行前，把朝中之事交给丞相与我，丞相得拿个主意哇！"

萧何沉吟良久，问："韩信谋约陈豨，可有证据？"

"尹中胜说韩信府中有陈豨给韩信的谋反信，还说韩信要乘高祖出征之机，选择时间进宫袭击太子哩！"

"若是真有书信，倒是足以定罪，若是没有，怕难处理了。"

"谋反的信有无，在拿住韩信之后才能找得到哇！"吕后说。

萧何默然不应。吕后看出了萧何的犹豫，激他道："说起来，那韩信本是丞相举荐给高祖的，丞相如今顾念他也是情有可原。但朝廷事大，一旦出了乱子岂不是丞相与我的责任？"

萧何听此一言心中一凉——我随高祖多年，忠心耿耿，位高人尊。若是因韩信引起高祖和吕后的疑虑，就前功尽弃了。"皇后意下如何？"他问。

"韩信一向不服朝廷，如今又要作乱，岂能让这种人活下去？"吕后话语间含着一种杀机。

"既如此，臣下有一计。韩信称病在家是不会轻易出门的，想拿住他必须把他引入宫中。皇后可派人先出京城去，然后从北方回来，当着众人的面说自己从高祖处来，陈豨已被拿住了。朝臣听此消息必会前来朝贺。韩信若来了更好，不来，臣下自去请他。皇后先派武士埋伏好，一旦韩信来到，就将他斩了。"

"好主意！丞相，就这么办吧。"

第二天，一位军兵来到朝廷说自己从高祖处来，汉军已大败陈豨，正在扫除残余乱军，不久即将回朝。群臣不知有诈，纷纷前来朝贺。不出所料，韩信并未来到朝廷道贺。第三天早上，萧何来到韩信府中。韩信正在府中下棋，一听左右报知丞相来到，连忙起身迎接。

"听说你病了，我来看看你。"萧何从容进门，关心道。

"也没什么大病，是我的脚气病犯了，不能走路罢了。"韩信一边令人招待萧何，一边说："高祖派了使者来，说已大败陈豨，不日即将返朝，你知道吗？"

"知道了。"

"众臣都去朝中道贺，你为什么不去哩？"

"我的脚肿得厉害，不方便。"韩信一边说，一边抬抬脚。果然，他的脚溃烂了。

"这个时候不去，不太好。今儿我有空闲，我俩一道去宫中吧，坐车子到宫前，走的路长不了。"

韩信看萧何那么恳切，内心道："过去，我之所以能被重用，完全是由于萧何的举荐，当初，萧何为留下我独自出城追赶，纵使我内心再有什么不快，也不好拒绝他了。"当即换衣上车，韩信随萧何进了宫。刚进宫中，一群武士从两边闪现，一拥而上把韩信捆了起来。

"丞相！丞相救我！丞相救我！"韩信回头大喊。然而，却不见了萧何的踪影。韩信心中顿时大惊，心中道："我上当了！"抬头一看，吕后怒容满面，高坐在上。

"大胆韩信！你竟敢与陈豨预谋反叛朝廷，真是罪该万死！"吕后的声音十分刺耳。

"这话从何说起？"韩信反问道。

"陈豨已被高祖拿住，供出你曾与他暗中有约，里应外合对付朝廷。你的舍人之弟也上书来说陈豨派人送信与你了，你还有何话可说吗？拉出去，斩了！"

韩信听此一语，知道一切都是布好了的陷阱，分辩也是无用，仰天长叹道："我没有用蒯彻之谋，却上了一个女人的当，真是天意啊！"

吕后怕他还要说出什么来，立即令人推了出去。须臾，刽子手手起刀落，一代名将的人头滚落在地。隐在旁边的萧何，心中不由一阵悲戚，暗叹道："是我举荐了韩信，也是我留下了韩信，又是我送了他的命啊！"

吕后想了一会儿，又令左右："诏令出去，韩信有叛逆之罪，将他三族都夷灭了！"

高祖回到京城，详细问了韩信死前情形。其实，他心里感到吕后做得稍稍过分了。韩信不顺服朝廷，众人皆知，朝廷对他若即若离，也就够了，犯不着杀了他。作为当日打天下的要臣，落得这个结局，未免让人感到朝廷刻薄寡恩。但是，除去也就除去了，况且还是因为他有谋反之罪呢！

"韩信临死前可曾说些什么？"高祖忽然像想起了什么要事，问吕后道。

"他说只感叹没用蒯彻之计，反倒被一个女人骗了。"吕后说，"陛下不问起，臣妾倒忘了，这蒯彻是个什么人物？"。

"蒯彻是齐国人，本来是韩信的谋士。后来，不知为什么离开了韩信。哦，朕明白了，一定是蒯彻劝韩信反叛过。"

"这种人哪能把他放过了！陛下下诏，把他拿来！"。吕后一听，横眉立眼道。

高祖道："这个不打紧，朕听说此人还在齐地，算卦为生。朕令曹参寻找他，跑不了。"

齐相曹参得到高祖诏令，不敢怠慢，在齐境内下了通缉令，捉拿蒯彻，蒯彻是个名人，许多人都认识他，很快，蒯彻就被捉住了。送入宫来，高祖亲自审讯蒯彻。蒯彻一身道家装束，潇潇洒洒，一点也不惊慌。

"蒯彻，是你叫韩信造反的吗？"高祖一拍几案，喝问道。

"是的，我是叫他造反过。可惜，他不听我的计策，所以今天才自取灭亡了。如果他听从我的，陛下哪能杀得了他！"

高祖看他那副轻松的样子已十分气愤，又听此言，更是怒火中烧，令左右："煮了他！看他还再敢让人反叛朕吗！"

"冤枉！冤枉！"蒯彻挣扎着，大叫道。

"你叫韩信造反，还说冤枉吗？"高祖喝问。

"陛下，当初秦王朝失去正道，天下各路英雄崛起，谁都想夺得天下。然而，只有那才能卓越的人才能最后取胜。古时候，狗曾对尧狂叫不已，并不是因为尧为人不义，而是因为狗就喜欢吠叫陌生人。当我为韩信出谋划策时，陛下还不是天下之君，我只是为自己的主人出力，这是天经地义的事，有什么过错？再说，当时天下人有许多在磨刀霍霍，一心想成就大事业。但是，他们都没有力量达到，对这些人，陛下能把他们都煮了吗？"

高祖盯着他，半晌不说话。蒯彻也看着他。

"放了他吧！"最后，当左右听到高祖说这句话时，几乎呆住了。做为人君，谁不喜欢忠臣呢！

出宫之后，蒯彻来到韩信坟前。"淮阴侯啊淮阴侯！"蒯彻不拜不祭，只顾唠叨着："你知道你错在哪里吗？你是咎由自取！当初，汉王与楚王在荥阳相持，你灭了齐国之后不去急援汉王却自立为齐王；后来，汉王追击楚军你又按兵不动。这时，高祖已有杀你的念头了，只是时机还不成熟罢了。待到天下平定，你就更没什么可倚仗的了。抓住机会去谋利益，这是市井小人的志向；建立大功以报有德之人，这是士人君子的胸怀。你用市井小人的志向去谋利益之后，却又用士人君子的胸怀寄希望于他人，这就是大错特错了。本来，你的功劳可以与周公、召公、太公吕尚相比，足以使子孙享受福荫，可是，却因你的过失，把这一切都葬送了。死在地下，你明白自己错在哪里吗？"说毕，长叹一声，拂袖而去。

满朝文武听说韩信叛乱被诛三族，都十分震惊。他们哪能料到，又一场风暴就要来了。

高祖出征陈豨时，也曾让梁王彭越带军随行。彭越长期生活在水乡，患有风湿之病。随着年岁的增长病情越来越重。日常行动他还能支撑，但让他行军作战就困难了。况且高祖征召他时正值严冬时分，天寒地冻，双腿疼痛难忍。所以，他写了一封奏书给高祖，讲了自己的病情，派将军们带兵随高祖去了。高祖看到彭越的奏书，火冒三丈，当着彭越的将军们的面，恼怒地道："梁王有病？朕看他是在摆架子了，正在朕需要人手的时候，为什么不来？"

高祖的恼怒也有他的道理。此前韩信已称病不来，这时又出来一个彭越。他心中道："如今天下一统，彭越有了王位，就不愿再辅助朕了。怪不得人们都说，人只能同患难，不能共甘甜哩！风湿病又算个什么！朕一道旨谕，他就应该来。"显然他又想起当初攻楚时，他与韩信、彭越约好了合兵攻敌，韩信和彭越却迟迟不到的事来。当时是为了邀得王位，彭越就有要挟之意了。对这种人他哪能容忍得了，那当儿，是陈平与张良示意他不是发火的时候。否则他当时就要对彭越兴师问罪了。想到这儿，他召来一个军吏，让他到梁王府去斥责彭越，敲打一下他的臭架子。

彭越看到高祖的信后，一下子忧虑起来。自从高祖得天下以来，诛杀的诸侯王已有几个了。燕王臧荼首当其冲，楚王韩信被贬为淮阴侯，韩王投奔匈奴，后被高祖派兵杀灭。这几个人中，除臧荼外，其他二人都是莫须有的罪名。如今，高祖该不会因此降罪于我？他越想越担心，越想越忧虑，就找来几个心腹部下，对他们说："高祖派人斥责我，形势不妙，我该怎么办？高祖为人极其自负，我想入朝去谢罪。"

众人道："大王开始说自己有病，不能随行。受到斥责后，又前去朝廷谢罪，还不是明摆着承认自己是成心不愿相助朝廷吗？"

"难道我就这么不声不响吗？高祖岂不是更为恼火？"他愁眉苦脸地说。

"陛下，你听说吕后在京城诛杀韩信的事了吗？"说话的乃是部将扈辄。

"什么？淮阴侯韩信被杀了？他是什么罪？"彭越十分吃惊。

"反叛朝廷。大王，试想，淮阴侯手下已没有一兵一卒，怎么谋反？"

彭越一下子跌坐下来，脸色发白。他心中道："这一定是以前的旧怨了。我和韩信都曾向高祖示意过要封王，一定是这个原因。"

"大王"，扈辄又说，"韩信已被诛灭三族，是吕后把他骗入宫中的。大王若是前去朝廷谢罪，谁知会不会是同样下场呢？与其前去束手被擒，不如就势谋反了。"

彭越摇头道："这个万万行不得。高祖封我为王，待我不薄，我不能轻易就做了那反叛之事。再说，今非昔比，就是发兵反叛了，也只有死路一条。我不想牵连家族及众将。"

扈辄冷笑道："大王，大凡开国君主一旦天下平定，就会杀掉那些有功之臣。高祖能例外吗？韩信已经除掉，下一个就是你了，无论如何，大王不能现在就到朝廷去。"

彭越一下子乱了方寸，不知如何是好了。但是，他是不会走上反叛道路的，那样做，在当今情况下，无异于拿鸡蛋碰石头。于是，他决定先等高祖消消气，再亲自向高祖谢罪。一天黄昏，一位将领对他说，他的太仆一个人驾车出行，让车子狂奔，一下子轧死了两个百姓，人家告上来了。

太仆蒋公，原是他的同乡，是和他一同从家乡出来的。这些年，蒋公作战勇敢，往往身先士卒，很受部下拥戴。被封梁王之后，彭越为嘉奖他，让他做了自己的太仆。谁知蒋公随之就变了样，逐渐变得傲慢无礼、轻狂粗野。他喜欢喝酒，喝了酒之后就驾车到处奔跑，以显示他是梁王的红人。以前，他已多次把行人碰伤，引得民众怨愤；这一次，竟然把人轧死了。

彭越当即下令，把太仆囚禁起来，准备发落。

关在一间黑屋子里，太仆逐渐醒过酒来。他感到了事态的严重性，按照常理，伤人致死，胡乱作为，是要判死罪的，况且他之前还恶事不断呢？突然间，他心生一计：为了活命，他要告发彭越。当天晚上，他乘门口看守的人不备，挣开了身上的绳索，攀上了房顶，又到马房里挑了一匹最好的快马悄悄消失在夜幕之中。高祖正在长安城中，听得彭越太仆密报，连想都不想，就派兵向梁地进发了。汉兵打进彭越宫中时，彭越是毫无防备，当下束手就擒，被带回了洛阳。

高祖把彭越交给御史审讯。没有反叛行为，彭越无从交代。他自始至终都在为自己辩白。

御史深知高祖的意思，无论彭越怎么分辩，还是得出了这样的结论："梁王已有反叛之意，按法律应当处死。"

高祖得到这样的奏告倒犹豫了，他心中想，诸位异姓王中，韩信、彭越功劳最大，如今天下初定，韩信已被吕后杀了，若朕再杀了彭越，岂不是让有功之臣人人自危。不如我赦免了他死罪，以示皇恩浩荡。于是，他下了一道诏令："赦免彭越死罪，作为罪人，流放到蜀郡青衣居住。"

彭越觉得实在冤枉，多次恳请面见高祖。但高祖哪里给他机会？当初在火线上共同拼杀情同手足，如今面对面听他申诉，高祖怎好面对呢？绝望之余，彭越只得率部下随从，朝蜀地进发。这一天，彭越到达郑地。正巧吕后也路过这里，彭越心想，我为什么不求见皇后，向她诉说冤衷，求得开脱呢？我本来就无反叛之心，她一个女人家一定会体察真情，为我在高祖面前开脱的。当下，顾不得吃饭，打听到了吕后所在，就去求见。吕后并不知高祖赦免了彭越，一听彭越求见，连忙让他进来了。这彭越诉了一阵冤屈，吕后却打定了主意，她假装作出恼怒的样子，道："高祖一定是被那小人蒙蔽了，怎可对梁王这样呢！这样吧，你别往蜀地去了，跟我回洛阳去，我自会在高祖面前为你说情。"彭越万分感激，倒地便拜："谢皇后圣恩，臣下就指望皇后明察秋毫了。"

到了洛阳，吕后对彭越道："你且在宫外等候，我进宫去找高祖，等着信儿吧。"彭越千恩万谢，老实地等待，他心中道："女人家就是心软，她就不像高祖那样武断，这才是人情味儿。"

进入宫中，吕后见到高祖后，就屏退了左右，问道："陛下是要把彭越流放到蜀郡吗？"

"正是，我赦免了他的死罪，是念及他以前对朝廷有功。"

"陛下想过没有，彭越作为天下少有的将才，有勇有谋，到了蜀地以后会不会成为一个后患呢？"

"彭越已经上路前往蜀地了，怎么办？"高祖有点惶然。

"在半路上我正好遇见了他，巧言把他带回来了。陛下应就此杀了他，以防后患。"

"哦。"高祖舒了口气，又道："朕已下诏免了他的罪，又怎好杀他呢？"

"这不好办吗？"吕后似乎早已心中有数了，她说："再让彭越的舍人控告他又行谋反，让廷尉审讯他后定了死罪就成了。"

高祖有些吃惊，他望着吕后，半晌，点点头。彭越在洛阳城的客馆中苦苦等了三天，等来的不是皇帝宽恕的诏令，而是捕拿的通缉令。通缉令上写道："彭越舍人孙毅，控告彭越不服朝廷判决，前往蜀地途中招兵买马，欲与朝廷抗衡到底。经查情况属实，现诏令捉拿叛臣彭越！"彭越登时瘫在了原地。

审讯彭越的是廷尉王恬。吕后早已派心腹晓谕王恬，决意要问彭越灭三族之罪，无论彭越怎样为自己辩白，王恬一句也不听，只咬定彭越有叛逆之罪。三天过去了，王恬上奏高祖，论罪判彭越灭三族，高祖立即同意。这时候，彭越心中才明白了吕后的险恶。

阳春三月，彭越及三族同被斩首。

吕后对高祖道："那彭越过去有不少旧部，说不定会有不少人对朝廷不满。陛下要杀一儆百，让那些旧部知道朝廷的威严。"高祖于是下令，割下彭越的首级在洛阳示众，同时颁布一道诏令："有来收殓者，一律逮捕！"诸侯王们数日后都得到一份特殊的赏赐，那是一包剁碎的人肉，即彭越的尸体。还有谁能接到肉酱时不胆战心惊呢？有胆大的百姓，凝视挂在竹竿上的彭越的首级。只见他双目圆睁，牙齿紧咬下唇，一副愤恨不已的样子，就私下议论道："这彭越至死都不服哩！"

第八天，是一个阴天。天空中灰云低压，寒风紧吹，很有一些春寒料峭的味道。人们说，看样子像是要下桃花雪哩。时近中午时分，有一个人来到了彭越首级的悬挂处。只见他一身素衣，携带着祭品，满脸都是悲哀。摆下祭品之后，白衣人边哭边拜。看守首级的小吏正在不远处闲聊，听见哭声立即赶过来。二人不由分说把白衣人扭送到了朝廷。

"大胆狂徒，你是何人？竟敢违诏来拜祭彭越！"高祖拍案大怒，厉声问道。

白衣人用衣袖擦掉泪水，平静地回答："臣下乃是栾布，系彭越臣下。不久前受彭越王命出使齐国，今日回来，特向他复命。"

"彭越是朝廷逆臣，妄图谋反推翻朝廷，你不知道吗？"高祖指着他的鼻子，问道。

"臣下不知道彭越曾造反过。"栾布不惊不慌，昂首道。

"混蛋！朕已下了诏书，你该看见了，就贴在首级旁边。你公然哭祭，这是同谋之罪，来人，煮了他！"

大殿前的院子内，有一口大锅，水烧得滚开，热气腾腾。两旁的人架起栾布就往院中去。栾布挣扎着，回头大叫："让我说几句话，说完煮我不迟！"

高祖道："让他说，快死的人了。"

栾布重新来到高祖面前："陛下，当初您受困于彭城，在荥阳、成皋之间大败，项羽完全可以杀过来彻底击败陛下。但是，项羽却一直进不得前来，这是为什么？是因为有彭越守在梁地，苦苦地想方设法牵制住项羽。当时，只要彭越一动念头，转身与项羽联手，汉军就会大败，与汉军联手项羽就会大败。后来的垓下之战，如果没有彭越赶来会战，陛下打败项羽也是难上加难。天下平定之后，彭越接受陛下的符节被封为王。像所有王侯一样，他也想把梁国这块封地传给子孙后代，让他们承受自己的恩德。然而，陛下仅仅一次向梁国征兵，彭越因病不能亲自前往，陛下就怀疑他有造反之心。像这样就因为一点琐事诛杀功臣，我深为陛下担忧。功臣们一定会人人自危了。好了，现在彭越死了，我也不想活了，煮了我吧。"

高祖脸上泛起了红晕。停了片刻，他对左右道："放了他！朕免了你的死罪，且拜你为都尉。"

高祖挥挥手，转身就走。几天后，高祖下了诏书，立皇子刘恢为梁王，原

平内忧铲除诸王侯

来的东郡并入梁国，颍川郡并入淮阳。一代名将彭越从此在人世间消失了。

韩信伏诛，彭越惨死，都发生在汉十一年（前196）的春天。这两件大事传递给淮南王英布一个不祥的信息：他的末日也越来越近了。

英布出身于平民。年轻时，有人给他相面，说他将来"当刑而王"。壮年时，由于触犯秦朝的法律，果然被处以黥刑。从此，又名为黥布。公元前196年春，异姓诸侯王中功劳卓著，占地最广，拥兵最多，然而建国不久即被废为淮阴侯的韩信，因参与陈豨的谋叛被吕后、萧何诛杀。

初秋来到，高祖染病，数日没有上朝。病体刚好，却又有一件大事发生了。一天黄昏，淮南中大夫贲赫行色匆匆来到朝廷，向高祖奏报说淮南王英布谋反。高祖不肯相信，急令左右查办淮南王英布。

却说高祖杀了彭越三族之后，又令人把彭越的尸体剁成肉酱分赐诸侯。别的王侯得到肉酱时无不心惊肉跳，英布除了害怕之外，心中道："彭越被杀，不一定真有叛逆行为，是因为他曾违背过皇帝的旨意。过去，我英布虽然顺从皇帝，却也是一方英豪。臧荼死了，韩信死了，彭越也死了，这是明摆着的事——皇帝在想方设法铲除异姓之王。看这趋势，不知哪一天就该轮到我头上了。与其坐以待毙，不如及早防着点。"于是，他暗中派自己的亲信加强边防，以防意外。

说来也巧，这时候，英布最喜欢的陈姬病了。这女人茶饭不思，精神萎靡，每日从黄昏开始，就发低烧，一副病恹恹模样。英布很喜欢她，急忙找医生给她治病。有一个老医生，医术高明，很有些名声，就住在中大夫贲赫对门。英布每日百事缠身，哪能天天陪着陈姬前往？陈姬就带着两个侍女去医生家。贲赫本来常在英布身边，和陈姬认识的。如今看到陈姬来对门医生家看病，心中道："这不是我讨好英布的一个机会吗？英布最喜欢这个陈姬，只要她在英布面前说上几句好话，保证有我的好处。"

于是，他精心挑选了一个日子，赶在陈姬还在医生家的时候来到了医生家。他带着许多贵重的礼品，又让人带了美酒佳肴，说是为了感谢医生为王妃看病，宴请医生。陈姬在旁，自然是请陈姬上座。陈姬推辞半天，见贲赫一片盛情，只好上座了。酒席间，贲赫专拣好听的奉承陈姬，说得陈姬晕乎乎的。一个女人家，除了常陪英布，哪曾听过这些好话，不觉多喝了几杯。从此以后，贲赫常来医生家，督促医生问候陈姬，都是恰到好处。陈姬暗暗称赞他的忠义。医生果然名不虚传，只十来天时间，就把陈姬的病看好了。

一天，英布揽住陈姬在怀，凝视半响，道："你的病真好了，看你的脸色，如盛开的桃花一般，真可人。那医生真是个神医哩！"陈姬随口道："可不是嘛，中大夫贲赫也是个忠义之臣。"英布一愣，随即拉下脸来，问道："你说贲赫忠义，你如何知道他忠义的？"

陈姬见英布拉了脸，也不再隐瞒，就一五一十把贲赫如何送礼，如何请客之事说了。临了，她说："贲赫是想讨好你哩，他对医生好，对我热情，不就是想让我们说他的好话吗？"

英布听了，冷笑一声道："我看未必，怕是你和他有什么私情吧？"

陈姬一听，惊呆了。随即流出泪来，分辩道："大王，臣妾怎敢有此胆量？就是打死臣妾，臣妾也不会对大王有二心哪！苍天在上，若是有那等私情，让雷打死臣妾！"

英布是个倔脾气，哪里肯信，不等陈姬哭诉完毕，就大怒道："宣贲赫进来！"他愤恨对她呵斥道："只要贲赫招认了，我一定把你们宰了！"

"大王请中大夫进宫！"一个小吏进了中大夫府中，直截了当地说。

贲赫早就盼望这一天了。他顿时喜出望外，心中道："一定是那陈姬为我说了好话，大王要赏赐我了。"于是，赶紧整理衣冠，要随小吏同去。忽然，他瞥见那小吏脸色不对劲，不像是来报喜事的，倒像是来报忧的。他就多个心眼儿，装作不经意的样子问："莫不是大王有什么要赏赐我吗？"小吏本来和贲赫熟悉，又是个老实人。听得此问，不知如何回答，只好沉默不语。

贲赫一惊，心想：这其中定有异事。他连忙请小吏坐下，令人呈上一块银子，真切地说："大王找我有事，我总要知道的。我过去待你不薄，你就先告诉我吧。以后，我不会亏待你。"

小吏犹豫一会儿，就简单地把刚才英布发火的事儿说了。贲赫后悔得直跺脚："我这不是弄巧成拙了吗？那英布是个血性汉子，刚直凶狠。此番前去，必会打得我皮开肉绽。等我招架不住，屈招了，一定会杀了我。不行，我不能这样等死。前几日听说他暗中加强边防，不如我到朝廷去告了他个谋反之罪，省得白白把命送在他手里了。"打定了主意，转了转眼睛，笑容可掬地对小吏说："既如此，我也得去大王那儿。只是我今天拉肚子，肚子痛得厉害。等我好点儿了立马就去，你先回去告诉大王。"小吏无奈，只好回转去告诉英布。

眼见得小吏出了门，贲赫立即驾起车子，向着长安方向飞奔而去。

英布听说贲赫谎称自己有病，怒火中烧。大怒道："心中没有鬼，不怕半夜鬼敲门。什么有病，明明是不敢来见我！混账东西，还想在我的眼皮底下捣鬼吗！来人！"英布就让人去抓捕贲赫。却没有了此公的人影。"那小子一定逃向京城去了，追！"将领连忙带人马直追，直追了近二百里，也没见到贲赫，只好怏怏而归。

第八章

平内忧铲除诸王侯

英布暗想："贲赫知道我放不过他，必会加害于我。此次逃出，十有八九是到京城去找皇帝了。这个天下只有皇帝能压住我。他又凭什么让皇帝压住我呢？只有一条，那就是告我有谋反之罪。这等小人实在可恶。不管他是如何诬告我的，我先杀了他全家再说！"当即令人将贲赫全家老小全杀了。

就在英布静观朝廷动静的时候，高祖派来调查核实的使者到了。刚到淮南，就听说英布已杀了贲赫全家。使者心想，若英布没有叛逆之心，为何要杀贲赫家眷，这不是明摆着嫉恨贲赫吗？嫉恨贲赫告状，就是心中胆怯了，看来英布不仅有谋反之心，还开始行动了。他不敢多停留，生怕英布连自己也杀了，赶紧回转京城。英布呢，也暗中派人盯了使者的梢。他听说使者专门打听杀贲赫家眷的事，就知大事不妙，他对心腹道："使者必定认为我有谋反行为了，一不做，二不休，不如连使者也杀了，省得他在皇帝面前饶舌。"然而，为时已晚，使者早已出了淮南了。

高祖听得使者报告，方才相信英布真的叛乱了。他对萧何说："前日朕说有人告英布谋反，相国还不相信，说也许是有人诬陷，今日使者回来，说英布已发兵在边境了。"

萧何沉吟着，不说话。过了许久，道："既然英布已反，需抓紧平乱。"

高祖立即召来诸将，告知他们英布叛乱之事。众将齐声道："陛下勿念。陛下派我等前去平乱就是。小小的一个淮南王，何足挂齿！"

听着将领们自告奋勇带兵征战，高祖只是不语。近日来，他的身体刚刚复原，还没缓过气来，要是上战场，还亏欠了点。可是，除了他亲征，还有谁可以敌得过那悍将英布呢？忽然，他心生一念：何不让太子统兵征敌呢？最近，皇后十分猖狂，根本不把戚夫人母子放在眼中。戚夫人又是整日泪水涟涟的。此次出行，既可试试太子的能力，又可扬扬他的威名。若是胜了。他也放心了这个未来的继承人；若是败了，也许有机会再立如意儿为太子。即使不成，也能杀杀皇后的威风。于是，他令人通知太子，说明了自己的意思。顿时，太子府中一阵慌乱。吕后最先急得流了泪。她心中明白，太子刘盈根本就没有领兵作战的经历，更不要说是去对付凶猛的英布了，还不是明摆着在为难太子，为难她吗？但是，她没有乱了方寸，而是沉稳地找到了"商山四皓"，请他们拿主意。这"商山四皓"，乃是太子身边的四个门客。他们是东园公、绮里季、夏黄公、用里先生。此四人年龄都在八十以上，皓首白眉，才高品洁。因过去一直隐居在商山之中，故名。

"商山四皓"，都是睿智高人，他们马上体悟到了高祖此计的用意，彼此道：

"太子对我等不薄。关键时刻，我等要想方设法维护太子。"他们略一商量，就找到了吕泽。此时已是夜间，吕泽见四人前来，知道定有要事，忙迎上前去。他们说："听说陛下要派太子带兵平英布之乱，这万万不可为啊！"

吕泽道："皇后为此万分焦急，请四位长者明示。"

"带兵者若真是太子，建立了大功，众将会以为是他们之功，若是败了呢，太子从此就受难了。那些武将，都是曾与陛下并肩作战过的骁将，个个都是逞气使性之人。让太子统帅他们，无异于让绵羊统帅群狼，谁人肯为太子尽力？所以此行太子定是无功而返。常言道：母以子贵。如今那戚夫人日夜侍奉皇帝，赵王如意常在皇帝面前亲近。皇帝曾说过，他不会让不肖子孙凌驾于爱子之上，这明摆着想让赵王取代太子之位。要想阻止皇帝，只有一个办法，就是赶紧让吕后去面见皇帝，哭求皇帝说：'英布是天下的猛将，一向善于用兵，所向无敌。当今朝中武将都是和陛下并肩作战过的有功之臣。陛下让太子统帅他们就是让绵羊统群狼，谁肯听太子的？况且，假若让英布知道了是太子带军，就会毫无顾忌地向西攻来了。陛下眼下是病了，但即使是支持着躺在战车上督战，诸将也不敢不竭尽全力啊！陛下自己吃点苦，为了妻子儿女值得呀！'皇帝是个吃软不吃硬的人，听了皇后的哭诉，一定会放弃自己的主意的。"

吕泽看看外面，说："现在已是夜间了，皇帝肯不肯见皇后呢？"

"越快越好，你先找到皇后再说。皇后是有主意的人，她自有办法。"

吕泽迅速出了侯府，一五一十向吕后说了。吕后急忙令人煮了一只母鸡，用保温的罐子提着，来到高祖的住处。"陛下身体好点了吗？臣姜煨了一只母鸡，加了点天麻，大补的，陛下趁热喝了吧。"吕后双手奉上热滚滚的金罐子，无比温柔地说。

高祖正和戚夫人热热乎乎地说话，本不愿意见吕后，但看到吕后这么关切，也受了感动。令宫女接过来，盛了一小碗。吕后见状，走上前来，拿起汤匙，试试冷热，亲自递到高祖手边。戚夫人知趣地走开了。吕后从高祖的身体慢慢说到了以前的生活，叹息道："陛下这身体，都是做布衣时亏的。那时候，家中真穷啊，一年下来，吃不上几只鸡。尤其是陛下起兵的那几年，东奔西跑，太累了，那么一把年纪，哪能跟那些年轻将领相比啊！他们再累，睡一觉就没事了，陛下却积劳成疾。这一阵子，陛下总是身体不好，真让臣姜挂心哪。"说着，流下泪来。

高祖道："也没什么，养养就好了。"

吕后乘机提起英布之乱，按照四位长者的嘱咐，痛哭流涕地说起太子带兵的不利，等等，脸上露出的是无限伤悲。高祖深深叹了口气道："我也知道那小

第八章

平内忧铲除诸王侯

子不配做统帅，还是我自己去吧。"

夏侯婴听说高祖要亲自出征，自然十分牵挂。原楚国的令尹薛公了解英布的为人，夏侯婴就召来他，向他询问英布的情况："足下向来料事如神。又深知英布，试问足下，那英布好好的被封为淮南王，为何要造反呢？"

薛公答道："英布与韩信、彭越为人十分相近，都是英勇善战、自有主张的人。为朝廷立下的功劳也差不多。可是，朝廷先杀了韩信，又诛了彭越，自然会让英布疑虑重重，与其等着大难临头，不如先下手为强了。"

夏侯婴听了，久久没有说话。当天下午，他进宫把这些告诉了高祖。高祖立即对夏侯婴道："传薛公进宫。"

第二天，高祖当着满朝文武宣布：立皇子刘长为淮南王。数日后，一切准备完毕。一支近十万人的大军向东进发。

英布扯起反叛大旗之后，对部下道："我英布为人，一不做，二不休，要干就干到底，省得让人窝囊死。大家听着，我等只有进，没有退。若是现在有不乐意的，自动离去，我也绝不追究！"

他身边的武将，大都是相随多年的死党。对于英布，他们敬佩他的果决和义气，早已把自己的命运和英布联系在一起了。听了英布的豪言壮语，众人齐声道："我等宁愿与大王同生共死！"

英布扫视了众人一遍，说："皇帝多大了？六十来岁了，这么大年纪的人，还有喜欢打仗的吗？他肯定不会亲自来的。对于朝中大将，我怕的只有两个，一是彭越，一是韩信，但是现在，他们都不在了。其他的人嘛，我是不在话下的。"

几天之后，英布大军杀入吴地荆王刘贾的王府之中，刘贾拼命逃出之后，跑到了富陵。想到自己不战而败，丢了自己的封国，不知高祖会怎样怪罪，刘贾是又惊又怕。这天晚上，月白风清，带着几个随从躲在一片坟地里，他更觉万分凄凉。三更时分，他看见两个侍从都睡着了，就解下坐骑缰绳，吊死在一棵柳树上。

英布胜了刘贾，渡过淮河向楚国杀去。楚王刘交，是高祖弟弟，自幼在家乡长大，哪曾经历过战争？但是，自从做王之后，为了守住自己的一方土地，他也学了些兵法、理政方略之类。所以，颇有几分自信。一番筹划之后，他决定把军队分为三路，让他们彼此呼应以出奇制胜。决策一出，有一将领对他说："大王，英布善于用兵，朝廷的将领都惧怕他。再说，大王把军队分为三支，只要其中一支被敌人击败，其余的就会逃跑，哪还能互相救助呢？大王应另行决策。"

刘交道："兵书上说的不对吗？我难道就不是按兵书上说的做的？百姓们都拥戴我，不会轻易丢下我的。"

英布果然采取了攻其主锋的方法，打败了其中的一支。士兵们离家都近，眼见得战火纷飞，谁不顾及家小和性命？其余的两支军队在两天内逃跑殆尽。

大胜之余，英布带军向西挺进。初冬十月，高祖大军与英布军队在蕲县西部相遇。英布的前行军都是他的精锐部队，且大部分为骑兵。他们来势汹汹，气势过人。高祖听了探马的报告之后，暗道："英布最善打快仗、硬仗。此时，他刚刚大败荆王与楚王军队，士气正旺，我军远行至此，十分疲惫，若是立即交战，结果不会太妙。不如暂避其锐气再说。"于是，他把军队隐在庸城，让士兵坚守不出，一边歇息消除旅途疲劳，一面等待战机。

这时，英布忽接部下报告："皇帝亲征，带有十万大军。"他心中想："我不能大意，须慎重对敌。刘邦那个老东西十分精明，虽然自己没多大能耐，但喜欢听取旁人高见，绝不能大意。"沉思之中，他忽然想到一条妙计——高祖在项羽生前吃惯了项羽的败仗，如果我用项羽布阵三法统军，一定能扰乱他的心。于是，他选择当年项羽不常用的一种独特阵法。

高祖登上庸城顶上，放眼眺望城下英布大军，心中忽然一惊："这种阵法不是当年项羽使用的吗？呸！这个可恶的乱臣！当初，朕之所以能胜项羽，实在是有韩信相助，如今韩信已死，他这是向我示威呢！"猛然间，他在敌群中看见了英布。只见那英布精神抖擞，傲气十足，正嘲讽地望着他。这种嘲讽更激起了高祖的怒火，他忍不住大声喝问："不忠不义的英布，朕封你为王，与你国土，未曾亏待你的军功，为何要造反呢？"

英布听得真切，他哈哈一笑，戏弄地道："为何你能做皇帝，我就做不得？我也要做做皇帝！"

高祖气得直瞪眼，看看英布军队，也不过来了一两万。当即下令："打出城去，杀了那个叛贼！"众将见英布如此目中无人，早已憋足了劲。从四面杀出之后，立即把英布围住了。英布不慌不忙，令弓箭手一阵猛射，汉军倒下一大片。但是，毕竟汉军人多势众，倒下一批又上一批，英布的弓箭手来不及更换，就被冲了个七零八落。叛逆之人心是虚的，前面一乱，后面跟着也乱。英布挡不住众人，不由得也随着后退。汉军见状，士气大振，呼声动天，越追越快。退到淮河岸边，再无退路。英布大军只得跳水游泳。初冬之时，河水寒冷，士兵们边打边跑，身上多带着热汗。到冷水里一激，许多人双腿痉挛，挣扎一会儿，就沉到水下去了。汉军追到岸边，一阵猛砍，叛军死伤过半，游过去还能跑的，英布一数，只有一千多人了。来不及多想，他带人打马飞奔，一心只想到淮南去坚守。士卒们身上衣服是湿的，经风一吹，不一会儿就结了薄冰，坐在马上发抖。渐渐地，有些士卒掉队了。

高祖带人追了两天，不想再追。就派了一员将领继续向南，自己带大部分军队返回。

英布见自己军队几乎消失殆尽，不敢向淮南去了。他太了解高祖了，只要他到了淮南，一定会将他赶尽杀绝。来到长江边，身边只有一百来人了。看着滚滚的长江水，他的心冷极了。到何处去呢？一时没有出路，他就在江边一个村子里停下来。大约过了十天光景，村里来了一位外乡人，说是长沙王的使者，英布一听，喜出望外。原来，英布之妻乃是现长沙王吴臣之妹。当初，老长沙王吴芮看中了英布一副威武之气，将女儿嫁给了他。不久前，吴芮病逝，其长子吴臣继承了王位。

使者交给英布一封信。英布打开一看，是小舅子要他去长沙避难。当即，他喜滋滋地把情况说给随从们听了。于是，众人连忙整理行装，过了长江，向江南奔去。不久，英布一行走到了鄱阳。这一天，是十一月初四晚上，英布带众人住进了一家客栈。夜幕中，天阴沉沉的，伸手不见五指。寒风呼呼地吹着，不时从窗户里吹进来。大家骑马走了一天，又冷又饿，就叫了些酒菜美美地吃了一顿。几杯酒下肚之后，英布心里涌起了一阵伤感。早在少年时代，有人为他看相，说他会先为囚犯后为王。秦王朝时，他真的作为一个囚徒被弄到骊山服役，后来起兵反秦，也真的被封为王。如今呢，又成了一个在逃犯，将来会怎样呢？他后悔当初没有问清楚自己将会如何终了。不过，人生在世就是一趟不归的旅程，该怎样就怎样吧！

众随从都是他的心腹，见他沉默不语，知他正为前景发愁，纷纷抚慰道："大王，难日子快过去了。长沙王不是说了吗，他已派人去淮南接王后，让大王和王后在长沙团聚。""我等一向敬佩大王的耿直爽快，敢作敢为，不必为今日的一时之失忧虑。""比起当年在骊山来，眼下是强了百倍。放心吧，我等会与大王共存亡。"大家你一言我一语，英布被他们说得忧愁渐消，当即掌杯与众人喝了个痛快。半夜时分，众人进入了梦乡，只听得卧房内一片鼾声如雷。突然，在漆黑的夜色中，他们房间的门被人猛地打开了。一伙壮士涌进来，也不说话，就砍杀上来。众人猝不及防，根本没有还手之力。不一会儿，都做了刀下鬼，英布也在其中。须臾，有人燃起了火把，把个大大的房间照得一片明亮。火光中，为首的一位壮士令人寻找英布的尸体。随即割下英布的脑袋，放进一个黑布袋中扬长而去。

有一个英布的心腹受了伤，但没死。他眯着眼睛躺在一个大方桌下装死，却把这一切都看了个真切，心中明白了几分。待一伙壮士走开，他才慌忙起身，从马房里牵出一匹马。消失在夜幕之中。正像英布的那个将领所猜测的，这些人是长沙王吴臣派来的杀手。

当英布带人逃脱之后，樊哙向高祖进言道："陛下，那长沙王吴臣与英布为郎舅，英布不回淮南，就会去投长沙王。陛下速下诏书一封，让长沙王及时将英布杀了。"

"朕正想着这事儿哩，吴臣是个胆小忠厚的人，他没有胆量收留英布。"

叫来一位使者，让他带着诏书直奔长沙而去。吴臣早已得知英布背叛了朝廷，吓得心惊肉跳，他对王后说："英布反叛了朝廷，其结果只有死路一条。我看，还是派人把妹妹接回来吧，免得跟着送死。"

王后脸色苍白，说："那怎么行？反叛朝廷，是要灭三族的，你把妹妹接来，不是在和朝廷作对吗？皇帝脾气暴躁，他要诛杀我们怎么办？"

"可是，我毕竟是一个兄长，怎好看着妹妹不管呢？再说，我是个王，高祖不会怎样的。"

在痛苦之中，吴臣忽然接到了高祖的诏令，说英布反叛了朝廷，若是长沙王收留英布，将视作同罪之人。吴臣手拿诏令，双手在发抖。王后见状，忽然心生一计，悄悄对吴臣说："大王，英布已成了朝廷犯人，是救不了的。若是大王想方设法将他拿住杀了，把他的人头献给皇帝，就太好了。这样一可以消除朝廷对大王的怀疑，二可以乘机要求将妹妹免了罪，三可以向皇帝表达忠心。"

"可是，那英布……也是个义士啊！"

"管他过去是何等仗义，今日他是朝廷罪犯了。"王后说得十分果断。

"谁知英布现在何处呢？"吴臣说。

"反正他还未过江来，若过了江，一定有信息传来。大王派人过去打听，设下一计，假意请他来长沙避难，然后杀了他。"王后眼睛里闪出一股杀气。

吴臣摇摇头："那英布力大无比，勇力过人，谁杀得了他。就是打斗起来，三五个人也接近不了他。"

"大王真是太老实了，不能派人跟踪，在他们不经意的时候再下手吗？"

吴臣想了许久，叹了一口气，说："为了全家老小，也只有如此了。"第二天，百十名壮士暗中接受吴臣的命令上了路。

当英布的头颅交到长沙王府后，吴臣才暗暗松了一口气。他修书一封，派

第八章

平内忧铲除诸王侯

使者带着英布的首级，连夜向京城赶去。

却说高祖班师回朝，一路上不断让御医四处采集医伤之药。这时，众人才知当初高祖率军冲出庸城之时，胸部中了敌军一箭。由于军情急迫，高祖硬撑着没有泄露消息。箭伤不深，只流了些血，没伤到内脏。多亏了是铁甲护胸，否则后果不堪设想。可是，由于路上总是颠簸不停，伤口开始阵阵作痛。高祖不敢大意，令御医加紧治疗。

路过沛县附近，高祖决定回故乡省亲，从起兵至今，十来年了。从一介亭长成为当今的天子，他要去看看乡亲父老们。沛县官吏闻讯，忙得比过年还紧张。准备行宫，设立供帐。在高祖距离县城还有五十里的时候，官吏们就等在了郊外。

这是一个艳阳天，红日高照，和风轻吹。官吏们身着盛装，满面红光，整齐地站在路两边。老百姓则扶老携幼，挤满各处，翘首以待。隆隆的车轮声中，高祖来到众人眼前。呼啦啦，官民跪倒一大片。高祖满面笑容，在车上答礼。

"看，当今皇帝！"

"就是当年的泗水亭长。"

"刘三儿，刘三儿，当了皇帝回家来了！"

"我看他老了不少。"

"十来年了，怎能不老？但是，气派了。"

"是气派了！"

众乡亲叽叽咕咕说个不停，人人都是一副笑脸。久违了，这种乡音。

高祖进入行宫，嘱咐官吏："不必多礼，让乡亲们都进来吧。"

一会儿，行宫里密密麻麻挤满了父老子弟。行宫门口，还有许多人拼命向里张望。高祖随口问起乡亲的生活，地里收成，劳苦状况。众人都一一抢着回答了，不时响起一阵阵欢声笑语。

日至中天，官吏准备了二十几桌大筵。高祖首座，其余分列两边。听着亲切的乡音，看着亲近的笑脸，高祖一下子想起了过去。他举起杯，大喝一口，啊，故乡的酒真香啊！不一会儿，一群精壮的青年边歌边舞，为酒筵助兴。此时此刻，高祖突然感到了一种从未有过的放松。在故乡，你什么都不必防备，都不必挂心，他们是你的长辈、兄弟和晚生，有一种天然的亲情连着众人。可是，在朝中，自己却是那么孤单。身为天下之君，不知有多少人盯着你手中的江山。想当初，许多英雄与他并肩作战，同生共死，团结如一。而今，他们却成了他的敌人。自古以来，人们都说打天下容易守天下难，他算是有了真切体会。有谁可以值得信赖来共守天下呢？天下之大，人生之短，自己显得太渺小了。想到这里，他令人取来筑放在面前，一面击筑，一面唱道：

大风起兮云飞扬，

威加海内兮归故乡。

安得猛士兮守四方！

音调慷慨悲凉，深沉蕴藉。众人望去，只见一行泪水挂在了高祖脸上，无不感动得泪水涟涟。在座的有不少是读书人，他们听出了高祖守天下的孤单和艰难，对未来的牵挂和担忧，深知这是胜利者的悲哀，人生的伤感。

等歌声停止之后，高祖道："常言说得好：游子归故乡。我当初以沛公名义起事，与天下各路英雄诛灭了秦朝暴逆，才夺得了天下。现在，我决定把沛县当做我休养的沐邑，免除县中百姓的赋役，世世代代不予征收。"

在场的官民一听，欢快异常，一起倒地叩拜。

酒宴持续到傍晚方才结束。众人散去之后，高祖静下心来，忽然想起了小年时和自己有过交欢的两个女人武负、王媪，他心中道："前些时候，我曾暗中送些黄金与她们，想必她们也不用卖酒了。不管怎样，她们也与我有些情分。明日里，我要把她们与左邻右舍的婶子大娘都请来。女人最重情，也不枉她们对我往日的一片关怀。"

第二天，武负、王媪与众多老妇一同来拜见高祖。她们都是白发苍苍的老人了。那一张张布满皱纹的脸上，有岁月的艰辛，也有对高祖的关怀。她们也不懂得拜见之礼，一律跪在地上不起来。高祖笑吟吟地让左右上前扶起，一一赐坐。为了打破拘谨，他问起各人的儿孙状况，老妇女们渐渐敞开了话题，你一言我一语地说开了，高祖又提起了往日的旧事，大家谈论起来，不时爆发出阵阵欢笑。有人问起了吕后，高祖道："她也老了，头发白了不少。"

一个老妇人问："听说皇帝都有三宫六院的女人，您有多少新媳妇呀？"

高祖笑道："也有几个，可是都不是新媳妇，也都不小了。"

"咱县中的陈老爷只是个财主，还有五房女人哩。皇帝为何不多娶几房？"另一个老太婆乐呵呵地说。

高祖大笑，说："年纪大了，来不了呀！"

众妇人一听，都嘻嘻哈哈笑起来。整整一天，高祖和她们边唱边吃边聊，十分快乐。之后，高祖过去的友人、远亲、村人，来往不断，高祖都一一赐宴，热情相待，煞是忙碌。乡间之人没有什么重礼，但只要来看高祖的，都拿了点什么。一只鸡，两只鸭，一头羊，一壶酒，半口袋米。只见各道上，人来人往，老幼不断。

　　一直过了十来天，高祖对众人道："我带着几万人马住在这里，衣食住行有劳乡亲。天更冷了，若是再不走，更给父老乡亲添麻烦，不能再停留了。"于是下令启程。几千名乡亲和官吏送了一程又一程，直送到十里之外。高祖坐在车中，不时回头张望。故乡的一切渐渐模糊，最终消失在视线里。

　　"今生今世，我怕是再也回不来了。"高祖长叹一声，眼睛湿润了。

　　三天之后，高祖一行走到了淮南。这时，两件喜事让他心情十分舒畅。长沙王吴臣，派人献上了英布的首级。周勃也从北方送来了喜讯——他已在当城彻底打垮了陈豨，杀了陈豨不说，雁门、云中一带也都平定了。

　　第二天，他下了一道诏书："改荆地为吴，立刘濞为吴王。"刘濞乃是高祖兄长刘仲之子。以前，人们不熟悉他，这次征讨英布，他才随军而行。由于他体力过人，身强力壮，表现得十分勇敢。

　　从淮南西回，路过鲁地，高祖又去拜谒了孔庙。

　　高祖从鲁地西归，不觉中箭伤复发了。只见伤口四周泛红，略有浮肿，伤口处向外流黄水。御医暗中叮嘱高祖左右："快快赶路，若再颠簸，怕要严重了。"众人听了，不敢怠慢，日夜兼程，打马不停。

布衣天子——刘邦

第九章

沛宫上空大风歌

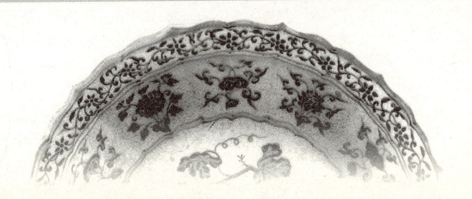

　　在刘邦出征之前，齐相曹参已辅佐齐王刘肥先投入平叛战争，共出动十二万人，车、骑、步各兵种齐全，兵锋凌厉，由博阳循泗水而下，一路战胜，拦腰截住了叛军西进的势头。未几，刘邦自率大军赶来，两军在蕲县（今安徽宿县南）一带会师。眼看一年不见，刘邦已病成如此形状，曹参亦当感慨不已吧。

　　前文已有叙说，刘邦称帝以后，已在关中另筑新丰，并将原居丰邑的众多故人都迁徙到那儿，以娱太公，而且丰邑"出产"功臣特多，仅封爵彻侯者就有近二十人，眷属族人亦多随之迁走，所以这次刘邦回乡，没有再去那儿——剩下来的老居民，都是他不愿意再见的人。此时听父老提出请一体豁免丰县徭役的要求，便说："丰是我出生长大的地方，我哪能忘记呢？只是想起他们曾跟着雍齿降魏反我，心里便不愉快。"父老们一再请求，刘邦终于拗不过乡情旧谊，遂宣布从此丰县亦得一体享受沛县的待遇。

　　当时刘邦二哥刘仲的儿子刘濞，年已二十，有气力，此前已封沛侯，这次也随叔父出征英布，任骑将，在会甄战役中建树了军功。汉的封爵，彻侯以下，与诸侯王有极大区别，诸侯王是裂土而封，享有各种特权，彻侯等则只能按封户数字享有指定食邑的租税，没有土地所有权，同封户也没有统属关系，斯土斯民，仍归封邑所在的中央直属郡县或诸侯国所属郡县治理。刘濞受封沛侯以后，在沛县享有多少户数的租税，史载不详，但刘邦回乡，宣布将沛县作为自己的"汤沐邑"后，他就不能再享有沛侯爵号了。正巧，在英布叛乱中阵亡的荆王刘贾没有子嗣，刘邦便将荆国改称吴国，封立这个侄子为吴王，享有鄣、吴、东阳三郡五十三城。加上先已受封取代英布的淮南王刘长，至此，刘姓诸侯已有八位，其中一半在南方，整个大汉帝国的版图颜色，远非他称帝时可与相比了。

　　然而刘邦的心绪依然不宁，老牵挂着关中那边。刘邦在东征英布途中，多次派使者去长安谒见主持全局的萧何，询问相国最近做了哪些工作？有人悄悄警告萧何："您快遭灭族之祸了。"萧何不解："老夫又惹谁了？"那人说："您位居相国，分封时又功居第一，还能复加吗？但是自您初入关中以来，一直得到民心依附，已十余年了。皇上所以一直派人来关心您，其实是怕您威望太高。"萧何惶恐，忙请教有什么办法不让皇上猜忌自己。那人教他多做一些强买硬赊、危害民众的事，把自己的公众形象搞坏，皇上就放心了。萧何依计而行，用赊欠贱买的方式，强行霸占了许多民田民宅，又接受商贾行贿，故意泄露给外人。所有这些，都由刘邦派来保卫相国的都尉陆续禀报给皇上。

得知相国正忙于舞弊营私，留守长安的其他重臣也无异常迹象，刘邦才稍觉放心。同时，各条战线的捷报也不断传来：先是英布逃往洮水（今湖南境内）一带，纠集残部负隅顽抗，又被汉军击破，准备投奔其姻亲长沙王吴臣，结果反被吴臣派人诱杀，向皇帝献头表忠；而后，据守当城一带的陈豨余部也被歼灭，对于卧病辎车的刘邦，肯定是一剂良药。结果在路经曲阜时，经不起笃信儒学的楚王刘交一再恳求，居然强打起精神，在刘交等人陪同下，去拜祭了一次儒家学说的创始人孔子。

一向崇法贬儒的皇帝祭扫孔子，这一举动曾给许多学儒的知识分子带来憧憬，但是不久以后由皇上发布的一道《守冢令》，却与这次祭孔活动形成鲜明对比，诏令宣布将由政府出钱，为已绝后嗣的秦始皇、陈胜、齐楚魏赵等战国诸王，以及信陵君魏无忌设置专业编户，世世代代为他们看守坟冢，血食献祭。相反，对于孔子则没有任何褒奖，更无政府出资为之修墓守冢一类实质性的安排。

有一种颇为流行的观点，就是早年的刘邦，长期接受秦始皇以法为教的法家思想熏陶，所以"不好儒"，但称帝以后，经过叔孙通制礼仪、陆贾述《新语》等一系列过程，逐渐改变了对儒家的偏见，至其曲阜祭孔，便成了由法入儒的转折性标志；此外，让叔孙通当太子太傅，以及那篇检讨当年自以为读书无益的《敕太子》，亦都成为其人晚年思想发生重要变化的例证。

显然，这都是光从史传语言表述而作出的判断，并非史实真相。至于曲阜祭孔，其本质就同刘邦一生厌恶"腐儒"，但又先后任用郦食其、随何、陆贾、叔孙通这些儒生一样，还是出于实用主义态度。他的曲阜之行，除了老弟刘交极力怂恿外，还是和荆、楚两国经历英布叛乱，因而需要有所安抚有关。以他

第九章

沛宫上空大风歌

的生活经历和文化素养，根本无暇亦不可能通过诵读《诗》《书》一类，哪怕稍有领会儒家学说对于治理天下的实用价值。所以，终其一生，如"挟书律""妖言令""诽谤罪"等一系列包括禁绝《诗》《书》传播在内的思想文化方面的专制法网，从未一日松弛。祭孔的用意，也就同他在灭楚后厚葬项羽一样，是一种收买鲁国人心的姿态而已。《守冢令》惠及形形色色，偏偏没有他刚祭祀过的孔子，正是其坚决抵制儒家思想立场的鲜明展示。

在故乡时，一曲慷慨激昂的《大风歌》，正是其即将走到人生尽头时的真情展露，孜孜以求的，还是期望有更多的像其沛丰乡党一样的"猛士"豪杰一类，为他镇守刘氏江山，确保已经走向中央专制集权道路的大汉帝国千秋万世，永不变色。

因此可以在《大风歌》的题目下做个结论：如果刘邦也有"学术流派"，那么，他就是标准的法家。

汉高帝十二年十二月（公元前195年1月），由夏侯婴亲自驾驭，一辆辒车把老病疲惫的皇帝载回长安。

銮驾尚未进城，告御状的民众在道路两边黑压压地跪了一大片，收上来的诉状，全都是控告相国萧何强买贱取民众田宅，案值达数千万。迄銮驾回到未央宫，萧何前来谒见，刘邦笑着说："相国居然取利于民！"随手把带回来的民众上书全交与他，说："你自己向民众谢罪吧。"

萧何强取民田的自污行为，本来就是出于旁人教唆，此时见皇帝态度和蔼，还挺关心民众利益，一时也糊涂了，竟趁机请求道："长安地狭，上林（皇家苑林）中空地很多，都在抛荒，是否可以让出来供民众耕种。"这一下，又犯忌了。刘邦马上板下脸来，大怒道："你收受商贾贿赂，又强取民田，反过来又为民请命，要动我上林的土地！"立即传令廷尉，给相国戴上狱具，关起来。

皇帝最信任的萧相国下狱，还像犯人一样戴上狱具，此事在朝野引起的震惊之大，可想而知。按情理，周勃、夏侯婴这一班沛丰老乡，自该帮忙说情。可是大家都知道这两年皇帝对他们的猜忌日甚一日，脾气也越来越古怪，所以都各自明哲保身；更何况一批战将型人物，原本就对萧何无"功"受禄而功居第一，心怀不满，此时亦乐得静观事态发展。这情景就像当年韩信在陈县大会上被冤枉谋反时一样，大家都不肯站出来说一句话，况且如今的政治空气比那时更加恶化。不知道蹲在牢里的萧老相国，此时此刻是否抚今追昔：怎么我就没有想到，自己也会有这么一天！

过了几天，有个官居九卿的王卫尉（皇宫警备司令），也是刘邦自赵尧以后新提拔起来的少壮派，陪皇上聊天。此人与沛丰系、砀薛系全无瓜葛，所以不必避嫌，找了个话题问刘邦："相国有何大罪，陛下竟把他当重犯对待？"

刘邦怒气冲冲地说："我听说李斯做秦皇帝的丞相时，有善举都归功于皇上，有恶事都诿过于自己。我的这位相国，自己受商贾贿赂，而为民请吾苑林，借此讨好民众，所以我要惩治他！"

王卫尉说："知道怎么做对民众有好处，便向皇上请求，这正是宰相的职守；陛下又为何怀疑他接受商贾贿赂呢？当年陛下在荥阳与项楚相持数年，近来陈豨、英布接踵叛乱，陛下都亲自出征，全是相国留守关中。在这些时间里，如果相国怀有异心，则武关以西便非陛下所有了。试想，相国连这么大的利益都不企求，会贪图商贾行贿的小利吗？何况秦朝就是因为不自省有罪过，才亡失天下，李斯为皇帝担待罪过这种事，又有何值得效法呢？陛下把相国看得太浅薄了。"

刘邦听了很不高兴，但内心也不得不承认自己这一回操之过急，反而弄巧成拙。王卫尉离开后，他又想了片刻，旋派一特使，手持代表圣旨的符节，前往诏狱，宣布赦免相国。那一刻，萧何的感觉有如大旱中突见云霓，不顾年老体衰，恭恭敬敬地前往皇宫，免冠赤脚，向刘邦叩谢圣恩。刘邦酸溜溜地说："相国快收起这一套！相国为民请苑，我不许，我不过是桀纣一类的昏君，相国却是贤相。我故意把相国关起来，好让百姓都知道罪过在我哩。"

萧何系械下狱，谁也不知道究竟会酿出什么大案，现在眼见如此收场，都暗自庆幸。孰知一波方平，一波又起，刘邦此时再次提起更易太子的话题。老相国刚吃过三天牢饭，哪里再敢犯颜"请命"？其他的人，也只能面面相觑。如今的皇权，远非建国初期，皇帝一言，九鼎之重，为易储之事已三次发言，还有谁敢顶撞？

众人无力劝阻，位居太子师傅的叔孙通和张良，便成了捍卫接班人地位的最后一道防线。然而，张良进谏，刘邦却不听。这可是自鸿门宴以来，刘邦对张良言无不听、计无不从的破天荒，显示出一种不达目的决不罢休的意志。张良不是硬争强谏的人，话不投机，马上称病回家。叔孙通不甘罢休，试想：太子顺利即位，他就是皇帝的师傅，岂能让这一眼看就要到达的人生奋斗目标就此

沛宫上空大风歌

丧失？遂在吕雉的支持下，奋力争辩。

叔孙通说："过去，晋献公因宠信骊姬，废太子，立奚齐，晋国因此内乱数十年，使天下耻笑；秦皇帝因为不早定扶苏为嗣，让赵高钻了空子，扶立胡亥，自亡社稷，此陛下所亲见。现在太子仁孝，天下皆闻；吕后与陛下同甘共苦，陛下又岂可背弃？"

刘邦不听，重申了所以要用如意取代刘盈的理由。

叔孙通也学周昌，跪伏在地上发毒誓："陛下一定要废太子而立少子，臣请求先伏诛，让颈血涂地！"

有他这么一带头，不少人都跪伏到了地上。

刘邦受不了，忙说："别，别，别来这一套，我听你的。"

然而，这只是一时的敷衍，刘邦易储之心并未改变。

可能有人要问，刘邦要换太子，发个诏令不就行了，何以几次三番向群臣提出，老是这么争来辩去？

说清这个问题，得稍费几句口舌。

原来汉国自始建以来形成的规矩，凡立储封王这种重大的人事安排，照例都是列王群臣根据刘邦的旨意，先联名举荐，然后再由皇上"顺应舆情"，予以批准发布。虽说这是皇权有限时形成的规则，但既成惯例，此后便一直未打破过。比如彭越、英布等相继被铲除后，皇权之威已通行无碍，而刘氏同姓诸侯的产生，依旧在走这个程序，如皇帝"诏曰：择可以为梁王、淮阳王者"，其后便是"燕王卢绾、相国萧何等请立皇子刘恢为梁王、皇子刘友为淮阳王"。

显然，刘邦要换太子，也要走这个程序，先把自己的旨意告诉大家，然后让他们联名上书，列举刘盈不适宜做太子的理由，称颂如意的种种优点，然后才由他发布易储诏书。

但是群臣不愿意更换太子，所以这个联名上书搞不出来。也就是皇上的旨意被具体手续的履行卡住了，这也是大汉建国以来从没发生过的事。

刘邦本不是循规蹈矩的人，过去因为自恃身体不错，不妨从长计议，反复周旋；现在情知时日无多，"疾益甚，愈欲易太子"，岂能听任老臣们这样不死不活地拖着。最后，他终于放弃了让列王群臣主动上书的耐心，决定另走蹊径：让懦弱听话的刘盈自己上书，请求让出皇储位置给赵王。

于是，多时不蒙父皇召见的太子，突然接到了皇帝召宴的通知。

躲在家里装病的张良又是什么人？刘邦这套本事，至少有一半是他带出来的，"学生"又在耍什么花招，还能瞒得过他？是以一听到皇上召太子赴宴，便知道这是最后的一招——父子摊牌的时刻来到了。

到此地步，已无退步周旋的余地。张良被迫拿出了此前绝对不敢轻易亮相的秘密武器——四大高人。

四大高人各报姓名并极力颂扬太子之后，便给刘邦敬酒（上寿），旋即匆匆告辞，显然都出自张良策划——刘邦这种老江湖，只要稍与交谈，就能发现破绽。如此，一场好戏砸锅不算，连编剧导演辛苦半世挣下的富贵功名也要全部赔进去了。所以，一揖而退，既无言多必失之虞，又有搭足架势之效。这就是留侯会故弄玄虚的本事。

刘邦也会受张良的骗。

然而他的机变权略，也在这倏忽之间，得到充分展示：既然商山四皓心甘情愿辅佐刘盈，又称天下豪杰都肯延颈为他效死，遂使他马上改变了原想在酒宴上摊牌的计划，一句"烦公幸卒调护太子"的拜托，可谓一锤定音。在他心里，刘汉江山的分量岂是一个女人可以相比的？所以他随后对戚姬所言，亦是推诿之辞。《鸿鹄歌》的最后两句意译，就是鸿鹄已经所向无阻，纵有利矢，也派不了用场，换一句话说，便是到此地步，连我这个做皇帝的，也动不了太子的地位了。

这就是刘邦在哄骗戚姬了。

不过，虽说他爱江山胜于美人，但也不是不爱美人。江山的事安排稳妥了，接下来就不能不为戚姬母子担忧了。据曾为戚夫人侍儿的贾佩兰回忆，刘邦生命中的最后一段时光，倒有一半是在愁眉紧锁中度过的，"见戚夫人侍高帝，尝以赵王如意为言，而高祖思之，几半日不言，叹息凄怆，而未知其术，辄使夫人击筑，高祖歌《大风诗》以和之"（《西京杂记》）。《大风诗》就是他在故乡创作的《大风歌》，想来他终因"未知其术"，只好用毕竟江山为重的大义，聊以自慰吧。

对比霸王别姬难以割舍的儿女情长，此亦观照刘邦其人的一个侧面——预见戚姬的下场可能比韩信、彭越更惨，他也决不会再改变既定方针了。

没有办法的办法，最后，刘邦在留给刘盈的遗嘱中以如意母子相托。

鸟之将死，其鸣也哀。

由《敕太子》的最后几句，可以体会出刘邦与病魔相搏的痛苦，以及那种因心力交瘁而益加凸显的无可奈何。

好在历时三年的易储之争总算有了定论，各有利益涉及的群臣也不必在此漩涡里沉浮，是以君臣皆有松了一口气的感觉。

然而，历史的宿命偏不容刘邦在神安气闲中走完人生的最后里程——北疆陈豨残部的覆灭，又牵出了所谓燕王卢绾谋反的大案。

此事的来龙去脉得从陈豨叛汉说起：当时刘邦传檄诸侯共击"汉贼"，卢绾是最先响应的一个，立即发兵从伪代的东北方向出击，同时派一使团出使匈奴，劝告冒顿单于不要和叛军结盟。这个使团的首席代表叫张胜，是个"匈奴通"，估计原来是秦朝北疆军团的成员，该军团解体后，即流落当地，出入汉匈之间，从事边境走私活动，因此与匈奴方面较熟。由史传记述推测，他最先是燕王臧荼的部属，迄卢绾取代臧荼后，又以旧人员身份被卢绾接收下来。

且说张胜率领燕国使团到达匈奴后，马上碰到了老熟人——逃亡在匈奴的老燕王臧荼的儿子臧衍。臧衍开导他说："你所以受燕王重用，因为你是匈奴通；燕王所以能存在到今天，又是因为诸侯接踵叛汉，内战不断。现在你为急于消灭陈豨而来劝告单于不要出兵，等陈豨一灭，接下来就该轮到燕王倒台了，到那时，你们都将成为俘虏。"

张胜认为他的分析很有道理，便请教他该怎么办？臧衍教他：你应该劝告燕王不必急着攻打陈豨，自己先在这儿帮他同匈奴拉上关系。陈豨能够存在，就是燕王能够存在的保障；果真汉朝要来攻打，他也可以依赖各方援助，保有燕国。

于是张胜擅自改变使命，在与匈奴的谈判中，反过来要匈奴帮助陈豨阻击燕军。此事马上有使团中其他成员向卢绾送去了情报。卢绾大怒，马上上书中央，请求按谋反罪，将住在内地的张胜全族通通处死。

报告刚经过驿传送出，张胜带着使团回来了。卢绾要办他擅改使命、暗通匈奴的罪，他不慌不忙地分析了何以如此行事的理由。卢绾认为蛮有道理，忙又上书一通，假称前一份报告搞错了，勾结匈奴的不是张胜，使其家族得以保全。此后，张胜便成了卢绾的私人代表，暗中与匈奴周旋。同时卢绾又派其亲信范齐潜往陈豨住地接洽，要他坚持下去，并保证燕王不会把他逼到绝境。

可是陈豨的能耐，并不如卢绾所期望的那么持久。当刘邦东征英布，在南方大打出手时，樊哙军团（一说周勃军团）亦终于在当城之役中将陈豨残部彻底消灭。叛军俘虏中有一个陈豨的裨将，为求将功赎罪，便向汉军将吏揭发了卢绾曾派范齐与陈豨接洽的事。

陈豨究竟是灭于樊哙还是周勃，史传中记载不一，但以他们对卢绾与刘邦关系的深切了解，当然不会轻信燕王会背叛皇上的说法。但事涉"谋逆"，谁也不敢隐瞒，于是案卷马上被移交廷尉。这个系统，如今已由少壮派掌握，惟以办案立功是求，当然不会有哙、勃的沛丰情分。于是，刘邦在"第一时间"得到了"燕王通敌谋逆"的密奏。

前述有关卢绾使张胜暗通匈奴、使范齐暗通陈豨的情节，大多由司马迁录自汉朝档案，代表了官方对这段历史的正统表述，性质就同淮阴侯家臣举报韩信、梁王太仆举报彭越一样。但因为这一次的举报对象是"诸侯王得幸莫如燕王"的卢绾，刘邦基本不信——事实上，他内心太清楚这些"举报"是怎么一回事了。不过。既然有人揭发，对自己绝对忠诚的监察司法部门又是如此郑重其事地禀报上来，皇上认为还是有必要向卢绾当面核实一下，何况他自省已将不久于人世，也很希望再同卢绾见上最后的一面；于是召卢绾来京朝见。

或许卢绾果真心里有鬼，或许不知出于哪个幕僚的劝阻，卢绾接到皇帝的通知后，居然称病不来——后来他为此一念之差，抱憾终天。

卢绾不肯来见，刘邦不免要起疑心，又派辟阳侯审食其和御史大夫赵尧为特使，专程去迎接燕王。审食其同卢绾是沛丰老乡，但同时又是吕雉的亲信；赵尧不仅职务性质特殊，还是"少壮派"的领军人物。听说这两位人物前来蓟城，卢绾更加害怕了，关起门来向亲信们发牢骚："现在非刘氏而称王的，只有我和长沙王了。往年春天，淮阴侯被族诛；夏天，又诛彭越，全是吕后的主意。现在皇上生病，朝政都是吕后操纵。这个女人，就想着把异姓诸侯和功臣们全都搞光！"遂依然称病不行。

审食其和赵尧不甘空跑一次，便"验问左右"，每天找人谈话，核实陈豨裨将的揭发材料，材料没搞到，却有人向审食其密报了燕王对皇后的恶毒攻击，回长安后，加油添醋一汇报，刘邦益怒。正巧，又有匈奴那边的人来投顺大汉，并说燕王的使者张胜的确在匈奴。

各种证据都对卢绾不利，本该为他辩解的沛丰老臣亦都明哲保身，刘邦终于相信"卢绾果反矣"。燕是拥有六个郡的大国，所属部队历经平叛之战，素质

沛宫上空大风歌

不弱，但刘邦的病势沉重，已无可能御驾亲征，只得派樊哙以相国名义率军出征，并统一指挥诸侯部队，同时宣布废去卢绾的王位，另立儿子刘建为燕王，时为汉高帝十二年二月下旬（公元前195年4月初）。至此，刘邦的八个儿子除刘盈立为太子外，其余七个都获得了王位。

认定卢绾"谋逆"并对之讨伐，不啻从情理上揭示了以往一系列"谋反"大案的虚妄性：如果连从小与皇上一起长大、六十年同甘共苦的燕王也成了坏人，那么在皇上眼里，这世上还有好人存在吗？刘邦大概也意识到了自己处境的狼狈，所以特地发了一个诏书向全国吏民作出解释，同时对堕入迷茫和恐慌中的燕国吏民进行安抚。

为表明皇上并无要把异姓诸侯通通除尽的打算，刘邦同时又发了一道封王诏令："南武侯织亦粤之世也，立以为南海王。"这个"织"，大概也是越国后裔，但刘邦封给他的"国土"，就是在南越王赵佗封疆内的南海郡，所以这个异姓诸侯只是一个徒有其名的王号，明眼人看起来甚至有点欲盖弥彰。

听说皇帝派出大军前来讨伐，卢绾懊悔莫及，进退两难：束手待毙则心有不甘，称兵反抗又实在不敢，何况这一来反而坐实了自己真有反意。史传记载韩王信、陈豨、英布等叛汉，照例都从宣布独立并主动出击开始，惟述"卢绾反"，全无这些挑衅动作，好在樊哙和曹参、周昌等"邻国"将相都很谨慎，只要卢绾未轻举妄动，他们也都心照不宣，按兵不动，仅取陈兵燕界的扼制之势。事实上，直到刘邦快死前，所谓卢绾造反和伐燕之役，都未演化成布阵开打的事实。

未几，因为有人谗言，樊哙的职权被中央新派来的周勃所取代。周勃不敢再袭樊哙故态，到任以后，马上下令发起进攻。消息传到燕都蓟城，卢绾大惊，遂不顾燕相偃、太尉弱（燕国将吏多失姓无考，后同）等人的劝阻，立即带上家属等，在骑从卫护下弃城而走，坚决回避与汉军作战，结果汉军顺利攻破蓟都，燕相偃、太尉弱、大将抵、御史大夫施屠、郡守陉等一班燕国高级将吏，全都做了俘虏。

卢绾宁肯弃国也不愿与汉帝为敌的消息传开后，燕国吏民益加认为汉帝理亏，曾试图自行抵制汉军，但群龙无首，根本不是周勃的对手。《史记·绛侯周勃世家》记载，汉军连取浑都、上兰、沮阳，"追至长城"后，再分兵略地，旋"定上谷〔郡〕十二县，右北平〔郡〕十六县，辽西〔郡〕、辽东〔郡〕二十九县，渔阳［郡］二十二县"，整个过程的神速，有如接管，远非过去同陈豨叛军的艰苦作战可比，因知开战后不久，燕国吏民便放弃了抗拒。唯全线奏凯之时，已在刘邦去世以后，后人因通史叙事简略，多以为"卢绾反"的平定时间是在刘邦生前，故宜在这里特别说明一下。换一句话讲，讨伐卢燕战役最终会是什么结果，直到刘邦咽气，还是悬在他心头难以放下的大事之一。

卢绾跑到哪儿去了？他就和家属、宫人等住在长城脚下，指望等刘邦病愈后，再去长安向皇上请罪，当面把一切误会解释清楚。但是，不久便传来了皇上驾崩的噩耗，使他永远失去了再和刘邦契阔谈谦的机会。六十年往事，历历如梦，化为一恸，接下来，也只有"北走胡"这一条退路了。

这里有个疑问：卢绾弃蓟出走的去向，就是逗留于长城，而周勃亦曾"追至长城"，何以放着这么大一个目标而不勇追穷寇，居然容忍他逗留到刘邦去世，再全身而退呢？显然，这又与周勃有意放他一条生路有关，其道理就同此前樊哙的盘马弯弓、引而不发一样——在思维正常的沛丰乡党的内心深处，是很难相信卢绾也会背叛刘邦的。所以，都想留出一个"度尽劫波兄弟在，相逢一笑泯恩仇"的转圜机会。可惜天不假年，致成刘邦与卢绾两人到死也无从消释伸张的委曲。

卢绾举家亡入匈奴时，连带宫人、侍卫，共有千余人众，被冒顿单于封为东胡卢王，卢绾心里一直郁闷，希望回归大汉，没多久便在愁苦中死去。十多年后，随他亡入匈奴的妻子认为刘家已坐稳江山，过去的恩恩怨怨都应该化解了，便通过燕国向吕雉上书，请求全家回归大汉。吕雉同卢妻在沛丰时的关系，就像两妯娌一样亲密，此时见她来书，未免触动旧情，便要她使用汉朝的驿传，来长安叙旧。

卢妻十分高兴，立即带上家人赶赴长安。因为是皇太后请来的客人，又是故燕王的家眷，所以从边境到长安，一路绿灯开放。到长安后，卢绾一家被安排在燕邸（燕王来京朝见时的行宫，兼有燕国驻京办事处功能）住宿，待遇极高。尚活在人世的沛丰乡党，亦都纷纷前来会面，相见唏嘘，悲喜莫名。随后，吕雉派人传旨，说要亲自来燕邸看望他们全家，卢妻为此准备下了丰盛的宴席。但届时又有人来告知，太后忽然病倒，不能来了。随后便是太后驾崩，卢妻终于未能再同"老姐妹"见上一面，旋即也病死长安。

紧随吕雉去世而来的，是一连串兔起鹘落的重大事变，吓得不知会有什么结果的卢氏一家，赶紧离开长安，又退回匈奴。直到刘邦的孙子汉景帝刘启当国时，卢绾的孙子卢他之才终于实现祖父遗愿，举家回归汉朝，被封为亚谷侯。祖辈的恩怨，终于在孙子一代得到化解，而此时距刘邦、卢绾的相继去世，已经有四十多年了。

当刘邦怒不可遏地喊出"卢绾果反矣"的当时，可以想象他在精神上所受到的打击是何等沉重！连如同手足的卢绾也会背叛自己，还有什么人可以相信呢？

刘邦的病势由此转入急剧恶化，各诸侯王接到诏令，纷纷赶赴长安侍疾。

眼看诸子环侍，除了齐王肥儿正"富于春秋"、太子刘盈接近成人外，其余还多是小孩子。就这种现状，他们能担负起传承刘汉江山的艰巨使命吗？

务实的刘邦在内心承认，还是要依靠这一班跟随自己出生入死的老臣，尽管在失去卢绾的同时，他已失去了对任何人的信任，但现实又迫使他不得不作出把整个刘姓皇室托付给功臣集团的抉择。

以他的人生经验，君尊臣卑的观念，监察司法的体制，都不如把大家的利益捆在一起可靠，对于他这个成分单调的功臣集团而言，尤其是这样。

于是刘邦拖起病老之躯，采取了一个在中国皇权发展史上可谓绝无仅有的动作：皇帝带上太子和皇室作为一方，彻侯功臣作为一方，同在庙堂之上，举办了一个标准的江湖仪式——白马之盟，就是现场割取白马之血，滴入每个人的酒杯内，然后一起举杯发誓："非刘氏不得王，非有功不得侯；不如约，天下共击之！"誓毕，各将杯中血酒一饮而尽。

白马誓词的实质，就是刘家皇室担保已封功臣的既得权益不受侵削（如刘邦晚年提拔赵尧等少壮派并加封彻侯，就是对功勋老臣既得利益的侵削，现在则宣布封死这条"悻进"捷径），以此换取已侯功臣同心共辅刘家皇室的承诺。再说白一点，就是从今以后，称帝称王是刘氏血亲的禁脔，出将入相是功臣列侯的特权，甲乙双方的利益永远捆绑在一起，谁敢违背，"天下共诛"。

白马之盟以后，刘邦仍不放心，唯恐这批身居高位者或出于野心，或出于私心，会集体性地背叛自己，所以又将血誓的宗旨用诏令形式发布，诉诸"天下贤士功臣"。同白马誓约一样，这份编入《高皇帝所述书》并被后人题为《同安辑令》的诏令，其实是一个重申天子与功臣"共天下"的文件，区别则在于把传达范围扩大到所有随他征战立功的将士，务使全国吏民都知道，从而形成

一种自下往上的监督。试将《同安辑令》译为白话如下:

我立为天子,帝有天下,迄今已有十二年了。天下的豪士贤大夫与我一起平定天下,我也愿和大家一起安抚天下:功劳最大的人都裂土封王,次一级的都封列侯,以下亦都受爵,享有食邑。那些国家所倚重的大臣,待遇尤隆,其家人或为列侯,并允许他们自置官吏,有征赋的特权;或娶皇室公主为妻,结为姻亲。凡为列侯食邑者,都给印绶佩带,赐给宽敞的住宅;俸禄达到二千石级别的将吏,就可迁居长安,赐给次一等的住宅。所有当年追随我进入蜀汉,或其后追随我还定三秦的老战士,也都得到了世世代代免除徭役的奖赏。我于天下贤士功臣,可以说没有什么对不起了。如果有人不义而背叛天子起兵作乱,人人都有与天下共同讨伐消灭他的义务。为此布告天下,使大家都知道我的心意。

喝过血酒,又发过了《同安辑令》,殚精竭虑的刘邦终于垮了。

对于刘汉皇权能否传之后世,刘邦至死都难以摆脱郁结于内心深处的恐惧感,但是在个人生死问题上,他倒是一个处之泰然的达观者,这一点,恰与他所崇拜的秦始皇形成鲜明对照:晚年的秦始皇,始终无法接受自己也会像常人一样撒手归天的事实,为此而到处寻求长生仙药,待终于绝望后,竟实行鸵鸟政策:"始皇恶言死",迫使"群臣莫敢言死事",以为这样便能拒绝死神的到来,结果反而使接班人问题未能及早解决,导致一生宏业二世而亡。

刘邦则大不相同:一样是站在富贵尊荣的巅峰上,他毫无秦始皇那份如此执著的贪恋不舍,孜孜在念的却是大汉帝国的前途。《同安辑令》发布后未久,他在东征英布时留下的箭疮又与久治不愈的痼疾并发了。此时的吕雉当然知道,随着"兴汉三杰"及陈豨等人的消灭,他们夫妇俩与反楚功臣的矛盾已退居到次要地位,白马血誓的矛头所指,首先是针对吕家的。不过,看在刘邦最终放弃易储的份上,她亦不免动了一点夫妻感情,设法找来一个"良医"为丈夫治病。良医给皇帝来过望色切脉这一套操作后,先以虚言安抚,说是"疾可治"。刘邦开口便骂:"吾以布衣提三尺剑取天下,此非天命乎!命乃在天,虽扁鹊何益!"旋让吕雉赐给良医五十斤黄金,并关照以后再也不许找什么良医了。

从此,刘邦拒绝服药,随着病情迅速恶化,时而会进入昏迷状态,但当其处于清醒时,思路还是很清晰,坚持听取近侍禀告外面的情况。有一天,吕雉来看望他,主动问起:"陛下百岁之后,萧相国也死了,由谁继任?"

第九章 沛宫上空大风歌

刘邦不假思索地回答："曹参可以继任。"吕雉又问：曹参以后，谁可以接替？

刘邦想了一下："王陵可以继任，可是他有点戆，可以让陈平协助他。陈平智术有余，但难以独当重任。周勃为人朴实，不好诗书，今后安定刘氏天下的，一定是周勃，可以让他做太尉。"

吕雉还要问下去，刘邦不耐烦地说："这以后的事情，你也不知道了。"潜台词就是：到那时你也死了！

从刘邦开出的这份重臣名单可以看出，他的确是要照白马誓约的精神行事的，即将相人选，必须从功臣中产生，同时又以沛丰系为优先人选。只要把这份名单同第五十七节的"元功十八人位次"作一个对照，就可以看出这条思路。萧何功居第一，位居相国，他一出缺，自然就该由屈居第二的曹参接替了。曹参之后，周勃年纪尚轻，且已安排为执掌军权的太尉，郦商、灌婴、傅宽、靳歙这几位，都不是沛丰小团体（即嫡系中的嫡系），所以自然是王陵接任（灌婴年纪也小，按资历，就是接班，亦得同周勃一样，排在曹、王之后）。但王陵是标准任侠，有点戆，因此只好把并非沛丰系的陈平挑出来辅助他，不过刘邦对陈平其人的滑头，一直持有警惕心理，故而特为点明不能让他独当一面。王陵、周勃以后，固然还有周昌，但刘邦务实得很：秦始皇如此费尽心机，亦难保二世而亡，还能考虑那么长远吗？

其实，在曹参之后、王陵之前，应该还有两个出自沛丰的重量级人物：樊哙和夏侯婴。樊哙经常以相国名义出征或出镇，按说已经俱备了相国的资历；夏侯婴在刘邦的戎马生涯中，尤称亲信中的亲信，"元功"位次也居前列，何以两人都没有被列入将相接力名单？

这并非是刘邦的疏忽，他对夏侯婴已有特殊安排：要他在自己身后，继续忠心耿耿地为刘盈保驾，再当新一任皇帝的贴身侍从长。至于樊哙，若论政治素质，恐怕在这班沛丰乡党中位居第一，可资证明的事例极多。会"相面"的吕公在选中刘邦做二女婿后，遍识众人，偏偏又把小女儿吕媭嫁给他，亦可见此人不同一般。有些人因其"屠狗为事"，当他是只会喝酒赌钱的莽汉看待，实在是误会了。

不过，也正因为樊哙与吕媭的婚姻关系，断送了他本该接替曹参继任相国的前程——妻姊太后，妹夫相国，皇帝懦弱，外戚专政，这大汉江山还能姓刘吗？此时的刘邦，正以吕氏篡政为第一假设之敌，岂能容忍这样的局面？可能吕媭在王、陈以后还要追问继任相国的人选，就是想从刘邦嘴里掏出一个"樊哙"来，可让侍御史将"旨"记录在案，而戒备心理极高的刘邦，则始终抱定只让他居"相国"之名而不给执政之实的宗旨，遂使吕媭败下阵去。

前面说过，自赵尧接任御史大夫以后，刘邦的宫廷机要班底，俱由绝对忠于皇上而同吕媭没有关系的少壮派充任。这些侍御史中，不乏善于揣摸皇帝心思的聪明人，于是吕媭"问政"离开后不久，就有人向已近奄奄一息的刘邦进言，由此又引出刘邦生前最后一次向功臣开刀的大案——樊哙谋逆。

所谓"樊哙谋逆"事件的真相以及解决经过，《史记》中的记述分别见于几处，缀合起来，大致如下：

先是有人向病危中的刘邦密奏，正以相国名义征伐燕王卢绾的樊哙，同吕媭结为一党，只等皇上断气，就要动武消灭戚姬和赵王如意。《樊哙列传》的表述是：

卢绾反，高帝使樊哙以相国击燕。是时高帝病甚，人有恶樊哙党于吕氏，即上一日宫车晏驾，则樊哙欲以兵尽诛灭戚氏、赵王如意之属。高帝闻之大怒……

引文中的"人"究竟是谁，笔者怀疑多半是御史大夫赵尧，或由其在背后操纵的亲信御史：因为只有他知道刘邦最担忧的身后变故之一，就是皇后要迫害戚姬母子；而刘邦所以会马上作出如此激烈的反应，势必又同樊哙迟迟未向卢绾动手有关——站在赵尧的立场上看，燕王谋反一案由他亲自参与调查认定，万一由这批沛丰老臣联成一气给推翻，倒也是吃不了兜着走的事。

接下来的故事，在《陈丞相世家》中有详述：

人有短恶樊哙者，高帝怒曰："哙见吾病，乃冀我死也。"用陈平谋而召绛侯周勃受诏床上，曰："陈平亟驰传载周勃代樊哙将，陈平至军中即斩哙头！"

多少年生死与共的老朋友、老战友、老连襟，居然不问情由，说斩就斩，可见皇上恐惧刘氏江山不保的心理强迫症，到其临终之时，已发展到了完全违背情理的程度。不过最使我们注意的则是"用陈平谋"这一句：这个一肚子诡计的智囊，这会儿又给刘邦出了什么主意呢？《绛侯世家》涉及这段史实的表述是：

周勃以相国代樊哙将，击下蓟……

沛宫上空大风歌

照应前文作综合分析，估计陈平的献谋至少有两层意思：

第一层，马上选调大将接管樊哙的兵权，其人应能不折不扣地执行皇上意旨，到任以后，马上发起平燕战争。史传称"周勃为人木疆敦厚"，所谓"木疆"，就是不会脑筋急转弯，不会像樊哙、曹参那样三思而行，于是便成了代替樊哙的最佳人选。果然，到任之日，直捣蓟城的总攻击就打响了。

第二层，也就是刘邦召他来共商如何防范或扼制樊哙"党于吕氏"的对策谋划。以陈平之狡诈，估计不会献出立斩樊哙这种"诡计"，多半还是和当年策划在陈县诱捕韩信一样，又想了一个诱捕樊哙的鬼点子。但是令他万万想不到的是，刘邦竟会把诱捕发展为立斩，而且还指定自己来执行这一使命！

后一个决定，处在刘邦这一边来看，倒是很自然的：就像樊哙奉命攻打卢绾而犹疑不决，要让周勃奉旨立斩樊哙，他会忍心下手吗？

然而，正如刘邦在易储一事上没能玩得过他老师张良，现在在斩哙一事上，也没能玩得过他的另一个老师陈平。

且说两人受诏之后，立即利用驿传系统直奔前线。还未抵达时，陈平对周勃开口了："樊哙是皇上的老朋友，建树了那么多的战功，而且又是吕后妹妹吕媭的丈夫，既亲且贵，现在皇上因一时愤怒，下令杀他，事后恐怕要后悔的。我看，宁可先把他抓起来，献交皇上，让皇上自己杀他。"

周勃对于陈平，一向存有意见，不过这个主意他是挺赞同的。接下来的行事，可见《史记》原文：

未至军，为坛，以节符召樊哙。樊哙受诏，即反接（反绑）载槛车（囚车），传诣长安，而令绛侯周勃代将，将兵定燕……

汉高帝十二年四月二十五日甲辰（公元前195年6月1日），大举伐燕的新一轮内战已经打响，隆隆战鼓声中，刘邦病卒于长乐宫，享年六十二岁。

由于没有"实录"一类的原始文献传世，无法逐日排述刘邦临终前的言行，但综合《史记》《汉书》所载，可知他在分派周勃、陈平两人同赴燕国各自执行使命之后，至少还下过一道诏令：命陈平、灌婴率十万大军屯驻荥阳。由此推测，在等待死神召唤的日子里，刘邦一直攥着兵权没有松手，并在军事方面作了最后的部署。

汉高帝十二年五月二十三日丙寅（公元前195年6月18日），刘邦落葬在长安北郊四十里处的长陵，葬礼结束后，皇太子刘盈和群臣一起返回设在长安的太上皇庙开会。按西周以来的传统，凡有一定品阶地位、社会影响或特殊事迹的人落葬后，应由国家给予一个特殊称号，称"谥号"，即《礼记·士冠礼》所谓"葬而谥"，是传统葬仪中用以划分生死界限的一个重要环节。君主的谥号，一般是在其接班人的参与下，由礼官议定，然后在圜丘祭天仪式上宣布，表示这是由老天给他的儿子（天子）加谥。秦始皇称皇帝后，认为"死而以行为谥，则是子议父，臣议君"，毫无君臣父子天地悬绝的专制体统，下令取消这道仪典，所以自称始皇帝，以后皆按世代计数，这就是胡亥称"二世"的由来。史称"汉承秦制"，无奈汉之开国远不能同秦皇称帝时相比，故在施政体制上变通很多。现在，议谥之典也未遵照秦制废除，而是一俟葬礼完成，马上就转入了这一道程序。

格外令人瞩目的是，刘邦的谥号，也不是按传统礼制，由礼官在继任君主者的指导下议定，再以表示上天给"天子"加谥的方法宣布，而是同他称帝的过程一样，由功臣们聚在一起，以集体讨论的形式产生。据《汉书·高帝纪》载，大家的意见是："帝起细微，拨乱世反之正，平定天下，为汉［国］太祖，功最高。"于是给他的谥号便是一个"高"字。这个字，在战国时有人假托周公撰成的谥典上是查不到的，但是和诸侯群臣在定陶大会上推举刘邦称帝的理论依据完全一致，就是反秦灭楚，大家有功，但你汉王的功最高。由此可见，群臣坚持要恢复这个被秦朝废除的环节，又变通传统礼制和谥典，搞成这样的形式，实际上也是"共天下"理念的再次重申，不仅与定陶大会精神一脉相承，也同白马盟誓和《同安辑令》的指导思想互相契合。

有意思的是，从这以后，这个谥典上不载的"高"字，也常为后世所采用，如唐朝开国皇帝李渊（唐高祖）、南宋开国皇帝赵构（宋高宗）的谥号，均用这个字，唯世变时异，支撑其的"谥法解"，再也不会是皇帝与功臣贤豪共天下的理念了。

汉惠帝五年（公元前190年），大概是夏侯婴提议吧，汉家君臣们想起了刘邦在"高祖还乡"时说过的话："游子悲故乡，我虽然建都关中，但万岁之后，我的魂魄还想着回到故乡来。"遂决定在原已建筑在长安渭河北岸的高祖原庙之外，再搞一个享受香火供奉的祠庙，就以他曾同父老故人欢聚一堂的"沛宫"为高祖原庙庙址。那一百二十个曾由先皇亲自教习学唱《大风歌》的男孩，全都召来，组成一支专职乐团，就此吃上了"皇粮"。史载，这个乐团的编制定额

第九章

沛宫上空大风歌

449

始终是一百二十人，"后有缺，辄补之"。

从此，悲怆苍凉的《大风歌》旋律，时时萦绕于沛宫上空，使人临风怀想，感慨无限；而据《中国名胜词典》介绍，如今原址只剩下夕阳斜照碑残字缺的大风歌碑了。

刘邦既葬之后，群臣在议谥会议上对他的评语，其实只限于推翻秦朝和讨灭项楚、创建大汉两部分，完全不涉及他在称帝以后一次次收拾诸侯功臣的所作所为。什么原因，也许是多数人对此都持保留态度，也许觉得还不宜马上做出结论。实际上，就是处在两千多年以后的今天，对刘邦细说到此，要想给他来一个盖棺论定，也嫌困难，所以笔者以为，要想对刘邦在称帝后的思想与活动能有更深入一点的认识，至少还应该再为"后刘邦时代"的史事，画一个大致轮廓。

刘邦去世时，平燕之战还在进行，直冲吕家而来的立诛樊哙的敕令尚未撤销，加上刘邦临终前在军事上的种种部署，无一不使吕雉感到紧张。所以刘邦断气后，她首先想到的便是先将此消息封锁起来，然后便在亲信审食其的帮助下，与少壮派的领军人物赵尧达成某种交易——前面讲过，当时御史大夫执掌的这套机要班子，都在宫内办公，而且刘邦直到弥留之际，仍通过这些人与外朝沟通，因此皇帝崩逝是无法瞒过他们的。何况郎中令（宫廷保卫局局长）王恬开（一作王恬启，就是曾任廷尉请诛彭越的那个人）、兼任皇家近卫军（即"南军"）司令的卫尉（皇宫警备司令）王氏，以及兼任首都禁卫军（即"北军"）司令的京师卫戍司令（中尉）戚鰓，都是刘邦在汉高帝六年以后才提拔上来的少壮派，这也是吕雉急切希望得到他们支持的原因。

这一过程的内幕情节，史传上没有交代，但赵尧在吕雉站稳脚跟后仍得留在御史大夫这个位置上，反证了吕雉也会操袭刘邦故伎，继续对这股势力进行利用。另一方面，皇宫区戒备突然升级、审食其及吕释之诸人的频繁过从等迹象，也引起了外界种种猜测，终于，皇上已经驾崩的消息流出了宫外，接下来，便是皇后正策划把老臣除掉的谣言满城飞传。

当时老将郦商已因伤病退居二线，但因其曾佩右丞相印绶，又是留居长安将吏中军阶最高的一个，大家都来找他商量。于是郦商去见审食其说："听说皇上已死去，四日不发丧，欲诛诸将。果真有这回事，天下危矣！陈平、灌婴率十万人马守荥阳，樊哙、周勃率二十万大军在燕、代，假如听说皇上驾崩，诸将皆诛，肯定会联合发兵，进攻关中。大臣内叛，诸将外反，你我就跷起脚来等着看汉家灭亡吧！"

审食其忙解释绝无此事，又马上进宫向吕雉禀报。吕雉没料到暂时封锁一下皇帝逝世的消息，竟会造成这种后果，忙下令为刘邦举丧。这一天是汉高帝十二年四月丁未（公元前195年6月4日），距刘邦逝世，正好是四天。

刘邦生前把京师卫戍、皇宫警备和宫廷内卫的兵权全都托付给他一手提拔起来的少壮派（中尉戚缌直到汉高帝十一年刚封临辕侯，卫尉王氏和郎中令王恬开则连彻侯也没封上），目的是让太子顺利接班，并得掌握足以维护自身安全的武力；而让周勃、灌婴等军团驻屯在外，除便于各种力量相互牵制使儿子能分别驾驭外，也隐然造成从外围维护刘汉皇权的军事态势，首先是对吕雉构成威慑。再讲明白一点，由于长安的兵力皆在少壮派的掌握中，老臣中即使有一两个像陈豨之类的野心家，或者像吕释之、樊哙这样的"党于吕氏"者，也无法制造政变；反过来，如果少壮派被人分化瓦解，或竟让吕氏得手，那么周勃、灌婴、曹参等屯驻在外面的军队，又可依"白马盟誓"进军长安，重建刘汉皇权。要之，这样的力量配置，足使利益互不相同的各个派系，谁都不敢马上背叛自己，轻举妄动——在运用权术谋略上，刘邦比秦始皇要能干得多。

郦商通过审食其的传话，可以说是体现了刘邦的精巧设计和老臣的战略眼光，当然远非少壮派和此时之吕雉所能及得上。若非郦商以威望压住众人，主动站出来找审食其沟通，那么，因谣言攻势而紧张起来的外朝将吏一旦妄动，势必造成大乱而致不可收拾。所以，后来吕雉对郦商一直颇存感激之心，让侄子吕禄同他的儿子郦寄交朋友，借此笼络住一个老帅。

陈平在押送樊哙返回的途中，因全国举丧而得知皇帝已死，忙先乘专车直奔京师，半道上，遇见刘邦生前派出的使者，向他宣读要其去荥阳和灌婴一同带兵的诏令。他受诏之后，不去荥阳，反而加快速度往长安跑，唯恐樊哙的老婆吕嬃去吕后那儿说自己坏话——这也难怪，当时大家多认为是陈平给皇上出的立诛樊哙的主意。

心急火燎来到长安后，陈平直奔长乐宫，哭倒在刘邦灵前，状极悲哀——也是真伤心：他当然明白自己同周勃、灌婴这班人的关系，一旦刘邦死了，也就失去了依靠。所以又没忘记马上向吕雉汇报：我没按照先皇勅令将舞阳侯就地斩首，而是把他带回来了。吕雉当然知道这个滑头货是急于讨好自己，但她也认为最初给皇上出这种绝计的还是陈平，因此很冷淡地说："知道了。你太劳累了，出宫去休息吧。"

这个态度，可把陈平吓坏了，拜倒在地上眼泪直流，坚决要求留在宫内为先皇守灵。吕雉脑子转得快：萧何年老多病，眼看也快不行了，张良又不问世事，趁此机会把这个智囊收为己用也不错，于是马上任他为郎中令，并说："以后你要多傅教太子。"郎中令相当于宫廷保卫局局长，"傅教"太子，就是做第二代皇帝的老师。这两个任命，不仅把陈平笼络住，而且也使吕雉自己获得了安全感：就此把原先由少壮派掌握的宫廷内卫权力接管了过来。

果然，听说陈平回来了，吕媭赶紧找姐姐哭诉，要求严办这个家伙，吕雉劝她少管闲事。随后，樊哙被押解到京，吕雉立即宣布赦免，原先的爵位和封邑全部恢复。颇觉失望的是叔孙通，有了陈平这个"傅教"，他这个太傅就难做了，待刘盈即位后，又回到了太常这个老位置上。好在刘盈对这位曾经以死相挟力保自己接班人地位的老师一直很感激，凡叔孙太常有所奉告，无不虚心接受。相反，尽管父皇在《敕太子》中要他多多请教的四个人中，也有陈平，可他对于这位一肚子诡计的老师，就是亲近不起来。

刘邦去世的消息传到北疆，卢绾哭祭后便亡入匈奴，周勃的平燕战事也很快结束。京师复安，天下太平，刘邦的葬礼遂得顺利举办。三天后，即汉高帝十二年五月二十日己巳（公元前195年6月26日），刘盈登基，史称汉惠帝。所谓四大高人，本来就是张良搞出来瞒吓刘邦的，派过一次性用场后即告消失，所谓"天下莫不延颈欲为太子死者"，倒成了刘邦的一厢情愿，而其最担忧的可能，马上变成事实：儿子住在未央宫做皇帝，三天两日要去吕雉居住的长乐宫朝见，倘有大事，还得立即去汇报请示，权力都落到了太后手里。

这以后，除了汉武帝一立太子便杀其生母，以防母后干政之外，西汉历代皇后，如文帝窦皇后、景帝王皇后、昭帝上官皇后、宣帝王皇后、元帝王皇后，均以太后身份居长乐宫"垂帘听政"，相对于未央宫的"大朝"而言，长乐宫竟有"东朝"之称，而外戚专权的恶性发展，最终导致王莽篡汉，追溯根源，还是吕雉首创先例。

惠帝即位事毕。吕雉马上用营陵侯刘泽任卫尉，取代王氏。刘泽为刘邦同一个曾祖父的族弟，说起来算是皇族成员，但他娶的妻子，就是吕媭与樊哙生的女儿，所以又是外戚身份。如此，宫廷内卫和皇宫警备的权力，包括南军兵权在内，都从少壮派转移到了吕雉的控制下。

回思刘邦执意易储的惊险，吕雉无限感激张良。张良学辟谷炼气，已经绝食，吕雉亲自劝导他："人生一世间，如白驹过隙，何至自苦如此乎？"一定要他吃饭，享受世俗的幸福。张良因做成这件大功劳，也不用担心吕雉和刘盈对自己有何猜忌了，于是"强听而食"。按照规定，他的侯爵只能由世子张不疑继承，于是吕雉便将他的另一个儿子张辟强提拔为伴随皇帝左右、可以出入宫廷的侍中，成为皇宫机要人员，作为回报。

报恩的同时，吕雉也没忘记报仇，凡刘邦生前宠爱的姬妾，多遭迫害。最为其所嫉恨的戚姬，被剃成光头，穿上犯人的赤色囚服，罚做苦役。戚姬还指望在赵国当藩王的儿子来救她，一面舂米一面悲歌："子为王，母为虏！终日舂薄暮，常与死为伍！相离三千里，当谁使告女？"

吕雉听说后，受到启发，决意将赵王如意也一网打尽，遂派使者去邯郸，召赵王进京。赵相周昌假称赵王有病，不让他来。吕雉的使者跑了三次，最后周昌挑明说："高皇帝把赵王托付给臣，听说太后怨恨戚夫人，欲召赵王连同其母亲一起杀害，所以臣不敢奉诏。"使者返报，吕雉另施一计，先遣使召周昌进京述职，俟周昌一到长安，马上又派使者去召赵王。果然，周昌不在，赵王身边无人再敢对抗太后，于是刘如意只能随使者动身。

惠帝正为辜负父皇嘱托，没能保护好戚姬而心怀不安，听说赵王来京，唯恐他再落到母后手中，忙亲赴霸上迎接，带回未央宫里，从此同吃同睡，不让吕雉有下手机会。当年冬天的一个早上，刘盈出宫射猎，如意因年少贪睡，不肯随皇兄早起，结果被吕雉派人用毒酒酖杀。当时陈平是执掌皇宫内卫的郎中令，又是皇帝的师傅，但他既未"傅教"皇帝如何保护赵王，也未恪尽保卫局长的职责，仅刘盈外出打猎这么一点时间，就能使吕雉下手成弑，足见其明哲保身的功夫。

周昌获知赵王被害，愧疚不已，从此称病在家，不肯朝见。

害死赵王后，吕雉下令将淮阳王刘友徙封赵王，又命斩断戚姬四肢，并剜去双眼，熏聋耳朵，使饮哑药，再扔进厕所里，称为"人彘"。彘，就是猪，当时的厕所兼派猪圈之用，所谓"人彘"，就是把戚姬同猪关在一起。过了几天，惠帝奉太后之命，被带到厕所参观"人彘"，得知面前这个怪物就是戚姬后，他既惊且怕，当场大哭，回去后便病倒在床，并派人向吕雉传话："这种事，不是人干的，我是干出这种事的太后所生，是不能治理天下的。"惠帝从此每日饮酒作乐，不问政事。

次年十月岁首，楚王刘交、齐王刘肥等前来朝见，吕雉设宴招待。惠帝因齐王是他兄长，不让他叙君臣之礼，而是按家人礼节，自己坐在齐王下首。吕雉怀恨，便让人把放有毒药的酒拿来，给齐王斟上，要他为自己祝寿。惠帝因赵王被害，比过去机警多了，一看吕雉和侍从神色有异，旋将此酒也给自己斟上一杯，说是要同齐王一起给太后祝寿。吕雉慌了，忙起身将儿子手中的酒泼翻，齐王见状，吓得不敢饮酒，佯醉告退。

返回齐邸（即齐王在京的行宫，同前文所述卢绾妻宿于燕邸的性质相同）后，刘肥已知刚才差点儿被老虎婆毒死，不胜惶恐，唯恐不能活着离开长安。陪他前来朝见的齐国内史（民政官）出主意说："太后独有皇帝和鲁元公主一对儿女。如今大王享有七十余城，公主的食邑只有数城。大王若献上一郡给公主做汤沐邑，太后必喜，大王也就能消灾了。"于是齐王上表，自请献出城阳郡给公主，又请奉公主为齐国王太后，吕雉果然大喜，亲自来齐邸为刘肥饯行。脱身返回临淄后的齐王，羞愤交集，从此称病，再也不敢去长安。

恩仇快意间，长期卧病的相国萧何终于死去了，时为汉惠帝二年七月初五辛未（公元前193年8月16日）。

因为诸将屯军在外的局势并无变化，吕雉需要与功勋老臣相安共处，于是遵照刘邦遗嘱，曹参被召往长安继任相国，时为七月廿七癸巳（9月7日），距萧何逝世为20天。曹参临行前，向继任齐相的傅宽面授无所作为的黄老之术，俟进京任相后，自己身体力行，日夜饮酒，凡来相府请示工作或欲有所献策，不让人家开口，先拖入席中，共饮醇酒。时间一长，大家都习惯了。从此上上下下，都以饮酒为日常工作。相府后园靠近机关吏员宿舍，吏员们白天不上班，窝在宿舍里饮酒唱歌，相府职员厌恶透了，故意请曹参游后园，希望他发现问题给予处分，孰知他听见后，反让下属把酒席摆到后园来，也饮酒唱歌，大呼小叫，与吏员宿舍的"醉歌"形成合唱。

惠帝得知满朝将吏都跟着相国混日子，觉得太不像话。此时曹参的儿子曹窋也在惠帝身边任中大夫，惠帝便要他劝父亲干点实事。曹窋奉旨行事，反而被老子打了一顿。事后，惠帝责备曹参，曹参说："陛下不如先帝，臣亦不如萧何，所以陛下与臣只要守住他们的既定方略就行了，还用干啥呢？"

通检史传，曹参任相三年的唯一"政绩"，就是继续萧何留下来的长安基建工程。"〔惠帝〕三年春，发长安六百里内男女十四万六千入城长安，三十日罢"；"六月，发诸侯王、列侯徒隶二万人城长安"；"五年春正月，复发长安六百里内男女十四万五千人城长安，三十日罢"。不过具体实施的，都是担任工程总指挥的少府阳城延，相国只管签发征调夫役的命令。

相国只抓工程，皇帝也依葫芦画瓢。因为三天两头要去长乐宫朝见母后，而两宫东西相距较远，每一次出行，都要先清道（就是阻止行人交通，让皇上车驾顺利通过）。惠帝嫌麻烦，便命阳城延替自己在两宫之间架筑一条复道（类似现在的"天桥"）。当时汉朝为表示永远缅怀刘邦，由叔孙通搞出来一个制度：每月一次，把刘邦生前穿戴过的衣冠从陵寝中取出来，送往原筑在长安城门街东的高帝原庙供祭，然后再送回陵寝。这条路线，恰好从复道下经过。于是当复道工程施工到位于长乐、未央两宫之间的武库之南时，叔孙通求见惠帝："这是高帝衣冠每月出游的道路啊，难道子孙后代能在祖宗出游的道路上行走吗？"惠帝一听吓坏了，忙说："赶快拆掉！"叔孙通摇头说："君主怎么可以有过失呢？现在复道施工，百姓皆知，再拆掉，反而暴露了。陛下可以把原庙搬到渭水之北，这样便不犯错误了。"

惠帝依言而行，这就是刘邦原庙立在渭北的由来。

汉惠帝四年十月岁首（公元前192年11月），惠帝为父亲守丧期满，吕雉为他举办婚礼，立妻子张氏为皇后。此张氏，就是鲁元公主与张敖生的女儿，从辈分与血缘上讲，是皇帝的甥女。但吕雉为了确保吕氏血脉同刘氏的"重亲"，不顾此举乱伦，这就像刘肥反过来尊奉小妹妹鲁元为"王太后"一样。只要对巩固吕氏权势有利，皇太后都乐于为之，大臣们则袖手旁观，这一回，连叔孙通也装聋作哑，放弃礼仪局局长的职责了。倒是刘盈自己心里明白，虽然不敢抗拒这门"政治婚姻"，被迫立甥女为后，但婚礼之后，绝不相干。想到"人彘"的可怖，母后的淫威，以及绝无可能从一班黄老派大臣那儿寻求外援的现实，初登位时有心好好干他一番的志向，早已磨灭殆尽。从此纵情声色，借酒浇愁，绝不再过问朝政半句。

其实这几年的国家大事，当然远不止长安筑城一项，撇开连年大旱，乃至"江河水少、溪谷水绝"不说，也不论因连年征调，终于激起蜀郡少数民族造反，只说曹参继相的第二年，便有刘邦生前最为担忧的又一件大事——北疆匈奴之患，卷土重来。

所谓卢绾叛汉被平定之后，匈奴内侵又起，而且冒顿单于格外嚣张，派人致书吕雉，语极下流："……数至边境，愿游中国。陛下独立，孤偾独居，两主不乐，无以自虞（通"娱"）。愿以所有，易其所无。"吕雉读过信后，气得七窍生烟，马上召将相大臣前来商量，自曹参、赵尧、周勃以下，人人面无表情，不吭一声。樊哙因身份特殊，自然不能忍看大姨受此侮辱，便表示愿意率兵十万，横扫匈奴。中郎将季布马上说："哙可斩也"，理由是当年高帝被围平城时，樊哙有三十二万大军尚不能解围，现在说以十万之众便能报仇，分明是面欺太后。

既然大家都无意为太后雪耻，太后也就只好唾面自干，吞下耻辱。最奇妙的是，还让其亲信谒者（宫廷传达室主任）张释写了一封无耻之极的回信："单于不忘弊邑，赐之以书。弊邑恐惧，退而自图，年老气衰，发齿堕落，行步失度，单于过听，不足以自污。弊邑无罪，宜在见赦……"堂堂大汉，开口闭口自称"弊邑"，还求对方"见赦"，尤让人笑掉大牙的是，面对单于的公然调戏，居然自谦因"年老气衰"，所以无法满足您的欲望。

随同回书一起送往匈奴的，又是"以宗室女为公主，嫁匈奴冒顿单于"。空前的包羞忍耻，总算又换来了北疆的暂时安宁。

汉惠帝五年八月（公元前190年9月），当了三年相国的曹参也死了，长安基建工程，离竣工还远。

曹参死前及稍后，周昌、张良、樊哙、傅宽等人相继死去。按刘邦生前指定，王陵为右丞相（第一丞相），陈平为左丞相，其郎中令一职，由吕雉长兄吕泽生前的老部下、也是丰邑人士的冯无择接任。未几，周勃被任命为太尉，大概是想有所牵制吧，不久，屯军荥阳的灌婴也得到了太尉的名义。

王陵是老憨，不通政务。陈平则除终日酗酒以外，还婬玩女人。照樊哙遗孀吕媭的形容，就是"陈平为相非治事，日饮醇酒，戏妇女。"这种表现，深受吕雉欢迎。不过最使她高兴的，则是齐王刘肥的含愤死去。刘邦的这些儿子中，吕雉最忌的有两个人，一个是险乎取代刘盈的赵王如意，另一个就是被刘盈夺去嫡子身份的刘肥——后者国大兵众，又有曹参、傅宽等厉害角色辅佐，就怕他觊觎刘盈的帝位，所以此前在酖杀如意后，又想把他毒死。现在，刘肥随着曹参、傅宽死去，使她压在心上的石头，又掉了一块，剩下的代王刘恒、赵王刘友、梁王刘恢、燕王刘建等，年纪还小，暂时还进不了她分别对付的计划中。

然而，人算不如天算，刘肥死去不久，汉惠帝七年八月十一日戊寅（公元前188年9月26日），她的独生儿子刘盈也告驾崩，年仅二十余岁。连头带尾，这个"皇帝"只当了七年。因为是傀儡，司马迁甚至连"本纪"也没给他立过。

刘盈和他的甥女"皇后"是挂名夫妻，但同后宫美人生有孩子。有一个男婴出生后，吕雉即将该美人杀害，让外孙女冒称孩子的母亲，立为太子。刘盈死后，太子即位，吕雉以太皇太后名义"临朝称制"。

汉承秦制，皇帝之言一曰制书，二曰诏书。制书的解释就是"为制度之命"，是"天子"独有的特权，故吕雉的"称制"，就是行天子之权，比后世的太后垂帘听政而仍得借皇帝名义颁诏，大不相同。从这个意义上讲，她可以算是中国第一个女皇帝。

历经七年经营，当吕雉从后台走向前台时，其处境远非刘邦去世后可比了，最关键的变化是，分掌南军和北军的皇宫警备司令及京师卫戍司令两职，已完全从少壮派控制转为由她控制（吕媭女婿刘泽在惠帝元年接任卫尉，原中尉戚缌于惠帝四年去世，继任者推论是卫毋择，也是沛县老臣，到刘邦死后始得重用）。此外，陈平的郎中令一职由冯无择接任，赵尧的御史大夫也由任敖接任（此人就是吕雉早年在沛县监狱遭人性骚扰时拔拳相助者，后来封广阿侯，一直是吕雉的亲信），这两个职务，加上吕雉心腹宦官张释担任的大谒者，分掌宫廷机要、内卫和传达，体现出太后称制的内朝班底已经形成。

所以，面对儿子去世，吕雉毫无丈夫去世时的惊慌，一面替儿子发丧，一面便通过侍中张辟强（即张良的儿子）找到最称乖巧而善于迎合太后的陈平，要他率同外朝大臣主动请拜吕台、吕产（吕雉已故长兄吕泽的儿子）、吕禄（吕雉已故次兄吕释之的儿子）等人为将，分掌南、北军，并让其他吕氏子弟分据长乐、未央两宫的职务，居中用事。用载于《史记》的张辟强的原话说："如此，则太后心安，君等幸得脱祸矣。"

南、北军权和中朝机要本来就已经全在太后手里，张辟强的建议，不过是要让一大批吕姓子弟同他们的女族长一样，有正式的名义登上政坛的前台，故陈平将此意思向同僚转告后，大家均表示无不可，马上照办，于是"太后悦"，而惠帝的葬礼亦得于九月初五辛丑（10月19日）顺利举行。

吕雉称制后不久，便在一次召见三公的小范围谈话中，试探性地提出了封立吕氏为王的话题。三公即丞相王陵、陈平，御史大夫任敖，以及太尉周勃，共四人。陈平、任敖已被她划进吕党，所以主要欲听另两位的反应。王陵快人快语，瓮声瓮气道："当年高帝刑白马订盟约：'非刘氏而王，天下共击之。'现在要立吕氏为王，不是违背盟约吗？"吕雉霎时板下面孔，转问陈平、周勃。周勃说："高皇帝定天下，王子弟；今太后称制，王昆弟诸吕，无所不可。"就是说，天子封子弟为王乃天经地义，既然太后如今已同天子一样称制，封子弟亦属理所当然，哪能再用白马盟约来约束呢？

散朝后，王陵责问陈平、周勃："当初与高帝一起喋血订盟，诸位难道不在场吗？现在高帝驾崩，太后做了女君主，欲王吕氏，你们为讨好她而不惜背约，日后有何面目见高帝于九泉之下？"陈平、周勃讪笑着回答他："如今和天子当面争论，我们不如你；日后保全刘氏社稷，你不如我们。"这段对话，多半是以后为陈平、周勃遮盖的官史口径。周勃与陈平一向不和，而且陈平早已公开投靠吕雉，这两个互相提防的人，再加上快人快语的王陵在场，他们胆敢相互做这种表述吗？不过周勃并非如刘邦所说那般"重厚"纯朴，此时的自保功夫亦称到家，倒是可以从他当面逢迎吕雉的谈话中，略见一斑。

吕雉也从王陵的表态中获得进一步提醒：虽然大家都拥戴自己称制，但心抵吕氏者还是大有人在，特别是那些都从白马盟誓中吃到"定心汤圆"的封侯功臣，已经把自己的既得利益全押到了"非刘氏不王，非功臣不侯"的合同上。现在，吕雉对当初丈夫称帝后急于频频树威的动机，有了更深切的体会，她也要显显权威，让这些人知道这个合同并不管用。

首先被拿出来开刀的就是原御史大夫赵尧。此人当时被免去职务，撵出宫廷，其实就是吕雉与少壮派蜜月期宣告结束的标志。当然，对于这些利益和第一代老臣有所不同的官员，只要诚心改换门庭，她仍乐于利用，比如曾任郎中令的王恬启被派到梁国当丞相，专事监督梁王刘恢；又如曾任廷尉的土军侯宣义，被她派到燕国为相，就近监视刘邦的小儿子燕王刘建。但作为一股整体性势力，少壮派已不复存在，其领军人物赵尧，因为曾给刘邦出过用周昌保护赵王如意的计谋，则尤为吕雉记恨在心，现在正好派上杀鸡儆猴的用场，给他的罪名，就是"高祖时定赵王如意之画"，然后给以废除彻侯的惩罚。

光是严办赵尧，还算不了什么，因为此人毕竟是建国后才一举蹿红的刀笔小吏，靠刘邦破格提携才挤进封侯集团。问题是，打倒赵尧之后，吕太后又一口气废除了棘丘侯襄（失姓）、柏至侯许盎、赤泉侯杨喜、深泽侯赵将夕共四个人的爵位和封国，襄是砀郡系的老将，参加过反秦战争，汉王时代就当过治粟内史；许盎也是反秦时便追随刘邦的老战士，汉王时代就当过中尉；杨喜和赵将夕都是楚汉战争中投效刘邦，战功累累，其中杨喜还有"从灌婴共斩项羽"的大功，食邑一千九百户。所以，对此四人的免侯除国，其意义便不仅是宣告白马盟约的保险失效，简直就是一份"顺我者昌，逆我者亡"的宣言。在往后多年中，吕雉仅以藏匿死罪的具体罪名，再处分过一个任侯张越，而许盎等这一批老臣，后来又都由她给恢复了爵位和封邑，这就越加证明了吕雉称制后不久便惩办他们的用心，意在向老臣示威，而含糊其辞的"有罪"，多半是同王陵一样，因不满诸吕"激进"而说过几句反对话之类吧。

当然，像王陵这种曾是高帝"大哥"、位居元功名次的老帅，不能用革爵除国方式相待，吕雉调他做"皇帝"的太傅，位居三公之上，升陈平为右丞相，另以审食其为左丞相。这个左丞相不去外朝相府办公，"令监宫中，如郎中令"，等于是中朝即宫廷治事班底的第一把手，但以往的中朝官员如卢绾、刘交等，都不兼外朝职务，审食其有左相名义，内外兼管，所以史传又称他，及为相，居中，百官皆因决事"，也就是由他代表吕雉，把原本属于丞相的大权都揽了起来，那位号称第一丞相的陈平，只能秉承其旨意，负责对付一应日常政务。

"皇帝"还是娃娃，需要的不是太傅而是保姆，王陵再憨，也知道这是吕雉故意排挤他出局，一怒之下，称病告老，自请免去太傅，从此杜门不出，直到死去，整整七年不朝见太后。他有这个本钱，何况过去曾拼死保护刘盈、鲁元姐弟俩脱险，所以吕雉也没拿他怎样，王陵死后，马上让他儿子王忌承袭安国侯，五千户封邑一户不减。

这叫"逆我者亡"，还有"顺我者昌"：在剥夺掉一批老臣的官职爵邑之后，吕雉又分别于高后元年（前187年）和四年（前184年），新封了十二个彻侯，其中有吕泽的老部下、现任未央宫郎中令的博成侯冯无择，现任中尉的乐平侯（一作乐成侯）卫毋择，有吕台的亲信中邑侯朱进，有她派在梁国任丞相的山都侯王恬启，有派在赵国任丞相、监视刘友的祝兹侯徐厉，有派在齐国任丞相、监视新齐王刘襄的齐受，此人原是她的家车吏（专车乘务组主任）。吕雉族人吕婴在楚汉战争中阵亡，现在叙功封俞侯，由其儿子吕它袭爵。还有早年以撑船营救吕雉逃难的单父老乡周信，也封了一个成阴侯，食邑五百户，并派任直属

459

中央的河南郡守，负有侦伺灌婴的秘密使命。这些人的原籍，大多是沛丰和单父。过去刘邦主持朝会时，通用语言是沛砀语系（陈平也是砀郡人），到了吕雉时期，又增加了单父方言，好在她自嫁到沛县后，就学会了沛语，是以两种方言都能操习，此乃西汉初期"政治语系"的一个特色，顺便提一下，也在于说明吕太后何以能熟练驾驭沛砀系的原因之一。

恩威并用之间，太后称制的绝对权威大树特树，无人再敢效仿王陵，于是吕雉不失时机地向着"王吕氏"的既定目标发起冲击。

第一步，先从追封吕雉父亲吕公为吕宣王、长兄吕泽为悼武王开始。然后，通过大谒者张释向陈平、周勃等传达旨意，由陈平、周勃联络郦商、灌婴等老臣联名上书，请封悼武王吕泽的长子吕台为吕王，并割取齐国的济南郡为吕国封疆。吕台即位的次年便因病去世，由儿子吕嘉继任，但是这个侄孙不讨吕雉喜欢，后来被吕雉以"居处骄恣"的罪名废掉，另以吕台的弟弟吕产为吕王。

和吕台封王先后进行的，是刘、吕、张（即吕雉的女婿张敖）三姓子弟成批受封。汉高后元年四月（公元前187年5月），鲁元公主病故，谥鲁元太后，其儿子张偃封鲁王，鲁国的封疆就是当年齐王刘肥奉献出来的城阳郡。张敖比妻子后死四年，追谥鲁元王。张敖在娶鲁元公主之前，有过妻子，就像刘邦在娶吕雉之前已有妻子一样，还生过两个儿子张侈和张寿，两个人颇知抱粗腿，后来被吕雉分别封为新都侯和乐昌侯，让他们辅助鲁王。

刘姓子弟中，刘盈后宫之子刘强、刘不疑、刘义、刘朝、刘武、刘太等人相继封王，国号有淮阳王、常山王、济川王、梁王等，其中常山国的封疆是从赵国割取常山郡，济川国的封疆是从齐国割取济北郡，淮阳国和梁国是刘友与刘恢先后徙封赵王后留下的空档。汉武帝时，主父偃献策"推恩令"，就是命令诸侯王把封疆分封子弟，使王国越分越小，以强化中央的控制能力，其实率先实行此道的是吕雉。

其他刘姓子弟封彻侯者，尚有楚王刘交的儿子刘郢（一作刘郢客）封上邳侯，故齐王刘肥的儿子刘章封朱虚侯，刘兴居封东牟侯。这几个人，都因为不是世子，不能承袭王位，吕雉给他们封侯，又让他们都来长安任职，宿卫宫中，似乎有点一碗水端平的姿态。

不过在明眼人看来，这碗水还是明显地向着太后的娘家倾斜，因为除了刘盈六子以外，吕氏封彻侯者远比刘氏为多，如吕泽的孙子吕通封睢侯，其兄弟封东平侯，吕释之的儿子吕禄封汉阳侯，吕媭姊姊吕长姁的儿子平（姓氏失考）封扶柳侯，吕媭妹妹吕嬃封临光侯，其族人吕胜（就是任淮阳相者）封赘其侯，吕更始（就是任楚相者）封滕侯，吕忿封吕成侯，吕莹封祝兹侯。此中最令人注目的是吕嬃以女性封侯，在此之前，只有奚涓的母亲和刘邦的大嫂享有这个待遇。《史记·樊哙列传》说："［樊］哙以吕后女弟吕嬃为妇，生子伉，故其比诸将最亲"；到吕媭当国时，吕嬃"用事专权，大臣尽畏之"，大有二天子的气概。此外，她的儿子樊伉袭爵舞阳侯，女婿刘泽为营陵侯，一门三侯，也是权至巅峰的一个标志。而樊哙生前与同僚相处，可没她如此嚣张。

吕媭扩张吕氏权势的基本思路，就是以她和吕嬃两个家庭为样板，不断扩大刘氏与吕氏的联姻关系。继吕嬃嫁女刘泽之后，她又将吕禄的女儿配给朱虚侯刘章为妻，他如赵王刘友、梁王刘恢等，亦都由太后做主，以吕家姑娘为王后。

故意被隐瞒或淡化的历史真相，还包括其他诸多沛砀老臣对吕媭的合作与支持，这也正是他们当初尽力抵制戚姬如意而扶保吕媭刘盈的利益所在。比如世人尊称为"滕公"的夏侯婴，在刘邦死后继续为惠帝做侍从长（太仆），吕媭对这位曾经营救过自己子女的老乡非常信任，把长安最好的一处楼盘赐给他做府第，并给题写了一块匾额："近我"，表示亲密程度优于他人，及惠帝死后，又让他继续当自己的侍从长。所以"滕公"在吕媭时代的春风得意，比刘邦时代尤甚，也超越了陈平、周勃等人。

再如郦商，自充当调人化解危机后，深得吕媭好感，虽然因有病在身，未能再出任实职，但仍是一个常被咨询国事的高参。灌婴因吕媭提携而职权加强，周勃被任为太尉不久，他也有了太尉名义，明显的区别在于周勃这个太尉不能将兵，他却能来往于荥阳、长安之间，惠帝病危时，吕媭还特意把长安的一部分车骑、力士调配给他统辖，增强荥阳军区的兵力，作为自己在京外的奥援，正好同徒有名义而无兵权的周勃形成对照。假使以郦商、灌婴两人作为砀郡系之代表人物，可以说，正是在吕媭时代，整个砀郡系的地位又得到了新的提升。此外，如张良的儿子张辟强、郦商的儿子郦寄、樊哙的儿子樊伉等一批老臣子弟受到重用，都透射出吕媭对勋宿的回报与笼络。又如任敖告老后，曹参的儿子曹窋马上跃居位次丞相的御史大夫，成为政坛新星。

不过，刘吕联姻的效果并不理想。赵王刘友与吕氏王后毫无感情，宠爱他姬。王后去长安向吕雉进谗言，说刘友宣称等太后百岁后，要消灭吕氏。吕雉大怒，将刘友召到京师，关在赵邸内，不给饮食，使之活活饿死，再废其王位，葬在民冢。随后又徙梁王刘恢为赵王。刘恢与吕氏王后的关系也很僵，王后从娘家带来的从官个个骄横，不把他放在眼里。刘恢另有爱姬，被王后使人酖杀，"王不胜悲愤，自杀。"吕雉说他为一个女人而弃宗庙，把他的王位也废掉了。

吕雉废王，也废帝。汉高后四年四月（公元前184年5月），那个在未央宫做小皇帝的娃娃得知自己并非张皇后所生，而生母已被奶奶杀害后，口出狂言，宣称长大后一定要报仇！吕雉得知，先将他关进永巷，对外佯称皇帝生病。随后又召见群臣说："现在皇帝病久不愈，精神失常，不能再继嗣宗庙，治理天下，应该从惠帝的儿子中另选一个来取代他。"陈平、周勃等异口同声道："皇太后为天下齐民计，所以安宗庙、社稷甚深，群臣顿首奉诏。"于是吕雉宣布废去其帝号，旋予杀害。五月十一丙辰（6月15日），已封常山王的刘义被立为皇帝，更名为刘弘。

一个皇帝被杀，两个藩王送命，腾出了不少位置，吕雉趁机提携娘家人：先是吕产被立为梁王，但不就藩，留在长安任位居三公之上的皇帝太傅；其后，吕禄被立为赵王，并追封他的父亲吕释之为赵昭王，吕禄也不就藩，留在长安典军。有个田生自动来拍马屁，通过大谒者张释向太后献策，说是诸吕纷纷立王，群臣未必心服，可以给名为刘氏而实为吕家女婿的刘泽也封一个王，混淆视听。吕雉认为这主意不错，遂封刘泽为琅玡王，割取齐国的琅玡郡为其封疆。吕产受封梁王后，所遗吕王由吕释之的儿子吕种（即吕禄的哥哥）继任。再往后，刘邦的小儿子刘建病故，吕雉唆使她派在燕国的亲信将其儿子杀害，另将吕泽的孙子吕通封为燕王。

上述操作的结果，是刘邦时代的九个同姓诸侯，演变为刘、吕、张三姓共十四国，兹将吕雉去世前的状况列表如下：

国名	王名	身份	国名	王名	身份
楚	刘交	刘邦弟	吴	刘濞	刘邦侄
淮南	刘长	刘邦子	淮阳	刘强	刘盈子
梁	吕产	吕雉侄	鲁	张偃	鲁元子
齐	刘襄	刘肥子	琅玡	刘泽	刘邦族
吕	吕种	吕雉侄	济川	刘太	刘盈子

赵	吕禄	吕雉侄	常山	刘朝	刘盈子
代	刘恒	刘邦子	燕	吕通	吕雉侄孙

此表可予说明者有三点：

其一，表中鲁、淮阳、琅琊、常山四国的国主，即吕雉的孙子和外孙，都是孩子，并未就藩，故此四国加上梁、吕、赵、燕诸吕四国，都在吕氏势力范围，如加上兼有皇族和外戚身份的琅琊国，就是九国，疆域总计二十一个郡，而保留在刘氏势力范围内的楚、吴、淮南、齐、代五国，总计十七个郡，可谓一半对一半。

其二，原先分领赵、梁、燕、淮阳四国的刘邦诸子或继承人，都已被吕雉"赶尽杀绝"，而刘肥、刘襄父子的齐国封疆七郡，也被吕雉割取掉四郡，损失严重。第三任赵王刘恢自杀后，吕雉曾派使节去代国，欲徙刘恒为赵王。赵国割让常山郡另立常山国后，尚有五郡，而且多在中原，代国只有四郡，靠近匈奴，但刘恒辞谢说，愿意替中央守边，吕雉遂以吕禄为赵王。总体上看，吕雉的主要迫害对象是刘邦同其他女人生的儿子，反之，楚王刘交同她的关系一向不错，吴王刘濞是她在丰邑做刘家媳妇时看着长大的，淮南王刘长更是她从襁褓时便收为养子哺育，懂事前一直当她是亲生妈妈。《史记·淮南衡山王列传》说，淮南王因为从小失去母亲，由吕雉带大，所以在刘邦死后而吕雉肆意迫害其兄弟们时，他却由于颇受吕雉喜欢，安然无恙，正好可以这段史实来印证。由此看来，这个女人在刘盈、鲁元相继死后，内心深处，也还有一点母性的情愫存在。

其三，处在长安这个西北的政治中心，吕雉最关注的是对中原和北方地区的控制，这种地缘政治因素，大约也是她对楚、吴、淮南等国暂予容忍的一个缘故。

吕氏势力的迅速扩张，特别是对刘邦诸子的迫害与侵夺，势必激起刘氏宗族的不满。当时担任宗正（相当于皇族事务管理局局长，位居九卿）的是楚王刘交的次子刘郢，完全由吕雉一手提拔，还给他封上邳侯，所以对这个四伯母感激不尽。

可是利益受到侵犯的宗室，态度就不同了。被夺去四郡封疆的齐国是最大的受害者之一，虽然吕雉把齐王刘襄的两个弟弟刘章、刘兴居都封为彻侯，安排宫廷职务，又把吕禄的女儿配与刘章为妻，极尽笼络，但如此剥削他们父王

第九章

沛宫上空大风歌

传下来的土地，实在难以容忍。此时刘章正当英年气盛，敢作敢为，在一次宫廷宴会上，高唱《耕田歌》曰："深耕溉种，立苗欲疏；非其种者，锄而后去！"矛头直指诸吕显贵。随后，他又借用吕雉许以军法监督宴饮秩序的特权，追杀了一个因醉酒而逃席的吕氏子弟，从此声名大振，一些不满吕氏的宗室都来依附他，威望反而高于他的叔父宗正刘郢。

目击吕党坐大，许多老臣都极为不满，更不齿于当红大臣们对吕雉的曲意逢迎，自朱虚侯刘章闹出名声后，不少老臣都在背后给他鼓劲，又非吕雉所知了。

汉家政局动荡不定，南北边患趁机发作，从汉高后六至七年之际（公元前182年5月到公元前181年1月），匈奴两度侵扰直属中央的陇西郡和天水郡。在第二次侵扰时，仅在狄道（陇西郡首府，今甘肃临洮）一地就掠走人口两千多，汉朝无可奈何。与此同时，曾向汉朝称臣的赵佗也宣布独立，自尊为"南越武帝"，并不断发兵进攻长沙国，显扬军威。吕雉曾派砀郡名将隆虑侯周灶率军出击，无功而返。总之，这时候大汉帝国的内部矛盾，其实比刘邦时代更加严重，占据军政上层的功勋老臣各有打算，人心涣散，根本无法集中国力抵御边患。

国步艰难，太皇太后也在"发齿堕落，行步失度"中走向了暮年，按照专家考其生年，假定她与刘邦结婚时已近三十岁，这时也不过年逾六旬而已。照刘邦估计，妻子可与乡党中年纪较小的周勃齐寿，所以在口授沛丰勋旧相继执政名单时，道是周勃以后，"亦非而（尔）所知也"，而吕雉自恃年轻，认为她会比周勃活得更长，因此才提出了周勃之后用谁继任的问题。孰料人算不及天算，汉高后八年三月初三丙辰（公元前180年3月26日）上巳节这天，她依传统风俗去市郊水滨招魂续魄，被除不祥，回宫途中路经轵道亭（就是秦末子婴向刘邦献玺投降的地方）时，突然感觉腋肢窝被什么怪物碰了一下，再仔细看，并无怪物，便请人卜筮，结论是"赵王如意为祟"。据史传记载，"高后遂病掖伤"，现在推测起来，很可能是淋巴癌，原定要去燕邸同卢绾妻子叙旧的活动安排，就是因此取消的。

吕雉发病症状极为凶险的消息在政坛高层悄然流传后，有人暗自高兴，有人惶恐不已，而陈平尤其为自己担忧。这些年来，所有扬吕抑刘的政策，照例都由他领衔提议，刘氏宗室中，不少人骂他背叛高帝，其在功臣集团中特别是在沛砀勋旧中的不得人心，更是二十多年来人所共知的；反之，太后一旦归天，吕氏家族领袖的角色，肯定由吕媭继任，这个女人自刘邦下勅立诛樊哙以来，对陈平恨入骨髓，整整十五年未尝稍减，只是吕雉压住，才使她无法报复，俟其一朝大权在手，结果可想而知。总之，太后殁后，诸吕权势熏天也罢，皇族势力重振也罢，都没有他的好日子过。

陈平设想，最佳的保身之道，莫如先消灭吕氏，尚可取悦皇族。不过要做成这件大功，断断少不了周勃和灌婴这两个人物的配合，从人脉讲，他们是沛丰系和砀郡系的领军，从职位讲，两人都是太尉，灌婴的本职还是荥阳大将军（大军区司令），握有兵权。可是，正是这两个人，远从楚汉战争起，就是自己的冤家；这些年来虽然共居三公之职，但同床异梦，退朝后便无私语可言，要想勾结一气而谋诸吕，又谈何容易呢？

正当"智囊"亦觉一筹莫展时，瞧破他满腹心事的陆贾主动找上门来了。揭述过陈平的进退两难后，陆贾说："天下安，注意相；天下危，注意将。将相和调，则士归附。"旋指点陈平主动巴结周勃，又与之共商日后如何对付诸吕。陈平依他指教，拿出五百金为周勃祝寿，又办了一席丰盛的酒食同他共饮。同样在为自己前程发愁的周勃看见"智囊"主动来结交，正中下怀，随即给以回报。几个回合下来，将相结成深交，为感激陆贾，陈平以奴婢百人、车马五十乘和钱五百万相赠。

外朝将相暗中联结时，内朝也在紧张地筹划未来。汉高后八年七月二十二日癸酉（公元前180年8月10日），病危中的吕雉下命，以吕禄为上将军，居北军，以吕产居南军，并当面告诫他俩："吕氏封王，大臣不平。我快死了，皇帝又年少，大臣们恐怕要趁机捣乱。你们一定要把军队控制在手里，卫护两宫，别出宫送丧，以免被他们劫制！"七月三十辛巳（8月18日），吕雉病逝，遗诏大赦天下，并以吕产为相国，同时指定把吕禄的女儿立为皇后。

遵照吕雉的嘱咐，吕禄和吕产各自住在北军和南军中不敢离开，太皇太后的葬礼，由陈平、审食其、周勃等人辅弼皇帝主持。葬礼结束后，审食其便由长乐宫迁居未央宫，出任少帝太傅，同时辞去左丞相——这个人事安排，史传上未交代是不是吕雉的遗嘱，但不管是否，应该都是吕党内讧的结果；审食其以吕雉的情夫得宠，但又以乡党缘故，同沛丰勋旧的关系也不错，事实上，过去刘邦在世时，沛丰系竭力为刘盈保驾，以后吕雉当国，凡沛丰勋旧俱得保全，同时又多听命这位"大嫂太后",都少不了此人做媒介。随着吕媭老衰,他在宫中的地位也因情夫作用的丧失而摇摇欲坠,不久便为后起之秀、宦官张释所取代,吕媭患病后还不忘加封张释为建陵侯以固其宠(寺人得封彻侯,在汉朝历史上是第一例)。张释极乖巧,不像审食其在诸吕面前以前辈自居,而是竭尽讨好,因此到后来审食其亦为吕禄、吕产等所厌恶,吕媭一死便被撵出长乐宫,正是诸吕与张释合伙排挤的结果。

至此,老臣们纷纷向着朱虚侯刘章和太尉周勃、灌婴这几个核心人物集结。曹窋等一批曾经得到"太后伯母"拉拢的勋贵子弟,也开始暗中与陈平、周勃、灌婴、张苍等人通款。

值此时刻,刘邦生前广封同姓的策略终于显示了它的作用:诸刘中自认为受害最深的齐王刘襄,由他舅舅驷钧帮助策划,决定以白马盟约为旗帜,号召天下共诛"非刘氏而王"的诸吕,并与在长安任职的两个弟弟暗中约定,齐军西征之日,二刘即联络在京宗室和老臣为内应,杀尽诸吕,大功告成后,拥戴齐王称帝——在他们兄弟看来,高帝的接班人本来就属于父王刘肥,如今只是把被吕媭母子夺走的帝位抢回来而已。

这时候,原由吕媭亲信齐受担任的齐相一职,已因他年老告退,换成了召平,此人履历不详,但无疑也是她信得过的人。听说刘襄准备起兵讨吕,召平立即调动军队将他的王宫包围起来,同样也是中央派来的中尉魏勃闻讯赶来,对他说:"齐王没有虎符而擅自发兵,这是犯法,我来替您掌兵看守住他。"召平便把兵权交给他,岂知魏勃早已被驷钧暗中拉拢到了齐王一边,一等兵权到手,立刻把围在王宫外的军队全部撤走,反过来把相府围住,时为八月二十五日丙午(9月12日),距吕媭去世还不满一个月。召平知道大势已去,遂自杀。于是刘襄以驷钧为丞相,魏勃为将军,又把自己的郎中令(卫队长)祝午提升为主管民政的内史,旋对全体齐军下达了战争动员令。

刘邦在世时,同姓诸侯中军事实力最强的是齐国,但自从被吕媭先后割去四郡后,损失不小。所以刘襄一边下令齐军集结,一边又派祝午去邻国诈骗琅琊王刘泽说:"吕氏要在京师搞政变,齐王欲发兵西征诛讨叛逆,但又自以为年纪还小,不习兵革之事,愿意把自己的军队都托付给大王。大王从高帝时就做将军,德高望重,请大王去临淄共商大计。"刘泽见有这等好事送上门来,喜不自禁,忙急驰齐都临淄去见齐王,刚到临淄,便被刘襄扣住,迫使他把兵权交给祝午，旋使祝午调发琅琊国军队，编入齐军，接受齐王的统一号令。

刘泽情知受骗，反过来又哄骗刘襄说："大王才是高皇帝的嫡长孙，理当继承帝位。现在京朝的大臣们都狐疑不决，本王在刘氏宗室中辈分最大，大臣都等着本王去拿定主意。现在您把我留在这里，起不了作用，不如让我进关去同他们协商，早定大计。"刘襄认为此言有理，忙为他准备好车马行装，以隆重的礼仪送他启程。

送走琅琊王刘泽后，刘襄马上誓师出兵，同时以"寡人"自称，向各诸侯王发出檄书，这是刘邦去世以来第一个宣布要履行白马盟誓的历史文献。

齐国发难，楚国呼应，消息传到长安，群臣大受鼓舞，诸吕大起惊慌，位居相国的吕产代皇帝做主，派灌婴马上赴荥阳点兵，讨平叛乱。灌婴跑到荥阳后，立即派人同刘襄联系，要他联络诸侯秣马厉兵，和自己保持一致，先静观待变，伺机共诛诸吕。

齐、楚两军暂时停止了西征长安的行动，但仍驻兵边界，做盘马弯弓随时待发之势，同时灌婴也未出兵讨伐叛逆，而是留在荥阳按兵不动，这种微妙的局势让吕禄、吕产束手无策。躲在家里的陈平决定趁此机会，先发制人，搞了一个方案，由周勃主持执行。大致是，由周勃出面把郦商从家里骗出来，即予绑架，迫使其儿子郦寄代表父亲去游说吕禄："高帝与吕后共定天下，刘氏所立九王，吕氏所立三王，都出自大臣的提议，布告诸侯，大家都认为很合适。现在太后已崩，皇上年少，足下佩着赵王印玺，不去就国守藩，却以上将军的名义留在京城里掌兵，大臣和诸侯自然要生疑惑。足下何不把上将军印信归还皇上，把部队交给太尉，也请梁王把相国印信还给皇上，再与大臣们订立合约后，各去梁国、赵国就藩。这样，齐王必然罢兵，大臣们也安心，足下则可高枕无忧地做千里之王，岂不利在万世？"

吕禄和郦寄交情极深，而且自惠帝去世以后，一直把郦商当做是倾向吕氏的老帅，现在听郦寄传达老爷子的建议，觉得挺有道理，便让人向吕产转达，并请诸吕长辈一起拿主意。长辈中，有人认为这是化解危机的好办法，何况有位居十八元功的老臣郦商担保，不用担心受骗，也有人觉得不可轻信。正如陈平所料，吕雉一死，三姑奶奶吕嬃便成了族长，她坚决不同意交出南、北两军的兵权，结果此议便成不死不活。

可是陈平此计也有收获，吕氏内部为此不断商议时，吕禄和吕产的戒备心理松懈了下来，受到周勃等人压力的郦寄趁机邀吕禄离开北军驻地，外出打猎散心，经过舞阳侯府邸时，两个人还一起去给三姑奶奶请安。吕媭看见吕禄悠闲自得的神情，勃然大怒道："你这个小子，身为上将军，居然离开军队，吕氏还有立足之地吗？"说罢，把家里的珠玉、宝器全拿出来扔在地上，气急败坏地说："这都是人家的东西了，还藏着干吗？"吓得两个人赶紧逃走，出门后还怪老太太未免太神经过敏了。

九月初十庚申（9月26日），距齐王发兵正好半个月，汉初历史最称惊心动魄的一天到来了。早晨，曹窋前往南军找相国吕产议事。吕产对曹窋也挺信得过，便同他商量该不该接受郦商的提议，正在此时，其亲信、郎中令贾寿从齐国出使归来，听他们在讨论这个话题，便说："大王早不就国，现在才想走这一步，还有可能吗？"接着便向他通报最新截获的情报：灌婴已同齐、楚等诸侯联合起来，准备除尽诸吕，并催促吕产马上进未央宫，先把皇帝控制在手里，准备实施应急方案。

吕产和贾寿都没把曹窋当外人，殊不知他早已投向了周勃。吕产、贾寿前脚一走，他后脚就去向周勃、陈平报信。陈平分析局势，认为此刻吕产不在南军，而吕禄尚不知道贾寿带回来的最新消息，正好立即下手，遂决定先由周勃去京师卫戍区驻地，把北军抓到手里。

周勃虽有太尉的职位，但上面已有"不得入军门"的禁令，除非你有皇帝的符节。当时掌管皇宫印信机要的是襄平侯纪通（其父纪城在楚汉战争的好時战役中阵亡），亦同曹窋一样，已站到了伯伯叔叔们一边。于是周勃一面令纪通赶快伪造皇帝派太尉进入北军的符节，一面又令郦寄与典客刘揭先赴北军，诱骗吕禄交出兵权。两个人来到北军对吕禄说："皇上已下令让太尉接管北军，要足下去赵国就藩。你赶快把印信还给皇上后就走人，要不然就会大祸临头了。"吕禄认定郦寄决不会欺骗自己，何况还有主管藩国事务的刘揭在一边作证，便解下佩在身上的上将军和中尉共两个印绶，交给刘揭，由郦寄陪同离开了北军。

刘揭其人履历，史传失载，估计也是刘氏宗室，因为取得吕媭信任而得此职务（过去这个官职由审食其担任，可见也很重要），但吕禄绝不会想到他是和老臣们串通一气的。吕禄走后不久，周勃便在纪通的陪同下，手持符节，顺利进入北军，又从刘揭手上拿到了印绶，旋传令全军："为吕氏右袒，为刘氏左袒！"袒，就是脱去衣袖，露出手臂，先秦以来的传统，凡为礼仪，都脱去左边衣袖，凡请罪待刑，就脱去右边衣袖，故周勃的这道命令，其实已向将士们挑明了应该站在哪一边，何况他手持符节，身佩将印，还有啥可犹豫的？结果"军中皆左袒"，周勃顺利掌握了这支部队。

计逐吕禄的同时，对付吕产的计划也在付诸行动。按周勃等人的指示，曹窋抢在吕产之前，命未央宫卫尉卫毋择在宫殿大门前布防，不许吕产进宫。卫毋择也是沛丰乡党，本来靠吕媭提拔封侯，但终为诸吕排挤，所以也加入了老臣阵营，等吕产偕贾寿带着他的卫队来到未央宫前时，被他喝令禁止前进。其实吕产真要把南军全部调来，卫毋择麾下的这点卫队绝非对手。然而这位青年相国从未有真刀实枪干过一仗的经历，更不知吕禄已离开北军，面对卫队阻挡，一时竟犹豫起来，遂形成双方僵持之势。

曹窋唯恐吕产会把南军调来，忙纵马驰入北军向周勃求援。这时朱虚侯刘章已由陈平派往北军协助周勃，看见曹窋跑来告急，便自告奋，愿去消灭吕产。当时周勃因南军尚在吕氏控制下，并无绝对取胜把握，所以不敢公然说要讨伐诸吕，而是向刘章下了一道给自己留有后路的命令，叫做"赶快进宫去保卫皇上"。

血气方刚的刘章哪有他这般老谋深算，当时一心只想铲尽诛吕，夺回刘氏天下，接令之后，便率领周勃分给他的一千多骑卒，直奔未央宫。此时吕产还在那儿徘徊不定。刘章不待其开口，马上喝令诛杀叛逆！众人一拥而上，从未见过这等阵势的吕产吓得屁滚尿流，赶紧跟着贾寿逃入郎中府。随他来宫的相国卫队看见披甲执戟的正规军队来到，没人敢上前格斗，遂听任刘章将吕产搜出来，当场砍杀。

至此，审食其已陪着小皇帝刘弘在内宫被困了大半天，听说吕产已被朱虚侯领来北军杀掉，知道吕氏大势已去，忙让传达官（谒者）拿着符节跑出来慰劳刘章，意在争取主动，表示皇上也支持消灭吕氏的立场。刘章伸手要抢符节，传达官紧抓着不放手。急中生智的刘章索性把他拦腰一挟，劫持到战车上，再带领将士向着长乐宫驰去。长乐宫的卫队只看见皇帝的传达官紧握符节，和朱虚侯一起站在车上到来，谁敢阻拦？于是刘章顺利进宫，长乐卫尉吕更始还没搞清楚是怎么一回事，刘章手起刀落，一颗脑袋已滚了下来。到此，未央、长乐两宫全部被听从太尉号令的北军所控制。

不消半个时辰，大功告成，刘章手提吕产和吕更始的首级，驱车驰入北军还报周勃说:"原先独患吕产利用南军作乱,现已伏诛,天下定矣!"周勃大喜,忙起身拜贺,并立即下令分头捕杀诸吕。翌日(九月十一日辛酉),吕禄被捕,当场处死。凡居住在长安的吕氏族人及其家属,几被杀尽。史传没有记载是哪一个领着人马去捕杀吕婴的,只说吕婴被乱棒活活打死,包括其世子舞阳侯樊伉在内,一门老小男女全被杀光,只有樊哙生前和外室所生的一个庶子樊市人,因为吕婴不许他们母子住进舞阳侯府邸,这才侥幸活命。

除尽长安诸吕的同时,主持政变的陈平、周勃等人又派专使手持符节赴燕国,以皇帝名义处死燕王吕通,并宣布废黜鲁王张偃王位。接着,再将济川王刘太徙封梁王,随后让朱虚侯刘章向齐王通告诸吕已全部铲平,要他收兵回国。

齐王撤兵后,灌婴马上返回长安,和周勃、陈平一道,构成主持善后的"三驾马车",召集参与或支持这次政变的老臣们开会,商量下一步该怎么办。在此之前已被释放回家的郦商,没想到老病之中,被人绑票当人质,还连累儿子郦寄得了个"卖友"的名声,气羞交集,没多久便一命呜呼了,所以没有参加这次老臣会议。

由于政变是在中外共诛非刘氏而王者的大旗下进行的,因此,继续拥戴刘氏称帝是不争的选择,问题在于如今的皇帝刘弘恰恰是吕雉的孙子,其丈人和妻子(即吕禄和他立为皇后的女儿)都被他们杀掉了,这就不免使大家为各自的将来担忧,有人很直率地指出:等他长大亲政后,我们这些人不可能有幸存者了。比之更聪明的人,则从釜底抽薪的意义上为此结果加了个前提,道是这位刘弘,连同封为梁王、淮阳王和常山王的刘太(刚由济川王徙封)、刘强和刘朝等人,其实都不是惠帝的儿子,而是吕雉从别处搞来的孩子,杀了人家的母亲,命惠帝当自己的儿子养在后宫,再立帝封王,用于增强吕氏势力的,这样的来历,日后当然是要为诸吕报仇,找我们算账的。

这个大胆的表述,立刻获得满座赞同,于是包括刘弘在内,这些少年帝王不应该再继续存在的理由就被决定了。下一个议题,就是从其他刘氏诸王中,再选一个人到长安来当皇帝。

首先被提出来的人选自然是齐王刘襄。推举齐王的理由很硬,"齐悼惠王是高帝的长子,现在的齐王是悼惠王的嫡子,推本言之,就是高帝的嫡长孙,应该立为皇帝。"

这时候。那位被刘襄骗掉军队和封疆的琅玡王刘泽站出来说话了:"吕氏凭什么能以外戚而几乎颠覆刘氏宗庙？就是娘家的恶人太多！齐王他娘家有些什么人？他娘舅驷钧就是一个大恶人，是一只戴着帽子的老虎！假使立齐王为帝，我们岂不是又为刘氏宗庙找来又一个像吕氏一样的外戚吗？"

刘泽阻挠刘襄称帝，报复的用意是很明显的，不过在刘交垂死不能来京参加"诸大臣相与阴谋"的情况下，他的辈分就是皇族中的家长，发言十分有力，而且陈述的理由，也不乏说服力，结果齐王称帝的提案被否决。但还是作出决定，让刘章继任赵王，让他弟弟刘兴居继任梁王。这个许愿很诱人，因为齐王即使当了皇帝，接班人也是他的儿子，会不会另封两个弟弟为王，是个未知数，在功侯会议就答应给他们封王，并且偌大两块地盘，所以他们都表示满意，不再坚持为王兄争取帝位了。

摆平了功劳最大的刘章，大家继续讨论皇帝人选，又有人提出淮南王刘长，但也有人反对，理由两条，一是刘长年纪太小，二是他的舅家，即真定美人的娘家赵氏，也多是恶人。结果这个提案也被否定了。

这时候，刘邦儿子中尚在人世的，总共只有两个，除淮南王刘长外，剩下的就只有代王刘恒了，又是刘泽提出："代王是高帝在世诸子中年龄最大的一位，为人仁孝宽厚，而太后薄氏一家谨慎温良，立长子，名正言顺。"

谁都不会为刘邦的两个侄子刘濞和刘郢去争取帝位，于是刘泽的提案获得一致通过，"乃相与共阴使人召代王"。

宗室和功臣在利益相关的条件下，共同履行白马之约，战胜了外戚集团，接下来，西汉的历史又将在两者既相互依存又彼此斗争的辩证逻辑中发展，这个过程，从迎取刘恒为帝的长安秘密使团抵达代国后便开启了。

刘恒就陈平、周勃等人迎取自己进京称帝，询问左右意见。郎中令张武说："京朝的大臣，都是高帝时的大将，既习兵事，又多谋诈，其野心勃勃，从不以已经给他们的爵禄为满足，只是害怕高帝和吕太后的威势，才一直不敢轻举妄动罢了。现在尽诛诸吕，喋血京师，又以拥戴称帝的名义来迎接大王，实在不可相信。臣希望大王称病不往，静观其变。"其他的人，也多赞成张武的意见。

掌管王都治安的中尉宋昌独持异议，认为群臣的看法有片面性，旋为刘恒分析说："第一，自秦朝失政后，诸侯豪杰并起，自以为能得到天下者何止万人，但最终登上天子之位的是刘氏，其他人已断绝了这种念头；第二，高帝广封子弟为王，地界相连如犬牙交错，像磐石一样坚固，势威力强，足以慑服天下；第三，汉兴以来，废除暴秦苛政，简约法令，广施德惠，人人自安，其统治已经难以动摇了。以吕太后之威严，封立诸吕为王，擅权专制，然而太尉仅凭一杆节符进入北军，登高一呼，便能令将士皆为刘氏左袒，将叛汉的吕氏全都消灭——这都是天命在刘的缘故啊，岂是凭人力所能达到的？如今大臣们虽然想要演变，但民众不会受他们驱使，其党羽又岂能始终保持一致？从形势看，现在他们内惧朱虚侯（刘章）、东牟侯（刘兴居）诸皇室之亲，外畏吴、楚、淮南、琅琊、齐、代众诸侯之强，哪有再搞一次政变的胆量？再从大王的条件看，如今高帝亲子还在的，只有淮南王和大王，大王既是长子，又以贤至仁孝著闻天下，所以大臣们迎立大王，其实是顺应天下的意愿，大王没有什么可疑惑的。"

听宋昌这么一分析，刘恒和群臣都觉得有道理，便向刘恒的母亲薄太后请示，薄太后犹豫不定，又叫人占卜，得到的兆象和解释都很好。为稳妥起见，刘恒又先请薄太后的弟弟薄昭赴长安与周勃接洽，因为"三巨头"中，只有周勃是高帝的沛丰老乡，而且他曾长期率军驻扎代郡，与刘恒很熟，相比其他两位要可信得多。薄昭和周勃会谈后，备悉推举刘恒为帝的过程，又由他引见，同陈平、张苍等人也见了面，遂还报刘恒说："可以相信了，不用再疑惑了。"

至此，刘恒确信了长安老臣们迎立自己为帝的诚意，这才在宋昌、张武等人的陪同下前往长安，陈平、周勃等人皆到渭桥迎接。周勃上前一步，请求让其随行人员回避，以便他和刘恒单独谈话。站在刘恒身边充当警备的宋昌板起脸道："如所言公事，就当着公众讲；如所言私事，王者无私！"太尉忙唯唯称"是"。因为掌管天子印玺符节的纪通早已听从他们的号令，所以这一整套代表皇帝权威的"大宝"，此时也已经落到了周勃手中，并当场要给刘恒献上。刘恒辞谢说："等到了代邸（即代王在京行宫）再作商议。"时为汉高后八年九月初五乙酉（公元前180年10月21日），距长安政变成功，不到一个月。当大臣们跟随刘恒车驾来到代邸时，已经是晚上了。

前面已说过，重新选立皇帝的经过，始终是在"诸大臣相与阴谋"的秘密状态下进行，虽然原先最有希望的齐王已被淘汰出局，本该为其内应的刘章、刘兴居也因被大臣收买而转变了立场，但陈平仍担心消息泄露，刘襄会在其舅父驷钧唆使下动武蛮干，因此特意让灌婴再返回荥阳勒兵，形成威慑之势，同时又把长期和周勃在代地搭档的老将棘蒲侯陈武抬出来，任为大将军，此举既扩张了周勃的势力，也增加了使代王放心的砝码，因为陈武同他也很熟悉。这样，自刘邦去世后便很少来长安的刘恒，一到渭桥，就见到了两个掌握兵权的将帅级故人，忐忑的心理又化解了不少。

双方都怕夜长梦多，刘恒即位的仪式遂在昏暗的暮色中举行，地点就放在规格有限的代邸，这在中国皇权史上又是崭新的一笔。这位皇帝的即位，是继刘邦称帝、吕雉称制之后，第三次采取了群臣推戴的形式，隐含在其中的依然是君主与功臣"共天下"的灵魂不散。

刘恒提出："奉高帝宗庙，重事也。寡人不佞，不足以称宗庙，原请楚王计宜者，寡人不敢当。"这个表态，实质上是要把皇权传递纳入刘氏法统自然继承的轨道，换句话讲，就是一切由皇族自己做主，我这个皇帝不是靠你们得来的。

陈平是何等聪明的人，当即抓住对方既想即位又欲凸显皇权法统在宗室公证下传递的两难心态，调整一下口气说："臣等商议，大王继承高帝宗庙最合适，就是诸侯和民众也会认为这是最合适的。希望大王听取臣等请求。臣谨奉天子玺符再拜上。"

刘恒听见陈平在再次推戴中增加了"天下诸侯万民"的表述，也就见好即收，接过陈平献上的玺符，然后接受大家朝拜，就此完成了比刘邦称帝更为简单的即位仪式。这个依旧是推戴出来的皇上，史称汉文帝。

仪式结束，东牟侯刘兴居马上自告奋勇说："消灭诸吕时，臣没有功劳，现在请为皇上清扫宫殿！"遂与名义上仍是刘弘侍从长的夏侯婴一起进入未央宫，找到刘弘说："足下不是刘氏的子孙，不该做皇帝！"旋环顾左右执戟的卫士，要他们放下武器撤走，有些人不肯撤走，正僵持间，事先已得到通知的大谒者张释从长乐宫赶到，命令他们全部撤走。于是夏侯婴最后一次为这个下台皇帝驾驭车乘，载其离开已居住多年的未央宫。刘弘惶惶不安地问："你们打算如何安置我？"夏侯婴说："先出宫去找个地方住下。"遂将其送到少府（皇家特种税收兼手工业管理总局）禁闭起来，然后换用天子出行的仪仗，前往代邸，向刘恒汇报说："宫殿已经清扫。"就这样，这位先后为刘邦、刘盈、吕雉和刘弘做过四任太仆的"滕公"，如今又亲自为刘恒驾车，当起了第五任侍从长。

由于夏侯婴是从边门把刘弘送走的，那个实际上属于吕氏一党的张释，也不知出于什么缘故或受什么人唆使，并未及时向皇宫卫队传达已经发生的变化。因此，当新皇帝在众臣簇拥下来到未央宫前殿之正南门（端门）前时，竟遭到

第九章

沛宫上空大风歌

十多个卫士执戟阻拦，还喝问刘恒："天子住在这里，足下为什么要进入？"刘恒转过脸去看周勃，周勃忙走上前去，向他们宣布皇帝已经换人，乘在车上的就是新天子。这些人都认识太尉，听说后忙放下武器撤走，刘恒遂得进宫。

这个发生在端门前的小小插曲，很可能是以周勃为代表的这批老臣有意要制造一点戏剧性效果，借此突出皇帝是由他们护送进宫抬上宝座的事实。刘恒身边既然有宋昌、张武这些能干角色，自然也会在他们的帮助下分析出这个看似意外的性质。好在他们针对京师的现状，早在动身来长安时便有策划，端门前天子不得而入、太尉出令便能让卫士缴械的这一幕上演，其效果则是促成他们提前将这个策划付诸实现——

进入未央宫以后的刘恒，连夜发布两道人事安排："拜宋昌为卫将军，镇抚南、北军"；"以张武为郎中令，行殿中"。郎中令典司宫内警备机要，前面已有介绍；卫将军这个官称，在此之前还没有设置过，这个统揽京师卫戍区和皇家禁卫军两大武力兵权的职务，后来在《汉仪》中列为"金紫上卿"，而此时以宋昌首膺是职，就是将南、北二军一举夺回皇帝手中，其防范周勃等人的戒备心理，当然是昭然若揭了。

随后，刘太、刘强、刘朝和刘弘四个少年帝王，马上被廷尉等有关部门分头捕杀。

两个方面同一种意义上的隐患全都解除后，刘恒还坐未央宫前殿，向全国发布即位诏书，大赦天下。推断时间，已将近半夜，等全国臣民一觉醒来，大汉帝国的历史又掀开了新的一页。